戲非戲225

# 三國機密

(下)

馬伯庸　著

高寶書版集團

# 目錄

# 序

一匹純白的駿馬躍出草叢，四蹄敲打在鋪滿鵝卵石的河灘上，發出猶如戰鼓進擊般的急促鼓點。馬背上的騎士似乎還嫌不夠快，單手持韁，另外一隻手重重地拍了一下馬臀。駿馬昂首嘶鳴，速度又加快了幾分。左旁河林中撲簌簌驚起數隻灰白羽翼的飛鳥，拍動翅膀盤旋數圈，朝著北方飛去。

此時已經四月光景，江東之地早已處處皆有孟夏的氣象。丹徒之地毗鄰長江，更是林木繁茂，水草豐美，僥倖渡過冬季的獸類都紛紛活躍起來，正是狩獵的好去處。

騎士猛然間看到左前方一隻鹿影躍過，他立刻拉緊韁繩，讓坐騎的速度降下，然後雙足緊緊夾住馬腹，從肩上摘下弓箭，俐落地搭上一支青綠色的竹箭。

可還未等騎士將弓弦拉圓，他虎目突地一凜，握住弓身的左臂輕轉，把箭頭重新對準了右側的一處小山坡。那山坡上出現了三個人，他們徒步而來，身披無肩皮甲，手裡各自拿著一副木弓，腰間還用一圈山藤別著環口刀。

「來者何人？」騎士喝道，保持著滿弓的姿勢，他的坐騎乖巧地停下了腳步，以期為主人獲得更平穩的射姿。那三個人看起來頗為驚慌，互相看了看，最終一個年紀稍大一點的漢子壯起膽子上前一步，半跪抱拳道：「啟稟主公，我等是韓當韓校尉的部屬，在此獵鹿以充軍糧。」

「哦……」騎士拖了一聲長腔，手中弓箭微微放低了幾分，旋即又問道：「既是獵鹿，為何身披甲冑？」

「此地靠近射陽，常有陳登的軍士出來樵採。所以韓校尉叮囑我們外出都要披甲，以防不測。」

騎士對這個回答很滿意，他掃視三人一圈：「韓當治軍一向嚴謹，細處不苟，如今一見，果然不錯──那你們今日可有什麼收穫？」

聽到這個問題，三人的表情都輕鬆了點。為首者起身抓了抓頭，羞慚道：「可惜我等運氣不好，至今尚未獵到什麼大物。」

「打獵可不能心急，你動，獵物也在動，誰能先發制……」那一個「人」字尚未出口，騎士手中的竹箭猝然射出，霎時貫穿了為首漢子的額頭，那人瞪大了眼睛，登時僕倒在地。

剩下的兩個人慌忙抄起木弓，朝著騎士射去。可惜騎士的速度比他們更快，從箭壺裡取箭、搭弓、射出，一氣呵成，第二個人的箭還未射出，額頭便被一支飛簇牢牢釘住。不過兩位同伴的犧牲，終於為第三個人爭取到了足夠的時間，弓弦一振，利箭直直朝著騎士飛去。騎士不及躲避，就將手中的硬弓在身前一橫一撥，竟將那箭矢撥開來去。

「你們到底是誰？」騎士在馬上喝道，他的神態與其說是憤怒，倒更接近於興奮，那是一種嗜血的興奮，像是猛虎見到了弱不禁風的獵物一般。

「狗賊！你還記得被你絞死的許貢嗎？」第三條漢子一邊大吼著，一邊搭上第二支箭。

騎士聽到這個名字，略微有些意外：「你們是他的門客？」

「不錯！今日我就要為主公報仇！」漢子又射出了一箭。可惜這一箭仍是徒勞無功，被騎士輕鬆撥掉。他的反應速度與臂力都相當驚人，這把區區數石的木弓根本無法對他造成威脅。

「那個老東西，倒也豢養了幾名聽話的死士嘛。」

騎士舔舔嘴唇，露出嗜血的興奮，笑容卻突然僵住了。他的右耳捕捉到一聲細微的弓弦振動，這聲音不是來自前方，而是從身側的密林中發出來。騎士毫不猶豫，瞬間翻身下馬。與此同時，一支利箭破空襲來，直接射穿了駿馬的頭顱。馬匹連哀鳴也不及發出，便一頭摔倒在地。騎士避過馬匹傾倒的沉重身軀，迅捷地伏低了身子。

那支射穿了馬頭的弓箭，長度足有二尺三寸，箭桿粗大，還刷了一層深灰色的漆。騎士知道，能發射這種箭的大弓，規制至少在二十石以上，一個人無法操作，射箭時必須事先固定好弓身，再慢慢絞緊弓弦——換句話說，他與許貢門客的相遇不是偶然，而是一次有預謀的伏殺。這周圍已經被不知名的敵人架設了死亡陷阱，只等他進來。此時不知有多少大弓，已經對準了這片狹小區域。

又有四支大箭從林中飛出來，將騎士的躲避方向封得死死。騎士一個魚躍，借助馬匹龐大的身軀，勉強避開了這淩厲的殺招，可也被逼到了一處沒有遮掩的開闊地。

就在這時，他聽到，林子裡正對著自己的方向，響起了一聲輕微的金屬鏗鏘聲。

「媽的，是弩……」

騎士罵了一句髒話，這次他再沒有機會閃避了。弩箭要比弓箭穿透力更強，飛行速度更快。它從騎士的右腮穿過，撞飛幾枚臼齒，然後刺入口腔，狠狠扎入另外一側，立時血花四濺。騎士發出一聲慘叫，身子晃了幾晃，露出了更大的破綻。這時第二枚弩箭從另一個角度飛出，正正刺中他的左側面頰，強勁的力度讓騎士倒退了數步。但令人驚訝的是，騎士頑強地保持著站姿，他不顧鮮血淋漓的臉部，右手抓緊弓身，左手扣弦，還試圖對準密林深處的卑劣伏擊者。

地面微微發顫，遠遠的傳來無數急促的馬蹄聲，似有大隊人馬不斷迫近。「孫將軍！」、「主公！」的呼聲此起彼伏。唯一還活著的許貢門客驚慌地望了一眼樹林，林中依然安靜，但一種無言的殺勢悄然彌漫出來，彷彿有一雙嚴厲的眼睛自林中注視著他，那種沉重的壓力，甚至要大過對死亡的畏懼。

許貢門客閉上眼睛，深吸一口氣，然後拔出腰間的環口刀，對著騎士大喝道：「孫策狗賊，受死吧！」衝了過去。騎士猛一轉身，用盡力氣射出最後一箭……

建安五年四月，故吳郡太守許貢門客三人，刺孫策於丹徒。孫策擊殺三人，面中兩箭，回營後不久即重傷身死。人們在感慨小霸王英年早逝的同時，也對許貢門客不忘故主的義烈之舉表示欽佩——至少絕大多數人是這麼認為的。

# 第一章　兩個人

劉延面色陰沉地從低矮的城垣望下去，城腳下橫七豎八地躺著幾十具袁軍士兵的屍體。這些戰死者身上只有少數人披著幾塊皮甲，大部分屍體都只是簡單地用布衫裹住身體。手裡的武器，也只是簡陋的木製或竹製長矛，甚至連一面小盾都沒有。

這種勝利並不讓劉延感覺到快意。從裝備判斷，這些不過是冀州各地家族的私兵，被袁紹強行徵調過來，一來可以充做戰爭的消耗品；二來變相削弱那些家族的實力。這樣的士兵無論死多少，袁紹都不會有一點心疼。

劉延抬頭看了看遠方，袁軍的營寨背靠黃河而設，旌旗招展，聲勢浩大。這些袁軍部隊是從黃河北岸的黎陽渡河而來，牢牢地把控住了南岸的要離津，然後從容展開，將白馬四面圍住，驕橫之氣，溢於言表。

可劉延又能做什麼呢？這一座白馬小城不過三里見方，他這個東郡太守手裡的可戰之兵只有兩千不到。算上白馬的居民也不過才一萬多人。而此時包圍小城的袁軍，僅目測就有一萬五千之眾。

以袁軍的威勢，只要輕輕一推，就能把此城推倒。白馬一陷，冀州大軍便可源源不斷地渡過黃河，直撲官渡，在廣闊的平原地帶與曹操展開決戰。可奇怪的是，對面的袁將似乎心不在焉，除了派出一批大族的私兵試探一下守軍的抵抗意志以外，主力一直按兵不動。

劉延搖搖頭，白馬已是孤城，現在想什麼都沒用了，只有殉城戰死或者開城投降兩個選擇。他叮囑城頭的守將幾句，然後滿腹心思地沿著青石階梯走下去。他剛一下來，立刻有一名親隨迎了過來。

「抓到了幾個袁軍的細作。」親隨壓低聲音對劉延說。

劉延一點也不覺得驚訝，大戰持續了這麼久，各地的細作都多如牛毛。他淡淡道：「當眾斬首，以安民心……哦，對了，屍體別扔，也許還能吃。」

親隨有些躊躇：「這兩個細作，有點不太一樣……」

「怎麼不一樣？」

「要不您親自去看看？」

劉延眉頭一皺，沒說什麼，這名親隨跟了他多年，不會無緣無故說這樣的話。他們離開城牆，來到城中一處緊鄰兵庫的木屋裡。木屋裡站著兩個人，他們沒被綁住，但四周足足有八名士兵看守，動一下就會被亂刀砍死。

這兩個人年紀都不大。一個大約二十歲上下，面白無鬚，兩道蠶眉頗為醒目；他身邊的根本還只是個大孩子，細眼薄唇，下巴尖削，小小年紀額頭就隱有川字紋。兩個人的穿著都是青絲單衣，濮巾裹頭，一副客商打扮。

劉延在路上已經了解到了詳情。一接到袁軍渡河的消息以後，白馬城立刻封城不許任何人進出。同時城內大索，凡是沒有戶籍或沒有同鄉認領的人，都會被抓起來。這兩個人，就是在這時候被抓進來的。

「你們叫什麼名字？」劉延問。

「我叫劉平，這是我的同伴魏文。我們是行商之人，誤陷入城中。」劉平略一拱手，不卑不亢。

劉延冷笑道：「曹公與袁紹對峙已經半年多了，天下皆知，又有哪個商人膽敢跑來這裡來？分明是細作！」他假意一揮手：「拖出去殺了。」聽到他的命令，幾名士兵上前正要動手，劉平擋在魏文前面，厲聲喝道：「且慢！」士兵們都愣住了，手裡的動作俱是一頓。

劉延心中大疑。劉平說這一個字時的神態和口吻，都帶著一種威嚴，這是身居上位者特有的氣質，學是學不來的。這兩個人的身分，似乎沒那麼簡單。他又重新打量了兩人一番，覺得那少年的面孔有幾分熟悉，卻一時說不出。

「你們到底是誰？」劉延問道。

劉平把手伸進懷裡，這個動作讓護衛們一陣緊張，劉延也下意識地退了一步。那少年見劉延如此膽小謹慎，發出一聲嗤笑。劉延卻面色如常，他如今身繫一城安危，自然不會拿自己的性命開玩笑。

劉平從懷裡掏出一件東西，遠遠扔給劉延。劉延接過一看，原來是一條柏楊木籤，籤上寫著「靖安刺奸」四個字。

這四個字讓劉延眼皮一跳，這——是靖安曹的東西！靖安曹是司空府內最神祕的一個曹，這個曹的職責眾說紛紜，沒人能說清楚，無數的傳言總是和刺奸、用間、刺探、暗殺等詞語相聯——唯一能夠確信的是：靖安曹的主事者，是軍師祭酒郭嘉。

靖安曹的人無處不在，行事卻極端低調。即使是在如今的白馬城中，劉延相信也有靖安曹的眼線，只是自己不知道罷了。他用手摩挲著木籤的粗糙表面，緩緩開口道：「僅憑這一條木籤，似乎不足為憑。」

「那麼加上這個呢？」那個名叫魏文的少年昂起下巴，又扔過來一樣東西，眼神裡滿是不耐煩。

劉延撿起來一看，發現是一塊精銅製的權杖，正面鐫刻著「漢司空府」四字，背面獬豸紋飾，牌頭還雕成獨角。劉延不由得倒吸一口涼氣，這兩位到底是什麼人，不光有靖安曹的憑信，連司空府的權杖都有。

「還不快把我們放開？」魏文叫道。劉延不得不親自上前，將他們鬆了綁。兩人舒緩了一下手腳，魏文沒好氣地伸出手來：「看夠了？還給我。」劉延把權杖與木籤雙手奉還，魏文搶回去揣好，眼睛骨碌碌地盯著劉延，不屑道：「你不專心守城，反倒與我們這些客商為難，膽量也太小了吧？」

劉延淡然一笑，沒說什麼。劉平淡淡地喝止道：「二公子，別說了，劉太守是職責所在。」魏文氣鼓鼓地閉上嘴，自顧朝門外走去。門外士兵看到大門敞開，出來的卻不是劉延，「嘩啦」一起舉起鋼刀。魏文臉色霎時變了幾變，似乎想到什麼可怕的事情，連連倒退幾步。直到劉延發出命令，士兵們才收回武器。魏文昂起頭，努力地裝出一副不在意的模樣：「你這些兵倒是調教得不錯。」

一聽少年這居高臨下的口氣，劉延可以肯定，這兩個人絕不是什麼客商。至於他們到底是什麼人，劉延已經打消了追究的念頭。靖安曹做事，不是別人可以插手的。他是個極度小心的人，不想因為一時好奇而搞砸郭祭酒的計畫。

「如今城中紛亂，各處都不太平。兩位一時半會是無法離開，不如去縣署稍坐，也穩妥些。」劉延客客氣氣說。劉平一點頭：「恭敬不如從命。」

劉延帶著劉平和魏文離開兵庫，朝著位於城中心的縣署走去。此時街上已實行禁令，幾乎沒有什麼行人，只偶爾有一隊士兵匆匆跑過。整個白馬城陷入一種焦慮的安靜，好似一個輾轉反側的失眠者。他們走過一處空地，幾個士兵拿著石頭在往一口井裡扔。

劉平和魏文一直在悄聲交談，還輔以各種手勢。走在前頭的劉延感覺，這兩個人之間的關係有些奇怪，既不像主僕，也不像兄弟，那個叫魏文的小孩子雖然聽命於劉平，但總不經意間流露出頤指氣使的氣度；而劉平對魏文說話不像長輩對晚輩，更像是上級對下級，還帶著點商量的口吻。

這時候意外出現了。

兩個黑影突然從兩側低矮的民房頂躍下，速度如影似電。劉延與他的護衛剛露出驚疑，兩道寒芒已然刺中了劉延的小腹——卻發出了「鐺」地兩聲脆響，劉延整個人朝後頭倒去，從破損的布袍下，隱約可見銅光閃耀。原來劉延為了防止被刺殺，在外袍下還穿了一身鎧甲，這個人真是小心到了極點。

刺客還要繼續挺刺，這時候最先反應過來的人，居然是劉平。他先拽開失去平衡的劉延，然後飛起一腳踹開親隨。只聽一聲慘叫，原本註定要切開親隨脖頸的刀鋒，只斬入了大腿。兩名刺客見一擊未中，不見任何遲疑，立刻拔刀各自躍上房屋，很快消失在視野裡。那些還忙著填井的士兵扔下手中的石頭，都跑了過來。劉延揮著手吼道：「還不快去追！」他們連忙轉身朝著刺客消失的方向追去。

「您沒事吧？劉太守？」劉平問。劉延臉色煞白地從地上爬起來，勉強點頭。這次丟人可丟大了。這城裡經過幾遍盤查，把兩個靖安曹的人當細作不說，居然還漏掉了真正的刺客，一漏就是兩個。若不是他生性謹慎，恐怕此時白馬城已陷入混亂。

「謝……謝謝先生救命之恩。」親隨捂著潺潺流血的大腿，衝劉平叩頭。剛才若不是劉平及時出手，他早已成了刀下之鬼。那劍斬的力道極大，他的大腿被砍入極深，可想而知若是加諸在脖頸上，會是怎樣一番景象——他剛剛還指控這人是細作，現在卻被救了一命，這讓他有些惶恐。

「不客氣，同行之人，豈能見死不救。」

劉平溫言一笑，回頭去看魏文，卻發現他站在原地，眼神有些發直。劉平問他怎麼了，魏文嘴唇微微顫動，低聲道：「這……這種劍法，好熟悉……對，就是噩夢裡那種感覺，我曾經經歷過，不會錯。」魏文雙股戰戰，試圖向後退去，卻被劉平按在肩膀上的手阻住。

「別忘了你為什麼來這裡。」劉平悄聲對他說，似乎也是對自己說。魏文咬著牙攥緊拳頭，過了好一會兒才平靜下來。

針對劉延的刺殺引起了一場混亂，守軍對城裡展開了又一輪搜捕。劉延趕緊讓他們兩個人儘快返回了縣署，加派了守衛，然後吩咐奉上兩盞熱湯壓驚。劉平坐在尊位，魏文坐在他的下首，兩個人端起湯盞略沾了沾唇，旋即放下，他們的舉止風度，一看便知出身大族，這讓劉延更生敬畏。

劉平開口問道：「如今白馬四面被圍，不知劉太守有何打算？」

劉延心中一凜，若劉平問的是「如何應對」，他還可以從容回答；可他偏偏問的是「如何打算」，這就是存了試探的意思在裡頭。袁紹大軍壓境，許都這邊難免人心浮動。這兩個人，說不定是曹公派下來檢校軍心的……

想到這裡，劉延苦笑一聲道：「如今之局，已非在下所能左右，唯有拚死殉城而已。先生問我，真可謂是問道於盲了。」他將城內外局勢據實相告，劉平聽了以後，沉默不語，面露難色。劉延看出他心思，又道：「如果兩位是要急於出城，倒也不是沒有辦法。」

劉延叫手下取來牛皮地圖，鋪在兩人面前，用盛湯的杓子邊指邊說：「袁軍雖然勢大，但我白馬城也並未全無出路。兩位且看，在西南處，如今還有一條寬約數里的通道。不知為何，袁軍至今不曾到此，只偶爾有斥候巡邏。若是有快馬，兩個人要衝回南方，不算太難。」

魏文伸著脖子端詳了，忽然抬頭問道：「你們的信使，是否就是從這條路去給我……呃，曹公報信？」

「不錯。」

魏文道：「袁軍兵力如此雄厚，卻圍而不攻，反而留了一條單騎可行的南下通道，你難道看不出什麼問題？」這小孩子語氣尖酸，說的話卻大有深意。劉延重新審視地圖，一言不發。魏文忍不住身子前傾：「我問你，我軍與袁軍若是決戰，孰強孰弱？」

「袁紹兵力數倍於曹公，又新得幽燕鐵騎。若正面決戰，我軍勝機不大。」劉延答道。

魏文伸手在地圖上一點：「白馬城是黃河南岸的立足，乃是我軍必救之地。袁紹放開白馬的西南通道，明顯是要你去向曹公求救，他們再圍城打援，逼迫曹公主力離開官渡，北上決戰。明白了？」

劉延臉色陡變。他只糾結於白馬一城，這少年卻輕輕點透了整個戰局，雖說略有賣弄之嫌，卻也顯露出高人一等的眼光與見識。黃河與官渡之間是廣袤平原，在那裡兩軍展開決戰，曹軍敗多勝殺。真到了那個時候，他劉延就是戰敗的第一個罪人。一想到這裡，劉延顧不得禮數，霍然起身，額頭沁出細細的汗水。

「得馬上派人去警告曹公！」

「不必了。」魏文擺擺手：「我都看得出來，曹公會看不出？你老老實實守你的城就行了，不要自作聰明，亂了陣腳。」教訓完劉延以後，魏文頗為自得地瞟了劉平一眼，劉平卻是面色如常，鎮定自若地啜著熱湯。

劉延現在已經明白了，這兩個年輕人，定是十分重要的人物，可不能折損在了白馬城中：「我馬上安排快馬，打開南門送兩位出去。」

劉平卻搖了搖頭：「多謝太守。不過我們不是要南遁，而是北上。」他輕輕在地圖上一點，眼神透出幾絲堅毅，指頭點中的位置正是如今白馬城外駐紮的袁軍營盤。劉延手一抖，幾乎要把手邊的湯盞碰倒。

「您這是……」

「我們去試探一下，看看袁紹對漢室還有多少敬畏。」

「漢室不就是曹公嘛，說得這麼冠冕堂皇……」劉延心中暗想。

與此同時，在那一處被指頭壓住的袁軍營盤門口，一場醞釀已久的混亂即將爆發。一大隊剽悍的騎兵安靜地排成三隊陣列，他們個個身挎弓箭，腰懸長刀。他們所處的位置有些奇怪，前面一半已經出了袁軍主營的轅門，後一半卻還在營中，好像一條出洞出到一半就卡死在那裡的蛇。

在佇列的最前方，是一個全身披掛的黑高漢子，他正好整以暇地用一把寬刃大刀修剪著指甲。他胯下那一匹烏丸駿足有些不耐煩，因為韁繩不在主人手裡，而是被一個怒氣衝衝的文官抓住。那文官身後不遠還站著一員大將，但看上去似乎他完全沒有幫手的意思。

「顏良！你到底是什麼意思？」郭圖喝問道，用力去拽韁繩。可那坐騎四蹄如同生根一般，紋絲不動，郭圖拽不動，只得悻悻鬆開手。顏良身後的騎士發出一陣哄笑。

顏良收起大刀，詫異的表情略帶做作：「郭監軍，我不是給你行了一份公文嗎？延津附近發現了曹軍斥候，我身為先鋒大將，自然得去查探一番。」

郭圖冷笑道：「這等小事，何須大將親自出馬！你根本就是想去遊獵吧？」

被說中心事的顏良一點也不見慚愧，反而昂起下巴，理所當然地說道：「白馬小城，交給監軍你就足夠了，我在營裡待得都快長毛啦，得活動一下筋骨。」

郭圖一聽，登時火冒三丈：「出征之前，袁公有明確訓令，以我為前部監軍，節制諸軍。你難道想違抗……」他話還沒說完，顏良雙腿一夾，坐騎默契地向前衝了幾步，嚇得郭圖不得不閃身避開。這一閃，之前說話的氣勢被打斷，再也續不下去了。

「審時度勢，臨機決斷，此皆大將之法。爾等潁川腐儒，何必管那麼多！」

顏良逼退了郭圖，哈哈大笑，一抖韁繩喝令開拔。郭圖見攔不住他，轉過頭去，求援似地喊道：「淳于將軍，您莫非要放任這個傢伙胡鬧？」

這一次先期渡河的袁軍主將，是淳于瓊和顏良。郭圖作為監軍隨軍，名義上地位比顏良高，但後者是冀州派的實權人物，兵權在握，郭圖根本壓制不住，只得求助於淳于瓊。

一直一言不發的淳于瓊聽到呼喊，撥轉馬頭衝到了顏良軍前。顏良面色一怔，抱拳道：「老將軍莫非也要阻撓？」

淳于瓊咧開嘴笑了：「原本是要勸阻，可聽顏將軍說得有趣，老夫也動了心思，也想出去遊獵一番。」這個回答讓郭圖和顏良都很愕然。淳于瓊見顏良有些遲疑，眉毛一抬，又道：「怎麼？老夫不夠格嗎？」

面對這個請求，顏良眉頭一皺。郭圖一介文吏，斥退也就算了，這位淳于瓊是軍中老人，當年還與袁公平起平坐，輕忽不得。可真的答應讓淳于瓊同行？別逗了，那可是一個膽敢輕軍入許劫走董承的老瘋子，他會做出什麼事來，誰都無法預測！

顏良在馬上默然片刻，開口道：「既然如此，淳于將軍不妨與我同行，以一日為限。萬一白馬這裡起了變故，也好有個應對。」

一日為限，能打到多少獵物？在場的人都聽明白了，顏良這是在找臺階下了。淳于瓊也不為己甚，笑眯眯地滿口答應下來。顏良斜瞄了郭圖一眼，朗聲笑道：「白馬小城，即便是郭監軍，應該也能看住一日，老將軍不必擔心。」

郭圖被他如此諷刺，氣得面色漲紅，卻無可奈何。顏良這次帶了一共八千步騎，真要起性子來，郭圖還真吃不消。

淳于瓊道：「既然如此，還請將軍在營外少等片刻，老夫去取弓箭來。」顏良在馬上略一抱拳，然後一抖韁繩，發下口令。他身後的騎兵一起呵斥坐騎，大隊人馬耀武揚威地開拔，令出即行，毫不拖遝，果然是冀州精銳。

郭圖恨恨地把鼻前的塵土揮開，對淳于瓊抱怨道：「明明有將軍與我做先鋒便足夠，主公卻還偏偏還要派這個冀州莽夫前來，真不知怎麼想的。」

淳于瓊昂起頭，瞇起眼睛吸了口氣息，答非所問：「孟夏之時，最宜郊遊，顏將軍當真是好興致吶。」郭圖一愣，不知他意有何指。淳于瓊把手伸向顏良漸行而遠的背影，勾了勾指頭：「顏將軍遊獵之意，只怕不在禽獸啊。」

說完他哈哈大笑起來，拍了拍郭圖的肩膀：「郭監軍你年紀輕輕，可不要跟老夫一樣老糊塗啊。」說罷揚長而去，剩下一個驚疑不定的郭圖。郭圖也不是傻子，略做思忖便明白淳于瓊的意思。

顏良這次公然外出，獵獸是假，爭權是真。冀州派一向是袁家的泰山之鎮，結果田豐被囚、沮授被叱，現在先鋒的監軍居然也落到了潁川人的手裡，顏良若是不爭上一爭，只怕權勢會繼續旁落。

「莫非顏良是要試探我等……」

郭圖想到這裡，悚然一驚，匆匆回到營帳之中，提筆寫下一封密信，封上印泥，然後叫了個心腹小校，低聲吩咐道：「去黎陽，送蜚先生。」他側頭想了想，又寫了一封。

在白馬西南方向幾十里外，一支曹家的軍隊正在徐徐前進。兩側的散騎始終與主隊保持著一百步的距離，中央的步卒排成鬆散的行軍隊形，矛手與戟手在外，弓手在內，每三個人還抬著一面大盾。可知兵的人一眼就能看出，這佇列外鬆內緊，一旦有什麼情況出現，他們會立刻變成一把鋒銳的尖刀或堅實的盾牌。

在隊伍的最前列並行著三名將軍，他們身上披著厚實的兩當鎧和虎獠盔，神態各異。最右邊是個矮壯漢子，眉毛極粗，眼睛卻很小，肥厚的嘴唇顯出幾分忠厚；最左邊的將軍一臉的桀驁不馴，面部狹長，鼻尖鷹鉤，是相書上說的青鋒之相——這種相貌的人，大多偏狹狠戾；而在最中間的男子，方正的臉膛微微發紅，一部美髯飄在胸前，頗為沉穩英偉，可他的神情卻是怏怏不樂，似乎有什麼煩心之事縈繞於心。

這時一名斥候從遠處飛快地馳來，數名遊騎迎了上去，確認了對方的身分，這才讓開道路。這斥候衝到佇列前方，對著三位將軍大喊道：「報！前方六十里處，有袁軍偵騎。」

這個消息讓三名將軍表情都微微一滯。在那裡出現偵騎，說明他們已經進入袁軍主力的視野了，隨時可能會遭遇戰鬥。

三人久經沙場，同時習慣性地同時舉手，想讓隊伍停止前進，可他們發現兩位同僚也做了同樣的動作，連忙又收回來，面露尷尬，一時間讓整個隊伍有些混亂。好在這混亂並未持續太久，士兵很快整好了隊，矛戟微斜，弓弩上弦，以便隨時可以應對可能的偷襲。一看便知是百戰之師，細節毫不疏忽。

中間那將軍對左右兩人道：「袁軍此來，目的不明，咱們主力撥一支軍迎上去探探虛實。」這是持重之論，其他二人都紛紛贊同。

這時候，第四個聲音在他們身後響起：「諸位將軍，不如來搏個彩頭如何？」

三個人同時回過頭去。說話的是他們身後一個有點狐狸臉的年輕人，他只簡單地披著一件長袍和軟甲，細長的手指拈著兩枚骰子。這人叫楊修，是太尉楊彪的兒子，剛從許都北上官渡。軍中傳言，楊家被郭嘉敲打了一下，已徹底屈服，不光家裡的高手被徵調，連楊彪獨子都要被迫隨軍。

此時聽到楊修這麼說，三位將軍面面相覷。楊修又笑道：「聽聞這次圍困白馬的，是顏良、淳于瓊和郭圖三人。這帶兵西進的，會是他們中的誰。諸位不想猜一猜？」

左邊那將軍不悅道：「楊先生此來隨軍，是參贊軍事，可不是來胡鬧要錢的。」楊修悠悠道：「在下開的這個局，博錯了，無非是輸些錢財。曹公開的那局，幾位若是下錯了注，可是要賠上身家性命的。」

他這一句話說出來，三個人俱是一凜。他們互相使了個眼神，向前走了幾十步，驅馬登上一片小丘陵，與佇列遠遠隔開。左邊那將軍開口道：「楊先生，你適才那句話，是什麼意思？」

楊修拱手道：「德祖不才，自出征以來，一直有個疑問。曹司空麾下猛將如雲，這次救援白馬，為何單單挑選你們三位來打頭陣？」

「我三人為何不能打頭陣？」右邊的將軍淡淡道。

楊修搖搖頭：「諸位是身在局中，而不自知啊。」他一指左邊那將軍：「張遼張文遠，你本是呂溫侯麾下的頭號大將，在徐州歸順了曹司空，官拜中郎將。」他又一指中間那將軍：「關羽關雲長，你是玄德公的義弟，月餘之前方在徐州斬殺了曹公的守城將軍車冑。曹司空攻破徐州以後，玄德公趁夜遁逃，你才歸順曹公，至今尚只數月，卻已是偏將軍。」

關羽聽到「歸順」二字，面有怒意。他正欲開口分辨，卻被張遼扯了扯衣角，勉強壓下火氣。楊修把這一切看在眼裡，微微一笑，也不說破，把視線轉向第三位元將軍。

「至於你……」楊修指著第三位將軍，「徐晃徐公明，你根本就是漢室之人。」

徐晃聽到這個評價，卻是面色未變。當初他是楊奉麾下大將，從長安到洛陽一直保護著漢室安危，是天子親封的都亭侯。後來曹操與楊奉鬧翻，漢室遷到許都，他便留在了曹軍之中，作為漢室在軍中唯一一枚擺放在明面上的棋子，是彰顯皇帝與司空之間互相信賴的標誌。

不過為了避嫌，徐晃與漢室之間幾乎沒有任何往來。即使是董承起事的時候，也不曾把他計算在內。時人都認為，徐晃漢室的烙印逐漸淡化，已徹底成了曹家大將。

現在楊修突然把他的這一層身分揭破，徐晃卻沒有勃然變色，反而穩穩答道：「楊先生說得不錯，我一直是漢臣，從未變過。」他這話答的巧妙，如今天子尚在，連曹操、袁紹都自稱漢臣。

楊修三根指頭豎起來，三位將軍你看看我，我看看你，一下子意識到其中的玄妙。

這三個人都是降將，而且是來自於呂布、劉備以及漢室這三個曹公大敵的陣營，雖說曹公有「用人不疑」的名聲在外，可先鋒這麼重要的位置，曹公一個原從心腹之將都不用，卻派了地位如此微妙的三個人，其中意味頗可捉摸。

這三人合在一起，互相監視還好，眼下分兵去對付那一股袁軍，究竟派誰去，見了袁軍又做了什麼，就不能不讓人琢磨了。

想通了其中關節，張遼道：「你的意思，莫非是不要分兵？」楊修道：「若是見敵不顧，就更不好了。」張遼把手按劍，冷哼一聲：「分兵要猜忌，不分兵亦要猜忌。我看你分明是來離間的！」楊修從容道：「我一片公心，全為諸位。若是諸位不信，那我從此噤聲，全憑幾位調遣。」關羽拍拍張遼的肩膀，示意他鎮靜，又轉向楊修道：「那德祖你說說看，該如何是好？」

關羽在曹營地位超然，不像張遼、徐晃那樣患得患失，由他來問，最好不過。楊修把骰子掂了掂，道：「若是從小處著眼，怎麼做都是錯。只有放寬視野，才知進退之道啊。」

張遼不耐煩道：「別賣關子了！」

楊修長笑一聲，伸手指向黃河東向：「那邊袁紹派了顏、郭、淳于三將前來白馬，圍而不攻。這三人分屬不同派系，卻同為先鋒，實乃兵家大忌。這邊曹公調了你們三位降將打頭陣，主力卻綴在延津，這其中的味道，說白了就是兩個字——試探。」

聽到這兩個字，三將眼神起了不同的反應。

楊修繼續道：「曹公在試探袁紹，同時也在試探你等；而袁紹又何嘗不是在試探曹公，也在試探顏、郭、淳于三人。白馬城本是雞肋，守之無益，曹、袁仍各自派兵周旋，可不知藏了多少心機。若是窺不破這點，隨意妄動，說不定就是殺身之禍。」

徐晃握緊手裡的長柄大斧：「依楊先生所言，要如何才能合了曹公的心思？」

楊修下巴一抬，露出狐狸般的微笑：「這法子說來也簡單，取下顏、郭或者淳于的首級，一切疑問自然煙消雲散。」

聽到這話，三將中的一個人面色如常，心中卻是「咯噔」一聲。聽楊修這一番剖析，曹公竟是早已起了疑心，把最有嫌疑的三人一併撒出來，拿袁紹軍來試探虛實。他若是按照原計劃，藉這次出征之機，與顏良密會，就會有暴露的危險——這個楊修無端說破此事，顯然也是想試探出自己的身分。

該死的，全都在試探。他心想，同時努力讓自己的表情變得自然。

日至正午，白馬城的北門附近忽然發出喧鬧聲。附近負責監視的袁軍遊哨迅速上報，上面給了指示：靜觀。這一部袁軍的任務是圍城。很快喧鬧聲更大了，東城的城頭居然著起火來，火勢還不小。遊哨再次上報，上頭還是那句話：「靜觀。」

袁紹圍困白馬，是為了吸引曹軍主力前來，所以城內的這種小混亂，根本不值得關注。現在就算劉延自縛開城，他們都要把他趕回去。

很快遊哨發現，有兩個人影從城頭偷偷摸摸地想要縋下來，已經有粗大的繩子垂到城牆下面。此時上面火勢蔓延，濃煙滾滾，估計守城兵丁都顧不上了。遊哨想到上峰叮囑，也懶得上報，遠遠站在城頭弓箭射程之外觀望。

這兩個人影一高一矮，在城頭忙活了一陣，開始抓住繩子慢慢往下墜去。縋城是軍中必練的科目，講究的是雙手交錯握繩，雙腳踢牆，一盪一盪地縋下來。而這兩個人一看便是生手，居然雙腿盤在繩子上，雙手緊握往下溜。遊哨暗笑，這麼個滑繩的法子，不是手被繩子磨得血肉模糊，就是直接摔到地上沒有半點緩衝。

兩個人下到一半的高度，城頭上忽然有人大喊了一聲。立刻就有士兵揮起大刀，要砍斷繩索。兩個黑影大概是過於驚慌，雙手猛地鬆開，一下子跌落到城腳下。好在白馬城本來也不算高，這一下不至摔死人。

城頭衛兵看到他們掉下去了，不再砍繩子。北城門隆隆開啟了半扇，一隊步卒手持長戟環刀殺出來，直撲向那兩個人。那兩人也不含糊，強忍著劇痛，跌跌撞撞朝著袁營方向跑。那隊步卒個個身著重甲，跑得不快，反倒被那兩人愈甩愈遠。眼看他們要衝出弓箭範圍，突然之間從城頭順著那根繩子，又跳下來兩個人。這兩個人手腳俐落，動作迅捷之極，三兩下就縋到城下。一落到地上，他們立刻掣出手中鐵劍，惡狠狠地朝追兵撲去。

那些追兵只顧看前頭的，沒料到身後突現殺著，一下子被刺倒了三、四個，慘叫聲四起，隊形一下子就亂了。那兩個黑影的劍擊相當狠辣，每一劍下去，都沒有活口，很快就殺出一個缺口，衝到前面兩個黑影面前，一人一個，卻是把他們用劍橫在了脖子上，一步步押著往這邊走來。

這幾番變化讓遊哨看得瞠目驚舌，一時間都忘了回報，呆呆地看著他們走出城頭弓箭射程，朝自己靠近。一直到他看清這四個人的相貌，才如夢初醒，拿出手中的短弓，喝令他們原地站住。

那兩個持劍者，俱是黝黑精瘦的漢子，一臉褶皺看不出年紀，手裡的鐵劍一看便知是私鑄的，粗糙不堪；而那兩個被利刃抵住咽喉的，是一個青年和一個大孩子，身上穿的是錦袍，氣度不凡。

脫城投奔的人，每次圍城都會碰到，但這次的情況實在有些古怪。遊哨掏出一個柳哨，奮力一吹，附近的巡邏隊聽到聲音，很快就會趕過來。那孩子表情驚恐，瑟瑟發抖，似乎是被嚇壞了。遊哨同情地看了他一眼，心裡想起自己第一次上戰場，也是差不多同樣模樣。

可在下一個瞬間，那孩子突然用頭猛地回撞了漢子一下，趁著劍刃一顫，身體一縮，回手拿起匕首要刺他的小腹。那漢子猝不及防，只得回劍低撩，鏘地一聲把孩子的匕首磕飛。

遊哨大怒，手裡射出一箭，正中那漢子肩頭：「把劍扔了！妄動者殺！」漢子以手捂肩，面無表情地後退一步，把劍扔開。孩子原地站著，胸口起伏不定，臉上仍是驚怖神色。嚇成這樣子還要試圖反擊，這孩子可真是不得了，遊哨不由得嘖嘖感慨。

很快巡邏隊趕到，把他們四個一發制住，押還營寨，他們都沒有反抗。而在白馬城頭，一直往下觀望的劉延汗如雨下，雙腿一軟，癱坐在女牆內側，嘴裡喃喃道：「怎麼回事，到底是怎麼回事……那兩個人，不是我派的啊。」

郭圖接到四人逾城而出的報告後，有些好奇，因為士兵說他們明顯是分成了兩波，還互相敵對——但都宣稱有要事求見袁家。郭圖吩咐他們把人帶過來，然後點起了一爐雞舌香。馨香的氣味很快飄然而起，讓他覺得醺醺然有種陶醉的感覺。

這是時下最流行的風尚，肇始於許都的那位荀令君。荀彧每日都要薰上一陣，以至於去別人家拜訪，香味都會留存三日，風雅得緊，於是全天下的名士都開始模仿起來。郭圖不得不承認，潁川荀家目前仍是第一大族，影響力巨大。

「不過這種局面不會持續很久了。」他心想，同時把寬大的袍袖展開一點，以便能薰得更為徹底。這時兩名囚徒被士兵帶入帳內，郭圖打量了他們一番，開口道：「你們是誰？」

「我叫劉平，他叫魏文，是從南邊來的行商。」

郭圖不耐煩地晃了晃腳，這一句裡恐怕一成真的都沒有，這兩個人一定是出身世家。不過這個自稱劉平的人，居然說是從南邊來的，倒是有幾分意思。

「你們為何要從白馬城逃出來？」

劉平沒有回答，反而進前一步：「請大人摒退左右。」

「摒退左右？然後你好有機會刺殺本官？」郭圖似乎聽到一個很好笑的笑話：「我聽說了城下的事情，你這位小兄弟，手段可是相當的狠吶。就在這兒說！」

劉平緩緩直起了腰，粗魯地注視著郭圖，臉色慢慢陰沉下來。郭圖被他盯的有些惱怒，一拍几案：「放肆！」劉平湊到郭圖面前，伸出手來：「郭先生，你看這是什麼？」

郭圖一看，卻是一條棉布做的衣帶，小龍穿花，背用紫錦為襯，縫綴端整。他們進帳之前，已經被仔細地搜過身，但誰也沒覺得這衣帶會很可疑。但郭圖看到這帶子，卻陡然起身，彷彿看到什麼鬼魅。幾名護衛作勢要去按劉平，郭圖卻突然暴怒，拚命揮手：「你們還在這裡做什麼，給我滾出去！快！」護衛不明就裡，只得紛紛離開，帳篷裡只剩他們三個人。劉平在郭圖的盯視之下，從容拆開衣帶絲線，露出一塊素絹。

「郭圖，聽詔。」劉平站在原地，雙手捧著衣帶，輕聲說道。郭圖猶豫了一下，跪倒在地，身體因過於激動而微微顫抖著。

「朕以不德，權奸當朝。董承雖忠，橫被非難。惟冀州袁氏，四世三公，忠義無加。冀念高帝創業之艱難，糾合忠義兩全之烈士，殄滅奸黨，復安社稷，祖宗幸甚！破指灑血，書詔付卿。」

劉平唸完以後，俯身把素絹遞過去。郭圖驗過上面的璽記，心裡已經信了九成。董承在年初起兵，用的就是漢帝傳來的衣帶詔，這件事知道的人不多，郭圖恰好是知情人之一。皇帝能發第一次衣帶詔，就能發第二次。失去了董承以後，皇帝唯一的選擇只能是北方的袁紹了。

現在這條衣帶詔居然落到了自己手裡，郭圖覺得快被從天而降的幸福砸暈了。如果能在他的手裡促成漢室與袁公的聯合，這將是何等榮耀之事。屆時潁川荀家將風光不在，取代荀彧的，將是他郭圖。

「這麼說，您是……」

「漢室繡衣使者。」

「繡衣使者」本是武帝時的特使專名，有持節專殺之權，所到州郡，官員無不慄慄。在那個時代，他們就代表了皇家的無上權威與恐怖。光武中興之後，此制漸廢，逐漸被人遺忘。此時劉平輕輕吐出這四個字來，百多年前那滔天的威嚴肅殺竟是噴薄而出，霎時充盈整個帳篷。

郭圖感受到了這種威壓，趕緊換了一副熱情的笑臉：「使者此來可真是辛苦了。」

「我們從許都而來，假借行商身分，想早渡黃河。不料你們來得太快，把我們困在白馬城裡了。劉延全城大索，我們幾乎暴露，只得冒險出城，幾乎喪命。」劉平搖搖頭，顯得心有餘悸。

郭圖放下心思，寬慰了幾句，又開口道：「陛下既然詔袁公勤王，不知有何方略？」

天下無白吃的肉酢，天子要袁氏勤王，必然是要付出代價。究竟漢室準備開出什麼價，這才是最重要的。聽到郭圖這個試探，劉平正色道：「郭先生。君憂臣辱，君辱臣死。莫問漢室何為爾等，要問爾等何為漢室。」

這話大義凜然，卻隱隱透著透著一層意思：漢室的價碼是有的，你想得到多少，就要看你出多少力氣。郭圖哪裡會聽不出其中深意，連忙叩拜道：「郭圖才薄，卻也願意為陛下攘除奸邪。」

劉平道：「勤王的方略，陛下確有規畫。郭大人可願意一聽嗎？」郭圖聽他的口風，是有意跟自己合作，不由大喜。要知道，他如果直接把漢室密使送到袁紹那裡去，多半會被冀州或南陽派篡奪了功勞，還不如先攏在手裡，做出些事情。

「未知天子有何良策？」

劉平在郭圖耳邊輕語了幾句，郭圖眼神一凜，本想說「這怎麼行？」，話到嘴邊卻變成了「這能行嗎？」劉平緩緩抬起右手，掌呈刃狀，神情肅穆：「為何不行？陛下派我來前線，可不只是做使者。我掌中這柄天子親授之劍，未飲逆臣血前，可不會入鞘。」

劉平的話再明白沒有，漢室不是乞丐，它有自己的尊嚴，以及力量。

郭圖眼神遊移一陣，終於點了點頭。劉平贊道：「不愧是潁川望族，果然有擔當。」「潁川望族」四字恰好搔到了郭圖的癢處，登時眉開眼笑，讓兩人入座，奉上乾肉鮮果。

魏文望向劉平，看到他的背心已經浸透了汗水。

郭圖寒暄了幾句，把眼光投向一旁的魏文：「這位是……」

魏文趁劉平還沒開口，搶先說道：「我是扶風魏氏的子弟。」他說完以後微微露出緊張的神情。假如劉平真的想害他，現在就是最好的時機。沒有什麼比曹操的兒子更好的賀禮了。可劉平什麼都沒說。

魏家是雒陽一帶著名的豪商之一，富可敵國。黃巾之亂開始以後，魏家化整為零，把家財分散在各地世族與塢堡裡，表面上看被拆散，實則隱伏起來，與各地勢力都有千絲萬縷的關係。漢室跟他們掛上鉤，得其資助，絲毫不足為奇。

郭圖翹起拇指贊道：「年紀輕輕就承擔如此大任，真是前途無量啊。」他心想，魏家居然只派了這麼一個小孩子前來，看來他們對漢室沒寄予太大希望。這孩子八成是哪個分家的庶子，派過來做個不值錢的質子。

郭圖叫來一位侍衛道：「去把那兩個膽敢對天使動手的奸賊帶進來。」過不多時，那兩個黑瘦漢子被帶進來，他們的身手都十分了得，身上五花大綁，幾乎動彈不得。郭圖有意要給天使出氣，手微微一抬，侍衛一人一腳，把兩人踹倒在地。郭圖冷笑道：「你們兩個好大的狗膽，還不如實招來。」

四十多歲的漢子抬起頭：「我叫史阿，他叫徐他，我們是東山來的。」另外一個漢子垂著頭，一言不發。

郭圖聽到東山這名字，眉頭一皺。東山指《山海經東山經》，蜚先生這個名號，即是來自於此。所以蜚先生所掌控的細作，都自稱是東山來的。眼前這兩個漢子，想來也是蜚先生安插在曹方的細作。他們拚著暴露的風險逃回來，估計是有重大發現，倒不好下手太狠。他一邊想著，口氣有些變化：「你們在白馬城做什麼？」史阿道：「我二人受命潛伏在白馬，伺機刺其首腦。適才看到他們出城，便也趁機離去。」

「既然同為出城者，為何要挾持他們？」郭圖朝劉平、魏文二人那裡一指。史阿浮出一絲苦笑：「我看他們二人華服錦袍，又直奔袁營而來，定是什麼重要人物。我若不先挾持住，賺得開口之機，只怕還未表明身分，就被遊哨射殺了。」

這倒是實話。行軍打仗，駐屯之地都不容可疑之人靠近。像是史阿和徐他這種衣著襤褸的傢伙，遊哨和望樓上的軍士可以不經警告直接射殺。殺錯了也無所謂，無非是些草民罷了，所以郭圖除了「哦」了一聲以外，面色如常，沒覺得有什麼不妥之處。

這時一直垂著頭的徐他猛地抬起頭來：「大人是覺得人命如草芥嗎？」

郭圖臉立刻沉了下來：「放肆！你這是怎麼說話呢？」侍衛們撲過去拳打腳踢，徐他抱頭蜷縮在地上，但滿臉的憤懣卻是遮掩不住。劉平心中不忍，在一旁插嘴道：「人命如天，無分貴賤。郭大人，我看他只是一時失言，還是饒了罷。」

郭圖拖著長腔道：「這兩位是貴客，你們這般唐突，我也不好護著你們。」史阿心領神會，轉身對著劉平和魏文，雙腿跪地，頭咕咚一聲磕在地上，幾乎撞出血來。徐他在史阿的逼迫下，勉為其難地也磕了一下。

郭圖這才勸道：「這兩個人是我軍細作，不知深淺，還望兩位恕罪。」劉平表示不妨事，魏文盯著史阿，忽然沒頭沒腦地問了一句：「你的劍法，是跟王越學的？」

史阿一愣，連忙答道：「正是，王越是我二人的授業恩師，您曾見過他？」

魏文原本表情僵硬，聽到史阿這句話，卻哈哈笑了起來。在他的笑容裡，恐懼與憤怒交織在一起，讓他的表情變得異常猙獰。

鄧展睜開眼睛，第一眼看到的，是灰色的帳篷頂。他覺得自己已經被斬首了，頸部以下毫無知覺，只有塞滿了疼痛的腦袋能勉強轉動，視線像是被罩上了一層薄紗。

「你總算是醒啦？」一個熟悉的聲音傳來。

鄧展努力尋找聲音的來源，看到的卻是一張模糊的臉，這張臉有一對大得驚人的耳朵，隱隱讓他心裡有種不太舒服的感覺。鄧展還在考慮如何開口相詢，那張臉已經主動開始說話：

「哇哈哈哈，鄧展啊鄧展，我是淳于瓊啊！」

這個名字彷彿一根鋼針刺入鄧展的太陽穴，讓他陡然警醒過來。淳于瓊？淳于瓊！

「還記得我嗎？」淳于瓊的聲音裡帶著一絲得意。他本來陪著顏良在外遊獵，聽到鄧展醒過來了，就急忙趕了過來。

望著這張臉，鄧展恍恍惚惚之間，被突然湧入的回憶淹沒。他回想起來，那是十多年前的事情了。當時鄧展只是雒陽附近的小遊俠。漢靈帝組建西園八校尉，招募鄉勇壯士，他前去應徵，被編入右校尉淳于瓊的隊伍。淳于瓊是個耐不住寂寞的狂人，終日帶著手下外出遊獵，無意中看到一夥黃巾賊，一路追擊，結果中了埋伏。鄧展拚死救下淳于瓊，自己受負重傷，被送回雒陽休養。又過了幾天，淳于瓊返回雒陽，得意洋洋地告訴鄧展，他已經率大軍找到了黃巾賊棲身的村子，把賊人鄉黨殺了個乾淨。鄧展驚愕地發現，這村子竟是自己的家鄉。

淳于瓊得知真相以後，決定給鄧展一個公開決鬥的機會。不料鄧展只扔下一句「我要你虧欠一輩子」，揚長離去。淳于瓊追殺也不是，攔阻也不是，只得任他離開西園。後來鄧展在中原遊蕩，碰到了曹純，欣然加入虎豹騎為曹公效力。

這些久遠的記憶慢慢復甦，隨這些記憶甦醒的傷痛也慢慢解封。鄧展憤怒地試圖仰天大叫，身體搖動，四肢逐漸恢復知覺，只是聲帶仍是麻痹，說不出什麼。

淳于瓊站在榻旁，哈哈大笑，很是開心：「你知道嗎？我是在許都附近把你救起來了。當時你躺在雪裡，身中大箭，若沒有我，你就死定了。」他一直覺得鄧展的恩情是個沉重的負擔，這次終於有機會把恩情還回去，讓他格外興奮。

鄧展原本對這個殺親仇人充滿怒意，可聽到這句話，怒火陡然消弭了。淳于瓊的話提醒了他，他恍惚記得在自己受傷前，似乎有件很重要的工作。郭嘉、畫像、溫縣司馬家、楊俊……一些散碎的詞語在一一飄過。鄧展閉上眼睛，試圖理順紛亂的思路，把落滿殘葉的思緒之路打掃清爽。

「我知道你恨我，不過如今你先安心養傷。你如今是在袁本初的營裡，馬上就有一場大打，曹阿瞞那邊我看你是沒機會回去了。」淳于瓊絮絮叨叨地在榻邊念叨，像是一個囉嗦的老管家：「等你的傷好了，我去跟袁本初說說，你願意留在這兒，可以做個裨將軍；想走，也隨你；你若是想報仇，我就給你個公開決鬥的機會——哼，上次你不要，這次總不能推託了吧？」

鄧展聽著淳于瓊的絮叨，繼續思索著自己之前的職責。他現在知道，如今身在袁營，諸事皆受限制，但那件任務似乎非常重要，如果不能及時回想起來，耽誤了郭祭酒的事，可就麻煩了。

淳于瓊見他在榻上掙扎了一下，連忙喊了兩名軍士：「這個人在榻上躺得太久，不利休養。你們扶著他出去在營裡走幾圈。記住，不許他和人交談，也不許接近任何人，轉轉就回來，不然仔細你們的腦袋！」

兩名軍士應一聲諾，把鄧展小心翼翼地攙起來，披上一件熊皮大氅。淳于瓊目送他們離開營帳，這才轉身離去。

一個身披熊氅、臉色慘白的高瘦漢子被兩個人攙扶著在營裡行走，路過的袁軍士兵都紛紛投去好奇的眼光。鄧展一邊貪婪地吸著清新氣息，讓自己的腦袋儘快變得更清晰一些，同時觀察著周圍軍營裡的一切動靜。儘管他視力仍未恢復，看東西模模糊糊，但還是從營地的種種細節判斷出來，這是個規模相當大的營地，估計能容一萬到一萬五千人。能讓袁紹動用這麼大規模軍團的，只有曹公。難道官渡戰端又起？不知局勢如何。

鄧展暗暗思索著，順從地被軍士引導著。他們從淳于瓊的營帳走出去，朝著西邊走了大約兩、三百步，然後轉向左側，再走一百多步，就抵達了淳于瓊和郭圖所部的營帳邊界處。這兩處沒有用木柵分隔，只是簡單地用數輛裝滿輜重的大車橫置過來，權當界線。走到這裡，對鄧展的身體來說，差不多是極限了，喘息也劇烈起來。軍士連忙攙著他往回走。

就在轉身的一剎那，鄧展忽然看到，從大車另外一端的大帳裡走出一群人，其中有一個半大的少年，模模糊糊的很是熟悉。那少年忽然朝這邊看過來，那張面孔一映入鄧展瞳孔，便讓他悚然大驚，這身影實在太熟悉了，可是，他怎麼會出現在這裡呢？

「二公子？」

鄧展張開嘴大叫道，想去救他。可是他麻痺的聲帶只能發出蚊子般的聲音，對面根本聽不到。他拚命想要越過大車，卻被兩名軍士死死拽住。他們看到這人忽然變得狂暴，唯恐出什麼事，手臂多用了幾分力，把他硬生生扯回來，一路跌跌撞撞帶回去。

他們把鄧展重新扔回營帳，怕他跑掉，還用繩子捆了幾道。不過軍士們吃不準淳于將軍是拿他當賓客還是戰俘，下手捆縛的時候鬆了幾分。

鄧展身體動彈不得，靈台卻在急速轉動。二公子怎麼跑到這裡來了？難道說，許都已經被攻陷？曹公的家眷全落在袁紹手裡了？他忽然想到，站在二公子身旁的那個人，似乎也很熟悉，而且與自己苦苦追尋的散碎記憶頗有關聯。

他到底是誰？鄧展拚命回憶，可剛才匆忙一瞥，根本看不清楚。

顏良在外頭草草地遊獵了半天，心裡有些鬱悶。淳于瓊那個老東西如影相隨，嘴裡還嘮叨著一堆令人生厭的怪話，實在有些煞風景。好在這種折磨沒持續多久，淳于瓊似乎在營中有急事，匆忙離開。顏良心想，反正這次出遊只是為了殺殺郭圖的氣焰，既然目的已經達到，便沒必要繼續遊蕩了，於是也朝著自己的駐地回去。

他剛剛回到駐地，就被衛兵說有一個人求見。顏良把他叫進來，發現是個毛頭小夥，自稱自己是漢室繡衣使者。

「說吧，有什麼事？」顏良不耐煩地用大刀磨著指甲。他和郭圖不一樣，「漢室」這個詞在他的耳朵裡，還不如河北幾個大族的名頭響亮。

劉平對他的怠慢並不著惱，他不慌不忙地說：「我來到此，是想賣與將軍一份消息。」

「哦？」

劉平道：「曹軍先鋒已過延津，正向白馬急速而來。若將軍即時出迎，必有驚喜。」

顏良磨指甲的動作停住了，他瞇起眼睛，饒有興趣的問道：「我軍斥候尚未有報，你是怎麼知道的？」

「我是漢室繡衣使者。」劉平答非所問。

顏良覺得這個回答有點挑釁的味道，面色一沉：「你不去找郭圖，為何來尋我？難道覺得我更好騙嗎？」

「不，恰好相反。」劉平道，「只是因為將軍手中握著更好的東西。」說完他用腳尖在沙地寫了一個人名。顏良瞪著劉平看了半天：「這件事你都知道了？漢室果然有點名堂。」

「若是不知道，又怎麼給將軍備一份厚禮呢？」劉平畢恭畢敬地說道，又在沙地上寫了一個人名。顏良一看，黑紅色的臉膛立刻洋溢出會心的笑容：「果然是一份厚禮！說吧，你要什麼條件？讓我幫你引薦給主公？」他拍拍劉平的肩膀，態度親熱了不少。

「等將軍博得頭功凱旋之後，再議不遲。漢室志在高遠，不急於一時。」

「哈哈哈，說得好！那你就等著吧。」

顏良一拍大腿，大踏步走出帳子，對正在解鞍的騎兵們喝道：「你們這些懶鬼，本將軍遊獵還沒盡興，再跟我出去轉一圈。」

一直到顏良大部隊匆匆離開大營以後，劉平低頭用腳尖把沙地上的字抹掉，轉身離開。

「斬殺顏良？」

聽到楊修的話，三位將軍都紛紛露出苦笑。顏良是誰？那是河北一代名將，死在他手下的武人比黃河岸邊的蘆葦還多。即便是心高氣傲的關羽都不得不承認，至少在目前，他們三個加到一起，都不如「顏良」這個名字煊赫。

楊修卻不以為然地晃了晃指頭：「顏良再強，又豈能比得過呂溫侯？還不是落得白門樓的下場。」

這個例子讓張遼有些不舒服，面色一黯。

楊修舔了一下嘴唇，又道：「戰場之上，謀略為首，軍陣次之，個人武勇用處不大。顏良如今孤軍深入，正是擊殺的絕好時機，諸位要成就大功業，可不能錯過啊。」

「顏良的部屬都是幽燕精騎，想來就來，想走就走，我們怎麼攔得住？」張遼提出疑問。楊修道：「我剛才不是說了嗎？戰場之上，謀略為首。三位若肯依我的調度，顏良的首級唾手可得。」

三個人互視一眼，忽然發現，楊修的這個提議居然無法拒絕。曹公既然有了試探之意，如果此時拒絕參與斬殺顏良的策劃，只會讓自己的嫌疑更深。即使是關羽，在明確玄德公的下落之前，也不願過於得罪曹公——原來這個輕佻的傢伙從一開始，就在言語中設下圈套，等到他們覺察之時，已是不由自主。念及於此，他們對楊修立刻都收起了小覷之心。

關羽一捋下頜美髯，丹鳳眼爆出一道銳利光芒：「德祖說的不無道理，顏良的高名，正合墊做我等的進身之階！豈不就在今日？」徐晃與張遼以沉默表示贊同。

見大家意見取得一致，楊修把骰子揣到懷裡，撿起一根枯枝，在地上隨手劃了幾道：「顏良的部隊全是幽燕精騎，進退如風，卻不耐陣地戰。咱們分一支部隊，將其纏在黃河灘塗，壞其馬蹄，然後其他兩軍迂迴側後，再合圍共擊，可奏全功。」

三人微微有些失望，這計畫聽起來四平八穩，沒什麼出奇之處。不過戰場上確實沒那麼多奇謀妙計，講究的是實行。一個普通的戰前方略，若能實行個七八成，也足夠取得勝勢了。

「那麼我去纏住顏良。」張遼主動請纓，其他兩個人都沒提出異議。他是西涼軍出身，麾下為數不多的精銳都是來自於高順的陷陣營舊部，馬戰嫻熟，派他們去纏住河北騎兵再合適不過。

徐晃也開口道：「由我去堵住顏良退路。」憨厚的方臉如巖石般沉穩。這位將軍的話不多，語速緩慢，彷彿每個字都經過深思熟慮。

其他三個人同時看向他，眼神裡都有些明悟。阻截是個高風險的活兒，顏良這次帶來的皆是騎兵，倘若迅速逃掉，負責阻截的將軍到底是「力有未逮」還是「有意縱敵」，可就說不清楚了。徐晃是漢室之人，身分早已公開，由他擺明車馬前去截殺，顯得光明正大。

楊修滿意地點點頭：「徐將軍穩若泰山，這任務交給你最放心不過。關將軍，屆時請你迂迴到南側，封堵顏良回營之路。三路合圍，來個甕中捉鱉。」

楊修說完，把樹枝一撅為二，扔在地上，顧盼左右顯得信心十足。三人對這個計畫沒什麼異議，驅馬回去調派人馬。這時候斥候又來報，顏良的部隊已經在十五里開外了。

徐晃要走了所有的長矛和一半的弓箭，還有二十餘具皮甲。他的任務是堵截騎兵，用矛拒馬是最有效的防衝擊辦法。稍做整理以後，徐晃帶領部屬先行離開。他們在行軍途中緩慢變陣，逐漸由一字長蛇向前推成了三個方陣，戟兵矛兵在前，盾兵分佈兩翼，弓兵與刀兵夾雜於中，標準的對騎陣勢。

能夠在行軍如此迅捷變陣且不亂的部隊可不多見，徐晃治軍的手段，可見一斑。

他出發以後，張遼與關羽也對自己的部隊進行了微小的調整。關羽要肩負著阻斷顏良回撤之路，很可能會被騎兵正面衝擊。所以他用幾百把環首刀交換了張遼同等數量的長戟、短戟和直矛。而所有的騎兵都留給了張遼，他必須以最快的速度與顏良正面交鋒，堅持到友軍合圍。

整頓完以後，張遼在馬上一抱拳：「雲長，保重。」關羽也做了回禮：「文遠，咱們看看，誰先取得顏良的人頭！」兩人相視一笑，各自撥轉馬頭離去。

張遼目送關羽離去，看到楊修仍站在旁邊不動，大感意外。張遼是最先投入戰場的部隊，風險極大，他居然選擇跟隨這一路人馬，只怕這小年輕的根本不知戰場兇險。

張遼摸摸鼻子，冷笑一聲，也不去理他，自顧點齊兵馬，一聲令下，幾十名帶了大弓的斥候呈一個扇面分散出去。他們將負責狙殺可能出現的敵人偵騎，遮斷戰場，切斷顏良與主營之間的聯繫。

看著那些斥候飛馳而出，楊修忽然握住韁繩，似是不經意道：「徐將軍和關將軍已經遠去，文遠你不必這麼警惕了。」張遼注意到了他稱呼上的微妙不同，斜乜一眼：「楊先生又有何見教？」他把「又」字咬得充滿嘲諷。楊修笑呵呵道：「文遠此來赴約，再這麼遮遮掩掩，可就趕不上約期了。」

張遼猛地一勒韁繩，雙眉高起，把一張臉牽得更長，更襯出鼻鉤陰兀。他下意識地把手按在了劍柄上。這個弱不禁風的傢伙，只消劍芒一掃便可殺死。楊修篤定地扶在馬上，一臉風輕雲淡，對他的威脅視而不見。無聲的對峙持續了數息，張遼長長嘆息一聲，把手從劍柄挪開：「你是何時知道的？」

楊修道：「適才斥候來報，只說是有數百騎接近，可你張口便說是幽燕鐵騎，豈不是早知顏良要來？」

「僅憑這一點而已？」張遼疑道。

楊修把骰子一拋：「自然不夠定論，但看張將軍你主動請纓，我覺得足以賭上一賭了。」張遼聽了，不禁有些愕然。只憑著一條似是而非的破綻，這傢伙就敢投下這麼大賭注。運籌帷幄的頂尖謀士他見得多了，但像楊修這種把計算建在賭運之上的大膽，還從來沒領教過。

張遼盯著楊修，忽然想到：楊修的父親是去職的太尉楊彪，與曹公一貫是政敵。楊家自董承之亂後，已歸伏曹公，家中精英也盡數被迫調遣來到官渡。他背著曹公搞點自己的小算盤，倒不足為奇。

「張將軍不必如此警惕，你我同處一舟，彼此應該坦誠些。」楊修湊到張遼身前，低聲說了句什麼。張遼眼神閃過一絲為難的神色，皺著眉頭道：「先旨聲明，在下去見顏良純為私事，絕無對曹公不利之心。」

楊修露出狐狸般的歡欣笑容：「真巧，我也是。」

一騎白馬飛快地從南方馳來，馬上的騎士身著紫衣，一望便知是袁家的加急信使。那匹馬遍體流汗，顯然已奔馳了許久，鼻息粗重。可騎士仍不滿足，拚命鞭打。沿途的袁軍巡哨紛紛讓開大道，以確保信使順利通行。

忽然騎士一抖韁繩，向右拐了一個彎，離開官道，朝著黃河北岸的一處村落跑去。城池東側的外郭旁是一片半廢棄的村落，不過如今有軍隊駐紮此處。廢墟間偶爾有人影閃過，手持刀弩，看起來這裡的戒備並不似表面看起來那麼鬆懈。

快接近村子之時，馬匹忽然哀鳴一聲，轟然倒地。早有準備的信使跳到地上，看都不看坐騎，一溜小跑，衝到入口處。兩名衛士不知從哪裡閃了出來，攔住去路。

「丹徒急報！」信使急促地說了一句，把手裡的一個魚鱗信筒晃動一下。衛士看到那信筒不敢怠慢，簡單地搜了一下他的身，就放了進去。

過不多時，村裡的某一處地方突然傳來銅爐被踢倒的聲音，然後一個歇斯底里的暴怒聲響起：

「郭奉孝！」

# 第二章　喪金為誰而鳴

這一座大帳紮在黃河南岸一座小山的山陰之側，十分僻靜。稍知兵戎之人，一眼便能看出這帳篷的不凡，它外鋪牛皮內襯棉布，以韌勁最好的柳木支撐起帳籠的架子；在大帳底下還墊著一層木板，讓帳篷與凹凸不平的沙礫地面隔開，帳內之人可以赤足行走，不致被硌傷。即便是在以豪奢炫耀為風尚的袁軍陣營裡，這帳篷都算得上是高級貨色。

大帳外側有足足一個屯的士兵守衛，他們將帳篷週邊每一處要點都控制住，與袁軍大營隔絕開來。不知是有意還是無意，這些戒備森嚴的守衛有七成面向外側，卻還有三成面向內側。

營帳裡此時只有兩個人，自然正是當今天子劉協和曹司空的次子曹丕。他們各懷目的，化名劉平與魏文潛入戰場，一直到現在，才敢稍微卸下偽裝，以本來面目悄聲交談。若是他們在袁紹營中為座上賓的消息洩露出去，只怕整個中原都會為之震動。

魏文這名字，乃是曹丕自己起的。劉平問他典出何處，曹丕說在琅琊開陽附近山中生長著一種蠍子，二鉗八足，外殼朱紫，在當地被稱作「魏蚊」。他母親卞夫人就是開陽人，曾把家鄉風土講給曹丕聽。曹丕頗為神往，一直想弄幾隻來玩玩，卻因為太危險不能遂願。這次要起一個化名，於是曹丕順手拈來，去蟲成文，便成了魏文。

對於用毒蟲做化名這種事，劉平只能暗暗佩服這孩子，曹氏子弟，果然與眾不同。

大帳內的食桌上擺著各色佳餚與美酒，甚至還擺了兩串水淋淋的蒲桃。劉平拎起其中一串，小心地摘了一枚，然後用指甲去掐皮。曹丕在一旁「噗嗤」一聲笑了起來：「這東西和皮吞下便是，不必如此大費周章。」劉平尷尬地笑了笑，一口扔到嘴裡，小心翼翼地咀嚼起來。

曹丕道：「陛下在宮中，竟連蒲桃也不曾吃過嗎？」劉平嘆道：「朕登基以來，先後雒陽離亂、長安飄零，最慘之時，只能眼睜睜看著身邊的大臣餓死於稼牆之間、兵卒們掠人相食。若非你父親，只怕早已淪為一具餓殍，哪裡還有機會去吃什麼鮮果啊。」曹丕眼神有些複雜，不再說什麼，默默地抓了幾瓣淮橘扔到嘴裡。

劉平又拿起另外一枚蒲桃，拿指頭捏著端詳了一陣，感嘆道：「我記得蒲桃這東西，應是西域所出吧？西域與中原交通斷絕，涼州又是盜匪雲集，這東西能輾轉送到冀州，所費必然不貲啊。袁紹的手下如此奢靡享受，恐怕非是成大事之人。」

曹丕很高興把話題轉到這邊，他炫耀似地解釋道：「不用那麼費事。早在博望侯鑿空西域的時候，就帶回不少蒲桃種籽，在隴西頗有種植。先前鍾繇還曾給我家送來，就是這種圓潤的，叫草龍珠。」

劉平聽到這句閒談，目光卻是一凜：「哦，就是說，袁家這些蒲桃，也是來自於隴西地方。」曹丕先是漫不經心地點點頭，然後突然身子一顫。他雖年紀不大，終究是將門之子，平日耳濡目染，仔細一琢磨，就意識到劉平這句話的暗示。

此時隴西與關中有大小數十股勢力，其中以馬騰、韓遂最為強大。為了穩定左翼，曹操派遣了司隸校尉鍾繇，持節督關中諸軍。鍾繇苦心經營數年，只能將他們震懾，卻始終無法徹底消化。如今袁軍營中出現隴西的蒲桃，說明他與關中諸軍也有聯繫。倘若他們突然倒戈，自長安、潼關一線殺入，曹操兩面受敵，只怕大局便不可收拾。

「其實，隱患又豈止在西北啊。」劉平道。

曹丕一怔。劉平笑了笑，青袍中的手一指，指向了南方。曹丕撓撓頭：「張繡？他已經歸降了……孫策，倒有可能，可他不是已經死了嗎……」

劉平露出溫和的微笑：「還有一位，你漏算了啊。」

郭圖思忖再三，不由一怔：「劉表？」

他之前一直陷入一個盲點，以為張繡歸順，孫策遇刺，曹操在南方已無威脅——可他倒忘了，張、孫二人鬧騰的動靜最大，但真正有實力一舉扭轉官渡局勢的，卻是那個在荊州雄踞一方的劉表劉景升。

劉表是一個極其特別的人。他坐擁數十萬精兵與荊州膏腴之地，卻異乎尋常地安靜。袁、曹開戰之後，劉表的態度一直曖昧不清。他答應袁紹予以配合，卻按兵不動；荊州從事韓嵩力勸劉表投靠曹操，卻幾乎被殺——總之，沒人能搞清楚劉表的心思。天下一直傳言，說劉表打的是卞莊子的主意，打算等二虎一死一傷，再出手漁利。

曹軍佔優，劉表或許不會動；可若西北和北方都爆發危機，他絕不會坐失良機。荊州到中原路途不遠，荊州兵鋒輕易可以推進到許都。

「不行！這事得趕緊稟報父親！」曹丕站起來。劉平卻示意他稍安毋躁：「你現在回去，咱們可就前功盡棄了。」曹丕眼神轉冷：「陛下不會是故意要為難我父親吧？」

劉平也站了起來，他比曹丕高了不少，居高臨下，語氣嚴厲：「小不忍則亂大謀！你要想清楚，咱們以身犯險深入敵營，到底是為了什麼？」曹丕一昂頭，針鋒相對道：「陛下意欲何為，臣下不敢揣測。臣只知道自己是曹家子弟。這一次隨陛下前來，一是為消除夢魘之困；二是為了監視陛下，看是否會做出對我父親不利之事。」

曹丕的話，對皇帝來說是相當無禮。劉平看著有些氣鼓鼓的少年，不禁笑道：「二公子多慮了，我與郭祭酒早有約定。你縱然不信我，也要信他才是。你都能想到這些隱患，難道他會想不到？你懷疑我會勾結袁紹對曹公不利，他會想不到？」

一聽到郭祭酒的名字，曹丕雙肩一鬆，剛才的警惕神色消散了不少，重新跪坐了回去。可他還是心有未甘，身體前傾，又大膽地追問了一句：「那麼陛下您到底為何要來官渡？別跟我說是為了曹家，我可不信。」

劉平緩緩轉頭，望向帳篷外面：「子恒，你覺得是騎馬挽射開心，還是端坐屋中無所事事開心？」曹丕一愣，浮起苦笑：「自然是前者，若是天天待在屋裡，悶都要悶死了。」劉平長長嘆息一聲：「我自登基以來，雖然輾轉各地，可永遠都侷限在朝臣之間。雒陽太狹窄了，長安太狹窄了，如今的許都也太狹窄了，我已經快要窒息。」他伸出手，指向帳篷外頭的天空：「只有像這樣的遼闊大地，才能真正讓我暢快呼吸。我願意付出任何代價，去換取一時的自由。這種心情，子恒你能了解嗎？」

曹丕點點頭，沒來由地湧出同情心。劉平這話貌似空泛，卻實實打中了他的心裡。宛城之亂後，他被卞夫人留在身邊，不許離開許都一步，少年人生性活潑，早就膩透了。這次前往官渡，未嘗不是他靜極思動的緣故。所以聽到劉平有了類似的感慨，曹丕頗能理解——這與權謀什麼的無關，純粹是一個少年與另一個年輕人的共鳴。

「陛下你是不是害怕了？」

「是。之前的我都是按照郭祭酒的安排在說話。也許某一句話，就會讓我陷入萬劫不復的深淵。」

劉平把眼神收了回來，把盤子裡的蒲桃又吃了幾枚，吃得汁水四濺——倒不是什麼特別的寓意，他是真覺得好吃……曹丕整理了一下心思，又問道：「那麼，陛下你和郭祭酒有何打算？」他這一次北上，是偷偷出行，瞞住了絕大部分人，所以事先也沒與郭嘉通氣，對那位祭酒的打算茫然無知。

劉平用絲絹擦乾淨手，方才答道：「郭祭酒臨行前只送了八個字：漢室以誘，帝王以欺。憑著漢室這塊招牌和朕親身至此，不怕袁紹不信服。取信於袁紹之後，咱們在軍中可做的事情就太多了。」

「刺探軍情？」

「呵呵，若只是這樣的小事，何必這麼折騰。」劉平用一隻手把整串蒲桃拎起來，手腕一翻，五指托住：「我想要的，是把整個官渡之局掌握在手裡，遵從我的意志發展，跟隨我的指尖運動——此所謂控虎之術。」

「袁紹怎麼會這麼聽話？」曹丕疑道。

「袁紹不會，不代表他手底下的人不會。我已經為郭圖準備了一份禮物，他會滿意的。」劉平笑了笑，顯得高深莫測。曹丕撇撇嘴，心中有些不爽，感覺自己被排斥在了計畫之外。他畢竟年紀還小，沒留意劉平一直用的是「我」而不是「我們」，兩者之間，有著微妙的不同。

這時帳外有人求見，一通報名字，居然是史阿。劉平略帶愕然地望了曹丕一眼：「是你叫他來的？」曹丕有些得意，覺得自己也終於讓劉平意外了一回。他壓低聲音恨恨道：「王越利刃加身之恨，臣日夜不能忘卻。蒼天有眼，將他的弟子送到面前，這是天賜良機啊！」

「他是郭圖的人，你要殺他，恐怕沒那麼容易。」劉平道。

曹丕揚揚眉毛：「陛下你又猜錯了。我不要殺他，我是要拜他為師。」說到這裡，他的神情略現猙獰，更多的卻是興奮，一字一句道：「以王越之劍殺死王越，才能徹底斬斷臣的夢魘。」

劉平的身體下意識地朝旁邊偏了幾分，這個少年一瞬間的鋒芒畢露，讓他覺得自己被微微刺疼。

黃河岸邊，張遼的騎兵隊在快速行進著，掀起了很大的煙塵。這支隊伍行進至一處叫做囚昆的山丘附近，隊形發生了變化：部隊兵分兩路，左路集合了三分之二的騎兵，繼續沿著河邊前進，另外三分之一的部隊則從山丘另外一側繞了過去。他們的目的是纏住即將到來的顏良，左右夾擊會取得更好的效果，這在戰術上是必然的選擇，無可指摘。

帶領那支偏師離開的，是張遼本人。這個舉動沒引起任何人驚訝，張遼在戰場上是個瘋子，永遠身先士卒，站在最危險的一線，這次也不例外——沒人注意到，那一支偏師的成員，全都是呂布覆沒後的西涼軍殘部。呂布和高順戰死以後，張遼成為他們唯一的寄託。

楊修居然也在那支隊伍裡，這讓很多同行的騎手很不解，他們想不出那個文弱的傢伙能做什麼。

這支隊伍很快穿過了囚昆山麓，卻沒有急於尋找袁軍的蹤跡，反而一頭扎進一條山溝裡，貼著溝底走了數里，很快來到一處廟宇前面。這廟宇背靠岩崖，門對黃河，地勢頗為不錯。只是戰亂頻繁，早已破敗，只留下斷垣殘壁，如同一隻被吃光了血肉的小獸骸骨。

張遼吩咐騎手們站開百步，然後和楊修兩人慢慢騎到門口，下馬進廟。他們一進去，就看到在院內的條石廢墟上，正坐著一個黑鐵塔般的大漢，正拿著手中大刀慢條斯理地修剪著指甲。他身旁幾名侍衛警惕地望著兩個人，牆頭還有弓手埋伏。

「顏將軍，甲冑在身，不能施以全禮。」張遼略拱了拱手，喊出了他的名字。顏良沒有回禮，抬著下巴打量了一番，輕佻地晃了晃馬刀：「你來啦？把劍扔開，走過來。」

公然讓一名武將棄劍，可算得上是個大侮辱。可張遼面色抽搐了幾下，還是把腰間的劍解下來交楊修，乖乖地走上前去。顏良看他這麼順從，露出滿意的神色，把馬刀扎在泥土地上，吐了口唾沫：「老沮出了點事，來不了，讓我來替他跟你碰頭。奶奶的，這鬼地方可不是太安全，咱們趕緊弄完走人。」

張遼卻搶先問道：「呂姬她還安好嗎？」顏良扯著硬而亮的鬍鬚，拖著長腔道：「她在鄴城暫時過得很好，今後如何，就得看張將軍你的表現了。」

「沮先生之前說，會有她的信物給我。」張遼原地不動，語速慢而有力。

顏良曖昧地看了一眼張遼，從懷裡取出一封書信，交給張遼。張遼一把接過去，如同一個饑民拿到食物，貪婪地展信迅速看了幾遍，臉色數變，亦喜亦憂。

楊修在一旁默不作聲，心想郭嘉之料，果然不錯。

呂布有一個女兒，原本是要許給袁術的兒子，又數次反悔。後來曹操圍下邳，呂布把女兒綁在身上試圖突圍，卻被硬生生擋了回去。下邳城破，呂布授首，而這位呂姬卻不知所蹤。靖安曹不知通過什麼手段，查到這女人居然落到了袁紹的手裡，郭嘉猜測袁紹一定會以此來要脅張遼。

準確地說，不是袁紹，而是沮授。楊修之前聽說，沮授因為董承之事而被訓斥，冀州一派聲勢大減。想不到他們還暗中握著這麼一張牌，看來沮教他們是打算用張遼做一枚暗棋，在政爭中扳回一城，這才有了此次會面。

看來這張遼和主公的女兒之間，真是有些說不清、道不明的緣由。楊修咧開嘴，像狐狸一樣似笑非笑，暗自挪動一下腳步。郭嘉把這件事告訴劉平，自然有他的圖謀。可劉平隨後就告訴了楊修，他若不跟過來在郭嘉嘴裡奪點食，豈不是太虧了。

顏良見張遼讀完了，開口催促道：「我們言而有信了，現在輪到你了。」張遼看了眼楊修，猶豫地取出一枚黃澄澄的虎符和一套竹製節令，遞了過去。典軍虎符是調動軍隊的憑證，竹製節令是諸營交通的信物，都刻有特定印記，難以偽造。這東西若是落入敵手，等於是把自家轅門敞開了一半。

不料顏良掂了兩下，直接給扔了回來，一臉不屑：「老沮也真是，淨玩這些虛的。我告訴你，現在條件改了，我要的，是你的輸誠手書。」張遼一怔，旋即強抑怒氣道：「我與沮大人有約在先，只要交出這兩樣東西就夠了！」

「老沮回鄴城了，現在這裡是我做主，我說不夠，就是不夠！」顏良毫不客氣地頂了回去。

當漢室使者把張遼當先鋒的消息透露出來時，顏良立刻意識到這是個大好機會。呂姬的事，冀州一派高層都知道，而現在能用出這枚棋子的人，只有顏良一個。沮授談成什麼樣他不管，他大老遠輕軍離開袁營，不多榨點好處可不會回去。

張遼瞪圓了眼睛，嘴唇幾乎咬出血來。寫了輸誠血書，就是把身家性命交給了對方，只剩下做內奸一條路。輕則陣前反叛，重則被要求去取了主家人頭來獻，總之是只能任人擺佈。

顏良大刺刺叉開腿，滿不在乎道：「你一回是賣主，兩回也是賣主，何不賣得痛快些？」張遼臉色鐵青，拳頭緊攥：「我出賣主家機密，已屬不忠，你們不要再逼我！」顏良一聽，不由得放聲大笑，笑聲如雷，震得身後廢墟裡幾隻鳥被驚走。

「忠義？你跟著原來那主子，先從丁原、董卓，後跟王允，早就是一窩的三姓家奴，也配在我面前講忠義？若真說忠義，當日在白門樓上，陳宮、高順慨然赴死，你怎麼還厚顏活在世上？」

顏良看似粗豪，這話卻比刀子還鋒利，句句刺在心口。張遼臉色漲得發紫，偏偏一句話都說不出來。顏良見他啞口無言，不耐煩地催促道：「我這次出來，也擔著好大的干係，你不要拖延時間。呂姬的幸福，可就全在你一念之間了。」

最後一句，威脅之意溢於言表。張遼尷尬地站在原地，他若是拚命，未必會輸給這個傢伙，可偏偏被拿住軟肋不能動手。眼見陷入僵局，這時楊修施施然站了出來，笑瞇瞇地對顏良說道：「顏將軍，與其馴虎，何不從龍？」

顏良斜撇楊修一眼，二話沒說，手裡的馬刀驟然出手，一下子把他的綸巾削掉，只差一線就掀掉頭蓋骨。他本以為這個多嘴的傢伙會嚇得屁滾尿流，可楊修只是摸了摸頭頂，扯下幾絲頭髮，不動聲色道：「顏將軍你若殺了我，便是滔天大禍。」說話間，他又走近了一步，雙目逼視，氣勢居然不遜於這位河北名將。

顏良神色微動，這小子膽色倒不差。他盯著楊修細細的脖頸，心想若是先一拳打折，不知這個虛張聲勢的傢伙是否還是這麼囂張。張遼眼神閃動，這個膽大妄為的賭徒，他又在賭！賭的是顏良對他的話有興趣，不會先出手。

這一次，他似乎又賭對了。顏良終究沒有再次出手，把馬刀收了回去：「你是誰？」

楊修從懷裡取出一卷素絹，一抖而開，振聲道：「我乃楊太尉之子楊修，今奉天子制諭，封爾征南將軍，攘除奸凶，重振朝綱。」聽到這話，在場的人除了張遼以外，俱是渾身一震。漢室在這個時候，在人心中仍有龍威餘存，這一封制書震懾住了全場，就連顏良身邊的親衛，都有些躁動。顏良先前對楊修的身分有了幾個猜測，但沒想到居然是天子身旁的人，不由得多看了一眼。

「漢室的繡衣使者想必你已見到了吧？」楊修問道。

「不錯。」

楊修大聲道：「顏良，接旨！」

顏良卻沒動，保持著原來的姿勢，輕輕摩挲著下巴。他雖是武人，對許都的情形也有些了解。董承死後，漢室向曹操全面屈服。現在看來，漢室仍舊是心懷不滿，想借這個機會搭上袁家的線，試圖翻身。

可顏良沒有輕易接下這制書。沮授的失勢，正是因為試圖營救董承才中了郭嘉之計，又被郭圖落井下石。誰知道眼前這個漢室是什麼來頭，是不是詭計？

「我怎麼知道你不是郭嘉派來的？」顏良問。

「就憑我是楊修。」楊修一昂頭。這話聽起來無賴，可顏良卻找不出什麼理由反駁。楊彪楊太尉的忠義，天下皆知。若是天下只有一個忠臣，那必定是他們楊家。楊修看到顏良沉默不語，也不為己甚，將制書疊起來，往懷裡一揣。顏良再想要拿那制書，卻已經晚了。

「我剛才已說過了，與其馴虎，不如從龍。襄助漢室，內外交攻誅滅曹賊，豈不是比拉攏區區一個張遼更有價值？清君之側，中興之功，就在你們冀州的一念之間，回去仔細想想吧。」

楊修句句扣住冀州一黨，擺明了是在暗示，你們沒興趣，還有潁川與南陽二黨可以爭取。這在顏良耳中，不啻為大刺激。他不得不把口氣放軟：「楊公子，此事干係重大，我一個人可做不了主。」

楊修一指張遼：「你們慢慢商量，若有定論的話，告訴張將軍便是。」

顏良瞥了一眼張遼，眼神意味深長：「怪不得你支支吾吾，原來早就傍上了粗腿，好，好！」也不知這兩聲「好」是讚嘆，還是嘲諷。

張遼幾乎鬱悶得要吐血，楊修這輕輕一句話，固然是破解了自己輸誠血書的困局，可也把他拖下更深的水裡。關鍵是，自己偏偏還無從辯解，只能繼續保持沉默。顏良把馬刀收入鞘中，霍然起身拍了拍手：「時辰已晚，楊公子的意思，我帶回去讓老沮參詳。天子的面子，我猜他總能賣上幾分。」

「只怕將軍歸途，會有險惡啊。」楊修微微一笑，加了一句。顏良停住腳步，回頭一臉疑惑。楊修伸出三個指頭：「將軍此次輕軍而出，曹軍早有覺察。如今算上張將軍，一共有三路人馬正準備合圍。」

「哼，我就知道郭圖那狗東西不安分……」顏良恨恨罵了一句，隨即不屑道：「曹軍那些士卒，土雞瓦狗而已，我五百精騎，縱有萬人也不懼。何況——」他把眼神飄到張遼身上，「張將軍既然同為漢臣，想來也不會痛下殺手。」

楊修慵懶地拿出骰子，指尖滑動：「名義上，總是要打一打的，不然曹賊會起疑心，對漢室不利。不過將軍寬心，輔翼漢室的忠臣，可比你知道的更多。」說完這句，楊修湊近顏良，說了一句話。顏良聽罷，未發一言，一打手勢，和親衛們迅速離開了小廟。

小廟恢復了安靜，張遼搓搓手，疑惑地問楊修到底說了什麼，楊修若無其事地回答：「我告訴他，關羽關將軍是忠義之士，降漢卻不降曹。」

黃河岸邊，兩股軍隊發現彼此的存在。二長二短的信號從號角裡吹出來訓練有素的袁軍主騎們開始大聲喝叱騎兵變換隊形，其中一半的騎手摘下得勝鉤上的短槊，把身體伏下來，排成一條橫列，每一個人與同伴都相隔半個馬身的寬度；另外一半則摘下挎肩的弓箭，保持在槊手前十步的距離。

這是一個最標準的烏丸式攻擊隊形，首先馬弓手們會放緩速度，射出第一和第二支箭，令敵人造成混亂，這時候槊手大舉突前，用長槊和矛對敵人進行掃蕩與刺殺，一舉貫穿陣形。馬弓手們會再度射出第三和第四支箭，並向兩側偏離，走過兩條弧線，在戰陣的另外一側與破陣而出的槊手匯合。

顏良的部下只有五百人，所以沒打算長時間跟敵人糾纏，一旦突破敵陣，就可以輕鬆回到大營。這次會面，比顏良想像中收穫要大，如果能和漢室搭上線，那對冀州一系將有極大的好處，還有什麼比輔弼天子更能贏得聲望的呢？所以他急於返回，把這個好消息告訴沮授。

「將軍，東方與南方都有敵人蹤跡！身後也有敵人跟進。」斥候飛快回報。顏良點點頭，楊修果然沒說錯，曹軍得了消息，派了三路兵馬來圍剿。不過顏良也沒說錯，這些人在他眼中，不過是土雞瓦狗而已。

目前擋在他們與大營之間的，是一大隊步卒。大戟和長矛林立，隊形頗為嚴整。他們選擇的位置很巧妙，右側是黃河，左側是一處綿延的丘陵，隊形正好卡在中間。想要攻擊他們，唯有做正面突擊。彷彿算準了袁營不會出來接應，這隊曹兵的背後甚至不做防備。

顏良在馬上觀察了一番，彈了彈手指，讓隊形變得更狹長一點，這樣雖然犧牲了側翼的安全，但讓正面的穿透力變得更強。副將提醒他說，他們的後方和右側的敵人如果施加壓力，整個隊伍將會陷入危險。

「不用理睬他們，專心突破眼前的步陣便是。」顏良想了一下，又下達了一個指令：「讓騎陣的左隊突前一點。」副將領命而去。

五百匹烏丸駿馬一齊奔馳起來，聲勢極為浩大。大地微微地震動著，如同一頭遠古巨獸踏地而來。徐晃站立在陣形後方，神情嚴峻，宛若磧石般沉穩。手旁的鼓兵不疾不徐地敲著鼓點，提醒每一名士兵嚴守在自己位置上，而戰陣兩側的督戰隊則半舉大刀，嚴厲地監視著任何可能出現的逃兵。

士兵們聚精會神地抓緊手中的長矛與大戟，矛尖斜挑，戟頭高立。敵人的騎兵衝過來，會首先被長矛刺中，然後戟頭會狠狠啄下去，用鋒利的喙鑿破騎手或馬的腦殼。

弓弦聲響，他們身後的弓手開始放箭，這意味著敵人已經進入到一百五十步的距離。很多人滴下了冷汗，呼吸變得急促。鼓點聲一變，徐晃發出了一個明確無誤的指令：「聚！」

聽到命令，士兵們齊刷刷地向右側的同伴擠過去，讓彼此身體靠得緊緊，一點縫隙不留。這是抵禦騎兵衝擊的必要措施，一則讓陣型變得更加緻密；二則讓士兵彼此夾緊，即使有人想轉身逃走也不可能。

徐晃嘴唇緊抿，不再給出任何指示。他已經看到，那些騎手伏低了身體，一手持槊，一手抓住馬脖上的韁繩，雙腿緊緊夾住馬肚子，這是即將發起突擊的姿態。下一個瞬間，駿馬匯成的大浪將會狠狠地拍擊在礁石之上，發出驚天動地的撞擊。他甚至可以嗅到即將四濺的血腥。

可就在這時，奇怪的事情發生了。敵人那邊傳來幾聲號角，在戰陣左路突出的騎兵突然放緩了速度，開始向右側急轉，而其他敵騎也隨即撥轉馬頭，陸續轉向，陣型絲毫不亂地在徐晃的陣前劃過一條漂亮的弧線，向右邊反轉切去。

這讓徐晃和他的麾下都愣住了，感覺就像是用盡全身力氣打出一拳，卻打空了。此時整個陣型已經被擠得很密實，無法散開，只能眼睜睜地看著敵人離去。只有弓手們還在拚命放箭，希望能留下一些戰果。

這一個漂亮的陣前急轉不光是避開了步陣的鋒芒，而且讓徐晃的部隊陷入混亂。這個拒馬陣型聚的特別密實，重新散開排列成追擊隊形要花不少的時間，等於是短時間內癱瘓在了原地。

可是，顏良到底是什麼打算呢？徐晃一邊重新調整部署，一邊在心裡琢磨。顏良的右側是一道連綿的丘陵，他不可能越過徐晃的陣勢突圍。騎兵們唯一的出路，是轉向南側或者回頭向東，但那兩個方向有關羽和張遼的追兵。徐晃眉頭緊皺，怎麼也想不通顏良會如何破這個局。

而顏良此時已經率隊全體轉向了南方，一陣馬匹嘶鳴，為首的騎士很快攀過幾叢亂石雜草，大聲喊道：「前方三百步，有敵！旗號，關！」顏良點了點頭，縱馬衝到隊伍的最前列，大吼道：「關羽陣前敘話！」

對面的部隊稍微停滯了一下，很快一員手提長矛的長髯大將驅馬出現在陣前。顏良打量了他一下，大聲喊道：「漢室興旺，匹夫有責。關將軍何不隨我去見袁公。」

關羽不以為然地擺了擺長矛，對這個建議不屑一顧。事實上，在這個時代，大戰前的叫陣勸降已成為一種慣例，一種儀式，並沒有多少實質意義在裡面。顏良對關羽的反應也不意外，他從來沒打算單靠唇舌就說服關羽——剛才楊修給了他一個絕妙的提示，於是顏良運足氣力，又發出一聲大吼：「玄德公正在黎陽做客，將軍不要自誤！」這一聲出來，對面的關羽臉色驟變，連帶著他身後的士卒都一陣騷亂。

誰都知道關羽和玄德公的關係，也都知道關羽如今在曹營的微妙地位。此時顏良這一聲喊出來，關羽立刻陷入兩難的尷尬境地，若是二話不說直接開打，等於宣告與昔日主公徹底決裂；若是不戰而走，卻是暴露出自己的真實想法——顏良這句話真偽難辨，萬一只是隨口大言，玄德公根本不在河北，關羽便會立刻成了呂布一樣的笑柄。

關羽麾下的士兵都是臨時調撥來的，談不上什麼忠誠，他們此時聽到，無不心懷疑慮，陣形出現了混亂。顏良看到對方心意動搖，不失時機地下令騎兵們發起突擊。

騎兵們紛紛催動馬匹，再度擺成進攻的姿態。關羽回過頭去，拚命揮舞著長矛，督促士卒儘快擺好隊形。可他的控制明顯變弱了，很多人還沒擺好木盾，很多人還握著弓箭，不知所措地呆望著前方。踏破這一盤散沙，實在是輕而易舉之事。

這時候，意外發生了。袁軍的後隊突然發生騷動。還沒等顏良搞清楚怎麼回事，一名斥候飛奔而來，驚慌地對顏良說：「後方，敵襲！」

顏良眉頭一皺，登高去望，看到一大隊曹兵騎手已經楔入後隊，雙方的加速距離都不夠，只能展開了一場慘烈的混戰搏殺。不斷有曹軍和袁軍的士兵跌落馬下，殺聲四起。不過明顯袁軍的傷亡更多，因為他們不得不先調轉馬頭，才能與敵人廝殺，而且沒有馬弓手掩護——他們都留在佇列最前攻擊關羽。

徐晃的部隊不可能來得這麼快，他也沒那麼多騎兵。那麼附近能發動這種規模攻擊的，只能是張遼！

「這個混蛋……他不怕我會殺了呂姬嗎？」顏良又驚又怒。

從剛才開始，張遼的騎隊就一直遙遙地綴在後面，虛張聲勢地跟隨著。顏良知道他們只是為了應付差事，沒有多做提防。他的想法很簡單，就算楊修是個騙子，張遼也絕不敢翻臉動手，除非他不再關心呂布女兒的生死。

可張遼居然真的翻臉了，而且還選在了這麼一個時機。他利用袁軍背對自己發起進攻的時機，狠狠地給了顏良屁股一下。

可是顏良此時已經無法叫停進攻。袁軍的前鋒已經插入關羽的陣勢，霎時間就有數十名士兵被長矛挑翻，還有更多人被高大的馬頭硬生生撞倒在地，再被鐵蹄踐踏，慘呼連連。原本不算嚴整的陣線一下子被敲開一個大大的血色缺口。騎兵們爭先恐後地從這個缺口湧進去，迅速朝前方同伴的側翼補位，很快形成足夠的寬度，減少接敵方向。

關羽的步卒一下子被打懵了。弓手們平舉短弓，不管不顧地把箭射向缺口，即使誤傷也在所不惜；被長矛格擋的步卒們紛紛抓起短戟，朝著身陷陣中的袁軍前鋒瘋狂地擲去，以期能阻擋他們前進。一些老兵試圖抓起地上的大盾，發現它們居然被過於緊張的新兵踩在腳下。老兵們大聲推搡，新兵們只得驚恐地持刀撲上前去，反而讓陣形變得更加混亂不堪。

只要顏良的騎兵源源不斷地衝入缺口，繼續擴大戰果，那麼關羽的部隊很快就會被打得分崩離析。可是後續部隊已經被張遼的騎兵纏上了，無法脫身，反而造成了前後分離的狀況。

關羽部隊逐漸從混亂中回過神來，如夢初醒的各級指揮官開始組織反擊。數十名身披皮甲的戟士排好了長列，在屯長的喝令下，一齊高抬長戟，然後狠狠地啄下去。每次鑿擊都能擊穿幾匹馬或騎手的頭顱。滴著鮮血和腦漿的戟頭再度被抬起，戟士們大喝著上前三步，繼續對敵人進行打擊。對於這種人，失去速度的騎兵沒什麼好法子對抗，戰馬的嘶鳴和騎手的呼救聲此起彼伏。

在他們的鼓舞下，其他士卒拔出環首刀，從兩翼聚攏過來，把缺口封閉，讓前鋒身陷陣中無法自拔。騎兵的優勢在於奔馳，當他們停下腳步陷入步卒的沼澤時，處境會變得十分悲慘。他們被迫從馬上跳下來，拔出短劍，背靠著坐騎跟敵人對砍。馬上馬下的優勢驟然逆轉，很快這些手握短刀的騎兵，就生生被長達七尺的步矛捅死。不時還有受驚的馬匹把騎士甩下，負痛狂奔，然後被幾支利箭釘住，跌倒在地動彈不得。

顏良眼見到前後都受到挫折，勃然大怒。拍馬往回衝了幾步，憤怒地大喝：「張遼！你……」話音未落，一支又狠又穩的箭射過來，正中顏良的左肩。遠處的張遼放下硬弓，面無表情。

顏良身子晃了晃，眼前一片發黑。他強忍疼痛舉起右臂，卻發現身邊連一個傳令兵都沒有了。就在這時，一陣馬蹄聲由遠及近傳來，這蹄聲強健而有力，每一步都像是踏在巨鼓之上，讓心臟為之一顫。

顏良猝然回首，猛見一團火焰燒到面前。當他看清那是一匹棗紅色的馬匹時，前胸已經被一把長矛刺入——而長矛的另外一端，正被關羽緊緊握著。他在張遼射箭的一瞬間，從混亂的前線衝到顏良身邊，那匹赤紅駿馬的速度，實在是嘆為觀止。

「玄德公正在河北行轅，你敢……」顏良一把攥住矛柄，拚命吐出幾個字來。關羽的眼神微變，手中的長矛卻絲毫不放鬆，一口氣貫穿了顏良的前胸，還狠毒地擰了幾擰。顏良在馬上不甘地搖晃了幾下，眼神迅速黯淡下來，整個人從馬上重重摔在了地上。

關羽翻身下馬，從屍體上抽出長矛，一股鮮血從創口激射而出，噴了他滿臉血污。關羽擦也不擦，俯身摘下顏良的頭盔，用矛尖高高挑起，一邊縱馬馳騁，一邊仰天大吼：

「顏良，授首！」

這個消息迅速傳遍了整個戰場，還在拚命抵抗的袁軍瞬間士氣崩潰，除了那些身陷重圍的士兵以外，其他人都紛紛選擇放棄抵抗，朝著大營的方向逃去。他們很快絕望地發現，必歸之路上，正橫亙著徐晃的軍團……

遠處張遼看到關羽高舉著大矛在戰場上來回馳騁吶喊，放下手中的硬弓，喟嘆道：「想不到，雲長他真的動手了。」

他身旁的楊修一臉輕鬆地問道：「文遠你把這麼大一分功勞讓給關將軍，心中不覺得可惜嗎？」

張遼搖搖頭：「雲長自從來到曹營，沒有一日不在苦悶中渡過。我明白他的心意。他斬殺顏良，不是與玄德公決裂，而是給曹公一個離開的理由。」

「只怕樹欲靜而風不止，別人眼裡，可未必是這麼回事。剛才顏良那一聲『玄德公在河北』，聽在耳裡的人可不少呢。」楊修露出嘲諷的神情。

張遼長長嘆息一聲，伸手摩挲了一下坐騎的耳朵，不再說什麼。他忽然又想到什麼，猶豫地問道：「顏良一死，沮授必會知曉。我這麼做，真的能保呂姬無恙？」

楊修看他的眼裡滿滿的都是擔憂，寬慰道：「這一場仗意義重大，曹公一定會把功勞歸於關羽一身，大肆宣揚，所以沮授怪罪不到將軍頭上；再者說，失去顏良的冀州派風雨飄搖，只會更加倚重於你，呂姬反而更加安全。」他身子微傾，聲音也放低：「我向將軍保證，會有人去把呂姬救出來，絕無差錯。」

聽完楊修這一番分析，張遼怔怔盯著他看了半晌，忽然開口：「這一切，早就在你的算計中吧？」

「嗯？」

「從一開始，你以言語挑撥我們三個，就沒打算放顏良離去。你想藉他的死，逼我和雲長上你們的賊船，對吧？」

「文遠，你何必想那麼多。」楊修打斷他的話：「做一個簡單的武人，在這亂世裡也是種幸福。」張遼卻堅持道：「只怕想得太過簡單，死得更早——既然你拉我上這船，就該把一切說清楚！」他劍眉斗立，臉拉得更長了，一副自尊心受到傷害的憤懣神情。

楊修無奈地把骰子收進袖子裡，修長的手指靈活地梳理著坐騎的鬃毛：「我不妨告訴你，今日我所做的一切，都是郭祭酒安排的。」

張遼一驚，隨即醒悟過來：「那份天子制書，只是郭祭酒設下的餌嘍？其實根本沒有什麼漢室參與，對不對？」

楊修狡黠地看了他一眼：「郭祭酒是這麼打算的，不過計畫總趕不上變化。他虛張聲勢，我順水推舟，不是什麼事都要遂他的願。」

虛虛實實，實實虛虛，張遼覺得自己的腦子有點不夠用了。楊修見他有些迷惑，道：「如今顏良之死這一份大禮，恐怕是要禮分三家。」

張遼轉過頭，向戰場上望去。此時廝殺已經逐漸平息，四千精卒合圍五百如喪家之犬的騎兵，可以說是輕而易舉。

隨著最後一個試圖抵抗的袁軍騎手被亂刀砍殺，喊殺聲消失了。黃河之水嘩嘩地奔流著，人與馬匹的鮮血將綠油油的河畔草地染成暗紅顏色，空氣中彌漫著淡淡的血腥味道。曹軍士兵們在戰場上逐一搜撿，翻動屍體，若有還喘息的，就一刀捅死。在更遠處的高丘上，關羽把大矛支在地上，顏良的頭顱高高懸起，他下馬背靠坐騎，似是疲憊之極，目視前方，默不作聲。夕陽映襯之下，他頎長的身影宛若戰神。只是臉上沾滿血污，無法分辨此時他的表情為何。

張遼回過頭來，似乎已經有了答案：「曹軍首勝，這是送給曹公的大禮。」

「不錯，你繼續。」

「顏良一死，玄德公必被袁紹所殺。屆時雲長只能待在曹營，卻絕不會誠心投向曹公。

他若想繼續效忠漢室，也只剩下一個選擇。我和雲長，就是送給漢室的大禮。」

楊修贊許地說道：「文遠你能想到這一層，卻也不錯。那這三呢？」

張遼思忖片刻，沮喪地搖搖頭：「這第三禮我猜不到。」

楊修微微一笑，抬起手，向著即將沒入地平線的落日，如同要把那日頭抬起來。

「這第三禮，乃是助那一條潛龍騰淵、旭日復昇。」

這個時候，鐺鐺鐺鐺的鑼聲在戰場四周響起，諸部開始聚攏隊形，鳴金收兵。官渡的第一戰，就在這如喪樂般的金鳴聲中結束了。

# 第三章　繡衣使者的日常

「持劍要穩，突刺要發力於腰。」

史阿舉起短劍，口中教訓道。眼前的少年點點頭，再一次揚劍朝他刺來。這一刺迅捷無比，已隱然有了幾成火候。史阿遊刃有餘地格擋著，還不時提點兩句。每一次提點，都讓少年的劍勢變得更加兇猛。他的悟性和根骨，讓史阿心中頗為驚訝。

史阿覺得有些奇妙。他和徐他原本受雇於蜚先生，和其他十幾名刺客潛入曹魏各城，伺機擾亂。現在卻被指名要來教這個曾被自己挾持過的小孩子劍術。這少年看來身分不低，連郭圖都對他客客氣氣的。

對於這個叫「魏文」的少年，史阿還是挺欣賞的。他有著同齡人中難得的沉穩，而且悟性極佳，天生是個學劍的好苗子。他記得老師王越曾經說過，劍是殺人利器，人心懷有戾氣，才能在劍術上更進一步。而魏文在這方面的天分，讓史阿嘖嘖稱奇，小小年紀，一握住木劍就殺氣四溢，尤其是聽他解說王氏快劍的要訣時，更是殺氣四溢。他與史阿對練，每次都好似面對殺父仇人一樣，經常逼得史阿使出真功夫，才能控制住不傷到他，也不被他傷到。

史阿真心喜歡這孩子，毫不藏私，把自己胸中所學盡數教出。他相信，如果師父王越知道，也一定會很高興的。

「行了，今日就練到這裡，筋骨已疲，再練有害無益。」史阿第十次拍落了曹丕手裡的短劍，宣佈今日的練習就到這裡。

曹丕臉上紅撲撲的，微微有些喘息，但整個人特別興奮。他深躬一禮，然後用衣襟下擺擦了擦劍身，隨口問道：「王越如今在哪裡你可知道？」史阿微微皺了下眉頭，這孩子的話裡對王越殊無敬意，按輩分來算王越可算是他的師公呢。不過這些大族子弟都是如此，學劍學射學御，無非是一技傍身而已，改變不了世家寒門之間的尊卑藩籬。他回答道：「我與師父已一年未見。上次見他，還是在壽春。師父閒雲野鶴，從來都是行蹤不定的。」

曹丕「哦」了一聲，又問道：「跟你同行的那個徐他呢？」史阿笑道：「那個人性格有點古怪。他以前在徐州遭逢過大難，所以不大愛說話，公子不要見怪。」曹丕好奇道：「遭逢什麼大難？」

「曹賊屠徐嘛。」史阿回答，沒注意到曹丕眼裡閃過一絲惱怒。「那年曹操打陶謙，在徐州大肆屠戮，死了十幾萬人。徐他當時家在夏丘，一家人都被殺死，屍體拋入泗水，只有他僥倖活下來了，被師父所救。王氏劍法，講究『懷懼而自凜』，要心中懷著口惡氣或戾氣，才見威力。我這個師弟，一直對曹操仇怨極深，施展出劍法來，連我都未必是對手呢。」

曹丕道：「原來如此，下次有機會，我想和他過過招。」史阿連忙勸阻道：「還是算了，他根本分不清餵招與決鬥，一上手就是不死不休之局，傷了公子就不好了。」

曹丕露出一絲嘲諷的意味：「王越起手無悔，徐他不分輕重，王氏快劍的劍手裡，反倒是先生你最正常不過。」史阿無奈地笑了笑，把鐵劍綁回到腰間。他們這樣的人用不起劍鞘，都是用一根粗繩子把劍拴在腰帶上，走路時得用手扶住劍柄，不然容易割傷大腿。曹丕看了一眼，把手邊的吞口包鐵楠木鞘拿起來，扔給史阿：「這個送你吧，權當束修。」史阿連忙推辭，不過曹丕再三勉強，他只得收下。

「若是你過意不去，就多教教我王氏快劍的要訣吧，我可是迫不及待要用呢。」曹丕眼神灼灼，這讓史阿感到幾分熟悉。他記得徐他在第一次學劍時，也是這樣的眼神，不由得在心中納悶，這錦衣少年哪裡來的這麼大仇恨？

這時候，在校場外傳來馬蹄聲，一騎信使飛快馳來，行色匆匆不及繞路，直接踏過校場，直奔主帥大帳而去。曹丕和史阿對視一眼，後者漠不關心，前者卻隱隱有些期待。

那信使馳到大帳門口，下馬把符信扔給衛兵，一頭闖了進去。帳篷裡郭圖和劉平兩個人正在飲酒吃蒲桃，郭圖一直不提北上見袁紹的事，劉平也故作不知，兩個人虛與委蛇地談些經學趣聞，雞舌香的味道彌漫四周。

信使走到郭圖身邊，俯耳說了幾句，郭圖臉色陰晴不定，揮手讓他出去。劉平一枚枚吃著蒲桃，仔細觀察著郭圖的神情。郭圖起身道：「劉先生，告罪告罪，有緊急軍情需要處置一下。」

「看來我的禮物，是送到了啊。」劉平輕描淡寫地說，郭圖聽到這句話，渾身一震。他揮手讓帳內其他人都出去，趨前壓低了嗓子，像是吞下一枚火炭：「顏良……是你安排的？」

「若不如此，怎能顯出我漢室誠意呢。」劉平把蒲桃枝擱入盤中，還用指甲彈了彈盤沿。

郭圖心情有些複雜，顏良的跋扈確實讓他十分困擾。他也施展了些小手段，想讓這蠻子吃點虧。但郭圖卻沒想到，等到的，卻是顏良梟首全軍覆沒的消息。能讓數百精騎死的這麼乾淨，必是曹軍精銳悉出。能對曹軍如臂使指，這傢伙到底是怎麼做到的？

一念及此，郭圖看向劉平的眼神，多了幾絲敬畏。劉平道：「郭大人，禮物可還滿意？」郭圖面孔一扳：「顏將軍首戰遇難，挫動我全軍銳氣，這叫什麼大禮！先生太荒唐了！」

「袁公心懷天下之志，應該接納九州英傑，豈可侷於一地之限，計較一人之失。」

劉平的話沒頭沒腦，可意思卻再明白沒有了。

袁紹軍的體制相當奇怪。冀州派的勢力俱在軍中，魁首是田豐、沮授，下面有顏良、文醜、張郃、高覽四員大將牢牢地把持著軍隊；而在政治上，卻是南陽派的審配、逢紀、許攸等人並總幕府大權。此次出征，逢紀名義上執掌軍事，冀州一直深為不滿，兩邊齟齬不斷。

主帥身亡，兵將未損，對郭圖、對潁川來說，算得上是一個最理想的結果。依著規矩，顏良死後，麾下部曲都會暫時劃歸監軍郭圖統轄。這握在手裡的兵，冀州再想討要回去，可就難了。等於冀州派經營得密不透風的軍中崩壞了一角，一直處於弱勢的潁川便有了可趁之機。

劉平說得一點都沒錯，這對郭圖來說，絕對是一份豐厚的大禮。

郭圖望著一臉淡然的劉平，突然驚覺，自己犯了一個錯誤。之前他總是有意無意把自己擺在一個施恩者的高度，居高臨下，現在才發覺，漢室的實力比想像中更可怕，他們根本不是走投無路前來投奔的困頓之徒，而是與袁紹地位對等的強者。

郭圖重新跪坐下來：「先生教誨的是……郭某乍聽噩耗，亂了方寸，還望先生見諒。」

劉平笑道：「顏良輕軍冒進，以致傾覆。只要將軍審時度勢，反是個大機遇啊。」

郭圖連忙抬起頭：「依先生的意思，該如何應對？」

劉平在手心上寫了一個字，伸向郭圖。郭圖一看，為之一怔，失聲道：「這、這能行嗎？」劉平道：「行與不行，明日便知。」然後把手縮了回去，用素絹擦拭乾淨。郭圖隱隱覺得有些明白，卻隔著一層素帷沒點破，郭圖覺得這太荒謬，不再細問，劉平也不解釋，起身告辭。郭圖送走他以後，然後傳令諸營加強戒備，親自帶著幾十名親衛去顏良營中去。主帥身死的消息很快就會傳遍，不早早鎮伏，造成營變營嘯就麻煩了。

劉平一出大帳，恰好看到曹丕在帳外持劍等候。他走過去一拍肩膀：「走，回營。」曹丕把劍鞘送人了，只得把劍扛在肩上，小聲問道：「我看到有信使匆匆忙忙進去，你的禮物送到了？」

劉平笑著點點頭。這一份大禮送來得相當及時，一下子就把郭圖給震懾住了。剛才他故意賣了個關子，就是為了進一步奪取話語之勢。言語交往，形同交戰，取勢者佔先。當郭圖開口向他求教應對之策的一刻，攻守之勢已易，劉平完成了從「求助者」到「決策者」的角色轉換，終於把一隻手伸進袁紹軍中，這對他接下來的計畫至關重要。

「何必這麼麻煩，想對付這種人，辦法多得是。」曹丕頗不以為然，他覺得郭圖就是個貪婪的膽小鬼，一把劍、幾封把柄，足以讓他言聽計從，用不著這麼苦口婆心。

「我給你講個故事吧。」劉平道，與曹丕並肩慢慢走著：「昔日有風伯和羲和二神相爭，約定說誰能將夸父的衣袍脫掉，便可為王。風伯先使北風勁吹，夸父卻將袍子裹的緊緊。羲和召了自己的十個兒子，化為太陽，當空熾曬。夸父耐不住酷熱，不得不袒胸露乳，裸身逐日，羲和遂勝出。」

曹丕聽完這故事，默不作聲。劉平也沒過多解說，他相信以這少年的聰明勁，能想明白其中寓意。這就是劉平自己選擇的「道」，是仁慈之道，於無聲處潛移默化，勝過咄咄逼人。

這時候曹丕忽然停下腳步，唇邊露出一絲戲謔：「那你知道後來發生了什麼嗎？」

劉平一下子被問住了，這個寓言到這裡就該結束了，哪裡還有什麼後續。曹丕一本正經道：「後來這十個太陽都不肯回家，大地焦旱，把夸父給生生渴死了。結果惹出了后羿，射殺了九個太陽，最後只剩下一個，成為天上獨尊之主。」

「……」劉平沒想到這孩子居然會這麼想，咳嗽一聲，不知該如何接下去。倒是曹丕開口問道：「可是，郭圖也不過是個前鋒罷了，袁紹身邊策士眾多，你怎麼可能掌握全部？」

「袁紹在官渡，我是無能為力的，可是鄴城不是還空著嗎？」劉平笑了笑。

鄴城是袁紹的重鎮根基所在，地位與南皮彷彿。曹丕沒想到劉平想得那麼遠，從官渡輕輕跳去了鄴城。他一時想不出其中淵源，於是乖巧地閉口不言。

兩個人走到營帳，發現門口站著一個人。他們定睛一看，原來是徐他。他還是那一身衣不遮體的模樣，一把無鞘的破舊鐵劍隨意繫在腰間，大腿外側盡是新舊傷口。他見劉平到了，把鐵劍扔在地上，雙手伸平走過去，以示沒有敵意。

劉平不知道他為何出現在這裡，徐他走到跟前，突然雙膝跪地：「大人你曾說過，人命如天，無分貴賤，可是真心的嗎？」曹丕皺眉，剛要出言喝叱，卻被劉平攔住。

「你有什麼事？」

「大人既敬惜性命，必然不恥曹賊徐州獸行。」徐他一扯胸口，露出右胸一處觸目驚心的傷疤：「我一家老小，全數拋屍泗水。我獨活至今，只為殺死曹賊，為徐州十幾萬百姓報仇，懇請大人成全。」

曹丕的臉色陡然變了，劉平按住他肩膀，平靜道：「你不是受雇於袁紹的東山人嗎？此事你該去找郭大人商量，我不過一介商人，又有何能為？」徐他昂起頭來，黃褐色瘦臉頰顫動一下，難以分辨是笑容還是憤怒：「大人可不是什麼商人。你們從白馬城出逃，是劉延與你們配合演的一齣戲，我當時都看在眼裡了。如果我說給郭圖聽，你們就會死。」

四周的空氣一下子凝滯住了，徐他的話直截了當，反倒更具威脅意味。劉平瞇起眼睛：「可我能做些什麼？」徐他毫不猶豫地說：「我要你把我送進曹軍主營，要近到足夠可以刺殺曹賊。」

劉平的呼吸依舊平穩，他把視線緩緩轉向曹丕：「小魏，這件事，就由你來定吧。」這是個避嫌的舉動，表明漢室對刺曹沒有野心。曹丕卻沒想到劉平居然讓自己來做決定，一下子沒什麼心理準備，慌亂了一陣才說道：「你確定要這麼做？曹操治軍嚴謹，你進了主營，就算成功，也沒機會逃掉了。」

徐他手掌一翻，表示對這些根本不在乎。曹丕飛快地轉動著念頭，心想如果是父親或者大哥面對這種情況，該如何處理才好，忽然，一個連他自己都覺得天才的想法湧入腦中。

「這麼說，你願意為刺曹付出任何代價。」

「是的。」

「很好很好，很有荊軻的風範嘛。」曹丕讚賞地看了他一眼，又環顧四周：「那咱們現在缺的，只剩一個樊於期了。」

「樊於期？」徐他眼神有些茫然，他根本不識字，這輩子唯一學過的兩件事，只有務農和劍擊。

「他是秦國的將軍，後來叛逃到了燕國。荊軻取得了他的首級，才得以接近秦王身邊。」

「哦……」徐他的眼神漸漸亮了起來，他身為刺客，自然明白這意味著什麼。曹丕揮了揮手，上前一步：「你暫且留在我身邊，等到時機成熟，我會為你做易水之別。」

徐他與曹丕對視片刻，終於雙膝「咕咚」一聲跪在地上，用配劍割開手臂上的一片血肉，用手指蘸著血擦拭曹丕的劍身。這是死士們效忠的儀式，意為「以肉為劍，以血為刃」，將自己化為主家的利刃，兵毀人亡，在所不惜。

曹丕俯視著徐他，這是他第一個真正意義上的死士，心情有些得意，也有些複雜。

顏良的死訊當天晚上就被公佈出來，諸營著實騷動了一陣。好在郭圖和淳于瓊及時彈壓，才沒釀成大亂。郭圖宣佈在袁紹下達新的命令之前，全軍都要聽從他的調遣。他是監軍，於是這個命令被毫無障礙地執行下去。

整個袁營當夜都嚴陣以待，郭圖還撒出去大量斥候，去偵查曹軍進一步的動靜。一直到快要天亮的時候，消息終於傳回來了。

斬殺顏良者，是玄德公曾經的麾下大將關羽，他如今已投靠曹營。顏良的部隊覆沒之後，關羽沒有立刻趨向白馬城，而是在白馬與延津之間建起一道由弓兵定點哨位與遊騎構成的遮蔽線。袁紹軍的不少斥候都在這條線附近遭到狙殺。

好在關羽的兵力不足，無法在黑夜裡做到全線封鎖，還是有幾名袁軍斥候漏了過去，給郭圖帶回一個令人震驚的消息：曹軍主力從官渡傾巢而出，直撲白馬而來。

而與此同時，來自於蜚先生的一封加急密信也交到了郭圖手中。郭圖展信一看，驚訝地眼珠都要掉出來。蜚先生給他的建議，居然和昨天劉平寫在掌心的那一個字，完全一樣：

**撤！**

郭圖把密信揣好，親自趕到劉平和魏文的宿營大帳，忐忑不安地向劉平請教道：「先生昨日手心之字，我一晚上都沒想通。還請先生教我。」

劉平見他主動來問，知道這個關子算是賣出去了：「敢問今日可是有新消息了？」郭圖連忙把曹兵大軍壓境的事告訴他，劉平點點頭：「這就是了，先生你的大機遇，就在這裡。」

他看郭圖還是一頭霧水，繼續說道：「我來問你，袁紹指派大人為渡河先鋒，所圖者為何？」

「攻拔白馬，確保渡河無憂。」

「那為何圍而不攻呢？」

郭圖遲疑道：「袁公的意思，自然是圍城打援……」

「不錯！」劉平一拍几案：「袁公真正關心的，不是小小的白馬城，而是如何調動曹公，來一場大決戰，以優勢兵力一戰而勝。顏良這一敗，看似曹軍大勝，實則把曹公拖入尷尬境地，再無法龜縮在官渡，只能驅軍來救白馬，而且一動必是傾巢而出——我問你，你們這裡一萬多人，能抵擋得住嗎？」

郭圖略算了算，回答說曹軍在官渡總兵力有六萬之眾，我這裡一萬多人雖抵擋不住，堅守數日等到袁軍主力來援，不成問題。

劉平搖搖頭道：「郭大人這就錯了。如果你在白馬周圍拚死抵擋，曹公最多象徵性地打一下，然後趕在袁公抵達前就撤回官渡了，但是——」他故意拉長聲調，郭圖身體不由自主前傾，「——但如果你現在主動後撤，遠離白馬，曹公又會如何呢？」

郭圖現在完全被劉平牽著鼻子走，連聲問如何。劉平身子往後一仰，雙足微翹：「白馬之圍一解，曹公只有一個選擇，就是儘快把白馬城內的軍民輜重回遷官渡——這可走不快呀。」

郭圖「啊」了一聲，立刻全明白了。

他這一撤，無形之中把白馬當成一個包袱扔給曹操，曹操還不得不接。趁著曹軍揹起包袱緩緩退往官渡的當兒，袁軍主力便可迅速渡江，在黃河與官渡之間的廣袤平原形成決戰。

郭圖懷裡揣的那封密信裡，蜚先生說的和劉平論調差不多，但他行文匆匆，並未詳加解說。如今聽了劉平分剖，郭圖方才恍然大悟，不由得心悅誠服地伏地贊道：「先生智慧，深不可測。漢室重光，指日可待啊。」

劉平坦然受了他一拜，心中卻一陣苦笑。這等謀略和眼光，他可沒有。這一切說辭，都是他在臨行之前。與郭嘉商議出來的。那幾天裡，郭嘉跟他一起推演了官渡之戰的許多種可能，將曹軍、袁軍的每一步變化都解說的非常詳盡。劉平那時候才知道，那些號稱「運籌帷幄決勝千里」的天才謀士，大家只看到決勝千里的神奇，卻不知道運籌帷幄背後要花費的心血。

郭嘉告訴他，他無法提供詳盡的計畫，只是盡可能把出現的變化都說出來，具體如何運用，就只能靠劉平自己了。

「放心好了，不會比在許都做事難多少。」郭嘉這樣說道，劉平一直不太理解，他到底是諷刺，還是暗有所指。

郭圖心中的疑惑被開解，神情輕鬆了不少。他這才發現，魏文一早就跟史阿出去練劍去了，而那個叫徐他的人，居然站在劉平身後，一言不發。劉平解釋說，史阿現在是魏文的老師，那麼如果能把他師弟調過來做個護衛，就再好不過了。一兩個刺客，郭圖根本不放在心上，一口答應下來。

「哦，對了，劉先生，有件事，我想還是告訴您為好。」郭圖遲疑片刻，還是開口說道。

「哦？是什麼？」劉平也很意外。

郭圖從懷裡掏出蜚先生的密信：「剛剛傳來的消息，孫策在丹徒遇刺了。」劉平眉頭一揚，這個消息他早就預料到了，但郭圖居然會主動拿出來說，證明他已對劉平徹底信任。

「這是哪裡得來的消息？準確嗎？那可是江東小霸王，誰能刺殺得了他？」劉平連聲問道，恰到好處地流露出疑惑。

「肯定準確。」郭圖神祕地把那封密信攤開，「因為這是來自於東山蜚先生，我們河北軍中的耳目。我想讓您在動身北上之前，先去見一見他。」

郭圖宣佈撤軍的命令很快傳遍全軍，包括淳于瓊所在的軍營。淳于瓊對這個指示沒什麼異議，吩咐了幾名手下出去督促拆營，然後走進鄧展的帳子。

自從那次鄧展突然狂暴之後，他一直被綁在一頂小帳子內，平時只有吃飯時才會被鬆開雙手，雙腳則永遠被一根結實的麻繩子捆住。淳于瓊進帳子的時候，鄧展緊閉雙眼，裝作沉睡。淳于瓊端詳了他一陣，嘆息道：「你說你這是何苦。我不會放你，也不會殺你。你就算掙脫了，也跑不出營地去，白白被人射殺。」

鄧展沒理他，繼續裝睡。淳于瓊敲了敲他後背：「你也別裝睡了，趕緊起來收拾東西。咱們要拔營回軍了。」鄧展聽到這句，眼睛「唰」地睜開：「曹軍勝了？」他的嗓子經過調養，已經恢復過來，只是稍微有些沙啞。

「呸！想得美。」淳于瓊笑罵道：「只是暫時回撤而已。你可得老實一點，萬一行軍的時候亂跑，軍法可不饒人，到時誰也幫不了你。」

「撤去哪裡？」鄧展有心多誘他多說幾句話。

「不知道，肯定不會渡河回黎陽，估計只是往西邊挪挪屁股吧。」淳于瓊摸摸自己的大鼻子，顯得很興奮：「顏良那小傢伙被人給砍了，砍人的叫關羽，以前還是玄德公的舊部吶。最妙的是，現在玄德公還在黎陽，這可是夠亂的。」

鄧展仔細聽著每一個字，試圖推測出時下到底是個什麼狀況。淳于瓊又跟他嘮叨了幾句，有士兵過來，說輪到拆這裡的帳篷了。淳于瓊吩咐兩名近侍解開鄧展雙腿的繩子，親手拿起一件輕甲給他披上，讓他們先帶出外面隨便找個地方待著，然後又去巡查全營了。

鄧展一被帶出帳外，就看到一番熱火朝天的景象。幾十輛馬車與牛車散亂地停在營中，士兵們把一頂頂帳子拆卸、折疊、捆好擱到車上，還有望樓、柵欄、鹿砦什麼的，也都要拆散了帶走。整個營地熱火朝天，亂哄哄的一片。

兩名近侍帶著鄧展，走到一輛裝滿箭矢的牛車旁邊，讓他坐了上去。忽然在附近傳來一陣叫喊聲，他們回頭一看，原來是一處大纛沒繫住，斜斜地朝這邊翻倒過來。周圍的士兵吶喊著去拽繩子，可還是拽不住。只見大纛轟然倒地，寬大的旗面把整輛牛車都給蓋住了。

鄧展和旁邊的兩個侍衛都被壓在了大纛之下。他在旗下身子一橫，眼神閃過一絲狠戾，右腿膝蓋一頂，正撞在其中一名侍衛的咽喉，後者一聲沒吭就昏了過去。他又用雙足夾起一枚箭簇，狠狠釘在另一名侍衛背後。鄧展迅速掀開大纛，對迎上來的士兵喝道：「到底是誰幹的！怎麼這麼糊塗！」

他身披輕甲，又把捆縛著的雙手藏到背後，一時間竟沒人認出來他是個囚徒，還以為是淳于瓊身邊的某個侍衛，都不敢靠近。鄧展罵了一通，這才讓開身體：「快過來幫忙！」趁著士兵們一湧而上的混亂，鄧展悄無聲息地離開了，臨走時還在手裡握了一枚箭簇。

他估計就算士兵們發現纛下昏迷不醒的侍衛，也會以為是砸昏的，那會爭取到不少時間。鄧展迅速判斷形勢，隨手偷了一件風袍，然後走到營中下風處的一處簡陋的土溷裡。這是一個一面是緩坡的大土坑，士兵平時順著坡面走到坑底便溺，味道非常重，一般很少有人靠近。鄧展用箭簇磨斷了繩子，活動一下手腕，改換了一下裝束。等到他再度走出來時，已經是一名幽燕的騎兵。

所有人都在忙著拆卸，沒人留意到這位其貌不揚的騎兵。鄧展在營裡自由走動，琢磨著下一步的行動。對虎豹騎出身的人來說，搶一匹馬逃出軍營，輕而易舉。但鄧展不能這麼一走了之，曹家二公子如今還在袁紹營裡，吉凶未卜，他必須做點什麼。

鄧展憑著記憶，在營中四處尋找，努力回憶上次遭遇二公子的地點。他拉住一個過路的士兵問路，士兵對這位騎士不敢怠慢，告訴他這裡是淳于瓊將軍的營盤，郭監軍的營盤在另外一側。根據這條模糊不清的線索，鄧展一路摸到了郭圖的營地附近。

這裡的大部分帳子也正在被拆除，現場一片忙亂。鄧展小心地貼著人最多的地方轉悠了許久，發現在東南角有一座小山丘，也被木柵欄圍入營地的一部分。比起其他地方的熱火朝天，那裡卻很安靜。

鄧展心中生疑，信步走了過去。他看到，在山丘的緩坡之上，有兩個人正在鬥劍，一高一矮。高的那人面目陌生，矮的那個少年卻熟悉得很——不是曹丕是誰？此時兩個人拚鬥的異常激烈，一時分辨不出是在比試，還是真的在廝殺。聽那鏗鏘之聲，用的不是木劍，而是真劍。

鄧展大吃一驚，心想難道二公子是奪了把劍，試圖逃離？他不及多想，順手從身旁輜重車上抽出兩把短戟，朝著那高個子甩過去。史阿忽見暗器飛來，顧不得給曹丕餵招，慌忙收劍挑撥，勉強撥開二戟。趁著這個當兒，鄧展又抽出第三把短戟，朝他們跑去，口中大喝：

「二公子！我來助你！」

曹丕聽到這呼喊，渾身一震，驟然回身，眼神銳利至極。鄧展連忙開口要自報家門，卻不料曹丕手中長劍一振，毫不遲疑地刺向他的胸膛。在那一瞬間，鄧展寒毛倒豎，彷彿回到了許都的那一夜，彷彿再度面對王服那雷霆般的快劍和凜冽殺意。好在曹丕的劍法還顯稚嫩，鄧展下意識地閃躲，這一劍只是刺穿了他的右肩。鄧展本來就是大病初愈，失血未復，此時驟受重創，一下倒在地上，幾乎暈倒過去。

「這人是誰？」史阿擦了擦額頭的汗，走過來問道。他如今算是半個默認的保鏢，若是魏文出了什麼問題，干係不小。

「仇人。」曹丕努力讓表情顯得平靜，心臟卻劇烈地跳動著。他沒想到，在袁營裡居然還有能認出自己的人，幸虧當機立斷，否則自己很可能就暴露了。他仔細去端詳鄧展的面孔，覺得有幾分熟悉，似乎以前在府上或者田獵時見過，大概是哪位曹氏或夏侯氏的親隨吧——只是不知他怎麼會跑來袁紹營裡。

史阿問：「怎麼處置？」曹丕有些為難，他有心把這傢伙一劍捅死，永絕後患，可又怕會有什麼牽扯。正猶豫間，遠處一陣馬蹄聲傳來，一個身材高大的將領驅馬跑過來。這人耳大如扇，鼻若懸膽，正是淳于瓊。

淳于瓊聽到鄧展潛逃的消息以後，立刻放下手邊的工作，尋找目擊者。很快就有一位士兵前來舉報，說一個行跡可疑的騎手向他問路，然後朝著郭監軍的營地去了。淳于瓊一聽，立刻騎馬趕過來，正看到曹丕刺中鄧展的肩膀。

「你們好大的狗膽！敢動我的人！」淳于瓊怒不可遏，眼前這兩個人他都不認識，想來是哪處營頭的低級軍校，所以說話一點也不客氣。

「你的人，可是要試圖刺殺我。」曹丕不甘示弱地抬起頭。他不認識淳于瓊，但從甲冑就知道是個大將，有他在場，鄧展無論如何是殺不掉了，只能先栽贓再說。

「鬼扯！他才來不久，跟你一個小娃娃能有什麼仇怨……」說到這裡，淳于瓊忽然停頓了一下，摸了摸鼻子，露出一副詭祕笑容：「難道說，你們原來就認識？」

曹丕心裡一突，不知該如何回答。這時鄧展咳嗽一聲，掙扎著要從地上爬起來。曹丕眼明手快，圍著鄧展緩緩走了七步，突然戟指大喝：「我費了千辛萬苦避入袁營，不讓仇人知道底細！你又何必窮追不捨？」

鄧展聽到這幾句話，眼光一閃。淳于瓊在馬上奇道：「我說老鄧，你真的認識這娃娃？」曹丕搶先冷笑道：「我乃扶風魏氏子弟，名叫魏文。我兄長唯恐我奪其位子，買通了這人三番五次害我，豈會不認識？」他倉促間用七步時間編出來一段兄弟相爭的故事，也算是捷才了。鄧展立刻心領神會，立刻接口叫道：「魏文！若不是我身陷袁營不得自由，定要去殺你不可！」

兩人對喊了幾句，俱是微微點頭，算是把對方的處境差不多摸清楚了。曹丕暗自鬆了一口氣，看來這鄧展不是叛變，而是出於某種緣由被帶進袁紹軍營，現在自己至少不會有暴露的危險。

聽著兩個人的對談，淳于瓊卻呆在原地，捏著馬鞭，恍然失神。

魏文這個名字，讓他回想起來，在董承死前，在渡口留下的二字血書，是他在最後時刻試圖傳達出來的重要訊息。這兩個字只有淳于瓊知道，從來沒跟任何人提起來過。

那兩個字，乃是「魏蚊。」

一個只有齊魯人——準確地說，是只有琅琊人才知道的詞。

「巧合嗎？」淳于瓊心想。

許都，皇城。

皇城已被修葺一新，被大火焚盡的宮殿也被重建。尚書令荀彧手持文卷，慢慢踱著步子走進禁中。冷壽光一早恭候在那裡，看到荀彧來了，恭敬地推開寢殿的殿門，請他進去，同時口中喊道：「尚書令荀彧覲見。」

荀彧和冷壽光對視一眼，都是淡淡的苦笑。他們都知道，天子如今不在這裡，這些虛文無非是給外頭人看的，雖然滑稽，卻不能省略。

皇帝在官渡御駕親征，這事若是捅出去，一定會天下大亂。現在許都對外給出的說辭，是皇帝又染重病，只得在深宮調養。皇帝一向體弱多病，去年冬天差點病死，所以沒人懷疑其中有問題。更何況，荀彧荀令君每三天就會去探視一次，是唯一被允許覲見的外臣。他說一切正常，那就更沒人多嘴了。

這段時間，許都特別平靜。滿寵走後，徐幹蕭規曹隨，繼續按老法子經營許都衛，滴水不漏。而雒陽那班臣子，除了偶爾上書要求拜見天子以外，也沒什麼特別的動靜——董承已死，楊彪蟄伏，剩下的硬骨頭不多了。

最讓荀彧感到意外的是，孔融這個大刺頭居然格外老實。若換了平時，他只要三日未見天子，一定會把整個尚書台鬧得雞犬不寧。可開春以來，這位少府大人一反常態地低調，不僅上書次數變少，連出格言論也不多了，平時只跟司徒趙溫等人互相走動，許都衛都查不出可疑之處。

仔細算下來，孔融的異常舉動，恰好是在議郎趙彥被殺之後。荀彧對趙彥做過調查，認為那只是一次董承餘黨的個人義舉罷了。郭嘉對這個結論並不贊同，不過他要前往官渡，便沒有徹查。

「雖然還有些隱患，但有荀令君在，沒問題的。」郭嘉臨走時說。荀彧對此只能苦笑。他知道為何郭嘉如此乾脆地撒手不管，因為趙彥的好朋友陳群非常憤怒，一口咬定是郭嘉陷害忠良，官司一直打到了曹操那裡。郭嘉索性把爛攤子交給荀彧來收拾，自己揚長而去。

趙彥之死的震動還不止是在許都，它被有心人渲染成了一起政治迫害事件，和楊彪被拷掠的事提昇到同一高度，甚至被寫入了袁紹的檄文中去，這在士人之中造成了波動。更有人把這說成是古文派對今文派的一次挑釁，一個與世無爭的今文士子，在古文派當權的城市裡慘遭殺害，這是要用刀匕來毀滅經學。

荀彧在許都禁止了這些流言的蔓延，但許都之外就無能為力了。

他努力搖搖頭，把這些思緒都努力趕出腦海。與在前線鏖戰的曹公相比，這些都是小事。如何把足夠的兵員和補給送上前線，才是最重要的。他深吸一口氣，踏進寢殿。在他面前，伏壽穿著全套宮裝，跪坐在坐榻之上，光彩照人，只是眉宇間有幾分寂寞。

荀彧伏在地上，執君臣之禮，伏壽揮揮寬袖，第一句便開口問道：「陛下可還安好？」

這是他們每次見面，伏壽必問的第一句話。荀彧垂首道：「最新得到的消息，陛下已抵達白馬城。如果一切順利的話，這幾日他們已進入袁營了。」

伏壽微微側頭，身子前傾，唇邊挑起一絲耐人尋味的弧線：「荀令君是在擔心陛下？」

荀彧嘆了口氣：「千金之子，不坐垂堂。陛下此舉，臣終究是不贊同的。袁營兇險，又有田豐、沮授這樣的人在，一步算錯，就可能萬劫不復。」他從一開始就不贊成這種高風險的計畫，但事已至此，無可奈何。

「咱們這邊，不是有從不犯錯的郭祭酒嘛。」伏壽語氣裡帶著淡淡的自嘲。

「縱有千般妙計，奈何鞭長莫及。到頭來，還得要看陛下自己。」

「陛下天資英俊，聰敏機變，這些小事，想來難不倒他。」

「您對陛下，可真是信心十足吶。」荀彧毫不掩飾自己的擔憂。

「那是當然了。」伏壽整張臉上都洋溢著笑容，那是一種自信而幸福的笑容：「那可是我的夫君、當今的天子啊，一個能在董卓、呂布、李傕、郭汜、楊奉等虎狼之間周旋數年，仍能保全漢室的男人。」

沒等荀彧回應，她忽又輕聲喟嘆：「不過荀令君的擔心，也不無道理。如果有可能，我真想趕到官渡，與陛下同進退，也勝過在此深宮裡每日提心吊膽。」她看荀彧臉色有點僵硬，又笑道：「說說而已，荀令君別這麼緊張。這點輕重，我還分得清楚。」

剛才還對天子信心十足，現在卻又擔憂安危，女人的關心，真是矛盾。荀彧心想。伏壽斂起笑意，把略顯豐腴的身子挺直，她身材本就很高，這麼一挺，對荀彧就成了居高臨下的俯瞰。

「對了，聽說最近孔少府在城裡四處遊走，可還是為了聚儒之事？」伏壽問。

荀彧苦笑著點點頭。孔融除了到處宣揚趙彥被迫害的事情，一心一意只忙一件事，就是搞許下聚儒之議。這最初只是曹氏一個小小的安撫手段，卻被這位大儒抓住機會，大聲嚷嚷，傳書各地，拳打腳踢弄到了今日的局面。

伏壽帶著絲嘲諷道：「哦，看來孔融是打算把這次聚儒，搞成第二次白虎觀啊，他野心不小。」

章帝建初四年，天下大儒群集在京城白虎觀內，今文派與古文派展開了一場大辯論，最終核定了五經同異，由班固執筆寫成《白虎通義》，成為儒學名典，影響深遠。孔融這一番舉動若是成功，史書上恐怕會大大地書上一筆。

荀彧道：「學問之議，有裨人心，乃是好事。可惜眼下戰事緊，朝廷無餘力顧及，只好辛苦孔少府一個人了。」

荀彧的意思很明白，你想玩可以自己去玩，我們不攔著，但絕不要指望朝廷給你什麼襄助。伏壽其實對孔融也很無奈，她不認為這種文人的耍嘴皮子能有什麼實際用處，可孔融卻樂此不疲，大概是為了虛名吧？她不由得暗自慶倖當初沒把他拉進反曹陣營——這傢伙當自己人的破壞力比當敵人還大。

於是伏壽道：「這些事情我們婦道人家不好參與，荀令君您定奪便是。」算是表明了漢室的立場。

兩人又閒談了幾句，荀彧便告辭了。當他離開皇城返回尚書台時，卻在門口看到一位出乎意料的訪客。卞夫人荊釵素裙，滿面愁容地等在門外，她看到荀彧過來，快步迎了上去，連聲問道：「可有我兒的消息？」

曹丕偷偷離開許都的事，是他自作主張，除了劉平誰都不知道。卞夫人一直到當晚，才發現曹丕留在枕下的告別信，一度昏死過去。得到消息的荀彧也嚇了一跳，可已經阻攔不及。卞夫人哭鬧不止，直到荀彧嚇唬她說，如果再鬧下去消息洩露，曹丕一定性命不保，她才收起哭泣。

官渡高層也因為曹丕的出走而震動了一番，連郭嘉都向曹公請罪。不過曹公表示，既然孩子願為國分憂，也該歷練一番，既然已經去了，就做出些名堂才回來。有了這句話，這段鮮為人知的喧囂才算徹底平息。

卞夫人雖然不鬧了，卻三天兩頭往尚書台跑，打聽自己兒子安危。面對這位焦慮的母親，荀彧一點辦法也沒有。於是荀彧把對伏壽的話又對卞夫人說了一遍，卞夫人聽了，眼皮一翻：「進了袁營，天子若是生有異心，把我兒子出賣了怎麼辦？」

荀彧知道說什麼都沒用，索性把郭嘉抬出來：「有郭祭酒籌謀，不會有事的。夫人莫非信不過他？」卞夫人果然無話可說，只是低聲嘟囔道：「他也不是神仙，豈能事事都算得準……」

「還有賈詡賈文和呢。這兩個人在一起，天下沒有辦不成的事。」

卞夫人一聽到這個名字，卞夫人神色一怔，隱隱帶著怒氣：「你是說那個幾乎殺害我兒的人嗎？」

荀彧這才想起來，宛城之時，十歲的曹丕幾乎命喪沙場，他媽媽對賈詡不可能有太好的印象。荀彧暗叫自己糊塗，連忙道：「此一時，彼一時，如今賈詡歸了曹公，自然會盡心竭力。」

「希望如此。」

卞夫人咕噥了一句，卻也沒過多糾纏，轉身離去。這讓荀彧鬆了一大口氣。

袁、曹的中原大戰，從一開始就為天下所矚目。而在建安五年的四月，這個戰場上出現的古怪態勢，卻令許多圍觀的策士們鬍鬚捋斷了一地。

先是袁紹先鋒進逼白馬城，圍而不攻，意圖圍城打援。可顏良居然莫名其妙地輕軍而出，結果被曹軍抓住機會，在一場遭遇戰中被降將關羽斬殺。曹操立刻親率主力離開官渡，進逼白馬，郭圖與淳于瓊不得不解除包圍，倉皇東遁。而袁紹的大軍，還安然待在黎陽，不動聲色。雙方這第一回合的落子，都有些飄乎。

從表面看，是曹軍主力盡出，逼走了郭圖。只有少數敏銳之人才注意到，這兩者的先後次序，其實和想像中完全不同。先是郭圖解圍而走，然後曹操的主力才不情願地趨向白馬，就像是一頭被人扯著尾巴倒著拽出巢穴的猛虎。

黃河岸邊，一萬多名袁軍正徐徐沿河而東，隊伍中間打著「郭」與「淳于」的旗號，朝著黃河渡口開去。他們背後的白馬城頭已經飄起了黑煙，應該是東郡太守劉延在焚燒資財輜重，看來曹軍也是無心久守。

人均大感意外。

郭圖和劉平並肩騎行，奇怪的是，曹丕居然跑去和淳于瓊一路，還談笑風生，讓郭、劉二

關於劉、魏兩人的身分，郭圖只告訴淳于瓊這兩個人是從許都逃出來投誠的，卻隱瞞了漢室的事——他可不想跟別人分享果實。淳于瓊看起來相信了這套說辭，他對劉平毫無興趣，卻對曹丕大感好奇。

之前為了不暴露身分，曹丕在七步之內編出了一套兄弟相爭買兇殺人的故事，搪塞住了淳于瓊。鄧展被幾名侍衛抓回隊伍裡，五花大綁，當成真正的囚犯。曹丕向淳于瓊求情，說鄧展此人是欠了魏家人情，才被迫出手，是個義士，不必嚴懲。淳于瓊對此大加讚賞，說你這娃娃年紀輕輕，倒真是有度量。

袁軍開拔以後，淳于瓊把曹丕叫過去，細細詢問起鄧展與魏家的恩怨。曹丕沒料到淳于瓊的好奇心這麼重，只得硬著頭皮編下去，這個故事愈編愈大，心中已有些發虛。好在淳于瓊盤問了一陣，話題一轉，忽然問起魏蚊的事來了。

「你可聽過魏蚊？」淳于瓊問道。

曹丕一愣，旋即答道：「這不是我的名字嗎？」

淳于瓊呵呵笑了幾聲：「不，是蚊子的蚊。」他在虛空比劃了幾下，繼續道：「聽說過這個詞兒沒？」

「一到夏季，我倒是少不得要餵幾回蚊子。」曹丕笑著故意裝傻，心生警惕。

「魏蚊可不是蚊子，牠是一種毒蠍，只在我家鄉蒙山——聽過沒，就是琅琊郡開陽附近——尋常蠍子只有三對足，而魏蚊卻有四對足，再算上兩隻大螯，又叫做全蠍，毒性甚猛，每年都要螫死好多人。」

「那幹嘛叫魏蚊呢？」

「你知道孫臏圍魏救趙的故事吧？在馬陵伏擊了魏國大將龐涓。龐涓自殺前懷著一腔怨毒，全噴在了齊兵身上。孫臏連忙把染毒的士兵帶回到蒙山，赤膊臥地。蒙山的蚊子紛紛飛出來，把毒血吸光。龐涓的毒太過猛烈，結果這些蚊子全都變成了毒蠍，從此被人稱為魏蚊。這故事，不是從小在琅琊長大的人，都不知道呢。」

曹丕早就聽母親說過這故事，現在卻裝成第一次聽到，興致盎然。淳于瓊講的時候，一直在觀察曹丕，看他的神色似是第一次聽說，有些失望。

扶風的魏氏，能跟琅琊有什麼關係，名字裡帶個「文」字的人，也不知有多少。「看來只是個巧合吧，我想太多了。」淳于瓊敲敲腦袋，有些懊喪。

「淳于將軍，你莫非也是琅琊人？」曹丕好奇地問。

「不，我是臨淄人，不過我母親是琅琊的，所以知道很多當地掌故。」淳于瓊昂起頭，望著天空，難得地嘆息了一聲：「她老人家去世好多年了，死的時候還是個太平之世。」

曹丕沒吭聲，心裡嘀咕了一句，原來是半個同鄉。淳于瓊決定再試一次，憑著野獸般的直覺，他總覺得眼前這小傢伙有些古怪。他決定再拋出些猛料來。

「董承你知道吧？」

「知道。前一陣子不是剛在河北去世嗎？」曹丕點頭。董承死後，許都大造輿論，天子還親自下詔問責袁紹，傳得沸沸揚揚。

「其實他被我從許都救出來的，結果剛剛渡河，就突然毒發身亡了。」淳于瓊說。這本是軍中機密，不過一來他覺得這些祕密沒什麼大不了的；二來規矩什麼的，他淳于瓊可從來不會在乎。

曹丕果然一陣訝然，不明白為何淳于瓊會吐露這等要密。淳于瓊摸了摸自己的大鼻子，繼續道：「臨死之前，董承留下兩個血字，就是『魏蚊』，所以我一直在懷疑，董承想表達的消息，一定很重大，這事和琅琊人關係不淺——魏文，你既然在許都待過，可知道有什麼特別出名的琅琊人嗎？」

曹丕的臉色一下子陰沉下來。

這個變化被淳于瓊敏銳地捕捉到了：「怎麼？你想到了誰？」曹丕連忙掩飾道：「沒，沒想到，我只與認識幾個商人，其他人接觸不多。」淳于瓊疑惑地看了他一眼，剛想追問。曹丕連忙一抖韁繩：「淳于將軍，我還有事，先過去那邊了。」

淳于瓊沒有阻攔，任其離開。望著曹丕有些慌張的離去背影，淳于瓊饒有興趣地舔了舔嘴唇。這個小傢伙的身上，可藏著不少祕密。他最喜歡混亂，還特別喜歡未知。現在他憑著直覺朝這片不知深淺的小池塘投下一塊石頭，究竟水有多深，能激起多少漣漪，可著實令人期待。

曹丕逃離淳于瓊的身邊，一直在埋怨自己，那個大鼻子一定看出了什麼端倪。「我明明可以再從容一點，再從容一點。」他暗自念叨。他這次冒險出來，一是為了解決自己的噩夢，二來也存了向父母炫耀的心思。他能做得比大哥曹昂更好。現在自己居然被淳于瓊一句話震得方寸大亂，這可太不沉不住氣了。

但那句話，實在是太震撼了。許都的琅琊人，曹丕只知道一個，那就是自己的母親卞氏。難道母親居然跟董承有勾結嗎？那也太荒謬了！

曹丕勉強按下煩亂的思緒，把徐他喊了過來。鄧展「刺殺」事件發生以後，徐他儼然成了曹丕的保鏢，一直緊緊地跟在身後，以防萬一。

「那個刺殺我的人，你還記得相貌嗎？」曹丕問。

徐他默默地點點頭。那件事發生以後，他很快就趕了過來，把鄧展的相貌看得很清楚，這也是殺手必備的能力。

「一會兒我要你搞清楚他所在的馬車，守衛的情況，然後設法給我傳一句話過去。」

「好。」徐他一句廢話沒有。

曹丕向前又騎了一段時間，忽然怔住了：「郭大人和劉先生呢？怎麼不在隊伍裡？史阿呢？」

徐他道：「他們剛才先行離開大部隊了，沒說去哪裡。」

「你怎麼不告訴我？」

「您又沒問過。」徐他一本正經地回答。

徐他並沒有說謊。就在曹丕和淳于瓊聊天的時候，郭圖、劉平和史阿三人已更換甲冑，離開了大部隊，朝著黃河一處小渡口奔去。在那裡，已經有一條舢板預備著。他們棄馬上船，來到北岸，繼續走了一段，來到一處小村子。

村民們早就逃光了，村子裡靜悄悄的，幾乎沒有任何聲音。說幾乎，是因為劉平在行進過程中聽到幾聲輕微的鏗鏘聲，這是弩機上膛的聲音。

「這裡就是東山？」劉平瞇起眼睛問道。許下靖安，河北東山，這是中原最有名也最隱祕的二府，分別代表了曹操與袁紹在暗處的力量。靖安的威名，劉平通過許都衛略知一二；而這個東山，今日才得以見到它的真面目。

「這裡只是個臨時據點罷了。隨戰局不同，東山的位置隨時在變。蜚先生身在之處，即是東山。」郭圖解釋說，劉平表示理解。如果耳目不儘量靠近一線，及時掌握情況，那它就毫意義。

幾名身披鎖甲的守衛不知從何處閃身出來。他們明顯認識郭圖，但仍對這三個人一絲不苟地對口令、搜身，把他們當成危險的刺客來對待。劉平甚至懷疑，他們與郭圖對口令的語言都暗藏玄機——如果郭圖是被人挾持而來，那麼他就能不動聲色地發出警告。

經過繁瑣的檢查手續以後，他們終於被放行進入村子。村子裡有不少青袍小吏，或抱著文卷或拿著紙筆，行色匆匆，腳步卻極輕。出乎劉平意料的是，蜚先生的居所居然不是在屋子裡，而是選在了一處大院的地窖裡。那是一個略為傾斜的漆黑洞口，窖口用木框圍住，彷彿巨獸貪婪的大嘴。

史阿守在外頭，劉平和郭圖魚貫而入。地窖裡寒意凜然，土壁掛著白霜，外頭的春意與這個小世界沒半點關係。不過地窖空間倒是頗為寬敞，劉平居然能直起腰來走路——看來原主人挖地窖的時候，也有避戰亂的打算。

在地窖的盡頭處，幾截蠟燭閃著晦暗不明的火光。一個人影佝僂著跪坐在一張薄薄的毛毯上，身邊是數不清的紙卷、簡片以及絹帛。牆壁上滿是墨蹟，有文字，也有符號，筆觸無一例外都很淩亂，似乎是信手而為，無法辨讀。

「你們來了？」

人影嘶啞地問候道。劉平這才看清這個叫做「蜚先生」的人，不由得一驚。他身體佝僂，一襲青袍把他從頭到腳都遮住，只露出一頭白絮般的頭髮和一隻赤紅色的眼睛，像是蚩尤麾下的九黎魔獸。

郭圖快走兩步，趨前彎腰向蜚先生問候，說明來意。蜚先生的紅眼珠盯著劉平，眨都不眨一下，劉平浮現一層雞皮疙瘩。他努力讓心情保持鎮定，告訴自己人不可貌相。這頭怪物，可是唯一能跟郭嘉對抗不落下風的男子。他拱手道：「蜚先生，久聞大名——在下劉平。」

蜚先生沒有回禮，而是圍著劉平轉了幾圈，鼻子像狗一樣聳動。劉平不知他是什麼用意，站在原地有些莫名其妙。蜚先生突然抬起頭，嘶啞的嗓音如同沙磨：

「你身上，有郭嘉的味道。」

劉平不動聲色，也把衣袖舉到臉前嗅了嗅：「那是一種什麼味道？」

「自負，自戀，還有一股自以為是的惡臭。無論是誰，只要跟郭嘉扯上一點關係，就會沾上這種味道，比秉燭夜行還要醒目，休想瞞過我的鼻子。」蜚先生陰森森地說道。

劉平嗤笑一聲，憑味辨人品，這說法實在荒誕不堪。蜚先生俯身從書堆裡拿起一卷冊子，扔給劉平：「漢室宗藩的系譜裡叫劉平者一共三人，都不符合你的年紀。你到底是誰？」

如果說剛才的疑問是無理取鬧，那麼現在這問題則犀利無比，正中要害。所有的漢室宗親，都有譜系記錄，誰祖誰父，一定有底可查。蜚先生在劉平造訪之前，已經做足了這方面的功課。

劉平把手平擱在膝蓋上，看也不看那卷冊：「玄德公還號稱是中山靖王之後呢，又有什麼人當真？宗藩只是名義，姓氏只是代號——你只要知道，我是代天宣詔的繡衣使者，這便夠了。」

蜚先生不為所動，他從青袍裡伸出一隻枯槁的手，點向劉平的鼻尖：「你入我東山腹心，還拿這些話來敷衍遮掩，未免太愚蠢了。」

劉平昂起頭來，眼神變得嚴厲起來，他把蜚先生的手指推開，冷冷說道：「在下此次北渡，是為了召集忠良之臣復興漢室，徵辟調遣，可不是來乞討求援。袁大將軍四世三公，皆是朝廷封授，你們東山不過是其僚屬，又有什麼資格敢對天子使者無禮？」

郭圖沒想到一見面，這兩個人就快吵起來了，趕緊站出來打圓場。蜚先生緩緩坐回到毯子上，嘿然道：「郭公則，你忒小看了郭嘉。以他的耳目之眾，漢室派人潛入官渡，又怎麼會覺察不到？這人不過是個死間，行動舉止都帶著一股郭氏臭氣，留之無用！」

郭圖聽他這麼說，不禁有點氣惱。人是他帶來的，蜚先生毫不客氣地指為細作，等於是抽他的面皮。他忍不住開口道：「先生太過武斷了吧。劉先生此來，所送之物誠意十足，又襄助謀劃，就連撤軍之策，都與先生暗合啊。」

蜚先生發出一聲乾癟的笑聲，傲然道：「這就對了，除了郭嘉，天下誰又能與我謀劃暗合？」

劉平無奈地搖搖頭道：「自從進窖以來，您一共說了九句話，倒有七句是與郭嘉有關係。看來您對郭嘉的忌憚，當真是刻骨銘心，已容不得別人了。」

聽到劉平這麼說，蜚先生的眼球變得愈加赤紅，似是用滿腔怨憤熬成血汁，慢慢滲出來，他一字一句道：「郭嘉是個混蛋，但他也是個天才。我恨他入骨，也了解他最深。所以我根本不信，區區一個漢室，能背著他玩出什麼花樣來。」

劉平冷笑道：「這話倒不錯。郭嘉一向算無遺策。以河北軍勢之盛，去年尚且被阻於官渡不得寸進；以先生之大才，先死董承，再折孫策，敗績種種，慘不忍睹。我們漢室，又能玩出什麼花樣？」劉平本以為這赤裸裸的打臉會讓蜚先生暴跳如雷，卻沒想到對方的癲狂突然消失了，就連眼球顏色都在慢慢變淡，整個人似乎一下子冷靜下來。

「他特意送你到此，是來羞辱我的嗎？」蜚先生問，語氣平靜到讓人生疑。

劉平大笑：「不錯，正是如此！郭大人，我去地窖外頭等你處置，這裡太憋屈了，不適合我。」說罷朝郭圖一拱手，轉身要出去。

「站住。」蜚先生突然喊道。

劉平腳步卻絲毫不停，郭圖過去扯住他袖子，口中勸慰。蜚先生忽然道：「郭嘉絕不會只是為了羞辱我而煞費苦心，他從來不做多餘事。」

劉平回首道：「這麼說，你現在知道自己錯了？」

「不，你肯定是郭嘉派來的，這一點毫無疑問。」蜚先生的獨眼閃動，青袍略微搖擺，「只不過在你的身上，除了郭嘉的惡臭，還多了點別的味道——我剛才是要撬開那一層郭嘉的殼，露出裡面你的本心。現在我給你一個機會，別用郭嘉那套說辭，用你自己的想法，試著說服我。」

郭圖暗暗叫苦，已經把臉撕到這份兒上了，他說出這種話，劉平又怎麼會答應。可他又一次猜錯了，劉平聽到這句話，反而回身重新跪坐下來，露出自信滿滿的微笑。

「用我自己來說服你，一句話就夠了。」

蜚先生和郭圖都微微一訝，他要在一句話內解釋自己的身分，撇清與郭嘉勾結的嫌疑，怎麼可能做得到。劉平環顧左右，深吸一口氣，緩緩吐道：「我乃是楊俊之子。」

他這一句話無頭無腦，郭圖聽了莫名其妙。蜚先生卻陷入沉默，整個地窖裡，只聽見粗礪的指甲有節奏地敲擊在石塊上。這是他思考時的習慣。過了許久，蜚先生方才抬頭說道：「楊俊字季才，河內獲嘉人。受學於陳留邊讓，曾在京城任職，後任曲梁長。建安四年末，楊俊受司空府徵僻，前往許都，途中遇襲，斷一臂，獨子死難，如今在許都調養。有傳言他在京時與楊彪有舊，屬雒陽一黨。」

劉平心裡暗暗佩服。東山不愧是與靖安齊名的組織，連許都發生的這些細小的事情，都查的一清二楚。

「你是說，你就是楊俊的兒子……我記得，嗯，叫楊平？」

「不錯。」劉平嘴角一顫，這個蜚先生居然隨口便把一個人的履歷報出來，不知他腦子裡記著多少東西。

「也就是說，你父親偽造了那一場劫難，為的是湮滅你的身分，好為天子做事。」

劉平點點頭，同時在心裡湧出一股難以言喻的感慨。這不算是謊言，在原本的計畫裡，他是被安排作為天子的影子而存在，只不過計畫永遠追不上變化……

蜚先生居然笑了：「你若說別人，我還有些遲疑。但說起楊俊了，這事便好分辨了。他去許都之前，在曲梁可是個好客之人。」劉平心中一動，果然不出所料。他一直在懷疑，自己父親在外面的奔走，是負有特別使命的，現在終於從蜚先生口中得到了證實。

楊彪之前曾被滿寵拷掠，曹操認為他與袁術之間有姻親關係，會藉此與袁氏裡應外合。現在劉平明白了，所謂「袁術姻親」那只是在明面的掩護，楊彪真正與河北袁氏聯繫的中轉管道，卻是在曲梁的楊俊。

「你父親是個胸中有鱗甲的人。」蜚先生簡單地評論了一句。劉平還好，郭圖卻多看了他一眼，隱有妒意。蜚先生可從來不輕易誇獎別人。

蜚先生又問了幾個細節問題，劉平一一作答，氣氛逐漸趨於緩和。楊俊這條線異常隱祕，連郭嘉都不知道。劉平說出其中的細節來，自然便能證明自己身分。諷刺的是，蜚先生以為是楊俊把祕密告訴兒子，實際上，這些祕要都是楊俊覲見天子之時一一交代的，那時候他們已不是父子。

「也就是說，你父親犧牲了自己，把你變成漢室的一枚暗棋，替天子打點外頭的一切。」
「不錯，所以我剛才說過，名字只是個代號，對我來說，它毫無意義。你只需知道我效忠的是誰，就夠了。」
劉平微微苦笑道。他現在的處境，委實有些奇妙。在伏壽、楊修的眼中，他是偽裝成劉協的孿生兄弟劉平；在荀彧、郭嘉和曹丕的眼中，他是偽裝成商人劉平的劉協；在蜚先生和郭圖的眼中，他又變成了偽裝成漢室密使劉平的楊平。諸多身分，交織紛亂，他不得不時刻提醒自己，不要迷失。
「在謊言的漩渦裡，最可怕的是忘記真實。」楊修曾經如此告誡過他，現在他終於明白了。「可我真實的身分，到底是誰呢？」劉平忽然沒來由地想。可他不知道答案。
蜚先生又道：「我聽郭圖說，陛下準備了一份衣帶詔，可有此事？」
「不錯，但這只能傳達給兩個人：要麼是袁大將軍，要麼是荀諶先生。」
郭圖看了蜚先生一眼，忍俊不禁，噗嗤一聲笑了出來。劉平莫名其妙，問他何故發笑，郭圖指著蜚先生道：「你要傳達口諭之人，遠在天邊，近在眼前吶。」
劉平大吃一驚：「您，您就是荀諶？」
荀諶是當世名儒，又是荀彧的從兄，在劉平心目中應該也是個風度翩翩、面如冠玉的儒雅之人，怎麼會變成這番摸樣。
蜚先生嘿然一笑：「可以說是，也可以說不是。」
劉平徹底糊塗了。
郭圖看向蜚先生，看到後者微微點頭，這才拍了拍劉平的肩膀：「劉老弟，為了表達對漢室的敬意。我今天就告訴你一個東山最大的祕密：荀諶，已經死了。」

「死了？」劉平雙目立刻瞪圓。這怎麼可能？荀諶對許都非曹氏陣營的人來說，是個特別的存在。楊彪、董承甚至孔融，都曾經與他有過接觸，荀諶就是袁氏的代言人。楊俊當初在曲梁，就是負責楊彪與荀諶的交流。

「死了有幾年了。但他的身分特別，不利用一下實在可惜。這幾年來，你們許都接觸到的『荀諶』，都是出自蜚先生謀劃，我和辛氏兄弟負責書信往來，並不時放出點風聲，證明他還活著。」

郭圖手舞足蹈，得意之情溢於言表。荀氏是郭氏最大的對手，他郭圖能操縱一具荀家的僵屍，把荀家的人玩得團團轉，還能給那個荀令君添點麻煩，沒什麼比這更開心的事情了。這事太過隱祕，郭圖不好公開炫耀，如今終於可以對外人說起，他自然是說得滿面生光。

「這一具屍體，非常好用。這祕密知道的人，可不多。」郭圖像是在評論一道祕製菜肴。就連董承，他們都不曾說出真相，以致他臨死前還叫著要見荀諶。

劉平面色不動，心裡卻嘆息。他本來的計畫裡，荀諶是重要的一環。但現在看來，這計畫要做大幅修改了，而且留給他思考的時間並不多。

「既然如此……」劉平一邊斟酌一邊控制著語速：「那麼這個衣帶詔，就交給您吧。」

劉平說完從腰間摘下一條衣帶。蜚先生接過去把它抓到鼻子前，仔細地聞了半天，這才說道：「嗯，這條衣帶詔裡，沒有郭嘉的臭味，應該是天子親授——你能唸給我們聽嗎？」

郭圖和蜚先生伏在地上，就像是兩名恭順至極的臣子。無論真心如何，禮數上還是要做周全。劉平朗聲唸道：「假曹氏之意，行漢室之實。兩強相爭，漁利其中。欽此。」

蜚先生哈哈大笑：「陛下果然是聰明人，沒拿些廢話謊話來羞辱我。」

明眼人都看得出來，漢室地位雖高，實力卻衰微至極，只能藉袁紹和曹操這兩個龐然大物的碰撞來尋求機會。這點心思，怎麼都是藏不住的，天子索性挑明了其中利害，你利用我，我也利用你，把話說在明面，大家都方便。

笑了一陣，蜚先生又露出敬佩神情：「自光武之後，天子可算是漢室最傑出的人才，有眼光，有手段。在治世可比文景，亂世若逢機遇，也是秦皇孝武之儔。這麼一個人物，卻被困在許都這個牢籠裡，實在可惜，可惜。」

「陛下春秋正盛，可還未到蓋棺論定之時。」劉平意味深長地回答。

蜚先生把衣帶詔放下，抬起手不知從哪個角落端出三個木杯，杯裡盛著點黃顏色的醇酒：「說得好，就讓咱們祝陛下長命百歲吧。」三個人一起舉杯，一飲而盡。劉平心裡一下子如釋重負，懾服郭圖，是第一步；擺脫郭嘉的陰影，是第二步。他前來官渡的意圖，正在一步步地實現。

地窖裡的氣氛，變得融洽起來。蜚先生又給劉平奉上一杯酒：「這件大事定下來，我也放心不少。接下來，劉先生不妨暫且留在郭圖軍中，等到了時機，再見袁公如何？」

「哦，莫非有什麼不方便？」

「袁公近處，掣肘甚多，不是每個人都對漢室有忠貞之心。東山與漢室，在官渡能做的事情，可還有不少呢。」

三個人心知肚明，都是一飲而盡，相視一笑。這地窖裡的三個人各有私心，郭圖要上位，蜚先生要置郭嘉於死地，而劉平則要為漢室撈更多好處。過早地接觸袁公，對他們都沒什麼好處。反正袁公一定會贏的，多撈些好處才是正道。

蜚先生放下杯子，似乎有些興奮，拍著大腿，吟起張衡的三都賦來。小小的地窖裡，他沙啞的聲音竟有些激越。郭圖衝劉平使了個眼色，表示他每次一喝酒，都會這樣，不必大驚小怪。

劉平心想，蜚先生變成這副模樣之前，想來也是個風流倜儻的才俊，只是不知為何變成這模樣。在那青袍之後，到底藏著何等的往事呢？

蜚先生注意到劉平的眼神，停止了吟詠，翻動紅眼。劉平趕緊尷尬地把視線轉開，蜚先生坦然道：「你不必尷尬，我以我的容貌為恨，卻不以它為恥。」他伸出手來，把青袍撩開，劉平看到的，是一張長滿了膿瘡的面孔，形態各異的膿包像菜地裡的幼芽，層層疊疊，密不透風，在腫脹的包隙之間還流淌著可疑的濁黃汁液，把整張臉切割得支離破碎——這是小孩子在深夜的夢裡所能想像到，最可怖的臉。

「因為郭嘉？」劉平大著膽子問道。

地窖裡的溫度突然降低了，這個禁忌的名字每次出現，都讓這個狹小的空間變得更加陰寒。蜚先生沒有回答這個問題，他顫巍巍地站起身來，走到地窖口，仰望出口良久，背影說不出地落寞：

「我也想行走於日光之下，談笑於廟堂之間——但我已經把身心都獻給黑暗，洞穴才是我的歸宿。」

劉平說不出話來，他突然有一種強烈的感覺。眼前這個惡魔一樣的人，卻對有著比任何人都深沉的悲傷。

蜚先生的聲音再度響起，這次顯得有些疲憊：「孫策遇刺，你是知道的？」

「不錯，郭大人告訴我了。」劉平道。

「本來這件事是不該發生的。」蜚先生的聲音裡有些挫敗：「我早就預見到那個人會施展如此狠辣的手段，也做了一些佈置，可還是低估了某些人的無恥程度。」

「哦？」

「曹家在江東勢力微弱，若要刺殺孫策，只能請當地勢力相助。我們袁家若要阻止，也必須尋求幫助。而最合適的人選，莫過於豫章太守華歆。可這個無恥之徒居然欺騙了我們，投靠曹操，並調動了一批軍用強弩，配合郭嘉出手刺殺了孫策。」

「這有什麼不對嗎？」劉平有些詫異。這雖然沒什麼道義可言，可亂世之人，投向哪一邊，豈不是平常之事嗎？可聽蜚先生的意思，似乎這是件極其惡劣的事情。

蜚先生轉過身來，青袍下的身體微微顫抖：「華歆有一個女兒，叫做華丹，被郭嘉姦殺至死。」

「啊！」劉平一下子想起來了，伏壽曾告訴過他，據冷壽光所說，郭嘉早年曾拜在華佗門下，後姦殺華佗侄女，揚長而去——而華佗和華歆，本來就是兄弟，只不過後者不願與醫者為伍，改換了門庭籍貫。

「那人為了趨附權勢，連殺女的仇人都能合作，我實在是太低估他了。」

劉平注意到，蜚先生在說起這段往事的時候，臉上的膿腫都在發顫。他盯著蜚先生：「莫非你，也曾在華佗門下？」

蜚先生答非所問，喃喃道：「他帶走的，可不只是尊嚴……」他說到這裡，恍然一驚，似乎發覺自己有些失態，連忙擺了擺手，示意談話結束了。

# 第四章　血與沙

曹丕現在很不高興。劉平居然沒告訴他一聲，就擅自跑掉了。這讓他覺得自己被忽視了，而且也滋生出一絲疑問：他難道是想背著我，去搞什麼陰謀？曹丕輕輕搖了搖頭，又給否認了。本來劉平是可以一個人來的，但他主動提出讓曹丕同行，說明心裡沒鬼。想到這裡，曹丕突然又心生疑竇：他不會是真的打算把我當成一份大禮，送給袁紹吧？

這少年待在營中，心氣起伏不定，焦灼不堪。他拿起劍來，揮舞了幾下，卻全無章法。王氏快劍講究心境如冰，他現在完全不在狀態。

就在這時，徐他從帳外進來，對曹丕耳語兩句。曹丕說正好，然後抓起劍走了出去。在營帳外頭，淳于瓊把鄧展五花大綁拎了過來：「魏公子，我把人給你帶來了。」

曹丕身為「苦主」，卻替鄧展求過情。那麼按照禮數，淳于瓊不能把這個求情當真，應該把鄧展交給曹丕，親自發落。

鄧展跪在地上，垂頭不語，看樣子頗為狼狽。曹丕走過去，圍著他轉了幾圈，長劍在手裡來回擺動。有那麼一瞬間，他真的動了念頭，乾脆把鄧展一劍捅死算了。鄧展的忠誠毋庸置疑，但那一句冒冒失失的「二公子」幾乎把曹丕推下深淵，這樣的人太有風險，還是死人最保險了。曹丕不怕得罪淳于瓊，他早看出來了，這位大將的地位很超然——「超然」意味著誰也管不著，同時也管不著誰。

曹丕盯著鄧展的脖頸，面無表情地揮動長劍，把他的繩索一一挑斷。劉平的不告而別，讓他覺得應該在身邊留幾個能用之人，以備不時之需。

鄧展被解除了束縛以後，雙膝跪地，向曹丕重重叩了一個頭：「公子不計前嫌，鄧展感念無極。」

曹丕道：「你不再與我尋仇了？」鄧展抬頭道：「魏家的人情已還完。我這條命，是公子您的了！」說完他又跪在地上，重重叩了幾下，額頭出血。

曹丕露出滿意的神色，轉頭去看淳于瓊。淳于瓊對這個事態發展有些意外，他知道鄧展的強硬性格，沒想到居然這麼容易對一個少年臣服，連他也不好出言阻止。淳于瓊轉念一想，這也不是什麼壞事。他正發愁該如何安置鄧展，這個叫魏文的小傢伙倒是把這個難題解決了。

「我跟鄧展不是主僕，你想收就收吧——不過鄧展可是曹家虎豹騎的曲將，萬一曹操找你來要人……」

「從今以後，在下只以公子馬首是瞻。」鄧展避實就虛地回答。

淳于瓊摸了摸鼻子，心想我救了鄧展一命，又給他找了個合適的主家，這麼大的恩情足以抵償了那點歷史陰影了，便點了點頭。曹丕把佩劍交給鄧展，鄧展倒提劍柄，割開手臂上的一片血肉，擦拭曹丕的劍身，執行死士的儀程。

鄧展從地上站起來，看了一眼淳于瓊，走到曹丕身後站好。他已經下了決心，不再從袁營逃走，而是堅守在二公子身邊。他與身旁的徐他對視一眼，心中一凜。在徐他眼裡，鄧展看到的是一種極端的漠然。

「二公子身邊什麼時候多了這麼個高手……」鄧展暗想，忽然又想到另外一個問題：「二公子刺我的那一劍，為何感覺如此熟悉？」

就在這時，週邊走過了三個人，士兵們紛紛站開。淳于瓊抬眼去看，原來是郭圖和劉平返回宿營地了，史阿一言不發地跟在後頭。他和東山本來只是雇傭關係，這次去交割了任務，被蜚先生順理成章地派到劉平身邊了。

「你們幾個跑哪裡去了？錯過了一場好戲。」淳于瓊放開嗓門喊道。

「哦？發生了什麼事？」郭圖一改在蜚先生面前唯唯諾諾的樣子，擺出一副監軍的氣度。淳于瓊把鄧展認主的事一說，郭圖笑道：「一日之內見兩義士，這是好兆頭啊。」

劉平轉動脖頸，看向曹丕，發現曹丕身後的那個人也正在看向自己。兩個人四目相對，雙眸同時爆出兩團火花，心跳驟然加速。

這張臉，我一定在哪裡見過！鄧展在心中吶喊，那一場雪夜的記憶慢慢甦生。

鄧展是震驚，劉平卻已僵在了原地，手腳發涼如墜冰窟。他對這張臉不太熟悉，但對這名字卻印象深刻。正是這個叫鄧展的趕去溫縣為楊平畫像，引發了一連串危機，幸虧有了司馬懿以及一點好運氣，才算安然度過。他們一直以為鄧展已死，想不到他居然出現在袁紹營中，而且歸順了曹丕。

鄧展在和梁籍田見過天子本人，在溫縣又見過「楊平」的畫像，只要稍微一聯想，就會無限接近真相，也許已經知悉了真相……劉平實在不敢再往下聯想。

郭圖和淳于瓊又寒暄了幾句，各自回帳歇息去了。劉平呆呆地站在原地，腦子裡混亂不堪。他畢竟不是那種一步三計的策士，一遇到這種預想外的意外，一下就懵了。曹丕喊了他幾聲，他才回過神來。曹丕挺納悶，問他怎麼了，劉平趕緊把眼神轉開，訕訕答說忽然想到件事情，一時失神。

曹丕盯著劉平，天子可很少有這種狼狽的時候。他回頭對史阿道：「從今天起，鄧展跟你們一起行動，你帶他去宿營的帳篷吧。」史阿說了一聲是，叫上徐他與鄧展離開了。鄧展本想多看一眼劉平，但他想了想，終於忍住了，沉默著轉身離去。

他們走遠以後，曹丕這才問道：「你到底去哪裡了？」

鄧展離開以後，劉平的精神壓力沒那麼大，舉止也自然起來。他也不隱瞞，告訴曹丕說我去見了東山的蜚先生。曹丕冷著臉說怎麼不跟我說一聲，劉平解釋說事起倉促，根本不及通知。曹丕暫時接受了這個解釋，又問他跟蜚先生談了什麼。

劉平環顧四周，確認所有人都站開了，這才悄聲道：「自然是東山與漢室合作的事。」曹丕敏銳地注意到，是「東山與漢室」，而不是「袁氏與漢室」，這說明他們達成的協議，某個小集團的利益，將在袁紹之上。他現在已經能從一些細微之處，去揣測隱藏其後的真實意圖，人在惡劣的環境下，學習的速度總會非常地快。

「看來咱們在他們心目中的價碼又提高了，以後在袁營的日子，會稍微好過一點了。」

曹丕感慨了一句，原本一臉的惱怒總算略有改觀。他的這句話，讓劉平猛然想到，他們如今是身在袁營，鄧展為了曹丕的安全，必然投鼠忌器，就算覺察真相，也一定不敢大聲宣揚。整個事情，還有轉圜的餘地。

劉平其實還有個極端的解決辦法，就是亮出自己的天子身分，借袁紹之手把曹丕和鄧展都殺死。如果是真正的劉協，一定會這麼做吧？劉平心中苦笑，意識到「仁道」堅持起來，有多麼艱難。他暗暗期望不要讓事情演變到那一步，收起這些紛亂的思緒，對曹丕說：

「我還有兩個好消息要告訴你。」

「嗯？」曹丕眼睛一亮。

「第一，關於樊於期的人選，已經有了著落；第二，王越的動向，東山也已經掌握。」一聽到這名字，曹丕的臉色又變得異常精彩，甚至忘了去責難劉平。

夜幕降臨之後，白馬城卻是燈火通明，二十餘只軍用松油燈籠懸吊在城門口，把四周照得有如白晝。東郡太守劉延和一個年輕人在門口迎候，他們身後的城門大開，一輛輛牛車正緊張而有序地魚貫而出，車上放滿了大大小小的包裹，甚至不及綁縛。

很快一支部隊從遠處的黑暗中走了出來。他們保持著嚴格的方陣，甲冑質地精良，走近城池時會反射火光，看上去像是一座閃耀著磷火與腐螢的移動墓地。劉岱看到他們，微微鬆了一口氣，把身體拱得更彎。他身旁的年輕人拋著骰子，若有所思。

隊伍走到城門口就停住了，隨著數名軍官的呼號，他們迅速分成數支分隊，各自開去一個方向，很快以城門為圓心，展開成一個半包圍的保護圈，甚至還體貼地給城內的運輸隊留了條通道。

一輛奢華精緻的馬車緩緩駛入保護圈內，一直開到劉延和年輕人面前，方才停下。車簾被一隻纖細的手從裡側掀開，先是露出一大片額頭，然後探出一個人的腦袋。他的雙眸比頭頂的夜空還要黑，臉色卻白得驚人。

「劉太守守城不易，辛苦了。」郭嘉平靜地說，同時把一枚藥丸送入口中，又喝了一口水。

「這是屬下本分。」劉延斟字酌句道，面對這個比他小十幾歲的人，一絲不敢怠慢。郭嘉看出他的緊張，揚了揚手掌：「曹公的大軍已在左近，白馬可暫保無虞，你身上的擔子，可以輕鬆些了——對了，我聽說今日正午開始，白馬城頭已經開始冒起濃煙。是不是你算準了曹公早有不守之意，提前開始做遷移的準備？」

劉延嚇得遍體流汗，訕訕不敢回答。郭嘉道：「劉太守你緊張什麼。這件事做得很好。袁紹大軍瞬息即至，白馬不可久守，早晚是要撤的，晚走不如早走。你能主動揣摩曹公心思，先期而動，可是替我省了不少事。」聽他這麼一說，劉延長舒一口氣，拱手道：「郭祭酒鈞鑒，此議並非是我所想，實是楊先生諫言。」

郭嘉露出一副「早知如此」的神情，把視線放到了那玩骰子的年輕人身上：「德祖，你可真是曹公的知己吶，曹公在官渡剛一念叨撤退，你這就開始收拾行李了。」

楊修上前一步，狐狸般的面孔有一絲得逞的輕笑：「白馬就是塊雞肋，食之無用，棄之可惜，不如早走，這道理不是很淺顯嘛。」

郭嘉盯著他看了一陣，輕輕嘆了口氣：「你何嘗不是曹公的雞肋，棄之可惜，用之……」他沒繼續說下去，而是用銳利的眼神刺向楊修。後者毫不客氣地與之對視。短暫的視線交錯之後，郭嘉無奈道：「你一來，就幹掉了一員河北大將，我還真是低估你了，你說說，這叫我以後怎麼打壓你？」

郭嘉坦誠的發言把劉伭給嚇了一跳，楊修卻面帶微笑，謙遜地回答道：「那是關將軍殺的，我一個隨軍策士，沒出什麼力──倒是郭祭酒，你親自跑來白馬做什麼？」郭嘉沒回答，而是把身子往旁邊讓了讓。楊修往裡看去，一陣愕然，因為在郭嘉的身旁還坐著另外一人。這人老態龍鍾，病怏怏的像是一棵行將枯萎的老樹。

「賈文和，你也來了？」楊修結結實實吃了一驚。

賈詡深深看了楊修一眼：「老夫時日不多，還想最後再來看一眼這黃河的風景。」說完還狠狠咳嗽了兩聲。楊修有點想笑，可他實在笑不出來。郭嘉、賈詡兩大策士同時蒞臨準備棄守的白馬小城，所圖一定非小。若單是郭嘉，楊修還能揣測他的用意居心；可現在又多了一個賈詡，楊修眼前立刻升起一片白霧，把他們的意圖遮掩得朦朦朧朧，難以看清。

官渡大戰已經開啟，諸方勢力盤根錯節，如果不能及時把握局勢，便如瞽翁攀山，危險之至。望著賈詡那張衰朽的臉，一種危機感在楊修心中悄然升起，原本淡定的表情也有些僵硬，手裡拋骰子的動作悄然停止。

楊修的任務很簡單，趁著官渡之戰開啟，盡可能地滲入軍中播撒種子，為漢室營造隱勢，兼之配合劉平在袁營的行動。如今張遼和關羽的伏筆已經深埋下去，楊修正打算籌畫下一步動作。偏偏賈詡在此時出現，楊修的計畫，不得不要修改了。

賈詡看出楊修的變化，也把頭探出馬車來：「德祖哇，張君侯的部曲已經到了這附近，我得幫他照看著點。」楊修一怔，意識到他是在向自己解釋。張繡自從歸順曹操以後，麾下所屬大部被拆散分配到諸營之中，只留下了一個飛塹營，算是張繡自己直屬的武力，由一個漢羌混血的將軍胡車兒掌握。賈詡是推動張繡歸順的關鍵人物，如何維護張繡在曹營的利益，是賈詡的天然職責。

楊修根本不相信，但也說不出什麼來。他面對郭嘉，尚能針鋒相對互別苗頭，但對上賈詡，卻有一種束手縛腳的無力感，就像是跌入一個爛泥潭，愈動沉得愈快，不動也往下沉。

楊修決定不再去想，不能被帶入他們熟悉的節奏，遂拱手道：「既然兩位都到了，不知有何指示？」郭嘉道：「袁紹聞聽曹公大軍出動，勢必率主力渡河來襲。白馬輜重轉運不易，速度又慢，你可有什麼成算？」

楊修道：「我與劉太守已把不能帶走的都棄掉了，闔城百姓也已編好了隊，明天一早就離城。至於能不能順利抵達官渡，就得看曹公了。」說完他看了郭嘉一眼，看他怎麼回答。郭嘉道：「有你護住輜重，我放心得很。其他事情你毋需擔心，我和文和會處置。」

楊修心裡一動，顏良的事果然引起了郭嘉的疑心，用輜重隊把他不露痕跡地拴住，與整個戰場割裂開來。但讓楊修氣憤的是，郭嘉這一手安排，根本不是處心積慮要來對付楊修的。他與賈詡齊至白馬，一定是對袁紹有什麼重大圖謀，把楊修調去押送輜重，顯然只是順手敲打一下罷了。楊修一直認為自己是郭嘉的勁敵，可郭嘉卻懶得專門對付他，這種把對手不當回事的態度，讓他深感侮辱。

唯一讓楊修稍微有點安慰的是，郭嘉似乎並不清楚張遼的情況。在所有的戰報上，都寫的是張遼、徐晃合圍顏良，關羽破陣而入，沒有任何破綻。顏良的首級已被送去主營，所有人對一場大勝的疑惑總會比一場大敗要少——所以張遼不會暴露，這枚棋子若用得好，將有奇兵之效。

郭嘉又交代了幾句，放下車簾，馬車連城都沒進，徑直離開了。

「郭奉孝，咱們這局棋，才剛剛開盤。」楊修望著逐漸隱入夜幕的馬車，冷哼一聲，繼而投向北方的夜幕盡頭。在那裡，還活躍著另外一個人，那是楊修最大的底牌。

「那個不讓人省心的傢伙，不知在北方過得如何。」楊修暗想。

楊修不知道，同樣的話，也同時在遠去的馬車裡響起。

「天子在北方，不知過得如何。」

郭嘉靠著車廂，慢悠悠地對賈詡說道，賈詡垂著頭似乎是要睡著了，聽到郭嘉說話，才連忙抬起頭來，尷尬地解釋道：「年紀大了，不耐夜，老是貪睡——你剛才說什麼？」郭嘉早對他這個把戲習以為常，把問話又重複了一遍。賈詡用袖口擦了擦口水，呵呵一笑：「以天子的聰穎，足以應付。不然當初董卓為何冒天下之大不韙，廢掉弘農王，改立陛下呢。」

「呵呵，你的意思是，董卓當初也有興漢之心？」郭嘉饒有興趣地追問。賈詡當年是董卓軍中的策士之一，見識了西涼大軍從煊赫一時到分崩離析的全過程，對內情知悉最深。可賈詡嘿嘿一笑，不置可否，把話題又轉開了：「天子當年以弱冠之身，能保漢室不散，若非心志堅逾鋼鐵，可做不到這地步。現在的陛下雖嫌柔弱，卻也有另外一種好處。」

「你對天子的評價，可有點前後矛盾啊。」

「哎喲哎喲，老糊塗了，老糊塗了。」賈詡拍拍腦袋，讓郭嘉頗有些無可奈何。這老烏龜的龜殼太硬了，稍一觸動就縮回去，就算是郭嘉都無處下嘴。

郭嘉轉動脖頸，優雅的指頭靈活地敲擊起木壁來：「連你的評價都這麼高，我真是有些期待，不知道天子能做出什麼驚天動地的大事來。」賈詡意外地看了他一眼：「是你把他放過去的，現在你也沒把握控制他？」郭嘉坦然道：「是的，陛下這個人，我有點看不透。不過這樣才有趣嘛——對了，這話可別告訴曹公，不然我又得挨罵。」

「居然還有你看不透的人？」賈詡刻意忽略了最後一句。

郭嘉歪著頭想了下，扳著指頭數起來：「陛下算是一個，你算是一個，還有一個我不想說……」

這時馬車終於停住了，外頭的車夫畢恭畢敬道：「郭祭酒，我們到了。」郭嘉拉開車門，和賈詡一起下了車。他們這輛馬車沒有進城，而是在衛隊的保護下轉了個彎，停在了郭圖前一天的駐營所在。賈詡下車以後，先是有些迷茫地環顧四周，然後看了眼郭嘉，下巴輕輕抬了一下。郭嘉吩咐一名侍衛舉著燈籠，陪著賈詡慢慢踱步走進營址，自己則留在了原地，也不上車，就在外頭負手而立。沒女人的車廂，對他實在沒什麼吸引力。

幾十名靖安曹的衛兵分散在四周，警惕地望向黑暗中。他們個個都手持上膛勁弩，背後還揹著一面輕盾，必要時可以抵擋數倍於己的敵人。

賈詡在火把的照耀下在營中四下遊蕩，端詳，似乎漫無目標。袁軍撤退的時候很從容，幾乎沒留下什麼有用的東西，只剩下一道道溝塹交錯和星星點點的灶坑。他轉了約摸大半個時辰，回到了馬車旁。郭嘉把手扶在車廂外壁，問賈詡道：「如何？」賈詡這次倒回答的很乾脆，從袖子裡伸出三根手指：「左軍嚴整、中軍次之，右軍最亂。」

「淳于瓊？他是如何亂法？」郭嘉問。左軍是顏良的營盤，中間是郭圖的，右邊是淳于瓊的。

賈詡把手重新籠到袖子裡去，慢慢說道：「右軍的紮營手法，至少有六種，若再分細微不同，得有十數種。比如有數十頂帳底有焚燼的木灰，應該是先點起了火堆，將土燒熱，然後再移帳於其上——這是雁門的慣常手法，那裡與塞外相接，天寒地凍，這麼紮營可以保暖；還有幾十頂帳篷，附近土地頗多白粉，嘗之苦鹹——這應該是來自於渤海郡。那裡毗鄰大海，長年經風日曬，篷面都有少許鹽皮留存，免不了抖落在地。」賈詡說到這裡，不由自主地咂了咂嘴，他似乎是真的去嘗了……

「這麼說來，淳于瓊的部下，來自於冀、並、幽、雍、青諸州，什麼地方人都有。」郭嘉咧著嘴若有所思，這些情報靖安曹都有搜集，但畢竟不如眼見為實這麼真切。

看來袁紹對淳于瓊根本不打算重用，他的直屬部曲數量很少，其他部隊多是從等州的地方世族抽調而來的私兵。袁紹只是打算拿他們當炮灰，順便削弱大族勢力，所以這些私兵士氣很低，也不與河北兵混在一起，按籍貫扎堆。憑著賈詡那一對毒眼，甚至能輕鬆地劃出各州私兵的宿營區域：淳于瓊的主軍在高處，而低窪寒濕之處都是私兵營寨，待遇相差很大。

郭嘉興致勃勃地吩咐旁人手裡的燈籠放低一點，然後蹲在地上，用一根樹枝在泥土上劃了幾筆。賈詡也蹲下身來，拿起另外一截樹枝。兩個曹營最傑出的策士就這樣撅著屁股頭碰頭，用樹枝在地上你一筆我一道地畫起來，還不時皺起眉頭，苦苦思索，像兩個頑童在玩遊戲一樣。等到這一塊地面被他們刨的不成樣子了，郭嘉笑眯眯地站起身來，把樹枝扔開：「我看，這事可行。」

賈詡又恢復到那一副病入膏肓的模樣，雙手籠在袖子裡。剛才那一輪小孩子遊戲般的攻防演練，郭嘉用了各種法子，都沒佔到便宜。

郭嘉臉上沒見有多大沮喪，從懷裡又掏出一枚藥丸吃下，樂呵呵地說：「不過按照這法子來弄，文和你可就會有點被動啊。」

「先有大疑，方有大信，就算有些許犧牲，也是值得的。」賈詡含糊不清地說，全無剛才剎那間露出的鋒芒。聽到這話，郭嘉沉默片刻，斂起了笑容：「到底是當年一言亂天下的賈文和啊，你可比我狠多了。」

賈詡似乎沒聽到郭嘉的話，眼皮耷拉下來，昏昏欲睡。

鄧展跟隨曹丕返回宿營之後，發覺二公子的神色有些不對。曹丕雙目睜得很大，呼吸略顯急促，臉上還泛起少許紅暈，情緒處於亢奮狀態。鄧展本想找曹丕談談心中的疑惑，沒想到一回帳內，曹丕把外袍脫下來扔給他，又招呼史阿出去練劍了。鄧展只得捧著袍子，在一旁看兩人練劍。

他這一看，真是愈看愈心驚。鄧展算是劍擊好手，他發現曹丕和史阿的劍術，和兩個人的風格非常接近：一個叫王服，一個叫王越。這是天下聞名的王氏快劍！

「這個叫史阿的人對王氏快劍這麼熟悉，怕不是和王越有什麼關係，二公子可就危險了……」

鄧展想到這裡，不由得遍體生寒，想過去阻止。但他忽又想到二公子如今隱姓埋名，一定有大圖謀，不由得停下了腳步。他正遊移不定，突覺身旁一陣殺氣彌漫過來，下意識地去閃避。可那殺氣卻如影附從，始終鎖定在他身上。鄧展大傷初愈，始終躲閃不開，他猛然擰頭看去，卻發現站在身後的是徐他。

「你在看什麼？」徐他一臉淡漠地問。

「看二公子練劍。」鄧展回答。

「你叫鄧展？是曹賊的虎豹騎？」徐他的說話沒有任何鋪墊，也不繞任何彎子，就與快劍一樣，直進直退。鄧展稍微猶豫了一下，覺得沒什麼好隱瞞的，點了一下頭。徐他眼神裡迸出一道寒芒：「你去過徐州？」鄧展有點莫名其妙，但還是回答道：「沒有，我是興平二年入仕的。」曹操屠徐是在興平元年，那時候鄧展還在中原遊蕩。

徐他眼裡的殺氣消失了，想轉身走開。這次卻輪到鄧展提出了問題：「他們練的劍法，是王氏快劍？」徐他道：「是。」鄧展又問：「教者與王越有什麼關係？」徐他道：「史師兄是師父大弟子。」鄧展心中一驚：「那你們的師父呢？」徐他道：「不知道。」

鄧展愈發迷惑：「你為何追隨二公子？你師父知道嗎？」

「師父不知道。魏公子答應我，會給我創造機會親手殺死曹賊。」

鄧展脫口而出：「這、這怎麼可能？」徐他以為他質疑的是魏文的能力，特別認真地點了點頭：「這是可能的，因為我看到劉先生和魏公子在白馬守軍的配合下逃入袁營。他不答應，我就把這件事公開說出去。」

鄧展顧不得感慨徐他說話的直率。他陡然意識到，整個事件遠比他想像中複雜。這個叫徐他的人，明明對曹公懷有刻骨仇恨，卻被二公子羅致帳下，卻又像是掌握了二公子的什麼祕密，語帶脅迫。他連忙閉口不言，若是貿然開口，每一句話都有可能把曹丕帶入死地。

這時候，遠處的曹丕發出一聲大吼，挺劍刺向史阿。這一劍又快又狠，史阿猛地敲在曹丕手腕上，噹啷一聲，長劍落地。鄧展看得出來，曹丕這一招殺意盡現，史阿不可能在不傷他的情況下拆解，所以才下了狠手。

「再來！」曹丕喊道。鄧展望著俯身撿劍的少年身影，心中突然有一種不安。兩人初見之時，鄧展明明已喊出二公子，曹丕仍然刺出那必殺的一劍來。這說明，曹丕為了維護他的神祕計畫，不惜一切代價。如果自己流露出不該有的興趣，或者說出不該說的話，曹丕毫不猶豫地出手殺人。鄧展的頭有些疼，他揉了揉太陽穴，暗自下了決心，除非二公子主動開口，否則絕不可輕易與二公子交談，最好什麼都別說。

「也許問那個叫劉平的人，會知道些端倪吧。」鄧展對那個人，實在是有一種難以描述的熟悉感，總忍不住要去找個理由接近他。

曹丕不知道鄧展在一旁的糾結，他現在整個人都處於一種興奮狀態。劉平剛才告訴他，王越的下落已經找到了。蜚先生的耳目十分廣泛，他們最後一次發現王越的蹤跡，是在烏巢。

烏巢位於白馬城的西南方，夾在延津與陽武二城之間，是酸棗縣的治所之在。在它的南邊有一大片大澤，叫做烏巢澤，地名因此而得。烏巢大澤裡水泊星羅棋佈，沼澤遍地，地勢十分複雜，是水賊盜匪們最好的藏身之處，是個著名的賊窩——不過袁曹開戰以來，那些烏巢賊們都銷聲匿跡了。

蜚先生告訴劉平，東山與王越之間，是單純的買賣關係：東山出錢出糧食，王越給他們提供訓練有素的殺手——事實上，史阿和徐他就是這麼被雇傭潛入白馬的——所以王越此時出現在烏巢有什麼打算，東山也不是特別清楚。

蜚先生肯定不會吐露全部真相，但至少這個地點是確鑿無疑的。

曹丕不關心王越想幹什麼，他只知道這個人還活著，而且很可能會再度出現在視野裡。他內心的驚喜與恐懼同時湧現，交錯成五味雜陳的興奮感。他自己都說不清楚，這麼聲嘶力竭地與史阿對練，是為了發洩得知仇人下落的狂喜，還是為了掩蓋內心那揮之不去的陰影。

「克服對狼恐懼的辦法，就是再靠近牠一點，直視著牠。什麼時候牠先挪開視線，那麼你就會徹底擺脫恐懼。」劉平把他的狩獵心得告訴曹丕，曹丕也喜歡打獵，對這個說法深信不疑。他知道以自己的水準，再練三十年，也打不過王越，曹丕不打算追求所謂「公平決鬥」，只要最後一劍是他親手刺出就行。

「只要他現出蹤跡，就一定有辦法！」

想到這裡，曹丕又狠狠地刺出一劍，眼神裡湧現出與他年紀不相稱的狂熱與狠戾。

少年在火炬下亢奮的身影，除了被史阿與鄧展看在眼中，同時還映在了劉平的雙眼裡。此時他正站在一棟簡易望樓上，位置是在整個營地東南凸出部的一處高坡上。這裡可以居高臨下地俯瞰著整個營地，也能對東南方一百步內的動靜做出反應。

這望樓是用事先打造好的良木拼接而成，不用鐵釘與魚膠，純以榫卯而成，拆卸都非常方便，適合在行軍途中做為警戒之用。但代價就是，它不夠結實，人爬上去會發出吱呀吱呀的聲音，無法承載太多重量。

郭圖給劉平安排了幾位隨從，不用問，他們都負有監視之責。當劉平提出想要爬到望樓上去看看時，這些隨從面露難色，這望樓太過輕薄，多過兩個人上去，說不定就塌了。劉平說既然如此我一個人上去就好，隨從們商量了一下，答應了。望樓之上只有空蕩蕩的一個檯子，只要下面圍好，不怕他做出什麼事情來。

劉平爬到望樓之上，先是凝望曹丕的方向良久，然後雙手扶住脆弱的護欄，把身子探出去，望向遠處。這種感覺，和自己的處境何其相似：高高在上，腳下卻是一棟搖搖欲墜的危樓，隨時可能傾覆，摔個粉身碎骨；縱然舉目四望，入眼皆是無邊黑暗，空有極目千里，又能如何。

但劉平很開心，特別開心。他閉上眼睛，回想在許都的每一件事，每一個人。他驚訝地發現，雖然對伏壽思念綿綿，卻一點回許都的意欲都無。他寧願在廣闊的天地與更可怕的敵人周旋，也不願意回到那逼仄狹窄的皇宮裡去。

一陣夜風吹過，劉平陶醉地深吸了一口氣，以前和仲達遊獵太晚不得不夜宿山中時，就是這樣的味道，清冽而自在，無處不在。劉平想伸個懶腰，動作卻一下僵住了，一個如同沙礫滾過的聲音傳入耳中。

「劉公子，我是徐福。」

劉平渾身一震，先朝下面看了一眼，發現那幾名隨從都站在四周，恍若未聞。他又抬頭四下看了一圈，也看不到任何可疑的人。

「不必找了，我在營外，你看不到我的。」徐福說，他的聲調有些奇怪，是一個字一個字送出來的。劉平暗暗敬佩，這人好生厲害，距離望樓這麼遠，還能把聲音送過來不被其他人覺察。徐福這名字他臨走前聽楊修說過，是楊家豢養的一員刺客。

「楊公子說一切按計劃進行。」徐福乾巴巴地說。

劉平「嗯」了一聲。可惜這種傳送方式是單向的，他沒法詢問徐福，只能被動收聽。

「接下來，是郭祭酒要我轉達給你的話……」

劉平這才想起來，徐福被郭嘉強行徵調到了前線，現在屬於靖安曹。他有這麼一門絕技，實在是傳遞消息的最好辦法，郭嘉從來不犯錯，也從來不浪費。他調整呼吸，凝神傾聽，徐福一口氣說了幾十個字，然後停頓了很久，想來這是一件極耗精力的活。過了半晌，徐福的聲音才再度飄來，疲憊不堪：「傳完了，告辭。」隨後整個望樓便悄無聲息。

不過劉平也顧不上關心他，因為郭嘉傳過來的那條消息實在令人震驚，需要好好消化一下。

「郭嘉這是要玩大的啊，很好，很好……」劉平扶著欄杆，雙目炯炯發光。

袁紹的大軍，是在這一日的午時開始渡河。浩浩蕩蕩的隊伍從五個黃河渡口同時登船，漫天的旌旗獵獵作響，聲勢極為浩大。兩百多條渡船來回穿梭於黃河兩岸，把無數的士兵和閃著危險光芒的軍械運過岸去。排在他們身後的是堆積如山的糧草輜重，冀州連續三年都是豐收，積蓄足以支撐十萬以上的大軍在外征戰——相比之下，袁紹在南邊的小兄弟處境窘迫多了，連軍隊都要被迫下地屯田，沒少惹冀州人訕笑。

渡河的時候發生了一些小小的混亂和衝突。有一支輕甲騎兵和一支重步兵為了誰先登船發生了衝突，他們分別屬於平南將軍文醜與別駕逢紀，前者是冀州派與顏良齊名的大將，後者則是南陽派的巨頭，身分殊高。

這一次渡河，文醜有意縱容自己部下，就是想發洩一下心中不滿。顏良是他的好兄弟，卻莫名其妙地戰死沙場，這裡一定有陰謀——而每一個陰謀背後，肯定都有一個南陽人在作祟，文醜覺得這個推測真是天衣無縫。

逢紀接到報告以後，只是淡淡一笑：「文平南戰意昂然，其心可用，就讓他先過去吧。」侍從領命離開，逄紀在馬上俯瞰著渡河的大軍，又抬頭看看已經在南岸恭候的郭圖、淳于瓊營帳，表情微微有些遺憾。

藉白馬之圍誘出曹軍主力，這是開戰之前就決定的方略，但逄紀並沒給先鋒的郭、顏、淳于三人交代透徹。他希望這支先鋒隊與曹軍形成拉鋸戰，消耗一陣後，主力才動。可沒想到顏良居然輕軍而出，以致傾覆，更沒想到郭圖居然吃透了他的意圖，乾淨俐落地撤走了，潁川非但沒受損，反而多掌握了一部軍隊。

「哼，無所謂了，成不得大氣候。」逄紀揚了揚馬鞭，現在曹操主力護著白馬城輜重正在倉皇南遁，只要袁軍追擊及時，形成主力決戰，大局可定。到時候，總並幕府的南陽派將會變得無可撼動。

這個渡河的小插曲很快就結束了，文醜的部隊趾高氣揚地先行渡河，逄紀的部隊則留在後面。等到下午袁軍大部已渡過南岸，構築起一道堅固防線以後，幕府總樞才開始移動。逄紀以及其他幕僚陪著袁紹一起登船渡河，並簡短地商議了一下接下來的佈置。袁紹對顏良的失利很不滿，責問沮授他為何擅自行動，沮授對原因心知肚明，可又無法說出來，只得連連謝罪。

很快船抵南岸，幕僚們簇擁著袁紹下船。這時一位侍從走過來，悄聲告訴逄紀說有人求見。逄紀面色一沉，喝叱說我正在陪主公，為何如此不分輕重。侍從連忙分辨道：「那人自稱來自許都。」逄紀一愣，甩了甩袖子：「讓他等我。」

逄紀藉口說有營務要處理，離開袁紹，匆匆來到一處簡易營帳內。在那裡，一個年輕人等候多時。他見到逄紀以後，未執大禮，只是不卑不亢地拱了拱手，道：「在下劉平，來自許都。」

若是曹操的信使，必然自稱來自幕府或曹氏；以許都為號，顯然是皇帝的人。聽劉平這麼一說，逢紀不由得眉頭一皺。自從沮授迎董承吃了大虧以後，「漢室」這個詞變得頗為敏感，所有人都小心翼翼，儘量不與之產生瓜葛。

「我數日前從白馬逃出，進入袁營，為郭監軍收留。」劉平說到這裡，停頓了一下，露出一絲憾色：「可惜郭監軍疑惑太重，難以交心。絛佩之美玉，只付與君子，希望逢別駕你別讓我失望。」

原來是從郭圖營裡過來的？逢紀捋了捋鬍髯，警惕之心更盛：「你想要什麼？」劉平當即回答：「在下到此，不是為得到什麼，而是想問問看，逢別駕想要些什麼？」

逢紀對這種賣關子的口氣很不喜歡，冷冷道：「如果你下一句話還不讓我滿意，那就以細作論處。」劉平走近兩步，指了指天空，聲音卻壓的極低：「郭嘉有什麼打算，難道逢別駕不想知道？」

郭嘉這個名字，顯然對逢紀產生了影響。即便是最高傲的策士，也不得不承認郭嘉是個難對付的傢伙。眼下兩軍主力碰撞在即，如果能提前獲知他的計畫，那將對戰局產生巨大影響。逢紀重新打量了一下劉平：「郭嘉所謀，必是曹氏機密，你又憑什麼與聞？」

「忠心朝廷的人，在哪裡都是有一些的。」劉平平靜地回答。逢紀對這個答案根本不滿意：「你來路不明，身分不清，只憑幾句大言就想取信於人，未免太蠢了。」

劉平不慌不忙道：「我所言為真，您便能旗開得勝；所言為假，也不過我一人身死。不出半日別駕您便會知曉，何不等等看呢？」

逢紀盯著他的臉，不動聲色地點一下頭。他不喜歡賣關子，但這種事花不了多少時間來驗證，所以他決定等一下。逢紀和郭圖不同，郭圖沒有意外的話是無法出人頭地的，但他已經位極袁臣，這個位子不需要變數，也不歡迎風險，只要確保沒有意外就足夠了。

結果意外真的發生了。

袁紹是一個典型的世家子弟，不太喜歡在野外睡帳篷。所以當袁軍控制白馬城以後，他理所當然地選擇把中軍大帳設在城裡。袁紹在幕僚們的簇擁下巡查了一圈，最後選定了位於城正中的白馬衙署作為駐地。

這間衙署早已經被搬空，搬了個精光，連鐵鍋和門鎖都沒留下一副，只剩個空架子。不過在入口處還留有兩個臨時搭建起來的石壘和一段土牆，這代表了劉延抗爭到底的決心──這在人去城空後顯得格外諷刺。

袁紹發表了幾句評論，然後與幕僚們一起踏入衙署。就在那一瞬間，那兩處土壘突然坍塌，正好堵在了正門口，將他們與還沒來得及進入的衛隊分隔開來。土牆也隨之倒塌，數名藏身其中的殺手惡狠狠地撲向身穿金環甲與披風的袁紹。

準確地說，這些刺客不是藏在牆裡，而是被砌在牆裡，那截土牆是貼身壘起來的，內留虛空，外用泥灰抹平縫隙，所以先期進入搜查的袁紹士兵才沒有發現，用心之深，嘆為觀止。

可惜的是，這個精巧而狠辣的圈套註定沒有結果。那位金甲「袁紹」是河北最強悍的戰將張郃假扮的，同行的幕僚也都是精銳軍校。在一番短暫而激烈的搏殺之後，殺手悉數斃命。隨後趕到的袁紹感慨不已，說他與曹孟德相知幾十年，如今卻視若仇讎，竟到了要派人刺殺的地步，不勝唏噓。他隨後問逢紀怎麼知道曹軍設下這個陷阱，逢紀只是簡單地回答：「孫策新亡，天下悚然。曹公之心，不可不防。」袁紹很滿意，稱讚他心細如髮，是個真正會為主公著想的賢臣。這讓旁邊的沮授、郭圖等人臉色有些不好看。

東山的仵作迅速趕到現場，他們的檢驗發現了一些特別的地方：這些刺客的右腋窩下，都用墨刺著兩個字，而且最近才用石灰燒掉。經過一番辨識，仵作設法還原了這兩字的原貌：

魏蚊。

淳于瓊此時並不在袁紹身旁，但有出身齊魯的將領認出了這兩個字的來歷：琅琊山中的十全毒蠍。齊魯盛產殺手，而能以毒蠍之名在身的，更是殺手中的強兵。所有人都不約而同地想到一個人的名字：臧霸。

臧霸在曹營是一個特別的存在。他是泰山人，在青、徐二州極有聲望，經營著一個盤根錯節的地下世界。只要是在這二州之內，無論陶謙、呂布、還是劉備，誰都奈何不了他，只能把他當做盟友來籠絡。即使在臧霸歸降曹操以後，仍舊保留著半獨立的狀態，對此曹操也無可奈何。

袁、曹開戰以來，臧霸一直帶兵堅守在青、徐交界，和鄄城的程昱一起，為曹操扼守東部防線。現在白馬城裡居然出現了臧霸的殺手，而且都還湮滅了痕跡。這其中的含義，就不能不讓人深思了。難道說，他的青州兵已經悄然西移，投入到正面戰場來了？這不是沒有可能。曹操目前兵力處於劣勢，暫時放棄東部青、徐、兗三州，集中力量擊破袁紹主力，這也是戰略上的一個選擇。

蜚先生的東山沒收到任何這方面的情報，但誰也不敢打包票說一定沒有。袁紹軍的大批輜重正源源不斷地渡河，這相當耗費時間。在有一支強軍動向不明的情況下，主力不敢離開白馬。可是，如果坐等糧草全數渡過黃河，曹操的主力早就掩護白馬輜重縮回官渡了，苦心經營出來的決戰態勢將從指間溜走。

經過短暫的商議以後，袁紹決定派遣文醜帶領五千人先行追擊，高覽與張郃各率一萬人在左右策應，其他部隊則暫時留在白馬。

「你現在可以繼續說了。」

逢紀回到營帳以後，對劉平如此說，態度還是冷冰冰的，可語氣卻緩和了不少。劉平知道自己預言的事情已經發生了，不由得鬆了一口氣。逢紀可比郭圖難對付多了，他心志堅定，很難被外物影響，一旦做出什麼決定，旁人很難挽回，所以劉平必須得謹慎從事。

「郭嘉從來沒指望刺殺成功。他借臧霸之兵，只是為了故布迷陣，令袁公裹足不前，好爭取更多時間。如今郭嘉在延津附近選定了戰場，盡起曹軍精銳，一口吃掉突前的文醜所部。」劉平說到這裡，露出迷惑不解的神色：「可是在下不明白，別駕您既已知道臧霸是虛招，為何不明告袁公，反而一力促成分兵之勢呢？」

逢紀捋髯：「若是變得太早，郭嘉必會覺察，等到他改變計畫，就不好猜了。如今順著他的意圖來，我埋下的兩手安排才好見奇兵之效。」劉平瞪大了眼睛，又驚又佩：「我原以為破計就已是極致，想不到還有將計就計。」聽了這話，逢紀昂起下巴，頗為自矜地擺動頭顱，小指頭來回撥動著鬍髯的尖梢：「郭奉孝啊郭奉孝，真想看看，你發現自己算錯時，到底是什麼表情。」

劉平在一旁又讚嘆了幾句，心裡卻是感慨萬分。郭嘉告訴過他，華佗老師曾言道：人所欲者，分為五品。五品曰命，惟求苟活於世；四品曰定，苟活既有，復求安定；三品曰和，安定無礙，復求和睦；二品曰敬，四鄰和睦，乃求禮敬；一品曰志，天下禮敬，方有抱負極望。這五品由儉入奢，循次遞增。

以逢紀如今的地位，衣食無憂，地位殊高，他所欲求者正在第一品內，希求有所抱負，成就令名——擊敗郭嘉，就是他自我實現的最大心願。找準了這個位置，劉平稍以言語動之，便輕而易舉換來信任。逢紀的高傲和郭圖的野心一樣，都成為他們眼前遮蔽視線的一片葉子。

不知能遮蔽郭嘉的葉子，又在哪裡，他又是在第幾品？劉平心想。

徐晃緊張地向前方張望了一眼，伸出兩個指頭，揮動一下。他的兩名親兵心領神會，伏身從兩個方向的草叢裡匍匐著過去。剛才那裡出現了可疑的跡象，擊潰顏良的一戰中，張遼銜尾縱擊，關羽陣斬大將，都立下了功勳，唯有他被顏良擺了一道，一無所獲。徐晃嘴上不說，心裡卻十分遺憾。因此他主動要求留在距離白馬最近的戰區，帶領一批親信士兵伏擊袁軍落單的斥候、信使或者輜重隊。在袁軍主力渡河以後，這個任務的危險性成倍增高，可徐晃決定再堅持一陣，看還有沒有什麼立功的機會。

徐晃一邊注視著前方的動靜，一邊解下腰間的水袋喝了一口。清涼的水滑入咽喉，讓他渾身都愜意地哆嗦了一下。徐晃放下水袋，自嘲地晃了晃，袋上用火漆塗了兩個雋永的大字：「忠篤」。這是他在楊奉手下當騎都尉時得來的。當時楊奉護駕有功，在雒陽重建了宮殿，被天子起名叫揚安殿，他麾下的將校也都得了獎賞。可那時候漢室窮得叮噹響，能拿出手的東西，只有幾個皮水袋，上面讓皇帝親自用火漆御筆寫了幾個字，權當賞賜。其他同僚早就扔了，只有他一直用到了現在。

之所以保留到現在，是因為年幼的天子寫完這兩個字以後，對徐晃說了一句話：「我看得出，你很不安。去找一個更強大的主公吧，為你，也為了我。」

徐晃不知道天子是如何看透自己心思的，那一雙黑得透亮的眼睛彷彿直刺肺腑。後來曹操要迎天子入許都，徐晃積極參與斡旋，還親自護送天子離開危機四伏的雒陽，直到進入許都城內。入城那一刻，徐晃常常地舒了一口氣，覺得一件大事終於做完，他終於可以卸下包袱專心做一名普通將領了。

無論是董承還是楊彪，徐晃都沒有跟他們有任何聯繫。他已經打定注意追隨曹操，可「漢室舊臣」這個標籤卻像是水袋上的火漆一樣，怎麼都洗不掉。

他搖搖頭，把無端的思緒都甩開。兩名親兵回來了，還挾帶著一個人。這人面黃肌瘦，蓬頭垢面，身上穿著一件單薄骯髒的袍子，只有手裡緊緊抓著一卷竹簡。

「將軍，我們抓到一個探子，他說是咱們這邊的，想要見您。」

徐晃打量了他一番，親兵已經搜過身，身上藏不了任何兇器，便吩咐把他放開：「你是誰？」那人抬起頭來，眼神茫然地望著徐晃，把手遞過去：「我叫徐他，我這裡有一封親筆書信，給你的。」

「誰的親筆？」徐晃問。徐他道：「魏家的二公子，說你看了信，就明白了。」

徐晃眉頭皺起來，他可不認識什麼魏家的二公子。他抓住竹簡的一頭，正要拿過來，卻發現不對。這竹簡的一頭，被刻意削成尖角，卷在一起還看不太出來，一攤開就變得明顯。那個有些茫然的徐他。突然鋒芒畢露，抓起竹簡的平頭一側，用力一旋。竹簡變成了一把利器，兩名親兵的喉嚨登時被竹尖割開，噴著鮮血倒在地上。

幹掉兩名親兵以後，徐他抓著竹簡又撲向徐晃。徐晃及時後退，勉強避開，但咽喉還是被割開淺淺的一道口子。他向來刀不離身，猝然遇襲，立刻抽出環首寬刀猛砍。徐他只得用竹簡去擋格，結果一招下來就被削去了兩片竹簡。

兩個人在短時間內過了十招，徐他的攻擊兇猛，徐晃卻佔了兵刃的便宜，打了一個旗鼓相當。四周的士兵聞風而動，紛紛聚攏過來。徐他看已經無法傷及徐晃，把竹簡啪地朝他臉上扔去，然後身子向後掠去。

徐晃的部隊訓練有素，立刻散成一個半圓狀朝著徐他圍去。徐他跑出去百步，一俯身，居然從草窠裡摸出一把劍來。有劍在手，他的危險程度陡然增加了好幾倍，只見寒芒閃過，數名先追出去的士兵慘叫著倒在地上，傷口無一例外都在咽喉。他似乎對曹軍有著刻骨的仇恨，下手狠辣之極，後來趕到的十幾名士兵把徐他團團圍住，一時半會兒卻奈何不了這個拚命的瘋子。

徐晃一看，連忙下令弓弩手上前，儘快解決這個瘋子。就在這時，徐晃面色突然一變，頭顱急速轉向東方，看到遠處旌旗飄揚，出現無數士兵的身影。

從旌旗的密度能看出來，這是袁軍的主戰部隊！

袁紹軍的前進速度非常快，很快幾隻羽箭就射到了腳面前。徐晃知道如果再拖下去，只有死路一條，他狠狠地瞪了徐他一眼，顧不得收屍體，比了個手勢：「撤！」然後飛快地撤退了。

徐他站在滿地的屍體之間，昂頭望天，一動不動。他身上的衣衫被潑上一片片血污，看上去猙獰無比，宛若蚩尤再世。路過他身邊的騎士都投以敬佩的目光，曹軍的單兵戰鬥力比袁軍要強悍，而這個人以一敵十，還殺死對方這麼多人，戰力可以說是十分驚人。

終於一匹高頭大馬停在了徐他身旁，馬上的將軍披掛著厚重的甲冑，鐵盔下的面孔白皙細嫩，一如錦衣玉食的世族儒生，簡直不像是個武夫。白麵將軍勒住轡繩，掃了一眼徐他和遍地的死屍，開口道：「這都是你一個人幹的？」

徐他恍若未聞，將軍的隨從們大聲喝叱：「文醜將軍在問你話呢！」聽到這個名字，徐他這才緩緩抬起頭，輕微地點了一下。這個無禮的動作反而讓文醜覺得很有趣，他抬手讓隨從們住嘴，俯身問道：「真是個有性格的傢伙，你是哪部分的？」

「東山。」徐他道。

「東山自己的人還是他們請來的？」

文醜知道東山，還經常調閱他們的報告，對東山的運作很了解——和好朋友顏良不同，文醜特別注重戰場的情報與分析，是袁軍高級將領裡除郭圖以外對蜚先生最重視的人——他知道東山的細作分成兩種，一種是自己培養的，一種是雇傭各地的遊俠、盜匪。後者與東山只維持鬆散的雇傭關係。

徐他道：「五匹河東布，半年。」文醜「嘖」了一聲，受雇於東山，基本上一條命就沒了，這個價碼未免太便宜了。他向徐他伸出手：「我看你劍擊不錯，不如跟著我幹吧。」旁邊的隨從聽了，紛紛露出羨慕神情，這簡直是天下平白掉下來一塊豬彘肩，一步就從下等遊俠變成了平南將軍的親隨。徐他卻搖搖頭：「我與東山約定未盡，豈可反悔。」

「東山那邊我去知會，我在問你個人的意願。」文醜顯得頗有耐心。徐他問道：「能讓我殺曹賊嗎？」文醜笑了，他指著自己的臉道：「你別看我是個小白臉，打起仗來可從來不畏縮。做別家將軍的親隨，你也許只能在陣後看熱鬧；若跟了我，以後拚命的機會多得很，只怕你嫌命短。」

「好。」徐他答應得很乾脆，他「唰」地撕開胸襟，露出胸膛的傷疤，「只要能殺掉曹賊，這條命交給誰都無妨。」文醜哈哈大笑，吩咐左右：「好，給他牽匹馬來，再拿來一副甲冑和一柄鐵劍給他。」然後撥轉馬頭，揚長而去。徐他神色木然，也不稱謝，默默地跟上大部隊，卻與文醜保持著一定距離。

他注意到，在文醜的隊伍中心，居然還有一輛單轅輕車，四周滿布衛士，不知裡面坐的是什麼人，為何文醜出征還帶著。但徐他很快就失去興趣了，他對於曹操無關的事情，都沒什麼耐心。

經過這一個小小的插曲以後，這支步騎混雜的部隊繼續向東開去。他們的速度夠不上急行軍，但也絕對不慢。斥候不斷往來馳騁，把四周的情況匯總到文醜這裡來。一直到太陽快要落山之時，文醜終於得到他想要的消息：白馬城離開的輜重隊在前方四十里處。

文醜在馬上攤開地圖，用指頭量了量，托住下巴陷入沉思。這個距離，絕對是對手經過精心計算的。只有半個時辰就要天黑，袁軍要是連夜追趕，只能打一場混亂不堪的夜戰，輜重隊可以輕易借助夜色遁走；要麼等到明日一早再追趕，到時候輜重隊會更加接近曹軍陣營，很可能會被曹軍主力反口吃掉。這是個兩難的抉擇。

文醜又拿起一截炭筆，在地圖上勾畫了幾筆，翻出幾支算籌演算了一番，唇邊浮出微笑。

文醜出生時生得粉堆玉砌，一度讓穩婆以為是個女孩子。他的父親認為男子太過柔媚，不是好事，便特意給他起了個反意的名字，叫做醜。門第不高的他入仕河北以來，這張臉惹來無數訕謗，很多人把文醜的赫赫戰功歸結為袁紹對這個俊俏武將的偏袒，卻有意無意地忽略一個事實：文醜的勝利不是來自偏袒，而是來自於精心的算計。

「傳我的命令，全軍繼續前進，比正常行軍慢三成。」文醜發出了指示。他的副將提出疑問：「這麼行軍的話，接近輜重隊時差不多是丑寅之交，那時天色太黑，不適宜圍殲。」

文醜手中的炭筆一揮，說了一句令人費解的話：「放心好了，我們不會接觸到輜重隊。」隨即他揮筆如飛，又寫了幾道命令，數名信使飛一般地離開了隊伍，朝著不同方向奔去。

文醜做完這一切，把徐他叫了過來。徐他不是很擅長騎馬，整個人歪歪斜斜，雙手拚命抓住馬鬃防止掉下去。文醜道：「你不是要殺曹賊嗎？我現在就給你一個機會。」徐他聽完指示，只說了一個字：「好。」

繼續前進的命令傳達到了每一個士兵，隊伍中響起一陣抱怨的聲音。文醜這次帶來的部隊，自己的部曲並不算多，七成都是從淳于瓊那邊調來的大族私兵，紀律性相對較差。許多人都疲憊不堪，一聽說還要夜行軍，無不牢騷滿腹。只有文醜的直屬部隊悄無聲息，彷彿早就習慣了主帥的這種風格。好在這次行軍不是急行，士兵們整理一下隊形，邁著步子向前移動。

當時間進入午夜時，斥候向文醜彙報，輜重隊就在前方十里處的一個山坳裡紮營。文醜立刻下令全軍弓上弦、矛摘鉤、盾從背上卸下來，舉在手裡，轉入臨戰狀態，同時馬銜枚，人禁聲，悄悄地逼近宿營地。

可是，首先遭遇襲擊的不是白馬城的輜重隊，反倒是文醜的後隊。在黑暗之中，高度緊張的士兵集中精神跟隨前隊避免走散，卻忽略了身後的動靜。大批騎兵突然從四面八方蜂擁而至，一下子就衝進了文醜的後隊陣列，黑暗中許多人不能視物，不知敵人有多少，霎時混亂不堪。

文醜顯然是中了曹軍的圈套。白馬城的輜重隊與追擊者保持著適度的距離，讓他產生了可以漏夜追擊的僥倖心理。而大批精騎則一直保持著距離，入夜後才在黑暗的掩護下運動到附近。當追擊者把全部精力都放在輜重營地時，真正的殺招便悄無聲息地從背後砍來。

這些騎兵的突擊是典型西涼式的。西涼式和烏丸式騎戰法最大的不同是，前者並不完全依靠馬匹的衝擊力，而是強調在高速運動時的多點進攻。每一個騎兵都手持長矛，接戰後先俯身去刺捅，一擊鬆手，再拿出馬戰專用的長刀向下揮劈，同時馬匹還前蹄拚命踢踏。在這迅猛的進攻之下，袁軍束手無策，無法結成陣勢與之對抗，只能拚命揮舞手裡的武器進行一對一的對抗。一時間許多人被長矛刺穿或被長刀劈中，金屬刺入血肉的鈍聲與慘呼聲此起彼伏。即使舉盾也沒用，沒了戰友的掩護，他們往往會被駿馬一蹄踏裂，整個人都震落在地，被隨後而至的亂軍踐踏而死……

帶領這支部隊的，是一個頭頂油光只在兩側留兩根辮子的莽漢。他叫胡車兒，是漢羌混血，張繡麾下的第一大將。著名的「惡來」典韋，就是死在了他的手下。胡車兒接到這個任務時，一度非常不滿，認為這是曹操歧視張繡系人馬的手段。袁紹大軍近在咫尺，居然還玩偷襲？鐵定是被重兵包圍圍毆至死的結局。他萬萬沒想到，不知郭嘉施了什麼魔法，居然讓袁紹主力停滯不前，只派了文醜數千人突前。於是這必死的任務，突然成了上好的肥肉。

胡車兒沒有參與廝殺，他站在不遠處的高地上，不時吹起胡哨。清脆的哨聲長短不一，宛若翠鳥鳴叫。西涼騎兵們聽著哨音時而分進，時而合擊，在黑暗中井然有序地圍攻著文醜。西涼軍最擅夜戰，恰好他們的主帥胡車兒又是一個能夜視百步的異人，更是如虎添翼。

最初的進攻非常順利，文醜軍一下就陷入了混亂狀態。胡車兒能清晰地看到，那些可憐的傢伙連起碼的三人背靠結陣都做不到，幾乎全都是在單打獨鬥，還驚恐地哇哇亂叫，把驚恐傳染給旁邊的同袍。這是西涼軍最喜歡的敵人。許多騎士揮舞著長刀衝進去，殺死兩三個人，再呼嘯著衝進黑暗，重新結隊，再從另外一個方向踏入，令敵人無所適從。胡車兒看到滿目都是敵人的鮮血迸流，熱血賁張，恨不得自己親自去過過癮。

可是漸漸地，胡車兒發現有點不對勁。文醜的步兵在西涼鐵蹄下呻吟，可他的騎兵跑到那裡去了？他的視線也只能勉強看到一百步，再遠也看不清了。

「哼，在這種場合，就算他的騎兵全都集結好了，也奈何不了我。」胡車兒心想。如今兩軍已經戰成一團，糾纏不開，文醜的騎兵就算展開突擊，也只能誤傷自己人而已。他拿起胡哨又吹了幾聲，召喚手下人動作再快些，這時他聽到了一些動靜。

胡車兒下馬把耳朵貼在地上聽了聽，揪了揪辮子，咧嘴笑道：「文醜這小白臉，原來是把騎兵藏在那邊，打算殺個回馬槍啊。」他正要抬起腦袋，忽然復又貼上去，這次他發現另外一個方向，也有微微的顫動傳來。胡車兒挖了挖耳洞，第三次貼上去聽。當第三個方向也響起同樣強度的顫動時，他再也笑不出來了。

除了第一次聽到的方向，其他兩個方向都是重兵。胡車兒急忙爬起來，用胡哨發出一陣急促的聲音，讓騎兵們儘快脫離作戰，向西邊集結。他意識到，自己可能是中計了，敵人調動的部隊，絕不只是文醜一部。此時東、南、北三邊均有動靜，他只能儘快西退，與白馬輜重隊合併一處，依託大車抵抗，等待曹司空的救援。

袁紹軍主力已經動了，曹軍的主力應該不會遠。

可西涼騎兵們剛才殺得太豪邁了，此時已深深陷入步兵陣中，想抽身而走，談何容易。還沒等胡車兒的第二通命令發出，三面大軍已經全都圍上來了。一線無數火把同時舉起，把四下照得一片明亮。敵我兵力的懸殊，印在了每一個人的眼睛裡。

此時用不著胡車兒的胡哨聲指揮，所有的西涼騎兵都意識到大事不妙，紛紛避開對手，喝叱著馬匹朝著唯一沒有火把的西邊逃去。週邊的袁軍怕誤傷友軍，沒有搭弦放箭，這給了他們一個逃生的機會。胡車兒帶著幾名隨從匆匆離開高坡，殺散附近的袁兵，也朝著西方逃去。

戰場上的形勢，立刻發生了逆轉。原本不可一世的西涼騎兵倉皇地撥馬而走，剛才被一直壓制的袁紹步兵迸發出了強悍的戰鬥力，死死拖住了對手，不讓他們從容離去。他們要嘛俯身去砍馬腿，要嘛將手戟扔出去，深深劈入敵人的後背。滿帶腥味的鮮血拋灑在黑暗的夜空中，屠戮者與被害者的身分發生了轉換，只有死亡的密度卻有增無減。

起初還有西涼騎兵不斷突破防線，衝入黑暗。可隨著包圍圈的不斷縮小，更多騎兵都沒來得及走脫，只能慢慢聚攏到一起，與同伴背靠背，似乎這樣能感覺稍微安全一些。可是，連坐騎都發出不安的嘶鳴，要花好大力氣才能駕馭住。

包圍圈收縮到一定範圍，就停住了，每四排之間，都留出了一條狹窄的縫隙。圈內還在鏖戰的步兵得了提醒，紛紛彎起腰朝著縫隙衝去。騎兵們想尾隨他們出去，但在火把的照耀下，他們驚恐地發現，包圍圈站起了數層弓兵，同時搭起羽箭，每一隻箭頭都對準了圈內。

「控——」一名嗓門特別大的傳令官高聲喊道，故意讓陷入包圍的騎兵們聽見。

無數支弓弦被無數雙手拉緊，發出咯吱咯吱的聲音，如同無數條逐漸收緊的絞索。絕望的騎手們沒有別的選擇，只能再度拔出刀，簇擁在一起選擇了一個方向衝去。

「目標中央，三連射！」

這次距離足夠近，射手們甚至不用找角度，直接選擇了平射。數百支箭矢同時飛射而出，在黑夜裡就像是密密麻麻的毒蛇伸出尖利的牙，刺穿甲冑，深深地咬齧血肉。那些騎手們霎時人仰馬翻，滿場皆聞噗噗地鑽肉聲。第一陣就把一半以上的騎兵與坐騎射成刺蝟，三輪連射以後，圈內屍橫遍野，再也見不著幾個活人，只剩下斷斷續續的哀鳴聲從屍體下傳來，刺鼻的血腥味充斥四野。

包圍圈的士兵們開始散開搜尋倖存者，進行補刀。在胡車兒剛剛俯瞰佔據的高坡上，三騎並轡而立，冷冷地注視著這一場慘烈而血腥的盛宴。

「嘖嘖，西涼兵可真是不復當年之勇了。」一個體格壯實的闊臉漢子感慨道。

「都過去十年了，再勇猛的老虎，爪子也早已掉光。」另外一員將領撫摸著坐騎的馬耳，嘴裡還叼著一根青草，狹長的雙眼好似兩條粗墨線，很難看清他的眼神望向哪裡。

文醜朗聲笑道：「儁乂、覲堂，你們來得不早不晚，正是時候。能與聞名天下的西涼精騎交手，以後也是個份資歷。」

「你是怎麼把握曹軍動手與我們合流的時機？」被稱為「儁乂」的將軍好奇地問道。他是袁紹軍中河北四庭柱之末的張郃，身經百戰，深知在夜間行軍已屬不易，要想完成如此精確的誘敵合圍，更是難上加難。

文醜揚鞭一指：「這輜重隊行動詭異，與我總保持著可以追擊的極限距離。我猜他們一定是打算誘我出手，然後半路予以伏擊。我索性將計就計——我算過了，若是我落日時開始行軍，在丑末寅初恰好能抵達到那個點。」

「什麼點？」張郃問。

「你們兩路輔翼及時趕到的最大距離，以及他們忍不住要動手的最短距離，兩者交匯之點。這樣，只消我纏住他們小半個時辰，你們恰好能同時抵達戰場。」

「為何不提前合圍？這麼弄，你的兵力消耗可也不小啊。」張郃皺著眉頭，他能看出，文醜軍在前期衝突中傷亡很大，這種犧牲本可以避免。

「若非如此，又怎能讓敵軍身陷泥沼無法脫身呢？」文醜對傷亡似乎不怎麼在意，他從手心算籌裡剔掉了幾根比較短的，扔在地上：「再說了，那些都是借調來的世族私兵，不用鮮血磨礪一下，是成不了精銳的。」

「你小子算得真精啊。」那有著墨線般雙眸的將軍笑罵起來。他叫高覽，同樣屬於河北四庭柱之一。他們四個是袁紹軍中最優秀的將領，同時也是冀州派優勢地位的可靠保證。

聽到高覽這麼說，文醜得意地笑了，他的敵人都是這麼在不知不覺間被算死的，這次也不例外。世人都以為他這個小白臉每次都運氣好，殊不知那些偶然背後隱藏著多少必然。

「嘖嘖，一次合擊，就動員了咱們三個人，那個敵將也算是夠榮幸的了。」高覽把青草吐出去，朝遠方望去：「我與儁乂各自都有任務，不能待太久。你打算怎麼辦？」

胡車兒只是盤小菜，曹操的主力還沒有被發現，他和張郃各自都有防區要負責，壓力很大。這次應文醜之邀，乃屬私人情誼，不可再二再三。若他們在此盤桓太久，被曹軍覷個空子殺到白馬城下，那臉就丟大了。

文醜捏著下巴，把手裡的地圖一抖：「繼續向前。白馬輜重隊是曹操的釣餌，而我現在就是主公的釣餌。究竟哪邊能夠釣起魚來，這就得算算看才知道了。」

高覽還當是他謙虛：「呵呵，輜重隊不就是在數里之外嗎？西涼軍也被圍殲了，你現在動手，豈不是可以輕鬆咬下釣餌脫鉤回淵嗎？」

「我可不想吃了點釣餌就回去。」文醜清秀的臉孔微微一黯，又浮起狠戾之色。高覽與張郃面面相覷，末了高覽嘆了口氣，拍拍他肩膀：「顏將軍的事，我們都很痛心，但別太意氣用事。」

「我知道，我會很冷靜地為他報仇。今天的曹軍將領，是第一個。」文醜的手指一絞，把一根算籌從中折斷……

……胡車兒渾然不覺自己已被襲擊者清出了棋盤，他收攏逃散的敗軍，一路朝著輜重隊的營地跑去。可當他進入營地時，整個都傻了。營地燈火通明，幾輛空車潦草地支起一片茅篷，四周既無鹿砦也無溝塹，連一個放哨的都沒有，幾十支燈籠靜悄悄地放射著光芒。胡車兒下馬在營內轉了幾圈，頓覺如墜冰窟，這是一個空營。

「郭嘉，你個該被馬踢死的病癆鬼！」胡車兒在馬上一甩辮子，憤怒地仰天大叫。郭嘉指派他來執行這個任務，果然沒安好心，把他當成一個聲東擊西的棄子。胡車兒發洩完憤怒以後，忽然想到，賈先生一直陪著郭嘉，肯定能看穿他的陰謀，為何不提醒一下自己呢？

賈詡在宛城地位崇高，幾次對曹軍的戰役都打得十分漂亮，這些西涼將領佩服的五體投地。此時胡車兒對賈詡太有信心了，所以現在反而疑竇叢生。

「難道說，賈先生把主公賣給曹操，是為了給自己謀好處。現在好處到手，我等也就沒了用處，索性借郭嘉之手……」胡車兒把辮子咬在嘴裡，眼神兇狠地朝四周望去，心裡卻一陣冰涼。他原本不贊成張繡投曹的決策，只不過出於對賈詡的盲目信任，才未反對。現在信任動搖，原來那顆懷疑的種子轉瞬間便成長起來，胡車兒愈想愈心驚，索性一拍大腿：「不行！我得告訴主公去！中原人實在是太狡詐了，還是早日回西涼去吧。」

在中原待了太久，胡車兒已經厭倦了這裡一草一木，十分想念西涼那遼闊的大地與藍天。他鬆開牙齒，讓散亂的辮子垂落下來，暗自盤算該如何說服張繡：「這麼多兄弟都死了，主公應該會贊同我的計畫吧。」

這時候，一柄鐵劍悄無聲息地從胡車兒身後的雜草堆裡刺出來，直奔他的後心。胡車兒還沉浸在如何說服張繡的思考中，猝不及防，直接被劍貫穿了整個胸腔，劍頭從前胸挺立出來。胡車兒一挺脖子，發出一聲悲鳴，竟用肌肉把劍夾住，讓襲擊者無法抽出。只見雙辮飛舞，他的大腦子用力地朝後撞去，感覺結結實實後地撞中了一個東西，而且讓那東西受創非深。

周圍的西涼士兵紛紛驚慌地跳下馬來，朝胡車兒靠攏。他們看到，那個刺客被胡車兒一記頭槌後攤，撞得滿臉是血，只是死死握住劍柄不肯鬆手。這兩個人前胸緊貼著後背，表情異常猙獰。

胡車兒一張嘴，已有鮮血溢出嘴角，可他還是勉強支撐著問道：「你是……賈先生派來的？」

「不是，我來自東山。」徐他冷冷地說，同時死命抓住劍柄。剛才那一下撞擊，讓他受創匪淺，至今腦子都嗡嗡的，說話都有些不俐落了。

「哦，袁紹那邊兒的。」胡車兒的表情稍微欣慰了一些，肌肉舒緩了一些：「原來不是賈先生……」

「如果你問的是那幾個人的話，已經被我殺了。」徐他說，擺動一點下巴。旁邊立刻有士兵走過去，從雜草堆裡拖出三具屍體，他們的裝束與徐他差不多，都傷在咽喉處，腰間還掛著刺客專用的弩機。顯然他們埋伏的比徐他要早，只不過後來者居上。

徐他突然感覺前頭的這員大將升騰起一股強烈的氣息，這是一種難以言喻的生命力，只能被極端的情緒驅動。徐他覺得有點不太妙，試圖拽動劍柄，可胡車兒牢牢站在原地一動不動。他的身軀十分高大，瘦小的徐他難以撼動。

胡車兒緩緩回過頭來，兩條辮子之間是一張極度怨毒的臉。他盯著徐他，雙眸如刀：「這周圍有三十多名西涼最好的騎手，你絕對無法逃脫。與其同歸於盡，咱們做筆交易如何……」徐他未動聲色：「什麼交易？」胡車兒低沉地嘶聲笑了笑：「我可以放你走，甚至可以把我的腦袋送給你做軍功。但你要聽我說一件事，把這件事帶回到袁紹那邊，講給許攸聽……」說到這裡，胡車兒氣喘吁吁，顯然有點支撐不下去了，「你覺得如何？」

「好。」徐他毫不猶豫。胡車兒低聲說了幾句，徐他面無表情地聽著，也不知是否記在心裡。胡車兒問他是否記住了，徐他點點頭。胡車兒那旺盛的生命力似乎到了盡頭，他長長地嘆息一聲，手起刀落，把頭上的雙辮斬斷，扔給站得最近的一名士兵：「你們不要回曹營了，回西涼去吧，記得把我葬在湟水旁邊。」

那名拿著斷辮的士兵不知所措：「將軍，我、我是扶風人。」胡車兒看了他一眼，露出自嘲的輕笑：「我都忘了，十年了，老兄弟們都死的差不多了，都換過好幾茬兒了。哎，真想再聞聞西涼的風啊……」

徐他注意到對方的雙肩一鬆，立刻手腕用力，把劍硬生生抽出來，然後一揮，噗嗤一聲，胡車兒的頭顱飛舞而出，滾落在地。「將軍！」一群士兵悲憤地大喊，跪在地上泣不成聲。無頭的脖腔裡噴出的血潑濺了徐他一身，他用手背把臉上的血擦了擦，走過去俯身拾起頭顱，用布包好，在無數仇恨的眼神注視下從容離去。

當胡車兒死不瞑目的首級擺在文醜面前時，他對徐他的最後一絲懷疑終於消除了。文醜當初算準這個輜重營是假的，他叫徐他單獨潛伏過去，一方面是為了探聽敗退到此的西涼軍虛實，一方面也有考驗的意思。沒想到徐他差不多拿到了滿分，居然把胡車兒的腦袋給帶回來了。雖然這個人在曹營分量不夠，但畢竟是一方渠帥，這是對顏良戰死的有力回擊。

一想到顏良的死，文醜就覺得極度憤怒。顏良對他有知遇之恩，當聽說他戰死的消息，文醜咬破手指，發誓要殺掉關羽以及曹軍的十員上將，來祭奠顏良，所以他才迫不及待地衝上前線，為此不惜與逢紀發生衝突。現在徐他帶回來胡車兒，這實在是個好兆頭，意味著文醜的復仇計畫開始計入第一步。

文醜勉勵了徐他幾句，問他要什麼賞賜。徐他說他希望能回去白馬一趟，把與蜚先生的雇傭關係解除，做事要有始有終。文醜欣然准許了，叮囑他要早點回來。送走徐他以後，文醜把胡車兒的首級用石灰處理了一下，擱到一個木箱裡。這木箱一共分十格。

「不用花多久就能把箱子填滿了。」文醜磨了磨牙齒，只有關羽的首級不會放在這裡，他的腦袋有更合適的去處。想到這裡，文醜下意識地看了眼外面，那輛與他形影不離的馬車就停在外頭。

# 第五章 劉平快跑

逢紀邁著步子回到帳內，興致看起來很高。他告訴劉平，前線已經傳回捷報，文醜識破了郭嘉的埋伏，與高覽、張郃合擊，反而全殲了西涼鐵騎，胡車兒授首。這一戰是文醜指揮得當，但也要歸功於逢紀的深遠眼光。從及時阻止郭嘉的刺殺陰謀開始，逢紀對曹軍的戰略瞭若指掌，彷彿俯瞰整個戰局，步步佔先。有了他的佈置，文醜才能有此勝績。

劉平連忙恭喜，逢紀擺了擺手：「如今只是小勝，什麼時候捕捉到了曹軍遊弋在外的主力，才是真正的大勝。」他說到這裡，若有所思地打量了劉平一眼：「我差點忘了，你才該居頭功啊。」劉平謙遜道：「在下不過是聽得幾句風言風語，明公調度得當，方有此勝。以郭嘉的智謀通天，竟吃了這麼大的虧，想必現在曹營都震驚了吧？」

逢紀看了他一眼，眼角流露出一絲笑意。劉平已經搞清楚了逢紀的秉性：這個人對漢室毫無興趣，一心懷著慫恿袁紹稱帝的憧憬，這樣一來，他逢元圖就是一人之下萬人之上。因此，劉平明智地不再強調自己的漢室身分，低調地以提供情報為主，恭維為輔——他每次只要提起郭嘉，逢紀就會格外在意，這樣一來，就簡單多了。

逢紀拉開帷幕，露出一張官渡附近的大地圖，負手喃喃自語：「既然文醜追擊的那支輜重隊是假的，那麼真的白馬輜重隊只有三條路可以走，一條是北上渡黃；二是走東南方向進入烏巢大澤；三是走延津回官渡。劉先生，你自許都而來，覺得郭嘉會選哪一條？」

劉平稍微思索了一下，回答道：「逢別駕讓他吃了個暗虧，郭嘉接下來的計畫，必有所調整。以我之見，北上渡河毫無意義，根本是南轅北轍；延津雖然距離官渡最短，但一路皆是坦途，貴軍可以輕易追及；只有烏巢澤河流縱橫，地形複雜不利行軍，一頭扎進去，很難找得出來。」

逢紀眉頭一挑：「你覺得曹軍的主力，會在烏巢等著我們？」

「以郭嘉的性子，在下以為確然。」

逢紀捋了捋鬍鬚，垂頭沉思了一陣。當他再抬起頭看向劉平時，劉平一瞬間在他的眼神中看到了極度的危險。

「拿下！」逢紀大喝道。

劉平當機立斷，雙臂一振，去抓逢紀的咽喉。不料逢紀的動作也相當快，表現出了一般文臣所沒有的敏捷，在劉平的進逼下狼狽地閃躲，卻始終不被抓住。他爭取到的這幾息時間，足以讓帳外的十名披甲親衛衝進來。十把寒刃加身，劉平不得不停下手，束手就擒。

「逢別駕，你這是做什麼？」劉平又驚又怒。

「你一個嘴邊無毛的黃口稚子，還想騙過老夫？未免太天真了。」逢紀冷笑道，隨手正了正頭頂的佩冠，發現自己的鬍鬚在剛才的爭鬥中掉了三莖，有些心疼。

「我秉承陛下聖意，來助忠臣。你世代皆食漢祿，對漢室就是這種態度？」劉平有些驚慌，不得不把漢室這塊招牌亮出來。

逢紀聽到這兩個字，沒有絲毫動容：「我逢元圖閱人無數，什麼鬼沒見過？你甫一來投，就拚命奉承，左一句郭嘉不如明公，右一句曹營皆敗於別駕，千方百計挑起我自矜之心，必然包藏禍心！我剛才隨口一試，你就立刻出手脅迫，豈不是自認心虛了嗎！」

劉平聽了這一席話，心中大悔。逢紀是何等樣人，豈會輕易被幾句米湯灌倒。他自以為學會五品就可掌控人心，運用起來卻痕跡太重，落在逢紀這樣的老薑眼裡，處處皆是破綻。劉平暗暗責備自己，在郭圖那裡的成功讓自己太過得意忘形，行事毛糙，竟在這翻了船。

此時身在險境，劉平卻是一籌莫展，覺得任何辯解的話都蒼白無力。

逢紀見劉平不說話，又走到大地圖前，指頭輕輕一點：「你之前所說的郭嘉部署，句句皆中，顯然是事先串通，好教我深信不疑，再引我墮入真正的圈套。剛才我故意出言試探，你建議走烏巢，那白馬的輜重隊，自然是要去延津了。」

劉平啞口無言，這確實是之前他與郭嘉訂下的方略，想不到一點被突破，處處皆被逢紀看穿。逢紀饒有興趣地欣賞了一下他的表情，擺了擺手：「我不管你是真的漢室忠臣，還是曹操的死間，現在給我老老實實地待在監牢裡吧。等拿下官渡，再殺你一併祭旗。」

親衛們拽著劉平正要往外走，這時一名信使匆匆跑進營帳，稟告說東山傳來消息，在烏巢澤附近發現曹軍主力蹤影。逢紀聞言不禁哈哈大笑：「郭嘉倒真下血本，讓你來誤導我去烏巢，還不辭辛苦把主力調過去虛張聲勢，如今延津反而空虛。他聰明反被聰明誤，可是要吃大虧了。」

劉平一聽，面如死灰。逢紀笑罷，對劉平像是一個寬厚長輩般諄諄教導道：「年輕人，你知道你真正敗露在何處嗎？你一開始，就不該拿郭嘉挑撥我。」說到這裡，他的目光變得銳利起來：「我從來沒把區區一個軍師祭酒當對手，我的目標，是荀文若。」

「喝呀！」

曹丕揮舞著長劍，與史阿對練。袁紹主力渡河之後，郭圖就輕鬆多了。潁川派在軍中沒什麼發言權，前線的任務被南陽和冀州兩派瓜分一空，他樂得清淨，和淳于瓊躲在後方，為源源不斷送來的糧草擔任警戒。劉平在和蜚先生談過以後，去了逢紀那裡，曹丕則留在了營中，每日專心練劍。

他的劍法生機勃勃，和他的年紀一樣充滿朝氣。王越曾經說過，劍法如琴，觀者如知其肺腑。史阿覺得，今日的曹丕和原來稍微有點不一樣，以往是憋著一股戾氣，劍法奇險，今日卻大開大闔，運轉圓融，似是有什麼得意之事遮掩不住，從劍法中流露出來。

不過史阿並未多想，他沒什麼大的心願，除了報效恩師，就是教出一個好徒弟。他自從進了這行，就知道這輩子註定孤身一人，這次機緣巧合下碰到曹丕這棵好苗子，就像是自己有了子嗣一般，已逐漸轉變成了他的生活重心。至於曹丕是什麼身分、隸屬哪方陣營，他都不關心。

與他相比，在一旁旁觀的鄧展，心情可就複雜多了。他一直不敢向二公子吐露心聲，二公子似乎也沒打算告訴他真正的計畫。鄧展本想多接近一下劉平，結果劉平卻在營中消失了。結果他發現自己處於一個很尷尬的地位，無所事事。

一趟劍練下來，曹丕的頭頂升起騰騰熱氣。他走到鄧展這邊，拿起一條棉巾擦了擦額頭。「二公子……」鄧展終於忍不住開口。曹丕卻用嚴厲的眼神瞪了他一眼，讓他閉嘴。這個人讓曹丕很為難，他確實忠心耿耿，而且武藝高強，但他同時也是袁紹營中第三個知道曹丕身分的，幾乎當中喊破，曹丕花了好大力氣才把謊圓回來。他現在只要這個傢伙閉嘴不惹事，就足夠了。

這時郭圖匆匆走過來，臉色陰沉地好似鍋底。他不客氣地把史阿和鄧展都趕開很遠，然後對曹丕說：「出事了，劉先生被逄紀抓起來了。」曹丕一驚，忙問怎麼回事，郭圖說剛接到一個相熟的五獄曹小吏消息，逄紀下令把劉平投入了軍中大牢，但具體因為什麼卻不清楚。

曹丕一聽，霎時呆在了原地，手腳冰涼。難道是身分敗露了？不過他很快又給否定了。劉平的身分是天子，如果身分敗露，逄紀絕不會把他簡單地投入大牢。郭圖也很鬱悶，劉平接近逄紀是經過蜚先生與他認可的。以劉平掌握的內幕消息，應該會很受逄紀青睞，可以進一步擠壓冀州派的生存空間——可這劉平不知說錯了哪句話，反倒先被抓起來了。

「逄元圖那個傢伙，出了名的頑固。我現在去找他求情，搞不好會被打為奸細同黨。」郭圖為難地抓了抓頭，然後看向曹丕：「你是與劉平同來的，就沒做什麼準備嗎？」

曹丕慌張地搖搖頭，他本來也只是計畫外的同伴。劉平的被捕，更是打亂了一切安排。郭圖不甘心地追問道：「這等機密之事，他總不會平白無故地帶一個小孩子來吧？還有沒有隱藏的信物？或者你聽沒聽過他談起曹操的什麼機密？」

曹丕強作鎮定，拋出早就準備好的說辭：「魏氏是唯一願意資助漢室的商賈。他之所以帶著我來，不過是看中我家的財產罷了。那些機密，我幾乎無法與聞。」

他說這些話的時候，要拚命壓制內心的驚慌，表情十分不自然。好在郭圖沒注意這些細節，露出失望神色：看來這孩子只是漢室從魏氏那裡榨錢用的質子罷了，魏氏那點資產，對窮得叮噹響的漢室是救命稻草，對袁門來說真不夠看。郭圖其實也沒認真期待這個十幾歲的孩子能有什麼好主意，他想了想，問曹丕把那條衣帶詔討要了去。他打算再去找蜚先生商量一下，如果還是說不通，就只能把衣帶詔上交袁紹，說劉平是漢室前來聯絡之人。到時候如何定奪，就是主公的事情了。

郭圖走以後，曹丕一屁股坐在地上，方寸大亂，茫然無措。現在他與劉平是一根繩上的螞蚱，如果劉平出了事，他也不會安全，不，只會更加危險——劉平走投無路，還可以主動公佈身分，說自己是天子，最多是從許都換到鄴城去當傀儡；而他身為曹操的嫡長子，身分敗露的下場將會極其淒慘。

此時第一個進入他腦海的念頭，居然是跑。有史阿和鄧展兩個人幫忙，他弄一匹馬偷偷離開袁營不算太難。可曹丕猶豫了一下，還是放棄了。他倒不是捨不得劉平，只覺得就這麼像個懦夫一樣跑掉，一切努力前功盡棄，感覺太不甘心了。就像在宛城那一夜，十歲的曹丕一邊放聲大哭一邊縱馬狂奔，眼看著兩個哥哥戰死，自己卻無能為力。那種慘痛的感覺，曹丕不想體驗第二次。

「一定還有轉圜的餘地，一定有什麼法子能把陛下救出來。」他喃喃自語，失魂落魄地走回自己住的帳篷。他一進去，發現裡面早有一個人在恭候。

徐他恭敬地站在床榻旁邊，雙手垂在兩側，頭髮亂的如同鴉巢，這應該是長時間高速騎馬吹出來的。曹丕注意到，他身上的衣著與裝備，都比出發時要高級一些。

「你回來幹嘛？」曹丕把臉一沉。他之前擬好了一個完美的計畫，可以保證讓徐他混入曹營。他對這個自己第一次獨立操作的計畫信心十足，十分自得。可徐他現在居然跑回來，難道計畫失敗了？

徐他道：「文醜將軍已辟我為下屬。我特意趕回來，是要告訴您一件事，我馬上就要折返。」

曹丕皺眉：「什麼事？」他現在滿腦子都是劉平被抓，已經容不下其他思緒。

徐他上前一步，神情木然：「一位曹軍將領臨終前託我給袁營的許攸帶一句話。」曹丕抬起頭：「那你為什麼大老遠跑回來告訴我？」

徐他道：「因為我已用血肉為誓，終生奉您為主。我不能對您有任何隱瞞。」曹丕沒被這話感動，他問道：「那員曹軍的將領是誰？」

「胡車兒。」

一聽這名字，曹丕的嘴唇都顫抖了一下。宛城之戰，正是這個人親自圍住曹兵的營寨，用潮水般的西涼兵淹沒了典韋、曹安民和他的大哥曹昂……

「他轉告許攸的話是什麼？」曹丕問。

接下來徐他所說的話，讓他霎時間五雷轟頂……

史阿和鄧展原本站在帳外，他們忽然聽見帳內傳來一聲嘶吼，齊齊衝了進去。此時徐他已經離開了，只剩下曹丕彎著腰，大口大口地嘔吐著，地上有一灘黃綠色的嘔吐物。他們以為曹丕是被誰下了毒，趕緊要去攙他起來。曹丕狂暴地舞動著肢體，雙眼滿布血絲，涕淚交加。他的胃一陣陣地痙攣抽縮，但跟他心中此時掀起的驚濤駭浪相比，這疼痛幾乎可以忽略不計。

史阿急切地從懷裡掏出一粒解毒藥丸，這是他珍藏很久的保命物，是蜚先生賞賜給他的，據說是華佗親手做製，可解百毒。此時他也顧不得了，伸手按住曹丕的脖頸，就要給他塞進去。曹丕卻推開手，搖搖頭道：「我沒有中毒，只是一下子魘住了。」史阿滿是憂慮地望著他，不知道發生什麼事。能讓一個心志毅定的孩子瞬間崩潰成這樣。

曹丕掏出絲巾，擦了擦眼淚和鼻涕，讓呼吸稍微均勻了一些，對史阿和鄧展咬牙切齒道：「你們兩個準備一下，明天晚上咱們去劫獄！」

關羽和張遼並轡走在大路當中，在他們的身後只有寥寥六百餘騎，但這些騎士都是百裡挑一的精銳，坐騎都是鐘繇特意從關西送過來的駿馬。

在開闊的戰場上，這一支部隊的威力是不容小覷的。想當年，高順的陷陣營不過一千騎，就幾乎把整個曹軍的戰線擊垮。現在這支軍團如果發起飆來，戰鬥力不輸於當年的陷陣營。

可讓關羽和張遼無奈的是，本該奮蹄馳騁的駿馬，如今卻被籠頭束住了。在他們的身旁，是一支浩浩蕩蕩的輜重隊。這才是真正從白馬城遷出來的隊伍，裡面有扶老攜幼的一萬多百姓，還有大小數百輛牛車混雜其中，沿著大路緩緩而行。

他們的騎兵隊，是這只輜重隊唯一的護衛。

這支混合隊伍的行進速度實在不快。之前靠著假輜重隊的誤導，爭取來了一天多的時間。但現在敵人已經反應過來了，文醜的部隊正在高速行進。而他們距離延津還有半天多的路程——就算到了也沒用，延津甚至不能稱為一座城，只是有幾座塢堡罷了。在那裡迎擊袁紹的大軍突襲，和楚霸王在烏江差不多。

他們不明白為什麼郭嘉要指派這個任務，還要做成這樣的編制。保護輜重的任務，最好地選擇是徐晃的步兵，騎兵應該放在更廣闊的空間才有價值。

「咱們背後的文醜有數千人。就這點人，怎麼打？」張遼有些惱火地揮了揮手臂。

關羽安慰道：「郭祭酒說怎麼打，咱們就怎麼打吧。再說了，那個輜重隊裡還有楊修在呢。」張遼聽到這名字，不無謹慎地瞥了關羽一眼，看他面色如常不像意有所指，這才放下心來。

自從在楊修的慫恿下陰死顏良以後，張遼一直惴惴不安。他與袁營有自己的祕密管道，可沮授一直沒有傳來新的消息，沒有訓斥，沒有威脅，沒有詢問，乾脆一點消息也沒有，這更讓他擔心不已，生怕呂姬會被遷怒殺死。他有一陣甚至在想，乾脆隻身潛入殺鄴城去救人算了，什麼忠義，什麼道義，去他的吧！這些東西根本抵不上呂姬的輕輕一笑。

關羽看到張遼的臉色陰晴不定，心裡也一陣苦笑。他這幾天過得也不開心，顏良是他殺的沒錯，但事後曹營大張旗鼓地宣揚，讓他感覺自己似乎被曹公算計了。這段時間，大家看他的眼神都不太一樣，有一種「你終於決定踏踏實實跟隨曹公」的欣慰。這在關羽看來，實在是煩惱的很，他根本不想被人這麼誤解。

這兩個人各懷心事，憂心忡忡，一直到文醜軍的前鋒出現在地平線。

文醜在前夜接到了逢紀的消息，說曹軍主力已經移到烏巢，高覽、張頜兩位將軍已經朝那邊機動，讓他趁曹軍在延津防守空虛的機會，大舉突破，先吃掉輜重隊，再進逼官渡。

這個安排很對文醜的胃口。他當即傳令諸軍開拔，連夜追趕，終於在這一天的午時追上了輜重隊。他仔細地探查過，方圓十里之內，沒有大股曹軍蹤跡，而肉眼能看到的曹軍作戰部隊，只有六百多人。文醜甚至派遣了十幾名眼尖的斥候，逼近輜重隊去觀察牛車，確認這些牛車上也沒有隱藏伏兵的餘地。

「進攻！」文醜簡單地下達了命令。面對這種級別的敵人，實在沒必要給予太多指示了。

袁紹軍齊聲發出一聲吶喊，歡天喜地地衝了上去。這種戰鬥實在太輕鬆了，滿眼都是手無縛雞之力的老百姓，還有大車上裝得滿滿的金銀財寶，最重要的是，文醜將軍似乎也沒說不許劫掠。在袁軍士兵眼中，眼前根本是一個一絲不掛的美女，雖然羞怯地用手遮住身體，但只要輕輕一推便可任君採擷。

袁紹軍的耀武揚威似乎把輜重隊嚇壞了，白馬城的老百姓們驚慌地大叫起來，你推我，我躲你，再也無法維持佇列的秩序。那些拉車的民夫也駭破了膽子，呵斥著牲畜試圖加快速度。每個人都朝著自己認為最安全的方向逃去，偏偏這裡又是極開闊的地帶，結果原本的一字長蛇陣瞬間潰散，分散成無數驚蟻，跑了一個漫山遍野。

袁軍士兵興奮地蜂擁而至，開始分頭追逐，屯分散成了曲，曲離散成了隊，隊又分裂成了伍，最後連伍這個建制都維持不住了，往往三兩個士兵就奔向同一個目標。他們將東一群、西一團的百姓截住，拽住其中的女人，殺死試圖阻止的男子，再把屍身摸一個遍；還有的人把牛車掀翻，踩著車夫的脖子肆意翻動上面的資財，拚命往懷裡揣，或者乾脆把口袋扛走。一時間戰場上混亂不堪，哭泣和笑聲混雜傳來。

這些世族私兵出征以來，受盡了窩囊和委屈，現在終於得到了宣洩的機會，肆無忌憚地把最醜陋的貪婪潑灑出來。文醜的直屬部下沒有動，但很多人臉上的情緒都有些羨慕。亂世有自己的潛規則，戰場上劫掠到的，就是自己的，即使是長官也無權收回。他們不太理解，文醜為何讓外兵去佔便宜，卻限制自己人。

胡車兒被斬殺，意味著郭嘉的伏擊已然破產。如今曹軍主力都在烏巢，這裡就沒必要太過緊張。文醜感受到了部下熱辣辣的視線，他考慮了一下，開口道：「你們去吧，但不許分得太散。」部下們得了命令，興奮地縱馬而出。

文醜側過臉去，發現徐他一動不動，雙手緊緊抓住韁繩，面露悲戚。他是昨天連夜趕回隊伍的，一直跟隨在文醜身邊。文醜好奇地問道：「你為何不去跟著去？」徐他淡然道：「在下出身徐州，乃是曹賊屠徐的倖存者。那一日，曹軍也如這般侵掠，實在不願多想。」

文醜討了個沒趣，悻悻把臉轉回去。搶掠是哪支軍隊都會做的事情，但總不能不讓人家觸景生情。

這一片戰場特別平坦，而文醜又沒帶望樓來。他不知道，此時在那一片混亂的戰場之中，六百名曹軍騎兵排成十四一列的縱隊，朝著文醜大旗所在的位置切來，為首的正是關羽和張遼。他們得到的指示是，不要去管輜重，要抓住袁軍分散搶掠的良機，直擊中樞，幹掉主帥。

這麼大規模的行動，難免會引起戰場上的注意。但現在袁紹軍分的太散了，就算有個別人覺察，一時之間也無法聚攏。結果一直到接近大纛三百步時，文醜才覺察到異狀。

「快！再快點！」張遼和關羽拚命踢著坐騎，騎隊的移動速度又加快了幾分。

「看來這股曹軍從一開始就沒打算來救輜重，丟卒奪帥，這是打算拿白馬的輜重來換我的命啊。」面對危局，文醜卻絲毫也不慌張，他身邊的幾個傳令兵立刻掏出號角，嗚嗚地吹了起來。

聽到號角聲，私兵們還在不顧一切地劫掠著，只有文醜部曲們立刻開始移動。他們看似分離各處，散亂不堪，實則把距離拿捏得十分精妙。如果有人能從天上俯瞰的話，就能看到，以文醜為核心形成了一朵綻放的花朵，花瓣四面伸展開來，當蜜蜂侵入花蕊時，層層疊疊的花瓣同時開始併攏，要把蜜蜂包在其中，再也飛不出去。

文醜早就知道這支騎兵的存在。輜重隊潰散之時，他們沒有出現，文醜便猜到對方的用意。那些世族私兵的醜態，恰好成了絕佳的掩護。當他們認為袁紹軍陷入狂歡的鬆懈中時，卻不知又被文醜算計了一次。

張遼和關羽也發現了這個狀況，但他們已經沒有別的選擇。只要在合攏之前殺死文醜，勝利仍可以掌握在手中。兩個人對視一眼，把亂七八糟的雜念趕出腦海，默契地把馬身前後錯開。關羽的單兵戰力比較強，直取文醜；而張遼則負責排除袁軍的干擾。

當關、張二人的騎隊與文醜進入一射之程的距離時，文醜的直屬部曲們的包圍圈也恰好合攏，時間計算得分毫不差。兩邊的大戰，均是一觸即發。

「遼來也！」

張遼一邊揮舞著大槊，一邊在馬上大呼。從這位前西涼將軍的身上，散發出驚人的氣勢。他似乎陷入一種奇異的狂熱狀態中，有點自暴自棄。他分出兩彪馬隊，如雁行佈陣，風馳電掣般地捲過關羽兩側，把最先衝上來的幾名袁軍士兵一槊掃倒。瞬間爆發出來的壓迫感，讓陣前的敵人為之一窒，好似面對著千軍萬馬。

關羽沒有回答，他心無旁騖地端著長矛，化為速度驚人的飛箭，直直接刺向文醜。文醜看到是他，眼睛一亮：「果然是你！看來蒼天有眼，顏大哥的仇今日可以報得了！」

文醜克制住有些激動的心情，讓馬匹往後退了退，包括徐他在內的數名親衛擋在了前頭。文醜並不是一個以武力見長的將領，沒有必要跟關羽這種武夫對砍。關羽看到有人阻擋，大吼一聲：「滾！」雙臂運力，那彈性極佳的長矛如靈蛇般抖了起來，左右甩動，登時把兩名親衛抽到馬下。徐他挺劍迎了上去，但兵刃太短，沒兩回合也被抽飛。

文醜見狀，在剩餘衛兵的掩護下且戰且退，關羽窮追不捨，如同一尊上古殺神，又挑飛了三、四人，距離逐漸接近。文醜逐漸退到了袁軍陣形的後方，在那裡，停著一輛馬車。文醜退到馬車旁就不退了，而是掀開馬車簾子，從馬車裡硬生生拽出一個人來。

那人白面長髯，國字臉，還有兩隻不輸於淳于瓊的大耳朵，一看就是個寬厚長者。

「雲、雲長？」那人看到關羽，面露驚詫。

「大哥？」

文醜一把扯住劉備，擋在身前放聲大笑：「玄德公，帶你來，果然沒帶錯啊！」他開拔之前，強烈要求劉備隨軍，萬一碰到關羽，這一招就能讓他束手縛腳，乖乖就戮。

劉備環顧四周，這才意識到發生了什麼事，面色為之一變。

關羽原本滔天的殺意，霎時間煙消雲散。跨下的駿馬速度不減，而高抬的長矛，卻緩緩地放低下來。他想過各種與大哥重逢的情景，這是最為惡劣的一種。火紅色的駿馬無法驟停，在馬車旁一掠而過，然後劃了一個半圓轉了回來。

戰場之上，瞬息萬變。關羽這一猶豫，已經錯失了擊殺文醜的最佳時機，更多的衛兵湧到文醜身邊。張遼的亢奮狀態無法持續太久，體力已顯不支，包圍圈逐漸收攏，曹軍的傷亡愈來愈大。而關羽已完全亂了方寸，手持長矛不知該刺還是該收。

「雲長，汝南……」劉備衝著關羽開口呼喊，關羽聞言一愣。文醜急忙抬手把他打暈。現在關羽心神已亂，若是劉備出言相勸，他臨陣歸降，顏良的仇可就報不了了。文醜叫人扛起劉備，扔下馬車，繼續朝外圈退去。中途不斷有衛兵加到他與關羽之間。

現在即使關羽反悔，也不可能殺過來了。他和張遼已是身陷重圍，這次神仙也救不了他們。文醜決定退到一個稍微高點的位置，慢慢欣賞仇人被蹂躪至死的場景。

在這附近只有一個地勢稍高的小坡，坡上還翻倒著三四輛牛車，車上的貨物灑了一地。一群世族私兵正興高采烈地翻撿著東西，絲綢和絹帛被他們圍在身上，顯得十分滑稽。文醜懶得理睬他們，逕自登上坡去。恰好這時徐他鼻青臉腫地跑過來，臉上被關羽抽出一條青印，顏色深得可怕。文醜招呼他道：「快上來，這個你一定喜歡看。」

從這裡望下去，可以清晰地看到關羽和張遼被圍在陣中，帶著騎兵們左衝右突。文醜站在坡上雙手抱臂，開口道：「關羽死前也算看過玄德公了，只可惜近在咫尺，無甚能為。給他一點希冀，再行掐滅，這感覺實在太美好了。每一個仇人，都該要這樣死法，方才解恨！」

文醜正看得心情激盪，徐他突然動了。他手裡的長劍猛然出手，朝著文醜刺去。文醜卻像是早有預知一樣，身子微移，避開鋒芒。徐他想要再出一招，文醜卻已經退開十步之外。

「荊軻刺秦王，你當我看不出來你殺的那十幾個曹兵都是樊於期？」文醜笑盈盈地看著徐他。「我說過吧？我喜歡給人一點希望，再掐滅它。」

徐他木然道：「我也是。」

文醜一愣，卻突覺右肩一陣劇痛。他側頭一看，卻看到一把烏黑鑠亮的斧子斜斜地楔入自己的身體，一個頭纏錦緞，腰束玉帶的世族私兵站在身後，手裡緊緊攥著斧柄。文醜驚怒之下，拔劍去砍，那人鬆開斧子避開。文醜趁機帶著斧子朝前跑了兩步，滿口溢血，白淨的臉上青筋綻起。

那私兵緊追過來，再度握緊斧柄，向下壓去，同時喝道：「殺汝者，徐晃！」文醜覺得自己的身軀又裂開了幾分，過度的疼痛讓他眼前發黑。他的親衛們都留在坡下警戒，沒料到坡上的這些私兵驟起發難。一直到文醜發出慘呼聲，他們才急忙朝坡上衝來。

徐他閃身擋在這些人面前，利劍一掃，一名親衛的頭顱高高飛起。其他人又驚又怒，正要發起圍攻，那些「私兵」也趕來助陣。這些傢伙的戰鬥力實在令人咋舌，只是幾回合交鋒，就完全壓制住了親衛們。小隊長調集人手，準備再發起一次衝鋒，這時坡頂卻出現了令他們驚駭欲裂的場景——

文醜將軍被那個人用斧子硬生生劈成了兩半，斧子從右肩斜劈過，一直斬到左腰才停住。文醜將軍瞪大了眼睛，似乎要說些什麼，斧子一抽，上下身子突然就這麼分開了，內臟與鮮血狂瀉而出。

當上半截身子轟然落地之時，文醜的腦中卻突然一片清明。

假輜重隊是個誘餌，是為了把他誘入胡車兒的伏擊；胡車兒是誘餌，是為了讓他以為延津空虛，可以放心追擊真正的白馬輜重隊；這拋得漫山遍野的輜重是誘餌，是為了讓世族私兵盡情劫掠，把水攪渾，張遼和關羽好趁亂突襲；張遼和關羽仍舊還是誘餌，是為了遮掩徐晃易服接近文醜。

這麼說來，一開始得到的胡車兒伏擊消息，很可能就是郭嘉故意散佈的。他巧妙地利用了袁軍高層的心理，誘使他們把世族私兵當炮灰帶在身邊。這些私兵來源複雜，彼此不熟悉，成為了文醜致命的軟肋。當他們在田野為了劫掠而散成一團時，徐晃輕而易舉就混了進來。

可是，這真是個郭嘉一個人的手筆嗎？

這種把人不露痕跡地哄入圈套，驚覺時卻為時已晚的綿綿手法，真的是郭嘉所為嗎？這種毫不猶豫地捨棄胡車兒以及一萬多白馬城百姓的冷酷，真的是郭嘉施計嗎？

這個疑問文醜已經無法思考，他眼前的世界從彩色變成黑白，然後變成徹底的黑暗。從不離身的算籌嘩地散落在泥地上，滿是血污。

徐晃看了眼徐他，從懷裡把那卷尖利的竹簡扔還給他，淡淡說了一句：「做得不錯。」

當初徐他逃入文醜的隊伍之前，故意將這竹簡扔在地上，被徐晃撿起來看了其中留言。徐晃雖不知這些字是何人所寫，但他注意到了文中的暗號——那是只有曹氏高層才會知道的約記——知道徐他會在適當的時候站出來幫忙。

美中不足的是，這份竹簡在格鬥中被削掉了兩片，滾落到草叢裡找不到了，導致留言殘缺不全。不過徐晃倒沒有過於糾結，對他來說，如何在奇襲中幹掉文醜才是最重要的。

眼前的結局證明，這份竹簡的留言果然值得信賴，徐他確實是被刻意安排的內奸。

「大概是靖安曹的手筆吧？」

徐晃一邊想著，一邊俯下身子，一手揪住文醜的頭髮，一手拔出匕首，乾淨俐落地將他的頭割下來，高高舉起，向著浴血搏殺的張遼和關羽大吼起來：

「文醜，授首！文醜，授首！文醜，授首！」

延津在一瞬間，為之凝固。

袁紹軍的軍正司很清閒，他們名義上是維持軍中紀律的司曹，但實際上職責只有兩個：一，把上頭想抓的人關進監獄；二，別讓犯人逃了。其他的事都不用操心。所以他們每到一個地方，首先要做的是建起一座簡易的監牢。監牢不用太舒服，但選用的木材都很粗大。立柱的時候，根部要入地二尺，上端削尖用火烤過。每隔五柱，還要用一塊木板橫攔。這樣的一個監牢，就算是傳說中的呂布或者典韋，也休想赤手空拳逃出來。

但現在的情況有點不一樣。袁紹軍如今據有白馬城，城內的東西雖然都被曹軍搬空了，但還剩下許多空蕩蕩的屋子。軍正司手裡只有一個犯人，實在懶得專門為他修建一所監牢，就隨便挑了一間空房子，把他關了進去。

諷刺的是，這一間房子，恰好是前幾天劉平和魏文被劉延拘押的地方。他轉了一大圈，又回到了原點。好在逢紀對他的漢室密使身分有所忌憚，沒有折辱太甚。劉平在屋內可以自由活動，手腳都沒被縛住。不過屋子外頭的衛兵卻比平常多了兩倍，由一名曲長總攝全場。

這一天到了午夜換崗的時候，一批新的衛兵走過來換崗。他們與守衛驗過信符，交換了位置，還與他們竊竊私語了一翻，聽的人露出驚訝的神色，很快空氣中彌漫起一種輕微的不安。曲長走過來，問他們到底發生了什麼。

新來的衛兵說，他們聽守城衛戍的兄弟們說，從下午開始，城外不斷有落單逃回來的士兵出現，督戰隊正忙著到處抓人。那些逃兵似乎屬於文醜將軍的部屬。有一則傳聞說，文醜將軍在延津的衝突中喪生，全軍崩潰；還有一則傳聞說曹軍的主力擊潰了文醜，正高速朝著白馬城衝來。

「你們是軍正司的人，應當杜謠，而不是傳謠。」曲長訓斥了士兵一番，勒令他們不許再瞎說這些東西。可他轉過身去，神情變得不大自然。他也有自己的管道，知道得比士兵要詳細。袁軍確實在延津吃了大虧，文醜將軍陣亡，不過他死以後玄德公接過指揮權，帶著剩餘部隊正在返回白馬，曹軍並沒有追擊。

他甚至還知道一點內幕，這次失利，與屋子裡的那個人有點關係，但到底怎麼回事，就不是他這級別所能獲知的了。

這個答案，甚至連逢紀都不知道。

他此時正惶恐不安地跪在白馬城的府衙內，他的主君袁紹高居上位，手裡把玩著一個青銅酒爵。逢紀的同僚以及政敵們站在兩側，他們極力收斂著幸災樂禍的表情，但內心一目了然。

「就是說，這從一開始就是一個針對文醜的圈套？」袁紹忽然問道。他的聲音渾厚低沉，有一種居高臨下的威嚴。

「臣舉措失當，難辭其咎，願一死以謝三軍。」

逢紀回答，把額頭貼上冰冷的地板。如果說顏良的死還有一些意外因素的話，那麼文醜的戰敗，完全是謀略上的一敗塗地。胡車兒的棄子、張遼關羽的虛張聲勢、白馬輜重的潰散以及徐晃的伏兵，一環扣著一環，像一隻逐漸扼緊的大手，生生掐死了這位勇將——對此逢紀竟全無察覺，乖乖驅使著文醜進了圈套。

「自盡倒不必，不過元圖啊，平日裡你算無遺策，怎麼這次就沒看穿曹氏的計策呢？」袁紹的聲音有些迷惑不解。從戰報上看，逢紀在延津之戰前半段的指揮非常出色，完全壓制曹軍，可都了後半段卻大失水準，直接把文醜送上了絕路。

「臣一直侍奉大將軍，久沐德風，實在是沒料到曹賊無恥殘暴到了這地步。胡車兒這樣的新降之將，竟被如此乾脆地當成棄子犧牲掉了，臣以有德度無德，是以誤判。」

逢紀找了個理由，暗暗拍了袁紹一個馬屁。袁紹面色略好看了些，其他臣子卻一陣腹誹，這人到了現在還不忘恭維。其實逢紀心裡也在暗暗叫苦，他也不想用這種藉口，但不這麼說，他就必須把劉平的存在公開說出來。

他在一開始接到戰報的時候，氣得把案几都給踹翻了，認為這一切都是劉平那個奸險小人的錯。可他轉念一想，劉平錯在哪裡了呢？他根本沒說錯什麼，提供的所有情報都應驗了。唯一一次勉強算是失誤，是指出輜重隊選擇烏巢方向逃竄。結果這個提議被自己自作聰明地給否決了反讓文醜前往延津追擊。

現在如果把劉平說出來，袁紹一定會追問：「既然他掌握了曹軍動向，為何你你不聽他的？執意讓文醜前往早已設好圈套的延津？」這麼一問，延津這一敗就不再只是個失誤，而成了忠誠問題。別忘了，文醜是冀州派，而逢紀是南陽人。這一仗打勝了，怎麼都好說；這一仗打敗了，而且是因為逢紀不聽劉平的緣故，沮授、高覽等人一定會借機跳出來，指責他懷有私心故意削弱冀州派。

他逢紀的聲望倒是無所謂，可萬一被有心人聯繫到世子袁尚，可就麻煩了……袁紹如今還沒指定繼承人，三個兒子裡，中子袁熙置身事外，長子袁譚和三子袁尚，可都盯著這個位子。冀州派和潁川派擁護袁譚，站在袁尚身後的卻是南陽。如今田豐被囚、沮授被斥，顏良、文醜被殺，冀州派元氣大傷，潁川派人輕言微，正是上位的大好時機，這個節骨眼上可不能出什麼錯。

聽了逢紀的解釋，袁紹用三個指頭捏著酒爵，有些憂慮地說：「顏良、文醜都是國家柱石，如今兩戰兩殞，很容易挫動我軍銳氣吶。大軍南征不易，這麼下去，讓我回鄴城怎麼去見田元皓？」

田元皓就是田豐，大將軍幕府中的第一謀士。他開戰前極力反對南下，結果被袁紹一怒之下關入監獄。袁紹的話裡沒指責任何人，但熟悉他的人都聽得出，他現在很不滿意——袁公不怕傷亡，只怕傷名。顏良文醜敗死不足惜，但讓袁公在田豐面前丟了面子，這就犯了大忌諱。

逢紀也意識到了這一點，正琢磨著該如何解釋。旁邊站出來一人道：「恭喜袁公。」整個廳堂裡的人都呆住了，這是誰在胡說八道？無數道視線掃來掃去，最後集中在一個面白長鬚的儒雅男子身上。

「玄德公？」袁紹瞇起眼睛，酒爵不自覺地歪斜了幾分：「閣下說恭喜我，不知喜從何來？」

顏良、文醜之死都與他二弟關羽有關，袁公還沒騰出功夫來處置他，這傢伙反倒主動跳出來了。一群幕僚都在心想，這人莫非是想求死。

劉備一臉坦然，他看了一眼跪在地上的逢紀，從容道：「勝敗乃是兵家常事。如今小敗，正是大勝之兆，豈不該恭喜將軍嗎？」逢紀沒想到出來替自己解圍的，居然是劉備。這傢伙是延津之戰的生還者不錯，也不該說這種混帳話啊……

袁紹略微挪動身體：「玄德公，願聞其詳。」劉備向袁紹一拱手，雙目灼灼閃亮：「兵法之道，奇正相闔。曹軍奇謀百出，正暴露出他們正道勢窮的窘境。窮鼠齧狸，將軍不會不明白。」

袁紹歪了歪頭，用右臂肘部支在案几上，身子前伸：「窮鼠齧狸……嗯，你是說，阿瞞他如今已是窮途末路，所以希望藉此兩仗激怒我，與他早早進行決戰？」

「原本曹公欲守，我軍欲戰。如今他一反常態，急於挑起將軍怒氣，將軍難道品不出什麼味道？」劉備循循善誘，白皙的面孔上滿是誠意。

「你是說，他在別處，還有隱憂？所以官渡之戰，不能拖太久。」袁紹眼睛一亮。

劉備輕輕捋髯，贊許道：「將軍說得不錯，曹公的隱憂，可是不少呢，所以他只能速戰速決。兵法曰：攻敵之所不備，出敵之所不意，行敵之所不欲。如今曹公欲戰，我軍不如改急攻為緩守。寓攻於守，徐圖緩進，步步為營。如此一來，曹公只能在官渡糜耗糧秣，進退兩難──倘若這時四方事起……」他說到這裡，眼神閃動，雙臂張開，忽起合掌發出清脆地「啪」聲，像是拍死一隻蚊子。

袁紹還沒表態，郭圖跳出來厲聲道：「劉玄德！顏良是你兄弟關羽所殺，文醜之死，也與你脫不開干係。如今主公沒拿你，你反倒說起風涼話來了！」劉備微微一笑：「你可知文醜將軍為何叫我一同隨軍？」郭圖冷笑道：「定是你想跟你二弟暗通款曲，想騙殺文醜！」

劉備像是受到極大的傷害，雙目露出悲戚，下巴微微顫抖，要哭出來一樣。他費了好大力氣，才收住淚水，指向逢紀：「我用心如何，元圖盡知。」

剛才他替逢紀開解，如今逢紀自然不好拒絕，只得嘆了口氣，解釋道：「此前得到消息，關羽可能在曹軍陣中。所以我請玄德公隨文醜將軍一起行動，是為了再遇關羽，勸誘他投入我軍，就算不能，也可擾亂其心。」

其實劉備是被逢紀逼著隨軍做人質的，倘若關羽不從，他就會被當場斬殺。如今劉備反過來利用這一點，逢紀就算心知肚明，也只能隨聲附和。

逢紀解釋完以後，郭圖卻毫不放鬆：「任你們百般辯解，結果還不是一樣！文醜將軍陣亡，你劉玄德卻毫髮無傷地跑回來了。」郭圖知道，咬住劉備，就是咬住逢紀，咬住逢紀，就是咬住南陽派的要害。

這時袁紹不悅地咳了一聲，郭圖趕緊閉嘴。袁紹對劉備溫言道：「玄德公是仁長君子，豈會害我。玄德啊，喝點蜜水，慢慢說。」劉備用衣袖擦擦眼角，接過一杯蜜水啜了兩口，這才繼續說道：「文醜將軍遇難，實非在下所能料。不過我已與二弟有了約定。」

「哦？可是關將軍要來投我？」袁紹露出一點點興奮。

劉備搖搖頭：「二弟現在北上，必被曹公所殺。所以我讓他南下，與我會與汝南，同樣可為將軍效力。」袁紹聞言，不由得仰天大笑：「玄德公啊玄德公，無怪阿瞞這麼看中你，果然有一套。」

汝南是袁氏祖地，遍地門生故吏。劉備說去汝南，用意自然是激化曹公的諸多「隱憂」之一，為袁紹創造「四方事起」之略。郭圖不甘心地追問道：「汝南如今被李通、滿寵守得嚴謹，你去了又有什麼用？」劉備合掌笑道：「他們只能保住城池不失，外野可是山賊的天下。其中兵勢最大的劉辟、龔都所部，與我有舊，可用。」

郭圖還要說什麼，袁紹把青銅爵擱下，站起身來，右臂向上用力揮動。這是他的標誌性動作，意味著馬上要宣佈什麼重大的事情。群臣不由得都豎起耳朵，仔細傾聽。

「有一件事，恐怕你們還不知道。東山剛剛傳來消息，孫策在會稽因傷身亡，他弟弟孫權在張昭、周瑜的輔佐下接任江東之主。」

這個消息在廳堂裡爆炸開來。在場的人都紛紛交頭接耳，面露驚訝。孫策在丹徒遇刺之事，早就盡人皆知，沒想到他傷勢如此之重，沒過幾天就命喪黃泉。

袁紹很享受臣僚們的驚訝，特意讓他們議論了一陣，才繼續說道：「東山的蜚先生說，孫策之死，與郭嘉脫不開干係，想必這是曹阿瞞為了消除南方隱患、專心與我決戰所採取的手段。」說到這裡，袁紹得意洋洋地豎起右手食指，點在眼角：「可惜啊……智者千慮必有一失，孫策一死，曹氏壓力頓減，可也解放了另外一隻猛虎。」

在座的幕僚皆非庸才，都立刻聯想到了荊州的劉表。劉表和孫策可謂世仇，多年隔江互鬥。此前劉表在荊州對袁曹之爭按兵不動，就是因為受了孫策牽制。如今孫策一死，這頭老虎該鬆了口氣，望向北方了。

「玄德公所言，大有道理。此前我軍急於求成，以至有白馬、延津之敗。如今我軍主力渡河，烏巢大澤已為我與阿瞞共有，決戰已無必要。阿瞞想打，我就跟他耗！耗到『四方有事』的時候，他就只能向我俯首稱臣了。」

說到這裡，袁紹不失時機地把右臂前伸，指向南方。聲音意氣風發，鬥志昂揚：「傳我命令，諸軍不要輕易深入，以烏巢為據點，慢慢壓迫過去——至於汝南，就交託玄德公你了。」

眾人這才意識到，袁紹收到孫策去世的消息以後，就已經做了緩攻的決定，適逢議論延津之敗，順便提了出來。劉備這個老狐狸嗅覺靈敏，早早表態，既摘乾淨了關羽殺顏良的責任，又佔了「四方有事」的一方，可謂是佔盡了先機——好在他很快就要前往汝南，不然幕府所有的幕僚都要被他搶走風頭了。

有心的幕僚注意到，孫策身亡的消息，是東山密報給袁紹的。也就是說，袁紹這個巨大的轉變，實是出自蜚先生的謀劃。所謂「四方有事」，說白了，就是董承計畫的一個翻版。只不過把孫策換成劉表，劉備從徐州換到汝南。但這一次由袁紹發動，威力大不一樣，儼然如天下霸主，號令四方，正搔到了他的癢處。

無怪袁紹躊躇滿志，改急為緩，甚至不再計較顏、文二將的損失。

想到這裡，不只一個人在心中感慨：那個怪物對人心的把握，實在可怕。只有郭圖暗自發笑。剛才他那一番指斥，是故意為之。袁紹的性格，是要駁倒別人，才顯出自己高明。有他故意唱起反調，袁紹採納蜚先生的計畫更是萬無一失。

議事結束了，諸臣慢慢散去，各自回營去傳達最高指示。郭圖臨走之前，得意地看了一眼跪伏在地的逢紀，大為自得。把劉平送到逢紀身邊，真是一招妙棋。既除掉了文醜，又讓逢紀一無所得，有苦說不出。一石擲出去，冀州、南陽兩派都是元氣大傷。

「再過兩天，就該讓劉平回來了。」郭圖心想。這可是他的寶貴資源。漢室就如同是西域的葡萄酒，醞釀得愈久，妙處愈多。

郭圖不知道，幾乎是在他心想的同時，一個截然不同的念頭湧入逢紀的腦海。

「劉平這個人不能留。」

經過剛才那一番挫折，逢紀終於下定了決心。這位漢室使者如今已成毒丸，萬一為人所知，自己必大受責難，不如殺了乾淨。

回到自己的營地以後，逢紀叫來一個軍校說：「你帶上兩個人，儘量低調一點，把劉平從牢裡提出來。如果他試圖逃走，格殺勿論。」他說最後一句的時候，語調輕輕放緩，軍校心領神會，領命而出。

軍正司的曲長抱臂靠在房門口，有點想打瞌睡。這白馬城實在是太破了，曹軍甚至拆走了所有的榻，他開始懷念在鄴城溫暖的住所。他眼皮正在打架，忽然外面傳來腳步聲。他連忙睜開眼睛，提起燈籠，看到外頭一名軍校帶著兩名士兵走過來。

這軍校一身殺氣，雙目如刀，一看就是個老兵。曲長不敢怠慢，拱手道：「三位軍爺深夜到此，所為何事？」軍校一指屋內：「這個人，我們要提走。」曲長道：「這可有點晚了，明天不行嗎？」軍官冷冷道：「逢別駕要提人，還要你來定時辰？」

曲長打了個哆嗦，連稱不敢，從懷裡摸出半張符信和一張麻紙道：「既然逢別駕深夜提審，卑職豈敢不從。還請軍爺示下符信，在這提人的公文上蓋個印記吧。」

軍校把麻紙和印信接過去，看也不看，「啪」地扔在地上，用腳踩住。曲長有些惱怒：「軍爺這是什麼意思？」軍校揪住他的衣領，給他壓到牆上，在耳邊惡狠狠地說道：「逢別駕深夜提審，自然有他的用意。你拿這些玩意兒出來，是要把逢別駕的事傳得天下皆知嗎？」

曲長暗暗叫苦。這正是軍正司最頭疼的狀況，他們抓的犯人形形色色，高官想插手做事，又不願留下把柄，往往拿權勢壓著軍正司破壞規矩。萬一哪日被掀出來，他們卻絕不會承認，任由軍正司揹起黑鍋。

可是軍正司又有什麼辦法呢？司裡最大的官也不過是司丞，可扛不過那一堆將軍。

「我數十下，你若是還不開門，我也不勉強，只不過明天你就得自己去跟逢別駕解釋貽誤軍機了。」軍校轉身作勢要走。聽到「貽誤軍機」四個字，曲長徹底放棄了。揹上黑鍋，也許只是十來軍棍，貽誤戰機，可是殺頭的罪過。

「等等，我開……」曲長連聲喊道。他從腰間掏出鑰匙，打開房門。劉平正躺在地上睡覺，軍校走過去，二話沒說，讓身後兩個人把他五花大綁，然後推了出去。

等到這些人走遠了，曲長這才狠狠地啐了口痰，把鑰匙重新掛好。這份工作實在太窩囊了，他開始認真考慮，要不要申請轉去野戰部隊——那邊至少不會被自己人幹掉。

地上那口痰還沒乾涸，曲長一抬頭，又看到三個人出現在面前。「奉逢別駕令，前來提犯人。這裡是符信與手書。」軍校說。

曲長一聽，登時頭暈目眩，幾乎一頭栽倒。

與此同時，在白馬城內一處僻靜之地，劉平把身上的繩索掙脫，活動一下手腕，長長吸了一口自由的空氣。

那個跋扈囂張的軍校是鄧展化裝的，他扮這個，可謂是本色演出，完全把曲長給唬住了。身後兩名士兵，自然就是史阿和曹丕。曹丕決定來救劉平以後，先藉著郭圖的勢力弄了三套兵服，然後搞清楚了拘押之地。

「你怎麼會想起來救我？」劉平問道。說實話，他多少有點意外。曹丕給他的感覺，是個心機頗重的少年，這種人很少會為了別人豁出性命。按照他的推想，曹丕應該會去找郭圖和蜚先生，請他們想辦法，而不是孤身涉險。

曹丕迴避了這個問題，說道：「我聽到風聲，文醜在延津大敗。我估計逢紀搞不好要動你，索性就藉了這個由頭，搶在他前頭，果然成了。」

劉平聽到文醜敗了，不是特別意外，反而遺憾地搖了搖頭：「按照郭祭酒的方略，這一敗本可助我為座上嘉賓。可惜我自己不當心，竟被逢紀看出破綻。」曹丕沒說什麼，把另外一套兵服遞給他換上。劉平一摸，這兵服裡居然還放了兩枚火折與一個牛皮水袋，看來是從野戰兵那裡偷來的。

鄧展站在一旁，對劉平的相貌愈看愈熟悉，腦子裡那隱約的景象逐漸清晰起來。可他還沒想明白，一聲淒厲的號角聲打斷了他的思緒，不由得面色一變：「糟糕，他們好像發現了，咱們得趕緊離開。」

「嗯，接下來的去向，是個問題。」劉平捏了捏下巴。這確實是一個大問題，即使回到郭圖那裡，一樣會被逢紀追查到。而如果就這麼返回曹營，無論是劉平還是曹丕，都不會甘心。他心目中的那個大計畫，剛剛只實現了一半而已。

這時曹丕微微一笑，那笑容有些疲憊，也有些嘲諷：「我都想好了，咱們往北走，去鄴城。」

「鄴城？」劉平一驚。

曹丕道：「我們逃走以後，敵人必然把白馬到官渡之間的通路封得死死。咱們與其南下，不如北上——更何況，在鄴城，那裡有我想要的東西，也有你想要的東西。」

劉平聽出他話裡有話，不過現在局勢危急，不及細問，有什麼事出去再說。

袁軍的衛戍軍反應頗為迅速。號角聲響起之後，四門立刻緊閉。過不多時，街頭已有士兵開始舉著火把沿屋搜查。接下來，肯定會有大隊袁軍盤城大索，一個閭一個閭地搜。用不了多久，他們四個落單的人就會被挖出來。

這種情況下，反而是史阿發揮了大作用。他當初和徐他一起潛入白馬城，對城內建築情況頗為熟稔，知道如何躲藏。他帶著剩下三個人時而隱伏牆後，時而穿梭閭裡，巧妙地避過了數起搜查。中途碰到過幾次跟搜查隊正面相對的場合，全靠了鄧展冒充軍校蒙混過關。只是愈到後來，袁軍搜索的密度愈大，而且都是十人一隊，他們四個很難再騙過別人。

「城門已經關閉，你知道什麼出城的路嗎？」曹丕憂心忡忡地問。史阿略一思忖，說他們殺手進城之前，都會事先預備一條合適的退路。這白馬城裡有一口枯水井，通往外頭。不過在圍城之時，劉延下令把它給填了，這也是為什麼史阿和徐他被迫選擇強行突破城頭。

「袁紹軍後入城，應該只知道這井已枯，卻不知裡面有一條通道。咱們現在過去，把井裡的石頭搬開的話，應該還能用。」史阿猶豫了一下，又補充道：「但這井的位置是在城中靠近衙署的地方，那裡住著袁紹，恐怕戒備會更加森嚴。萬一行蹤暴露，就再無逃脫的機會了。」

「現在我們也沒有選擇，不如搏一把。」曹丕站起身來說。劉平很驚訝，這孩子什麼時候變得如此強勢主動，有一種自暴自棄的衝勁。

四個人調轉方向，儘量從房屋之間穿行，有時候還不得不俯臥在溝渠之內。正如史阿所說，這個方向非常危險，士兵頗為密集，幾乎找不到死角。但這裡同時也是袁紹大軍的幕府中樞，往來文書非常頻繁，徹夜不停。即使是封城大索，也不能耽擱。人來人往也就意味著希望。

他們剛剛走過一間臨街屋子的狹窄過道，轉角忽然站出一名士兵，手中綽槍，厲聲大叫：「口令！」四個人面面相覷，這時史阿站了出來：「我們是東山來的。」

「口令！」衛兵毫無放鬆。

史阿道：「我們剛獲得緊急軍情，正要投下大將軍幕府，尚不知口令更換。」他拿出一塊木牌，遞給衛兵。衛兵疑惑地看了他一眼，東山與幕府之間是兩線並行，彼此對口令不熟的情況時有發生。衛兵檢查了一番木牌，沒發現什麼破綻，又問道：「那你後頭這三個人是誰？」

「都是負有使命之人。」史阿含糊地答道。

衛兵眼神稍微緩和了些，槍頭放低。這時另外一名士兵匆匆跑過來，對同伴說：「剛接上頭通知，有人去軍正司劫獄，犯人一個，劫獄者三人，皆著兵服，務必小心。」衛兵聞言一驚，再看這四個人，手裡的鐵槍驟然抬起。

可惜他沒有機會刺出，只見兩道劍光一閃，他與前來報信同伴的咽喉被同時割開，潺潺的鮮血噴湧而出。史阿幹掉了其中一個，另外一個是曹丕殺的。史阿驚愕地發現，曹丕的劍意已不遜於他，這得在心中懷有多大的戾氣，才能有此威力啊。

鄧展和劉平正要把兩具屍體拖到陰影裡，又有一個大隊士兵轟隆隆地從街道另外一頭開過來，眼看要暴露。劉平一揮手：「你們快躲起來！鄧展你留下。」三人不解其意，只得按他的吩咐做。

劉平把屍體上的血抹在自己臉上，又在鄧展的臉上塗了幾道。鄧展還沒搞清楚他的用意，劉平突然一拳砸在他小腹，鄧展一陣劇痛，不由得又驚又怒，劉平卻壓低聲音道：「你現在是垂死之人！」鄧展反應也很快，連忙躺倒在地。

劉平轉身，朝著那一大隊士兵跌跌撞撞跑了過去。鄧展一怔，不知他要做什麼。那些士兵看到劉平跑過來，戒備地抬起武器，劉平驚慌地大叫道：「我們這一哨剛被襲擊了，三名同袍戰死。」

隊長看到劉平身後橫著兩具屍體，還有一個滿臉血污的鄧展躺在地上，顯然也活不長了，眼神一凜。這些人剛剛被襲擊，那麼刺客肯定跑不遠。

「哪個方向？」

「東城門。」劉平把一臉驚惶的神色演的活靈活現。

事不宜遲，隊長毫不猶豫地下了命令：「跑步前進，敲驚昏鑼！」整個大隊開始朝著東城門飛跑起來，隊伍中還不斷傳來銅鑼敲擊的鐺鐺聲，在夜空中聽得格外刺耳。所有聽到這個鑼聲的士兵，都會循聲音趕去，並也敲響自帶的驚昏鑼，把消息傳遞出去，匯成包圍網。

劉平的這個小花招奏效了。追擊刺客的急迫性讓袁軍根本沒時間來細細分辨真假，只聽到遠處應和的驚昏鑼愈來愈多，大批士兵在鑼聲的召喚下，朝東城聚集，這無形中削弱了衙署週邊的方位力量。他們四個人趁機逆著方向繼續前進，難度比剛才要小了不少。

把鄧展從地上拽起來時，劉平在心裡暗自嘆息了一聲。鄧展一直在觀察他，他又何嘗不是一直在觀察鄧展。剛才那一瞬間，他動起了殺心，要把這個可能知悉驚天機密的傢伙趁機殺死，可最終劉平還是放棄了。對一齊出逃的夥伴出手，這樣的事他無論如何也做不出來。

「等離開以後再說吧。」劉平嘆道。這是他與劉協決定性的不同。

四人接下來一路都頗為順利，遭遇到兩三次小險情，但都化險為夷。史阿探頭出去看了幾下，揮手讓他們三人出來，指著兩屋之間的一處空地道：「就是這裡了。」他手指之處，果然有一口井，四周圍著青石井闌，只是沒有轆轤和繩子。

曹丕和劉平先是一愣，然後相顧苦笑起來。這地方他們有印象，當初在白馬城時，劉延帶著他們返回衙署，就是在這裡遭遇了史、徐二人的刺殺。劉平觀察得細緻，還記得那幾名士兵正在往井裡扔石頭，扔到一半被劉延叫去追刺客了。

轉了一大圈，卻回到了原點，命數之奇妙，真是令人感慨萬千。

不過他們此時並沒有感慨的餘裕。四人來到井口以後，鄧展自告奮勇先下去探查。可是沒有繩子，甚至連把衣服撕成條的時間都沒有，只能硬往裡跳。曹丕沉默了一下，這麼做風險極大，這井底到底有多深，誰也不知道；就算平安落地沒有受傷，萬一裡面已被石頭堵死，連重新爬回井口的機會都沒有。

可鄧展一點也沒猶豫，他衝曹丕一拱手，縱身跳了下去。三個人趴在黑漆漆的井口朝下望去，過不多時，下面傳來聲音：「深度不太高，有一條通道，被石頭半掩，花點時間還能搬開。你們稍微等一下。」

過了一陣，下面傳來聲音：「可以下來了，儘量往中間跳。」

「你先走。」曹丕說。劉平也不客氣，縱身跳入井內。約摸落了三、四丈的高度，就碰到了地面。好在有鄧展提醒，劉平落地時調整了一下姿態，沒有受傷，只是雙足震得生疼。他摸出火石打著，環顧四周，發現是在一個環形的井底。井底橫七豎八擱著好些大石頭，只有中央空出一片軟泥地。幸虧鄧展挪開了，不然落到那上面，難保不頭破血流。

劉平注意到，在青磚井壁的側面，可以看到一條通道，這通道能容一人爬行，洞口被一堆亂石給擋上了。好在石塊都不大，花點時間就能挪開。他忽然看到，鄧展側靠在井壁，臉色卻不太好。劉平過去一看，發現他的右腿鮮血淋漓，扭曲成一個奇怪的形狀，應該是落地時撞在石頭上的關係。

「你不要緊吧？」劉平一驚。鄧展「唰」地抬起眼睛，眼神裡是迷茫散去後的平靜：「你是楊平。」劉平的手猛地一哆嗦，火摺子落在地上，噗嗤一聲熄滅了。這個名字，都多長時間沒人喊過了。

在這個逼仄的黑暗空間裡，鄧展的記憶終於完全復甦了。不需要太多交流，只要簡單的兩個字，他們就能明白對方都知道些什麼。他把傷了的腿挪了挪地方，語氣特別平靜：「你剛才猶豫了一下，為什麼不趁機殺我滅口？」

劉平此時也恢復了平靜，他回答道：「我不會對同生共死的夥伴出手。」黑暗中傳來一聲意外的「哦」，然後鄧展問道：「那麼現在呢？我們是敵人了。」

「我們身在袁營，我們還是同伴。」

「同伴又怎麼樣？為了掩蓋自己的祕密，殺死同伴，這豈不是件平常事？」鄧展的語氣有些諷刺，劉平總覺得他說的不是這件事。

「這種做法，我絕不認同。」劉平往後靠了靠：「這裡不是說話的地方，我看等到離開白馬城再談不遲。」

鄧展卻還是追問了一句：「你和二公子此來袁營，到底所圖為何？」

「這是郭祭酒的安排。」

鄧展在黑暗中點點頭，緩緩抬起頭望著頭頂的井口：「祭酒大人安排的啊，那應該錯不了……」然後他閉上嘴，不再追問。那個天大的祕密，似乎在他心中並沒引起巨大波瀾。是他還沒想通，還是另有打算，劉平不知道。

這時候井口傳來一陣焦急的呼叫，然後一個人掉了下來，背部著地，摔的不輕。劉平過去扶起來，發現是曹丕。曹丕強忍著疼痛爬起來，焦急地說：「快！咱們快走，外頭被袁兵發現了！」

「史阿呢？」

「他負責斷後。」曹丕說，面色如常。劉平默然，這時候斷後，基本上相當於是送死了。鄧展冷哼了一下，沒發表什麼評論。彷佛為了證明曹丕所說，井口傳來了呼喊聲和兵器相撞的鏗鏘聲。此時別的事情也不及多想，曹丕和劉平手忙腳亂地開始把石頭扒開。曹丕問鄧展怎麼不來幫忙，劉平說他的腿已經折了，曹丕埋頭繼續搬石。

井口的打鬥聲愈來愈大。史阿雖然是王越的弟子，但同時面對這麼多人，恐怕也難抵擋多久。曹丕和劉平用出全身力氣，拚命推開最後一塊巨石，井下通道的入口終於全露了出來。

「石頭不要全推開，留一半。」鄧展說。曹丕和劉平同時把目光投向他，有些不解，鄧展淡淡道：「總得有人留下來，把石頭重新堵上去，爭取些時間。」

他言下之意，自己也要效仿史阿斷後，用命來拖延追兵。曹丕只是簡單地點了一下頭，史阿和鄧展都是發了血肉之誓的，他們的命本就該為曹丕而死。而劉平的心中，卻震動極大。鄧展這是知道自己跑不了，所以主動要求斷後。他在臨死前，會不會把祕密告訴曹丕？自己不殺他，到底是對還是錯？

井口突然傳來史阿的一聲慘呼，然後一條血淋淋的胳膊從上面掉下來。胳膊末端的手裡，還攥著一枚藥丸。曹丕拔開手指，拿起藥丸，他記得這是史阿的寶物，華佗親製的解毒丹藥，名為華丹。在生命的最後時刻，他把這東西扔了下來。

「二公子，要活下去啊！」史阿最後聲嘶力竭地喊道，然後撲到井口，用身體死死遮住，緊接著傳來一陣金屬刺入血肉的沉悶鈍聲。

黑暗中曹丕的表情誰也看不清，他把藥丸擱到懷裡，一彎腰鑽進通道，徑直朝前爬去。劉平看了鄧展一眼，也鑽進通道。他很快聽到身後的通道被石頭重新堵了回去，還有幾聲悶響，估計是鄧展又堆了上去幾塊石頭。他一直到曹丕離開，一句話都沒說。

通道很狹窄，有些地方甚至收緊到讓人擔心是不是到了盡頭。好在這種情況並未出現，也沒出現有任何岔路。走過一段以後，磚牆就變成了土牆，最後變成了一個天然的洞穴，土地都頗為濕潤。這估計是以前白馬城的什麼人沿著地下河道修建的。

曹丕和劉平不確定史、鄧二人能拖延追兵多久，他們只能不顧一切地拚命向前爬去。很快這兩個逃亡者膝蓋處的布被磨破，雙手也蹭出了血，腦袋因為無法判斷高度撞上牆壁好幾次，但是不能停。至於這條通道盡頭在哪裡，城內還是城外，會不會恰好落在袁紹軍的營中，他們完全不知道，也沒有時間去想。

忽然前面曹丕停住了，劉平差點一頭撞上他的屁股。

「怎麼了？」

「到頭了。」曹丕的語氣不算太好。

劉平心裡一沉，這是最差的局面，意味著敵人可以輕鬆地甕中捉鱉。曹丕慢慢退後一點，劉平點亮最後一個火摺子，火折的光芒灑滿了整個幽暗的地穴。他在周圍照了一圈，發現曹丕說的沒錯，周圍都是嚴實的泥土，沒有路了。

劉平剛要開口說話，忽然怔在了那裡——曹丕的雙頰居然有淚痕，這些淚痕把沾滿泥土的臉上沖出一道道溝壑，像是一隻花色狸貓，格外醒目。可以想像，剛才曹丕一邊在通道裡鑽行，一面無法控制地淚流滿面，卻倔強地不肯發出聲音來。只是不知他是在為什麼而哭泣。

曹丕意識到劉平奇怪的眼光，連忙用袖子擦了擦臉，拂去淚泥，故作冷漠道：「身後的追兵隨時可能追上來，現在我們怎麼辦？現在折返回去，也許還能幫他們省點腳程。」劉平眉頭皺了起來，他有一個問題始終想不明白：「奇怪，如果這邊是死路，那到底為什麼才要修這麼一條密道啊。」曹丕道：「也許原來是通的，後來坍塌了，史阿和徐他那兩個笨蛋沒仔細勘察，只道聽塗說，以為退路仍在。」

聽到這句話，劉平的眼睛一亮，似乎捉到了什麼東西。他的呼吸急促起來：「白馬城距離黃河很近，對不對？」曹丕點點頭。劉平又道：「黃河是會改道的，對不對？」

曹丕點點頭，說光是桓、靈二帝期間，就改過兩次，還鬧出水災。治黃是歷代施政的要策之一，曹丕被有意識地培養政治能力，關於治黃的掌故也頗有涉獵。

劉平急切地說道：「常理來說，白馬城的通道出口，必在河畔某處隱祕之所。而出口年久失修，十有八九已坍塌封閉，然後又逢江河改道……」

「你的意思是……」曹丕也漸漸明白過來。

劉平拿指頭戳了戳濕潤的頂壁泥土：「這泥土水氣特別重。我們現在，是在黃河下頭。」曹丕慘然搖搖頭：「就算你說的對，又如何呢？我們還是死路一條。」

「你會游泳嗎？」劉平突然問。曹丕剛想說學過一點，說到一半頓住了，臉色變得煞白：「你不會是要挖破這道障壁，把黃河之水灌進來吧？」

「我們沒有別的選擇。」劉平開始用五指插入頂壁，抓下一把泥土：「決口的瞬間，我們可以從黃河底部游出去，絕不會再有什麼追兵了。」

曹丕想著那些追兵在爬到一半時被突然湧入的黃河水淹沒的場景，眼神閃過一道厲芒：「好吧，我們就搏一搏！」他解下腰間的長劍，也開始戳挖洞穴上部。兩個人用盡各種法子，挖下大堆大堆的泥土。只見愈往上挖，泥土愈濕潤。

劉平遞給曹丕一個牛皮水袋，這也是從士兵服裡拿來的。曹丕不解，劉平解釋說等一下決口時，你把牛皮水袋口紮進套在口鼻處，可以在水裡多撐一會兒。曹丕問你怎麼辦？劉平揚了揚手掌：「我以前經常去河裡游泳，水性好得很。」

曹丕心裡有些奇怪，這皇帝自幼顛沛流離，被人挾持來挾持去，什麼時候有這種空閒。他接過水袋，眼神複雜地看了眼劉平，遞過去：「天子犯險，臣子豈能偷生？還是你用吧。」劉平推了回去：「這裡沒有君臣，只有長幼。我就是你大哥，弟弟要聽哥哥的話。我們沒時間了。」

「大哥嗎……」曹丕細細咀嚼著這個詞，居然露出一個燦爛的笑容，把牛皮袋吹漲。這時在他們身後，已傳來悉悉索索的聲音，追兵已經逼近了。

「準備好了嗎？我要挖了。」劉平感覺得快挖透了，讓曹丕做好準備。曹丕把長劍奮力插入下面的土裡，只留半個劍柄在外，然後一手捂住牛皮袋，一手抓緊劍柄。劉平也騰出一隻手握住劍柄，另外一隻手用力往上面一掏，登時感覺前方阻力一小，然後被冰涼的液體所包圍。幾乎在一瞬間，大量河水以洞口為中心沖破頂壁，居高臨下地湧入地穴。兩個人一下子全都被浸沒在冰冷之中。他們憋住氣，握著劍柄都沒有動。此時河水初入，衝擊力非常之大。他們需要的是固定住身形，不要被重新沖回地穴裡面。

這一條黃河分出的小小水龍灌入通道，靈巧而迅猛地向前延伸，那些在狹窄通道裡匍匐前進的士兵們一下子就被淹沒，他們無路可退，只能痛苦地抓著洞壁，窒息而死。

白馬城的地勢比黃河要高，河水順著通道灌入到了一定高度，就不再上漲了。當劉平感覺水流趨緩時，他在水裡鼓起腮幫子，鬆開劍柄拍了下曹丕的肩，示意可以上去了。兩個人一起送開劍柄，身子扭動著朝上面遊去。

深夜的河水格外冰冷，水中世界要比岸上更黑暗。那是一種徹底的黑，光是壓迫感就足以令人窒息。劉平幾乎無法辨明上下，只能憑著感覺遊動，還要不時與暗流做鬥爭。他在河內經常和司馬懿偷偷下河捉魚，水性還不錯，但在黃河裡暢游還是第一次。游著游著，劉平覺得自己的氣不夠用了，肺中已搜刮一空，四肢開始變得綿軟無力，而河面似乎還在遙不可及的彼方。

「幸虧把牛皮袋給了曹丕，不然他這麼小年紀，絕不可能憋那麼久。」

劉平一邊欣慰地想著，眼前開始有黑點冒出來，動作慢慢僵硬，身子也明顯麻木起來。

「堂堂大漢天子喪身河中，這可真是窩囊的死法……伏壽還不知會怎麼罵我呢……奇怪，我怎麼看到曹丕坐上皇位的樣子呢，果然是腦子開始進水了嗎……喂，仲達……」

無數片段的思緒飛快地掠過劉平的眼前，他索性不再費力掙扎，身子完全放鬆下來，放鬆下來，想就這樣慢慢沉下去。一種解脫的快感，奇妙地滲透入心中，以至於那喘不過氣的痛苦，都因此而消弭。

這時從黑暗中伸出了一隻手，死死抓住了他。

# 第六章　鄴、鄴、鄴

天下矚目的袁、曹之戰在四月末五月初發生了一次劇烈的碰撞，結果卻出乎所有人的意料。

在延津戰場上，文醜先擊敗了新降的胡車兒，然後在有優勢兵力的情況下，在延津被曹將徐晃斬殺。

有傳聞說玄德公也參與了這次戰役，還及時收攏了敗軍，不致形成潰敗。據說玄德公還與他的二弟關羽直面相對，但這個說法沒得到任何確證，因為關羽仍留在曹營之中，玄德公也返回了白馬。

但袁紹也並非是一無所獲。在烏巢戰場上，高覽與張郃兩員大將以烏巢為中心，與曹軍主力展開了數次戰鬥。烏巢大澤的地形複雜，兩軍都無法展開太多兵力，互有勝負。本來夏侯淵、李典兩部已對袁軍進行了一次極具威脅的合圍，但突然莫名其妙地撤退了。結果曹軍不得不退出烏巢澤，袁軍大大地向前邁進一步。

儘管先後有顏良、文醜兩員大將陣亡，但袁紹軍的兵力優勢絲毫未減。進佔烏巢以後，袁軍兵分三路，分別從烏巢、武源、敖倉三個方向氣勢洶洶地進軍，泰山壓頂般地朝官渡落了下去。曹軍只能依託官渡以北的陽武進行騷擾，完全撤回官渡只是時間問題。

這種態勢，即使只是在圖上推演，都能夠感受到強大的壓力——至少對大多數人來說，是這樣。

郭嘉捏著下巴，輕輕把一尊兵俑推到了地圖的某一點，腦袋略歪了歪，又稍微向右挪動幾分。此時地圖上還剩下十幾個兵俑，分成黑黃兩色分佈在這一張獸皮的大地圖上，彼此犬牙交錯。在郭嘉對面的賈詡沉吟片刻，用指頭夾起另外一尊土俑，顫顫巍巍地放到了地圖的另外一角，那裡有一座小小的泥城，在兵俑的威脅下顯得格外孤獨。

「文和，有你的。」

郭嘉哈哈大笑，把那個泥城抓起來，扔到旁邊的一個籮筐裡。他拿起一杯冷酒，就著藥丸一飲而盡，然後用袖子擦了擦嘴，拍拍地圖：「不玩了，不玩了，我露了這麼多破綻，你這個老狐狸還是黏黏糊糊地糾纏，不肯正面對抗，太沒勁了。」

「我年紀大了，氣血衰威，早沒了那股子衝勁——不過袁大將軍正值壯年，意氣風發，可比小老積極多了，他肯定願意陪你下完這盤棋。」賈詡意味深長地說，似乎疲憊不堪。郭嘉把地圖折起來，兵俑收入匣中：「袁大將軍的幹勁，可是不小呢。你可知夏侯淵和李典在烏巢那一仗為何失利？」

「烏巢賊？」賈詡眼皮也不抬。

「真是什麼都瞞不住你。」郭嘉咧開嘴笑了：「不錯，那些傢伙本來已經偃旗息鼓，可最近突然變得活躍起來，連續騷擾曹軍的後勤、斥候與小股部隊。在夏侯、李兩位將軍打算合圍高覽的時候，有數名我軍中層裨將遭到了刺殺，就連夏侯將軍都差點弄瞎了一隻眼睛。」

賈詡狐疑地抬起一隻眼：「你的靖安曹，不可能一點風聲都聽不到吧？」

「是那個王越幹的。」郭嘉輕鬆地把幕後黑手摘了出來，比拈起一枚兵俑還容易：「他和烏巢賊關係一向不錯，這次他武力和重金並用，說服了烏巢賊的五個賊首，配合袁紹——蜚先生這次可真是下了血本。」

聽到蜚先生這個名字，賈詡動了動眉毛。這個執掌河北耳目的神祕策士手段了得，從袁、曹開戰前，他就一直在跟郭嘉對著幹，東山和靖安曹在水底下的爭鬥不知流了多少血。賈詡一直對這個人頗為好奇，但除了知道他與郭嘉似乎淵源不淺，其他情況一概付之闕如。

「蜚先生這碗毒藥，你就這麼咽下去？放棄整個烏巢澤，這可不像你的風格。」

郭嘉看了賈詡一眼，臉上的笑意更盛：「我軍兵寡，前期纏戰無非是爭取個大勢。真正的爭鬥，還是在官渡。烏巢大澤這種地方，乃是雞肋，留之無用，棄之可惜，不如早離。」

「這比喻倒是很新鮮。」賈詡樂呵呵地誇讚一句。

「呵呵，哪裡，是楊修說的，我只是借用了一下。」郭嘉大大方方承認：「哎，說到楊家，那個徐福已經被我派去烏巢澤了，文和若有空，不妨幫我盯著點。」

徐福收為郭嘉所用的因果，賈詡都清楚，那算是從楊家半強迫徵辟出來的。於是賈詡搖搖頭：「老夫這幾日殫精竭慮，燈盡油枯，哪裡還有多餘的精力。」

郭嘉給他斟了一杯酒，讚嘆道：「文和你又謙虛了，你在延津的手段，真是讓我嘆為觀止啊——我都有點想提前動手把你幹掉算了，太危險了。」他眼睛微瞇，說得十分真誠。面對這赤裸裸的威脅，賈詡鬍鬚微顫，卻像是沒聽出來：「延津有陛下為內應，我不過略做補綴，何功之有——比起你在烏巢的用心，還是差了那麼幾分。」

螳螂和蜘蛛彼此睥睨了片刻，螳螂悻悻地放下手裡的鐮刀，而蜘蛛依然穩坐在蛛網之中，似乎仍在沉睡。最終打破尷尬的是一位匆匆入內的小吏，他手裡捧著厚厚的一摞案櫝，這些都是靖安曹在各地搜集來的軍政要情，郭嘉每天都要過目。

最上面的幾封文書以朱色套邊，這是一切與袁紹軍有關的彙報，屬於最要緊的一類。郭嘉拿起一封，先是漫不經心地掃了一眼，不由得「嗯？」了一聲，又看了幾眼，然後扔到賈詡面前：「文和，你看看。」

賈詡拿起來一看，也微微有些動容。文書裡說昨天晚上白馬城裡似乎出了點狀況，驚昏鑼響徹全城，袁軍搜了一整夜的城內外。據一名內線說，似乎是有要犯脫逃。至於抓沒抓到，要等明日才有回報。

「是二子內訌，還是冀州、南陽兩派起了衝突？」賈詡喃喃自語。曹軍沒有中高層將領被俘，夠得上稱為要犯而且被關在白馬的，大概只能是某位觸怒袁紹的隨軍高官吧。

郭嘉漆黑的眼眸轉了幾轉，又掃了一眼文書：「如今在北邊的大人物，可不止是袁紹麾下那些人吶……」他一邊說著，一邊從身邊的口袋裡掏藥丸，這次他的手指花了一段時間，才慢慢摸出一枚。口袋癟了下去，想來裡面所剩無幾。郭嘉微微皺了下眉頭。

「你最近吃的藥可是愈發多了。」賈詡提醒了一句。郭嘉拍拍那一摞堆積如山的卷牘，難得露出無奈神色：「分憂的少，牽心的多，這官渡雖小，要照顧的事情可太多了。」

這一老一少都沉默下來。郭嘉忽然拍了拍手。從裡帳出來一個豔麗的女子。隨軍帶女人，這事連曹公都不敢公開做，整個曹營只有郭嘉如此坦然。不過除了陳群，其他人也不會公開指摘他——靖安曹的眼睛，可不是只盯著袁紹。

女子先向賈詡鞠躬，殷勤地把郭嘉面前的地圖和兵俑收拾好，然後蜷伏在郭嘉懷裡。郭嘉握著酒杯，吃著藥丸。手又開始不老實地在女子上下摸索，臉上那從容不迫的笑意卻消失了。

賈詡知道，這是郭嘉式的逐客令，表示他現在需要靜一靜。看來郭嘉從這一封白馬文書也嗅出了一絲令人不安的味道，那是一種事態脫離自己掌控的跡象，是所有策士最為厭惡的東西。令賈詡稍微有些意外的是，郭嘉居然還流露出一絲擔憂，這可並不多見。

「他是在擔憂別人。」一絲驚訝閃過老人的腦海。

賈詡起身告辭，走之前忍不住多看了那女子兩眼，她居然不是任紅昌，而是張陌生面孔。郭嘉看到他的疑惑，開口解釋道：「紅昌有自己的打算，她對官渡興趣不大，死活不肯跟我過來。」

「你的女人都很有意思。」賈詡評論道。

郭嘉正色道：「文和可莫小看了女子，天生陰陽，各佔一半，我可從來不敢看輕她們。」

「我也是。」賈詡說，然後就告辭了。

從郭嘉的住所離開以後，賈詡沒有馬上返回，而是去了張繡駐紮的官渡營地。

中牟縣內的官渡並非什麼地勢險要之地，但這裡是許都的北門戶，如果官渡一丟，許都將徹底敞開，再無阻礙。所以官渡是曹軍的底線，絕不可以被突破。有鑑於此，曹公從去年開始就一直在此經營。如今官渡已經以牟山為中心，築起了十餘個營寨和土城，綿綿相聯，都是深壘高牆，嚴陣以待。

中牟是曹公的幸運之地。當年曹公從雒陽出逃，在中牟被亭長擒獲，幸虧有縣內的功曹賞識，這才得以逃出生天。大家都覺得，這樣的幸運，不可能只發生一次。

張繡的營地駐守在整個陣線最中央的土城之內。這裡地勢相對低窪，左右沒有丘陵、山林可資利用，硬生生築起幾道營城，溝塹挖深，牆壁夯實。一旦要展開對攻，這裡將會承受極大的壓力。曹公把新降的張繡擱在這裡，大家都是看在眼裡，只是不說。

「賈先生，胡車兒到底是怎麼回事？」張繡一見到賈詡，就迫不及待地問道。他這幾天來無時不刻不在蹙眉憂思，額頭已經形成一個深深的川字。

賈詡從容把他按回到茵毯上：「胡將軍中伏而死，為國捐軀，曹公自會優加撫恤。」

「賈先生，跟我不要打這種官腔！我看過戰報了，他真的不是被曹公有意犧牲的嗎？」張繡的表情非常憤怒。任何人在發覺自己的親密部屬被友軍當成犧牲品，都會壓抑不住憤怒。他的憤怒裡，還有一絲恐懼。

「將軍，你可記得出發之前，我是如何叮囑的嗎？」賈詡輕咳了一聲，像是在撫慰一個生氣的大孩子：「官渡的水太深，做個單純的武人就好，多想無益。」

「可是……這次是胡車兒，下次可能就是我啊。不，不用下次。賈先生，你看，這個營壘根本就是個死地。袁紹一旦打過來，我只有坐以待斃。我是個騎將，不是守將，先生當初的建議，真的是對的嗎？曹公這麼安排，說明還是在記恨宛城之事吧？」張繡滔滔不絕地說著。

賈詡的眼神突然變成無比嚴厲，像是一團棉花裡探出一枚尖針：「閉嘴！」

張繡還從沒見過賈詡露出這樣的神情，一下子滿腔的驚慌都被噎了回去。老態龍鍾的賈詡彷彿年輕了十歲，皺紋舒展開來，浮在面上那一層病弱之色像是強風驟然吹散，露出一張鋒芒畢露的嚴厲面孔。

「宛城之事，絕對不許在任何人面前提一個字。」賈詡一字一句道。

「那我該怎麼辦……」張繡頹然地向後退了幾步。賈詡的強硬稍現即逝，重新變回到老病之態，拍了拍他的肩膀，語重心長地說：「那是曹公自己都不敢觸碰的一根刺，你又何必自找麻煩伸手去拔呢。」

張繡點點頭，眼神裡卻帶著點點不甘。賈詡知道他的秉性，深深嘆了口氣，又補充了一句：「放心吧，只要老夫在此，只要將軍不亂說話，必有平安。」他渾濁的雙眸迅速轉動兩下，嗓音沙啞低沉，幾不可聞：「凡事要多想想好的一面，胡將軍這一走，能拔刺的人，可是又少了一個。」

這次連賈詡也沒注意到，張繡身後的帳簾悄悄動了一下，簾後那位有著一張狐狸臉的年輕人浮現起莫測的笑意，手裡的骰子捏得緊緊。

與此同時，徐他站在一處大纛下面，目不斜視地望著前方。這不是他第一次進入曹營，但卻是他第一次毫無危險地進入曹營。周圍士兵們投來的不是殺意，而是羨慕。

站在高處的徐晃昂起下巴，大聲喊道：「徐他出列！」徐他走出隊伍，身體挺得筆直。徐晃一揮手，一名親衛端來一個木盤，盤子裡擱著兩小塊馬蹄金、兩匹絹和一塊腰牌。

「徐他雖為鄉野遊俠，忠勤可嘉，奮勇忘身，甘心伏事敵酋，誅殺文醜，居功闕偉。特有賞賜，並擢屯長。」周圍的士兵發出羡慕的嘖嘖聲。徐他接過木盤，無驚無喜。

徐晃第一次接觸徐他的時候，真的想殺了他，但徐他扔下的竹簡卻讓他改變了主意。竹簡裡寫的內容不重要，重要的是，他在竹簡上看到了一個印鑒。這個印鑒很隱晦，只有少數人能看懂，徐晃恰好是其中一個。他知道，這是曹府世子的標記。

世子入袁營是曹軍的頭等機密，徐晃只是略有耳聞。按照徐他的說法，他是遊俠出身，曾在袁紹營中險遭殺人之禍，卻被一個神祕人所救。這人教他用荊軻刺秦之計，潛入文醜身邊，伺機殺之，來投曹公。這個神祕人是誰，徐他卻沒說，徐晃也就沒問。

「聽說這裡有一個能以一敵十的高手？」一個粗豪的聲音在旁邊發問。徐晃轉頭一看，先看到的是一面寬闊高大的肉牆，要抬起頭來，才能看到那人碩大的腦袋。

這個給人以壓迫感的健碩男子，是曹公的侍衛長許褚。侍衛長這個位子品級不高，但卻極其重要。尤其是上一任隊長典韋戰死以後，懸了很久，最後才任命了許褚，軍中都叫他「虎癡」，虎是指他勇猛，而那個癡字，則是說他腦子一根筋，對武力的追求已經超越了正常的需求。

徐晃見許褚過來，連忙施禮。許褚他沒理睬徐晃，打量了一下徐他，說道：「咱們來打一架。」

士兵們連忙給讓開了一塊空地，他們知道，許褚這人是個武癡，看到高手總是忍不住技癢。徐晃也無法阻止，只得退開十幾步去。

兩人對面而立，許褚從腰間拔出一把短戟，示意徐他進招。徐他毫不客氣，揮劍便刺，許褚用短戟的側枝擋住，傳來清脆的鏗鏘聲。徐他一擊不中，退後調整姿態，許褚卻抓住這個機會，巨臂一揮，短戟劈頭砸了下來，徐他舉劍格擋，卻覺得一股巨大的力量通過戟端猛然壓來，震得他幾乎脫手。

徐他暗暗心驚，他知道這個大漢的臂力一定非常強勁，但威力之大，還是出乎了自己意料。他以快為先，卻被許褚的力所壓制。兩個人打了十幾招，徐他逐漸處於劣勢。眼看許褚的短戟力道一陣強似一陣，徐他微微閉目，想到徐州的慘狀，一股戾氣自胸中橫生。

當他再度睜開眼睛，長劍猛然刺出，沛然莫禦。許褚躲閃不及，被他的劍刃劃破了脖頸。許褚眉頭一皺，暗哼一聲，抬腳踹去，把瘦弱的徐他一下踹開一丈多遠。

現場一陣混亂，好幾名侍衛寵上去把徐他制住。許褚摸摸脖子上的血跡，很是開心：「好快的劍！很久沒人能傷到我啦。你們別為難他，遊俠之劍就是這樣，一往無前，沒有後路。尤其是這種劍法，易發不易收。」

徐他從地上爬起來，覺得腰眼處生疼，那一腳力度著實不小。他相信，許褚若是下狠手的話，此時他已脾臟破裂而死。

「對了，你有沒有興趣來我這裡？給曹公當侍衛？」許褚公然當著徐晃的面挖人。徐晃忙道：「此人新降曹營，就擔任近侍，這不妥當吧？」

許褚渾然不為意：「文醜不是他搞死了嗎？我正好在用人之際，需要這種單兵強勁的傢伙。」徐晃無奈道：「只要徐他本人願意，在下自然無不應允。」許褚把視線轉向徐他，徐他默默的點了下頭。

許褚很高興，他把短戟扔開，一隻肥厚的大手按在了他的肩膀：「你簡單收拾一下，馬上就有任務要交給你。」

「嗯？」徐他眼神閃爍。

「隨我潛入烏巢澤，好好整治一下那裡的賊寇。」許褚露出雪白的牙齒，似乎在討論什麼美食，「這件事你做好了，我保薦你去曹公那裡做侍衛。」

自從皇帝病倒以後，許都的朝會便不怎麼熱鬧了，本來就是個有名無實的空架，現在連這空架子的主角都不出現，更加沒有必要參加。但是這一天，在城中的百官都接到了一封朝函，說是三日後朝會，落款是司徒趙溫和少府孔融。

這封朝函的內容很簡單：「司徒趙溫、少府孔融上表，言稱九州紛亂，經學殘破，多有不彰，計議聚天下宿儒於許下，重議典籍，參詳聖賢。請陛下安車蒲輪、束帛加璧，延請高密鄭公至許都主持。」

安車平闊，以蒲葉包裹車輪，絹帛垂掛於車壁，可避免顛簸。當年漢武帝就是用這種方式把枚乘接入京中，從此視為漢室敬賢的最高禮節。鄭玄是當世最著名的大儒，這個禮節放到他身上，誰都不覺得過分。孔融在信裡說，安車蒲輪若無詔而發，則於禮不正，於賢不敬，如今天子病重，所以需要百官在朝堂形成朝議，這才合乎規矩。

一部分官員在家裡低聲嘟囔，覺得孔融實在是太能折騰了，屁大點的事，也要搞得如此大張旗鼓。更多官員則無可無不可，反正他們無事可做，偶爾上朝發發議論，總比待在家裡長毛的好。而在曹系官員的眼裡，孔融這舉動實在有些出格，甚至可以說是不知好歹——可惜孔文舉是個特立獨行的孤高名士，這些城狐社鼠的議論，他才不放在心上呢。

如果說，在這許都還有什麼人是孔融真正在乎的，恐怕除了天子，就只剩一個荀尚書了。所以，給荀彧的朝函，孔融是親自送到尚書台，還在信上粘了一扇蒲葉。

荀彧從堆積如山的案牘裡抬起頭，神情有些疲憊。他扯下蒲葉，把朝函放到一個標著「即閱」的書篋裡，對跪坐在對面的孔融說道：「鄭公今年七十四歲，身體豈能折騰。萬一在半路有個閃失，你我可都是士林罪人吶。」

孔融抬起右手，誇張地擺了擺：「身為儒生，最重要的是什麼？自然是成就經典，流芳後世！鄭老師若能來許都聚議，重現白虎觀的榮光，他一定會高興得年輕十歲不止——」他說到這裡，有意拖長聲調，別有深意地看了眼荀彧：「莫非文若你還是對他耿耿於懷？」

鄭玄是古文派出身，但他不拘今、古，自成一黨，兩派都頗有些議論。只不過他學問太大，這些議論聲都被壓服，偶爾腹誹一下。荀彧正色道：「我對鄭公一向以師事之，可不敢有半點不敬。」

孔融釋然而笑：「鄭公也是這麼說的。他說荀令君規嚴方正，不是背後搞些小動作的人，不會以權勢來逼壓異見。縱有學術歧見，也會交由聚眾論辯，當場分剖。」他把這頂高帽子送出去，不失時機地從懷裡取出一封信來，交給荀彧：「鄭公給你的。」

荀彧恭恭敬敬先拜了兩拜，這才展信開讀。這筆跡他一看便知是鄭玄親筆所書，筆力微弱，但字體品格不減。信並不長，鄭玄簡單地回顧了一下前代幾次大儒聚議之事，然後表示許都若能讓盛世重現，必成一代佳話。他雖已是老弱之軀，也必會效仿伏生、枚乘這些前賢，親自前往京都襄助。

對於孔融能請動鄭玄，荀彧並不覺得意外。孔融當年在北海的時候，對鄭玄有大恩，他出面邀請，鄭玄不會不答應。以鄭玄的地位，他若表示參加聚議，荀彧無法直接拒絕。孔融求這一封親筆信，正是為了封住荀彧的嘴。

荀彧放下鄭玄的信，問道：「鄭公遠在高密，如今是袁譚的勢力範圍。曹、袁交戰正熾，你如何把他安然送來許都？」

這是一個實實在在的問題，孔融早有準備：「荀令君真是燈下黑。你莫要忘了，袁紹軍中，有一人身居要職。這人恰好還是鄭公最得意的高足，也是您的親族。有了這三重關係，他出面斡旋，誰也不會為難。」

「荀諶……嗎？」

荀彧捋了捋鬍鬚，表情古井無波。熟悉荀彧的人會知道，這種表情的他，情緒才是最不佳的時候。荀諶是荀彧心中的一根刺，倒不是因為他這位兄弟選擇了袁紹陣營——亂世之中，各地大族多邊投注，兄弟叔侄往往各事一主，乃是尋常之事——而是因為從幾年前開始，荀諶變得神祕莫測，幾乎不與族中來往，連專門前往河北的荀家族長都見不到。種種跡象表明，他和許都裡的雒陽系一直有勾結，現在他又突然跳出來，積極與孔融合作，無異於把荀彧推到一個相當尷尬的地位。

「你的兄弟都在反曹公，你又有何顏面輔佐曹公？你會不會和袁紹私通，以謀求退身之路？會不會假公濟私，利用手中權勢把曹公陷入敗亡？」

當然沒人會當面對荀彧說這種話，但每次荀諶的名字一出現，都會有類似的疑問在所有人心中響起。日積月累，三人成虎，以後難保會形成什麼局面，造成什麼影響。如今是曹、袁交戰的敏感時期，荀彧不得不有所提防。

「既然荀諶也插手，文舉，記得把這次聚儒的朝函，給驃騎大將軍也送去一封，這事要做得公開大氣，沒必要藏著掖著。」

荀彧不動聲色地提醒了一句，孔融笑眯眯地滿口答應下來，誇口說袁紹對他的文章一向讚賞有加，不會不給這個面子。然後他又得意洋洋地說道：「對了，咱們還可以發道詔書，責成荀諶在河北召集各地儒生，統一趕往許都，省得我們一一去發邀請了。」

孔融這話有點得寸進尺，荀彧卻眼前一亮。

聚儒這事對曹公是個麻煩，卻也未嘗不是個保護傘。若是鄭玄參加，這次許都聚儒將會成為近四十年來最大規模的學術盛事。幾十位大儒和各地士子在城裡這麼一擺，就算是座不設防的空城，袁紹也不敢發起進攻。屆時倘若曹公在官渡不利，可以從容撤回許都，多些喘息和迴旋的餘地。

孔融只為了聲名，荀彧的眼光卻早已落在了天下。想到這一層，荀彧便開口道：「我會請陛下儘快下詔給河北。對了，鄭公與那麼多位隱士逸儒要蒞臨，少府沒什麼人手，只怕忙不過來吧？」

「我請了楊俊來幫我，他在北邊認識很多人。」

荀彧一聽這名字，眉頭一皺。楊俊已被郭嘉定性為極端可疑之人，只是還沒拘押而已。

孔融把他叫來幫忙，顯然是有意為之。不過這無關緊要，荀彧微微一笑：「光是季才一個人，怕是不夠。我讓徐幹來協助你。」

孔融表情一滯，發現自己居然被繞進去了，無可奈何地說了一句好。

孔融的打算，是多召集些今文派儒生，敲釘轉角把這段公案定了性，荀彧心裡如明鏡一般。徐幹接替了滿寵擔任許都令，文聲也不錯，荀彧派他去，可謂名聲言順，任誰都無可指摘。這一把沙子摻進去，孔融對古、今派的人數比例控制便無法隨心所欲，再怎麼樣也翻不了天。

這是典型的荀氏手腕，看似謙沖退讓，實則綿裡藏針，還把面子搞得光光的，誰也不必撕破了臉皮。

孔融揚長而去，而荀彧則重新投入到如山的案牘中來。剛才的交鋒，只是一個短暫的小插曲，與其說是一個煩惱，倒不如說是難得的喘息機會。荀彧現在的全部精力，都投在如何讓曹公心無旁騖地在官渡作戰上。

曹公若是戰敗，這一切伎倆的基礎，也就蕩然無存。

楊俊並不知道自己的名字只在荀彧的腦子裡一閃而過，他此時剛剛拜別伏完，正要離開伏府，伏完起身送至門口。

伏完與楊俊的年紀相仿，可面相卻老得像賈詡一樣，走起路來佝僂著腰，似乎無時無刻不承受著巨大壓力。他在許都的朝職不高，只是個中散大夫，但身分卻頗為尊貴。原因無他，只因他有一個叫伏壽的女兒。伏完和野心勃勃的董承不一樣，這是個深自內斂、極懂謙退之道的人。天子移蹕許都時，本來曹公給他封了一個輔國將軍儀比三司，地位只比董承低一線，可是他堅辭不受，繳還了印綬，最後只封了個中散大夫的閒職。平時他極少與宮內來往，府裡的大門除非有朝議，否則很少打開，生活得無比低調。

楊俊來拜訪他，是為了聚儒之事。伏完除了外戚的身分以外，還有一個格外顯赫的身分——他是今文《尚書》的鼻祖伏生的十一世孫。

伏生是秦時博士，私藏《尚書》二十九篇，一直到孝文帝時方才開帳授徒，地位極其尊崇。今文尚書一派，歸根溯源皆出他的門下。而伏家世傳經學，曆秦漢二世四百餘年，號為「伏不鬥」。孔融搞許都聚儒，伏家這塊大牌子，是無論如何不會放過的。

可惜楊俊的請求，碰了一個不軟不硬的釘子。伏完委婉地表示，他是外戚，不應參預政事。大家心裡都明白，如今政在曹氏，連天子都大權旁落，他這個外戚又能干預什麼政事，無非是個藉口罷了。但楊俊沒有勉強，有人甘願為了漢室付出一切，有人甘願深藏身名以求保全，這都是個人的選擇。

伏完把楊俊送到門口，楊俊用獨臂向他拱手告辭：「請恕在下肢體不全，不能施以全禮。」伏完把笑容擠在層疊的皺紋裡，上前扶住：「先生客氣了，還請轉告孔少府，小老勳戚之身，恐惹士林非議。有女兒做了皇后，伏家就知足了。」

楊俊看著他的臉，不知他只是客氣幾句，還是有所暗示。這時伏完的動作卻僵硬了一下，楊俊覺察有異，回過頭去，看到徐幹站在身後，身後還有幾個許都衛的探子。

「楊俊楊季才？」徐幹不客氣地直呼其名。

「是我。」楊俊回答。他知道徐幹代替滿寵擔任許都令，這個臉上白白淨淨的儒雅之士，不比那個陰毒的大麻子好對付。

「先生能否造訪許都衛一趟？董承案頗有幾個疑點，要與您商榷。」徐幹說。

楊俊眉頭一皺：「我和車騎將軍素無瓜葛，恐怕有負所望。」

「等一下我們可以慢慢說。」徐幹露出一個假惺惺的微笑。

趙彥之死讓徐幹一直耿耿於懷。那是他出任許都衛以後的第一件任務，結果辦砸了不說，還當著郭祭酒和滿寵的面大大地丟了臉。徐幹熱切地盼望著能夠再有機會挽回這一切，證明自己的才幹。

可是他失望了。郭祭酒離許之前，告訴他對漢室要保持距離，絕不能深入刺探，甚至把皇宮裡的幾個耳目都撤了下來。徐幹不明白這是為什麼，但郭祭酒的話他又不敢違背，只得另闢蹊徑打別的注意。

徐幹查閱了滿寵遺留下來的資料，以他的才智，很快也發現楊俊身上的疑點。他認為這是個合適的突破口，偷偷布了眼線。當他聽說楊俊拜訪伏完，立刻意識到，這一定是宮內和外界勾結的陰謀，便興沖沖地跑過來了。

楊俊不肯去，用單手推開衝上來的探子，大聲道：「不知楊某是何罪名？」

徐幹看了一眼伏完，吐出八個字來：「中外勾結，禍亂朝綱。」漢時朝臣與外戚交往，確實是件很忌諱的事，但在許都的形勢下，這個罪名委實有些滑稽。徐幹知道伏完是個膽小怕事的人，根本不怕惹惱他。

他話音剛落，從伏府內走出一人，冷冷說道：「徐大人，你說中外勾結，是何意指？」徐幹聞言一愣，再一看，認出這是中黃門冷壽光，皇帝身邊的一個宦官而已。徐幹放下心來，倨傲道：「許都衛在辦事，你一個宮內的宦官插什麼嘴。」

冷壽光淡淡：「楊先生月前曾覲見陛下。如今徐大人說中外勾結，莫非是對陛下心有所疑？」

徐幹眉頭一跳，這可真是誅心之論。郭祭酒臨走前明確指示，漢室絕對不能碰，現在冷壽光把這楊俊和漢室綁在一起，形勢變得棘手起來。徐幹連忙解釋說：「許都衛只是懷疑楊先生與逆賊董承有關，和陛下無涉。」

冷壽光道：「董承之亂，有楊修判詞在先，荀尚書朝決在後，早有成議。徐大人翻出舊賬，拷掠大臣，可是要讓闔城官員惶惶不安？」

曹操在前線打仗，後方無論有什麼理由亂起來，許都衛的責任都小不了。徐幹沒想到冷壽光一個宦官，詞鋒卻如此鋒利，心裡暗暗罵我他媽還沒拷掠呢，再說楊俊一個司空府的幕僚算個屁大臣啊！

不料冷壽光踏前一步，又拋出一頂更大的帽子：「楊先生是司空府徵辟而來的河內名士，你如此對待，消息傳出去，河內士子與大族會做何想？」這頂大帽子扣下來，徐幹可有點受不了。冷壽光在暗示楊俊一旦被抓，必會引發河內各界不安。在這個敏感時期，萬一在有心人的攛掇下，整個河內倒向袁紹，那徐幹有幾顆腦袋，都要被砍了。

徐幹臉上陰晴不定，在原地尷尬。伏完這時開口道：「徐大人，楊先生造訪敝府，實只是為聚儒之議，老夫可為其擔保。一會兒老夫修書一封，送到許都衛解釋，您看如何？」這個臺階鋪下來，徐幹只得就坡下驢，硬生生把鬱悶憋回去。他在儒林也算有聲望，可不想因為這件事搞得人人側目。徐幹衝三人一拱手：「既然如此，還請伏大夫早早把折辯送去，以證清白。」然後匆匆離去了。

望著徐幹悻悻的背影，三人相顧，均是一笑。楊俊要向冷壽光道謝，冷壽光擺擺手道：「我是代皇后陛下送來些手織的絹布，恰好撞見此事，多嘴幾句罷了。」楊俊看著這個肌膚光滑如鏡的宦官，心中暗暗敬佩，剛才冷壽光那三句反問，字字誅心，卻又無從辯駁，可不是尋常人能問得出的——這個宦官，不簡單。

冷壽光已經辦完了事，出言邀請楊俊一路走走。於是兩人拜別伏完，一路朝著皇城走去，兩名隨從遠遠跟著。楊俊回頭看了他們一眼，有些詫異：「曹氏對漢室，可比從前放心多了。」

之前漢室四周遍佈耳目，恨不得無時無刻如影相隨，所以楊俊有此一說。冷壽光道：「陛下病重，曹氏自然也就沒那麼擔心了。」

皇帝遠在官渡，這個祕密知道的人極少。為了避免洩密，郭嘉索性把漢宮內的耳目都撤了出來，只在週邊佈置了些人手。他離開許都以後，針對此事的保密，就由荀彧和冷壽光一外一內負責，漢室獲得了前所未有的寬鬆環境。

楊俊聽到「陛下病重」四字，眉宇間多了些擔憂：「陛下的身體……」天子曾經是他的兒子，他始終對劉協有種父親式的關懷。冷壽光看出了他的憂慮，微微一笑：「楊先生不必擔心，天子很好。」楊俊聽到弦外之音，他是個知輕重的人，立刻改換了話題：「冷公公曾師從何處？聽閣下言辭，實有人傑之風啊。」

冷壽光停下腳步，仰頭望天，楊俊以為問到他的傷心事，連忙致歉，冷壽光擺擺手，唇邊露出一絲自嘲的意味：「我乃是華佗門下，說起來，還是郭祭酒的同學呢。」

楊俊驚愕地望向冷壽光，他可沒想到還有這層關係。冷壽光簡單地把他與郭嘉的恩怨說了一遍：郭嘉化名戲志才去投華佗學藝，卻騙姦其侄女華丹，以致華老師震怒，把一門弟子盡數閹割。他講述的時候，語調異常平靜，如同在說一件事不關己的事。

「……你一定很恨郭嘉吧？」楊俊感嘆。華佗不光以醫術出名，名下弟子無所不學，冷壽光有這等見識，就是做州郡之長都不為過。可如今卻因為毀損了身體，只能屈居宮中忍受豎閹之辱，他一定對郭嘉懷有極深的怨恨。

不料冷壽光輕輕搖頭道：「我如今專心侍奉天子，個人的怨恨，早已不重要了——」說到這裡，他的話鋒突然一轉，溫和的雙眼閃過一道光芒：「聽說楊公你將不日北上，去迎鄭玄公？」

「不錯。」

「郭奉孝天生病弱，依靠老師為他親自調製的藥方，才勉強支撐。只是那藥方未臻完美，還缺一味養神的藥引。我前幾日略有所得，楊先生路過官渡時，能否代我轉交給他？」

「你難道想毒……」楊俊有些吃驚。「即使你我有這心思，郭嘉那麼聰明的人，又怎麼會上當？」

冷壽光輕笑道：「放心好了。我這藥引絕不含半分毒，乃是盈縮滋壽的妙方。郭嘉跟隨華老師時間很短，鴆毒之術我不如他，養生之道他卻不如我。」

「這麼說，這藥引反而是為他延壽的嘍？」楊俊還是不明白。

冷壽光雙手垂拱，雙眼望向天空，清秀的眉目之間，湧動著奇妙的情感：

「我雖不恨他，但也不曾寬恕他。這藥引是毒是藥，全在他一念之間。如何抉擇，就要看郭嘉自己了。」

劉平從一個漫長的夢中醒過來，腦袋重得像是裝著十具青銅鼎器。夢的細節他睜眼那一瞬間便全忘了，只依稀記得置身於無邊的混沌，有無形無質的東西從四面擠壓而來，侵入身體，艱於呼吸。

劉平用手肘勉強支起身體，環顧四周，才發現楊邊有一個女子。他定睛一看，是個女子，五官很是熟悉，那是一種不同於中原人的眉眼，雖不秀媚，卻有野性之氣。

「任……任姑娘？」劉平大驚，認出這女人是郭嘉的寵妾任紅昌，她在許都附近的村子獨自過活，他還跟著郭嘉去拜訪過。她怎麼會出現在這裡？劉平連忙回想，自己陷入昏迷前的最後一段記憶，應該是在黃河之中——難道說自己被救回許都了？

任紅昌見他醒來，端來一碗肉湯：「慢些吃。」

劉平餓腸轆轆，拿起碗來大吃起來。這肉湯裡擱了薑絲和花椒，入口辛辣，他吃得額頭滿是汗水，體內寒氣被盡數逼出。劉平吃完以後，覺得身體這才有了絲活力。他抬起頭，看著任紅昌：「我在哪裡？」

「陛下，這裡是鄴城。」

任紅昌平靜地回答。劉平一聽這名字，一下子從床榻上坐起來。怎麼跑到袁紹的大本營了？這時曹丕從外頭一腳踏進來，他看到劉平恢復了清醒，先是面露喜色，旋即又收斂起來。任紅昌跟曹丕交代了幾句，把碗收起來，轉身離開屋子。

「二公子，這到底是怎麼回事？」劉平問。曹丕告訴劉平，他當時浮上水面以後，發現劉平半天沒上來，用牛皮袋充滿氣，再次潛入水中，把已經陷入半昏迷狀態的劉平拽到黃河北岸。

劉平聽他說得輕描淡寫，卻知道這對一個十幾歲的少年來說，是何等艱難。他咳了幾聲，滿是感激地說了句謝謝你，曹丕卻淡淡答道：「要謝，就謝任姊姊吧。我把你扶上岸以後，已是精疲力盡。這時候恰好任姊姊經過，把我們都救了起來，不然袁紹的追兵次日巡河，還是會把我們捉回去。」

「她一個遠在許都的弱女子，怎麼會湊巧路過黃河？」

劉平滿腹疑竇。曹丕苦笑道：「她說是來鄴城辦事，至於辦的什麼事，我實在套不出來

——順便，她可不是什麼弱女子。」

這時候任紅昌又走進屋子，她換了一身緋紅色的短襟胡袍，頭上還多了一支鷹嘴步搖，整個人犀利得如同一員將軍。

對於劉平來說，任紅昌一直是個謎。她似乎可以在各種氣質之間轉換自如，時而是郭嘉懷中婉轉承歡的美妾，時而是村中撫養孩童的慈祥大姊，似乎這些只是隨時可以更換的衣物。

她掃視了一眼曹丕和劉平：「我出去一下，看有沒有機會進入新城，你們好生在屋子裡休養。」

「新城？」劉平有些糊塗。曹丕解釋說，鄴城如今分為新城與舊城，達官貴人都住新城，貧苦百姓都住舊城，兩者有城牆相隔，不能隨意通行。

劉平掙扎著起身：「任姑娘，妳來鄴城，到底所為何事？是否郭祭酒指使？」在他看來，任紅昌蹊蹺地現身鄴城，肯定又是郭嘉施展的手段。他必須搞清楚郭嘉的打算，才能決定自己接下來的計畫。

聽到他這麼問，任紅昌的臉上浮出一絲略帶嘲諷的笑意：「賤妾雖然托庇於奉孝，卻不是什麼傀儡木偶。他是他，我是我，你們這些人，總覺得女人做什麼事情，都是男人做主嗎？」

劉平有些尷尬地閉上了嘴。任紅昌道：「不過告訴你們也不妨。我要找的那個人，她姓呂，如今就關在這鄴城城的某個地方。」

「姓呂？」劉平和曹丕對視一眼，心中升起一個猜測。

「不用猜了，是呂溫侯的女兒。」任紅昌說。

劉平出發之前，就知道呂布的女兒落在冀州派手裡，而且顏良打算會以此要脅張遼。於是郭嘉策謀，楊修實行，讓張遼在白馬害死顏良，一舉數得，藉此提高劉平在袁營的地位——

而張遼換來的，是一個把呂姬救出生天的承諾。

現在看來，這個承諾的執行者，就是任紅昌。

「你們不要誤會，我不是為郭祭酒才來的。呂姬與我情同姊妹，於情於理我都不會坐視不理。」

任紅昌雙手抱在胸前，眼神閃著銳利的光芒。劉平記得郭嘉曾經說過，任紅昌並非中原人氏，她此前一直跟著呂布。呂布敗亡之後，她才從了郭嘉。那麼她與呂布的女兒結下深厚關係，親自為其涉險，不足為奇。

任紅昌看看窗外的日頭：「時候不早了。我不知道一位天子和一位曹家的嫡子跑到這裡做什麼，我也不關心。救下你們，是我給郭祭酒一個交代。而我要做的事情，也不用你們插手。」

劉平忙道：「這裡是敵人腹心，咱們須得團結才行。」

任紅昌眼神「唰」地射向他：「那好，我問你，你來鄴城的目的是什麼？」

劉平一下子被噎住了。任紅昌又看向曹丕：「你來鄴城呢？」曹丕也只能尷尬地垂下頭。任紅昌冷笑：「兩個大男人，還不如我坦承。連這一點都做不到，還談什麼合作。好自為之吧。」說完她一扭頭，轉身走出屋子去了。

「請，請等一下……」

劉平掙扎著想追出去，他一邁出門檻，卻被結結實實嚇了一跳。在門外站著十幾個衣衫襤褸的黑瘦漢子，站成兩排，一看到任紅昌出來，一齊躬身說道：「任大姊。」

任紅昌左手扠腰，掃視一圈：「都來齊了？」一個漢子道：「是。」她把額頭撩起，輕輕一揮手：「走。」然後邁開長腿，頭上的鷹嘴步搖分外顯眼。十幾條漢子跟在後面，肅然無聲，如同服侍女王一般。

「這是……」劉平呆住了。曹丕道：「我第一次看見時，和陛下你現在的表情差不多。這些人都是鄴城舊城的閒散農漢，沒事在鄉里橫行霸道，也不知任姊姊使的什麼手段，全給整治得服服帖帖。那些粟米、還有這房子，都是他們供奉的。」

「咱們到鄴城多久了？」

曹丕臉上浮現出敬佩的苦笑：「三天。」

三天時間，就把鄴城附近的惡霸給收拾成這樣，這女人到底有多可怕？

兩個男人面面相覷，末了劉平直起身子，對曹丕說：「咱們……也出去走走吧。」

曹丕沒言語，默默地攙起劉平，給他找了一套袍子。這袍子不知是買的還是從屍體上扒的，有一股強烈的油膩味。劉平花了好大力氣，才勉強適應。他的體格很健壯，加上這一路任紅昌與曹丕照料的很好，除了稍微虛弱一點，沒別的問題。

兩人出了門，劉平這才發現，他們是住在一處破落的大屋裡，四周都是類似的房屋。這些屋子不能算簡陋，但明顯是年久失修了，架構尚在，殘牆破瓦滿目皆是，像是一座已經死去很久的城市遺骸。大多數老百姓都面黃肌瘦，神色枯槁。

在這些房屋之間，放眼望去皆是雜亂無章的小旗與洗晾的衣物，垃圾遍地，黑水縱流。在遠處可以看到一道高大巍峨的城牆，曹丕說那裡就是鄴城新城，達官貴人都遷去那裡，剩下的屋舍索性開放給附近百姓，隨意居住。結果老百姓一哄而上，彼此爭搶住所，這裡成了一片混亂之地。這是典型的袁紹式治政，大手大腳，粗豪慷慨，卻缺少全盤規劃。

「全憑一時心血來潮，全無籌畫。看似慷慨，實則亂政。」曹丕一臉厭惡地發表評論，同時靈巧地避開一堆碎瓦。劉平也有同感，袁紹家底殷實，對這些細節全不在乎，比起曹氏錙銖必較的作風，真是天壤之別。

兩人慢慢來到了舊城的主道之上，這條主道連接著新城與外地，所以修繕的還算齊整。路面皆用條石鋪就，中凸側凹，便於排水。可惜兩側的溝渠早被淤泥填滿，發揮不出什麼功用。那些沿途種植的樹木都還在，只不過樹葉稀疏，每隔幾段就有被盜砍的痕跡，樹底滿是便溺的味道。

曹丕和劉平混在其中，且看且走，逐漸靠近新城的城門。

「再往那邊就不能走了，非得有手令或入城憑信才成。」曹丕指著一個方向說。主道與新城城門之間有一道很深的護城河，河上搭著一架隨時可以拉起的吊橋。吊橋靠著主道這邊有一道關卡，用粗大的杉木交錯紮成拒馬，足有十幾名士兵把守。

在門口還聚集著許多人，他們都是希望能進入新城的平民。新城裡的達官貴人經常要找些短工做零活，要從舊城找人，他們就指望這種微薄的幸運過活。如果有人足夠幸運，當上了哪位高官或富豪的僕役，贏得在新城長期居留的權利，那更是要被人人羨慕的。

「這裡戒備特別嚴，即使是任姊姊，也只弄到一日牌，早上進城，晚上就得出來。咱們兩個就更難了，一定得想辦法進去才行。」曹丕喃喃道。

劉平聽完曹丕的說法，沉默不語。鄴城是他一開始就計畫要來的地方，儘管中途變數多多，還幾乎丟了性命，但歪打正著，總算是順利抵達了。

可是，曹丕為何要來鄴城？

劉平注意到，現在曹丕像是換了一個人，以往因不成熟而展露的鋒芒全都掩藏起來了，史阿和鄧展的死對他來說，似乎不再有任何影響。只有雙眸不時閃過的光芒，流露出這位少年內心的劇烈翻騰。

到底是什麼原因，讓他有如此之大的變化？劉平想問，可是他覺得，如果曹丕不主動開口，即使問了也是白問。

兩人觀望了一陣，打算往回走。這時他們看到遠處的百姓有些慌亂，紛紛往兩邊靠去，一陣煙塵掀起，看起來是有人騎馬朝著鄴城新城而來，數量還不少。他們趕緊躲在一旁，過不多時，一隊趾高氣揚的騎士開了過來，他們沒帶著長柄武器，只在腰間懸劍，兜盔上還紮著孔雀翎，應該是禮儀兵。他們簇擁著一輛馬車，飛快地跑過來。馬車輪子在石路上滾動，發出低沉的隆隆聲。

這支隊伍很快開過兩人身邊，來到關卡。關卡守衛沒有做任何阻攔，反而早早挪開了拒馬，推開城門，讓他們直接開了進去。

「袁紹也真闊氣，前線正在用兵，鄴城還能搞出這種排場。在許都，就連我和母親出門，都沒有兩匹馬的車可坐。」

曹丕嘖嘖地說，不知是羨慕，還是諷刺。劉平問旁人這車隊裡的是什麼來頭，別人告訴他，皇帝在許都發處詔書，要請鄭玄大師聚儒大議五經，各地士子都要去。北方統攝此事的人是荀諶，所以各地大族都紛紛把自己的子弟派來鄴城。

劉平點點頭，忽然有了一個主意。

在這一天清晨，鄴城西門的城門丞發現一件怪事：平時總有許多老百姓聚在拒馬前，給衛兵們陪著笑臉。可如今卻一個也看不到。衛兵們已習慣了冷著臉把這些刁民叱退，他們突然不出現，一下還真有點不適應。城門丞朝著舊城廢墟張望，看到遠處似乎聚了很多人，隱約還有喧嘩傳來。他覺得有些不安，決定過去看看。

站在高臺上的是個青袍書生，面容稚嫩，恐怕只有二十歲，他在臺上走來走去，不時揮手，慷慨激昂地講著話。在他身後，還有一位童子手捧長劍，面容肅穆。童子身後還有一位面紗罩面的女子，手中持一管笛子，不時吹起清越之聲。台下聚集了好多百姓，都昂著頭，聚精會神地聽著。

城門丞湊近了，才聽清楚，這個書生講的原來是國人暴動的故事。

國人暴動發生在周代。周代城邑有兩層城牆，內曰城，城內為國人；外曰郭，城外為野人。周厲王在位之時，多行暴政，鎬京的國人不堪欺壓，群聚而攻之，把周厲王逐至，活活病死。周定公、召穆公暫代政事，六卿合議，暴動才算平息。

這些老百姓全都目不識丁，什麼周厲召穆，根本不知道。所以這個書生沒用那套文縐縐的話，用詞粗鄙不堪，頗為吸引這些村民的興趣。可城門丞愈聽愈不對勁，這個書生講的明明是周代之事，可怎麼聽都特別刺耳。他說周厲王驅趕國人建了鎬京新城，把舊城分贈給野人，可不允許原來的國人進城，惹得怨聲載道。

老百姓們聽得聚精會神，講到國人開始暴動，周厲王倉惶離京時，下面更是一片叫好。城門丞注意到，人群裡有不少附近出名的惡霸，他們往往先聲叫好，周圍人隨聲附和。

這哪裡是在說周代，根本是在誹謗袁公。城門丞怒氣衝衝地跳上臺去，喝令書生住嘴。書生看了看他，輕蔑一笑：「這裡既非國，也非郭。我與諸位講故事，你是何人，敢來喧嘩？」台下一陣喧嘩，城門丞道：「你聚眾鬧事，論律當斬。」

書生又是一笑：「論律？漢律六十篇，先有《九章》、《傍章》，又有《越宮律》、《朝律》。你說的是哪一篇？」城門丞一愣，他是行伍裡拔擢上來的，沒當過刑吏，哪裡知道這些，只得說道：「自然是殺你頭的一篇！」書生又笑了：「律令合計三百五十九篇，其中有死罪六百一十條，贖罪以下二千六百八十一條，你又說的是哪一條？」

這一連串數字讓城門丞張口結舌，一時說不出話來。書生面向百姓道：「地穴裡的鼷鼠，也敢妄談太陽光輝，豈不可笑？」那女子的笛聲也恰到好處地吹出一個滑音，似是調笑，立刻惹來了一片哄笑。城門丞惱羞成怒，從腰間拔出佩刀朝書生砍去。書生身後的童子猛然睜眼，長劍遞出。只聽鏘啷一聲，城門丞的刀頓時被磕飛，一把鋒利的劍頂在了他的咽喉。台下百姓齊聲驚呼，眼睛都瞪得大大。

「無知之徒，還不快下去，擾了我說史的雅興。」書生揮揮袖子斥道。童子把劍一收，城門丞連滾帶爬地下了台，背後一陣冷汗。那童子的劍法未免太快了，簡直不像是人。他當即打消了召喚衛兵驅散人群的念頭，這個書生的談吐不俗，萬一有什麼來歷，他這個小小的城門丞可得罪不起。

很快新鄴城裡許多人都聽說了，說舊城有個書生善講舊事，頗得民心，無論走到哪一門附近，都有大量聽眾。還有一些流氓閒漢主動維持秩序。這個書生既不煽動鬧事，也不聚眾誹謗，所言所講都是三代春秋，衛兵們拿他沒辦法，只得任由他去。有些官員嗤笑他斯文掃地，可也忍不住派些僕役出去，聽聽他到底講些什麼，以做談資。一來二去，這個消息傳到了治中從事審配的耳朵裡。

袁紹大軍離開以後，審配就成了鄴城最高的統治者。這位治中從事的地位比較古怪，雖然出身河北，但卻擁護袁尚繼嗣，所以與逢紀為首的南陽派相善，反是田豐、沮授等人的眼中釘。不過審配根本不在乎，他堅信一切都會按照他的軌道行進，任何阻撓的人都會被車輪碾碎。

審配正在給袁紹寫信。在他看來，袁軍勢大，沒有必要急著與曹軍決一死戰，慢慢耗死才是正略。近期袁軍調整了策略，進攻放緩，審配認為這毫無疑問是自己的功勞。

他寫到最後一筆，毛筆在信箋上漂亮地甩出一個大大的撇，墨蹟幾乎甩到紙外。審配欣賞了一番，心滿意足地把信箋折好，這才望向下首。

「辛老弟，那個書生你如何看？」

跪坐在他下首的，是一個三十歲出頭的儒雅之士，長臉細鼻，兩隻圓眼分得很開，像是一隻驚訝的山羊。他叫辛毗，也是大將軍幕府的幕僚。辛評見審配把視線移向他，連忙道：「以卑職之見，這不過是一個想出名的儒生，故意舉止狂狷，欲曝得大名，以獲入城之資罷了。」

審配輕聲「哦」了一下，又問道：「鄴城一向歡迎儒士遊學，優容以待，他何必多此一舉呢？」辛毗恭敬道：「欲效馮諼而已。」

馮諼是戰國時孟嘗君門客，初時不受重視，故意三次彈劍抱怨，才被孟嘗君以上客對待。這個書生，顯然是不甘心於普通儒生，想獲得更好的待遇。這些小心思，審配自然知道，他輕蔑一笑：「既然想當馮諼，不知道有何才能？」

辛毗道：「口才倒還不錯，不然四野百姓也不會圍著他轉悠。」審配篤信君子訥言，對鼓舌搖唇之徒一向沒什麼好感，他有些厭惡地擺了擺手：「既然是儒士，就交給辛老弟你去處理吧。」

辛毗一愣，可這時候審配已經開始鋪開另外一張信紙，這是下逐客令了，他只得起身告辭。等到離開了審配的府邸，辛毗才恨恨地低聲罵了一句：「老狐狸！」

這書生在城外隱然成勢，若是直接下令抓起來，難免會攪動百姓不安，還會惹來士林物議；若是接入城中，以那書生的狂狷性格，惹出什麼麻煩，也會怪罪到主事者頭上。審配極度愛惜自己名聲，這種左右都不落好的事，他毫不猶豫地拋給了辛毗，幾乎不加掩飾。

辛毗和哥哥辛評、郭圖一樣同屬潁川派，在審配眼裡，都屬於沽名釣譽之黨，派他們去交接沽名釣譽之徒，再合適不過。辛毗想到這裡，無奈地嘆了口氣，登上馬車返回自宅。他其實並不看好潁川人在袁營的未來，只不過哥哥辛評一心熱衷於子嗣擁立，他也只能無可奈何地留下來。

幸虧他見審配時，也多留了一個心眼，沒把情況說全。那個自稱叫做劉和的書生，一直在公開宣揚是荀諶的弟子。

荀諶弟子這個名頭，或許能唬住別人，但卻嚇不到辛毗。「荀諶」究竟是誰，辛毗最清楚不過。按照蜚先生的謀劃，這幾年來，「荀諶」大部分書信都是由辛毗代筆而成。他和荀諶是同鄉，對他的口氣、筆跡乃至學見都模仿得惟妙惟肖。此時突然冒出一個荀諶的弟子，這在辛毗看來，與其說是破綻，倒不如說是個把柄。

「使功不如使過，待我戳穿了他的大話，再示恩於他，不怕他不心悅誠服。這人口才了得，或許能為我潁川所用。」辛毗想到這裡，吩咐車夫停一下車，然後派了心腹出去辦手續，安排「劉和」入城。

「您還要見見他嗎？」心腹問。

「不必了，直接送到驛館裡……嗯，安排一間中房。」

辛毗淡淡道。這種貌似狂狷、實擅鑽營的傢伙，不必太給面子，晾他一陣，收服的效果更好。自從孔融在許都放出風說要聚儒以後，許多河北士林之人都騷動起來，他們不便前往南方，就都聚在鄴城，什麼人都有，都等著統一南下。

「現在我把你擱進囊中了，錐子能不能冒頭，就看你自己了。」辛毗心想。

就這樣，書生劉平在眾目睽睽之下，被大車以高規格接入新城，直入館舍。其他儒生看他大搖大擺的模樣，無不竊竊私語。他們被分配的那間屋子，軒敞明亮，打掃得一塵不染，甚至在大榻旁還有一張小榻，顯然是給小童準備的。無論袁氏行事如何，在優待士人這方面，確實是無可指摘。

他們進了屋子，掩起門窗，確定四周無人。劉平一屁股坐到榻上：「快取些水來。這些天來可把我渴壞了。」

劉平以前在河內時，就經常跟一些鄉夫野老聊天，在他看來，這些人與自己並無差別，都是有血有肉的活生生人。他樂於聽他們講話，還時常把書中看來的故事，化為粗鄙之言，講給他們聽。這次在鄴城故技重演，他感覺到很快樂。他的口才其實並沒多好，受到如此歡迎，只不過是因為從來沒有一個士子像他一樣，會紆尊降貴給這些百姓講故事。

任紅昌環顧小屋，看到屋角放著一樽精緻的水甕，旁邊擱著三個碗。她舀來一碗，劉平一飲而盡。這是上好的井水，清冽甘甜，和舊城那種土腥味的河水有天壤之別。

曹丕也喝了一小口，欽佩道：「陛下你的這個狂士之計，果然管用。若是化妝成平民，還不知何時能入城，就算入城，也享受不到這麼好的待遇。」

劉平道：「所有人都覺得潛入堅城要低調，我只是反其道而行之。我看袁紹行事，對士子頗為禮敬。看來這狂士我還得扮下去。」

曹丕環顧四周，忽然問：「晚上如何睡？」劉平放下碗，發現這的確是個問題。任紅昌名義上是他的侍妾，自然要睡在一間屋子裡。任紅昌忽然露出媚笑，雙臂伸出去環在劉平脖子上：「如果你需要，我並不介意，郭祭酒也不會。」

她這大膽的發言讓劉平和曹丕都面露尷尬，劉平連忙後退幾步，擺脫任紅昌的纏繞。曹丕閃過一絲猶豫，然後也毅然回絕。任紅昌抿嘴笑道：「或者我睡小榻？你們兩個……」劉平和曹丕對視一眼，一齊搖頭。

任紅昌道：「男不行，女不行，你這皇帝倒真難伺候。」劉平趕緊讓她聲音小些，任紅昌滿不在乎：「你現在是個狂書生，就算是自稱仲尼再世，也沒人懷疑什麼。」說到這裡，她輕輕喟嘆一聲：「倘若你是真正的皇帝，說不定我早已投懷送抱了。」

兩個男人都知道，任紅昌似乎懷有大志，一直在尋找能最有能力幫她的人，先是董卓，然後是呂布，再接下來是郭嘉，這對一個女人來說，實在是有些不容易。

任紅昌說完這些，把頭髮束起來，挽去一個籃子：「好了，你們自便吧，我要出去做事了。」

她此前用盡心機只獲得了日牌，不方便展開手腳。如今可以長居鄴城，她不願意浪費半點時間，馬上就要出去調查。以她的姿色與手段，假以時日，不愁查不出來。

「請等一下。」劉平把她叫住，雙手撫膝，誠懇地說道：「我仔細想過了，妳說得對。如果我們連坦誠都做不到，勢必萬事無成。」

「你要怎樣？」任紅昌和曹丕同時問道。

「我們如今已進了鄴城，已成一籠之鶴。藏心掖腹、各行其是早晚是要敗亡的。任姑娘既已表白，那我們二人不妨同時說出來如何？」

劉平眼神灼灼，盯著曹丕，神情十分嚴肅。曹丕踟躕片刻，最終還是同意了。劉平從案几上拿出兩管毛筆，蘸好墨交給曹丕。兩人轉過身去，各自寫在掌心，任紅昌在一旁抱臂觀望，未置一詞。兩人寫得以後，同時亮出來，愕然發現兩隻手掌上寫著同樣兩個字：「許攸。」

許攸是南陽派的重要人物，袁紹的核心幕僚之一。可他既非聲名高遠之輩，也無一語定鼎的大權，只不過是大將軍幕府裡的策士之一，而且地位遠在審配、田豐、沮授、逢紀等人之下，只與郭圖勉強相當。劉平和曹丕的心中同時浮起疑問：「他找這個人，到底是想幹什麼呢？」但都不好追問。

現在事情變得清晰起來，任紅昌想找的是呂姬，劉平和曹丕找的是許攸，所以目前最好的辦法，就是儘快接近許攸，探聽三個人都想要的消息——許攸也是鄴城高層，或許對呂姬能略知一二。

和肅殺的許都不同，鄴城對城內居民管束不甚嚴格。所有人都可以隨意在城中走動，如果配發了權杖，甚至可以接近核心區域，只要在宵禁閉城前趕回來就可以。於是三人決定分頭行動，各自去打聽。

任紅昌和曹丕一起離開館驛，打著外出去買粉餅頭飾的旗號。而劉平則留在館驛的公區，這裡聚集了不少人，高談闊論，注疏經卷什麼的。劉平根本不需要走動，立刻就有幾位儒生過來打招呼，為首的兩人一個叫盧毓，一個叫柳毅，向他笑嘻嘻地打聽野民講古之事。

劉平牢記自己是個狂士，模仿著孔融的樣子，對他們帶搭不理，反而更引起這些人的興趣，紛紛圍攏過來，與他談論所謂「有教無類」的話題。有人贊同劉平的做法，野民也需要教化，卻也有人反對，說孔門弟子，都是有姓氏的名門，一個賤民都無，然後這個話題變成了門閥大議論，參與的人愈來愈多。

幾番交談之下，劉平發現，這些年輕人言談之間，都帶著淡淡的傲氣，對教化野民也持輕蔑態度。旁敲側擊之下，他才知道，他們各自背後都有大族的背景。比如那個叫盧毓的傢伙，是涿郡盧氏出身，是盧植的兒子；那個冒冒失失叫柳毅的人，是河東柳家的。其他郡望諸如陳郡謝氏、清河張氏、高密鄧氏、太原王氏等等，無不是在當地赫赫有名的門閥士族。

看來袁紹將各地士族子弟籠絡在鄴城，又把他們的私兵驅趕到官渡，這兩手棋，可是包藏了不少心思。

劉平也給自己編造了一個籍貫——弘農劉氏。這個家族號稱漢室遠親，其實早出了五服，毫不顯赫。果然他一說出口，立刻就有人面露不屑，說了一句：「又是一個村夫！」

劉平一看，說話的是一位錦袍貴公子，周圍簇擁了一群幫閒。他一發話，盧、柳等人立刻站開幾步。他心裡有了計較，瞇起眼睛雙手虛空一拜：「我弘農劉氏的始祖乃桓帝時的司徒劉崎，先祖乃是高祖的兄長——代王劉喜，地道的漢室宗親。敢問這位公子，漢室子弟在你心目中，乃是村夫否？」

那貴公子沒料到他反應這麼犀利，一時間有些不自在，反唇相譏：「漢室支脈可多了，一看你就住在窮鄉僻壤，仗著那點遺澤出來招搖的可憐蟲！」劉平踏步向前，咄咄逼人：「高祖起於沛郡，光武生於濟陽，敢問他二人所住，也系窮鄉僻壤否？」

面對這有點無賴的質疑，貴公子張了張嘴，正要回答。這時劉平又抬起手指，大剌剌地指著他，問出了第三句：「弘農除我劉氏之外，尚有楊氏。封爵拜相，四世三公，乘朱輪者十人，敢問楊氏也是窮鄉僻壤之村夫否？」

這一個問題接一個問題砸下來，貴公子總覺得哪裡不對，可對方根本不給他回答的餘裕。劉平知道，論辯之道，勝在氣勢，只要連續不斷地提問，不留應答間隙，便可勝得大半。他居高臨下，又是數個質疑出口，一個比一個刁鑽，一個比一個誅心，直斥對方是一個蔑視皇權、踐踏儒學、虐民寡德的罪人。

那貴公子哪知道一句無心嘲諷，居然被別有用心地引申到了這地步，氣得臉色發青，手指指著劉平發顫，說不出話來。劉平眼睛一瞪：「果然心虛，連話都說不出來了！」

「好你個狂生！你等著吧！」貴公子知道自己在口舌上是討不到便宜，一拂袍袖，轉身走掉，他身邊一群人也跟著出去，剩下劉平站在原地，氣定神閒。

「劉兄，你可真是太厲害了！」柳毅抓住他肩膀，激動地嚷道。劉平道：「我只是見他欺人太甚，略施薄懲罷了。」這屋子裡剩下的人哄地都笑起來，對他的態度親熱了不少。劉平一向謙遜內斂，如今卻要扮成一個跋扈自傲之人，剛才藉著那些狂放的言語，內心壓抑一洩而出，倍感輕鬆。

盧毓告訴劉平，轉身離開的那個傢伙叫審榮，是審配的侄子，出身冀州魏郡，平時高傲的不得了，冀州人都圍著他轉。柳毅插嘴道：「冀州人總覺得他們高我們並州人一等，不過並州又比青州、兗州的強點，最慘的就是老盧這些從幽州來的，總被奚落為公孫餘孽——這館驛裡還有幾個兗州、徐州甚至司隸的士子，但零零散散，抱不成團。」

劉平暗暗點頭。他剛才就隱隱注意到了這個隔閡，故意挑事，正好可以拉攏這批非冀州的士子。

「那個叫審榮的，一貫這麼囂張？」

盧毓一臉不爽：「哼，還不是因為他叔父故意壓制我們。劉兄你知道嗎？審配連我們的隨身僕役都要限制，最多只能有十人，還不許隨意出城，這成什麼話。」

劉平這才知道，為何自己公然帶著侍妾和侍童入內，卻沒人說什麼。原來這些世家子弟帶得更多，在他們眼裡，十個僕役都嫌少。

劉平暗暗把這些都記在心裡，又問道：「你們來鄴城遊學，莫非都是大將軍的意思？」

柳毅聳聳鼻子：「要不是大將軍的命令，我等早去許都了。」

「哦？為何，因為靠近天子嗎？」

「天子？哈哈哈哈，那尊泥俑能有什麼用。」盧毓和柳毅一齊大笑：「還不是因為孔少府倡議聚儒的號召。各地的儒生都打算去湊個熱鬧。袁大將軍讓我等齊聚於此，是想等人齊了，由鄭玄公和荀諶公帶著一同上路——這是審配怕別州有才俊先行，搶了他冀州的風頭啊。」

果然這件事和蜚先生和孔融有關。孔融在許都點火，蜚先生藉著「荀諶」這具僵屍煽風，審配又藉此打壓各地大族。真是牽一髮而動全身。劉平暗暗嘆息，漢室在這些年輕士子心目中，已是羸弱不堪的土偶，帝威蕩然無存，再想挽回，還不知要付出多少努力。

「劉兄來此，難道不也是為了許都聚儒嗎？」盧毓問道。

劉平昂起下巴：「不錯，我來之前，聽說河北精英甚萃，袁公海納百川，想來切磋一下。如今一看，實在令人失望。都是些只認郡望不通經典的愚昧之輩！」柳毅和盧毓紛紛點頭稱是，覺得這人狂歸狂，講的話倒是很中聽。盧毓嘆息道：「正所謂上行下效，大將軍的幕府重籍貫甚於德行，才會有審榮這些小丑跳樑。若不是辛毗先生從中周旋，我們不知還要被輕慢到什麼地步呢。」

看來這郡望之爭積怨已深，劉平眉頭緊皺，負手沉聲道：「看來這鄴城，竟是他們審家的天下啊。」這一句話，引得這些人七嘴八舌，不是講自己在鄴城如何被排擠，就是說袁氏如何對當地家族苛酷。

見大家情緒都起來了，劉平抬起右臂，傲然道：「不瞞諸君，在下乃是荀諶荀老師的弟子，那審榮在我眼中不過是土雞瓦狗而已！我今在此，行孔孟之道，秉純儒之心，教他們知道，不是只冀州才有名士！」他這一番話，又惹得一群士子嗷嗷叫起來。柳毅興奮地嚷道：「說得對！把咱們逼急了，咱們就叫起了人去衙署鬧！當初太學生數千人詣闕上書，連桓帝都要退讓，何況區區一個審榮！」

盧毓在一旁忽然道：「審榮不過是借他叔父名頭橫行，學識有限。但這城裡有另外一人，才是真正危險的人物。」屋子裡霎時安靜下來，劉平看眾人的表情，似乎對此忌憚得很，微微一笑道：「聽憑八面風起，我自巋然不動。」

柳毅連忙道：「劉兄，這人可是個狠角色，不能掉以輕心啊。我們在他手底下，都吃過虧。連審配、辛毗那些人，都時常過來拜訪，對其讚賞不已呢。」

「哦？你這麼一說，我倒想去拜會一下了。」

劉平昂起頭來，顯露出孤高傲然的氣質。他知道，鄴城的那些人在暗處注視著自己。表現的愈狂放，就愈容易受重視。最好的途徑，就是打敗他們最看好的英才。

這是鄴城館驛中的上房，獨棟獨戶，還有個小院。劉平走到門口，叩了叩門上的獸環，發出沉悶的鈍聲。他的身後簇擁了一群以盧毓、柳毅為首看熱鬧的士子。盧毓有點擔心把事情鬧大，柳毅卻是唯恐天下不亂。

很快門吱呀一聲被打開了，一個年輕人出現在門口，與劉平四目相對。

「司馬懿，你的勁敵來了！」柳毅在劉平身後大叫起來。

這兩個人靜靜地望著對方，一時間都沒說話。柳毅對這突如其來的沉默很是詫異，他看向盧毓：「他們原來認識？」盧毓皺眉道：「弘農與河內，倒不是特別遠，兩人認識，也未可知……」可他看兩人神情，語氣裡也沒什麼自信。

率先打破沉默的是司馬懿，他晃動脖子，陰惻惻地環顧四周：「你們跑來我家門口，還沒吃夠教訓嗎？」他眼神掃處，眾人都紛紛把視線挪開。

劉平抱拳道：「我是弘農劉和，特來向司馬公子請教。」他的肩膀在微微發顫，聲音略僵硬。

「哦……姓劉的，你是漢室血親嘍？」司馬懿昂起頭，嘴角帶起一絲若有若無的笑意，慢慢拔出了腰間的佩劍，踏出門來，頂著劉平走了幾步：「漢室的人，可不會只耍耍嘴皮子，咱們來比劍吧。」劉平這才發現，司馬懿走起路來，是一瘸一拐的，似乎右腿受過傷。

這年頭的年輕人，除了讀書研經以外，都要學點劍技、當幾天遊俠，乃是一代之潮流。那些士子看到司馬懿直接亮出了劍，都有些興奮。劍鬥可要比吵架精彩多了。劉平身上沒有劍，柳毅立刻從同伴那解下一把，遞了過去。

劉平剛把劍握緊，司馬懿已經挺劍刺了過來。因為腿傷，他的劍速並不是很快，可劉平的反應卻更加遲鈍，甚至連躲閃的動作都沒有。司馬懿的手腕一抖，化刺為拍，劍脊重重地拍在了他的左肩。劉平往後踉蹌了好幾步，神色有些痛苦，想來被拍的不輕。

司馬懿的進攻仍在繼續，劉平勉強抵擋，卻左支右絀，被他連連拍中，狼狽不堪。

「劉兄辭鋒了得，可手底的功夫還是差了點火候。」柳毅嘖嘖地說，面露遺憾。盧毓歪了歪頭，他也懂得劍道，總覺得這場比鬥的兩人有些蹊蹺。進攻的者與其說是殺意凜然，不如說是怒火中燒；防守者似是心存歉疚，卻又帶著幾絲輕鬆。兩人一進一退，居然頗有默契。

「住手！」

一聲大喊傳來，司馬懿與劉平都停下手。眾人循聲看去，看到辛毗匆匆走了過來，身後還跟著審榮。辛毗面沉如水，開口便喝叱道：「你們都是儒生，在這裡像個匹夫一樣亂鬥，成何體統！」審榮不失時機地一指司馬懿，瞪向劉平：「仲達腿傷未愈，你好意思與他鬥劍？」

明明是司馬懿把劉平拍的鼻青臉腫，審榮還這麼說，就是明目張膽的偏袒了，圍觀者哄地一聲都議論開來。辛毗抬手，讓這些鼓噪的非冀州士子稍微安靜一下，問劉平道：「到底怎麼回事？」

劉平長劍倒持，訕訕道：「在下與司馬公子切磋劍技而已，並無惡意。」

辛毗一捋鬍髯，訓斥道：「你們兩個開釁私鬥，違背城規，都該要責罰才是。你們是誰先動的手？」

劉平道：「是我。」辛毗鬆了一口氣，他一直在籠絡非冀州士子，卻又不想得罪審配。劉平如今主動認錯，正好解除了他的尷尬。他說道：「既然是你先動手，我也袒護不得。司馬公子，你可有什麼意見？」審榮得意洋洋地對司馬懿道：「仲達，有什麼點子儘管說出來，我知道你最有主意了。」

司馬懿斜瞄劉平一眼：「劍上虧欠的，不如筆端來還。就讓他來幫我抄抄書吧。」圍觀人群又是一陣聳動。這懲罰倒不重，只是太羞辱人了。這些人都是各地名族，誰能容忍像個校書郎一樣給被人抄書？辛毗問劉平是否願意接受，劉平居然點頭認罰。

柳毅大叫：「劉公子，你不可屈服，咱們替你詣闕上書，伸張冤屈！」審榮冷笑道：「闕在許都，你有能耐，去面告天子啊。」柳毅大怒，上前要動手，卻被劉平攔住：「柳兄，今日之事我一人承擔，不必旁及別人。」柳毅這才悻悻閉口，被盧毓勸了回去。

司馬懿背著手走回院子，勾勾手讓劉平進來。他們進院以後，司馬懿從書架上取下一本《莊子》，扔在他面前：「你這麼自由散漫，就抄這個吧。」劉平一斂狂態，居然一句話也沒還嘴，乖乖研墨鋪紙。辛毗看他沒什麼異動，這才跟審榮離開。其他人看了一陣，也都散了，無不嘆息這個狂士果然還是不敵司馬公子。

人都散了，司馬懿把院門關好，慢慢走進屋內。劉平放下筆墨，一臉喜色正要開口，司馬懿卻喝道：「不許回頭，繼續抄，不要停。」劉平莫名其妙，只得拿起毛筆蘸好墨，開始一行行抄起來。

「剛才我打得疼嗎？」司馬懿站在他身後，忽然問道。劉平筆下不停，口中回答：

「嗯。」

「哼，疼就好。這第一下是替我大哥打的，第二下是替我爹打的，第三下是替我三弟打的。第四下是替……」司馬懿嘴裡記著數，在劉平背後來回踱著步子。

「你的呢？」劉平想要回頭，司馬懿飛快地轉動狼脖，瞪了他一眼，嚇得他趕緊重新轉回去。

「我的另算！你以為挨幾下劍就能抵償？」司馬懿冷冷道：「你這個混蛋，當初在溫縣不告而別，自己偷偷跑到許都，居然當起皇帝來了！我連你的死活都不知道，還得給你收拾殘局！現在倒好，又跑到鄴城來，又來個不告而來，還自稱什麼弘農劉氏。我現在都不知該叫你什麼？楊平？劉平？劉和？劉協？你到底是誰？」司馬懿在屋子裡走路的速度愈來愈快，情緒也愈來愈激動。

「我是你的兄弟，仲達。」劉平停下毛筆，心情湧動。

「不許停！不許回頭！」司馬懿厲聲道，大發脾氣。劉平低頭抄錄，不敢回首，只聽身後腳步聲往復急促，彷彿情緒化為烈馬在盡情奔馳，然後聲音逐漸轉緩，終於復歸安靜。劉平小心翼翼地側頭一看，看到司馬懿靠在身後柱子坐下，一臉痛苦地揉著右腿，大概是剛才走得太急傷到了筋。他面上餘怒未消，眼角卻帶著些許潮濕。

他一看劉平又偷偷回頭，眉頭一皺，剛要呵斥。劉平已開口道：「仲達，對不起。」

司馬懿沒說話，隔了好久，聲音才再度響起：「你總算有一件事對得起我，就是殺了趙彥——尤其是栽贓給曹氏這一點，我很欣賞。我就怕你又犯傻唸叨什麼仁義道德。亂世已興，仁德是病，得治！」

劉平一陣苦笑，沒敢接茬兒。他的選擇，正是司馬懿所說最蠢的那種，只不過後來趙彥自己發瘋，陰錯陽差被曹家的人砍了腦袋。他不想繼續討論這個話題，轉而問道：

「仲達你為何會來到鄴城？」

司馬懿似笑非笑，反問道：「我來這裡，還能幹嘛？」劉平手中的毛筆一顫：「……司馬伯父打算暗結袁紹？」

司馬懿是河內大族司馬氏的子弟，而河內地處袁、曹交兵之間，太守魏種又曾有叛變曹氏的前科。司馬懿此時前來鄴城，又如此受到厚遇，政治意味濃厚。看來河內近期，恐怕會有劇變。劉平憂心忡忡道：「袁紹兵多而不精，將廣而離心，縱然一時勢大，我以為終究不是曹公的對手，司馬伯父這次，怕是押錯了。」

司馬懿滿不在乎地拍了拍手：「我爹讓我來，只是考察一下風向，不然送來的就是我大哥了。你放心吧，我爹這個人雖不夠聰明，可分寸從來掌握得很好，從來不會站錯隊。」劉平若有所悟地點點頭，司馬防在諸多諸侯之間存活至今，自有一套辦法。次子前往鄴城遊學，這個舉動說輕不重，說重不輕，進退皆宜，司馬懿換了個姿勢：「別說我了，說說你吧。你這個傢伙現在做事愈來愈飄忽——記得把頭轉過去，一邊抄一邊說，說不定有人在外頭監視。」

劉平轉過身去，慢慢抄錄著《莊子》，把他的事情和盤托出。這是一次漫長的坦白，劉平心中的祕密藏的太多太過複雜，對每個人都只能吐露一部分，只能三思而言，極其耗費心神。現在終於可以毫無戒備地袒露心聲了，他說得酣暢淋漓，像是一個在黃河中掙扎的溺水者浮上水面，貪婪地吸著自由的氣息。

一直到整部《莊子外篇》全數抄完，劉平才說完自己這段時間的經歷。司馬懿閉目不語，陷入深深的思考。劉平的經歷確實太過奇特，所牽涉的人也太多，他不得不在身上罩上一層又一層的薄紗。從伏壽、楊修看來，他是復興漢室的同謀者；從天下看來，他是寄寓許都的孱弱天子；從郭嘉、曹丕看來，他是白龍魚服的皇帝；從郭圖、蜚先生看來，他是漢室的繡衣使者；如今到了鄴城，他又成了弘農來的狂士。若要把這些順序理清，即使是司馬懿也得花上一段時間。

「義和呀義和，你可……呃……你可真是個撒謊精。」司馬懿感嘆。劉平沒料到他第一句評論，居然是這個，一時愕然，旋即笑了起來。他們當年在河內一起玩耍，闖出禍來，都是司馬懿出面撒謊隱瞞，有時候能瞞過去，有時候卻會被揭穿，劉平那時取笑司馬懿是個撒謊精，想不到這外號有一天會落到自己頭上。

司馬懿微微撇了下嘴，很快收斂起笑容，換了副憂心忡忡的神情：「義和，我聽到了你的經歷，但還是不明白你的打算。你身為九五之尊，為何不惜以身犯險跑來鄴城？你到底有什麼圖謀？」

聽到這個問題，劉平把毛筆擱下，開始重新研墨，墨塊慢慢在硯中化為黑水。

「自從我做了皇帝以後，日夜苦想。但無論我如何思考，都想不出在許都可以扳回局面的辦法。漢室在這個螺獅殼中騰挪，終究是一盤死局。唯有跳出來，才有廣闊天地。」

時近黃昏，屋子裡已有些黯淡。司馬懿取來一尊銅製燭臺，插上一根素淨白蠟燭擱到案几上，自己則退回到陰影裡。劉平鋪開一張新紙，繼續抄錄內篇。司馬懿倚靠在屏風邊，慢慢地用手拍打著膝蓋。

「讓我猜猜看……」司馬懿閉上眼睛，又倏然睜開：「你藉與郭嘉聯手的機會，跳出許都；又借白馬之圍，跳出郭嘉的掌控，來到鄴城——那麼然後呢？」

這是劉平第一次吐露出自己的真實目的，他下意識地左右環顧，壓低聲音道：「我這次來鄴城，是要找一個人。這個人叫許攸，他的手裡有一本許邵的名冊。」

司馬懿在陰影裡一聽到這個名字，眉頭一皺。

許劭乃是當代名士，最擅於品評人物，每月一次，謂之月旦評。誰若能得他金口評價，必然是身價暴漲，各家追捧。當初曹公還未發跡之時，經常帶著禮物去求見許劭，希望他能美言幾句，許劭卻對他為人頗為鄙夷，不肯相見。曹公動手脅迫，許劭不得已，只得說他是「清平之奸賊，亂世之英雄。」據說曹公自己還挺喜歡這句。

劉平道：「許劭本人在漢帝移駕許都的前一年在豫章去世，月旦評從此中斷。可他留下來一本名冊，幾經輾轉，最後落到了許攸手裡。許劭足不出戶，卻知天下之事。他的背後，必有一個覆蓋中原的人脈，對諸家動向瞭若指掌。你明白了？」

司馬懿「嗯」了一聲。許劭雖然過世，但這本名冊裡一定記錄著他生前操控的那層人脈。只要把這本名冊掌握在手，等於是多了一雙俯瞰中原人才礦脈的眼睛。世族動向一目了然，其中的意義不言而喻。

「這名冊叫什麼？」司馬懿問。

「名字叫做《月旦評》。」

司馬懿隨即又問道：「這冊子如此有價值，為何許攸不給袁紹？反而深藏不露？」

「因為袁紹用不著。河北名士這麼多，不需要費盡心思去搜刮人才。對飽食者來說，一塊烤肉無非是一口香，對饑餓者來說，卻是一條性命——許攸這個人，最喜歡待價而沽，珍寶賤賣這種事他是不會做的。」

「誰告訴你這冊子下落的？」司馬懿好奇地問。

「冷壽光。」

這個名字沒有讓司馬懿產生任何觸動，他只是若有所思地點了點頭：「你拿到名冊之後，打算如何？」

劉平把毛筆蘸了蘸墨，抬起頭來，望著高懸的房樑，輕嘆道：「古人云，天時不如地利，地利不如人和。漢室如今最堪倚仗的，就是人和，最缺少的，也是人和。只要我得到這本名冊，便可多為漢室尋一些藤蘿的種子，暗中寄生滋養於曹氏之樹，以圖大計。」

「這可不是你會說的話，誰教你的吧？」

「是楊修楊先生。他說漢室要做倚天蘿，依附曹氏而生。」

司馬懿嗤之以鼻：「幼稚！藤蔓在成長，大樹也在長！大樹離藤，不過是壯士斷腕；藤蔓離樹，卻是必死無疑。等到曹操發現漢室已尾大不掉時，你猜他會不會投鼠忌器？」

劉平被他嗆得說不出話來，臉色有些尷尬。司馬懿又道：「義和，不是我貶低你。你這個人的性格太溫和，又是個濫好人，根本不會這些勾心鬥角。這倚樹之計說起來簡單一句話，實行起來要有多難？面對荀彧、郭嘉、賈詡、蜚先生這一群人的算計，不能行錯一步，你覺得自己能勝任？」

劉平無奈地搖搖頭道：「我也知道這局面之艱難……但是漢室孱弱到了這地步，這是唯一的出路。仲達，若換作是你，你會怎麼做？」

司馬懿重新站起來，用手扶住柱子，五根手指有節奏地敲擊著木節，發出橐橐的聲音：「無論把大樹纏的多緊，藤蘿終究是藤蘿，永遠成不了大樹。不如去做蛀樹的白蟻，索性把大樹蛀蝕一空，再以腐木為養料，栽下一棵新樹。」

說到這裡，司馬懿眼神裡射出一道陰鷙的光芒，雙唇磨動，似乎在模仿巨蟻啃噬木料。

劉平垂下頭，細細咀嚼著「新樹」二字，未置可否。司馬懿又湊前一步，眼神灼灼，這一次言辭更為直白：「漢室已是衰朽不堪，縱然有靈丹妙藥，也不過苟延殘喘罷了。總圍著這塊朽木招牌轉，還不如另起爐灶，別開新朝！」

「啪」地一聲，劉平的手把墨硯碰翻，幾滴墨汁灑在了案腳的竹席之上。

勸說一位皇帝別開新朝？這可當真是大逆不道的言論，犀利到不能直視。劉平縮了縮脖子，囁嚅道：「可我是漢天子，怎麼能另……」司馬懿打斷他的話：「漢天子又如何？光武皇帝也是漢室宗親，號稱紹繼前漢，可誰都知道，這個漢和那個漢，根本不是一回事。他不是中興之主，根本就是開國之君！光武能做到，你為何不能？」

司馬懿的思維一貫出人意表，但他的這個建議仍是太過匪夷所思。劉平不得不停下運筆，勉強咽了咽唾沫，用盡心神去抵擋、消化它所帶來的衝擊。司馬懿沒有逼迫，而是退回到陰影裡，聲音恢復平靜：「若我是你，我就會這麼做。這是最好、也是唯一的一條生路——不過我畢竟不是你。」

劉平忽然意識到，有一個至關重要的問題，自己居然忘記問了。

司馬懿剛才一直談論的，是劉平該如何如何，那麼他自己的態度是怎樣？給出建議是一回事，投身到其中，是另外一回事。劉平知道司馬懿與自己情同手足，可這件事太過重大，關乎到了司馬氏闔族的安危。為了家族利益，司馬懿會如何選擇？會不會投入到這一場勝算不大的艱苦對弈中來？

理智上，劉平不希望把司馬家卷到這一場漩渦裡來；感情上，他卻一直渴望能有一位真正能放心託付的戰友。

「仲達，你會幫我嗎？」劉平擱下毛筆，回過頭來，忐忑不安地問。

司馬懿冷冷地回答：「不會，那種對兄弟都不放心的混蛋，我沒興趣搭理。」劉平知道自己說錯話了，歉疚地抓了抓頭皮，正色道：「我想讓漢室復興，需要仲達你的力量，來幫我。」

司馬懿「哼」了一聲，走到案幾前，把墨汁淋漓的《莊子》抄件一把扯過來，略看了一眼，隨手丟在一旁：「這種事，果然就不該放任你亂來，還是我自己親自動手吧。」

「謝謝。」劉平低聲道。

司馬懿咧開嘴，拍了拍他的肩膀，陰森森地笑道：「告訴你一個祕密。我出生時有人給我算過命，說我是飛馬食槽之命。所以你這個傢伙啊，安心守住皇位就行，曹家就交給我來對付。」

劉平長舒一口氣，正要開口說話，司馬懿卻機警地猛一轉頭，豎起食指：「噤聲！」屋子裡立刻陷入寂靜，門外傳來一陣敲門聲，然後一個女人的聲音傳來：「請問我家主人劉和在否。」

「是任紅昌。」劉平壓低聲音說，和司馬懿交換了一個疑問的眼神。按規矩，一個侍妾在入夜後，絕不可能跑到別的男子房前敲門。任紅昌這麼做，想來是有什麼特別的急事。劉平不想讓自己和司馬懿的關係暴露，便主動起身去開門。司馬懿則跪坐在案几前，裝模作樣地翻看《莊子》。

門一打開，任紅昌一臉焦急地對劉平道：「二公子被抓走了。」

# 第七章　一條暗流波浪寬

曹丕厭惡地吸了口氣，周圍充斥著腐爛的稻草味道和黴味。他挪動身體，發現手底下的地面沾著一大塊不知質地的污垢。他嚇得趕緊把手抬起來，擦了擦，想換一個地方，可是這個狹窄的牢籠根本沒有太多選擇。他只能把衣袍的下擺墊在手裡，勉強靠坐在牆壁上，往後一抹，抹了一手綠綠的尿蘚。

曹丕是在下午被抓進來的。他本來只想打聽一下許攸的府邸，結果誤入了貴人區，被附近的衛兵給盯上了。好在他自稱是遊學儒生劉和的僕從，負責審問的老吏沒敢特別為難，把他關到一個單監裡，還特意派人去鄴城驛館送了信。不出意外的話，第二天早上劉和過來繳納一筆錢，就能給贖出去了。

不過這一夜就比較難熬了。曹丕不憚於吃苦，但躺在這麼齷齪的地方，實在有點超出他的忍耐。他思前想後，決定不躺了，乾脆站上一宿算了。他不想貼著牆壁，就站在監牢正中間，待了一陣覺得實在無聊，索性右手虛握，開始在這個狹窄的監牢裡練起劍來。

一套劍法走完，曹丕頭上隱有熱氣，呼吸微促。這時一個蒼老的聲音傳入他的耳中：「不要跑來跳去，擾人清淨。」曹丕一愣，這裡是單間，怎麼會有另外一個人的說話聲？他再一聽，卻又沒了聲音。這監牢裡只有一床稻草席子，除此以外別無他物，絕不可能藏著別人。曹丕臉色「唰」地變了，心想不會是以前死在這裡的囚犯鬼魂吧？他不由得把身體靠在牆角，瞪大了眼睛，開始念誦驅魔的咒語——那是他從一個術士那裡學來的。

「不要吵，煩死了。」聲音再度響起。曹丕這次聽清楚了，這是來自於隔壁的一間牢房。他蹲下身子，扯開草席，看到在骯汙的牆角處有一個拳頭大小的洞口，聲音就是從這裡傳過來的。他把頭探到洞口，冷不防看到對面一個碩大的白眼珠子在轉，曹丕嚇得「啊呀」一聲，朝後躲去。

「原來是個毛頭小子，無趣！」

聲音意興闌珊，眼珠子旋了幾圈，從洞口離開。曹丕這才知道，隔壁的是個活人——不過這人的眼睛可是夠大的，快趕上牛眼了。曹丕定下心神，憤憤道：「君子貴慎獨，講究的是非禮勿視。你逾牆窺隙，已是無禮之舉，反來怨我？」

他這一句話裡，帶了《論語》、《大學》、《孟子》中的三個典故。隔壁的聲音「咦」了一聲，頗為驚訝：「小小年紀，談吐倒也不凡，你是誰家的子弟？」

讀過這些經籍並熟用其中典故的孩子，一定是有家境的人。曹丕答道：「我是弘農劉家的書童，這次是陪主人赴鄴遊學而來，只因舉止不慎，被關了起來。」聲音沉默片刻，復又響起：「弘農劉家啊……家教果然不錯，小小書童，說話都這麼有雅識。也罷！總比那些獄吏強點。長夜漫漫，咱們勉強來聊聊吧。」

曹丕一愣，心想這人倒是個自來熟，剛才還嫌聒噪，如今居然主動要求聊天。

「聊什麼？」他謹慎地問道。

「諸子百家、詩經楚辭、三墳五典……無論什麼，老夫都可以遷就你的水準，隨便教誨一下。」聲音傲氣十足。

曹丕頓時無語，他還是第一次見這麼急不可待要教誨別人的人。他左右無事，又不願睡覺，於是開口道：「那就……談談文章吧。」文章無關時政，不用擔心有暴露身分之虞，最是安全。那人猛地一拍牆壁，撲簌簌震下無數灰塵：「好！咱們就來說說這文章之事！」

曹丕面對牆壁，席地而坐。牛眼透過孔隙，看到童子坐得很端正，頗有講學聆聽的儀態，很是滿意，便開口徐徐講了起來。

這人的聲音老成，帶著一股威嚴之氣，一聽便知是常居高位者，只是不知為何困居囚囹。他自己沒提身分，曹丕也就不問，只談歷代文章。慢慢地，曹丕聽出來了。這人一定是個孔融似的名士，滿腹經綸鋒芒畢露，一日不說便渾身難受。偏偏這監獄裡都是目不識丁之輩，他一腔議論無處宣洩，憋悶非常，正巧碰到曹丕這種懂行的聽眾，自然是如獲至寶，要一吐為快。

這個人的學問相當大，說起話來引經據典，滔滔不絕。曹丕本只是打算打發時間，卻沒想到他的言談確有精妙之處，不知不覺被吸引，聽得津津有味。曹丕家學不錯，自己一向也頗為自負，所以聽到這人的議論，頓時感覺到一扇大門被緩緩推開，引著他登堂入室，一窺文章祕奧。而曹丕偶爾的幾句反問或駁論，讓那人的談興更濃。

曹丕自從踏足官渡以來，無時不刻不惦念著手刃噩夢，一心一念懷著仇恨苦練劍法，又要掩飾自己身分，不得有片刻鬆懈。時間一久，精神疲憊不堪。一直到今日，他才給自己找到一個理由，平心跪坐，拋開雜念，安靜地聽一個不知名的老者說些單純的東西。這時候，曹丕才驚訝地發現，自己內心深處綻放開來的，居然是一顆文人之心。原來，他渴望著有一場這樣無拘無束的談天，已經很久了。

「這一夜，就讓我歇歇吧。」曹丕閉上眼睛，壓抑住戾氣與殺伐之氣，像一個太平盛世的普通學子一般，沐浴著春風，心無旁騖地聆聽著老師的講說。於是，這一老一少你來我往，交相論辯，渾然忘記外界的險惡，隔著一個極其骯髒的孔隙，說起最清雅的話題來。

「總而言之，童子，文章乃是經國之大業，盛事不朽。咱們的壽數都有盡頭，身死之日，一身富貴也就煙消雲散。而文章卻是萬古長存，無窮無盡！我說完了。」

這人說完這一句，長長嘆息了一聲，手掌拍打著膝蓋，似是感慨萬分。曹丕抬頭一看，窗外濛濛微亮，這才驚覺兩人竟談了整整一夜。他慢慢挪動已經麻木的雙腿，反復琢磨老者最後的話語，心情異常平靜。

這一次對談結束了，他既無遺憾，也無不舍。

聲音道：「天已大亮，一會兒就會有人來贖小友你出去了吧？」

曹丕道：「正是。」

孔隙裡的牛眼一閃而過，聲音道：「你這孩子，見識與悟性都不錯，若非屈就書童，也是個可造之材，可惜，可惜。」曹丕站起身來，恭恭敬敬面牆而拜：「老先生金玉之言，受益良多，可比我……呃，我主人家的教書先生強多了。」

「哼，昨夜與你所談，都是老夫這幾年來殫精竭慮的奧義，豈是尋常腐儒可比！」那聲音傲然道，旋即又低沉下來：「昨夜之言，我已有了一個題目，名曰《典論》。可惜監牢裡無有紙筆，不能寫下來，估計是沒機會傳世了——想不到這《典論》唯一的一個聽者，居然是個小書童，嘿嘿，真是造化弄人。」

曹丕踏前一步，大聲道：「先生所言，我已盡記在心。等我稟明了主人，抄錄下來，為先生刊行，刻在石碑之上，必可大行於世。」

孔隙裡的眼睛消失了，一個疲憊的聲音傳過來：「呵呵，你有這心思，我很欣慰。不過等你出去以後，趕緊告訴你家主人，找個理由離開鄴城吧，不要橫死在此處。」

「為何？曹軍不是遠在官渡嗎？」曹丕大驚。

對方沉默片刻，緩緩道：「審正南這個人，對各地宗族覬覦之心已久。他把你們召來鄴城，絕無好意。若不及早脫身，必致大禍。」

聽到這話，曹丕脊背為之一涼，不由得退後數步。審配對非冀州的世族子弟懷有偏見，這誰都知道，可他居然打算對這些人下黑手，這卻超出了曹丕的意料。他皺著眉頭，輕輕咬住嘴唇，突然意識到，這老人對審配的心思似乎了若指掌，一定和鄴城高層有千絲萬縷的關係。

曹丕心念一動，開口問道：「我家主人是許攸先生的舊識，有他在鄴城庇護，應該沒什麼事吧？」

聲音發出一聲嗤笑：「許子遠？他算得上什麼名士，趨炎附勢之徒，天性涼薄之輩。你那主人，可謂是有眼無珠！」

「……聽您這麼一說，確實如此！自從進了鄴城以後，我們就一直找不到他。」曹丕巧妙地引導著問題。

聲音道：「哦，這不奇怪。他之前惹惱了袁公，被罰在家禁閉。除非有袁公的憑信，誰也不得靠近……嘿嘿，待遇倒是比老夫強多了。」

說到這裡，曹丕忽然聽到外面鐵鎖嘩啦作響，有獄吏喊道：「魏文，有人來贖你了！」曹丕整了整衣襟，對著孔隙深深鞠了一躬：「先生昨夜教誨，在下銘記於心。未敢請教先生姓名。不然他日若有機會將《典論》發揚光大，恐怕有師出無名之憾。」

「哈哈哈，師出無名，你這童子倒是會歪解。」聲音爽朗地笑了起來，「老夫姓田，叫田豐。」

曹丕告別田豐，被獄卒帶出監牢，卸下鐐銬。獄卒一推他肩膀：「走吧。」此時外頭陽光耀眼，曹丕手搭涼棚四下望去，沒看到劉平或者任紅昌，卻看到幾個形跡可疑的布袍男子不懷好意地靠近。曹丕連忙回頭，獄卒「哐噹」一聲剛好把門關上，斷去了他的退路。

曹丕臉色一沉，知道自己有大麻煩了。這種事他曾聽人說過，叫做「逋遺」，是一種漢代陋習。監牢裡的獄卒會專門盯著那些輕犯，一旦發現他們能用錢贖罪，則說明這犯人家中有油水可榨。獄卒會在頭天晚上收了贖買錢，次日故意把囚犯提早放出來，外頭聯絡好幾個潑皮，把犯人強行擄走，再向他家人勒索一道。這種做法風險極小，獲利卻大，在桓、靈時代曾經頗為盛行。

曹丕沒想到，在鄴城這個地方，居然還保留著如此陋習。此時天色剛濛濛亮，監獄又地處偏僻，來往行人不多，正是綁人的最好時機。這幾個潑皮散成一片扇形，朝著曹丕圍過來，嘴角都帶著貪婪的獰笑。曹丕停下腳步，昨天晚上被文章壓抑下去的戾氣呼啦一聲又翻湧上來，他像是一隻受傷的小獸，朝著獵人發出沉沉的低吼。

他環顧左右，緩步走到一片低矮的屋簷之下。一個潑皮對這麼個半大孩子沒什麼警惕，咧著嘴伸出手去抓他的脖頸。曹丕猛然跳起來，雙手奮力一爬，把那屋簷上的瓦片劈里啪啦地拽下來。潑皮猝不及防，高抬起手來去遮擋。曹丕趁機用腳猛踢他的下襠，潑皮慘呼一聲，捂著褲襠倒在地上。

曹丕趁機邁過潑皮佝僂的身體，撒腿就跑。其他幾個潑皮見勢不妙，發一聲喊，一起追去。這些人身高腿長，比起曹丕來速度快多了，很快就追趕上去，嘴裡還罵罵咧咧，說要打折這娃娃的狗腿。

包圍圈愈來愈小，曹丕眼見要被挾住，他猝然就地一滾，俯身從地上撿起一根粗大的樹枝，手做劍指，朝為首一人刺去。他現在的劍法，已有了王氏快劍五成火候，這一下子就刺中了那人的腿窩，咕咚一聲倒在地上，大聲呻吟。

這些潑皮倒也悍勇，見到同伴倒地，不退反進，紛紛從腰間抽出大棒或木刀，朝著曹丕沒鼻子帶臉狠狠砸去。曹丕抵擋不住，只得轉身繼續奔逃。鄴城對他來說是一個迷宮，他不辨方向，只得憑著直覺在小巷裡七轉八轉。潑皮們顯然比他更熟悉地形，分進合擊，有好幾次險些得手。曹丕慌不擇路，忽覺眼前一闊，居然衝出巷口，來到一條寬闊大街上。

曹丕還未鬆口氣，忽聽到耳邊傳來一聲驚呼。他轉頭去看，看到迎面一輛單轅馬車急速朝自己衝來。那車夫看到有個人斜裡衝出來，急抖韁繩想躲開，孰不知犯了馭車大忌。只聽轅馬一聲嘶鳴，車輪在青石地面橫裡滑過，整架馬車轟隆一聲，側翻在地。曹丕急忙躲閃，身體堪堪避過，卻被傾覆的車廂壓住了衣袍下擺。那車夫也被甩出車去，撞到一旁的牆壁上，一動不動。

這突如其來的事故，讓那些尾追而來的潑皮愣住了。能用得起馬車，這車主一定身分不低，現在湊過去說不定會惹出什麼麻煩。究竟是繼續追那孩子，還是化為鳥獸散，他們一時都拿不准主意。為首的潑皮打量了馬車一番，注意到無論車廂還是轅頭均無裝飾，便吼道：

「怕什麼，出了事，有審榮老大給咱們擔著，上！」

曹丕聽到那邊大吼，急忙矮下身子去撕扯衣袍，想儘快脫身。可這時，從傾覆的車廂伸出來一隻手，一把握住他的手腕。曹丕大驚，定睛一看，發現這只手白皙細嫩，一看便知是屬於年輕女子的。

「救，救我……」

一個少女狼狽地從車廂裡探出頭來，面露痛楚，朝著曹丕小聲呼救。曹丕瞥了她一眼，霎那間呆在了原地。這少女的眉眼，竟與伏壽有幾分相似，翹鼻豐唇，雙眸美得驚人，缺少的只是後者的滄桑成熟，看上去更多的是青澀的純淨。

潑皮們叫嚷著衝了過來。曹丕如夢初醒，知道這不是發花癡的時候。他低下頭，想繼續撕扯衣襟，那少女的手卻緊緊抓著他，似乎在抓著自己最可信賴的人。曹丕想甩開她的手，可一看到少女楚楚可憐的眼神，總在腦海裡和伏壽的樣子重疊起來，讓他心中為之一軟。

就這麼一耽擱，潑皮們已經殺到身旁。他們惱火曹丕的不老實，惡狠狠地對他拳打腳踢。曹丕為了避免受傷，只得把身體蜷縮起來，承受著暴風驟雨般的毒打。他身體撲倒，恰好擋在了少女跟前，看上去好似是把她保護在懷裡。少女面色緋紅，閉上眼睛一動不動，曹丕卻是滿目赤火，心中鬱悶不已。

潑皮們打了一陣，要把曹丕扯起來帶走。這時街道的另外一端傳來一聲喝叱：「你們這些賤奴想幹什麼？」潑皮們一看，原來是那個車夫從地上爬了起來。他的斗笠掉在地上，露出一張英武的面孔，年紀大約是在二十五、六歲。

「原來是誰家的姑娘要淫奔啊。」潑皮們哄笑起來。這一男一女一大早急急忙忙駕著馬車要離開鄴城，任誰都知道是怎麼回事。車夫聞言大怒，疾步撲過來揮拳就打。這人別看行事魯莽，手底的功夫卻是不弱，出手狠辣無比，毫無花哨，拳拳都是打擊對手要害。沒幾個回合，那七、八個潑皮都被打倒在地，捂著下陰或者眼睛呻吟。

車夫抓住曹丕肩膀，粗魯地將他拽開，飛快地俯身握住那少女的手，把她從車廂裡拽出來，上下檢查一番，用手比劃了幾下，少女紅著臉，一指曹丕：「多虧了這位義士擋住那些壞人……」

車夫冷哼一聲，似乎對曹丕的行為不以為然。曹丕這才發現，原來這車夫是個啞巴。不過他對這一對男女沒興趣，也不想辯解，自顧站起身來，扯斷下擺，轉身要走。就在這時，一陣急促的腳步聲傳來。從街道兩旁突然出現了幾十名士兵，個個腰挎短刀，頭裹黑巾。這是袁氏在鄴城最精銳的衛隊。他們神情嚴肅，呼啦一下把傾覆的馬車團團圍住，登時圍了個水泄不通。

曹丕有點糊塗，自己的身分不過是個書童，即便是被潑皮「逋遺」，也不至於驚動這種級別的衛隊。那車夫把少女抱在懷裡，狠狠「呸」了一聲，怒目以對。曹丕這才恍然大悟，這衛隊原來是衝著這兩個人來的。

一名校尉模樣的人走進圈子，略掃了一眼現場，陰沉著臉比了個手勢。立刻就有十幾名士兵出列，把那幾個潑皮以及曹丕從地上拽起來，牢牢架住。曹丕吃痛，不由得「哎呀」叫了一聲。衛士長手指輕晃，示意把他們都帶走。這時少女忽然站出來，對校尉大聲道：「這人跟他們不是一路，剛才還捨身救我，不是壞人。」

校尉眉頭一皺，對這位弱不禁風的少女很是無奈。少女昂起下巴，顯得很堅決，他只得低聲吩咐了一句，架著曹丕兩支胳膊的士兵稍微鬆了鬆手，讓他感覺好受些，但還是被緊押著不放。

這時候街上已陸續有了些行人，看到這一番景象，都遠遠看著，指指點點。不一會兒功夫，一輛新的馬車從街道一頭開過來，停在眾人身前。校尉比了個手勢，請少女登車。讓曹丕驚訝的是，那個車夫居然也堂而皇之地登上去了。

少女進到車廂以後，臉在小格窗櫺裡一閃而過，似乎想多看一眼曹丕。從這個角度看過去，她的氣質和伏壽愈加相似，眼中多了幾絲憂鬱。曹丕望著她在窗口消失的身影，有種悵然若失的感覺。

馬車很快離開，可是校尉看起來並不打算放過這些人。他慢慢踱步到曹丕跟前：「到底是怎麼回事？」曹丕沒什麼好隱瞞的，就把那些潑皮試圖「逋遺」的事情和盤托出。校尉點點頭，看來對這種陋習也早心知肚明。

「那我能走了嗎？」曹丕問。現在事情很明顯了，他跟那輛馬車上的人一點關係也沒有。校尉卻伸手攔住了他，搖搖頭，眼神射出兩道既諷刺又同情的目光。曹丕臉色「唰」地變白了，他早該想到，能夠驚動這種級別衛隊，那女人想必是鄴城哪個大族的親眷。她鬧出這種淫奔的醜聞，家族肯定會設法掩蓋，目擊者肯定會被滅口。

曹丕手腳冰涼，周圍都是精銳甲士，想逃也逃不掉了。接下來，他大概就會被帶去某一個不知名的地方，被祕密處死，屍體扔到什麼溝渠裡慢慢腐爛。一想到這種可怖的場景，噩夢便重新復甦，佔據了他的整個身心，讓他汗如雨下，幾乎站立不住。

校尉注意到了這孩子的異狀，但沒什麼表示。他接下來的工作，是把傾覆的馬車推開，所有的目擊者都帶走殺掉，今天的工作就算完成了。至於這些人是不是無辜，有沒有免死的理由，他不知道，也沒興趣了解。只要這件事不被洩露出去，任何代價都是值得的。

可他沒想到的是，意外發生了。

曹丕突然向前撲倒，整個人一下子摔在了地上。在他的身後，一個身穿青袍的儒生輕輕把左腳放下，一臉厭惡。曹丕從地上狼狽地爬起來，屁股上印著一個大大的鞋印。他強忍著臀部的劇痛，茫然地望著那個陌生的儒生——這人他從來沒見過。那儒生伸出手來，「啪」地給了他一耳光，狠狠罵道：「狗奴才，你還敢出現！」曹丕被這一巴掌打出火氣來了，大叫一聲，雙手抱住儒生的腰，兩個人糾纏成了一團。

這突如其來的混亂，讓校尉以及他的衛兵有些不知所措。儒生似乎只打算痛打這孩子一頓，這樣的行為，需不需要阻止？誰也不知道。

兩人正扭打的熱鬧，儒生藉著纏鬥的姿態，在他耳邊低聲說了一句：「二公子，繼續打，而且要哭，愈大聲愈好。」曹丕愣怔了一瞬間，可他畢竟聰明，立馬反應過來，一屁股坐在地上開始放聲大哭。他哭的醜態百出，鼻涕眼淚滾滾而落，儼然一個被小夥伴欺負的頑童。

校尉啼笑皆非，覺得這有點不像話了，吩咐人上去把儒生拉開。不料儒生更來勁了，一邊狠狠踢打曹丕，一邊痛罵，似是有深厚大恨一般。這時另外一個儒生裝扮的人從人群裡站出來，指那儒生鼻子就罵：

「好你個司馬懿，為何打我的書童？」

那叫司馬懿的儒生毫不客氣地反擊道：「主賤僕蠢；主愚僕愚。他做了什麼好事，你會不知？看來書抄得還不夠多啊。」周圍有人認出來了，知道昨天這個弘農的劉和與河內的司馬懿打了一架，結果輸了，還被罰抄了一本莊子。看來這兩個人結下冤家，今天又在街頭鬥了起來。

劉平瞪大眼睛，把曹丕扶起來，厲聲喝道：「你太跋扈了，簡直不把人放在眼裡，我去叫辛先生、審治中做主！」

「你就是把光武皇帝請來，也沒用。」司馬懿毫不客氣地反擊，又要去踹曹丕。曹丕哭聲震天，劉平一把拽過他來，躲過這一腳。三個人你來我往過了幾招，曹丕的位置已不動聲色地挪出了校尉的控制範圍。

校尉不認識劉平，但他認識司馬懿，知道這是最近鄴城風頭最勁的一個讀書人，連審配都嘖嘖稱讚。現在他們三個打得斯文掃地，半點儀態都不顧了。忽然右邊街角傳來幾聲喧嘩，柳毅、盧毓等人也紛紛從館驛趕過來，看到「劉和」跟司馬懿這一對冤家又打了起來，又驚又怒，還帶著幾分興奮，挽起袖子就要上前助陣。周圍看熱鬧的人愈來愈多，本來肅殺的氣氛，卻被搞得如同花朝節一般喜慶。

校尉無奈地發現，這一場仗莫名其妙地吸引了太多目光。在眼下局勢裡，他已不可能將所有目擊者悄無聲息地帶走。

「這裡發生了什麼事？」一個聲音從校尉身後傳來。校尉一回頭，心裡暗暗叫苦，原來來的人是審榮。他雖然只是一介儒生，但卻有個權勢滔天的叔叔審配，在鄴城無論是誰都得賣他幾分面子。

「審公子，這裡有人鬥毆。」校尉當然不可能去提馬車的事，只得避實就虛地描述了一下。審榮看到鬥毆的雙方是司馬懿和「劉和」，神情微微一滯，低聲對校尉道：「當街鬥毆，有辱斯文，快把他們拉來吧。」校尉嘆了口氣，知道自己沒別的選擇，便下令讓衛兵們拉架。

幾個虎背熊腰的衛兵衝過去，這才把司馬懿與劉平、曹丕拽開。劉平趁著混亂的當兒，扯著曹丕鑽到柳毅、盧毓那一夥儒生的隊伍裡去。衛兵們現在若是還想動手抓人，必須得先突破這一群氣勢洶洶的天之驕子不可。

另外一邊的司馬懿拍拍身上的土，走到審榮面前，深鞠一躬道：「審公子，獻醜了。」審榮的臉似笑非笑：「仲達你是個讀書人，怎麼跟那些土包子一般見識呢？」

「該出手時，就得出手。有些人不吃點虧，是不知道尊重為何。」司馬懿晃動著脖子，滿不在乎地說。審榮道：「下次何必弄污仲達的手，跟我叔叔說一聲，有他們的苦頭吃。」

這時候，在他們身旁，那幾個被拘押的潑皮忽然大聲鼓噪起來。為首的挺直了脖子對審榮喊道：「審公子，你得為小的們做主啊。我們可是按您的吩咐去做的！」周圍的潑皮也是一片求饒聲，喊成一片。

審榮一聽這話，臉色驟變，下意識地倒退幾步，有些不知所措。校尉意識到這裡似乎別有隱情，急忙喝令衛兵讓他們住嘴。可一時之間，這麼多張嘴哪裡堵得住。司馬懿瞇起眼睛，對審榮道：「審公子，借你的寶器一用。」審榮還沒答話，司馬懿欺近他的身子，「嚓踉」一聲把他佩帶的長劍抽了出來。審榮大驚：「你要幹什麼？」司馬懿笑了笑，提著劍走到那幾個潑皮身前，來回踱了幾步，開口道：

「當街鬧事，妖言惑眾，此非常之時，當行非常之法！不嚴懲不足以服眾！」

說到這裡，司馬懿的雙眸突然暴射出兩道寒光，手裡長劍猛地刺出，把為首的潑皮刺了一個對穿。整條街霎時安靜下來。大家開始只是抱著看打架的心態，卻沒想到幾句話沒說完，居然真的鬧出人命來了。

司馬懿握緊劍柄，輕輕一旋，潑皮的面部劇烈抽搐，口中發出呵呵的呻吟。然後這個面帶微笑的年輕人把劍從潑皮的胸膛抽出來，動作很慢，彷彿在欣賞一件自己親手完成的珍品。鮮血順著慢慢抽離的劍刃湧出來，腥味彌漫四周。

接下來，司馬懿手裡的長劍不停，連續刺了七次，七個潑皮一聲不吭地被刺死。司馬懿面色如常地用衣袖擦乾淨劍刃，雙手奉還給審榮。審榮臉色略有發白，接過長劍，囁嚅道：「仲達……你，你做的不錯。」審榮知道這是司馬懿在幫自己滅口，可胃裡一陣一陣地泛著酸水，想要嘔吐。

「我剛才不是說過嗎？有些人不吃點虧，根本不知尊重為何。」司馬懿微微一笑，彷彿只是踩死了七隻螞蟻。校尉站在一旁，暗暗佩服。他久經沙場，可也沒見過殺人殺得如此舉重若輕，談笑間即斬殺七人，這得需要何等的果決與毅定。

司馬懿這種做法，讓校尉鬆了一口氣。現在圍觀者們的注意力都放在了司馬懿殺人上去了，至於那個傾覆馬車到底怎麼回事，不會有人再感興趣，無形中為他減少了很多壓力。至於那七條人命，本來校尉也是打算殺人滅口的，有司馬懿代勞，更省事了。

司馬懿把劍還回去以後。校尉走過來，向兩位致謝。審榮說甄校尉你辛苦了，校尉苦笑一聲，連聲說家門之事。司馬懿奇道：「為何是家門之事？」

甄校尉臉色一僵，沒有回答。審榮把司馬懿拽到一旁，悄聲道：「他姓甄名儼。剛才駕車出逃的，是他最小的妹妹，袁熙的夫人甄宓。」

「哦？」司馬懿眉頭一抬，這身分倒有趣。

審榮道：「甄宓是袁家老二新娶的媳婦，可這女人三天兩頭想著往外跑，被抓回來好幾回，已成了鄴城的笑話──我估計這次她又故技重演，被衛隊給追回來了。」

司馬懿奇道：「這麼大笑話，袁熙也不管管？」

審榮嗤笑道：「據說這姓甄的小姑娘漂亮的不得了，袁熙喜歡還來不及，哪敢懲治啊，都是給慣出來的毛病。現在外頭打仗，袁熙在鄴城待得少，索性就讓她與婆婆劉氏同住。那劉氏也是個懦弱本分的人，就更約束不住了──不過這話仲達你聽聽就算了，莫要亂說。老袁家的家醜，旁人若是知道，可不是好事。」

袁紹一共四子，其中長子袁譚和三子袁尚一門心思爭嫡。而次子袁熙對位子沒興趣，自己又手握實權，地位超然，兩方都是盡力拉攏，不敢得罪。所以這個甄氏動輒出走，鄴城諸方都是裝聾作啞，只在心裡笑笑，不敢公開議論。

審榮不想多談論這個話題，拍拍司馬懿的肩膀道：「對了，那個弘農的劉和那麼討厭，要不要我稟明叔叔，為仲達你出出氣？」

司馬懿揚揚手：「算了，把他的書童痛打一頓，算是公開羞辱了。我也不想鬧大，你知道嗎？他還是辛毗先生特別批准放進來的呢。」審榮狠狠道：「辛先生為人太老實，總被這些鼓唇搖舌的傢伙騙。哼，若讓我逮住把柄，讓叔叔整死他。」

司馬懿打了個呵欠，似乎對這些事毫不關心。

街上的屍體和馬車很快都被抬走，圍觀的人也都漸漸散去。司馬懿畢竟殺了人，被鄴城衛請去做筆錄，審榮也跟著去了。「劉和」一下子成了柳、盧等非冀州儒生的偶像，他們認為他敢於站出來，實在是解氣，對冀州儒生的橫行霸道愈發不滿。這些人簇擁著劉平，從當街一直走回到館驛，一路上七嘴八舌。

到了館驛，劉平藉口要休息一下，摒退了其他人，只留下曹丕在側。曹丕沒多說什麼，先打了一盆井水，痛痛快快洗了把臉，一去監獄裡的醃臢污氣。

過不多時，任紅昌推門進來，身後還跟著一個用斗笠遮掩住相貌的人。他摘下斗笠，曹丕眼神一動，正是剛才打過他的司馬懿。

「這位是河內司馬家的二公子司馬懿。」

劉平忐忑不安地向曹丕介紹。他們昨天一得知曹丕入獄後，立刻就趕往贖人，然後被告之次日早上來提人呢。結果他們抵達之時，正看到曹丕要被校尉抓走，危在旦夕。司馬懿急中生智，使出這一招亂中取栗，才把曹丕救出來。

目的雖然達到，但手段有些過火，劉平知道曹丕的性子傲氣，無端挨了這麼一頓打，不知能否能接受。誰知曹丕一見到司馬懿，立刻走過去，一躬規規矩矩鞠到底：「多謝司馬公子救命之恩。」

司馬懿眉毛一挑：「哦？二公子不記恨我打你？」曹丕正色道：「若非此計，我豈能脫身。大恩還不及謝，怎麼會心懷怨恨。司馬先生您急智著實讓人佩服，尤其是殺潑皮時的殺伐果斷，真是棒極了！」

開始曹丕還說得鄭重其事，說到殺潑皮時，不免眉飛色舞起來，露出頑童本性。司馬懿大笑：「二公子不嫌我手段太狠辣就好。」

「我父親說過，要成非常之事，要有非常之人，行非常之舉。司馬先生你一定會成為他的知己！」

他說話時雙目放光，可見對司馬懿是真心欽佩。劉平在一旁，表情有些不自然。司馬懿為了達成目的，從來不憚於任何手段，而曹丕恰好也是同一類人。兩人甫一見面，一見如故，一點都不奇怪。可這種行事風格，劉平並不喜歡，還一度想把曹丕扭轉過來——可他不得不承認，在這個時代，司馬懿和曹丕的方式才是最合適的。

司馬懿忽然轉過臉來，對劉平道：「陛下你可不要學我們。臣子有臣子之道，天子有天子之道，不是一回事兒。」劉平尷尬地笑了笑，知道自己這點心思瞞不過司馬懿，這是他在試圖開解自己。

曹丕一聽司馬懿口稱「陛下」，立刻猜出劉平把兩人身分都告訴司馬懿了，不禁好奇道：「陛下您對司馬先生如此信任，莫非之前你們認識？」司馬懿面不改色：「我也是靖安曹的人，是郭祭酒安插在鄴城的眼線。」靖安曹在各地都有耳目，多是利用當地大族的人，這個理由順理成章，曹丕哦了一聲，不再追問。

接下來，曹丕把自己在監獄內外的遭遇講了一遍。劉平和司馬懿都沒想到，關在曹丕隔壁的那個健談大儒，居然是田豐。這個人是袁紹麾下最知名的幕僚，無論是聲望還是才智，都淩駕於沮授、審配、逢紀、郭圖等人之上，是冀州派的山嶽之鎮。南陽派和潁川派策動袁紹討伐曹操時，田豐極力反對，甚至不惜公開指責袁紹，結果惹得袁紹大怒，把他關在監牢裡，誰也不許探望。

「你身為曹氏之子，能得到這位河北名士的指點，福分不少啊。」劉平道。

曹丕嘆道：「那是多麼偉大的一個人，我能得拜為一夜之師，真是幸運。這等人才，卻不為袁紹所用，他一定會敗給我父親的。有朝一日，我要第一個進入鄴城，親自把田老師迎出牢獄。」

司馬懿道：「田豐地位極高，對袁紹高層祕辛一定知道不少。二公子你可曾聽到過什嗎？」於是曹丕把田豐臨行前那幾句話也複述出來。司馬懿聽完以後，捏著下巴道：「審配對非冀州的大族子弟要有動作？這個消息很有意思，很有意思……」

劉平見他眼神閃爍，就知道一定是在琢磨什麼辛辣的東西。這時候曹丕補充道：「我還從田老師那裡套出了許攸的下落。他如今被袁紹軟禁，沒有袁紹本人的手令，都不得靠近。」

司馬懿看了眼劉平，後者輕輕擺了擺頭。劉平找許攸的目的，司馬懿是知道的。但曹丕為何要找許攸，這就沒人清楚了。

這時候一直保持沉默的任紅昌突然上前一步，眉頭緊皺：「二公子，那輛倒地的馬車……那個車夫，生得什麼模樣？」曹丕一愣，他剛才敘述的重點都放在田豐身上，對那輛馬車只當是意外事故而已，沒多注意。在任紅昌的要求下，他努力回憶了一番，略做描述，任紅昌情緒陡然激動起來：「是了，就是她。」

「誰？」

「呂布的女兒呂姬！想不到沮授居然把她藏進了袁府，怪不得我尋不著！」任紅昌的聲音有些顫抖。

「她莫非是個啞巴？」曹丕驚道。

「不錯。她是天生口不能言，不過呂溫侯毫不嫌棄，仍很寵愛她。」

劉平和曹丕都是一陣驚訝。呂姬居然在袁府，還化裝成車夫掩護袁熙的老婆甄氏出逃，此中蘊涵的曲折內情，可當耐人琢磨。

審配的野心、許攸的處境、呂姬的出逃，甄氏的態度……曹丕這短短一夜，勾出了一大堆線索，千頭萬緒。在場的幾個人又都各懷自己的心思，一時間全沉默不語，試圖從中理出個次序來。

「不能借助東山的力量嗎？」司馬懿突然問。如果這裡有蜚先生的東山耳目，就容易多了。

「東山被嚴格限制在前線以及敵區發展，在冀州反而沒多少根基。袁紹終究是對蜚先生不放心。」劉平回答。

司馬懿閉目略微思考，露出笑意，他忽然指向劉平：「陛下你要找許攸。」脖子迅速轉動，又看向曹丕：「你也要找許攸。」他又指向任紅昌：「你要找呂姬。」他最後又指向自己：「而我們所有人，都希望做完這些事以後，順利離開鄴城。一共是這幾件事，對不對？」其他三個人都望著他，等著下文。

司馬懿用拇指和食指輕輕摩挲著下巴，在屋子裡一瘸一拐地踱了幾步，忽又回身，欲要開口，卻忽然嘖了一聲，自嘲似地擺了擺手：「我已有了一個一石四鳥之計。」

等到司馬懿說完以後，任紅昌皺起眉頭：「聽起來不錯，可是這計謀完全以你為主，一旦你有異心，這就是取死之道。第一，你為什麼會幫我們？第二，我們為什麼要相信你？」

司馬懿用手戳了一下自己的太陽穴：「第一個問題，我願意；第二個問題，你們沒得選擇。」這個有些無賴的回答讓任紅昌臉色一沉。她覺得這個人在試圖模仿郭嘉，簡直就是東施效顰。

可還沒等她說什麼，司馬懿已走到她跟前，兩眼直勾勾地盯著她，讓她不由得後退了兩步，不期然想起草原上的狼。

司馬懿一甩袖子，忽然厲聲道：「這裡是鄴城，不是許都。無論你們以前什麼身分，最好都給我忘了！我告訴你們，你們現在只是一枚棋子，想要贏，就必須對我這個棋手無限信任，不能有絲毫動搖。即使我讓你們去死，你們也必須毫不猶豫地把腦袋伸過來。做不到這點的話，不如趁早離開鄴城。」

曹丕聽得雙眼發亮，覺得這樣的氣度太對胃口了。任紅昌卻沒被輕易說服：「我們無限信任你，但你若出賣我們，該怎麼辦？」

「如果我真想算計你們，你們已經死了。」司馬懿冷臉道。

曹丕偷偷扯了下任紅昌的袖子，想把她拽走。任紅昌甩開曹丕，對劉平說：「陛下，你信任這個人嗎？」劉平毫不猶豫地回答：「以命相託。」任紅昌又看了一眼曹丕，看到他也沒什麼反對意見，長嘆一聲，轉身離去。到了門口，她停下腳步，回首道：

「呂布的那群兄弟，也曾經這麼說過，兩位可要記好。」

呂溫侯英雄一世，卻被侯成、宋憲、魏續三位好兄弟兼部下出賣。任紅昌在白門樓前，親眼目睹了呂布絕望而悲憤的怒吼。從那時候起，她就對男人之間所謂的「信任」全無好感，那些東西可以輕易被貪婪和怯懦撕碎。

任紅昌默默離開了屋子，曹丕對司馬懿道：「司馬公子，我出去看看任姊姊，別再出什麼意外。」司馬懿笑道：「二公子請自便。」曹丕也推門出去，屋子裡只留下司馬懿和劉平兩人。

望著曹丕離開的背影，劉平對司馬懿道：「你覺得這孩子如何？」司馬懿歪了歪腦袋：「胸中一團戾氣，卻能含而未露，引而不發。小小年紀能做到這一步，實在是不得了。日後成長起來，成就不可限量吶。」

「是啊，我也是這麼覺得。」劉平矛盾地說。曹丕成長得愈快，對漢室的威脅就愈大。

司馬懿側眼看向劉平，似笑非笑：「其實我這計謀早想好了，只不過是想先跟你商量一下，免得事後落埋怨。」

「嗯？」

「我這計畫，其實不是一石四鳥，而是一石五鳥。」

「一石五鳥？」劉平先是訝異，旋即倒吸一口涼氣：「你是說……」

「不錯。這第五隻鳥，就是曹丕。我覺得不如趁這次機會把他幹掉，為漢室除掉一個心腹小患。」司馬懿漫不經心地翹起右手的小拇指，指向少年的背影，一臉輕鬆。

許褚大吼一聲，像扔石頭一樣把兩名烏巢賊慣入水中，激起兩團水花。在他身旁，三十餘名虎衛正在浴血奮戰，與數倍於己的敵人相持。

這裡是烏巢大澤內的一處偏僻水域，數個奇形怪狀的無人小島把水面切割得支離破碎，宛如老人的掌紋。此時大約有十幾條小船正圍攻著曹軍的三條舢板。

三隻舢板上的曹軍人數雖少，但個個都是許褚精挑細選出來的精銳虎衛。他們身披甲冑，手持木盾與長槳分列在舢板兩側，總有一半人在划船，另外一半人則揮舞著木槳，不讓敵人靠近。相比之下，衣衫襤褸的烏巢賊只在數量上佔優勢，他們連續衝擊了五、六次，跳上船的人不是被亂槳砸下水，就是被那個危險的劍手刺殺。

「再堅持一陣，援軍馬上就到了。」

許褚站在船頭揮動著孔武有力的雙臂，虎目圓睜。他身後的虎衛們一齊發出大吼，震得水面的波紋一亂。烏巢賊們的攻勢為之一頓，又被曹軍的木棄掃落了數人。這十來條船不敢再強行衝擊，只能相隔幾十步，把舢板團團包住，圍而不打。為數不多的幾支小弓遠遠射來，都被木盾輕輕擋住。

在不遠處的一個小島上，兩個人並肩而立，冷冷地注視著水面上僵持的戰局。

「不愧是與典韋齊名的虎癡啊，比之前的幾隊曹兵難對付多了。」一個水賊模樣的大漢感慨道，言罷雙目凶光畢露，掂了掂手裡的一根粗鐵棒：「可惜今天他也要重蹈典韋的覆轍，把命交在這烏巢澤裡！」

另外一人眼下有兩道淚疤，他雙手抱臂，卻不言語，腰間那柄長劍閃著陰森的光芒。水賊首領道：「王大俠，你幹掉的曹兵夠多了，不如把許褚的人頭讓給我，去蜚先生那裡邀功。」

王越道：「取得曹軍大將人頭者，以同級相授，這是我跟你們約好了的。許褚雖只是個親軍校尉，但名聲在外。首領你若能取得他的人頭，一個中郎將的印綬是跑不了的。我沒興趣，讓給你吧。」

水賊首領大喜。王越的劍法太過狠辣，已經有七、八隊潛入烏巢的曹軍精兵被他殺光。只要他一出手，基本別人就搶不到功勞。這個殺神今天看來心情不錯，居然肯拱手相讓。水賊首領立刻掏出一枚柳笛，吹了幾聲。從其他幾處水道裡，立刻又湧出幾條船來，船上站滿了人。

「待我親自割下許褚的虎頭，來與大俠交換印綬！」水賊首領邁腿踏入水中。一條船飛快地撐過來，把他拽上船。「看來今天的收成，會很豐富。」王越摸摸鬍子，他身形微動，雙足略點了幾下水面，像一隻大鳥一樣躍上船頭。

在此前的烏巢之戰中，蜚先生走下一招妙棋，許以巨利，讓王越隻身入澤，利用威望與武力說服了幾大首領倒向袁紹。結果突然奮起的水賊讓曹軍吃了大虧，不得不拱手讓出烏巢城，戰線被迫後撤了幾十里。

如今袁紹的主力已全數渡河，沿著白馬、延津一線徐徐展開，對曹軍的官渡陣線形成全面的壓制。烏巢距離官渡不遠，地形又很安全，被袁紹選為一線屯糧之地。蜚先生的當務之急，變成了肅清烏巢澤以及附近地區的曹軍餘孽——而這正是郭嘉所要極力避免的。

於是，圍繞著烏巢大澤，東山與靖安曹都投入了驚人的力量，這片湖泊大澤成了兩條隱祕戰線的角力場。

許褚帶著虎衛進入烏巢是三天前的事情，這是直接來自於曹公的授意，目的是為了實行報復。若是烏巢賊的這種公開背叛沒得到懲治，恐怕從官渡到許都再到更南方的汝南，都會有人蠢蠢欲動。

依靠靖安曹的眼線，許褚的這支精銳小部隊攻破了幾處烏巢賊的水寨。但他們的運氣很快就用光了，王越覺察到了這個異狀，驅使幾支烏巢賊聯合起來，巧妙地把許褚誘入這片錯綜複雜的水面，陷入優勢敵人包圍。

現在，是時候狠狠地再抽郭嘉一耳光了。

生力軍的加入，讓水賊們士氣復振。數條大船同時調轉船身，把側舷對準舢板的狹窄船頭。這樣一來，水賊們就能以最多的兵力，向最少的敵人發起進攻。與此同時，兩側的數船甲板上拋起抓鉤，一下子摳住了舢板的船邊，控制住了它的行進。

很快這三條小舢板再度陷入重圍，岌岌可危。不料這時許褚的戰意反而更加濃厚，他伸出大手，抓住一隻抓鉤，雙臂猛一用力，竟把整條舢板朝著大船拽去。當二船接近之時，他鬆開抓鉤，身先士卒跳上甲板，手裡的一把大戟只是簡單地橫掃橫掃再橫掃，就讓甲板上的水賊們死傷枕籍。

水賊首領見狀不妙，急忙指揮自己的坐船靠攏過去，然後跳船而過。他手裡的鐵棍沉重無比，幾名虎衛躲閃不及，木槳被鐵棍磕飛，人也被震到了水裡。許褚怒吼一聲，急忙回身與他纏鬥起來。這個首領確實有些手段，居然能和許褚旗鼓相當，讓他無暇別顧。

少了許褚這尊山嶽之鎮，其他地方的戰線頓時開始吃緊，虎衛們寡不敵眾，不斷被敵人隔著水刺過來的長戈與飛戟打中，開始出現了傷亡。王越站在船頭，注視著戰局的進展。雖然虎衛戰力驚人，但這麼消耗下去，許褚早晚是敗亡的結局。

看來不需要自己出手了。未能和這個虎癡一戰，倒有些可惜。想到這裡，王越微微覺得遺憾。可突然他的眼神一凜，不由發出「咦」的一聲。劍客的眼神何等敏銳，他突然注意到在這亂紛紛的戰場裡，有一道極危險的身影。這身影不顯山露水，可每及之處，必噴湧出一朵血花，那濃郁的殺機瞞不過王越的眼睛。

「原來虎衛裡還有這樣的高手。」王越摸了摸腰間的長劍，慢慢拔出鞘來。

水賊首領與許褚此時已經打了十餘回合。許褚的招式並無甚新奇，只是倚仗著臂力猛砸，水賊首領初時還能應付，時間一長，虎口震離，有些吃不住勁了。他賣了個破綻，朝後退去，同時腳下踢來一捆解散的帆繩。許褚在船上站的不穩，被繩子一絆，登時倒在地上，露出腦後的大片破綻。

水賊首領大喜過望，趁機舉棍要砸。說時遲，那時快，一道黑影擋在了許褚跟前。只聽噗的一聲，那瘦小的身影被鐵棍砸中，直直落入水中。烏巢賊們發出一聲吶喊，卻發現自己的首領沒有繼續進攻的動作，再一仔細看，無不嚇的魂飛魄散。只見水賊首領卻僵立在原地不動，碩大的眼珠凸出來，咽喉上多了一把鋒利的寒劍。

「王大俠！請快出手去救首領啊！」船頭的水手驚慌地喊道。

王越原本已把長劍從鞘裡半抽出來，此時卻大手一按，把劍身重新按回鞘內，臉上浮現出一絲奇妙的笑容「撤吧。」他淡淡說道，轉身欲走。

「你怕了？虧你還是個什麼大俠！」水手怒吼道。王越泰然自若，手裡卻驟然閃過一道寒光，比剛才那一道還要快上幾分，水手的腦袋就這麼「唰」地飛到半空，盤旋一圈，落到水裡。

「你懂什麼，徐他是要做大事的，我這做師父的，怎麼好阻止他呢。」王越看著被鮮血染紅的水面，喃喃道。

水賊首領的陣亡，讓這次圍攻很快落下帷幕。烏巢賊們垂頭喪氣地划船離開，而同樣傷亡慘重的曹軍也沒有追擊，而是停留在原地。許褚親自跳下水去，率領倖存的虎衛打撈落水的同袍。

「咱們虎衛不許丟下一個人，一具屍體！」許褚的吼聲在小島與水面間迴盪。

王越在半路跟烏巢賊們分道揚鑣。他留在一處極小的小島之上，抱劍而立，面色比眼前的水面還沉。這島上只有一顆大樹，佔據了差不多六成島面，繁茂的樹冠遮蔽了附近的水域。王越站了一陣，忽然一陣風吹過，樹枝發出沙沙的聲音。王越冷哼一聲，勃然出劍，直刺樹冠，與另外一把劍猛磕在一起，發出金石鏗鏘之聲。隨後一個面塗白堊的人從樹頂飄然落下，站在王越面前。

「我不喜歡別人躲起來跟我說話，尤其是你。」王越淡淡地說。徐福道：「我怕我忍不住會對你出手。」

王越連眉毛都沒抖一下：「有什麼事，快說吧。」

「你今天為什麼沒動手？」徐福問。他雖被郭嘉強行徵調來官渡，但立場卻是偏向楊家的，對東山和王越在烏巢的行動持樂見其成的態度。所以當他看到王越中止圍攻放過許褚時，大惑不解，要來問個究竟。

王越問：「你看到全程了沒有？」

「是。」

「難道你沒看出來曹軍之中有個高手？」

「確有一個，出手極快，毫不窒滯……」徐福說到這裡，停頓了一下，語氣有些恍悟，「王氏快劍，他是你的弟子！」王越不置可否。徐福心中大約猜出幾分用意，便不再追問，而是轉向了另外一個話題：「其實我今日找你，還有另外一件事——漢室向袁紹派出了一個繡衣使者，但最近失蹤了，你可知道些什麼？」

這次王越的眉毛「唰」地聳立起來，牽動著那兩條淚疤一顫：「哦？這可巧了。蜚先生也捎來消息，問我這個人的動向。」

這兩個人一時間都怔住了。

徐福最後一次與劉平發生聯繫，是在郭圖的軍營裡。那一次，他轉達了賈詡對於延津之戰的規畫，讓劉平把全部計畫透露給逢紀。隨後延津之戰果然如賈詡推想的進展一樣，說明劉平的運作奏效了。但隨後天子就徹底與外界失去了聯繫——與天子同時失蹤的，還有曹家的二公子，但這件事徐福無法告訴王越。

這個變故在知情人圈中引發了巨大波瀾。無論是曹公還是遠在許都的卞夫人、楊彪，都給予了巨大壓力。郭嘉只得敦促靖安曹全力追查，最終只能確認那一夜白馬城的騷亂，可能與他們有關。徐福此來烏巢，就是想查清此事。

王越並不知道天子微服，更不知道曹丕同行。在他的心目中，失蹤的不過是個繡衣使者罷了，不值得特別關注。若不是蜚先生先後幾次寫信，他才沒興趣留意這些事。

徐福看到王越的反應，心中稍定。看來袁紹方也失去了對劉平的掌握，這總算是個好消息。他不能深問，唯恐王越看出破綻，便拱手告辭，轉身離開。

王越在他身後突然說道：「我一直很好奇。你一個讀書人，為何要選擇做我們這一類以武犯禁的遊俠？」

徐福肩膀微顫，可他什麼也沒說，繼續朝前走去。

「一個人適合不適合劍擊，老夫一看便知。你雖然隱術無雙，劍術出眾，可終究不是這塊料。你骨子裡，根本還是個讀書人，還憧憬著有朝一日能登朝拜相、輔弼王佐。你若不及時回頭，便只能在這條路上走到黑了。」

「這與你無關。」徐福冷冷回答，沙礫滚動般的嗓音卻失去了往日的淡定。

「你的母親尚在吧？」王越問。徐福聞言，肩膀微顫，眼神變得銳利：「你要做什麼？」

王越道：「當年老夫傷你，未嘗不有愧疚。所以這次給你個忠告。若你還想走這一條路，這個軟肋須要儘早解決，否則早晚會被拖累。」

徐福停下腳步，回過頭：「那麼你呢？已然全無弱點？」

「老夫家中親眷死得乾乾淨淨，兩個弟子也都不在身邊，生死都是一人，還有什麼好怕。」

王越的聲音裡殊無自豪。徐福總覺得今日的王越與往常不同，睥睨天下的豪氣仍在，只是多了一絲不該存在的憂傷——不知這是否與他遭遇了那個身在曹營的弟子有關。

這時一陣撲簌簌的聲音傳來，兩人同時抬頭，看到一大群烏鴉自樹頂飛起，散在烏巢大澤的天空中去。王越道：「聽聞此地烏鴉極多，無樹不巢，是以名為烏巢。這裡，可真是個不祥之地啊。」

張繡站在望敵樓上，袁軍的陣勢在遠處已隱約可見。讓他不安的是，袁軍並沒有急於發動進攻，而是慢條斯理地開始築起營寨來。這些營寨十分簡陋，但佈局卻如同魚鱗一樣，層層疊加，環環相連。

可就是這些東西，讓張繡心驚膽戰。袁紹軍明顯改變了思路，打算打一場持久戰。這可不是個好消息。這些魚鱗寨不夠結實，但便於互相支援，一寨修妥，可以掩護工匠在稍微靠前一點的地方繼續修建，一口氣能修到敵人鼻子底下。會如同一座磨盤，緩慢而有力地把曹軍最後一滴血和糧草都磨平。

「張將軍不必那麼擔心。」楊修站在一旁，漫不經心地安慰道。他的安慰沒起到任何作用，張繡一轉身，憂心忡忡地走下望敵樓，神色惶然。楊修尾隨而下，下到一半樓梯的時候，忽然開口道：「張將軍莫非是後悔了？」

張繡的右腿剛要邁出去，聽到這句，腳下一空，差點跌下樓去。他雙手扶牢扶手，回頭憤怒地說道：「德祖，有些話不可以亂說！」

「是，是。」楊修陪著笑臉閉上嘴。有些話不是不能說，只是不能亂說。他已經看到張繡心中那搖曳不定的信心，似是風中之燭，隨時可能吹熄。

他們回到營帳內，張繡鋪開牛皮地圖，可他的眼神沒有焦點，明顯心不在焉。楊修也不言語，跪坐在一旁，難得地手裡沒玩骰子，一副昏昏欲睡的模樣，好似賈詡。他自從把白馬的輜重順利帶回了官渡以後，郭嘉把他不動聲色地從張遼、關羽身邊調開，轉而輔佐張繡——這正中楊修的下懷，他一直就希望能接近這位不安的將軍，如今賈詡不在，可以說是個絕好的機會。

張遼、關羽的心中已經埋下了種子，如果在張繡這裡再取得突破，漢室在曹氏軍中的空間，便可大大拓展。

楊修發現，張繡是一個極為謹慎甚至可以說膽小的人，一句輕佻的玩笑，就會緊張半天。開始楊修以為這是新加入曹營的緣故，但很快他推翻了自己的想法。張繡的緊張，應該是源自於他與曹操之間的仇恨。可楊修對這個判斷始終不那麼自信，總覺得另有隱情。於是他不斷地用言語挑撥，試圖把張繡心中最深的那根刺拔出來。

營帳裡的氣氛安靜而怪異。過了一陣，張繡重重地把地圖扔下，對楊修道：「德祖，你怎麼看？」

楊修微微睜開眼睛：「什麼怎麼看？戰局，還是將軍的處境？」張繡惱怒地瞪了他一眼：「前者！」他知道這個叫楊修的討厭鬼是董承之亂的曹家內應，還是楊彪太尉的兒子，儘量不可得罪。但他無時無刻不刺上一句的風格，教張繡非常無奈。

楊修道：「若是戰局的話，將軍大可不必擔心。有郭祭酒、賈老先生他們在，袁紹軍翻不出花樣。」張繡霍然起身：「我怎麼能不擔心！袁紹軍幾倍於我軍，如今又是步步為營，一點點壓過來。怎麼破解！」

楊修道：「看來將軍你是特別想知道郭祭酒他們在想什麼嘍？」

「是！」

楊修指了指自己，下巴微抬：「那你可是問對人了。在曹營裡，若說只有一個人能號住他們的脈，那就是我了。」張繡一聽，重新跪回去，態度客氣了不少，誠心向他請教。

楊修把地圖拿過來，在上頭拿頎長的指頭一比劃：「我軍此前在白馬、延津兩場小勝，卻在烏巢吃了虧。若你是袁紹，會如何做？」

張繡看了眼地圖，思忖片刻，答道：「若我是袁紹，會先控制烏巢，再以此為基點全線壓上。」楊修道：「官渡以北，有東、西兩個要點：東邊烏巢，西邊陽武。陽武地勢開闊，正適合用兵，遠比烏巢大澤要便當得多，袁紹為何要走烏巢？」

張繡奇道：「德祖你這不是明知故問嗎？我軍在西邊連斬顏良、文醜二將，烏巢卻兵敗如山，換了誰做主帥，自然都會趨利避難，借著勝勢先取下易與之地，何必再去堅城下拚個頭破血流呢？」

不知何時，楊修的手裡又出現了骰子，握在手裡好似一枚藥丸：「這烏巢，就是一枚藥丸。你逼著別人吃，別人心中必然生疑。倘若你擺出拚命搶奪的姿勢卻力有未逮，他們反倒以為是什麼仙丹妙藥，迫不及待一口吞下了。」

張繡的大手一下子壓住地圖，一臉驚訝。楊修緩緩點了一下頭：「郭祭酒處心積慮，示敵以弱，正是為了讓袁紹心甘情願地取道烏巢，進攻官渡。」

「可……可即便袁紹選擇烏巢，我軍又有什麼好處呢？」張繡有點跟不上他的思路。

楊修意味深長地看了他一眼：「烏巢背靠大澤，水道縱橫，灘塗交錯，是兵家所謂亂地。郭祭酒既然讓袁家把這一丸藥乖乖吞下去，自然會裹些毒餌什麼的。對付袁紹這樣的龐然大物，這一味毒丸效力可不會太低。」

張繡聽了這話，擦了擦額頭上的汗。原來白馬也罷、延津也罷，都只是為了轉移注意力，中間還藏了這麼大心思。賈詡說得對，他還是做一個單純的武人好了。

「所以我說將軍不必為戰局擔憂，只消深壘死守。不出數月，必有變化——」說到這裡，楊修的聲調突然變了，狐狸眼一瞇：「——倒是將軍自己，不仔細考慮一下嗎？」

張繡面色一沉：「我有什麼好考慮的。既已投效曹公，自然是盡心竭力。」楊修拿指頭點點地圖，一字一句道：「只怕是樹欲靜而風不止。」

張繡猛地站起身來，煩躁地走了兩步：「德祖，你不必繞圈子問了，我是不會說的。」

「若是將軍無意，當初何必讓我藏身帷幕之後呢。」楊修盯著他，不慌不忙地說，他的言辭像一枚鐵針，一針一針刺著張繡的心防。張繡聽到這話，頹然坐了回去，雙手垂在膝蓋上，黃色的面皮泛起疲憊。

「那、那次是個意外……」

那次確實是一個意外。本來楊修過來拜見張繡，討論營防之事。後來賈詡來訪，楊修自作主張躲去了後帳。張繡被胡車兒的死弄得心浮氣躁，一時氣急，忘了簾後還有個楊修，漏出一點口風，雖然及時被賈詡所阻，但楊修已經聽入耳中。

楊修當時就敏銳地覺察到，當年宛城之戰，一定另有隱情。而這隱情，才是張繡惶恐不安的真正源頭。張繡不敢告訴賈詡隔牆有耳，但也拒絕透露更多消息。

「將軍說是意外，別人可未必會相信。匹夫無罪，懷璧其罪。將軍身藏巨隱，即便自己不言，難道別人就會信了？胡將軍是怎麼死的？他可不曾對人提過半句吧？下場卻是如何？西涼軍的人，現在活著的可不多了。」

最後一句話擊中了張繡。他眉頭緊皺，拳頭攥緊復又伸開，露出痛苦矛盾的表情，嘴唇幾次張合，卻沒發出聲音。楊修目不轉睛地注視著他，對張繡這樣的人，咄咄逼人有時比暗示更見效果。

兩人正僵持著，忽然門外一名親兵稟告：「郭祭酒請楊先生過去一敘。」張繡如蒙大赦，長長舒了一口氣。楊修功敗垂成，也不懊惱，拍拍張繡的肩膀：「究竟誰才可信任，將軍自己斟酌吧。」

楊修離開張繡營帳，朝著中軍大營走去。這裡是曹軍的中樞，戒備森嚴，隨處可見三五一隊的近衛兵在巡邏。遠處有一頂藏青色的帳篷，就是曹公的居所，用粗長的拒馬與柵欄與周圍隔開，每一段都有手持勁弩的守衛，別說刺客，就連蚊子也飛不進去。

忽然一隊騎手匆匆衝過來，從楊修身旁一掠而過。楊修認出了為首的那個健碩男子——虎癡許褚。他的身後都是精銳虎衛，個個一身殺氣衣衫不整。似乎剛剛經歷過一場惡戰。馬隊之後還跟著一輛平板大車，上面躺著幾個人，用草席蓋著，生死不知。

旁邊一個衛兵羨慕地望著這隊人馬，楊修走過去，掏出腰牌問他到底發生了什麼。衛兵對這個大人物不敢怠慢，恭敬地回答：「這是許褚大人剛從烏巢回來。我聽同伴說，這一趟虎衛斬殺了寇首三人、渠帥六人、水賊無數，是場了不得的大勝。」

「烏巢啊……」楊修不期然地抬起眉毛，看來許褚這次出征，也是郭嘉針對烏巢的手段之一。但他相信，許褚只是個幌子，做個捨不得放手的姿態給東山蜚先生看，他一定還有別的暗手。

「不過我看他們好像也很吃虧嘛，那板車上拉的是遺體？」楊修問。

「沒辦法，那個虎賁王越也在烏巢。」衛兵露出畏懼的眼神：「咱們有個兄弟替許校尉擋下一擊，差點沒命，被許校尉沒命地拖回來了。這應該是送去軍醫那裡了。」

這名字沒給楊修帶來任何觸動。他又隨便閒扯了幾句，徑直朝著曹軍中樞走去。他一邊走，一邊在心裡盤算。王越這次前往烏巢，應該是應蜚先生之邀去收攏烏巢賊的。楊修權衡了一下，覺得這個舉動暫時對漢室沒什麼不利之處，決定先讓那莽夫去折騰一番——反正這個人一貫傲氣十足，就算是楊家，也無法簡單地控制他，不如放手。

說到漢室，楊修揉了揉鼻子，心想不知道劉平在北邊做的如何。自從跟張繡談完以後，他已有了一個絕妙的想法，決定以官渡為局，開一場大賭注。劉平也罷，王越也罷，甚至曹操和袁紹，都是這賭局中的一部分。而有資格坐在對面能與他放對押寶的，只有那個討厭的傢伙。

他一邊想著，一邊接近那頂奢華的帳篷，忽然注意到，帳篷前停著兩輛馬車。第一輛馬車極盡華麗，一看就知道是郭嘉的坐駕；第二輛馬車的造型樸實平和，輪子卻比尋常馬車大上兩圈，輪軸之間還用蒲草裹住，束帛加璧。

這不是徵辟名士的玩意兒嗎？怎麼跑來官渡了？楊修腦子裡浮起疑問，隨手掀開簾子，正看到那個討厭的傢伙正衝著自己舉杯。

「德祖，有故人來訪，一起喝一杯吧。」郭嘉懶洋洋半躺在榻上，似笑非笑地望著他。楊修看到一位獨臂客人拘謹地跪坐在一旁，正露出勉強的笑容。

「楊先生？您不是在許都忙聚儒的事情嗎？」楊修有些驚訝。楊俊抬起一條胳膊，施以殘禮：「我這次北上，是去高密迎接鄭玄大人的，順便到官渡來，給郭祭酒捎點東西。」

漢代以來，徵迎大儒都需安車蒲輪的禮儀，楊修心想難怪帳篷外停著那麼一輛馬車。他和楊俊同是漢室機密的核心參與者，彼此心知肚明。楊俊這簡單的一句話，藏了不少訊息，兩人對視一眼，心照不宣。

「鄭玄老師身體還好嗎？」

「前一陣子他還親自回信給少府大人，筆跡清晰流暢，可見精神還不錯。」楊俊回答。

許都聚儒最重要的事情之一，就是把當代名儒鄭玄請去。有他在，這聚儒之議才名副其實。孔融已經做通了荀彧的工作，袁紹那邊也有「荀諶」協調，於是許都派出楊俊去接鄭玄——楊俊是邊讓的弟子，在儒林身分不算低。

郭嘉笑嘻嘻地起身給楊修也舀了一勺酒：「楊公是楊太尉義子，也算是你的義兄，今天咱們可要多喝幾杯。」

狐狸的頸毛忽地直立，楊修心生警兆。郭嘉挑出這層關係，到底是出於什麼目的？他拿起酒杯，一飲而盡，然後問道：「對了，是捎什麼東西如此貴重，還值得楊公親自繞到官渡一趟？」

楊俊還沒答，郭嘉先說道：「還不是我這身體的毛病嘛。須得用我老師華佗的藥方，才能緩解。只是這藥方所需藥材都比較稀罕，合藥不易。我前一陣有點忙，把帶的藥丸都吃完了，只好讓荀令君再弄點原料來。」

「原料？」

「是啊，華老師的藥方，只有他和他的弟子懂得調配，旁人都不懂，我只好親力親為。」郭嘉拍了拍楊邊，那裡擱著大大小小十幾個錦盒，想來都是各類珍惜藥料。

「你是怕東山的人給你下毒吧？」楊修挑釁似地說，語中帶刺。郭嘉哈哈大笑，抓起一個錦盒放在鼻下嗅了嗅，不屑道：「能害到我的人，只有我的老師而已，餘者皆不足論。」

郭嘉這是話裡有話，楊修臉色一僵。楊俊趕緊打圓場道：「郭祭酒真是全才，謀略不說，居然還精通岐黃之術。華佗能有你這樣的弟子，也足以自傲了。」

郭嘉搖頭道：「華老師若見了我，非殺了我不可……不過回想起當年那段時光，可真是幸福呀。每天除了背誦《青囊經》、採藥合藥以外，什麼都不用想，心無旁騖地玩玩女人，踏踏青，日出而作，日落而息，一天飛快地就過去了。」說到這裡，他的臉上浮現出感懷，把手裡的杯子轉了幾轉。

楊俊像是忽然想到什麼，直起身子道：「說到這個，在下來官渡的路上，遇見一位仙師，自稱是郭祭酒你的同窗，說華老師給你的藥方未臻化境，尚缺一味藥引。他給了我一個錦囊，中藏藥引，說以此合藥，藥力更勝從前。」

郭嘉看了他一眼，笑意盎然：「我的同窗，都是我的仇人，恨不得食我骨、寢我皮。誰會特意給我送來延壽的藥引？」楊俊一臉坦然：「那位仙師頭戴斗笠，面容看不清楚，也沒留下姓名。我只答應代他轉交，至於這錦囊內有什麼，還請郭祭酒自己決斷。」

說完他從身上摸出一個小巧的紫線錦囊，遞給郭嘉。郭嘉接過錦囊，端詳片刻，眼神愈加明亮起來。他在手裡把玩了一番，隨手揣入懷裡。楊俊一愣：「您不打開看看嗎？」郭嘉道：「不必看了，光靠聞就能聞得出，這確是好藥無疑，合在藥丸內——盈縮之期，不但在天；養怡之福，可得永年吶。」郭嘉一邊念誦著，一邊拍打著膝蓋。

「這末尾四句，是出自曹公的《步出夏門行》吧？曹公的詩作，實在是精妙。」楊俊感嘆道，這不是恭維，而是真心實意地誇讚。曹公雖然政治上名聲不太好，但文學上卻一直被時人所稱讚。

郭嘉撇了撇嘴，舉杯道：「你們知道嗎？曹公其實是兩個人。」

這一句話出口，楊俊與楊修心中俱是一凜，表情登時都不太自然。郭嘉難得地長長嘆息一聲：「他們一個是梟雄，一個是詩人。曹公為梟雄時，殺伐果斷，有霸主氣象；可他有時還是個詩人，詩人都是些什麼人？任性妄為，頭腦發熱，行事從不考慮，根本就是胡鬧。你們說對不對？」

楊修覺得這種對話繼續下去，走向實在難以捉摸，趕緊岔開了話題：「咦？賈文和呢？他怎麼沒來？」郭嘉道：「文和去找許校尉了。許仲康在烏巢剛回來，得有個人幫我去參詳參詳。我太忙了，顧不上。」

楊修一愣，言外之意，烏巢這盤棋，郭嘉放手交給賈詡去處理了。郭嘉嘲諷地拎起錦囊，用小指頭敲了敲：「這東西其實不該給我，應該給賈文和啊。他才是最需要靈丹妙藥的人。」

楊俊又寒暄了幾句，看了楊修一眼，躬身離去。楊修知道，楊俊如今嫌疑頗大，還被許都衛騷擾過。這次北上，也是孔融出於保護他的目的。

等到帳篷裡只剩兩個人，楊修冷臉問道：「郭祭酒把我叫過來，應該不只是與楊公敘舊吧？」郭嘉漫不經心地給自己又倒滿一杯酒：「如今有件麻煩事，還得請德祖你幫忙。」

楊修警惕地望著他。郭嘉道：「你知道嗎？關將軍很快就要離開了。」

「關羽？」楊修一驚。

「不錯。當初他歸降時就與曹公約好了，只要劉備出現，他就一定會離開。」

「這麼說，劉備沒死？」

郭嘉無奈地搖搖頭：「是啊。前幾日靖安曹得到消息，劉備居然被袁紹派往汝南。結果關羽一聽說，立刻跑來向曹公辭行。」說到這裡，他感慨地用手指敲擊酒壺的側邊：「這個玄德公，就連我都很佩服。關羽殺了顏良、文醜，我本以為這人一定會死在袁紹手裡。可他非但沒死，反而說服了袁紹，高高興興跑去汝南了——這傢伙的運氣，未免太好了。」

郭嘉的鬱悶可想而知，他原本打算藉白馬、延津兩戰殺死劉備，把關羽死心塌地留在曹營；楊修更鬱悶，他本來計算得很好，等到劉備一死，把郭嘉的計策透露給關羽，讓他誠心為漢室所用。結果這兩個人苦心孤詣，卻都低估了劉備的狡猾。

郭嘉還好，關羽只是他計畫中的一個捎帶的小小成果，得之我幸，失之我命；而對楊修來說，關羽這一走，漢室非但沒有半點好處，反而讓張遼也去掉一個大制約。等若是一條潛在的胳膊被斬斷。

楊修強抑住心中失落，探身問道：「關將軍要走，那曹公什麼意思？」郭嘉撇了撇嘴，語氣有些埋怨：「曹公還能有什麼意思？他說了：『各為其主，隨他去吧。』哎，我剛才不是說了嗎？曹公一會兒是梟雄，一會兒是詩人。當初玄德公在許都的時候，也是曹公一念之仁，把他放走，才有了徐州之亂，現在又是這樣！都是詩人惹的禍。」

「那麼，需要在下做什麼呢？」楊修試探道。

郭嘉略一抬眼：「斬顏良、誅文丑時，你都與關羽合作過，他對你一定沒什麼警惕心，這個任務交你去完成最適合。」

楊修何等聰明，已經猜到郭嘉接下來要說的話了。

「關羽若與劉備會合，我軍南方將不復有寧日。所以德祖，你和張繡將軍帶些精銳潛伏起來，關羽一離開曹營，就設法把他幹掉。我得下一劑猛藥，治治曹公的詩人病。」

# 第八章　鄴城假日

鄴城裡最豪奢的地方，莫過於袁紹的宅邸。這是一個七進的大院，正廳闊大，臺階有四重之高。這一天入夜時分，正廳前的院落點起了二十餘枚大白蠟燭，照得如白晝一般。袁府上下家眷二十餘口都聚在正廳中，以袁紹的妻子劉氏為核心環跪而坐，邊吃著糕點，邊朝院落裡望去。

院落裡用一匹白絹鋪在地上，上頭擱著七個朱漆盤。忽然一聲玲環佩響，眾人先覺幾縷薰香先飄入鼻中，馨香幾醉。再定睛細看，看到一名女子緩步走進廳來，走到白絹之上。這女子頭梳雙髻，身穿圓領長袖舞衣，下著綠膝闌裙，雙腳紅絲繡鞋，臉上略施黃妝，眉心一點濃黛，雙眸若星，實在是漂亮極了。這女子站在絹上，兩腳分開，右腳踏上一隻淺盤，身體後傾，擺開起舞姿勢。

珠簾後頭的諸樂師琴聲緩起，她隨樂而起，穿梭七盤之間，高縱輕躡，紅鞋巧妙地踏在盤子邊緣，與地面不時相磕，發出清脆的聲音這是興於宣帝時的七盤舞，民間極為盛行，各地舞姬都會，只是跳得好的不多。這種舞講究的是用腳踏盤叩地，叩出明快清脆之聲，合於鼓點。此時這女子可算是個中翹楚，踩踏之餘，不忘長袖揮若流雲，飄逸不停，恍如仙子下凡，妙豔無方。袁家的家眷，不時發出驚嘆聲。就連不少侍者都偷偷站在簷下屋角，希望多看上幾眼。

一曲終了，稱讚聲此起彼伏。劉氏格外喜歡，撫掌讚嘆道：「這位舞姬跳得真好，我當年曾在長安欣賞過的一次宮中的七盤舞，也只那次可與之比擬。這是哪裡找來的？」旁邊一位管事道：「她是咱們鄴城一位儒生的侍妾，從前就是倡家，在弘農頗有名氣。」

「想不到這儒生和曹阿瞞的性子倒是差不多。」劉氏樂呵呵地說。

曹操的側室卞夫人也是琅琊的一位舞姬出身，當初曹操娶她的時候，還頗惹起了一陣物議。那時候袁紹和曹操還是極好的兄弟，因此劉氏對這段典故頗為熟悉。

「那人是一個狂生，擇偶自然也是與眾不同。」管事應和道。劉氏「哦」了一聲，吩咐說給她些賞賜，請她再跳一次。管事應命而去。劉氏環顧院落，袁家家眷個個歡聲笑語，讓她十分欣慰。劉氏對丈夫那些事都不懂，家庭和睦對她來說，就是最大的勝利。

可當她的視線最終落在了正廳的角落時，劉氏不由得斂容嘆息了一聲。她的二兒媳婦甄氏此時正跪坐在那裡，雙手托腮，一臉無聊。在她身旁，劍眉星目的呂姬閉著眼睛，一副倔強的表情，雙手居然還被鐐銬鎖住。在她們二人身後，站著四名侍婢，目不轉睛地盯著她們。

這個甄家的小丫頭似乎從沒看過什麼《女誡》，更不知什麼叫做婦道，滿腦子裡都是些古怪的想法。自從她嫁來袁家以後，肆意妄為，莫名其妙，與袁府其他人格格不入。可是二兒子袁熙對她卻是百般寵愛，任由她胡鬧。劉氏是個慈祥懦弱之人，唯恐對甄氏處罰重了，搞得家中不和。於是她只是偶爾訓誡，不敢嚴管。

在一個多月之前，沮授前來拜見劉氏，說要送一名姓呂的女子來府上暫居。劉氏把她送去與甄氏為伴，結果她萬萬沒想到，這兩個人湊到一起，竟合計著一起私逃。

袁家是什麼身分，四世三公的大族，如今卻鬧出這種笑話，這讓河北士族怎麼看？劉氏問她為什麼出逃，她又不肯說，又不能打她一頓。劉氏沒辦法，只得去求審配，要來一支精銳衛隊專門負責盯著袁府週邊，府內還安排幾個侍婢，亦步亦趨地跟著，不離半步。就這麼盯著，前兩天還是又跑出去了一次。

「等到熙兒回來吧，他這個媳婦，我可管不了。」劉氏搖搖頭，重新把注意力放到院落裡。

這時舞姬已經開始了新的一輪舞蹈。她手持兩截帶葉的桃枝，時而高舉過頂，時而掩在身前。她忽然身子趨向正廳，雙臂一動，把這兩截桃枝拋向家眷們的席位。

這桃枝有個名目，叫做「桃瑞」。據說若有女子接到這枝條，懷孕產下的子嗣，前途貴不可言。大戶人家家眷觀舞，都會安排這麼一齣，以示吉祥。所以一看到這桃瑞被拋出來，廳中已婚未孕的女子都起身想接，大呼小叫。可這果枝卻如同被什麼無形的手托住一般，悠悠在半空飛了一段，落到了甄氏的手裡。

一下子整個院子的目光都集中在正在發呆的甄氏身上。甄氏開始沒明白怎麼回事，她一低頭，看到「桃瑞」正落在自己身前，「哎呀」一聲撿起來，兩眼放光。劉氏在遠處看著，微微點頭，心想她再如何頑劣，畢竟還是知道女人最重要的責任是什麼。

「我與這位姊姊可真有緣，不如留下來敘話如何？」甄氏開口說，一臉期待。

這個要求著實有些魯莽，劉氏不由得皺起眉頭。舞姬款款走下白絹，向劉氏和甄氏下拜：「夫人厚愛，小女子原應不辭。只是夫君初來鄴城，走動不便，若不回返，難免見疑。」

甄氏歪歪頭，面露失望。在一旁的呂姬望著舞姬，呆在了原地。劉氏雖和善，卻不是傻子，一下就聽出了弦外之音。按時下規矩，即便是倡家，嫁人以後也不該拋頭露面重操舊業。那個弘農的狂生肯讓她來袁府跳舞，那就是存了交好袁公親眷的心思。如今這舞姬婉拒，只不過是想為她夫君爭取些好處罷了。

不過這舞姬舞跳的著實不錯，言談也頗有規矩。若她能借著桃瑞的事，規勸甄氏收心，未嘗不是一件美事。於是劉氏笑道：「夫君那邊不必擔心，等下我派人去告訴他一聲便是。我這宅邸裡沒有男眷，妳不妨留宿一夜——對了，妳叫什麼名字？」

舞姬再拜：「賤妾叫做貂蟬。」

到了次日一早，一架輕便馬車把任紅昌送回了館驛，她的精神很好，只是眼睛略微發紅。

「情況怎麼樣？」曹丕迎上來問道。

任紅昌用手帕蘸著井水擦去臉上的脂粉，回答道：「一切順利。袁紹的老婆劉氏很好說話，跳上幾段舞，說上幾句家和妻賢的吉祥話，就能哄得她眉開眼笑——跟曹公的幾位夫人可真不一樣。」曹丕尷尬地撇了撇嘴，不知這句算不算是對自己母親的誇獎。

「任姑娘，妳到底還有多少個身分啊。」劉平真心欽佩。任紅昌就像是一個千面人，當你自以為了解到她的真面目，她扭身一變，又露出另外一張面孔。嬌媚的寵妾、慈祥的養母、霸氣的大姊，現在又多了一位技驚四座的舞姬，層出不窮。

「人在亂世，不得不多學些技藝傍身。」任紅昌淡淡回答，「現在我算是取得了劉夫人的初步信任，這幾日我多走動一下，很快便可自由出入。」

「我就說仲達的策略不會有問題吧？」劉平略帶得意地說道。袁府這根線，是所謂「一石四鳥」之計最初也是最重要的一步。司馬懿說袁府是鄴城的核心所在，也是最薄弱之處，牽其一發，便可引動鄴城上下。

「至少目前沒有問題。」任紅昌始終對那個陰森森的傢伙沒有好感，但又不得不承認，他做事確實有章法。她能夠被引薦入袁府，是司馬懿暗中操作，卻沒人把她和司馬懿聯繫到一起。

「對了，妳看到呂姬沒有？」劉平問。

任紅昌感慨道：「呂姬和她父親一模一樣，頑強得像塊石頭。她雙手雙腳都戴著鐐銬，可見嘗試了不少次逃走都失敗了。尋常人早就認命了，可她從來沒放棄過。見到我以後的第一句話，就是問怎麼逃走。」

「這麼說來……上次那起馬車事故，不是甄家小姑娘要私奔，而是呂姬要逃走？」劉平問。

「沒錯。甄家的那個叫甄宓的小姑娘對呂姬著實不錯，一直護著她。昨天晚上我剛把刻字桃瑞扔給她，她立刻就領會了我的意思，開口相留，我才有機會接近呂姬——不然起碼也花上十幾天功夫來培養感情，才有機會留宿。」

曹丕聽到甄家小姑娘，難得地失神了一下，腦海裡不期然地回想起那姑娘的容貌，趕緊晃了晃腦子，把她的影像從伏壽身邊驅散。

「前幾天那次出逃，正是甄宓出的主意，要助呂姬離開鄴城。若不是碰到二公子，她們幾乎成功了。甄姑娘昨天晚上可是沒少埋怨你。」任紅昌有意無意地看了曹丕一眼，看得他面色一紅。

「這麼說來，她也是自己人嘍？」劉平道。

「不見得。」任紅昌難得地露出頭疼神情：「這姑娘極有主見，很難被別人言語所影響。她是要幫呂姬脫困，但她只按自己的想法來，對其他人都有排斥。我昨夜試探著說服她，都失敗了。這姑娘無法捉摸，若駕馭不了她，她只會對整個計畫造成阻礙。」劉平疑道：「甄宓為什麼要幫呂姬？她不是袁家二媳婦嗎？怎麼幫助外人？」

任紅昌露出一絲奇妙的笑意，還帶著點困惑：「甄宓這姑娘啊，可真是個奇葩。你說她傻，其實聰明的很；你說她聰明吧，有時候卻瘋瘋癲癲的，有無數荒唐念頭。」

「是怎麼樣的話？」曹丕突然插嘴，一臉好奇。

任紅昌道：「我也問她為何要幫呂姬。甄宓的回答是：她最討厭的就是束縛，她已經在鄴城被關了太久，艱於呼吸，渴望能自由自在地奔跑，幫呂姬就等於是幫她自己。我問她莫非不喜歡這段婚姻？你們猜猜她怎麼回答？她居然說：父母之命都是虛妄，媒妁之言盡為胡說，擇偶須要憑自心喜好，方是上品。」

「這可是真有點離經叛道了，難怪劉夫人和妳都要頭疼。」劉平說。

「這還不算什麼。她居然還說，雖然如今嫁了袁熙，也不見得一世跟他。說不定這世上還有個司馬相如，在等著與她這卓文君相見的呢。」

劉平和曹丕聽了，頓時無語。

司馬相如是漢景帝時的辭賦大家，曾在臨邛卓王孫的宴會上，以一曲《鳳起凰》打動了卓王孫的新寡女兒卓文君。卓文君不顧家裡反對，與司馬相如私奔到了成都，成就一段佳話。如今甄宓以卓文君自命，那是巴不得自己丈夫早死了……他們對袁熙雖無好感，但他這媳婦居然天天惦記著這種事情，可真是太令人同情了。

「其實這話，說得也不是沒有道理。男子講究唯才是舉，女子怎麼不能講究惟才是嫁呢。」曹丕道。

他說完這句，忽然發現任紅昌和劉平都若有所思地盯著他，心中升起不好的預感。劉平道：「我忽然有了個主意。」任紅昌說：「我也有了個主意。」

劉平轉過臉來，笑眯眯地看著曹丕：「二公子，聽說你學問不錯，還能跟田豐聊上一宿呢。」曹丕登時緊張起來，手裡冒出汗來：「那又怎麼樣？」

「論起文才、學識，你也算是年輕一輩中的翹楚，說你一句相如再世，並不算過吧？」劉平道：「袁府是咱們行動中的重點。如今任姑娘已取得劉氏信賴，若再能將甄宓控制在手，成功可能就又會大上幾分。」

「有任姑娘不是足夠了嗎？」曹丕心慌意亂，連連擺手。任紅昌很有默契地搖了搖頭：「甄宓從小就有女博士的稱號，才貌雙全，這樣的小姑娘，不能動之以理，只能曉之以情——後者我可不擅長。」劉平也附和道：「甄宓是計畫的關鍵所在，何況你也不吃虧嘛。」

曹丕快被這兩個人逼得走投無路，忽然傳來敲門聲。他如蒙大赦，飛也似地跑去開門。他打開門，看到原來是辛毗站在門口。辛毗對這書童的古怪神情沒多留意，直接問道：「你家主人呢？」

「正在屋中。」

曹丕把辛毗帶過去，然後藉口打水一溜煙跑了出去，任紅昌也避去了內室。

辛毗看著任紅昌的背影，劈頭就對劉平喝道：「你小子好利害的手段。」劉平一臉茫然，辛毗冷哼一聲，把一面腰牌扔過來。劉平接過腰牌，發現這是塊銅製的熊羆紋牌，上頭刻著「隨行」兩個字。

「有了這牌子，你就可以隨意在鄴城內外活動，不受盤查——你小子行啊，我不過是壓了你幾天，你居然打通了府上的門路。」

辛毗的口氣充滿了埋怨。他最初把這位狂士放入城內，本打算挫挫他的狂氣，然後再收為己用。可沒想到這才沒幾天，人家就搭上了別的關係。

劉平把亂髮往後披了披，無奈地解釋道：「劉夫人喜歡歌舞，開口相求，在下又怎好拒絕。」

辛毗冷笑：「都說你狂，我看你比誰都精明。獻妾求覲，好光榮啊？」他停頓了一下，把劉平拽得近了些：「別以為我不知道你的底細。荀諶是我的老朋友，他可從未收過你這樣的徒弟。」

這個把柄，辛毗本來打算留到最後用的，但眼下這個狂士眼看就要脫離掌控，他只得亮出要脅。果然如他所預料的一樣，「劉和」一聽這話，連忙惶恐地跪倒作揖，說他被司馬懿欺負得狠了，一時氣憤，才想到獻妾的辦法，並非與辛毗作對。

辛毗態度緩和了些，拍了拍他肩膀：「我那日偏袒司馬懿，實是因為他是審配面前的紅人。審配這人氣量狹小，我若幫你，你必會被他報復。年輕人多抄幾卷書，權當做學問了，我這也是保護你。」

辛毗的話裡暗示頗為明顯。他一直在拉攏非冀州籍的儒生，如今劉平在儒生中人望頗高，屬於必須握在手裡的人。劉平心中暗笑。這一切果然和司馬懿預料的一樣，他把任紅昌往袁府這麼一獻，辛毗立刻就坐不住了。

「劉和」連連點頭稱是。辛毗又道：「現在你既有了隨行的腰牌，走動就方便多了。還有什麼需求，跟我說一聲就是。」

劉平覺得時機差不多成熟，又深鞠一躬：「其實我正有個不情之請，想請辛先生幫忙。」然後他湊到辛毗耳畔，細聲說了幾句。辛毗抬了抬眉毛，一直到聽完劉平的話，他的眉毛也沒放下來。他沉聲道我考慮一下，然後轉身離去。

送走了辛毗，劉平穿戴整齊，也走出門去。盧毓和柳毅幾個人湊過來，拉他出去喝酒。劉平挺喜歡跟他們混在一起，沒那麼拘束，有點當年在溫縣跟司馬家幾個兄弟吃喝玩樂的感覺。他們找了個酒肆，盧毓掏錢把場子全包下來，他們的僕役都站在門口，黑壓壓的一片。

鄴城不是前線，糧食充足，並不禁酒。於是這些人推杯換盞，喝的不亦樂乎。酒酣耳熱之際，這些人又開始拍著桌子大罵審榮為首的冀州士子。這幾乎已經成為他們每次聚會的必備話題。柳毅哇啦哇啦又說了許多瑣碎的事情，從守城士兵的態度到大將軍幕府的政令，審配幾乎是處處為難他們。盧毓屢次提醒他聲音小點，劉平也出言相勸。柳毅醉醺醺地嚷道：「劉兄你這樣的人，怎麼也畏懼不言？不是被司馬懿整怕了吧？」

劉平不屑道：「趨炎附勢之徒，豈配讓我相懼，只不過君子不立危牆罷了。」

「哈哈，劉兄你說這鄴城是危牆啊？」柳毅大笑。

劉平道：「審治中把咱們拘在鄴城，不許離開，圖的什麼心思？打的是聚儒旗號，我看咱們不是遊學，不過是人質罷了。眼下袁、曹打得正熱鬧，萬一是官渡有變，還是咱們各自家族有變，這危牆可就會嘩啦一聲倒下來，把咱們砸個粉碎，說實話——早知鄴城如此險惡，我根本就不來。」

酒肆裡一下子安靜下來，柳毅還不依不饒地追問：「可劉兄你已經在這了，又該如何？」劉平答道：「人必自助而後人助之，而後天助之。」

在座的都是學子，都知道這是出自《易經》的話。劉平語氣一轉，舉杯笑道：「我這只是隨口亂講，荒唐之言，無稽，無稽，咱們接著喝酒。」這些非冀州士子彼此交換了眼神。他們此前也都有預感，只不過沒人敢像劉平說的這麼透罷了。酒肆裡的喧囂聲頓時變得小了，盧毓連忙道：「劉兄，你醉了。」

劉平順勢站起身來：「確實喝得有點多了。你們先喝著，我出去走走。」

離開酒肆以後，劉平本來渙散的眼神一下子恢復清明，這點酒對他來說，根本不成問題。他信步而行，沿途的士兵看到他的隨行腰牌，都不敢過問。就這麼七拐八，他很快轉走入一條僻靜的內巷，這條巷子的側面是一座破舊的土地廟，香火已廢，罕有人至。

他才一進去，司馬懿就閃身從泥像後鑽出來，把頭上的蜘蛛網扯掉，一臉地不耐煩。

「你到得可真晚。」

劉平咧嘴笑道：「被那些士子強拉著喝了幾杯。不過也沒白喝，我的話，他們都聽進去了。」

他和司馬懿在明面上是敵對關係，鄴城館驛人多眼雜，不能直接來往，都是靠曹丕傳遞消息。可有些話，是連曹丕都要瞞著的，所以他們只能到城裡的某處隱祕碰頭。

司馬懿道：「進展如何？」劉平道：「很順利，任姑娘已經順利打入袁府，隨行腰牌也拿到了。剛才我還跟辛毗談了一下，他說會考慮。」司馬懿「嗯」了一聲：「我這邊也準備得差不多了，不過我說你真的不考慮一下我的建議嗎？一石五鳥啊。」他伸出五個手指頭，在劉平眼前晃了晃。

劉平咬了咬嘴唇，卻還是堅定地搖了搖頭：「不行，仲達，這件事我不會同意。」

「在鄴城殺掉曹丕的話，對漢室可是好處良多。」司馬懿不甘心地遊說道，甚至忘了擺出身段。他當初定計之時，就對劉平說可以順手殺掉曹丕。曹丕如今是曹公的嫡子，嫁禍給袁紹，後續可選擇的手段便會很多，騰挪空間會很大。可劉平卻一直不同意，這讓司馬懿有些起急。

「迂腐兄，你是肩負著漢室復興之任，可不要又來什麼婦人之仁。」司馬懿憤憤道。

劉平閉上眼睛，此時腦子裡浮現出來的，是曹丕在黃河裡向他伸出的援助之手。作為政敵之子，劉平承認曹丕之死頗有價值；可這孩子是因為相信自己而來到官渡戰場的，又在關鍵時刻救過自己的命。對劉平來說，這麼做不是打擊敵人，而是出賣同伴。這樣的選擇，不是他的道。

「曹丕對我們，還有價值。」

劉平緩緩開口道，把甄宓的事情說出來。司馬懿聽完以後，先是一臉怒氣，可轉瞬間突然斂起怒容，手指靈巧地彈了彈，恢復到雲淡風輕的笑意：「你說得也有道理，如果曹丕能把甄宓控制的話，對我們的計畫，將有極大的助益。」

這次反而輪到劉平起疑了。他這位兄弟勃然大怒時，意味著暴風驟雨；而當他沒來由地露出笑容時，卻往往意味著更大的災難。

「來吧，咱們來說說細節。」司馬懿壓根不給劉平質疑的機會，拽著他盤腿坐下，開始滔滔不絕地說起來。劉平不好意思打斷他，只得耐心地傾聽著，那個疑問一直沒機會說出口。

司馬懿面色如常地說著，心中卻在勾勒著另外一副圖景。他和劉平有一點是相似的：絕不會害自己兄弟。只不過究竟什麼算是害，什麼算是幫，兩個人的理解略有不同罷了。

這一天，袁府上下人聲鼎沸，都在忙著為劉夫人慶賀大壽。劉夫人本來表示前線正在打仗，不必大操大辦。但那個叫貂蟬的舞姬，腦子裡有各種奇妙的主意。她在鄴城外轉了一圈，請了大約兩百餘名民間藝人，在袁府內外支起了二十多個小場子。

這些藝人有跳折腰的，有弄鼓的，還有些雜耍與馴獸，甚至還有個西域人會表演吞火，各展其能，精彩紛呈。所有的場子，要演足三天。在這三天內，鄴城的居民只要說句祝壽的吉祥話，都可以聚到袁府外面來看週邊演出——當然，真正精彩的小場都設在袁府內，只有祝壽的賓客才允許進去觀賞。

這些藝人在城外都是饑民，能給口飯吃就心滿意足了；而鄴城居民很少看到這種允許全民參與的慶典，祝一句壽又不破費什麼，都紛紛湧過去看熱鬧；袁家主母的生日，各級官吏誰也不敢不來。於是這次壽宴辦得熱鬧熱鬧，風光無比，花費又不多，讓劉氏大為高興，直誇貂蟬真是能人。

在這一片喧囂之中，審配手持酒杯，面無表情地踱著步子。周圍的各色奇景根本激不起他的興趣，也沒有人敢來打擾這位鄴城最高的統治者。說實話，這樣的場景，只會讓他感到心煩，莊嚴的鄴城這兩天快變成市墟了，什麼賤民都敢放肆地四處遊走。若不是礙著劉氏的面子，審配早就下令禁絕了。

「那個叫劉和是個狂生，他這個侍妾倒真有些手段。」審配的侄子審榮小心地陪在叔叔身旁，興奮地四處觀望。

審配冷笑一聲：「哼，什麼狂生，獻妾求寵罷了，這等人也只有辛佐治看得上。對了，榮兒我聽說你還派人去對付他的書童，結果衝撞了甄夫人的車駕？」

審榮臉色變了變，只得承認。審配沒怎麼生氣，只是淡淡提醒道：「以後做事，要嘛不做，要嘛做絕，不要給人留下把柄。這次若不是仲達出手夠快，我得費上一番手腳。」

「叔叔教訓得是。」審榮乖巧地答道，順手擦擦冷汗。

「你暫時也別在鄴城待了。眼下官渡那邊兩軍對峙，等到下批輜重過去，你也一起去，在戰場上有些資歷，將來也好在主公面前留個名。」

「袁公兵力佔優勢，為何不一口氣打過去呢？」審榮問。

審配笑道：「這你就不懂了。兵法有云：不戰而屈人之兵。現在跟曹阿瞞決戰，縱然贏了，損傷也會不小，還給了四邊野心勃勃之輩趁時而動的機會。多拖上幾個月，等到曹軍糧儘自潰，不費一兵一卒便可取下許都，大軍留著元氣，南邊和西邊可都用得著呢。」

說到這裡，審配忽然問道：「田豐在獄中如今情緒如何？」審榮道：「和原來一樣，情緒很平靜，偶爾罵人。」

審配道：「他好歹也是冀州派的巨頭，在鄴城盤根錯節的勢力不小。記得吃喝優待，只是不許與人接觸。」說完以後，他忽然發出一聲感慨：「田豐如今被囚，沮授也失寵，冀州派正是群龍無首之際。若是官渡能勝，咱們南陽派可就徹底出頭了。」

這兩人正說著，看到司馬懿迎頭走來。他看到審家叔侄，連忙過來施禮。審配難得露出一絲笑意：「仲達，你怎麼也跑來看這種東西？」司馬懿回答道：「我是來給劉夫人祝壽，正要離開。」

雖然司馬懿是河東人士，但審配對他十分欣賞，時常叫過來談話，完全把他當成冀州人看待。審榮對司馬懿也很親熱，尤其是果斷殺了幾個潑皮替他滅口以後，更是尊重非常。

三人閒話了一陣，司馬懿忽然問道：「聽說大人您還為這次壽辰，特批了幾百張入城狀？」審配道：「不錯，都是那個叫貂蟬的舞姬從城外遊民中招募而來，這次若非劉夫人壽辰，他們根本沒資格入城。」

「我叔叔手底下的書吏，可是忙了足足半宿呢。」審榮笑道。

「不過您的辛苦，也算物有所值啊。這辦得多熱鬧，劉夫人也很高興。」司馬懿環顧左右的小場，樂呵呵地說道：「之前都沒注意過，咱們鄴城附近可真是藏龍臥虎啊。」

這句話聽在審配耳朵裡，登時讓他的表情陰沉下來。司馬懿這句話裡，意味十分深長。這些流民會舞蹈雜耍，鄴城根本沒人知道；那麼，這些流民也許還會些其他特別的技能，鄴城就更不知道了。而幾百個這樣不知底細的人，如今卻在鄴城的中心袁府活動。再往下推演下去，讓審配突然不寒而慄。

這時候，他看到「劉和」和盧、柳等人簇擁而來，府外黑壓壓的一片，都是各地學子的僕役，表情更是有些難看。

「辛佐治那天來找我，說鄴城館驛已經不夠了，建議把非冀州的學士搬出去。仲達，這建議你怎麼看？」

司馬懿道：「辛先生人是好的，只是太過軟弱。不過此舉可行，那些學士通宵達旦酗酒玩鬧，驚擾得四鄰不安，冀州學士早有怨言。再者說，兩者混處，不若有所區隔。鄴城分新舊之後，秩序井然，民眾各安其位，就是一例。」

審配沉吟不語。司馬懿看到審配表情有異，連忙請罪。審配擺了擺手，表示他沒說錯什麼。他把酒杯裡的殘酒倒在地上，杯子扔到審榮懷裡，說我還有事先走了，然後轉身離去，剩下不明就裡的審榮和一個表情有些詭祕的司馬懿。

「……這鄴城，是得擠一擠水分了。」

審配心想，同時加快了腳步。他走過一處僻靜的小棚，卻滿腹心思，壓根沒有注意到在這個小棚裡，曹丕一身的峨冠博帶，臉上還敷了些白粉，一臉僵硬地坐在一具七弦琴前。

這次的壽宴獻藝中，任紅昌給曹丕特別安排了一個單獨的小棚，美其名曰「琴操館」。可惜這種東西太過風雅，曲高和寡，大家更對那些雜耍舞娘有興趣。於是在大部分時間裡，這個棚戶都特別冷清。曹丕挺高興，他巴不得一個人都不來。任紅昌和劉平給他安排的任務實在太離譜了，他寧可跟著史阿去殺人，也不想在這個地方附庸風雅。

耳中聽著遠處的喧囂，曹丕百無聊賴地把雙手懸在琴上，用掌心去輕輕蹭著琴弦。琴弦微微顫動，那種麻酥酥的感覺讓他十分愜意。正當他沉醉其中，一個清脆的女聲忽然在耳畔響起：

「你是在操琴還是在蹭癢癢？」

他循聲看去，看到棚外站著一個大眼睛、寬額頭的少女，身後還緊緊跟著兩個侍婢。她與曹丕四目相對，一下子兩個人都愣住了。

「原來……是你？」少女抬起一邊眉毛，神情驚訝。曹丕也認出來了，她就是那天被壓在馬車下的小姑娘——袁熙的妻子甄宓。曹丕一想到自己的任務，不由得吞了吞口水，有些心慌意亂。

甄宓邁前一步，好奇地打量著曹丕：「那天我還以為你是個乞丐……原來是個琴師？」她環顧四周，嘖嘖了幾聲：「還獨佔一間棚子，你的琴技一定很高嘍？」

曹丕盯著她的臉，一時沒說話。上次事起倉促，未及仔細端詳，如今細看才發現，甄宓和伏壽只是眉眼相似，但在氣質上卻大不相同。伏壽雍容中帶著幾絲憂鬱，而甄宓則給人一種幼鹿踏春的感覺，矯健而充滿活力。

甄宓被曹丕盯著看得有點不好意思，咬咬嘴唇，大聲喊了一聲「喂！」，曹丕這才如夢初醒，把視線收了回來。甄宓問：「問你話呢，你到底會不會操琴啊？」

曹丕想起自己身分，把高冠一整，神態倨傲地點了點頭。他注意到，呂姬沒跟著她出來，反而那兩個侍婢跟的形影不離，表情略顯緊張。甄宓饒有興趣地背著手走近幾步，低頭看了看那琴床，用白皙的指頭尖去碰了碰，抬頭道：「那彈一曲聽聽吧，你會彈什麼？」

曹丕暗自嘆了一口氣，努力把自己扮出雲澹風清的名士風度，淡淡吐出三個字：「鳳求凰。」

甄宓眼睛一亮，催促道：「那快彈給我聽。」曹丕沉吟一下，露出為難神色。《鳳求凰》

這曲子有些挑逗意味，若被懂樂的人聽出來這是小琴師彈給大府內眷，怕是會惹出不少亂子。

甄宓一看他的表情，就知道為難在何處。她回頭對那兩個侍婢道：「你們兩個出去等我。」侍婢對望一眼，身子卻沒動：「劉夫人讓小的貼身伺候您，不可少離……」甄宓不耐煩地瞪起眼睛：「聽琴須心靜，人多耳雜，豈不汙了曲子？這裡不過是個小棚子，就一個出口，你們站在那裡，我能跑到哪裡去？」

「可是……」

「你們不出去，我就拿這琴砸自己的頭，說你們照看不周，到時候看誰挨板子！」

兩個侍婢被這麼一威脅，只的退出棚去，守在門外。曹丕看著甄宓，有些目瞪口呆。她解決問題的方式真是匪夷所思，簡直是有些刁蠻，不過確實很管用。

「你不用擔心，這兩個大字都不認識一個，更別說聽懂琴曲了——整天只知道跟屁蟲一樣地跟著。」甄宓一邊說著，一邊跪坐在曹丕對面的茵毯上，雙手覆在膝蓋上，臉上掠過一絲疲憊。

此時小棚裡只剩他們兩個人，甄宓閉起眼睛，似乎在享受這難得的安靜。過了一陣，甄宓忽然道：「謝謝你那天救了我。」

「呃……」曹丕有些慚愧，其實他當時真沒有救人的打算。

甄宓嘴角輕挑：「我知道開始時你有點不耐煩，不過後來把我壓在身下的時候，應該是發自真心吧？」

這種讓人誤會的話，甄宓卻說的無比自然。曹丕不敢正視，趕緊低頭去調琴弦，即使是面對王越，他也沒這麼難受過。甄宓看到曹丕慌亂的神情，咯咯笑了起來，似乎看到什麼滑稽的東西。她笑的時候從不掩口，一顆小虎牙嬌俏地露了出來。

「不逗你了，快彈吧，我很久沒有聽過這曲子了呢。」甄宓拍了拍手，像個男人一樣把右臂支在大腿上，托腮凝目。

曹丕身為曹操的次子，自然這操琴之法也是學過的，而且老師還是天下聞名的師曠。他雖沒怎麼認真練習，但畢竟還有些天分。彈《廣陵散》有點難度，《鳳求凰》倒不成問題。他指肚撫過細弦，發出一連串清脆的流音。曹丕起手幾聲顯得頗為生澀，偶有斷續。他有些擔心地抬頭去看聽眾，卻發覺甄宓跪坐在原地閉目，脖子微微向上向前，如同一隻引頸的飛燕，彷彿渴求聽到這曲子很久。

看到她這副神情，曹丕的心情慢慢平復下來，手指在琴弦上擘、抹、挑、勾，指法熟練，愈彈愈順。優美的琴聲從容不迫地流瀉而出，充斥著整個棚內。

曹丕不時抬眼去看，開始他看到的是閉目的甄宓，可隨著琴聲愈發激越，自己的情緒也開始翻騰起來——師曠曾經說過，琴師須與琴聲共情，隨曲而悲，隨曲而喜，人曲合一，方為上品——自從來官渡之後，他每日都處於警惕的狀態，不敢有一時鬆懈。戒懼成功地壓抑住了他的夢魘，但同時也深深地壓抑住了其他情感。隨著曹丕慢慢進入共情，封鎖在逐漸解開，在他眼中，伏壽與甄宓兩個人的影子竟逐漸合二為一。以往曹丕對伏壽那種朦朦朧朧的情感，此時竟被這一曲《鳳求凰》抒發出來。

年輕的樂師時而垂首，時而後仰，雙手柔順地撫過琴弦，而對面的女子一言不發，似是沉醉其中。曹丕望著眼前的甄宓，想著許都的伏壽，不知為何，突然沒來由地想到宛城，心中一股戾氣陡升，琴弦「錚」的一聲斷了，琴聲戛然而止。

甄宓一下驚醒過來，她看了眼那斷開的琴弦，起身走到曹丕跟前，一下子抓住他的手。曹丕心想這琴聲難道真的打動了這女人的心弦，他下意識地挺直了胸膛，努力裝出一幅淡然模樣。

下一個瞬間，甄宓「啪」地把他的手按在琴弦上，對曹丕一字一句道：「司馬相如才不會彈的這麼爛！」

曹丕的臉色瞬間變得鐵青。他雖然不以琴藝自傲，可被人當面這麼說，還是覺得面皮有些發疼。

甄宓卻不顧他感受，繼續說道：「知道琴弦為什麼斷嗎？就因為你指法有問題。知道為什麼指法有問題嗎？因為你的心思不對。彈琴最重要的，是心境。司馬相如彈這一曲《鳳求凰》時，心中並沒沒有卓文君，他的風流倜儻不是做給誰看的，是真實流露，是無人之境。你的琴聲太膩了，好像色迷迷地看著什麼人似的——」說到這裡，甄宓忽然瞪大眼睛，像是發現了什麼珍寶一樣：「——哎，你不會是看中我了吧？」

被說中心事的曹丕一下子變得尷尬，臉上一陣紅一陣白。不知為何，他面對這女人無法控制自己的情緒，無論惱怒還是心虛，幾乎無法掩飾。甄宓笑意盈盈，彎腰湊近曹丕的臉：「你是不是聽誰說過我喜歡司馬相如，所以才特意做作此態，哄我開心啊？」

曹丕面部僵硬，閉口不言，額頭居然沁出汗來。甄宓掏出一塊香帕，輕輕在他額頭擦了擦，嗔怪般地點了一下：「你呀，是跟貂蟬姊姊一夥的吧？」她感受到曹丕肩膀一顫，嘴角微翹，又說道：「司馬相如的事，這些天裡我只對一個外人說過，那就是貂蟬姊姊。這次的壽宴獻藝，也是她操辦的，把你弄進來也不是難事。你們都是想把呂姊姊救出去，對不對？」

說來也怪，甄宓把話說透以後，曹丕反而不那麼緊張了。比起勉強裝成風流才子去騙人，曹丕還是更喜歡這種對話的感覺。他把身子朝後傾了一點，雙手按住琴弦，平視甄宓：「妳說得對，我們這次來，是為了呂姬。」

甄宓點頭道：「呂姊姊在我身邊。把我籠絡住，你們的計畫就成功了一半，倒是不錯……」她用右手食指點著自己鼻尖，陷入沉思。

曹丕道：「若甄夫人你肯幫忙，我們還需要袁府裡的一樣東西。」

「甄夫人……」甄宓有些厭惡地咀嚼這三個字，吐出舌頭呸呸了幾下，方才說道：「我猜，你們要的是袁紹的副印吧？」

袁紹是天子親授的大將軍，他自己刻了一副官印，正印帶去了官渡，副印則留在了家中。持此副印，等同袁紹親至，效力之大甚至要勝過審配。

甄宓一下子就猜到他們的目的，這讓曹丕有些驚訝。這女子看上去活潑天真，眼光卻犀利得很，曹丕不得不暗自調整對她的觀感。

「妳猜得不錯，我們想借這副印一用。」曹丕道。甄宓離開琴床，輕輕嘆息一聲道：「唉，你還不懂……」

「什麼？」曹丕一怔。

「不懂女人心呀。」甄宓搖搖頭，又站開幾步：「原本我是很同情呂姊姊的，希望她能順利逃出去。可是現在我忽然不想了，這麼多人想幫她出去，卻沒人幫我，我不開心。」甄宓嘟起嘴來，像是個受氣的小女孩。曹丕脊背卻是一涼，這女人明明肯冒著風險幫呂姬出逃，怎麼這轉眼間就不認帳了。他連忙說：「若妳想走，我們也會設法把你帶出去。」

甄宓不屑地撇了撇嘴：「回答得這麼快，一聽就是唬人的假話，其實一點計畫也沒有吧？你這樣的傢伙，和袁熙都沒區別，連句哄女人開心的謊話都編不出來。」

「袁熙……也是這樣？」曹丕鬼使神差地問了個一個與正題無關的問題。

一聽這名字，甄宓幽幽地喟嘆：「他那個人，疼愛我是疼愛我，只是沒什麼可談之事。

我與他談漢賦，他說許多字不認得；我跟他說儒學，他說一看到書名就犯睏；我給他寫信引了幾段詩經，居然被他當成是我寫的，拿出去給賓客炫耀，多丟人吶！」

一提到這個話題，甄宓情緒就有點激動。她拿起香帕在腮邊趕上一趕，好似在驅趕一隻蚊蟲：「你知道蔡邕嗎？」

「知道。」曹丕點頭。那是這個時代頂尖的文學大家，可惜因為依附董卓，為王允所殺，他父親曾經數次感嘆蔡邕的早逝。

「蔡邕有個女兒叫蔡昭姬，才華不輸給班昭。可惜自從蔡邕死後，她流落北方，成了匈奴人的妻子。我得到這個消息以後，懇求袁熙去找袁紹說一聲，利用袁家在北方的勢力，把蔡昭姬請回來，好使這分才情不致淪為胡虜——你猜他說什麼，他說中原識字的人那麼多，也不差這麼個娘兒們。蔡昭姬何等才華，竟被如此侮辱，真是氣死我了！」甄宓義憤填膺，小臉漲得通紅。

「袁家世代簪纓，應該不至如此……」曹丕小聲說。

她走到曹丕跟前，輕蔑地伸出小指頭，往地上一指：「觀子如觀父。袁紹這一家子人，上馬征戰喝酒玩樂都是一把好手，文章儒雅卻都毫不沾邊。與這樣的人為伴，有何樂趣可言？」說到這裡，甄宓朝南方看去，幽幽嘆道：「同樣是世族出身，你看看人家曹孟德，寫的詩句多麼蒼勁風流。若是這樣的人，我嫁也便嫁了。」

曹丕聽到這裡，情不自禁地露出自豪的表情。甄宓怒道：「又沒誇你，你在那裡美什麼。」曹丕連忙收起眼神。甄宓乜了他一眼，冷哼一聲：「哼，連鳳求凰都彈不好，就想打動我的芳心。你和袁熙一樣，就連花點時間編套好點的謊言騙我都不肯！」

「不，不是的。」曹丕回答。

「哦，那就是你花了許多時間研究怎麼騙我嘍？」

曹丕發現不能按照甄宓的節奏，否則很快就會被她帶到詭異的方向去。他雙手用力拍了一下琴弦，響過一聲強硬的顫音，打斷了甄宓的話：「行了，我放棄了。」甄宓見曹丕態度陡變，不由得好奇地盯著他，想知道這男孩打算如何。

曹丕把琴推開，坦誠地攤開手：「其實我一開始就不贊同這個計畫。靠撫琴來誘惑女人，尤其是應付妳這樣的女人，實在是個笑話。」甄宓鼻子一聳：「你什麼意思？什麼叫我這樣的女人？」

曹丕沒有跟著她的話題走，他把身子探前，盯著甄宓道：「談情終究不適合我，還是談談生意吧。」

甄宓狐疑地盯著曹丕，這個跟她年紀差不多的男孩剛才還很青澀，現在卻一下子老成起來。她眼珠一轉：「也好，那就來談談看吧。」

「我們需要把呂姬帶出城去，還需要袁紹的那枚副印。妳如果幫我們做到這兩件事，我可以竭盡所能助妳離開鄴城，甚至——」曹丕深吸一口氣：「——甚至可以把妳帶去許都，把妳介紹給曹氏一族的子弟。」

甄宓聞言先是一愣，然後咯咯笑了起來：「你可真是大話精，不過拿這種話來哄我，也算用心了。」曹丕淡淡道：「妳怎知我說的不是實情？」甄宓道：「我剛贊了一句曹孟德，你就馬上拍胸脯說願把我帶去曹家，還不是空口白話順嘴一說嗎？」

曹丕緩緩起身，聲音開始蓄積起力量：「妳根本想像不到，我的真實身分是什麼。」甄宓一甩香帕：「有什麼好猜的，你身分再高，總不會是曹操兒子吧？」

曹丕表情抽搐了一下，原本憋足了勁的氣勢突然撲了個空，不知該怎麼接下去了。難道順著她的話，主動承認自己是曹操兒子？氣勢已去，那麼說只會招來一頓嘲笑。

「被我戳破了吧？」

甄宓「撲哧」一聲被曹丕的表情逗笑了，她捂嘴笑了一陣，斂容道：「我告訴你。我幫呂姊姊，那是我同情她，卻不是義務。你們這一群來路不明的奇怪傢伙，我更沒相信的理由。若真有心要談生意，總要有個令我心動的價格。」

曹丕低頭想了半天，把琴頭重新整了整，一字一句道：「我彈的那首《鳳求凰》那麼難聽，難道妳不想指導一下嗎？」

「喂，真的是……」甄宓無奈地搖搖頭，「不是在談生意嗎？怎麼又開始談情了？」

「這也是生意的一部分。我請妳做我的琴技之師，修束就是你的自由。你那麼喜歡《鳳求凰》，總不至於放任這曲子為庸劣之弦奏吧？」曹丕理直氣壯地回答。

甄宓像是欣賞珍禽異獸一樣端詳曹丕半天，突然大笑道：「這個價碼也太無賴了吧？」

「高山流水，知音難覓。伯牙不出，奈子期何。」曹丕簡單地說了十六個字。

這個請求，是曹丕經過深思熟慮以後，決定破釜沉舟——要麼甄宓被氣走，要麼被打動。華佗的人分五品論，曹丕也從郭嘉那裡聽說過。人之所欲，分為五品，由儉入奢，循次遞增，只要搞清楚對方真正要的是哪一品，便可拿捏自如，洞徹其心。

像甄宓這樣的小姑娘，用謊話是騙不過的，也不可能靠風雅來打動她。從剛才那一系列關於蔡昭姬的議論裡，曹丕能感受得到，她其實對自由、婚姻什麼的，也不是特別在乎。她最渴望的是認可，是對自己才能的肯定。這麼聰明的一個女人，一定心中自負得很，渴望能一展才華。

甄宓聽到這十六個字，怔了怔，一時竟沒說出話來。曹丕知道自己賭對了。甄宓和任紅昌，其實都是一類人，她們有著自己的想法，不願依附於男人。這大概就是任姊姊為什麼不在許都陪著郭嘉，而是自己獨立撫養著幾個孩子的緣故吧。曹丕心想。

甄宓用指頭戳了戳下巴，眼波流轉，露出一絲笑意：「你可真是討厭，這句話可真是打動我啦。」曹丕卻沒上當，追問一句：「我們這算是談成嘍？」

甄宓伸出雙臂，環在曹丕脖子上吹了口氣：「這得看我們談的是什麼……」曹丕拚命忍出臉紅耳熱，繃緊著臉問：「不是說好談生意嗎？」甄宓雙手環得更緊，兩人的鼻尖相距不過半寸，彼此能感受到呼吸。正當曹丕有些忍耐不住時，甄宓卻突然鬆開口，站開幾步。

「你還好意思說是生意？人家是有夫之婦哎，就這麼跟你走了，我豈不是成了淫奔之女？我可不是那麼隨便的人。」

曹丕一口血差點噴出來：「難道妳還想找個媒妁不成？」

甄宓微微撅起小嘴：「得有個名分才好，哎，你結婚了沒有？」曹丕搖搖頭。甄宓眼睛一亮：「這樣就好辦啦。你是司馬相如，我就是卓文君。我在袁府聽了你的琴聲，決定跟你走。嗯，嗯，這樣不錯！這樣傳出去，天下人都知道我是為了重演《鳳求凰》才毅然私奔，只會傳為美談，說不定還能記到史書裡呢。」

曹丕看著神采飛揚的甄宓，不由心想，妳真是一心想咒袁熙死啊……說幫她出逃，她不樂意；說帶著她私奔，她倒甘之如飴──這女人的想法，他實在是無法捉摸。

甄宓看曹丕面露不豫，以為他不情願，拍了拍肩膀道：「我父親當年可是上蔡令呢，你娶了我，也算是光耀門楣了。」曹丕暗暗腹誹，心說妳若知道我什麼身分，哪裡還敢這麼說。

這時門外傳來聲音，甄宓朝後退了幾步：「你快把琴彈起來，不然外頭的侍婢會心生懷疑。」曹丕連忙續了根弦，隨便挑了首曲子彈起來。就在琴聲掩護下，甄宓道：「副印放在劉夫人的寢室，守備森嚴無比，就不要想把它盜出來了。不過若你們有什麼文書案牘，我倒是可以試試進去蓋上大印。」

曹丕點點頭，表示聽到了。甄宓又道：「自從我上次出逃失敗，如今他們看得更緊了，我在袁府裡可以隨意走動，但卻不能出門一步。週邊還有我二哥甄儼親自帶兵守衛。他雖然不夠聰明，但為了甄家安危，可是會不遺餘力地堵截我。怎麼把我和呂姬弄出袁府，你們可得仔細想想。」

曹丕道：「任姊姊自有辦法。」

甄宓笑道：「那咱們就這麼約定了。不過我得要你一件信物，才好行事。不然我怎麼知道你不會騙我？」曹丕摸了半天，想不出身上有什麼信物。甄宓歪著頭想了一下，伸手抓住曹丕衣襟拽到跟前，忽然湊臉過去。曹丕頓覺一陣馨香撲鼻，還未說什麼，被甄宓一口咬在脖頸一側，留下兩排牙齒印。曹丕疼的想要大叫，卻被甄宓的眼神所阻止。

她咧嘴露出那一顆小虎牙，得意道：「我的牙齒生得很有特點，這兩排牙印幾天都不會掉。如果你辜負我，我就向審配那裡去舉報，說你意圖侵犯我，被我咬跑了。」

曹丕無語，他自命算是聰明人，可面對這麼一個表面文靜卻有無數瘋狂想法的丫頭，卻是束手束腳。他摸摸生疼的傷口，只能虎著臉答應。甄宓摸摸他的臉頰，輕輕親了一下，算是安慰，轉身離開。走到門口，她忽又回首柔聲道：

「我要走了，你說咱們現在算談的什麼？」

她的眼神裡，此時湧動著柔情蜜意，如同望著自己最心愛的情人一樣。曹丕知道這只是她的演技，可四目相接之時，心中還是一熱。還沒等他想好怎麼回答，甄宓一旋身消失了。

曹丕獨自跪座在小棚之中，呆愣了半天，手摸在傷口上，心想我這算是完成任務了？應該算是吧，可總覺得哪裡的味道不對。

這一天一大早，鄴城新城的居民們感覺氣氛和平時不太一樣。在各個裡顯眼位置的木牌上，都出現了一張大告示，旁邊還站著一名小吏，給圍觀的人大聲宣讀。告示的內容寫的四駢六麗，小吏的工作就是將之轉成人人皆懂的白話。

告示說最近各色流民蜂擁而入鄴城新城，忠奸難料，良莠不齊，長此以往，必生禍患，如今前方激戰，為防曹軍細作生事，從即日起將整肅城防，清查戶籍，閒雜人等一律清除出城。落款是大將軍幕府的血紅大印。有懂行的人一望便知，這是審配藉了袁府的副印，表達了鄴城高層對這件事的重視。

彷彿為了證明這張告示的嚴肅性，不時有大隊的衛兵轟轟地開過街市，設卡查驗，甚至挨家挨戶拍門搜查。鄴城新城雖說是進城管制嚴厲，但一干官吏望族的日常生活需要有人伺候，一些城中的髒活累活也需要勞役來做，每日開放的那些人數根本不夠用，所以利用各種關係偷進來的人著實不少。

在這一場大整肅中，這些人被一一揪了出來，用繩子捆成長長的一串，由騎兵拽著往城外走。有人上前求情，但平常收了賄賂就抬手放行的衛兵們，這次卻毫不通融，冷著臉用長槍橫在身前。一群群驚慌失措的老百姓就這樣被拖曳過街，跌跌撞撞，求饒呼喊聲此起彼伏。街邊有一間館舍，臨街是一個大敞間，此時這敞間裡聚著三十餘名學子，他們或跪坐或站，目光凝視著外面，神情嚴峻。

柳毅一拍桌子：「審配這個傢伙，真是太過分了！孟子有云，民為重，社稷次之，君為輕。他竟在堂堂大城中肆意欺淩百姓，這和當年董卓屠戮洛陽有什麼不同！」

他的話引來學子們的議論紛紛，大家紛紛引經據典，有的舉夏桀，有的說商紂，還有的說是嬴政。劉平在一旁端著酒杯，沒有說話，只是冷眼旁觀。

別看這些人在這裡為鄴城百姓鳴不平，其實他們憤懣是另有原因。審配的這次整肅，也波及到了這些非冀州的學子們。他們個個出自大族，到鄴城來也是擺足了排場，每個人都從家裡帶了十來個僕役，伺候起居住行。可鄴城衛的人剛剛到了館驛，宣佈了兩件事，一是將所有非冀州籍的學子都搬出館驛，重新安置在一處臨街的大院，這裡雖也叫館驛，但條件比之前差遠了；二是每個人只能留兩個貼身僕役，其他人必須離開新城。

這兩個決定掀起了軒然大波，氣得柳毅、盧毓等人嚷嚷著要去衙署抗議。好在辛毗從中斡旋，據理力爭，說館驛搬遷工程浩大，如果太早遣散僕役，恐怕會多有不便。審配這才鬆口，給了他們三天緩衝的時間。如今這些士子的僕役們在兩處館驛之間來回搬運著東西，而閒來無事的士子們則坐在敞間裡對著街上怒氣衝天。

柳毅罵得口乾舌燥，抓起一杯酒一飲而盡，然後看著劉平道：「哎，劉兄，怎麼你今天這麼沉默啊？平時你可都是罵得最精彩的幾個人之一啊。」

劉平捏著自己的杯子，微微動了下嘴唇：「我在想一些事情，只是還沒想通。」他的眼神變得銳利而深沉，似乎想到了什麼。

「哦？劉兄在想什麼？」盧毓問。他在這群人裡算是沉靜的，對劉平這分鎮定頗為佩服。

「我在想，審配在這時候頒佈這個命令，有些蹊蹺。事情沒那麼簡單，大家要稍安勿躁。」

柳毅跳起來叫道：「劉兄，你只帶了一僕一妾，自然不肉疼！我們可是一下子十停裡去了八停啊。你想，我們都是遠道而來，若不多帶些人，豈不事事不方便？他審配倒好，一張薄紙就想攆走這麼多人，分明是針對我們這些不是冀州的士子！」

柳毅說了實話，大家也都索性放開了，紛紛表示不滿。盧毓也問劉平：「劉兄，你說這事不簡單，莫非還別有隱情嗎？」

劉平笑道：「隱情什麼的，我可不知道。不過從這一張告示裡，倒是可以看出許多不一樣的東西，我有些推測，不知諸位是否願意聽聽……」其他人一聽他這樣說，都圍過來。劉平環顧四周，一指外頭：「我這也只是猜的，未必做得準。你們聽聽就罷了，不要當真，也不要外傳。」柳毅拍拍桌子，豎起手掌發誓道：「今日劉兄之言，若泄與無關人知，我柳毅甘願五雷轟頂。」眾人見他帶了頭，也都紛紛起誓。

劉平不緩不急地啜了口酒，轉了轉酒杯，抬頭對柳疑道：「柳兄，你可還記得告示原文是什麼？」

過目不忘是讀書人的基本功，柳毅張嘴就開始背了起來。當他背到某個特定段落時，劉平忽然打斷了他的話：「諸位，聽到了嗎？告示這一段說，鄴城不穩，亟需整頓，閒雜人等一律驅逐出城云云。」

諸人交換了下疑惑的眼神，都不明白劉平的意思。劉平敲了敲桌面，沉聲道：「這告示說要驅逐閒雜人等，可這閒雜人等究竟是誰？怎麼界定？卻沒提及，沒有規章可循。換言之，他審配指誰是閒雜人等，那誰就是。今天他可以說你們的僕役是閒雜人，趕出城去；那明天萬一說到你們也是閒雜人等，你們如之奈何？這一句模糊的話，就是審配的手段。」

眾人俱是一愣，他們倒沒想這麼多。可劉平這麼說，似乎又頗為在理。盧毓道：「審配再偏袒，也不至於驅逐我等吧，難道他想把幽並青幾州的世族都得罪光？」

劉平冷冷一笑，沒回答這個問題，又繼續說道：「你們可去看過告示原文？那落款處有個大紅印，乃是大將軍的專印。」柳毅道：「審配代袁紹掌後方，這又怎麼了？」

劉平道：「整頓鄴城，只用鄴城衛就夠了，審配何必多此一舉用大將軍印？要知道，正印已被袁紹帶去官渡，副印在袁府深藏。審配要用印，還得跟劉夫人去借。」

這一句質疑一出，堂內登時一片寂然。所有人都不期然地皺起眉頭，陷入了思考。審配這個古怪行為，殆不可解，於是大家都把目光投向劉平，等他解密。劉平徐徐起身，右手向外一點：「前日壽宴你們也去了，那些雜耍藝人表現不俗，得了劉夫人不少賞賜，好多官吏請他們府上獻藝。可如今這告示一頒佈，這些藝人居然都被清出鄴城了，審配為何要急匆匆地趕他們走？」

「只怕這裡面魚龍混雜，有曹賊的奸細混入吧？」一人試探著說。

劉平的指頭一敲桌面：「不錯！你會這麼想，別人也會這麼想，大家都這麼想——但這恰恰是審配讓我們這麼想的。」他負手在堂下來回踱著步子，不時伸展右臂，用力揮舞，所有人都目不轉睛地看著他的手勢。

「若只是為了對付雜耍藝人，審配下一道命令就是，何必大費周章搞整肅清城？可他卻發了告示，還用了大將軍的副印。這說明什麼？這說明審配的用意，根本不是這些竊居鄴城的流民，而是另有所圖！這個圖謀還相當得大，已經超越了鄴城衛的能力範圍，所以他才會用大將軍印鎮在那裡，以便未來有事的時候，可以隨時代表袁紹的意志。」

劉平這麼一分剖，盧毓忍不住問道：「那劉兄所謂大事，究竟是什麼？」

劉平把酒杯舉起來，一下將其中酒水潑在地上，抬眼逐一把眾人掃過去：「審配的真正用意，正是在諸位身上。他搞這麼一齣，是打算不動聲色地把你們與僕役之間隔離開來。這些僕役一離開新城，你們身邊只剩寥寥數人，屆時審配便可隨心所欲，你們只能聽之任之，沒有半點反抗之力。」

士子們聽到這一句，無不色變。他們帶這麼多僕役來，表面上是照顧衣食住行，實則是有保鏢之用。這些人都是家族選拔出來的好手，危急關頭可以起碼做到自保。若按照劉平的說法，審配處心積慮，就是魏了把他們這點最低限度的武裝解除，那他的用心可就真的要深思了。

盧毓道：「劉兄，茲事體大，你可確定嗎？」

劉平道：「雖無明證，但咱們被趕來這個舊館居住，豈不就是個先兆？」柳毅瞪大了眼睛，促聲道：「你是說……」劉平淡淡道：「把冀州與非冀州的人分開，自然是方便他們辦事嘍。」

「辦什麼事？」柳毅沉不住氣。

劉平冷笑一聲，什麼也沒說，把潑光了酒水的杯子擲到地上，「啪」地摔了個粉碎。之前的館驛是混住，冀州與非冀州的混雜一處。可這一次遷移，搬家的卻全是非冀州籍的士子，早就有許多人心懷疑惑，劉平這麼一解釋，他們頓時恍然大悟。他摔杯的動作，猶如向滾燙的油鍋裡扔入一滴水，激起無數議論。

劉平注視著激動的士子們，心情卻異常平靜。

他剛才的那些推斷，若是細細想想，都是牽強附會、不成道理。但他的聽眾已經對審配先入為主，他只消用一些反問與疑問，不斷把不相干的論據往審配身上引，聽眾自然會補白出他們最想聽到的結論。他們對審配懷恨已久，只要稍微一煽動，審配做什麼他們都會認為是處心積慮。

其實館驛搬遷之事，是劉平向辛毗建議的，審配只是批准而已。但劉平刻意隱瞞了這個細節，誇大了審配在其中的作用；而那一則告示的內容，其實是司馬懿代審配起草的，用大將軍印只是因為審配這個人好名，以幕府之名落款顯得威風。兩處關鍵，均與士子無關。

正如盧毓所言，審配再看不起外州人士，也斷不會對這些士子動手，得罪諸州世族。這些淺顯道理本來一想就通的，可眾人為劉平言語蠱惑，竟無一人醒悟。

這就是司馬懿所謂的補白之計，劉平小試牛刀，卻發現效果驚人。

劉平見眾人的情緒愈發激動，彎起指頭磕了磕案沿：「諸位莫要高聲喧嘩，若被人聽見，便不好了。」周圍立刻安靜下來，他無形中已成了這些人中的權威，令行禁止。柳毅搓了搓手，一臉激憤道：「咱們不能坐以待斃啊！劉兄，你說如何是好？」

劉平閉上眼睛沉思，旁人也不敢驚擾他，都焦慮地等待著。過了一陣，劉平唰地睜開眼，沉聲道：「危機迫在眉睫，諸君若想活命，唯有離開鄴城，或有活路。」

盧毓道：「審配布了這麼大的局面，豈會容我等隨意離開。」

劉平道：「辛先生不是幫我們爭取了三日嗎？這三日裡，諸位不妨以搬遷為藉口，把自家僕役都集中起來，儘量不要分開。你們每人都帶著十來個僕役，三十幾人都聚到一起，也有三百之數，可堪一戰。」

最後四個字說出來，如同一把大錘在每個人的心中重重砸了四下。可堪一戰，這就要說，要跟袁氏徹底撕破臉了？這些人雖對審配極度不滿，可要讓他們公開與河北袁氏決裂，卻實在為難。何況這裡是袁氏腹心，他們這三百人，能有什麼用處？

劉平看出了他們的猶豫，順手拿起一副竹筷：「一根竹箸，一折即斷；三根竹箸，縱然能折斷，手也要疼一疼。投鼠忌器的道理，諸位都明白。審配為何搞鄴城整肅，還不是忌憚你們聚在一起的力量嗎？這三百人奪城不足，若真心想出城的話，他們卻也遮攔不住。」說到這裡，他放緩了語速，「人為刀俎，你們就甘心做魚肉嗎？」

「可走去哪裡呢？各自回家嗎？」盧毓滿面憂色。如果就這麼回去，家族勢必會招致袁紹的怒火。劉平胸有成竹，一指南方：「不，去許都。」

這個建議提出來，大家都是一愣。去許都？許都不是曹操的地盤嗎？柳毅狐疑地瞪著劉平：「劉兄，你是讓我們去投曹？」

「諸位莫要忘了，許都又不止有曹操，尚有另外一人可以投效。」劉平淡淡說道，然後虛空一拜，「當今皇帝，漢家天子。」

眾人面面相覷，一人失笑道：「劉兄，你說別的在下都很認同，可這個未免玩笑了。天子如今是怎麼境況誰不知道，自己尚且寄人籬下，哪裡還有投效的價值。」另外一人道：「我聽說董承敗亡以後，漢室急著向曹家示好，把能給的朝職都封了曹家人，咱們過去，怕是連個議郎都當不上啊。」第一人道：「說不定天子還得跟你借僕役吶。」

大家一齊哄笑。劉平心中苦笑，用極細微的動作搖了搖頭。老一輩的人曾感受到過漢室天威，心中尚存敬畏；而這些年輕人生於末世，長在亂世，心目中的漢室早就成了一個大笑話。觀一葉而知秋，從這些邊陲世族士子的態度，便知天下人心所向。

所謂漢室衰亡，實際上就是漢室逐漸為人淡忘的過程。這個趨勢是否可逆，自己的努力會不會只是緣木求魚？一個疑問悄然鑽進劉平心中。

這時，盧毓突然一拍桌子，叫了一聲好！柳毅問他怎麼了，盧毓大笑道：「我等亂了方寸，竟然沒體察到劉兄苦心。這南下投天子，可真是一步妙棋。」

這下別說其他人，就連劉平都愕然地望向盧毓，不知他何出此言。

盧毓道：「大家不要忘了，咱們待在鄴城的理由，是同去許都聚儒。我們出城南下許都，不過是提早幾日離開罷了，審配就算氣瘋了，也挑不出毛病。」

一人疑道：「可是許都是曹氏地盤。如今袁曹開戰，袁紹萬一打勝了，咱們家族豈不慘了？」盧毓撫掌笑道：「許都是曹氏盤踞不錯，但畢竟打出來的是漢室大旗。袁紹又是漢家的大將軍，我們公開宣稱是去效忠皇帝，便不必與他徹底撕破臉，家裡也揹不上通曹的罪名。投漢不投曹，這就是劉兄之計的精妙之處了。」

大家一聽，轟然叫好，看向劉平的眼光又多了幾絲敬服。劉平怔怔呆在原地，他原本的目標，只是煽動這些士子的情緒，沒想到盧毓居然在不知覺的情況下，分剖出這層深意，可算得上是意外之喜了。

倘若這些人能夠進入許都，漢室局面應該也會為之一變吧。劉平暗暗攥了下拳頭，想要不要把計畫修改一下。

曹丕恭敬地垂手等在劉府門口，望著緊閉的朱漆大門。在他與大門之間，有五名衛士排成一條線，彼此相隔數尺。最中間的那一位壯漢神色陰鬱，披掛齊全，手中還握著一把佩劍。曹丕現在知道了，這人是甄宓的二哥甄儼，名義上是專門負責劉府的安全，實則是為了看守他妹妹。他的鎧甲披掛整齊，連條帶都束得一絲不苟，應該是個認真謹慎的人。曹丕偶爾抬頭，看到對方正盯著自己，便回一個茫然的微笑，然後低下頭去。

甄儼盯了一陣曹丕，又把視線轉移到即將靠近大門的一輛木輪車上去。其實無論是曹丕還是那木輪車，甄儼都不認為是個威脅，但他不敢掉以輕心——他太了解自己的妹妹了，那簡直就是「匪夷所思」四個字修煉成了人形。她總能想到一些荒唐又瘋狂的辦法，甄儼自認在想像力上無法與妹妹相比，只好用最笨拙的辦法去杜絕一切可能性。

甄儼根本不想做什麼劉府的護衛，這對一個校尉來說實在是大材小用。他的實職是鄴城衛的統領，管理著整個鄴城的城防。可審配告訴他，甄宓是你們甄家的人，理應由你來親自解決。甄儼知道這是審配想架空他，但是他一點辦法也沒有。如果甄宓逃出鄴城，那家族的聲譽就全毀了。為了甄家的前途，甄儼必須承擔起這個責任來，不能假手他人。

這時府門發出一聲響動，旁邊校門開了半扇，一名衣著華美的女子提著籃子從裡面走出來。甄儼不由自主地握緊了劍柄，心情緊張起來。他認識這女人，她叫貂蟬，是鄴城一位士子的夫人，如今是劉府最受歡迎的人，可以來去自如無須通報。據說前幾天讓這些衛士疲於奔命的壽宴獻藝，就是出自她的建議。

不知為什麼，甄儼一看到貂蟬的身影，身體就莫名激動。他早已婚配，也知道貂蟬嫁了人，可一看到那道曼妙的身影，還是控制不住有些口乾舌燥。

任紅昌走出門來，撩了撩額頭的頭髮，把籃子伸向甄儼，嫵媚一笑：「甄校尉，你可辛苦了，檢查一下吧。」甄儼忙不迭地把籃子接過去，隨手翻了翻，籃子裡都是些鮮果布帛，想來是劉夫人的賞賜。甄儼把籃子還回去，交接時，他的手不由自主地在任紅昌的手背上蹭了一把。

這是何等滑膩細嫩的手啊，甄儼一瞬間有點迷醉，然後又緊張起來，這可是唐突之極的行為。不料任紅昌面色如常，把籃子接過去，向甄儼道謝後就離開了。甄儼長出了一口氣，抬起自己的手在臉頰上蹭了蹭，那種滑膩感讓心頭一陣蕩漾。

任紅昌走到曹丕跟前，說咱們回去吧。兩人並肩而行，慢慢走到一處河道旁。鄴城新城為了追求風雅，在城內修了數條縱橫河道，道旁還遍植垂柳，石基墊肩，是個幽靜的去處。尤其是大戰開啟以後，來的人就更少了。

任紅昌走到一塊平整的大石旁坐下，打開籃子把裡面的瓜果都拿了出來，擺滿了石案。曹丕安靜地站立一旁，一言不發。遠遠望去，還以為是一個侍女一個童子在忙裡偷閒地賞春。

籃子拿空了水果以後，任紅昌從底下一個墊層裡抽出兩張折好的麻紙文書，遞給曹丕。曹丕打開一看，落款都蓋著殷紅的大將軍印，條印分明。他趕緊將其揣在懷裡，還左右看了看。

見文書收置妥當了，任紅昌長長舒了一口氣，感嘆道：「這都是甄宓的功勞。那姑娘可真是個奇才。她想出來的辦法，完全出乎了我的意料。」曹丕把文書重新折疊好，放入懷裡，沒動聲色。任紅昌眨了眨眼睛，別有深意地看了眼這男孩的表情，促狹道：「這麼聰明的姑娘，你都能靠一曲《鳳求凰》勾搭上，也算是個奇才了。」

曹丕苦笑一聲，脖頸處的牙印隱隱做疼。他父親曹操和袁紹年少時是親密好友，可沒想到有一天曹操的兒子居然會去勾引袁紹的兒媳婦私奔。

「對了，她還讓我問問你，有沒有好好練琴。」任紅昌揶揄道。

「我哪有那種匃奴時間。」曹丕有點惱火地嘟囔了一句，臉色卻有些泛紅：「如果沒什麼事，我先走了。」任紅昌身子卻沒動，她軟軟靠著石案，欣賞著河道旁已經翠綠一片的垂柳，秀容浮現出幾絲難以名狀的寂寥。她輕輕磨動紅唇：「真羨慕你們啊……」

曹丕驚訝地看向任紅昌。在他的印象裡，任紅昌雖然形象多變，可從來都把自己的內心裹得嚴嚴實實，從不袒露心聲。剛才那一聲輕嘆，可是前所未有之事。

任紅昌轉過頭來，對曹丕道：「你是否覺得我水性楊花、不守婦德？」曹丕嚇得連連搖頭。任紅昌自嘲地笑了笑，把目光收了回去：「不必掩飾了，男人根本不懂遮掩自己的心思。你縱然不說，心裡也一定在嘀咕。我從前追隨呂布，後來做了郭祭酒的寵妾，又來做皇帝的侍婢，豈不是淫亂得很？」

一時間曹丕不知該怎麼回答才好。

任紅昌拿起一片小石子，揚手丟入河道裡，泛起幾絲漣漪：「我羨慕甄宓那樣。我應該如她一般率性而為，轟轟烈烈地談一段情，才不枉費此生。甄宓說她心羨卓文君，我又何嘗不是——」她的聲調陡然提高了一點：「哪怕像普通女子一樣，學學女紅，讀讀女誡，尋個如意郎君，相夫教子，終老一生也好。甄宓避之不及的人生，對我來說也是奢求。」

「生逢亂世，皆有不得已之事吧。」曹丕笨拙地勸解道。一抹苦澀與堅決同時出現在任紅昌的臉上：「你說得不錯。我有我不得已的責任，我捨棄了這麼多東西，就是為了完成這分責任——二公子，你會幫我嗎？」

曹丕以前也知道，任紅昌不是中原人氏，她來這裡是想尋求支持，以求復國。他不知道那個國家在哪裡，也不清楚任紅昌的打算。但一接觸到她憂鬱的眼神，曹丕熱血湧上，一拍胸脯道：「我一定幫妳！」

他對任紅昌懷有一種特別的情感，既不同與對母親的眷戀，也不同於對伏壽的迷戀。如果一定要用一個詞來描述的話，應該是「大姊姊」。曹丕有姊姊，可他幾乎見不到她們。身為弟弟的體驗，他要從黃河被救起時才覺醒。這一路北上，曹丕在任紅昌身上感覺到了來自姊姊的呵護，這讓他感到溫馨，同時也激起了保護欲。

面對曹丕的慷慨激動，任紅昌笑了笑：「曹家公子的承諾是很貴重的，不要隨意許諾啊。」曹丕道：「怕什麼，有郭祭酒在呢。」一聽到這個名字，任紅昌面色一黯，卻沒多說什麼。

曹丕見任紅昌似有疑慮，抬起三指對天發誓：「我曹丕在此起誓，必助任姊姊復興國統，子孫亦然。如有違背，天雷共劈。」

任紅昌摸摸他的腦袋，用力揉了一下：「有你這句承諾我就放心了。」她站起身來，遞給曹丕一個果子，說你把文書帶回去給陛下和司馬先生，我還有點別的事情。曹丕一愣，問她去哪裡。任紅昌嫣然一笑：「我去找甄宓的哥哥談談心，大人的事，你就不要問了。」

曹丕臉色一紅，趕緊轉身離去。任紅昌望著他的背影消失在巷子口以後，仰望東方的天空，忽然輕輕嘆了一聲，把頭髮挽起一個蛇髻，又返身朝著袁府走去。

曹丕懷揣文書，朝著館驛走去。他現在身上也帶了一塊隨行的腰牌，所以也不擔心沿街搜捕的衛兵。他懷裡的這兩份文書，都是司馬懿親自擬定的，一份是城防調令，還有一份是模擬袁紹筆跡的書信，後者是為了進入許攸私宅而準備的。許攸被軟禁在家，任何人不得進入，唯一可能接近的辦法，就是偽造袁紹的手令。

他走著走著，忽然停下了腳步，右手下意識地按住胸口的文書，眉頭微微皺了起來。一個小小的念頭悄然爬出曹丕的意識深處，像春天的毛毛蟲一樣，頑強而堅定地向上攀緣，很快就爬到了心尖。

「文書既然在我這，為什麼我不自己去呢？」

這個念頭一想出來，便無法抑制。胡車兒想要通過徐他轉達給許攸一句話，而這句話與當年宛城之戰密切相關。曹丕來到鄴城，唯一的目的就是為了找到許攸，搞清楚當初在宛城到底發生了什麼。直覺告訴曹丕，這件隱祕很可怕。如果可能的話，他希望能單獨去見許攸。無論是任紅昌還是當今天子，都最好不要插手宛城之事。

而此時，正是一個絕好的良機。

曹丕呼吸變得急促起來，這麼做有點背信棄義，可他別無選擇。他朝前走了三步，又後退了五步，腳尖一轉，眼神變得堅定，整個人朝著右邊毫不猶豫地走去。

許攸的宅邸不算是祕密，他們一早就已經打聽好了。這是一座位於西城區的深宅，許攸一家都在這裡住。門口有大將軍幕府直屬的衛兵看守，這些人連審配的面子都不賣，唯袁紹命令是從。平時一日三餐都由幕府派人送到門前，再由衛兵送進去。

曹丕把自己的僕役服脫掉，從成衣鋪裡買了一套成人的舊短袍換上。他的身材不低，這套短袍並不顯寬綽。他又用炭筆在嘴邊淡淡地掃了幾筆，讓自己起碼看起來年長了五歲。曹丕準備停當以後，忽然又想到什麼，就地打了一個滾，沾了好多灰塵在衣服上頭，徑直朝著許攸深宅走去。

「幹什麼的！」一名衛兵看到曹丕走過來，端起鋼槍大吼一聲。曹丕毫不畏縮，一直走到快頂到槍尖才停下腳步。沒等衛兵再次發問，曹丕先低聲做了一個手勢：「東山來人。」然後亮出一塊木牌。

那塊木牌是蜚先生贈送給劉平的，代表了東山身分，在他們逃離白馬的過程中起了關鍵作用。現在曹丕又把它拿了出來，打算故技重演。衛兵拿起木牌檢驗了一番，面露疑惑。這牌子是東山頒發的無誤，但東山的活動範圍一直是冀南，鄴城是不允許他們的勢力進入，而且，眼前這個傢伙未免太年輕了吧？

東山在普通袁軍士兵眼中，多少帶有點神祕色彩，裡面充斥著奇人異士。所以衛士對曹丕的疑心稍顯即逝，東山的人嘛，古怪一點也很正常。

曹丕注意到了他的微妙表情，不失時機地加了一句：「官渡急報，主公有密事與許先生相商。」然後他把司馬懿偽造的袁紹手令遞了過去。衛兵接過手令，打開來看，確實是袁紹手筆，說見信如見人沿途不得阻撓云云，落款大印鮮明無比。

曹丕道：「我可以進去了嗎？」衛兵猶豫了一下，身體卻沒動：「我們接到的命令，是不允許任何人與之接觸。你可以把信函給我們，我會轉交給他。」

曹丕眉毛一挑，把懷裡的另外一份公函露出個邊：「主公在手令裡說得明白，此函干係重大，必須親自交到許攸手重。在許先生親手拿到這封密函拆開之前，我不會允許任何人碰它——你想把它拿走嗎？」

衛兵沒敢接受這種挑釁，他膽怯地後退了一步道：「可我們也是奉了命令……」

「你在質疑這份手令是假的嘍？」曹丕低聲吼道，把袁紹手令扔到他臉上：「官渡戰事正急，若因為你而耽誤，這責任你敢承擔嗎？」

衛兵沒有回答，可還是沒動。曹丕冷笑道：「很好，我這就去回稟主公，可不是我沒把密函送到，而是有人不太想讓主公在官渡獲勝，所以在此阻撓。」曹丕說完，轉身要走。

剛才那句話太誅心了，衛兵一聽嚇得臉都白了。曹丕這一走，就等於坐實了他裡通曹操，這個罪名扣得實在太大。他連忙把曹丕拉住，解釋說我也是照章辦事。曹丕道：「我對你的解釋沒興趣。我只想知道，憑著主公的手令能不能進去？」

衛兵這次不敢再阻攔了，但要求必須有人跟隨。曹丕也沒堅持，就讓兩名衛兵跟在左右，亦步亦趨裡往裡走去。衛兵們把守的位置，是在許家宅邸週邊的裡坊，再往裡走上二十幾步，才算是許家宅邸的正門。

衛兵敲了敲門，從裡面走出一個侍婢。侍婢以為是來送飯了，把上次吃剩下的食盒拿了出來，衛兵一揮手，表示不是為了這事。侍婢一愣，連忙放下食盒，放他們進來。

院子裡有一個五、六歲的小孩子，正趴在地上玩著沙土，一名姿色還算不錯的女子在一旁照顧著他。女子看到他們，連忙別過臉去，用袖子擋住。曹丕心想，這大概就是許攸的家眷了吧。他沒有多做關注，繼續朝前走去，來到一間青磚鋪地的瓦房前，許攸就在裡面。

曹丕邁步上前，要去敲那扇房門。他看到衛兵也跟了進來，眉頭一皺：「你要幹嘛。」

「你遞送密函的時候，我必須在場。」

曹丕冷冷道：「笑話，你都說是密函了，還要在場？等下我呈遞完密函，還要等許給主公回書，才趕回官渡。這等軍機大事，你區區一個小卒也配參與？」

「我必須確保許先生安全。」衛兵還在堅持。

曹丕轉向他，高舉雙手，不耐煩地喝道：「你可以搜一下，看我是否帶著什麼兇器！」衛兵檢查了一番，除了胸前那封密函，別無可疑之處。衛兵沒辦法，只得悻悻退了下去，卻不肯離開，站在院子當中等著曹丕出來。

曹丕敲敲門，大聲道：「東山來人，主公密函！」屋裡傳來一個聲音：「進來吧。」這聲音尖細銳利，好似鐵槍尖在銅鏡上摩擦的聲音。曹丕輕輕推門邁進去，把門順手帶上。他一抬頭，看到堂前一人在伏案奮筆疾書，背後堂中還掛著一把長劍。這人頭髮花白，臉形極瘦，下巴尖得好似一枚錐子。

他對曹丕的進入恍若未聞，也不抬頭，繼續在寫。直到這一頁紙都寫滿了墨跡，他才心滿意足地吹了吹氣，把毛筆掛起來，用旁邊的絲絹擦了擦手，向堂下的曹丕望去。

「東山來人，主公密函。」曹丕重複了一遍。許攸看看窗外，問道：「衛兵沒為難你吧？」曹丕道：「有主公手令。」許攸「哦」了一聲，卻不急著追問，他走到窗前，對院內的妻子揮了揮手：「我要談主公的要事，你們都站遠點，別在這裡礙事。」

他妻子連忙扶著孩子進了隔壁廂房。那名衛士本來不想走，可許攸一雙三角眼一直盯著他，也不說話。他實在頂不住，只得又退到院門的位置。

許攸把窗戶關好，回到案几前跪定。他用胳膊肘支在案几上，身子前俯，似笑非笑道：「曹阿瞞好膽識，竟敢把自家公子送進鄴城。」

# 第九章 鼎鑊仍在沸騰

許攸這一句話聲音不大，聽在曹丕耳中卻如晴天霹靂，連心臟都登時慢了半拍。許攸看到曹丕臉色煞白，捋鬍笑道：「你有膽子冒袁紹之名來找我，卻沒膽子被我說破？」

曹丕僵硬在原地，動彈不得。許攸也不急，笑瞇瞇地看著曹丕，彷彿在鑒賞一件剛燒製好的土俑。過了半晌，曹丕才緩緩問道：「您、您是怎麼看出來的？」

許攸把身體後仰，頗為得意：「我怎麼會看不出來，你小時候我還抱過你吶。」曹丕一怔，許攸當年和袁、曹都是好友，來往頗多，許攸見過他不足為怪。但事隔數年，他還能一眼認出曹丕，這分眼力可真是不凡。

再回想許攸剛才把閒雜人等趕散的動作，曹丕可以確認，他一進屋子就被許攸看穿了——這可與他想像的開場不符。曹丕有些窘迫地把視線挪開，然後覺得不能露出怯懦，又鼓足勇氣挺直胸膛，卻遮掩不住他微微顫抖的肩膀。這一切都被許攸看在眼裡，捋鬍不語。

曹丕把心一橫：「那許伯伯您打算怎麼辦？喊人來抓我嗎？曹家的世子可是值不少錢的。」

許攸聽到這話，不禁失笑：「世侄哇，我若想抓你，你一進門我就喊衛兵進來了。你不必強作鎮定，也不用故做坦誠。你放心好了，我現在把你獻出去，可是個賠錢買賣。」

曹丕眉毛一挑。這人果然和風評一樣，是個商賈性格，無論什麼東西，在許攸眼中都是囤貨居奇的道具。對此，曹丕又是放心，又是擔心。放心的是，只要開出一個令他滿意的價格，他會做任何事，擔心的是，到底是多麼高昂的價格，才會讓這個人滿意。

「請問為何是個賠錢買賣？」曹丕問。

許攸朝南方輕描淡寫地瞥了一眼，稀疏的鬍鬚一抖：「如今袁、曹在官渡已經撕破了臉皮，成了不死不休之局，勝負難料。袁勝則曹死，留你一個敗族孑遺毫無意義；曹勝則袁死，你爹阿瞞還要跑來找我報仇。這買賣賺則是蠅頭小利，賠卻是身家性命，誰會去做？」

曹丕心中一動，聽許攸的口氣，似乎對袁紹的前景不是很看好，這與其他人大相徑庭。他試探著問道：「您覺得官渡之戰勝負難料，您以為勝負如何？」

許攸用左手比了一個六，又用右手比出一個四。曹丕道：「我父親勝算四成？」許攸搖搖頭：「不，是六成。」

曹丕聞言一驚，幾乎以為自己聽錯了。無論田豐、逢紀還是郭圖，最多只是在戰略上有分歧，但對袁紹取勝都信心十足。許攸是唯一一個袁家高層謀士看好曹操的。

許攸看出曹丕的驚疑，摸了摸他錐子般的下巴：「袁紹若是只帶一個策士去，曹公必敗——但他手底下能人太多了，嗓門一個比一個大，袁紹又是個多謀寡斷之人。九頭之鳥，各飛一方，只會落在塵埃裡。只要阿瞞犯的錯誤比袁紹少，就大有勝算。」他說到這裡，拍拍後腦勺，自嘲道：「你以為我為何會被軟禁？還不是因為多說了這麼一句話嘛。」

曹丕注意到，許攸談到自己父親時，用的是「曹公」或「阿瞞」，說袁紹時則直呼其名。這個微妙的細節，是許攸向他表明了態度。曹丕想到這裡，抱拳道：「許伯伯果然深謀遠慮。」許攸突然瞇起眼睛，細細哼了一聲：「你小子年紀不大，阿瞞的精明狡猾可是全學會了。你敢孤身來找我，自然是算定我不會把你獻出去，又何必惺惺作態？」

曹丕被說破了心事，也不尷尬，朝前走了幾步，鄭重其事拜了三拜：「小侄身在敵營，深自戒懼。此自保之道，萬望許伯伯諒解。」

許攸擺了擺手：「阿瞞當年對我還不錯，他兒子登門拜訪，豈能不念故人之情。」曹丕一聽他的口氣頗有含義，連忙順坡下驢道：「我父親時常提起您呢，您什麼時候能去許都一敘就好了。」

「去許都啊……你做得了主？」許攸斜眼瞥向曹丕，目光銳利。這個話題太敏感了，若不是對面是曹操的兒子，許攸可不會輕易談這件事。

曹丕對他的目光毫不躲閃：「我父親求才若渴，以先生的高才，到許都何愁不被重用。如若小侄猜測不錯，您在鄴城，難道不正是在等待這麼一個契機嗎？」

許攸聞言大笑，一拍案几：「不錯。成事之道，乃在待價而沽。在最正確的時機把最合適的東西賣給最需要的人。等到你父親需要我的時候，我自然會去。如今時機未到，我投去做什麼？」

「您何時有意，小侄願為作保。」曹丕拍著胸脯，補了一句。

曹丕知道許攸這人眼中只有利益。此時自己開不出太好的價錢，索性用自己的身分去給個承諾——曹操兒子做引薦，這個推薦的分量足夠了。許攸聽到他許下諾言，讚賞地點了點頭，卻沒做回應。

一時間兩個人都沉默了下來。曹丕在心裡飛快地消化著，許攸居然有投曹之心，這可真是個意外收穫。如果不是有事拖著曹丕，曹丕真想立刻趕回官渡，把這個消息告訴父親和郭祭酒，為勝利添加一分力量。許攸則鋪開一張新紙，不緊不慢地研磨著墨。

等到墨研好了，許攸往硯臺裡澆了一點點清水，眼睛看著滴壺，口中說道：「阿瞞想跟我敘舊，一個使者足矣。賢侄親自到來，恐怕還有別的事吧？」

曹丕面色一凜，抱拳沉聲道：「許伯伯目光如炬。其實小侄今日到此，是自己主張，為的只是向您求證一句話。」

「哦？」這個古怪的要求令許攸頗為意外。

曹丕咽了咽唾沫，一字一頓道：「這句話是一個叫胡車兒的西涼將領說的，只有七個字：魏蚊克大曹於宛。」許攸聽到這一句話，縱然掩飾再好，眼神也掠過一道驚駭的目光，半晌才緩緩開口道：「賢侄你為何要追查此事？」

「我乃是宛城親歷者，九死一生才逃出來。此事若不搞清楚，小侄寢食難安！」說到最後一個字時，曹丕雙眼中的戾氣陡然爆發出來，像是一隻兇猛的野獸。

「魏蚊」這個名詞，曹丕已經從淳于瓊那裡知道來歷，是琅琊附近的一種毒蠍。董承臨死前留下「魏蚊」二字，意義不明，或指在許都的籍貫琅琊之人。而從胡車兒這句話來看，這個人不光牽扯進了董承之亂，還與宛城之變密切相關。

宛城是曹丕心中的一根刺，他大哥戰死沙場，他也九死一生。曹丕一想到在許都還藏著這麼一個時刻打算致曹家於死地的惡毒之人，就難以抑制殺意。他冒險潛入鄴城，就是試圖抓住這唯一的線索，把這只毒蠍揪出來。

許攸把手一攤，無奈道：「宛城之戰發生的時候，我還在南皮呢，一個月以後我才知道。賢侄你不去問賈詡、張繡，反而來問我，可真是問道於盲。」

「您一定知道什麼！」曹丕不顧禮儀，幾乎衝到許攸跟前：「不然胡車兒不會臨死前，要把這句話傳到您這裡！」

「可我確實不知道啊。」

「若您想待價而沽，儘管開個價，不然小侄可就要得罪了。」

曹丕緩緩把視線移到許攸身後，那裡正懸著一把佩劍。許攸一貫自詡遊俠，喜好把劍擱在明處。曹丕臉色陰沉地說出那句話來，同時跪坐蜷縮著的雙腿慢慢挺直。

許攸可沒想到前一刻曹丕還言辭恭謹地請他去許都，一提到宛城卻突然變得殺意十足。他盯著曹丕瘋狂的眼神，身子也想挪動。曹丕卻冷冷道：「我師從王越，許伯以為如何？」

許攸的動作一僵。曹丕的話是不是虛張聲勢，他不知道。但他已經許久沒摸過劍了，等一下真打起來，可未必打得過這個氣勢驚人的瘋子。他懊惱地回到案前：「如果我今日不說，你小子存了同歸於盡的心思吧？」

曹丕毫不猶豫地點點頭：「小侄死了，還有兩個弟弟可為子嗣。所以為了宛城，小侄縱然犧牲性命，也在所不惜。」凡是精於利益計算之人，必然怕死。死亡對他們來說，是最不可接受的條件。曹丕想到從前郭嘉的教誨，一試之下，果然拿出了許攸的命門。

許攸被曹丕逼得走投無路，拍了拍膝蓋，無奈嘆道：「賢侄啊，這件事我確實所知不多。」曹丕道：「只要您知無不言，小侄就心滿意足了。」

「你先別看那劍行不行？」許攸嘟囔了一句。曹丕這才把目光收回來，平靜地看向許攸。

許攸整理了一下思緒，慢慢道：「宛城之亂發生以後，天下皆知張繡與曹公徹底決裂。當時河北正在籌備南下，袁紹認為這是個拉攏張繡的好機會，就派了我前往宛城，設法與張繡遞解盟約。本來我跟張繡都快談成了，結果賈詡突然半路裡插了一腳，把我罵了回去。袁、張結盟的事，就此告吹。」

曹丕點了點頭。在張繡投靠曹操以後，這段往事被刻意宣揚過，以證明賈詡對曹公的識人之明。

許攸道：「在我準備離開宛城的前夜，有一位將領偷偷拜訪了我。這個人，就是胡車兒。」

曹丕眼睛一亮，知道開始進入關鍵部分了。

許攸道：「胡車兒告訴我，他聽說賈詡罵走我的事，心中覺得很不安。他認為張將軍投靠袁紹是個好選擇，不明白賈先生為何那麼做。我也想不明白，就問他賈詡是個怎樣的人。胡車兒連連搖頭，說他本來對賈詡十分信服，可自從宛城之後，他愈來愈覺得賈先生是個危險人物。我很好奇，問他為什麼有這種感覺。胡車兒卻不肯開口了，言談間對宛城之戰頗有悔意。我說如果你有意的話，可以跟我一起走。胡車兒拒絕了，他說不會背叛張將軍。我便與他做了約定，倘若有一日他在張繡軍中待不下去，可以投奔袁營，我保他一個前程。而胡車兒也答應，到了那一天，會把他的疑慮全數說給我聽。」

「就這樣？」曹丕看起來很失望。

「是的，我從胡車兒那裡聽來的，就這麼多。再接下來，就是你告訴我，胡車兒臨終之前留給我的話：魏蚊誅大曹於宛。」

「不可能……您一定還知道別的事情！」曹丕有些失態地喊道。

許攸道：「我剛才只說我從胡車兒那裡聽到那麼多，可沒說我只知道這麼多。我剛才想到了一些推斷，與我之前的揣測頗可印證，你到底想不想聽？」曹丕立刻閉上嘴，死死盯著許攸，像是盯著自己的殺兄仇人。

許攸也不想太過刺激這個傢伙，瞥了眼門口，把聲音又壓低了些：「胡車兒讓你帶給我的那句話，是一把鑰匙。有了這把鑰匙，許多事情就可以想通了。想想看，魏蚊克大曹於宛，這句話什麼意思？是說一個叫魏蚊的人——這也許是名字，也許是代號——是他在宛城殺死了曹昂。」

一聽到這名字，曹丕眼圈立刻紅了。許攸沒看他神情的變化，繼續侃侃而談：「張繡軍中，沒人叫這個名字，我也不認為這個魏蚊代表的是張繡軍中的人物。張繡那時候是反曹的，如果是張繡麾下的人，沒必要把名字遮掩起來——也就是說，這個特意用代號的人，是宛城以外的人。胡車兒特意強調這點，是在告訴我們，整個宛城之戰的起因，實際上跟張繡甚至賈詡都沒關係，是源自於一個叫魏蚊的外人策劃。」

曹丕沉吟不語，仔細消化著許攸的話。許攸繼續道：「我一直很好奇宛城之叛的起因。你仔細想想。當時張繡已經跟你父親談好了條件，你父親親自去受降。這麼好的形勢下，以張繡那種膽小謹慎的性格，為何降而復叛？這對他明明一點好處也沒有。」

「我聽說，是我父親讓張繡叔父張濟的遺孀陪床，導致張繡不滿。」曹丕有點慚愧地說，不知為何想到了甄宓和伏壽。他們老曹家對別人家的妻子，一向情有獨鍾。

許攸發出一聲嗤笑：「張繡肩負數萬人的命運，豈會為區區一個女人動怒，這不過是找個反叛的藉口罷了。我看，張繡的叛變，八成是賈詡攛掇的。」

「您的意思是，賈詡就是那個魏蚊在宛城的傀儡，兩個人聯手，勸說張繡借嬸母之名發起叛亂？」曹丕反應很快。

「賈詡那頭老狐狸，不會受制於人。但胡車兒既然說魏蚊乃是宛城之戰的謀策，這件大事沒有賈詡的配合是不可想像的。」許攸說到這裡，乾枯的臉上浮現起陰冷的怨恨：「接下來，就是我出使宛城，被賈詡攪黃了結盟之事。賈詡此舉，實在是莫名其妙，他先慫恿張繡叛曹，又回絕了袁紹的邀約，到底想做什麼？」

「賈詡很快就帶著張繡投靠我父親，剿滅了董承的叛亂。我父親為了給天下人做個表率，宣佈不再追究他殺子之罪，還昇官進爵。」曹丕嘆了口氣。

「不錯！這才是最蹊蹺的地方！」許攸一拍案几，眼睛發亮：「張繡先叛曹，再拒袁，然後居然又主動加入曹軍，這豈不是脫褲子放屁——多此一舉嗎？他當初老老實實地待著不就好了嗎？」

「賈詡怎麼會這麼老糊塗……」曹丕說到這裡，自己先笑了。如果賈詡都糊塗，那天下恐怕就沒聰明人了。

許攸道：「賈詡不會做沒意義的事！結合之前咱們對魏蚊的推論，賈詡勸說張繡發動宛城之戰，其實不是為了反曹，而是為了完成魏蚊的委託。魏蚊這個人，恐怕在曹營的身分不低，他向賈詡保證，即使發生了這樣的事，張繡軍仍舊可以投靠曹操。於是在我出使之時，賈詡跳出來痛斥袁紹，顯然是早就找到了下家。果然他們很快進入許都了，且曹公確實並未對張繡做任何處罰。」

「可這種事，只是對賈詡有利吧？」

「沒錯，賈詡完成了魏蚊的委託，暗地的好處一定不少。而張繡卻先失道義，又要背負殺曹公兒子的罪名，替賈詡遮風擋雨。而胡車兒正是覺察到了這一點，才會心生不安。」

「可魏蚊的目的到底是什麼？」曹丕有點被繞糊塗了。「是我們曹家的仇人嗎？許都可有不少人都恨我們到死。」

許攸這時露出耐人尋味的笑容：「你不覺得推斷到了這裡，胡車兒那句話更堪玩味了嗎？克大曹於宛，大曹，指的不就是曹昂嗎？魏蚊克大曹，那麼魏蚊從一開始的目的，就是曹昂，而不是曹操，更不是你。」

曹丕霍然起身，感覺渾身的皮膚都要燃燒起來了：「這太荒謬了！這怎麼可能！敵人明明是去圍攻我父親，連典校尉都戰死了。就連我，都是九死一生跑出來的。」

「可你和你父親畢竟都逃走了，不是嗎？」

「那是巧合。」曹丕大聲反駁。

許攸只淡淡說了一句：「如果賈詡的目標是曹阿瞞，你覺得你們能有多少機會逃走？」

曹丕一下子噎住了。他回想起宛城的那一夜，曹軍的營寨紮在了宛城旁邊一處盆地內，它的南方是宛城高牆，北方被一條小河擋住，東邊一大片開闊地和丘陵，西邊是荊棘滿地的山谷，只有一條險峻的小路通行。

現在回想起來，這種地勢真的是非常兇險。如果張繡或者賈詡打算把曹軍全數殲滅，只消把西涼騎兵擺在開闊地的入口，然後派幾十把強弓守住西邊的山路，就可以輕鬆地甕中捉鱉。可曹丕的記憶裡，張繡的部隊只是從開闊地往營裡衝，被典韋拚死擋住。曹丕自己搶了一匹馬，跑到小河邊上，游泳渡河，一路上沒碰到追兵。曹操應該是在曹昂的保護下向西邊山路撤退，中途曹昂把坐騎換給曹操，然後自己被弓手射中。

「賈文和是何等樣人，他若真想你們死，你們就是有十條命，都交代了。」許攸用手指在虛空畫了個圈，繼續說道：「本來我一直就在疑惑，以他的手腕，怎麼會出這樣的疏漏。可聽了胡車兒那句話以後，我立刻就被點透了。整個宛城之亂，只是個障眼法，一個為了殺死曹昂的障眼法。」

「可這說不通啊！我父親可比大哥有價值多了！」曹丕還是不明白。

許攸翹了翹嘴，伸了個懶腰：「這我就無從知曉了，這一切不過是猜測。」

「但胡車兒臨死之前，為什麼一定要把那句話說給您聽，一定是有什麼深意吧？」

許攸似笑非笑：「因為他認為，如果袁紹的人掌握了魏蚊的祕密，那麼對曹家將會是一個極大的打擊。只是他沒想到，這個祕密居然落入了曹操兒子的手裡——你現在還打算繼續追查下去嗎？事情的真相，恐怕對你、對你父親都是有害無益。」

曹丕沉默了，他咬住嘴唇，肩膀微微顫抖。曹丕沉思良久，正欲開口，許攸卻抬起手來，阻止他繼續說下去：「嘖……你不要說了。雖然這祕密很誘惑人，但我不想知道。有些好處，有命賺，沒命花。」

這時候屋子外傳來一陣急促的腳步聲，兩個人都是一驚，同時朝外看去。房門很快被粗暴地推開，十幾名全副武裝的衛兵衝進來，把屋子裡圍了一個水泄不通。

剛才把曹丕帶進來的那名衛兵一馬當先，抓住曹丕的衣領把他揪起來，臉色陰沉道：「你說你是東山派來的信使？」曹丕一下子不知道該如何反應，下意識地點了點頭。衛兵一腳踹到他小腹上，把他踢到牆角，半天爬不起來。

「狗細作，死到臨頭還在嘴硬。」衛兵怒罵道，衝許攸一抱拳：「這個人是假冒的信使！」

許攸面色自若，把毛筆輕輕擱下：「哦，你們是怎麼知道的？」

衛兵微微把身體側過去，把另外一個人讓進屋子裡來。這人風塵僕僕，穿著件赭色綠肩號坎，一望就知道是袁紹軍中的專屬信使。他進來以後，單膝跪地，雙手從懷裡捧出一封滴著蠟封的信函，恭敬地遞給許攸：

「大將軍府有急信到。」

許攸和倒在地上的曹丕立刻明白怎麼回事。他選擇的這個時機真是太不巧了，正好趕上正派信使抵達，衛兵一對照，馬上意識到問題，以為曹丕要對許攸不利，這才強行破門而入。

許攸當即把信函扯開，讀了一遍，微微對信使一笑：「看來南方有變吶，主公叫我過去。你去回稟主公，我不日啟程。具體什麼事情，等我到了官渡再議不遲。」

說到這裡，他有意無意地瞥了曹丕一眼。曹丕知道，這是許攸給自己的暗示。他不會出手幫曹丕解決目前的困境，但如果曹丕造化了得，能活著回到官渡，投曹之事便可繼續，這算是許攸的一個承諾。

許攸伏案起草了一封書信，封好交給信使。信使接信而出，匆匆離去。衛兵們把曹丕從地上拖起來，推出屋子去。為首的衛兵問許攸這個細作對您可做了什麼不利之事。許攸彈彈手指，淡然道：「也談不上什麼細作，只是從前有些私仇，小孩子想做義士罷了。」

其時遊俠之風頗盛，時常有人為報私仇而行刺殺之事。這類行徑雖於法不容，但頗為時人讚賞，認為是義士之舉。曹丕若被當作曹軍細作，必死無疑；若是被認為是報仇的俠士，說不定還有一絲生機。許攸這麼說，也算是做了個人情。

聽許攸這麼一說，衛士的神情也鬆懈了幾分。對他來說，縱容遊俠報仇只算是小過，而誤把曹軍探子放入要害卻是大錯，兩者一輕一重，他自然傾向於相信前者。

衛士向許攸告別，喝令把曹丕五花大綁押了出去，直接押送到鄴城衛去處置。這個人身上有偽造的袁軍公文，不查清可不行。他們押著曹丕走出門沒幾步，正碰見一個人急匆匆迎面趕過來。曹丕定睛一看，居然是劉平，連忙把臉別過去。

曹丕知道自己背叛了劉平、任紅昌等人的信任，自私自利不說，還把事情給搞砸了。現在看到劉平，曹丕頓時感到無地自容。

劉平臉色鐵青地走到他們的面前。正如曹丕猜測的那樣，他現在幾乎要氣炸了。司馬懿規劃了一套完整的計畫，每個人各司其職，有條不紊地執行著，一切看起來進展都很順利。可他萬萬沒想到，曹丕拿到假文書以後，居然私自去找許攸。若不是任紅昌跟他提醒了一句，劉平根本不知道會有這樣的變故。

劉平不明白，曹丕這麼一個聰明人，怎麼會做出這等糊塗事來。如今曹丕被捕，文書的事一定曝光，他們不會有第二次機會接近許攸。接下來的一連串環節無法執行下去了，司馬懿的心血付諸東流。劉平很想揪住曹丕的衣襟，把他痛罵一頓。

但這不是劉平匆匆趕過來的理由，他趕過來，是為了把曹丕救出去。衛兵警惕地抓起佩刀，盯著這個突然擋在路上的年輕書生。劉平整了整頭巾，向衛兵們先施一禮，然後開口道：「你們為什麼抓了我的書童？」

「哦？他是你的書童？」衛兵不懷好意地盯著他打量了一番，昂起下巴，走上前去惡狠狠地說：「你的書童做了什麼好事，你可知道？」

「嗯？」劉平迷惑地搖搖頭。

衛兵把曹丕粗暴地扯到身前來：「他偽造文書，潛入重臣宅邸意圖謀刺，你說是不是大事？」劉平臉色大變，立刻揮掌給了曹丕一個大耳光，打得他眼冒金星，嘴角流出血來。

「你……你這個混帳！怎麼敢做出這樣的事來！」

劉平破口大罵道，曹丕低垂著頭，一聲不吭。衛兵不耐煩地推開劉平：「不要在這裡礙事，如何處斷，是鄴城衛的事。」

劉平抱拳道：「我這書童管教不嚴，膽大包天，是該好好教訓一下。」衛兵嗤笑道：「教訓？砍頭都是輕的！」

說完就要扯著曹丕離開。劉平用身體攔阻他們去路，伸開雙臂，一臉驚疑：「這孩子雖然頑劣，品性還是好的，這其中一定有什麼誤會。這麼隨便定罪，不可草菅人命啊。」

衛兵見他聒噪不休，不由得大怒，拔出佩刀頂住劉平的胸膛：「你算是什麼東西！敢在這裡囉嗦！」劉平挺直了胸膛，讓刀尖微微壓入肌膚，大聲道：「我乃是弘農劉和，辛毗辛佐使的人。」

辛毗這個名字多少起了點作用，衛兵的囂張氣焰收斂了點，但卻絲毫不肯退讓：「我們是奉命行事，你有意見，去找審治中說吧。」劉平道：「你知道我怎麼入城的嗎？就是審治中特批的，你們不等到他的命令，就敢隨意殺人？」衛兵面無表情道：「我們是幕府親衛，只聽命於主公。」劉平誇張地叫了一聲，拿指頭在半空點了點：「袁將軍？你知道袁將軍和我家是什麼交情？」

曹丕很快聽出不對勁來，劉平平時說話可沒這麼囉嗦——難道他在拖延時間？曹丕略微抬頭，朝街巷兩邊望去，不知道劉平等待的援軍會是什麼人。

劉平東拉西扯了半天，衛兵終於失去了耐心，厲聲道：「你再阻攔我們的去路，就把你當成同犯一併帶走！」

「你敢！」劉平勃然大怒。

這時候從他們身旁悠然飄來一個聲音：「有什麼不敢的？」

幾個人循聲看去，看到一個人從遠處街巷慢悠悠地走過來，走路的姿態很像是一條狼。衛兵瞇起眼睛，認出這個人是司馬懿。

司馬懿的大名，在鄴城無人不知。即使是這些親衛，也都聽說過這個才華出眾的年輕人深得審配青睞，作為一個不是冀州出身的人，做到這一點可實在難得。衛兵甚至聽說過，司馬懿曾經當面折辱過劉平，兩個人結怨很深。

劉平的表現印證了衛兵的說法，他一看到司馬懿，立刻把臉別了過去，不再嘮叨。司馬懿也不理睬劉平，走到衛兵面前，問他到底發生了什麼。司馬懿的問話，代表了審配的意思，衛兵不敢怠慢，把曹丕犯的事一說。

司馬懿讚賞道：「你做得好。審治中前兩天剛發佈法令，要對鄴城治安進行整肅，就是怕給這種奸人以可趁之機。多事之秋，可不能讓某些鼠輩輕易徇私枉法。」

說到這裡，司馬懿有意無意地看了一眼劉平。劉平大怒，大喝一聲「你說誰是鼠輩！」揮拳就打。司馬懿身子一躲，正好靠在衛兵身上，把後者撞的一個踉蹌，連帶著曹丕也跌倒在地。劉平乘勝追擊，司馬懿又退了退，正好撞進兩名衛兵之間。兩個人拚命推搡撕扯，動作幅度都很大，整個場面登時大亂。所有押送的親衛都被捲進來，司馬懿他們不能打，而劉平也是有靠山的人，他們也不好打。最後為首的不得不抽出兵刃，才算勉強把這兩個鬥雞一樣亢奮的傢伙分開。

這些衛兵只顧上勸架和躲閃，沒注意到一份文書從曹丕的懷裡滑落在地，混亂中被人一腳踢到旁邊的石凳底下，誰也沒看見。

停手以後，司馬懿整了整頭上的綸巾，惡狠狠地瞪了一眼劉平，對衛兵道：「我陪你親自去一趟鄴城衛，我倒要看看，哪個不長眼的敢來滋擾！」說完還啐了口痰在地上。「看來這兩個人的積怨還真是深厚啊……」衛兵暗自感嘆。司馬懿現在算是審配身邊的非正式幕僚，他既然主動把麻煩攬過去，自然無有不從。

劉平還要抗議，這次衛兵沒容他廢話，直接趕到了一邊去。司馬懿得意地帶著曹丕和衛兵們，大搖大擺地走出去。等到他們的身影消失以後，劉平憤恨的表情消失了，取而代之的是幾絲欣喜和焦慮。他一彎腰，從石凳下取出文書，然後匆匆離開。

司馬懿和親衛們並沒馬上趕往鄴城衛，而是在半路停留了一陣，請衛兵們吃了些酒。衛兵們本欲推辭，但司馬懿一揮手，表示咱們就是要從容行事，要不然顯得好像怕了他劉平似的。既然他這麼說，衛兵們也就心安理得地吃起東西來。

吃飽喝足之後，押送曹丕的隊伍繼續出發。他們的目標是鄴城衛，袁紹親衛沒有審判犯人的權力，這種可疑細作一般要移交給鄴城衛來處理。

說來也巧，鄴城衛的位置恰好就在當初曹丕坐牢的監獄旁邊。曹丕看到熟悉的建築，心中一陣唏噓，不知道田豐如今在牢裡過的如何。司馬懿走在他身邊，忽然伸出手去，輕輕觸碰了一下他的肩膀。曹丕登時心中一陣激動，他對司馬懿非常信服，相信一定有辦法把自己救出去。

衛兵們在司馬懿的陪伴下快速走過監獄，只要前頭拐一個小彎，就能到鄴城衛了。可是，他們一轉過來以後，嚇了一跳，連忙停住了腳步。

在他們面前的狹窄街道上，居然黑壓壓地簇擁著兩三百人。這些人中有許多都穿著青袍、頭戴綸巾，一副學子打扮。如果衛兵們對鄴城士子們很熟悉的話，能從中認出盧毓、柳毅等人來。在他們身後，還有許多緇衣家奴，沉默地跟隨著主人，手裡拿著各式各樣無害的家用器具。

這些士子一看到他們轉彎過來了，都指指點點，發出怒喝。

衛兵們不明白發生了什麼事，都有些緊張。司馬懿拍拍他們的肩膀道：「別擔心，我來跟他們說。」他走到這群人的面前，雙手扠腰道：「好狗不擋路，你們快給我滾開。」

司馬懿劈頭就如此侮辱人，讓這些士子一陣譁然。柳毅站出來吼道：「司馬懿，你別忘了你也不是冀州人！」

司馬懿滿不在乎地比出小拇指：「你們大禍臨頭，還敢聚眾滋事，真是連死字怎麼寫都不知道了。」這句話說出來，士子們驚疑地互相對視一番。

上次與劉平對談之後，這些士子時刻都聚在新館驛，還把僕役有意識地集中起來。剛才劉平趕過去，氣喘吁吁地說他聽到風聲，恐怕很快就要大難臨頭。他們還有點不信，只是將信將疑地聚齊了人，朝著鄴城衛走來。現在他們聽到司馬懿也這麼說，又見曹丕被綁在一旁，大家心裡都浮現出不祥的預感。

盧毓站出來，指著司馬懿身後的曹丕和那幾名衛士問道：「你為什麼要抓劉和公子的書童？」

司馬懿哈哈笑道：「劉和的書童肆意妄為，意圖謀刺官員，自然要抓起來問問究竟。審公整肅城防，整肅的就是你們這種人！」

在衛兵耳中，司馬懿這話說的沒錯。可在這些士子聽來，卻是荒謬絕倫。一個十幾歲的小書童，怎麼會去謀刺高官？分明是欲加之罪何患無辭。再加上司馬懿刻意提及了審配的名字，士子們心中的驚懼，更深了一層。

人群中出現了一些騷動。有些人本來心存僥倖，覺得審配不可能做事這麼絕，可如今聽到司馬懿這麼一說，不禁暗暗慶倖聽了「劉和」的勸說，把家奴僕役都集中在一起。他們不敢上前動手，但也不願意散去。所有人不知不覺間，聚的更加緊密。

「我們要見審治中。」盧毓儘量心平氣和地說。

這時候司馬懿把曹丕拽過來，趾高氣揚道：「見審治中？你也配！你們如果還不束手就擒的話，等到時候一到，就跟他一般下場！」說完他飛起一腳，踹在曹丕關節處，讓他慘叫一聲跪倒在地。

這一下子，惹得那些士子群情激憤。他們其實並不怎麼在意曹丕的死活，一個家奴而已嘛。他們真正在意的，是為什麼審配在這個時刻抓走了劉平的家奴？司馬懿說「時候一到」是什麼意思？到了以後會怎麼樣？

最關鍵的，到底是束手就擒，還是坐以待斃，誰有把握確定？

三十多個腦袋，將這些含混不清的線索補充成了三十多個不同的真相。劉平種下的疑惑與恐慌，在司馬懿的澆灌下以驚人的速度滋生開來。很多人不約而同地冒出一個念頭：難道這書童的被捕，是審治中打算對我們動手的徵兆？司馬懿那一腳，會不會馬上就會踹到自己身上。

那些押送曹丕的衛兵此時也是滿腹疑惑。司馬懿態度雖然囂張得有些古怪，但講的話不至於惹出這麼大反應，這件事明明跟這些士子沒有關係，他們幹嘛如此憤怒？

在誤導大師的刻意引導之下，這個街道的氣氛立刻變得分外詭異與微妙。押送曹丕的衛兵無法進入鄴城衛，而那些士子的隊伍也不知該做什麼好，他們已有了離開鄴城的意思，但卻還沒鼓起足夠的勇氣鬧事。於是雙方陷入了一種脆弱的對峙平衡，都不願意離開，又都不願意動手。

「司馬公子……」曹丕低聲喊了一句。

「你給我閉嘴！」司馬懿厲聲道，一巴掌打在他的頭上，這讓遠處的人群又一陣騷動。他揪住曹丕的頭髮，俯下身子一臉惡容道：「因為你這個蠢貨，我們的計畫，要被迫提前了。」

「計畫提前？」曹丕眼神一閃，他一直以為，劉平和司馬懿的出現，只是為了把自己救出來。

「是的。現在不動手，就再沒機會了。如今時機並不成熟，還不知道要死多少人，這都要算到你的賬上。」

司馬懿冷冷地說道，曹丕羞愧地低下頭，暗暗咬住嘴唇，被自己所傾慕的人這麼說，心裡可實在是不好受。曹丕這一路上問過自己，自己是否做錯了。最後的結論是，是錯的，但如果再給他一次機會，曹丕還是會這麼做。

司馬懿忽然腦袋微側，似乎聽到什麼聲音。他脖子飛速轉到另外一邊，發現遠處有一隊士兵在快速接近，唇邊不由得露出一絲微笑。他鬆開曹丕的頭髮，拍拍他的肩膀道：「要照顧好自己。」然後抬起了右臂，直指天空。

曹丕迷惑不解地望向司馬懿。在下一個瞬間，一陣熟悉的破空之聲刺入曹丕的耳膜，然後血花四濺。司馬懿直挺挺地倒了下去，胸口多了一支烏黑色的弩箭。

「啊啊啊……」曹丕逐漸被淡忘的噩夢一瞬間被啟動了，他驚恐地大叫起來，整個人癱倒在地，頭疼欲裂。這射向司馬懿的一箭，擊潰了他苦心堆壘的心防之堤，愧疚、激動、長久以來被壓抑的恐懼以及宛城祕辛帶給的震驚一股腦湧入心中，撕扯著他的神智。

這時候，又有數支弩箭擦著曹丕的頭皮飛過，釘在了他身後的幾名衛士的咽喉上。恰好在這時候，那一隊士兵抵達了現場，他們立刻判斷出來，那些弩箭是從那群士子身後發出來的。

盧毓、柳毅等人也被這突如其來的奇變驚呆了，傻傻站在原地沒動。一直到那隊士兵抽出刀撲過來，才聲嘶力竭地對同伴喊道：「快！快離開鄴城！」

鄴城衛前的混亂，一下子失去了控制。

甄儼感覺自己像是在夢裡一樣，他從乾草堆裡爬起來，渾身上下都軟綿綿的，還帶著馨香的氣味。

甄儼沒想到，貂蟬會去而復返。兩個人本來只是閒談了一個多時辰，然後也不知怎麼回事，談著談著就滾到了這間偏僻柴房的乾草堆上。甄儼隱忍已久的欲望終於徹底爆發，他氣喘吁吁地把貂蟬撲倒在地，拉扯著她的衣服。貂蟬欲迎還就，雙臂試圖推拒著甄儼，換來的卻是更為粗暴的動作。貂蟬輕輕叫了一聲，跌入到草堆深處，隨即被男人的身軀死死壓住。

接下來的事情，甄儼怎麼努力都想不清細節了。他只覺得貂蟬就像是一團海中的漩渦，把他這個溺水者拚命扯向海底，讓他的腦中一片混沌。那是一種極混亂卻又極暢快的體驗，恍如羽化登仙一般。

等到甄儼恢復清醒以後，他發現貂蟬已經離開了，旁邊的草堆被壓成一個曼妙的人形。他理解地笑了笑，畢竟她是那名書生的侍妾，跟鄴城的將軍偷情，這種事是絕不能公開的。

甄儼依依不捨地抓起一把乾草，放在鼻下聞了聞，想把貂蟬肌膚的香氣記下來。他穿好衣服，覺得雙腿有點軟，要努力一下才站得住。他依稀記得，大概在她的身體裡噴射了四次，以前可從來沒試過如此瘋狂。這女人的身體有一種銷魂蝕骨的魅力，他之前積累的壓力全都釋放一空，整個人精神煥發。

他走出柴房，回到袁府前面，卻發覺氣氛有些不對。以前這裡都是滿布衛兵，每一個位置他都記得很清楚。可現在卻空無一人。甄儼有些心驚，他圍著袁府轉了一圈，發現幾乎所有人都不見了，只剩一名部下守在正門的旁邊。「人都跑哪裡去了？」甄儼一邊束好腰帶，一邊氣急敗壞地問。

部下一愣：「不是您下了命令，讓所有人都去鄴城衛那裡集合平亂嗎？」

「什麼？鄴城衛？平亂？我什麼時候這麼說過！」甄儼有點急了。

「剛才貂蟬姑娘……不是……呃……」部屬有點尷尬地比了個手勢：「……不是跟您去

了那邊嗎？然後她出來，說您有點累要休息一下，給了我們一個腰牌，讓我們去那邊集合平亂。」

甄儼一摸腰間掛鉤，果然空蕩蕩的，校尉用腰牌被貂蟬給取走了。他揪住部下的衣領怒吼道：「你們怎麼搞的！怎麼能被一個女人的話被騙了！」

「還不是因為您才跟人家……」部下還想辯解，但看到甄儼氣急敗壞的表情，知趣地把嘴閉上了。

甄儼鬆開部下，現在不是追究責任的時候，而是要儘快把他們調回來。鄴城衛是審配的勢力範圍，他們這支隊伍卻是歸田豐管的，兩邊平時本來就有抵牾，若是處理不好，搞不好會惹出大亂子。他心急火燎地轉過身去，打算趕到鄴城衛去解釋一下。

走了幾步，他忽然停下腳步，回頭望向袁府，眉頭一皺。

審配拿起案几上的幾封文書，細細地讀起來。他手邊攤著一張地圖，不時低頭查閱一下。這是來自於官渡的最新戰報，經過此前的一系列試探，現在袁、曹二軍正式開始了以官渡為界的對峙。袁紹的弓手不斷給曹軍造成大麻煩，曹軍也針鋒相對地使用了霹靂車。不過總體來說，袁軍佔優。

「前線局勢還算不錯，為何主公這麼急著讓許攸南下呢……」審配陷入了深深的思考。許攸和他同屬南陽派系，但這個人利慾薰心，不為審配所喜。此前許攸因為觸怒袁紹而被軟禁，現在袁紹回心轉意，一定有什麼原因。

他不會天真地認為袁紹真的會請教許攸什麼計策。袁紹軍中最不缺的，就是謀士和計策。他仔細研讀這些戰報，希望能看出端倪。

「嘩啦」一聲，門從外面被推開。審榮連滾帶爬地闖了進來，連聲道：「叔父，不好了！不好了！」

審配眉頭一皺，他不喜歡思考的時候被打擾。他一捋鬍鬚：「榮兒，要鎮之以靜，鄴城能有什麼大不了的事情，讓你這等驚慌。」

「仲達……仲達被射殺了！」

饒是以審配的沉靜，手腕也是一顫。他起身急聲問道：「到底怎麼回事？」審榮結結巴巴，把剛才在鄴城衛前發生的混亂說了一遍。可是他自己也搞不清楚到底發生了什麼，說得顛三倒四，含混不清。

審配反復問了幾遍，才大概弄明白怎麼回事。他背起手來，問現在局勢如何。審榮回答說現在混亂在逐漸擴大，非冀州籍的士子們帶著大批家奴滿城亂跑，整個鄴城都亂套了。因為缺乏統一調度，軍隊無所適從，甚至不知道敵人是誰。

「叔父！這明顯就是那些外州人的陰謀，射死仲達的也是他們！您可得做出決斷啊！」審榮激動地嚷道。

「不要吵！」審配嚴厲地喝止了他：「辛佐治呢？他來了沒有？」

話音剛落，辛毗也跑進屋來。他顯然也得到了鄴城大亂的消息，連衣袍都沒穿好就趕過來了。

「佐治，這是怎麼回事？這些人圖謀造反，你竟絲毫沒覺察嗎？」審配劈頭就毫不客氣地問道。辛毗嘴唇顫動，氣得說不出來話。審配這頭一句話，就把責任砸到了他的頭上，這太不公平了。

那些士子對鄴城不滿，他早就知道，究其原因，還不是因為審配搞的地域歧視。現在亂子出來，卻要他來揹這個黑鍋，辛毗心中不滿，可想而知。

「我認為他們還不至於有這麼大膽子……」辛毗試圖辯解：「這麼幹，對他們沒有任何好處。」

「可事實就是如此。」審配一拍案几：「連司馬仲達都被他們射死了，還有什麼不敢幹？」一聽說司馬懿居然死了，辛毗倒抽一口涼氣，心想今天這可絕沒法善了了。

審榮忽然想到什麼，他「啊」了一聲，從懷裡拿出件東西來，雙手遞給叔父：「仲達前一日給了我樣東西，說如果他出了事，就把這個呈遞給您。」審榮眉頭一皺，接過去一看，原來是一張紙條，上書四字：解甲歸田。

審配握著這紙條看了看，仰天嘆道：「司馬仲達，果然是大才之人，竟連天地都不容他。」

審榮和辛毗不明就裡，問他紙條上說的什麼。審配卻沒直接回答，而是問了辛毗一個問題：「那些學子的家奴最多夾帶刀劍，這弓弩乃是軍中重器，他們怎麼會有？」

對於這個問題，辛毗答不出來。

審配轉過去又問審榮：「第一批趕到鄴城衛的部隊，是哪一部分？」審榮答道：「是甄校尉所部。」審配又問道：「甄校尉不是一直在袁府擔任守護嗎？怎麼會莫名其妙跑到鄴城衛去呢？」

「這……」審榮搖搖頭，一臉茫然。

審配露出意味深長的微笑，指頭輕輕虛空一點：「甄校尉……那可是田元皓的人吶。」

田元皓？田豐？那個已經被關在監獄裡的老傢伙？聽到這名字，屋子裡的其他兩個人俱是一愣。審配抖了抖手中的紙條，惋惜不已：「只有仲達是個明白人，真是死的太可惜了。」

他突然一轉身，拿起大印，神情嚴峻道：「傳我的命令，城內城外諸軍立即入城，直入監牢。附近無論有誰，一律殺無赦！」

審榮一驚：「不至於吧？連甄校尉的部隊也要殺？」

審配沉著臉道：「豈止甄校尉，城內所有與田豐有關係的將領，都要給我拿下。你仔細想想。強弩究竟從何而來？甄儼的部隊為何突然跑去監獄附近？那些士子為何突然鼓噪？這一切表面上皆無聯繫，可湊到一起，你們還看不出端倪嗎？解甲歸田，解甲歸田。他們的目的，根本是為了田元皓啊！」

審榮急忙領命離去。審配負手而立，表情卻看不出欣喜或憤怒，只是喃喃說道：

「田元皓在冀州第二人的位子太久了，難免會豢養一些死士。我知道，這些人一直在尋找時機，救出他們效忠的主子。」

辛毗聞言，臉色如灰。田豐在河北經營這麼久，跟他有關係的將領何止幾人十幾人。審配這道命令一下，鄴城可要著實亂上一陣了。他看得出來，審配未必真的相信所有人都參與到這個陰謀裡來，他只是借機削弱冀州一系的力量罷了。

「南陽和冀州雖然是死敵，但一向出手都很有分寸。審配現在下這麼重的手，莫非是前線生了什麼變故，才讓他如此急切。」

想到這裡，辛毗的視線越過審配，看到他身後扔著的那幾份戰情文書，一下子說不出話來。

鄴城在這一天陷入了一場大混亂。開始時是非冀州的士子帶著他們的僕役與鄴城衛爆發了衝突，然後袁府衛隊莫名其妙地被捲了進去，緊接著幾支城防部隊也加入到混戰中來。甚至許多在城裡的平民與即將被驅逐的流民也趁機嘯聚遊走，到處搶劫放火。鄴城裡的大戶人家不得不緊閉府門，靜等著軍隊平亂。可他們完全不知道哪邊才是軍隊，不只一家人看到，穿著同樣服飾的袁軍士兵在街上互相砍殺。

到底發生了什麼事？這一句話在今天的鄴城被無數人問了無數次，可惜沒人能回答他們。而唯一知道答案的幾個人，現在的處境都不太妙。

非冀州籍的士子們在鄴城衛前與甄儼的部隊打了一場仗，前者雖然戰鬥力不足，人數上卻有優勢。不過這個優勢在鄴城衛和附近幾支巡邏部隊趕到以後便消失了。柳毅和盧毓見狀不妙，喝令所有人一齊衝破甄儼部隊的阻擋，朝著城南的大門跑去。

盧毓在離開之前，瞥了一眼鄴城衛前的空地，司馬懿和那幾具親衛的屍體還直挺挺地躺在那裡，書童傻呆呆地癱坐原地，抱著腦袋拚命叫喊。他正想要不要過去把那書童救走，可這時柳毅跑到他身邊大吼道：「老盧，還愣著幹嘛？敵人又衝過來了！」盧毓只得收斂心神，朝前跑去。

「畢竟只是一個書童，等見到劉和，跟他道個歉，再賠他幾個便是。」盧毓心想，他忽然心念電轉：「莫非那一箭，是劉和所發？」

時間已不容他多做考慮，遠處街巷又有一支袁軍部隊殺來。奇怪的是，這支軍團根本不分辨敵我，無論是甄儼部屬還是士子都照砍不誤。那些之前來救援的巡街守軍和鄴城衛被迫奮起反擊，反而給士子們帶來了可趁之機。一時間喊殺四起，局勢一變得無比混亂，在這一片混亂之中，躺倒在地的司馬懿屍體忽然蠕動了一下。除了痛苦萬分的曹丕，沒人注意到這個小細節。曹丕慢慢把捂頭的手放下來，瞪大了眼睛盯著司馬懿。司馬懿的右臂動了一下，緩緩抬起抓住釘在胸口的弩箭尾部，用力一拔，隨著一聲痛苦的呻吟，他竟把整支箭拔了出來。

曹丕看到這弩箭的尖頭已經被取下來了，取而代之的是一個圓鈍的木頭，而弩箭射入司馬懿的位置，也不是胸口，而是靠近肋側和腋窩的位置。在那裡，司馬懿裹著幾層絲綢和一片牛皮甲。絲綢是為了掛住弩箭，不讓它彈開；牛皮甲是用來減緩射力的衝擊。曹丕精通射藝，知道即便如此防護，弩箭對人體的衝擊力也相當大，搞不好連肋骨都能撞斷。

司馬懿試著直起身體來，可失敗了，那種劇痛至今仍讓他的身體動彈不得。曹丕連忙把他攙扶起來，手不小心碰到傷口，司馬懿立刻疼得呲牙咧嘴，咬牙切齒道：「那個混蛋，射得還真疼啊，這是報復！」

曹丕不是傻子，立刻明白這是怎麼回事。劉平一定是事先準備好了弩箭，在司馬懿故意挑動兩邊矛盾之後，射殺司馬懿，將矛盾徹底引爆——按照司馬懿最初的構想，非冀州士子與審配之間的矛盾要經過一個醞釀的過程，然後從容挑撥，從中漁利。可曹丕被捕打亂了這一切部署，司馬懿倉促之間，只能用如此激烈的手段來製造混亂，這手法固然有效，後遺症也是極大的，他們沒有餘裕提前準備撤離，現在必須冒險穿過整個危險的鄴城，才能逃出生天。

司馬懿在這麼短的時間內，規劃出如此縝密的計畫，這實在是令人佩服。但更令曹丕心驚的，是他這股拿自己性命不當回事的狠勁兒。就算是郭嘉，恐怕也設計不出讓自己當胸中一箭這麼慘烈的計策吧。

曹丕攙著司馬懿，一步步慢慢爬離街面。一大群人在捨生忘死地拚殺，沒人注意到這兩個人悄悄離開。他們好不容易挪到了一處彎角的屋簷下，司馬懿靠在牆壁，臉色慘白，額頭有大量冷汗沁出。可見這一箭雖沒要他的命，可帶來的傷害著實不小。

「對不起……」曹丕慚愧地低下頭。如果不是他自作主張，司馬懿也不必採用這種法子。司馬懿冷哼一聲，什麼都沒說。曹丕又道：「我回去一定稟明父親，把你徵辟去當幕僚。」

在曹丕看來，司馬懿和皇帝雖然關係不錯，但畢竟曹操如今才是實權在握。以司馬懿的年紀，如果進了司空幕府，前途將無可限量。說到底，司馬懿是為了自己才中了一箭，無論是恩情還是人情，這樣的人都該被曹氏所用。

聽到曹丕這麼說，司馬懿撇了撇嘴：「這種便宜話，等到活著出去再說吧。」

他們環顧四周，廝殺仍舊在持續，而且有隱然擴大的趨勢。鄴城衛和監牢的門前屍橫遍野，那些穿著同樣服飾的袁紹士兵，與自己的同僚作戰，反而對那些士子和僕役沒那麼上心。

曹丕語氣裡充滿了驚嘆：「這、這到底是怎麼做到的？」司馬懿強忍著劇痛，嘴角浮起一絲得色：「人心，因為人心。你知道嗎？人總是會去相信自己願意相信的東西，我不過是把他們內心最渴望的情緒挑動起來罷了。」

審配一直對田豐心存忌憚；甄儼一直對任紅昌有覬覦；士子們一直認為審配有偏見。只要稍加挑撥，給予他們一些殘缺不全的線索，他們就會按自己喜歡的方式補完。這就是司馬懿佈局的精髓所在。

曹丕看著這個比自己大不了多少歲的傢伙，佩服得說不出話來。一個念頭閃過他的腦海：父親身邊有郭嘉，我的身邊也該有個人才行。如果是他在身旁輔佐，那該是多麼大的助力。

「咱們快走吧，等到他們反應過來怎麼回事，就麻煩了。」司馬懿掙扎著站起身來。

「對了，陛下和任姊姊呢？」

司馬懿道：「陛下帶著偽造文書去開城門了；任紅昌在袁府設法把呂姬和你的甄宓都弄出來。」他故意咬住「你的甄宓」四個字，曹丕腳下一頓，卻沒說什麼。

他們攙扶著繼續上路，在鄴城大街小巷裡拐來拐去。此時在前方街道有十幾個衣衫襤褸的平民在搶劫一家店鋪，店鋪老闆倒在地上，肚子居然被生生剖開。旁邊的一戶人家還被點起火來，濃煙滾滾，好多人發出歡呼聲。看來這些人對鄴城的積怨很深，趁這個機會全都爆發出來了。

民怨也是司馬懿計算中的一步，可連他也沒想到，積怨已經深到了這種地步，幾乎要動搖整個城池。數十處的黑煙騰起，張牙舞爪，宛如一條憤怒的黑龍衝上天空，在新城上空盤旋。

「看看，這就是光鮮表面下的真實鄴城。」司馬懿感嘆道。

任紅昌撩開擋住臉部的絲布，警惕地朝西城門看去。她手裡提著一把短劍，劍刃上還有血在滴落。在她身後，甄宓和呂姬忐忑不安地蹲下去，像是被母雞保護著的雛雞。她們都用炭塗了臉，換了男人的衣裝。

「這實在是太倉促了，真的可以逃出去嗎？」甄宓有些不安地嘟囔著，她身後的呂姬雖然不會說話，但眼神裡充滿疑惑。對此任紅昌什麼也沒表示，她只是專心致志地盯著城門，白皙的臉色透著些許蒼白。

按照原來的計畫，任紅昌會花上五到十天的時間來誘惑甄儼。這是一個精妙的過程：先是輕微的肢體與眼神接觸勾引住他的興趣，再用冷漠和拒絕讓他產生失落，接下來給一點甜頭，讓失望的他欣喜若狂，最後傾訴衷腸，激發起他的保護欲望。

可這個過程被曹丕的自作主張給毀掉了。

任紅昌把文書交給曹丕以後，本來想回袁府，後來想起來要給曹丕交代一下甄宓的事情，返身去找曹丕，恰好看到他走進許攸的府邸。任紅昌登時明白這個大男孩的心思，可是那時候已經來不及阻止了，她只得立刻通知劉平和司馬懿。

司馬懿沒有別的選擇，只能將所有的伏筆一次都放出來，制定了一個急就的計畫。在這個計畫裡，任紅昌成為了關鍵的核心：她必須在一個時辰——不是十天，也不是五天——之內讓甄儼徹底淪陷。

這個近乎不可能完成的任務，任紅昌終究還是做到了。她沒想到甄儼對她的渴慕已經到了病態的地步，她只是稍微露骨地撩撥了一下，立刻就引燃了整座山林。在交歡的過程中，甄儼的精神完全陷入瘋狂，而任紅昌卻始終保持著冷靜。一等甄儼睡著。她盜走了他的腰牌，把這支衛隊調去監牢附近。這樣一來，既能削弱袁府的防守，又誤導了審配的判斷，他們這一小撮人才有可趁之機。

做完這些工作以後，任紅昌再度進入袁府，隨便找了個藉口進入甄宓的寢室。這次她不再是善解人意的舞姬，化身成一個殺氣騰騰的女魔頭，將跟隨在甄宓身旁的幾個侍女全數斬殺。

讓任紅昌感到驚訝的是，面對如此血腥的場面，甄宓表現出異常的鎮定。她親自動手，把那些屍體都藏進了寢室的榻下和帳內，還拿出幾盒珍藏的香料灑在地上，遮掩血腥味。然後甄宓告訴任紅昌，在袁府的後院牆角有一個隱祕的狗洞，可以從那裡鑽出去。

「妳逃了這麼多次，袁府居然還沒把那個漏洞補上？」任紅昌驚訝道。甄宓一邊用炭灰塗臉一邊說：

「這條通道我一直沒捨得用，所以沒人知道——這次我覺得成功希望很大，才會去動用它呢。」

任紅昌神情複雜地端詳了下甄宓，這個小姑娘為逃走所做的準備，可比她想像中充分多了。

現在她們置身於一條小街的拐角木樓的屋簷下，距離西城門只隔著一條街。如果一切順利的話，劉平應該已經設法騙開了城門。可任紅昌反復探頭看了一陣，城門依然緊閉，沒有任何動靜。

「那個傢伙真的可靠嗎？不會出賣我們吧？」甄宓有些擔心。任紅昌頭也不回，唇角微微上翹：「妳與其擔心他，不如擔心妳未來的夫君。咱們這些麻煩，可都是他一手搞起來的。」

甄宓面色微微一紅，撅起嘴，想要辯解幾句。任紅昌卻按住她的頭，讓她把身子縮回去，因為城門那邊似乎出現了兩個人。在這個時候，西門的城門丞也正陷入了惶恐不安。鄴城突如其來的混亂，讓他有些不知所措。按照條例，一旦城內外發生混亂，他必須立刻緊閉城門，隔絕交通。可是眼前這個年輕人，卻帶來一份古怪的命令。

「這份文書有任何問題嗎？」劉平不耐煩地問道。

城門丞放下文書，陪著笑臉道：「這用印確實是大將軍印。可是……怎麼沒有審治中的副署呢？」

劉平眉毛一挑：「哦？你是說，審治中的命令，比主公的吩咐更重要是嗎？」

這指控太誅心了，城門丞立刻嚇白了臉：「不，不，在下不是這個意思。在下是說，如今鄴城突發暴亂，有什麼緊急處置，也該先問過他才好。」

城門丞清楚地記得，就是十幾天前，這個人在西城門口聚了幾百人坐而論道。他上前想驅逐，結果反被這個書生罵的抱頭鼠竄。現在這個諷刺時政的書生搖身一變，居然自稱是主公心腹，這個轉變委實讓他有些疑惑。

劉平不願讓他在自己身分上多琢磨，連忙上前一步，眼神變得危險起來：「你可知道這鄴城為何鬧得如此之亂？」

城門丞剛要表示洗耳恭聽，忽然覺得不對勁，他猛一抬眼，看到這年輕人唇邊帶著一絲冷笑，嚇得連忙閉嘴。不用猜，這一定牽涉到高層之間的鬥爭，他這樣的小吏貿然摻和進去，只有被滅口的命。

通過之前的那次交鋒，劉平看出這位城門丞懦弱怕死，於是刻意給了點暗示，恰好拿住他的七寸——這也是為什麼劉平選擇在西城門突破。

城門丞不願與聞高層紛爭，眼神有畏縮躲閃之意。劉平卻不給他堵住耳朵的機會，振眉凜聲道：「如今業已查明，作亂的是田豐餘黨，他們想從監獄劫走田豐，所以才勾結亂民，搞出這麼一場亂子。如今鄴城四方皆在鼓噪，局勢危如累卵。我奉命出城，是為了平息民亂。」

聽到這事跟田豐有關，城門丞腦門立刻沁出汗來，這可真是要出大亂子了。他慌亂地看了眼城內的黑煙，抖著嘴唇道：「既然如此，這時候難道不該關門才對嗎？」

「荒唐！」劉平大聲叱責，讓城門丞身體一顫：「關門能解決問題嗎？大火焚城，你是闔門不出，還是外出撲火？」他看到城門丞仍在猶豫，把文書高舉，幾乎把那方大紅印記貼在城門丞臉上：「主公文書在此，叫我便宜行事，你若不從，就是違抗軍令，論律當斬！」

司馬懿偽造這一份文書時，在內容上煞費苦心，故意將文字寫的特別含糊，以便做出各種解釋，應付各種場合。如今劉平將這份文書祭出來，口稱得了主公授意，城門丞縱然心有疑慮，卻不敢上前質疑。

「可是……可是萬一打開城門，亂民們衝進來可怎麼辦吶？」城門丞搓著手嘟囔道。劉平一聽這話，就知道這道門已被撬出一條縫隙。他微微一笑：「有我在，這個你不必操心。」

城門丞頓時恍然大悟。劉平當日論道，展現出了在那些賤民中的影響力。如今這個人去平亂，憑著他的口才和人望，豈不是一言即定？

對呀，那個人當初聚眾論道，鄴城非但不責難他，反而破例將之召入城中。看來人家早就和高層有了聯繫，主公的安排，原來還有這樣的深意，城門丞把這些事前後聯繫，立刻全想通了。

劉平看著表情逐漸放鬆的城門丞，心情也逐漸緩和下來。司馬懿的手段，和賈詡、郭嘉風格又不同，他擅長拋出層出不窮的線索和暗示，讓對方自行補白。這樣一來，對方往往以為這是自己的判斷，深信不疑，實則卻是走在司馬懿事先規劃的思路而不自知。高明如審配、辛毗，再如這個城門丞，都成了他手下的傀儡。

當初的趙彥，就是中了司馬懿的補白之計，自以為得計，一步步把自己送上死路。

這傢伙實在是太聰明了。劉平又一次感嘆。

城門丞自己「想通」了，接下來的事情就好辦了。劉平說他要帶幾個幫手出去，這些人都是在城外賤民群中頗有影響的，可以幫助他迅速平亂。城門丞問他們在哪，劉平說他們正在趕來的路上。「你知道，現在局勢有點亂，城裡到處都有暴民在鬧事，中間可能還藏著田豐的死士，聚齊了要花一點時間。」劉平說。

「那您在城樓裡等一下吧，到時候我開一條小縫把您放出去，實在不敢開大了。」城門丞提心吊膽地說。

「辛苦了，主公會記得你的功勞。」劉平和藹地補充了一句，讓城門丞樂得屁滾尿流。

劉平趁機叮囑了一句：「我們出城之事，你們的人儘量知道的少一點，你懂的……」城門丞連連點頭，返身把手底下人都派到城牆上，只留劉平一個在城門樓口。

這邊搞定以後，劉平抽出一條赭色絲巾，掛在城樓前的火炬架上。這是他們事先約好的信號，任紅昌一看到這個，立刻帶著甄宓和呂姬跑過來。城樓裡空無一人，她們這才稍微覺得安全了些。

「辛苦了。」劉平簡單地對任紅昌說了一句，眼神裡沒有鄙夷或嫌棄，只有敬佩。任紅昌知道他是指什麼，泛起一絲自嘲的苦笑：「對有些女人來說，這是不得了的醜事；對我來說，倒無所謂了。」劉平鄭重其事地雙手一拜：「昔日西施入吳，人皆稱善；昭君出塞，邊陲安寧。為大義而捨小我，何醜之有。」

任紅昌閃身避開劉平的一拜：「你的身分，我受不起。再者說，這次只有你空勞一場，原是我等辜負了你。」

他們三個人來到鄴城，各有目的。任紅昌是為了救出呂姬、曹丕是為了從許攸那探聽宛城之變，劉平則是要設法取得許劭名冊。任紅昌雖不清楚曹、劉二人的企圖，但她能推測出來，前兩個目的已然達成，這最後一個卻因為曹丕的關係變得飄渺。

劉平沒說什麼，只是溫和地笑了笑。事情並非不可挽回。許攸接到急報，要南下官渡，那本名冊事關重大，他一定會隨身帶在身上。只要順利離開鄴城返回官渡，仍有機會取得。

任紅昌又問道：「他們兩個呢？」劉平面上浮起擔憂：「不知道，我發完弩箭以後，立刻離開了鄴城衛，趕來這裡——他們應該是趕來這裡的路上吧？」說完他抬起袖口，露出一具烏黑發亮的小弩機。

這玩意兒是袁紹軍特有的裝備，尺寸不及普通弩機的一半，弩臂還可收起。雖然威力變小，但可收在袖中，很適合將軍或高官用做防身。司馬懿通過審榮弄到這玩意兒，正適合偽造一次狙擊。

「我用它把一支箭送入自己兄弟的胸膛。」劉平晃了晃弩機，自嘲地說。任紅昌聞言一愣，兄弟？她記得司馬懿是靖安曹的人，什麼時候跟一位皇帝稱兄道弟了？劉平陡然意識到自己失言，連忙掩飾道：「司馬公子不惜以身犯險，朕自然待他如兄弟一般。」

好在任紅昌沒有追究，只是勸道：「司馬公子神機妙算，二公子也是決斷機靈之人，他們不會有事的。」劉平嘆了口氣，把弩機拿出來，遞到任紅昌手裡：「這個妳拿著防身吧。」

任紅昌明白他的用意。她需要保護甄宓、呂姬兩個人，多了把武器，等於多了一層保障。劉平的視線越過她的肩膀，看向身後的兩個女人。

「這位就是呂姬？」劉平隨口問道，呂姬張口「啊」了一聲。從她英姿勃勃的五官之間，依稀可見她父親當年的風采。劉平道：「張將軍如今正在曹營，他等你很久了。」呂姬聽到這個名字，身子忽然一軟，淚水從眼眶裡滾落出來。甄宓搶出來擋在呂姬身前，氣憤道：「如今大難未脫，你幹嘛說這樣的話？萬一大家逃不掉，你打算讓呂姊姊死不瞑目嗎？」

劉平只是好心安慰一下她，卻被迎頭如此斥責，有點發懵。甄宓圍著劉平轉了幾圈，瞪大了眼睛端詳了一番，忽然問道：「你連張將軍和呂姊姊的事都知道，魏文是你的書童，而剛才任姊姊居然不敢受你一拜——看來你的身分不簡單啊。這次鄴城大亂，就是因為你的緣故吧？你到底是誰？」

劉平遲疑道：「不是說這個的時候。」甄宓後退幾步，蹙眉道：「我現在可是捨棄了家族和聲譽跟著你們走啊，你卻連真實身分都不告訴我——哼，如果你不說，我就不走了！」說完她一跺腳，別過身去。

任紅昌眉毛一立，要作勢拔劍。劉平卻輕輕抬手，示意她把劍放回去，對甄宓緩聲道：「我的身分，牽涉甚廣，如今確實不是時候。等我們逃出生天，再講與姑娘你聽不遲。」他眼神忽然變得溫和，正色道：「我劉平絕非負恩之人，絕不捨棄一個同伴。姑娘你盡可放心。」

甄宓一下被他說中了心事。她是個聰明姑娘，對人性看的很透，一直擔心這夥來歷不明的傢伙利用完自己就給捨棄。她之前的各種要求與刁難，無非是為自己求得一分安全感罷了。如今聽了劉平這麼一說，甄宓覺得心安了不少。這個人說的話沒什麼出奇，但似乎有種讓人信服的魅力。

「魏文說他會給我介紹許都的大人物，不會說的就是你吧？」甄宓好奇地反問道。劉平淡淡地露出一絲笑意，不置可否。

任紅昌忽然喜道：「他們來了！」眾人都朝城內望去，看到遠處有兩個人跌跌撞撞地走過來。甄宓掃了一眼，就愣住了，語氣滿是驚嘆：「原來……他也是你們這邊的。」

遠處走來的，正是司馬懿和曹丕。曹丕把司馬懿的右臂吊在自己肩上，咬緊牙關用全身力氣托住，司馬懿走起路來一瘸一拐，每走一步表情都抽搐一下。兩個人的衣袍都帶著血跡和煙薰痕跡，看上去狼狽不堪。看來這一路上也遭遇了幾次危險。劉平疾步跑了出去，和曹丕一左一右，把司馬懿架入城門樓。

「仲達……你不要緊吧？」劉平急切地要檢查他的傷勢。司馬懿把他的手推開，呲牙咧嘴道：「暫時還死不了，人都到齊了？先出城再說吧。」

「魏文！」

甄宓興奮地跑過來，想要抱住他。曹丕一動不動，任憑她環住自己滿是血腥和汗水的身體，面無喜色。今天這一切亂象，歸根到底都是因為曹丕自己，儘管他毫不後悔自己的所作所為，但那種背叛信任的沉重感，讓他的夢魘變得更嚴重。

甄宓看出曹丕的情緒不對，問他怎麼了。曹丕輕輕捏了下她的小手，什麼都沒說，只是勉強擠出一點點笑意。不知為何，甄宓突然覺得這個滿臉疲憊的男孩子很有魅力，就連身上的味道都變得有趣起來。她把下巴墊在他的肩上，慢慢磨動，無意中瞥到他脖頸上那兩排淡淡的牙印，心中湧起一種異樣的感覺。

劉平把城門丞叫出來開門。城門丞一看他要帶的人居然有五個人，而且其中一個似乎還受了傷，有些起疑。劉平解釋說這是在穿城時被暴民所傷。城門丞把他們帶到城門旁的一處小門，打開一條縫隙。

先是甄宓，然後是曹丕和任紅昌攙著司馬懿，然後是呂姬魚貫而出，劉平留在了最後。當呂姬邁步走出城門之後，劉平卻沒有挪動腳步，他深吸一口氣，轉頭對城門丞說：「請關門吧。」城門丞一愣：「您不去嗎？」劉平面上浮現出一絲堅毅：「我忽然想到一件事，是必須要去做的——哦，對了，慢點關，我要跟他們交代幾句話。」城門丞一聽，連忙說你們慢慢談，然後站開遠遠，生怕聽到不該聽的東西。

那五個人已經發現了異狀，都紛紛回頭，看到劉平站在門內沒走出來，無不大驚。劉平隔著城門做了個手勢，讓他們少安毋躁，然後囑咐道：「你們出去以後，一切都聽司馬公子的安排。」

所有人都愣在那裡，司馬懿掙開曹丕的攙扶，不顧自己的傷口迸裂，激動地吼道：「你到底想要幹什麼？」

「我要去救那些非冀州的學子們，」劉平平靜地回答，把手搭上了城門：「審配很快就會掌握城內局勢，如果他們那時候還沒衝出去，全都會死在這裡。我手裡的文書，是唯一開城的鑰匙，只有我能救他們。我不能扔下他們不管。」

「他們在計畫裡註定只是棄子！你一開始就知道的。」司馬懿此時的眼神像是一頭怒狼。

劉平做了個歉意的手勢：「如果我一開始就說出來，恐怕仲達你就不會允許了。所以抱歉了，我只能用這種辦法。」

「你是覺得這些士子還有什麼價值，所以有什麼算計嗎？」司馬懿問。

「不，我只是單純不想看著他們因為我去送死。」劉平誠懇地說。

司馬懿磨動牙齒，一拳砸在門上：「早知道你是這樣的人，我才不管你的死活吶！」

「我是什麼樣的人，仲達你不是早就知道了嗎？」

司馬懿一下子被噎住了，一時間竟無法反駁。劉平開心地笑了起來，他終於有一次機會讓仲達啞口無言。旁邊的四個人聽到這樣的對話，心中都浮現出一個疑慮：這兩個人應該已經認識很久了吧？

「對不起……你現在一定想罵我偽善吧？」劉平低聲道。

「如果是偽善就好了，我怕你是真善！」

偽善代表了有利益的算計，而真善卻是不計代價的仁慈。司馬懿鼻子裡發出沉重的呼吸聲，肩膀直顫。這與其說是憤怒，倒不如說是驚慌。他對劉平太了解了，知道這個宅心仁厚的混蛋又犯了迂腐病，而且看他的眼神就知道，決心已下，這次無人能夠阻止。

劉平悠悠抬起頭，隔著城門的縫隙看向天空：「仲達，道之所以為道，正是因為它萬世不易。君子有所為，有所不為，每個人都有自己的道。如果我今日捨棄他們而去，那麼我之前的堅持、之後的努力將變得毫無意義。那樣的結果，不是我想要的——還記得那只母鹿嗎？」

「滾吧，我對你的死活已經沒興趣了，你也不要來管我們。」司馬懿喘著粗氣，手腕虛空一揚，像是撿起一塊並不存在的石頭砸向劉平的額頭。

劉平嘴角翹了翹，他知道自己不需要擔心什麼了。他欣慰地握拳一拜，然後消失在城門裡側。很快城門「哐噹」一聲，關了個嚴嚴實實，把他們五個人徹底與鄴城新城隔絕開來。

司馬懿轉過身去，啞著嗓子對其他人說：「我們走。」

曹丕忍不住悄聲問道：「陛下……說的什麼道？」

司馬懿學著劉平的樣子望向藍天，歪著脖子，露出一個頗為奇妙的神情：「道可道，非常道。」

盧毓和柳毅此時面如死灰，一籌莫展。

鄴城衛前射向司馬懿的那一箭，讓他們意識再沒了退路，只有拚命一途。好在他們事先聽從了劉平的勸告，人聚得比較齊，身邊帶的僕役又不乏好手。這幾百人的隊伍在毫無準備的城裡橫衝直撞，一時間倒也所向披靡。

一路上，不斷有小股的袁軍城防部隊對他們展開襲擊，都很快被擊潰。盧毓很快注意到，袁軍的動向非常奇怪，不光會攻擊他們，而且有時候兩支袁軍還會絞殺到一起。再加上沿途的平民也開始燒殺搶掠，讓盧毓有一種強烈的感覺，這場混亂似乎不是這幾百個臨時起意的人能掀動起來的，在幕後另有操控者。柳毅倒是沒想那麼多，鄴城愈亂，對他們就愈有利。

盧、柳二人先帶著他們衝到了最近的南城門，結果城門緊閉。他們不敢耽擱，又轉向了東城，結果還是吃了一個閉門羹。看著城牆上拉著弓捧著弩的一排軍士，盧毓知道硬闖的話，所有人都會死在這裡，只得悻悻退去。

可他們畢竟不是職業軍隊，無論凝聚力和紀律性都很差。在之前的遭遇戰裡，不斷出現的傷亡已經士子們士氣大降。當連闖兩道城門都失敗以後，絕望的情緒在隊伍中彌漫。很多人開始後悔參與鬧事，甚至有人悄悄脫離了隊伍，向袁軍投降。

盧毓和柳毅試圖鼓動大家繼續行動，但終於有人公開質疑他們的決定，在隊伍裡鼓噪起來。就在這群人即將分崩離析之際，一匹馬飛馳而至，馬上的騎士一邊靠近一邊高呼：「盧兄、柳兄。」

「是劉和！」

盧毓和柳毅聞聲大喜，一起迎了上去。聽到這個名字，一時間就連隊伍裡那些質疑者的喧鬧聲都小了幾分。審配的陰謀，是「劉和」這位弘農狂士抽絲撥繭點破的，他在這些士子心目已隱然形成了權威。事實上，當他們與鄴城徹底翻臉以後，所有人心裡都藏著一個期盼，盼著劉和站出來，成為他們的中流砥柱。

劉平翻身下馬，一臉急惶：「你們都沒事吧？」盧毓苦笑道：「劉兄你去哪裡了？我們都以為你被審配……」說完做了個喀嚓的手勢。

劉平自然不能說實話，但也不想太騙他們，只是搖搖頭道：「也是一言難盡，咱們先脫離危險再說吧。」盧毓點頭稱是，然後把連闖兩門的事說了一下，嘆息道：「以現在的士氣，如果再闖不出去，恐怕就直接散夥了。」柳毅也低聲恨恨道：「那些笨蛋，稍微遇到了挫折，就打退堂鼓。」

劉平略做思忖，比了個手勢道。「走北門！」

盧、柳二人一怔：「莫非劉兄你在北門有辦法？」劉平眼神閃過一絲堅毅：「有沒有辦法，都是我們最後的機會！不去闖一闖，就只能坐以待斃。」

他走向到那一群神情沮喪的人面前，一一審視。劉平望向隊伍，士子人數比最初少了很多，幾乎人人帶傷，僕役的境況還要更淒慘一些，一副敗軍模樣。其中一名士子半跪在地上，正在低頭哭泣。劉平分開人群，把士子扶起來，問他怎麼了。士子說跟隨他來的僕役全都被殺死了，連他的一條腿也被砍傷。劉平把他扶上自己的坐騎，環顧四周，突然嚴厲地喊道：

「你們別忘記了自己的身分！你們是望族之後、名士之種，你們的家族傳承了幾百年，從來都是漢室的驕傲。如今區區這麼一點困難，就讓你們低頭了？家族的榮光、儒者的責任，都不顧了嗎？你們難道忘記了先賢的教誨——天行健，君子以自強不息！」

這一連串的質問，如春雷滾過每一個人的頭頂。無論是質疑者還是沮喪者，都不約而同地抬起頭來，原本沮喪的眼神開始有了光彩。他們都還年輕，碰到困境，除了惶惑，心中總還有那麼一點不甘。而這一點不甘的火星，正在被劉平煽成一場燃燒魂魄的大火。

劉平高舉右臂，大聲道：「我已經決定從北門再闖一次看看，即使半路戰死，也好過怯懦的坐以待斃。今天我們也許會死，但身為士，卻該有自己的氣節與道，不可以卑怯地倒在地上，被人家戳著脊樑骨說：看，這是懦夫。諸位何不與我冒險一次，像當年李膺、郭泰一樣青史留名。等死，死國可乎？」

李膺、郭泰都是黨錮之禍的士人首領，而結尾則是《史記》裡記載陳勝起義時用的句子，這些士子都讀過書，對這些典故很熟。劉平此時喊出來，大家一下子覺得熱血湧上頭來，都紛紛學著劉平的樣子舉起手，重複著那一句話：「等死，死國可乎。」

「願意有尊嚴地活著或死去的人，跟上我。」劉平轉過身去，大踏步地朝前走。他步子邁得十分豪邁，連頭也不回，彷彿就算只有他一個人，也要前進。

開始是一個人，然後兩個人、五個人，剛才還惶惑不安的士子們全都站了起來，彼此對視一眼，默默地跟在劉平身後，整支隊伍再度泛起奇妙的活力。盧毓和柳毅暗自感慨，劉平口才發揮得酣暢淋漓，居然輕而易舉地將這一盤行將崩裂的散沙凝在一起。這種天生的領袖魅力，可是他們所無法做到的。

劉平向前走著，心情激盪不已，渾身麻酥酥的有一種異樣的興奮。這是劉平第一次真正意義上的獨立行動，沒有任何人能幫他，所有的事情都只能靠自己。劉平此時沒有惶恐，反而有一種奇妙的滿足感——他終於做了一次完全屬於自己的選擇，終於可以由自己掌控一切，酣暢淋漓地貫徹自己的「道」。

劉平的腳步，從來沒邁得如此堅定。接下來的路要怎麼走，他心中已經沒有疑問了。

北城的城門丞在覺察到城內亂象以後，當即果斷地關閉了城門。他是戰場上退下來的老兵，對危險有種天然的直覺，讓手下人做好迎敵準備。

「可我們怎麼知道誰是敵人？」副手焦慮地問道。如今城內亂動，到處都在廝殺，誰也搞不清楚到底誰是我方，誰是敵人，甚至連他們為什麼暴亂都不知道。

城門丞彈了彈手指：「很簡單，誰膽敢來衝擊城門，就是敵人，其他的不要管，以不變應萬變，才是最好的策略。」

這時候一名衛兵來報，說有一個人手持一卷文書來到城下要求開城。城門丞一聽，不由得瞇起眼睛，決定親自去看一看。這個年輕人沒穿著官吏的袍子，也沒腰牌。他一見到城門丞，就把文書遞給他，說奉主公的密令，要他立刻開城。

「沒有審治中的副署，誰也不許通行。」城門丞面無表情地回絕。

年輕人面色陰沉地威脅道：「你是說審治中比主公的話還管用？」

「將在外，君命有所不受。主公遠在官渡，自然以審治中之命為最先。」這個城門丞不像他的同僚那般儒弱，根本就不吃這一套。

年輕人很氣憤，把文書抖開道：「你先看看裡面說什麼，再擺架子不遲！」說完他讓城門丞扯住一頭，慢慢把文書卷開。當文書快卷到盡頭的時候，城門丞看到了落款處的大印。他想湊近看得仔細點，卻發現在大印旁居然多了一把匕首。

城門丞一驚，隨手扔開文書，身形急退。年輕人一把抓起匕首，朝他刺去。只見寒芒一閃，刀刃已經切入了城門丞裸露的咽喉。

這一招圖窮匕現讓城門前一片混亂。城門丞身後的幾名護衛怒吼著衝上來，年輕人揮舞著匕首拚命抵抗。他的武藝並不算太強，在數名訓練有素的士兵進攻下，顯得有些勉強，很快就被砍出數道血痕。但他一直咬著牙拚死不退，似乎在等待什麼。沒過多久，從城門裡側的數條巷道裡一下子衝出一百多人，朝著城門口殺來。為首的柳毅手提長劍，大聲喊道：「劉兄，我們來助你！」

城門丞的副手看到這一幕，想起自己的主官剛說過，只要衝擊城樓的一定是敵人。他立刻傳令下去，讓守城士兵出去助陣，務必把他們截殺在城門樓前。這一百多人都沒披著甲冑，甚至沒什麼像樣的兵器，駐守城門的士兵足以應付。

兩支隊伍在狹窄的城門樓前發生了激烈的碰撞。前者勝在人多勢眾，後者卻是裝備精良，往往這邊倒下兩三個人，那邊才會倒下一個。不過前者顯然事先有所準備，士兵每倒下一個，立刻會有人俯身去把甲冑和兵刃撿起來，再行反擊。於是整個戰局變得異常混亂，雙方混雜成一團，喊殺四起。

就在戰局陷入僵持之時，從另外一個方向衝來一支軍隊。副手立刻緊張起來，命令城牆上的弩兵與弓兵做好準備。不過他很快又下令不要擅自開射，因為來的是一隊穿著袁軍兵服的士兵。這隊士兵為首的主官在快接近城樓的時候，大聲下了號令，然後迅速展開隊形，朝著進攻城門樓的暴徒背後掩殺過去。

副手長舒了一口氣，趕緊讓城頭的人把弓弩放下來，避免誤傷友軍。不料弓弩手剛撤掉，情況就發生了突變。那些袁軍士兵攻入城門樓以後，根本沒碰暴徒，反而對一直浴血奮戰的守軍大下殺手。那些守軍本來以為他們是援軍，紛紛放鬆了警惕，此時猝然遇襲，心神大震，一下子就兵敗如山倒。

等到副手反應過來，招呼弓弩手重新施射的時候。這兩支隊伍已經合流衝進城門樓，而且毫不遲疑地打開城門，向城外衝去。城頭上的士兵拚命放箭，可他們的人數太少，城下又沒有步兵阻擊，雖然不斷有人中箭倒地，但有更多的人輕而易舉地跑出了射程之外。那些士兵甚至看到，最初那個刺殺城門丞的年輕人，居然還折返回來，扶起一個中箭者繼續前進，為此自己險些也中箭。

當北城門重新歸於平靜之後，副手走在屍橫遍野的城門樓過道，面色嚴峻。這支身分不明的隊伍在城內、城門樓和城外留下了約摸幾十具屍體，刺鼻的血腥瀰漫在整個城樓裡——但大部分人都順利脫離了射程，消失在鄴城舊城裡。

副手不敢開城追擊，萬一城裡再湧現出另外一支莫名其妙的敵人，那就更麻煩了。於是他只是簡單命令收拾殘局，把大門徹底鎖死，然後才敢下來檢視屍身。

這些敵人實在太狡猾了，先是派了一個人呈獻文書，伺機刺殺了城門丞，然後又讓一半人發起正面衝擊，給守軍造成陰謀已經全部發動的錯覺；當第三波敵人接近時，守軍的心中已經形成了思維定勢：前面兩次來的是敵人，那麼第三次怎麼也該是友軍了吧？結果……敵人居然是一分為三，徹底耍了他們一把。鄴城敵我難辨的混亂局勢，給了他們最好的掩護，否則自己肯定不會做出這樣的誤判。

副手搖搖頭，停止了檢討。他蹲下身子，端詳著城門丞的屍體，腦子裡莫名閃過一個念頭：「不知道那些人跑出去以後，會去哪裡。」

他不知道，在距離他只有數里的鄴城舊城一處廢墟裡，那個年輕人用行動回答了他的疑問。一隻手臂，在眾目睽睽之下，直直地指向南方。

「鄴城這麼亂下去，田老師不知會怎麼樣。」曹丕唸叨著，同時用力把司馬懿的胳膊拽了一下，讓他走得更舒服些。司馬懿嘴角抽搐一下，忍著疼痛道：「樹欲靜而風不止。只要看看這次大亂中，有多少田豐的黨羽被驚動，就知道他的下場一定堪憂。」

「如此說來，他豈不是因為我們的計畫而倒楣？」曹丕暗自嘆了口氣，為那位無辜的老人哀悼。司馬懿斜了他一眼，鼻子裡冷哼道：「你也開始像那個人一樣了？淨有些無謂的同情心。」

曹丕登時不敢說話。他本來是想刻意想岔開話題，免得司馬懿老琢磨劉平的事。但看來司馬懿腹誹非常之大，三兩句就會拐回來痛罵劉平。他無奈地回過頭去，正看到甄宓衝他做了個鬼臉，一臉的歡欣。

「哼，你倒是開心……」

曹丕心想。甄宓一直挖空心思要脫離鄴城，這次終於得償所願，自然是開心得不得了。不知為何，看到甄宓的笑臉，自己憂鬱的心情也隨之開朗了一些。

此時他們一行五人已經深入鄴城舊城，算是初步逃離生天。任紅昌在這裡經營出不小的勢力，只要跟他們接上頭，就算是徹底安全了。任紅昌本來還想在這裡等一下劉平，卻被司馬懿斷然否決。司馬懿說既然那傢伙做了選擇，那麼就要自己承受後果，沒必要把其他人拖下水。

他們邁過一條小河溝，全都停住了腳步。眼前的大道當中站著一個人。這人披掛甲冑，手持鋼戟，有如一頭盛怒的猛虎盯著他們。他只有一個人，那雄渾的氣勢卻好似有十萬人站在那裡一樣。

「甄校尉？」

「二哥？」

兩個不同的驚呼從任紅昌和甄宓口中飛出。甄儼把長戟向前一挺，充滿怨毒地說道：「總算等到了。」他渾身都升騰起滔天的殺氣，恨不得撕開眼前這幾個人的胸肌把裡面心臟剜出來捏個粉碎。

甄儼在發現任紅昌偷走了自己的腰牌以後，就意識到這件事一定跟甄宓有關，於是連忙進袁府查看。在寢室裡看到那幾具屍體以後，甄儼知道這次事情鬧大了。

甄儼從不低估自己妹妹的智慧，他判斷鄴城衛那邊只是調虎離山，甄宓一定會趁亂逃出城去。於是他心一橫，抓起一桿長戟，單槍匹馬去追趕甄宓。他對鄴城附近地形十分熟悉，大概能推測出這些人逃離的路線，果然，終於在這鄴城舊城的廢墟前截住了他們。

「二哥，我……」甄宓怯怯的聲音還沒說完，甄儼惱怒地一揮長戟，凜然喝道：「閉嘴！妳還嫌給甄家帶來的災禍不多嗎？」他對這個原本很寵溺的妹妹，如今卻是憤怒無加。

惹出這麼大的亂子，袁熙再怎麼寵愛甄宓，也不可能為她遮掩——別說她，就連甄儼自己，包括整個甄家都要被陪葬。甄儼現在只想把所有人都殺死，然後提著妹妹的頭去請求寬宥。

這時任紅昌上前一步道：「甄校尉，請你聽我說一句話。」甄儼先是窒了一窒，二話沒說，挺戟就刺。甄儼現在一腔憤怒，都放在「貂蟬」身上。若不是這個淫婦勾引，自己怎麼會鑄成如此大錯？

甄儼這一戟速度極快，直取任紅昌的胸膛。任紅昌不及反應，呂姬在一旁眼明手快，把她迅速拉開，堪堪避過這一戟。可是呂姬忘了，這是戟，不是矛，戟旁還有小枝。甄儼一刺落空，手腕一晃，長戟化刺為掃，唰的一聲把呂姬的腰部勾開了半邊。

呂姬一聲也未吭，撲倒在地，腰間登時鮮血狂湧。任紅昌一見呂姬倒地，整個人呆在了原地。反倒是甄宓尖叫一聲，拚命抓住了曹丕的胳膊，把臉別過去不敢看。

司馬懿看了曹丕一眼，嘴裡喃喃道：「該死，果然是這樣。」

在他原來的計畫裡，甄儼這個人是先要用計死死限制住，然後其他行動才可從容展開。可曹丕的擅自行動，使得司馬懿不得不制定了一個粗糙的急就之計。這個計畫最大的缺陷，是無法限制甄儼的行動，使得他成為一枚無法預測走向的棋子。出城之時，司馬懿還暗自鬆了口氣，以為甄儼會趕去鄴城衛那裡去約束部屬，可結果他還是成為最危險的變數。

曹丕注意到了司馬懿看向自己的眼神，一時懊悔、慚愧以及不耐煩的惱怒湧上心頭，讓盤踞在心口的夢魘迅速壯大，凝聚成一團狂暴的戾氣湧出身體。他猛地甩開甄宓的手，瞪著眼睛大聲道：「你們一直都在怪我是吧？好好，是我不好！我在這裡戰死，總可以贖罪了吧？」

夢魘讓他頭疼欲裂，也讓他內心的戾氣與日俱增。曹丕負氣抄起一把城裡撿來的環首刀，黑著臉向甄儼斬去。

甄儼早就注意到了甄宓與曹丕的曖昧。他對整個鄴城的局勢不是很了解，也不知道曹丕等人的來歷，一門心思認為，就是這個混蛋勾引了自己妹妹，才導致這麼多事發生。現在看到曹丕拿刀衝了過來，他毫不客氣，抓起長戟也刺過來。

甫一交手，甄儼心中一驚。這個十幾歲的孩子雖然力道雖然不夠，但出手速度相當之快，而且變招之間有一股戾氣撲面而來，自己的憤怒甚至在這面前都遜色了幾分。甄儼稍微冷靜了一些，調整姿態，與曹丕保持著一定距離。他的戟比環首刀長，只要不讓曹丕近身，就立於不敗之地。

曹丕卻不管這些。王氏劍法從來不教什麼叫做審時度勢，只教什麼叫一往無前。他憑著一口夢魘化成的戾氣，把王氏劍法中的精義發揮的淋漓盡致，暴風暴雨般地劈斬過去，迫使甄儼不得不採取守勢，以避鋒芒。

甄宓站在一旁，看著自己未來夫君和二哥鬥得你死我活，一臉不知所措。平時的那些鬼主意，這時候一個都想不出來。她拚命抑制住慌亂，側眼朝旁邊看去，看到呂姬身下的鮮血已積了一灘，眼見是活不成了。任紅昌眼神直勾勾地看著呂姬，渾身僵直，只有手在微微顫抖。

「任姊姊？」甄宓走過去，輕聲叫了一聲。任紅昌木然回首，甄宓發現她原本俊俏的臉龐，陡然間老了許多。

「幾年之前，我就是這麼看著她的父親死去……我本以為這種事不會再發生，可我錯了。也許我不該來，但我又怎能不來。我連她父親這一點囑託都做不到，又有什麼資格要求什麼……」

任紅昌蠕動嘴唇，也不知在向誰訴說，或許只是自言自語，聲音裡浸滿了徹骨的悲傷。甄宓聽不懂這些話，覺得實在是莫名其妙，她小心地抓住任紅昌的手，想看看她是否安好。任紅昌轉過臉來，雙眸空洞地看向她身後。

「妳知道嗎？那個馳騁中原的飛將軍，為何在最後時刻不顧顏面，要向曹操屈膝投降。他不是怕死，他是要為自己的女兒尋一條活路啊……他的努力，他的用心，居然就這樣敗落在我的手裡。」

甄宓不知那個飛將軍是誰，她只看出來，任紅昌眼眸裡的光彩在逐漸消失。

那邊的死鬥還在繼續。交手了十幾回合以後，甄儼已經掌握了曹丕的節奏，覷到一個破綻，長戟飛快地在環首刀上猛地敲了一下。曹丕銳氣已經耗盡，體力又難以支撐，整個人如水洗一般全是汗水，動作不可避免地慢了下來。甄儼是搏擊老手，他敏銳地注意到曹丕收刀回擋時的遲緩，大喝一聲，挺戟一挑，把刀霎時挑飛，然後戟首直刺向曹丕。

曹丕沒有躲閃，他只是疲憊地閉上眼睛，準備接受這個事實。就在這時候，他聞到一陣帶著腥味的馨香，然後一個身影擋在了他前面。曹丕瞳孔急縮，他看到任紅昌面無表情地站在那裡，戟尖正刺入她的雙乳之間。

甄儼也被這一幕驚到了，他想把戟拔出來，任紅昌卻抬起左手，死死抓住長戟的側枝，讓他撤不回去。甄儼咬著牙正要用力奪還，卻看到任紅昌的右手多了一具漆黑的東西。只聽「繃」的一聲，一支弩箭飛射而出，跨越了極短的距離，深深刺進了甄儼的額頭。

「任姊姊！」

「二哥！」

曹丕和甄宓同時發出叫喊，一個伸手抱住任紅昌癱倒的身體，一個衝向仰天倒下去的甄儼。

曹丕知道那把戟不能拔出去，只能就這樣把任紅昌抱在懷裡。曹丕覺得這一切實在太不現實了，剛剛還生龍活虎的任姊姊，怎麼會就這麼死了？他的嘴唇在劇烈顫抖，身體卻驚懼如浸泡在冰水之中。上一次如此驚慌，還是在宛城聽到兄長曹昂戰死時。

「任姊姊，任姊姊，是我錯了，是我錯了！」他只能不停地重複著自責的話。

任紅昌睜開眼睛看向曹丕：「我沒完成呂將軍的囑託，合該有此懲罰。二公子，接下來的路，你要自己走了。」

曹丕大哭，他抱住任紅昌語無倫次地喊道：「任姊姊，妳不能走啊！對了！妳不是還有復國大計嗎？妳離開了，妳的國家怎麼辦？我會說服父親和郭祭酒幫妳復國，妳要堅持下去！」

任紅昌露出一個虛弱的笑意：「你有這份心，我就很開心了。你知道嗎？我一直有種奇怪的預感，你會成為中原最有力者，你和你的子孫是真正能幫到我的人……咳咳……」她說到這裡，劇烈地咳嗽起來，咳的滿嘴都是鮮血。

曹丕激動地說道：「我會讓父親派出大軍，帶著妳殺回去！」任紅昌搖搖頭：「我只請求你，善待我在村裡養的那些孩子。他們都是我的族人……」

「好，好，我答應妳！」曹丕急切地回答。

「等他們長大，告訴他們真相，讓他們記住自己真正的名字，幫助他們返回我的國家。」

「妳的國家在哪裡？他們真正的名字又是什嗎？」

任紅昌用盡全身力氣抬起手臂，指向東方，眼神裡閃動著無限的眷戀：「我的國家，就在東海之外，太陽昇起的地方。我的族人裡，年紀最大的兩個孩子，一個叫難升米，一個叫都市牛利。」

「那任姊姊妳真正的名字呢？」

任紅昌的眼瞼慢慢闔上，聲音已幾不可聞：「我的名字，已經被那個女人竊走了啊；我的名字，本來該叫做卑彌呼……」曹丕記下這個古怪的名字，垂下頭去，驚駭地發現她已然沒了呼吸。曹丕怔了怔，這才意識到，她一直到死，都不曾提到郭嘉一個字。

曹丕沒有嚎啕大哭，他木然放開任紅昌的屍身，朝甄宓走過去。甄宓正蹲坐在甄儼屍體的旁邊，兩行淚水不停地從眼眶湧出來，卻不肯發出一聲嗚咽。她聽到腳步聲，以為曹丕要對二哥的屍體做什麼，伸開雙臂攔在他面前。

「不要再往前走了。」甄宓低聲道，嬌弱得像是一朵暴雨中凋零的鮮花，但仍舊不肯讓開。二哥的死亡，讓這個姑娘一瞬間變得成熟起來。

曹丕停下了腳步：「看來我們都為自己的幼稚付出了代價。」兩個人四目相對，都是一樣的悲痛，一樣的悔恨。

「我是曹操的兒子，我叫曹丕。」曹丕突然開口，這意外的坦白讓甄宓一下子捂住嘴，完全驚呆了。曹丕注視著她，伸出了手：「所以我對妳的承諾，一定都會實現。跟我走吧，我不希望再有人為此犧牲。」

此時的曹丕滿臉血污，雙眸裡全是哀傷，散發出一種攝人心魄的奇特魅力，讓甄宓的心旌為之動搖。

可甄宓猶豫了一下，卻向後退了一步：「抱歉，我不能跟你走了呢。我必須要回到鄴城。」

「妳確定要繼續與袁家的婚姻？」曹丕的神情沒任何變化。

「我也不希望再有人為此而犧牲。」甄宓淡淡地回道，然後自嘲似地搖搖頭：「這大概就是我的宿命，或者說懲罰吧。」

曹丕知道她是什麼意思，他沒有試著說服她，而是扯開自己的衣襟，將脖頸上即將消失的齒痕袒露出來：「齒痕雖愈，琴猶繞樑。總有一日，我會親自來到鄴城，風風光光地把妳接回去，到時候我們再彈那一首鳳求凰。」

說完以後，曹丕俯身抱起任紅昌的屍體，一步步地走遠。甄宓呆了呆，露出小虎牙，向曹丕的背影拋去一個明豔的笑容：「一言為定，我等著你。」但她對這個承諾並不怎麼相信。

司馬懿靠在一旁的斷垣，一直冷冷地盯著這一齣高潮迭起的悲劇，這個如狼般的年輕人迅捷地轉動著脖頸，將這一切收入眼中，卻未動聲色，像是一尊墓穴前的翁仲石像。

「為情所累的傻瓜們。」他心裡如此評價道。

# 第十章　東山的日子

「左邊五亭的城垣再上補去兩個伍，告訴那邊，這是最後一批援軍，多一個人都沒有了。」

張繡負手站在望樓之上，面色嚴峻地注視下眼前的防線，一道道果斷而冷酷的命令發佈下去。此時在曹營與袁營的高垣深壘之間，身著黑色與赭色的士兵們如炸了窩的螞蟻一般，在綿延數十里的狹窄區域陷入了最殘酷的近身搏殺，雙方的陣線不斷變化，呈現出犬牙交錯的混亂態勢。

「報！右翼三亭後撤五十步！」一名傳令兵飛跑過來，一路高喊。張繡聞言，毫不遲疑地將食指指向一個方向：「傳令，右翼陣後七隊弓手，兩箭吊射，三箭平射。」這時他身旁的一位軍官面露難色：「將軍，那邊已經連續射了半日，弓手的指頭已經承受不住了。」張繡面無表情地答到：「指頭斷了，就用嘴；嘴裂了，就用牙。我要的是射箭，不是藉口。」

儘管張繡平時表現得謹小慎微，可一到了戰場，他骨子裡那種西涼人的狠辣就發揮得淋漓盡致。傳令兵銜命而去，過不多時，一陣鋪天蓋地的箭雨砸向右翼三亭附近的牆頭，立刻升騰起一陣血霧。剛剛衝上城垣的幾十名袁軍士兵紛紛慘叫著滾落，攻勢稍被遏制。可過不多時，又有數倍手執藤牌的袁軍撲了上來，把趕來填補缺口的曹軍步兵徹底淹沒……

這樣的小小變化在戰場的每一處都在不斷發生。雙方的將軍、校尉、曲長屯長乃至最底層的普通兵卒，每一個人都在自己的位置上拚著命，希望憑藉自己的睿智或武勇對戰局造成一點點的影響，只要這些影響積少成多，就能逐漸積累成勝勢。可在此時的戰場，究竟孫武會向誰稽首微笑，恐怕沒人能說得準。

「盤口混亂，莊閒不分，好一場亂賭的局面。」楊修站在張繡身旁，狹長的眼睛瞇成了一條縫，不知是在看著張繡，還是在看著戰場。

「楊先生，這裡太危險，你還是下去吧。」張繡頭也不動一下。楊修沒挪動腳步，他抬頭望了望天，忽發感慨：「日出而戰，如今已近午時。張將軍，你從前可曾打過這麼長時間的仗嗎？」

張繡微微一皺眉，他的目光終於從戰場上挪到了楊修身上：「你想要說什麼？」楊修道：「袁軍與我軍對峙這麼久，為何今日卻突然不要命似的狂攻？按說彼攻我守，他們這麼打，損失遠比我們更大，可對方卻一點沒有退兵的意思，從日出打到現在不停——今日這仗，有點蹊蹺啊。」

張繡聞言默然，雙手擱在望樓護欄上，身體前俯。楊修的疑問，其實他心裡也一直在琢磨。今天袁紹軍的攻勢明顯不同以往，不光集結了大批北地各族的私兵，就連精銳的中軍大戟士與強弩手都拉上來了，擺出一副拚命的架勢。張繡的營地位於官渡防線的核心地帶突出部，承受著極大壓力，如今手中兵力捉襟見肘，幾乎連親兵都派出去了。

可在張繡看來，袁軍的攻擊還是稍嫌不足。按兵法正論，若要擊破官渡這種聯營防線，應當是集結優勢兵力攻敵一點。可從目前得到的情報來看。袁紹軍是全線出擊，針對曹軍的整條防線壓了過來，每一個營盤都遭受了強攻。這麼打雖然聲勢浩大，可實際效果卻值得懷疑。

明明用利錐一刺即破的口袋，為何袁紹改用巴掌去拍打呢？張繡實在是想不通。

這時幾聲呼嘯從頭頂飛過，望樓裡所有的人都下意識地縮了縮脖子。那是霹靂車發射的聲音，這些大傢伙可以把幾十斤的大石拋出去遠遠，是遏制敵人進攻最好的手段。經過一上午的劇戰，這些霹靂車損毀了一半，只有一半還在運作。但即便如此，它們仍是袁紹軍在進攻途上的噩夢。

「楊先生你怎麼看？」張繡問。

「袁紹這法子雖然粗暴，倒也不失為一個選擇。比心眼，他是比不過郭奉孝與賈文和，不如直截了當地拚消耗，這樣一來什麼計謀都沒了用。反正河北兵多將廣，三個人換我們一個人，贏面還是很大。如今曹軍全被死死吸在陣地，動彈不得。只要袁紹願意承受損失，不放鬆進攻，最終先撐不住的還是曹公。」

張繡面色陰沉地點點頭，這些道理他也明白，而且他相信賈詡會看得更明白。張繡轉過頭去，看向曹軍中軍大帳的方向，他忽然很好奇，不知道那個病老頭子到底會怎麼處斷。

「若楊先生你身在中軍，會如何應對？」張繡問。

楊修掂了掂手裡的骰子，難得地露出為難的表情：「不在局中，不知其難。即使是我，如今也不知該如何下注才好啊。」張繡嘴角抽搐了一下，不知道他所謂的「下注」，是拿袁曹對賭，還是想讓官渡若隱若現的漢室坐莊。不過這種事情他不想問，這是賈詡特意叮囑過的。

尤其是在楊修面前，他更不願意多說什麼，張繡如今對楊修充滿了警惕。之前他受命和楊修去伏擊關羽，結果楊修出工不出力，磨磨蹭蹭，導致關羽輕易就脫離了伏擊圈離去。張繡本以為他們要被大大地責難一番，結果郭嘉的申飭未到，先來的卻是曹公一紙停止追擊的軍令。

這說明楊修之前早有算計，只是沒事先與他通氣。這個人就好像他手裡的骰子一樣，不知道落地時到底是幾點。張繡根本看不透這個古怪的傢伙，索性敬而遠之。

張繡把思緒收回來，這時一名士兵匆匆敢到望樓，對張繡耳語了幾句。張繡眉毛先是高挑，即而僵在了那裡，整個人都呆住了。他聽到的事情，似乎比眼前的喧囂戰局還要詭異。

相比起一線曹軍在戰線上的艱苦，曹軍的中軍尚算平靜。這裡位於官渡防線後兩里的一處丘陵上，週邊依勢共有三重圍障，皆是粗木大釘，把中軍帳圍在正中。前線戰況吃緊，這裡的衛戍部隊也被抽調了許多，所以比平時要冷清不少。唯有營盤之間的通道，信使絡繹不絕，將前線的每一點動態都及時彙報過來。

當太陽移到天頂之時，通道上的信使終於變少了。這說明前線局勢趨於穩定，即使還未見勝利，至少已不再惡化。中軍營內的衛兵們情緒也稍微放鬆了些，開始議論紛紛。

「你說這會兒咋就安靜了呢？」一名在中營週邊轅門看守的年輕衛兵對自己的同伴說。他的同伴是個老兵，哈哈一笑：「前頭打了一上午仗了，就是鐵人也受不了。中午太熱，兩邊都得歇歇。」年輕衛兵慶倖地看了一眼那邊，喃喃道：「幸虧我是負責守衛中營，不然肯定活不下來……」老兵深有感觸：「我投軍十幾年了，當初一起的兄弟，如今十不存一。記得那年跟呂布在濮陽打，可比現在慘烈多了。甭管你帶上去幾個伍，一下功夫就全沒了，兩邊的兵死得比流水都快……」

兩個人正說著，看到另外一名士兵走了過來。他面相很陌生，兵服上沾滿了泥土，右臂還有一大片血跡。「什麼人？」年輕衛兵警惕地喊道，同時抬起長矛。那士兵勉強抬起右臂，抱拳道：「我是從前線換下來替崗的。」

曹軍在前線吃緊之時，經常會把後方駐守的精兵抽調上去，把暫時失去戰鬥力的人替回來。年輕衛兵聽到這個解釋，放下長矛，老兵卻疑惑地問道：「我怎麼從來沒見過你？」

那士兵苦笑道：「前線的仗已經打亂套了。哪裡吃急，上頭就往哪裡塞人，根本不管你是哪一部，塞來塞去，如今編制全亂套了。我本是韓浩將軍的人，結果打著打著就找不到上司了，反而來了這裡。」

老兵點點頭，同情地看了眼他的右臂：「你傷到筋骨沒有？拿得動兵器嗎？」士兵道：「不妨事，我是左撇子。」老兵又問他現在前頭打的怎麼樣，士兵說不太樂觀，袁軍的部隊太龐大了，經常一次衝鋒就投入數倍於前的兵力，曹軍如今憑藉地利勉強抵擋，時間久了真不好說。

三個人都是一陣感嘆。這時候一陣詭異的風聲從頭頂傳來，他們同時抬頭，看到了一幅奇景：三四塊形狀各異的碩大石塊在半空飛過，劃出數條危險而優美的弧線，朝著中軍營砸來。他們三個下意識地要躲，好在這些石塊沒什麼準頭，幾乎全部落空，在中軍附近的田野裡砸起了一片煙塵。

年輕衛兵狠狠地罵道：「霹靂車營的那些廢物一定是打偏了！」同時又有點小小的興奮。老兵眯起眼睛，眼神卻很迷茫：「不對啊，霹靂車營在中軍的正北，打得再偏，他們也不可能會把石塊扔到身後啊？」

中軍大營附近一下子變得十分熱鬧，許多人在大喊，許多人在奔跑。每個衛兵都被這突如其來的襲擊砸懵了。這裡是什麼地方？這是曹公主持大局的所在，哪怕是一支飛矢射進來，都是不得了的大事，何況現在居然被自家的霹靂車砸中，問題可就更為嚴重了。

老兵想到這裡，不由得渾身一陣冰涼——難道車營叛變了？中軍不能動，如果車營調轉了霹靂車的方向，朝這邊砸來的話，不用多，十輛車就足以造成嚴重威脅。想到這裡，老兵急忙想大聲向附近的同僚示警，這時候，一柄冰涼的匕首從他咽喉輕快地劃過。老兵瞪大了眼睛，口中發出荷荷的聲音，身軀撲倒在地。他臨死前的最後一眼，瞳孔中映入他年輕同伴捂著喉嚨倒地的模樣。

士兵默默收起匕首，把這兩具屍首扶起來靠在轅門兩側，將長矛塞回到手裡，然後走進門內。周圍人影雜亂，呼喊聲此起彼伏，沒人注意到這裡的異狀。

幾乎就在同一時間，一名曹軍士兵放下草叉，離開中軍營地旁的草場，在他身後的草料垛裡，殷紅的鮮血緩緩流出；一名書吏掀開帳簾，手裡抓著幾根計數的算籌，臉上掛著一副熬夜工作的疲憊神色。他回頭朝帳篷裡深深地看了一眼，將簾子放下，悄無聲息地離開。一名哨兵從暗哨位置離開，沒有通知任何同僚；一名民伕從兩輛馬車之間爬起來，拍了拍頭上的雜草；一位匠人拿起一把才被修復的強弓，粗糲的大手在剛剛絞緊的弓弦上來回撥弄；一名曲長脾氣暴躁地把麾下所有人都趕到了中軍營週邊，命令他們去加強戒備，自己卻留在了週邊和中圍之間，用手一掰，竟把木牆上一塊虛釘的木板掰了下來，露出一個小小的缺口。

在七個不同的地方，七名曹軍成員似乎同時從睡夢中驚醒，他們放下手中的工作，眼神淡漠，面無表情地開始了行動。他們的舉動表面上是彼此獨立的，可如果有一雙眼睛可以俯瞰整個中軍營的話，就會發現，七個人的行進路線連貫成了一枚鋒利的釘子，狠狠地鍥入了原本堅如磐石的中軍大營週邊。

釘子不斷深入圍障，沿途不斷有曹軍的崗哨在警覺前就被拔除。這些人既安靜又狠辣，總是悄無聲息之間施以殺手，手法乾淨俐落。整個中營此時被霹靂車那一擊打得頭暈目眩，無論是中級軍官還是下級士兵都不知所措，居然沒人注意到這股奇異的異動。

釘子很快鑽到了第二重圍障。曲長已經在這裡開闢了一條狹窄的小通道，其他六個人從這通道裡魚貫而入，與第七個人聚齊。他們彼此之間一句話都沒說，同時從懷裡掏出顏色一模一樣的藥丸吞下，簡單地交流了一下眼神，然後繼續前進。一直到這時候，衛兵們才意識到有一支敵意隊伍已經滲透進來了。

如果是正面對抗的話，這七個人恐怕連兩個小隊都無法抵擋。但當他們如水銀一樣滲入到曹軍腠理，卻成為無法拔除的猛毒。中圍的守衛本來人數不少，但精銳被抽調一空，剩下的只是這兩年徵召來的新兵以及傷殘老兵，說是烏合之眾也不為過。更何況，剛才的霹靂車襲擊讓中營防線變得漏洞百出，給了這七個殺手可趁之機。

在進入中圍以後，他們的行事風格陡然一變。按道理，殺手應該是潛伏在夜色下，不到出手的一刻不讓別人感覺到他的存在。而這七個人此時表現的更接近一群暴烈的刺客。他們對自己的行蹤似乎不打算遮掩，敢於對任何膽敢阻撓的人痛下殺手。這簡直就是七尊殺神，他們利用中營的木柵和迷宮般的防牆做掩護不斷移動，所到之處騰起無數血霧。

在這七個人十分默契的分進合擊之下，曹軍的守衛被打懵了，無法組織起哪怕一次有威脅的反擊，任由這七支陰影裡射出來的箭矢擊穿一層又一層魯縞，逐漸逼近曹軍的心臟中樞。原本應該是整個官渡最安全的地方，卻變成了一片血肉橫飛的戰場。

愈接近內圍，這些殺手的突擊就愈加暴烈而迅猛，速度對他們來說，比鮮血還珍貴。他們必須趕在曹軍守軍清醒過來之前穿過最後一道柵欄，擊殺曹操。

但奇怪的事發生了，殺手們在內圍和中圍之間的轅門附近停住了腳步。轅門的門口停放著兩輛虎車，還有陰冷的勁弩與長槍隱伏在牆後。那裡是曹操最後的親衛——許褚以及他麾下的虎衛。

殺手們沒有急於進攻，而是圍著中圍繞了一個大大的圈，巧妙地穿過幾處軍場和望樓，來到整個中營後方的一處小門。這裡是依照丘陵地勢修的一條汲水之道，不過在水道兩側都挖有壕溝，還拓寬了路面，可以容兩匹馬以最快的速度直線通行。一切跡象都表明，這實際上是曹軍大營的一個後門，一旦有什麼緊急情況，營中的人可以從這裡迅速離開。

而現在，顯然就是這個緊急情況了。

當霹靂車的石塊砸下來以後，整個中營將沒有一處是安全地帶。而許褚第一件會做的事情，就是掩護曹公脫離這個危險區域。也就是說，霹靂車這一招不光砸懵了中營的防禦體系，還把曹操從最安全的地方驚了出來。唯有如此，這七個殺手才有機會真正接近曹操，將殺意化為殺機。

小門忽然打開了，數十名虎衛衝了出來。他們在外面站成兩個半月形的隊形，佔據了左右兩翼。緊接著許褚和一輛單軛輕車衝了出來。在情況不明的戰場，騎馬是一件非常危險的事情，反而不如防護力更好的輕車。虎衛們看到輕車出現，迅速散開，背對著馬車結成一個圈子，謹慎而快速地移動起來。

殺手們沒有絲毫遲疑，在第一時間就發動了全力攻擊。四個人化為四道黑影躍向馬車，一名弓手將三支箭同時掛在弦上，激射而出——而另外兩個人則撲向了許褚。

最先得手的是那名弓手，同時射出三箭雖然會降低準頭，但狹窄的空間彌補了這一點缺憾。兩名虎衛一下子被箭射中，翻身倒在地上。馬車的防禦圈登時出現了一個缺口。虎衛們的反應並不慢。在弓手射出箭以後，立刻有三、四支短弩對準了他。弓手還沒來得及發出第二箭，身體就被射穿。不過他的使命已經完成，那四名突擊者不失時機地朝著缺口衝了過去。

兩側的虎衛試圖移動過來填補空缺。突擊者左右兩人分別抽刀，奮不顧身地將他們阻住，中間的兩人速度不減，繼續朝著缺口衝去。

許褚發出一聲震天的怒吼，他孔武有力的雙臂像驅趕蒼蠅一樣奮力揮動著，可負責纏住他的那兩個殺手同時從懷裡抓出一把白色的粉末，朝他臉上揚去。這個近乎無賴的舉動，讓許褚更加憤怒，但他的雙目卻變得刺痛紅腫。

借助同伴們用性命換來的機會，那兩名殺手如閃電一般衝過缺口，接近輕車。他們手裡的刀都是百煉而成，輕車薄薄的木板根本無法阻擋，而狹窄的車廂也保證車內之人不會有任何躲閃的空間。

就在刀刃接觸到木板的一瞬間，一名虎衛不顧一切地撲了過來，徒手推開刀刃。他的雙手被割得鮮血淋漓，但卻成功地讓兩柄利刃偏離了目標。兩名殺手毫不猶豫地退刀、突刺，直接刺中了虎衛毫無防備的肩頭和後腰，讓他的身體撞在車身上，又滾落在地，濺起兩團血花。解決了這個意外之後，兩名殺手又朝著輕車刺去，刀尖像刺豆腐一樣刺入木板，然後發出輕輕一、兩聲金屬碰撞聲。兩名殺手的瞳孔立刻縮小，車廂裡居然還襯了鐵板！

這片刻的耽擱，足以致命。

來自數十名虎衛的兇暴刀光霎時間籠罩住這了兩名殺手，把他們的身體絞碎。

這時候，從許褚的方向傳來一聲慘叫。被白粉迷了眼睛的許褚就像是一隻中箭的野豬，只會變得更加危險。他揪住一名殺手的大腿，硬生生地撕開了半邊。另外一名殺手終於面露驚恐，試圖後退，卻被許褚扼住脖子嘎巴一聲捏斷了頸椎。腦袋從側面耷拉下來，顯得既恐怖又滑稽。

上司的兇殘，對虎衛們來說是一個最好的激勵，對敵人卻是一個巨大的打擊。許褚手中那殘缺不全的肢體，成了壓在水牛背上的最後一個牧童。最後兩名殺手意識到，刺殺曹操的機會永遠錯過了。他們的動作變得遲鈍、灰心喪氣，然後被虎衛拋出漁網活活困住。

戰鬥開始得倉促，結束得也很突然。只是短短十幾息，七名殺手全數倒在了地上，還有同等數量的虎衛也變成了屍體。輕車安然無恙——不過圍繞著輕車的防線並沒解除，包括那名空手奪白刃的虎衛在內的十幾名虎衛背靠車廂，繼續警惕地注視著四周。

許褚從腰間拿出來一塊布擦了擦眼睛，環顧四周，顯然對這次的傷亡很不滿意。只有當目光掃到那名年輕虎衛，他才露出讚賞的神色。這名虎衛此時受傷也不輕，雙手鮮血淋漓，肩膀上和腰間的血洇痕跡不斷擴大，但仍堅持守護著馬車，身體挺得筆直。

許褚想開口說幾句，卻看到虎衛眼神裡閃過一道戾光，轉身拉開車門，舉劍向裡面刺去。車廂上皆鑲嵌鐵板，車門是唯一的漏洞。

這一個變化讓所有人都來不及反應，大家的注意力都放在週邊，誰會想到，剛才還奮不顧身保護主公的近衛，居然會突然倒戈一擊，突施殺手。

「噗嗤！」

利器刺入肉體的聲音，傳到在場每個人的耳中。

劉平站在袁軍主帥帳內的正中央，承受著無數道眼光的注視。他微微閉上眼睛，甚至能體會到這些目光的不同意味：來自郭圖的目光是驚訝多過驚喜；來自逢紀的目光是憤怒，但還摻雜了一點點不安；淳于瓊充滿好奇興奮；許攸陷入了深深的思索，張郃高覽兩個人則只是冷眼相對——至於袁紹本人，他端著酒杯，眼神缺乏焦點，似乎對這一切都提不起興趣來。

劉平緩緩睜開眼睛，環顧四周，手指不自覺地在敲擊著大腿外側。他已經成功站在了這裡，下一步要做的事情，就是選擇一個突破口。這個選擇，將關乎到他的安危、整個官渡的戰局，以及漢室未來的命運。

劉平離開鄴城之後，很快就與那群士子分手。盧弼和柳毅聽了他的勸說，直接前往許都參加聚儒之議，而他則找了個藉口脫離了大隊伍。

鄴城的經歷告訴劉平，順應大勢趁機漁利也許是不錯的策略，但對漢室來說太過消極了。如果想要在這一場複雜的弈棋中真正取得優勢，他必須要更加徹底地貫徹自己的道，才能把命運掌握在手裡。

他的道，是仁者之道。仁者是大愛，是悲天憫人，是對人性的信心。

而在這個亂世，充斥著許多比仁德更行之有效的選擇。如此之多的誘惑之下，堅持仁道是一件極其困難且代價高昂的事，稍有不慎，便會迷失。仁者若要把持住自己的道，唯有一個選擇。

劉平在選擇去拯救士子的一剎那，就悟到了自己苦苦求索的答案。子曰：「志士仁人，無求生以害仁，有殺身以成仁。」仁者不願捨棄他人，那麼唯有犧牲自己，以自己為代價來換取天下之安，方為大仁。

所以他決定不依靠任何人，放棄與曹丕、司馬懿等人匯合，孤身返回官渡，徑直闖入袁紹大營，要求面見那位大漢王朝的大將軍。

劉平宣稱的理由很簡單：「我是漢室派來的繡衣使者。」

他初入官渡時，已經自稱過是漢室的繡衣使者，並取得了不錯的效果。那個時候的策略，是逐漸取得郭圖、蜚先生與逢紀的信賴，利用他們的私心來影響佈局。但因為劉平過於大意，幾乎死在了逢紀的手裡。

不過這次失利也並非全無好處，至少現在劉平知道該選擇誰來突破了。

「元圖兄，別來無恙？」劉平微笑道，向人群裡的逢紀打了個招呼。

逢紀的臉色變得鐵青，這張臉他怎麼會不記得。這個自稱繡衣使者的傢伙為他提供了曹軍的動向，結果他自作聰明，導致了文醜在延津的陣亡。逢紀本打算把他幹掉滅口，卻沒料到他居然從白馬逃了出去，如今還站在了大庭廣眾之下，向自己挑釁。

如今主公和冀州、潁川兩派的人都支楞著耳朵，劉平只消吐露出真相，逢紀就完蛋了。袁紹會問你為何私藏漢室使者不報，冀州的人會質疑你手握情報，為何還讓文醜戰死，是不是故意為了打擊政敵。無論哪一條罪名，都足以動搖逢紀在袁紹心目中的地位，讓他一跌到底。

這就是為什麼逢紀當初決定殺劉平的原因。

劉平沒有繼續說什麼，而是直視著逢紀。逢紀並不蠢，他從劉平的沉默中讀出了對方的用意，只得勉強露出一個笑臉，微微一揖：「劉老弟，別來無恙。」

聽到他們的對話，袁紹抬起頭，搖晃了一下酒杯：「元圖，你和這位使者以前認識？」劉平截口說道：「在下從前曾與元圖兄有一面之緣，那時候還想請他引薦在下給袁公您呢。」

袁紹眉頭微微一皺，他注意到劉平一直用的稱呼是袁公，而不是袁將軍。後者是一種對上位者的尊重，前者卻把自己擺在一個平等對談的位置。這讓袁紹有些不開心。

「有這等人才，元圖你怎麼沒和我說起來過？」

逢紀聽出來了，劉平這是提出了交換的條件：劉平不會說出真相，而他則要全力遊說袁紹相信劉平。

逢紀在心裡微微一嘆，他沒什麼退路了，只得躬身道：「主公明鑒，此人一直心繫漢室，臣以為事幕府也罷，事漢室也罷，皆是為國家盡忠，並無分別，所以不曾舉薦。」

他這一番話算是委婉地為劉平這個繡衣使者的身分擔保，還捎帶著又拍了一記馬屁，讓周圍幕僚們心中都是一曬。

那一群人裡，郭圖的臉色是最不好看的。他明明是最早接觸劉平的人，現在聽起來卻像是逢紀和漢室使者打得火熱。本來郭圖的心情是很好的。此前在劉平的策動下，顏良、文醜先後被殺，逢紀也碰了一鼻子灰，冀州、南陽兩派鬥了一個兩敗俱傷，然後劉平又恰到好處地失蹤，潁川正迎來前所未有的機遇——偏偏這個時候，劉平卻回來了。

「該死的，你現在冒出來做什麼。」郭圖恨恨地咬了下牙齒，意識到出現了變數。可他卻不敢說什麼，因為如果他站出來，袁紹一樣會過問他窩藏漢室使者的事。他側眼看了一眼淳于瓊，發現他正好奇地東張西望，暗暗祈禱這老頭子可不要突然發神經說出什麼不該說的話。

袁紹端詳了劉平半天，慢吞吞地問道：「陛下有何諭令？」

劉平心中一鬆，逢紀的擔保起了效果。袁紹果然消除懷疑，把他當成漢室的代言人來對待了。他立刻說道：「陛下聽聞將軍南下勤王，不勝欣喜，特令我來犒軍。」

袁紹道：「紹乃是朝廷大將軍，漢室有難，豈會坐視不理。我久有覲見之志，奈何陛下身旁奸佞叢生，孰忠孰奸，一時難以廓清，欲清君側而不得啊。」劉平知道袁紹還是有點不放心，擔心他是曹操派來耍計謀的。於是他正色道：「縱然淤泥橫塞，荷花一樣高潔不染。漢室從來不缺忠臣，遠有李膺，近有董承與將軍。曹賊兇暴，人所共睹，誰會與他為伍！」說到這裡，他猛然轉身笑道：「元圖兄和元則兄可為在下作證。」

逢紀早有了心理準備，立刻點頭稱是。郭圖卻沒料到劉平把自己也扯下水來，一時又驚又怒。他最近過的已經很不順心了，想不到劉平又要往上壓一塊石頭。

袁紹眉毛一挑：「元則，你也認識他？」郭圖情急之下只得答道：「是，從前略有交往，此人確非曹氏一黨，是漢室忠臣。」他咬了咬牙，又補了一句：「此事我和蜚先生都知道。」其實他手裡連天子親自寫的衣帶詔都有，但不敢拿出來。

劉平先以繡衣使者的身分跟他們暗通款曲，如今突然現身袁紹身前，郭、逢二人心中有鬼，唯恐讓其他派系抓住把柄，只能替劉平圓謊。當他們意見一致之時，多謀寡斷的袁紹也就不難控制了——這就是劉平曾告訴曹丕的控虎之術。

劉平回頭看了眼郭圖，露出詭計得逞的笑容。雖然歷經波折，但一切總算回到了最初的計畫軌道中來了。不過郭圖的反應，讓劉平稍微有些詫異。除了懊喪、憤怒以外，他還感受了幾分無奈，似乎在郭圖身上發生了什麼事情。

郭圖和逢紀的擔保對袁紹產生了作用。他「嗯」了一聲，轉向劉平：「使者不妨暫且在營中歇息，只待我在官渡殲滅阿瞞，就別遣一支輕騎去許都為陛下護駕。」

劉平注視著袁紹，發現他眯起的雙眼閃過一絲狡黠。袁紹的意思很明顯，漢室的目的不可能只是犒軍，但他懶得說破。如今袁軍局面大大佔優，漢室只要老老實實等著被拯救是行了，其他念頭想都不要想。

劉平也聽出了這一層意思，身子未動，卻伸手手臂虛空一拜，厲聲道：「漢室來此，可不是為了乞援！而是為了濟軍。」

周圍的人都吃吃發笑。漢室龜縮在許都動彈不得，還奢談什麼救人，簡直就像一個乞丐要來賑濟富翁一樣可笑。劉平掃視一圈，看到許攸也在佇列之中，不過他雙手垂在身前，閉目養神，似乎對這一切都沒興趣——袁紹把他緊急召來官渡，不知是為了什麼。

劉平按且先把這個念頭擱在旁邊，冷笑道：「曹賊狡黠，未可遽取。若是諸公還是這麼掉以輕心，恐怕就要大難臨頭了！」他這一聲大吼震得整個廳堂內嗡嗡做響，所有人都用異樣的眼神望著他。除了田豐，可從來沒人會在袁紹面前這麼大聲說話過。

袁紹手掌摩挲著酒杯，眼神變得有些不善：「即便你是繡衣使者，如此危言聳聽，也是要治罪的。你倒說說看，我如何大難臨頭了？」

劉平夷然不懼，一字一句道：「在下所言，絕非危言聳聽。將軍與曹公少時為友，應該深知此人謀略。如今他雖居劣勢，但至今未露敗象，兼有郭嘉、賈詡之謀。單憑河北兵馬，恐怕難以卒勝。」

「你是說我不如孟德？」袁紹臉色有些難看。

劉平道：「南北開戰以來，顏良、文醜相繼敗北，曹氏雖然一退再退，卻都是有備而走，慢慢把河北兵馬拉進官渡這個大泥潭。這等行事，你們難道不覺得可疑嗎？」高覽忍不住高聲駁道：「我軍一路勢如破竹，如今白馬、延津、烏巢等要津皆已為我所據，這難道還成了敗因？實在荒唐！」

劉平一指袁紹背後那面獸皮大地圖：「曹氏將烏巢讓給你們，根本就沒安好心。這裡貌似安全，卻背靠一片大澤，無法設防周全。曹軍此前故意在西線糾纏不休，又故意敗退，就是要你們產生這裡已經很安全的錯覺，把糧草前屯到烏巢。時機一到，他們就會偏師穿過烏巢大澤，發動突襲，畢其功於一役——這，難道還不是大難臨頭嗎？」

周圍一下子變得特別安靜，高覽忍不住問你是怎麼知道的？劉平輕蔑地抬手道：「在下剛才說了，縱然淤泥橫塞，總有荷花破淤而出，高潔不染。在許都和官渡，有許多忠直之士時刻等待著為陛下盡忠。所以唯有裡應外合，才是取勝之道。」

聽到劉平這句話，袁紹仰天長笑，笑得酒杯裡的酒都掉出去，好像聽到什麼特別可笑的事：「陛下操勞國事，這些小事就不必讓他操心了。也罷，陛下既然肯派人到此，費了這麼多唇舌，我若不露些誠意，反而顯得河北小氣。」

劉平見袁紹居然面色如常，隱隱覺得有些不對勁。這個烏巢之計，是臨行前郭嘉告訴他的，他原來指望能夠一錘定音，贏得對方信賴，可如今袁紹卻置若罔聞，到底是他早已知曉，還是另有安排……

袁紹看到劉平面上陰晴不定，很是享受這種尷尬。他打了個響指，一輛木輪小車被軍士隆隆地從後堂轉了出來。車上坐著一人，白布裹身，只露出一隻血紅色的眼睛，正是蜚先生。而他進了廳堂之後，整個屋子的溫度陡然下降了不少。

劉平一下子全明白了。

蜚先生原本是跟郭圖結盟，暗中打擊冀州、南陽兩派。現在看來，蜚先生如今羽翼豐滿，所以甩開了郭圖直接去攀附袁紹。潁川派失此強援，難怪郭圖一點好臉色也沒有了。

大部分幕僚見蜚先生出現，紛紛起身告辭，逢紀和郭圖都想留下，兩個人差點撞到一起，只得狠狠對視一眼，拂袖離開。許攸也隨大眾離開，臨走前淡淡地掃了一眼劉平，卻什麼也沒說。

很快屋子裡只剩下袁紹、劉平和蜚先生。

劉平的手指飛速敲擊著大腿外側，心中起伏不定。

蜚先生輕易不肯離開他的東山巢穴，現在他居然跑到袁紹的大帳內，這只能說明一件事，袁紹軍正在籌備什麼重大事情。而這個「重大事情」，是袁紹如此淡定的根源所在。

這次兩人再度會面，蜚先生咧開嘴嘶聲笑道：「先生你如今才來，只怕只能吃些殘羹冷炙了。」

劉平知道他指的是什麼。蜚先生此前跟劉平有過約定，讓潁川派與漢室聯手一起鬥郭嘉。可惜這個計畫因為逢紀事發而夭折。如今蜚先生來了這麼一句，自然是說漢室再沒什麼利用價值了。

劉平控制著表情：「聽起來，蜚先生你胸有成竹啊。」

蜚先生抬起右臂，虛空一抓：「天羅地網，已然罩向曹阿瞞與郭奉孝。這一次大勢在我這邊，郭嘉再智計百出，也沒有翻身餘地了。」

「哦？」劉平發出一聲嗤笑，膽敢宣稱超過郭嘉，這得需要何等的勇氣。袁紹把杯中酒一飲而盡，同情地看了眼劉平：「郭嘉的神話傳頌的太久了，到了該被人終結的時候。你不知道蜚先生的來歷，有這種錯覺也不奇怪——」他懶洋洋地指了指蜚先生：「這位是漢室的繡衣使者，有些話但說無妨。」

蜚先生在木車上艱難地鞠了一躬，然後對劉平道：「你到了這裡，是否感覺到和從前有何不同？」

劉平道：「似乎戰事比從前激烈許多。」

蜚先生湊近劉平，他臉上的膿包比上次見還要嚴重，黃綠色的可疑液體隨處可見：「你錯了，不是激烈許多，是前所未有地激烈。這次進攻，我軍是全線出擊，從每一段防線對曹軍進行壓迫。聽清楚了嗎？每一段，沒有例外！」

「這確實，但如果憑這種進攻就能讓曹軍屈服，那麼他早就敗給呂布了。」劉平冷冷道。

袁紹笑了，蜚先生也發出乾癟的笑聲，似乎對他的無知很同情。

「王越你是知道的吧？」蜚先生突然毫無來由地問了一句。劉平有些莫名其妙，只得回答道：「是的，虎賁王越嘛，天下第一用劍高手。」

「王越前一陣在烏巢剿滅曹軍的時候，意外地遭遇了許褚的虎衛。結果他回來告訴我，發現了一件奇妙的事情——他的弟子，也是你那位小朋友魏文的隨從徐他，居然出現在虎衛的隊伍裡。」

一聽到這個名字，劉平眼角抽動了一下。

這可真是個意外的轉折。

當初在郭圖帳下，徐他要脅曹丕和劉平，讓他們把自己送到曹操身邊。恰好郭嘉（實際上是賈詡）要求劉平在延津之戰做出配合。於是，曹丕便順水推舟，把徐他送入戰場。曹丕知道徐他不識字，便為他準備了一份竹簡。竹簡的前一部分是告訴徐晃，此人在延津有大用；而結尾部分還留了一個尾巴，提示徐他此人非常危險，務必在得手後第一時間幹掉。

可劉平無論如何也想不到，那份竹簡末尾至關重要的暗示，居然被徐晃忽略了。徐他就這麼陰錯陽差地進了曹營，居然還混成了虎衛親衛。

蜚先生道：「我不知道這是不是漢室計畫的一部分，不過對我們來說，這是件好事，於是我們決定配合一下他。」

劉平似乎摸到了一抹靈感，他恍然道：「你們盡起三軍，就是為了把曹軍主力吸引在前線？」

「不止如此。我們還動用了一直隱藏在曹軍陣營裡的幾枚棋子。這些棋子也許不足以殺掉曹阿瞞，但足以對他構成威脅，給徐他創造機會。誰能想到，最後的殺著，是來自於忠心耿耿的近衛呢？」

劉平倒吸一口涼氣，袁軍動員了數萬人以及幾枚極為珍貴的暗棋，居然只是為了一個人做鋪墊，手筆實在驚人。

袁紹握著酒杯，發出感慨：「阿瞞這人一向警覺，當初為了點誤會，就殺了呂伯奢一家十幾口人。可沒想到有一天，他還是要死在這上面。」

「這一切，都要歸功於你那個小朋友魏文吶。」蜚先生得意洋洋地說：「等到許都平定，記得提醒我請主公給他們魏家褒美一番。」

劉平的嘴唇翹起一個微妙的弧度，跟著蜚先生的語調喃喃道：「是啊，要都要歸功於魏文。」

中營後門的意外驚變，讓包括許褚在內的所有人都陷入石化。他們眼睜睜看著徐他的劍刺入車門，聽到金屬利器刺入血肉的聲音。

但更令他們驚駭的是，這個聲音傳來的位置不是車內，而是徐他的胸膛。

就在徐他出手的一瞬間，從車廂裡伸出另外一把劍。徐他的手不知為何顫抖了一下，硬生生停住了去勢，結果那把劍卻毫不留情地刺穿了他胸膛上的疤痕，進入身體。

徐他瞪大了眼睛，望著車內。車內狹窄的空間裡，盤坐著一個少年。少年臉上滿是戾氣，握劍的方式與徐他驚人地相似。

「主……主人？」徐他勉強發出聲音，他的身體開始大幅顫抖。

「徐他，別來無恙。」

曹丕臉上閃過一絲快意，又閃過一絲遲疑，他手腕一動，「唰」地把劍抽出來，血如噴泉般地湧出徐他的胸膛。徐他緩緩低下頭，注視傷口，忽然想起來，當年在徐州曹軍的矛手也是捅在了相同的位置。

一種陳舊而清晰的哀傷湧上他的心頭，彷彿一個長久的夢終於醒來。徐他手裡的劍慢慢低垂，終於「噹啷」一聲落在地上。曹丕走出車廂，站到了徐他的面前，凜聲道：「這一劍，我本來是要送給王越，你是他的弟子，替他受一劍也是應該的。」他忽然又嘆了口氣：「可史阿救過我的命，我沒什麼能報答他的，只好給你一個速死。」

徐他的眼神亮了一下，旋即又黯淡了下去，嘴裡反復發著一個音：「徐……徐……」曹丕知道他要說什麼，平靜地說道：「我會稟明父親，對徐州良加撫恤，以為補償，你可以放心去了。」

徐他試圖抬起手臂，上面的傷痕是他對魏文的血肉之誓。曹丕不知道他這個舉動是什麼意思，是責問？是不甘？還是臨終前的感謝？還沒等他弄明白，徐他原本木然的眼神忽變得溫柔起來，他喃喃道：「媽媽……」身體向後倒去，整個人倒在了泥土之中，不再起來。

這個本該在六年前就死在徐州的人，終於還是死在了曹氏手裡。曹丕看著徐他的屍體，殊無快意。他本來以為手刃王越的弟子，應該能緩解自己的夢魘，可他發現心中的戾氣沒有絲毫減少，反而多了幾絲淡淡的惆悵。

「希望九泉之下你們一家人可以團聚。」

曹丕在心裡默默祝福道。他人生第一次立下的兩個血肉之誓，一個為他而死，一個因他而死。這絕不是什麼開心的體驗。

曹丕放下劍，向四周看去。他忽然聞到一種古怪的味道，不由得聳聳鼻子，多吸了一口。虎衛們也聞到了同樣的味道，但很快大家都覺得不對勁了，因為所有人都開始頭暈目眩。曹丕就因為多吸了那一口，突然失去平衡，一頭栽倒在地……

……等到曹丕再度醒來的時候，他已經躺在了一張綿軟的木榻之上。這木榻應該是女人用的，還薰了香料，用錦緞鋪床，旁邊還掛了幾串瓔珞。一名僕人見他醒來，連忙端來一碗藥湯。這藥湯極苦，曹丕捏著鼻子一飲而盡，胃裡翻騰不已，「哇」地一聲吐了一地黃水。

「吐出來就沒事了。」

一個人掀簾走進帳內。曹丕抬頭一看，居然是郭嘉。郭嘉仍是那一臉病態的蒼白，眉眼之間的細密皺紋多了不少，唯有那雙眸子依然精光四射，散出無限的活力。

「這是哪裡？」曹丕虛弱地問，頭還是有些發暈。

「你在我女人的帳篷裡，這是她的床榻，比較軟，躺起來舒服些。」郭嘉捏著下巴，笑瞇瞇地端詳著曹丕。曹丕心裡有點發寒，連忙在床上擺正了姿勢。

「到底發生了什麼事？」

郭嘉撓撓頭，面露慚色：「你中了一種叫做驚墳鬼的毒藥。這種毒藥很歹毒，要先被人服食，服食者一切舉止如常，但一旦他們生機斷絕，藥力便會從肌體彌散而出，聞者皆會中毒——我竟然忘了這點，差點害死二公子，這都是我的過錯啊。」

曹丕是今天早上回歸曹營的，他一回來，先打聽徐他的事。結果他驚訝地發現，徐他居然沒有按照計畫被處死，反而混進了親衛。他請求郭嘉馬上動手，但郭嘉卻打算藉徐他誘出蜚先生藏在曹營的所有暗樁，一舉拔除。這個行動非常隱祕，除了曹公本人以外，只有郭嘉和曹丕知情，連許褚都不知道。曹丕堅持要參加這次行動，於是就由他代替自己父親坐進車廂，親手殺死徐他。

如果不是有驚墳鬼出現的話，這本來是一個完美的誘殺行動。

「就是說，那些刺客事先都服下了驚墳鬼，就算戰死，也會觸發藥力把周圍的人牽連進來嘍？」曹丕問。

「不錯。」

曹丕暗暗心驚，這些刺客的手段竟然決絕到了這地步，連自己的屍體都不放過。

「其他中毒的人呢？」

「都死了。」郭嘉很乾脆地說道，「這毒藥整個曹營只有我能配出解藥，所以就把你接過來親自調理了。但解藥的原料只夠救活你一個人——哦，對了，倖存下來的還有一個許校尉，他的體質太強壯了，吸入的毒藥又很少。」

曹丕露出擔憂的神色，郭嘉拍拍他的肩膀：「放心吧，你身上的毒拔除得很乾淨，只要以後每年讓我調理一下，堅持五年就沒事了。」曹丕更緊張了：「如果不堅持調理會怎樣？」郭嘉道：「大概活不過四十吧——不過沒什麼好擔心的，別看我病快快的，五年總堅持得了。」

說完郭嘉哈哈大笑，曹丕不願意讓人笑自己膽小，便把話題岔開道：「你怎麼會對這毒藥知道如此詳細？」

郭嘉下巴微抬，露出自矜的神色：「因為鷩墳鬼正是我在華佗老師那裡發明的。」曹丕大吃一驚，郭嘉道：「華佗老師有個規矩，每個出師之徒，都得發明一樣藥物，要麼是治病的，要麼是下毒的。這鷩墳鬼就是我的出師之作，得了個上上的好評呢。」

曹丕一下想起來董承。董承意外慘死的事，他也略有耳聞。如今聽郭嘉這麼一說，他確定就是郭嘉給董承吃了延時毒發的藥物。一想到這傢伙已經夠聰明的了，還玩得一手好毒，曹丕明白為何世人都怕他怕得要命。

「真是辛苦你了。」曹丕由衷地讚嘆道。他看到郭嘉的眼睛裡滲著血絲，面色浮著一層不健康的昏紅，知道他這一段時間當真是殫精竭慮。官渡十幾萬大軍的調遣與對抗，得花多少精力去考量，他居然還有餘裕來顧及曹丕。全天下除了他，恐怕沒人能這麼長袖善舞、舉輕若重。

郭嘉知道曹丕的心意，他不以為然地捏了捏太陽穴：「袁紹已經退了，接下來可以稍微喘口氣。等到官渡打完，我得好好歇歇，這些天我可是連女人都顧不上碰。」他雖說的輕鬆，那一抹疲憊卻是無法遮掩。

聽到女人二字，曹丕神色一黯：「任姊姊的事……」

「你回頭告訴靖安曹的人她埋骨的具體位置，我會把她接回來。」

曹丕看到郭嘉神色沒什麼變化，忍不住開口責問道：「任姊姊的死，你一點都不傷心嗎？」

郭嘉看了眼曹丕：「她是個好女人，我對她的事很遺憾，她的遺願，我會盡力去完成。」

「僅僅只是這樣嗎……」

還沒等曹丕說完，帳外有人來報：「祭酒大人，兩名刺客已經帶到。」郭嘉揮揮手道：「我馬上就去。」然後對曹丕道：「二公子，我去見兩位同學，你且安心休養。」

「同學？」曹丕疑惑道，剛才明明說的是刺客，怎麼會變成同學？

郭嘉眨眨眼睛，像少年般地興奮道：「咱們不是活捉了兩名刺客嗎？事先服用了驚墳鬼的人，再聞到那味道就不會有效果了，所以他們都活了下來——這兩個恰好都是我的同學。」

郭嘉的同學，卻變成了潛入曹營的刺客。這其中曲折，讓曹丕有些頭暈。更讓他覺得詫異的是，郭嘉在聽到這個消息以後，整個人的氣質都發生了微妙的改變。郭嘉在曹營的形象一向是放浪形骸，而此時的他，全身卻洋溢著一種年輕人特有的青澀活力。

不知為何，曹丕腦子裡想到的，是孔子那句描述：「暮春者，春服既成，冠者五六人，童子二三人，浴乎沂，風乎舞雩，詠而歸。」

曹丕閉上眼睛，他大概明白，為什麼任紅昌在臨終前隻字未提郭嘉了。

郭嘉告別曹丕以後，走到中軍營中的一處隱帳內。此時裡面已經有兩個人在，他們都是五花大綁。這兩個人一高一矮，一個是民夫裝扮，手上隆起厚厚的繭子；還有一個是書吏模樣，皮膚陰白。他們見到郭嘉以後，都露出怒色。

郭嘉見到他們很是高興：「丹丘生，岑夫子，想不到這次是你們兩個來。」丹丘生一揚脖子：「反正今日落到你手裡，殺剮隨便！」岑夫子也是怒哼一聲，似是對他懷著深仇大恨。

郭嘉望著他們，眼神卻變得很溫和，與平時的銳利大不相同：「咱們得有好多年沒見著了吧？」

岑夫子大聲道：「你這是幹嘛，羞辱我們？」郭嘉卻對他們的怒火恍若未聞，圍著他們左看右看：「你個頭倒是沒長，丹丘生可瘦了不少。」

郭嘉的言談舉止，是那種見到多年未見的故友的欣喜。對於這種奇異態度，丹丘生和岑夫子對視一眼，都不知該怎麼應對。郭嘉索性盤腿坐在地上，以拳支住下巴，仰望著他們兩個，眼神無限懷舊。

「丹丘生，你還記得嗎？當年老師家旁的李子樹熟了，咱們幾個去偷摘，最後被鄰居一路追著打。好在事先把李子都藏到華丹的裙兜裡去了，不然白挨了一頓。」

「岑夫子，你知道你這個外號的來歷嗎？我告訴你吧，那是華丹起的。她覺得你這人行事慢慢悠悠，面相又顯老，像個老夫子似的，就偷偷起了這麼個外號。起完以後，她又不肯承認，非把黑鍋扣到我頭上，哎呀哎呀，真拿她沒辦法……」

「也不知道老師現在對頭風病研究的怎麼樣了，華丹以前就有這毛病。我記得她每次背藥譜的時候都會犯——那藥譜還是丹丘生你抄的吶，筆跡很爛啊，你最近有沒有練字？可不要再被華丹嘲笑了。」

郭嘉對著他們兩個，絮絮叨叨地說著陳年瑣事，垂著頭用指頭在沙土地上隨意勾畫著，完全沉浸在回憶之中。說了半天，丹丘生聽得實在不耐煩了，發出一聲雷霆怒吼：「郭奉孝！你還有臉提華丹，若不是因為你，她怎麼會死！她若不死，我們又怎麼會被師父闡……」最後一個詞他終究沒有說出口。

郭嘉似乎一下子從夢中被驚醒，他緩緩抬起頭來。丹丘生和岑夫子一下子都說不出來話，剛才還意氣風發的郭嘉居然已經淚流滿面。那個談笑間可退百萬大軍的浪蕩子，現在像個小孩子一樣蹲在地上哭了。

郭嘉的哭泣無聲無息，只能聽到淚水滴落在地上的聲音。丹丘生和岑夫子發現，在他面前的沙土地上，不知何時多了一幅女子的畫像。這畫像是用指頭勾勒而成，寥寥幾筆，卻準確地捕捉到了女子的神韻，描繪出了那燦爛如千陽般的笑靨。任何人看到這畫像，都會油然生出感慨：作畫者一定是時時把她放在心上，時時念著，才會描摹得如此傳神。

一時間丹丘生和岑夫子面面相覷，不知是該出口勸慰，還是破口大罵。郭嘉把身子向後靠去，軟軟靠在一根支柱上，任憑淚水流淌不去擦拭。他的臉一瞬間老了許多歲，彷彿這些天積累的疲憊一下子趁虛而入，打碎了他從容的外殼。

帳篷裡一片寂然，過了許久，郭嘉才如夢初醒，淡淡說道：

「這些年來，一共有十六個同學先後來刺殺我。我每次都能擒獲他們，卻一個都沒殺，反而任其離開，哪怕他們會捲土重來我都不在乎——你們可知道為什麼？」

「哼，你內心有愧！」丹丘生道。

「不！是因為我捨不得！」

郭嘉站起身來，謹慎地後退，唯恐把沙畫弄亂：「你們每一個人的經歷裡，都有華丹的影子。每次你們前來刺殺我，都能喚醒我關於華丹的一段記憶。如果把你們趕盡殺絕，我豈不是再也見不到她了？」

丹丘生和岑夫子一陣愕然，他們無論如何也沒想過，郭嘉的理由居然是這個。

「如果不是你們時常出現在我面前，滿臉怨毒地叫嚷著要復仇，我怕我真的會忘掉她。」郭嘉的視線越過兩人的肩頭，望向虛空。他的身影，顯露出全所未有的孤獨。

岑夫子「呸」了一聲：「說得好聽！既然如此，你為何要做那等禽獸之事！」

郭嘉微微一抽搐，似乎被刺傷，神情旋即又恢復過來，冷冷道：「我和她的事情，不需要你們來評價。我對你們，可從來沒什麼愧疚。你們怨毒愈深，我見到華丹的機會就愈多。」

「你！」

丹丘生和岑夫子睚眥欲裂，拚命掙脫繩索要過來拚命。郭嘉微微一笑，一腳踏在沙地上用力一抹，只是一瞬間，女人的畫像消失了，剛才那個哀傷的郭嘉也消失了，取而代之的是世人所熟悉的那個郭嘉──從容、睿智，而且有著看透一切的銳利目光。

「是蜚先生讓你們來的？」

「只要能殺死你，就算是做豬做狗，我們也心甘情願。」岑夫子嚷道。

「你們既然潛伏在曹營這麼久，接近我的機會很多，為何到現在才動手？而且還是針對曹公而不是我。」

「只是殺死你遠遠不夠解恨，我要殺死你效忠的主君，看著你的事業一點點坍塌！」岑夫子豁出去了，肆無忌憚地大叫：「我們投奔了蜚先生，因為他答應會給我們一個完美的復仇！」

他的聲音震得帳篷都微微發抖，而郭嘉卻只是輕蔑地笑了笑：「完美的復仇？在我郭奉孝面前，你們只能在失敗和屈辱的失敗之間選擇。」他說得無比自信，也無比驕傲，熊熊的戰意從這個弱不禁風的男人身上燃燒起來。

「華丹是我的逆鱗。他既然拿你們來作刺客，說明他已做好了承受我怒火的準備。」說到這裡，郭嘉的手臂高抬伸直，食指直指北方的某一個方向。

「蜚先生……不，也許我該稱呼你的本名——戲志才，就讓我們在烏巢做一個了斷吧。」

入夜以後，持續了整整一天的殘酷戰事終於結束了，雙方像兩匹精疲力盡的野獸，無可奈何地退回到自己的巢穴，舔舐傷口。空氣裡漂浮著刺鼻的血腥味，許多沒來得及收殮的屍體還橫在軍營內外，不時還有垂死的士兵發出慘呼，卻沒人敢上前幫他，因為不知什麼時候，敵人就會從黑暗中射出一箭。

在一輛殘破的霹靂車旁，楊修撿起一塊斷木研究了一下，然後搖搖頭，扔回到地上。這時候，一個聲音從他身後的黑暗中傳來：

「史阿死了，徐他也死了。我的弟子為了漢室，可是死得乾乾淨淨。」

一個老人的聲音從黑暗中傳出來，語氣裡有些傷感。楊修卻毫不動容，冷冷地說道：「自作主張就是這種下場。如果徐他肯事先跟我說一聲，我們可以取得比現在好百倍的結果。」

凜冽的殺意從他身後傳來，楊修卻渾不在意，挑釁似地回過頭去：「說起來，為何你沒參與這次刺殺？」

對方沉默了一下，回答道：「這是徐他的復仇，我不能參與。每個人都有自己堅持的尊嚴。」楊修不以為然地撫弄著手裡的骰子：「既然你不下注，又何必糾結鋪上的輸贏。」黑暗中半天沒有聲音，似乎離去，又似乎啞口無言。

楊修忽然開口道：「你可知道徐他為何失敗？這事與你倒也有些淵源。」

「哦？」

「今天早上，曹丕——就是差點被你殺掉的那個孩子——從北邊回來了，正好從這個營盤進來。我和張繡立刻將他送去中軍營。據說就是他指認出徐他的身分，導致整個刺殺行動功虧一簣。」

「哦，那個小孩子啊。」王越在陰影裡發出驚嘆，隨即呵呵一笑：「我當初見到他，就覺得此子不凡，想不到竟如此有膽識。」

「呵呵，後悔當初沒在劍上多使一分力了吧？」

「哼，如果不是徐福聽你父親的要求攪局，我已經得手了，哪裡還有後面這麼多事。」

楊修聽到「父親」二字，嘴角抽動一下：「老一輩人有老一輩人的做法，我們這一輩有我們這一輩的責任——對老年人保持尊重，敬而遠之就是。」他不願在這個話題過多探討，立刻轉開：「你來曹營，恐怕不是憑弔弟子這麼簡單吧？」

「蜚先生讓我來查明，那個叫劉平的漢室使者到底在哪裡，自從白馬城後他就失蹤了，你一定清楚。」王越這時候還不知道劉平已經在袁營現身。

楊修沉吟起來。他和劉平的聯繫也已經中斷很久了，就連徐福都找不到他。一直到曹丕今天早晨的回歸，才讓楊修重新看到希望——儘管曹丕立刻被接進中軍，楊修沒機會去詢問，但他猜測劉平應該也不遠了。不過這些事沒有必要跟王越說，對方有求於己，正是開價錢的大好機會。

「你們想知道劉平的下落，很簡單。我要你去做一件事。事成以後，我會告訴你。」楊修忽然想到了一個絕妙的主意，不由得興奮起來，抛動骰子的速度加快了幾分。

王越冷哼一聲，非常不滿：「你可要想清楚，你們楊家的情分，只夠讓我再做一件事而已。」

「一件事就一件事。此事若成，以後就不必再煩你什麼了。」楊修的語氣有些不耐煩。

王越在黑暗中狐疑地看了他一眼：「先旨聲明，刺殺曹操或者郭嘉就別想了，他們的防衛現在太過森嚴，我沒送死的興趣。」

楊修道：「不，我要你去殺的，是另外一個人。」

「誰？」

楊修兩隻細眼一睜，迸出一道寒光：「賈詡賈文和——那是一個病弱老頭子，對你來說總不是件難事吧？」

王越沒有立刻回答。賈詡的名聲他也知道，一個百病纏身卻活到現在的老傢伙；一個連郭嘉都不願意輕易招惹的老毒物，他的身上永遠籠罩著一層霧靄，教人無法看清楚。對付這種人，即使是王越也要三思而後行。

「你確定殺死他，對你會有幫助？」王越反問。

「總要賭上一賭。」楊修說。

楊修現在一門心思要從張繡口中探出那個宛城的祕密，而賈詡是張繡敞開心扉的最大阻礙。只要他一死，張繡在曹營最大的依靠就沒了，那個傢伙將別無選擇，只能對楊修坦承。

讓王越去殺，可謂是一本萬利。勝了，漢室這方便可少一個可怕的對手；就算失敗，刺殺者也是王越，他如今是蜚先生那邊的人，跟楊家沒任何關係。

楊修見王越還有些遲疑，又不急不忙抛出一句：「蜚先生動員了這麼多資源，結果還是刺殺失敗。如果你能帶回一位名士的人頭，想必他在袁紹那邊的壓力也會小一些。」

王越終於被說動了，答應下來。楊修不由得呵呵笑了起來：「聽說你在烏巢那邊搞得風生水起，我還不信。如今看來，你果然對蜚先生是盡心竭力啊。」

他半是譏諷半是試探，王越卻未動怒，只是冷冷道：「他有為我弟弟報仇的能力，你們呢？」

楊修沒回答，當然，王越也沒指望從這隻小狐狸那裡得到什麼答案。黑暗恢復了平靜，隱藏其中的人影不知何時離開了。楊修在霹靂車旁佇立了一陣，喊了一句「徐福」，往常徐福會在第一時間做出反應，可這次卻沒有。楊修愣怔一下，又喊了一句，四周仍是寂靜無聲。

「哼，一定是又被郭嘉使喚出去了。」楊修厭惡地聳聳鼻子：「算了，反正叫來也只是聽我爹的命令。王越也是，徐福也是，整天唸叨什麼楊家情分、楊家情分，好像所有的事都是我爹恩賜給我的。老一代的傢伙，都是這麼古板。他們可不知道，自己已經過時了。」

楊修自言自語把骰子收好，一腳踢在霹靂車的殘架上，幾乎把整個架子踢垮。他也不伸手去扶，轉身徑直離開，沒人能看清他的表情。

與楊修相見之後，王越在曹營裡又潛伏了一陣，終於摸清楚了賈詡的居所。這個老頭子很懂養生之道，每天作息時間都是固定的，比郭嘉要悠閒多了。他身邊的護衛雖多，但那些護衛都有些心不在焉，似乎都不大喜歡這個老頭子。

王越觀察了許久，決定把動手的時間定在酉戌之交，因為他發現賈詡在這個時候都會獨自在帳篷裡熬一種藥，那藥的味道非常古怪，周圍的衛兵避之不及。於是他耐心地伏在一處距離營帳不遠的柴禾堆裡，等待著夜幕的降臨。

當營內梆子聲敲過四下以後，王越慢慢從隱蔽處伸展開身體，悄無聲息地接近賈詡的住所。果然，那一股藥味準時彌漫而出，衛兵們捂著鼻子極力忍受，根本沒心思警戒四周。王越一步一挪，如同一條蛇一樣慢慢靠近帳篷。當他的雙手已經可以碰到篷布之時，忽然停住了腳步，眉毛不期然地皺了起來。

怎麼這個時候還有訪客？

他看到一個人走了過來，身邊還跟著十幾名護衛。這人的身影頗為熟悉，可光線太暗，王越看不大清楚。這人走到帳篷前十步的地方，畢恭畢敬道：「請問賈將軍可曾歇息？」訪客聲音稚嫩，應該還是個孩子。

「哦，曹家的二公子啊，什麼風把你給吹過來了？」賈詡的聲音從帳篷飄了出來。曹丕也聞到那股異味，但他只是用指頭輕快地在鼻前一揮，就放下了。

「漏夜至此，想請教您些問題。」曹丕恭敬地說道，語氣卻強硬得很。

帳篷裡的聲音道：「只要不介意小老吃的這些藥味，就請進來吧。」

曹丕得了許可，往前走了幾步，又左右看了眼，皺眉道：「你們都站遠些，不許靠近這帳子三十步。」那些衛兵還要堅持，可曹丕自從回歸曹營以後，威勢大增，只是淡淡的哼了一聲，衛兵們就乖乖退開了。

王越心中一喜，曹丕這時候來，倒是幫了自己一個大忙。他的位置是在背光處，十分隱祕，那些衛兵退開三十步，幾乎不可能發現。於是他挑選了一個好位置，緊貼在帳篷週邊，摸出短刀，輕輕在牛皮質地的帳面上劃了一個口，朝裡望去。

身為當世大俠，王越本來更喜歡光明正大的廝殺，而不是這樣雞鳴狗盜的宵小所為。但他深深知道，兩軍對壘，與十幾個遊俠對刺完全是兩回事。在戰場和敵營之中，任你個人能耐再大，稍有不慎也會萬劫不復。

兩個人的聲音從帳篷的縫隙裡傳出來，清晰地傳入到王越的耳朵裡。先是賈詡的聲音，不疾不徐，夾雜著些許咳嗽：「夜寒露重，二公子可要小心身體，不要讓寒氣入體啊。」

「多謝賈將軍關心。」這是曹丕的聲音，很禮貌，但明顯心不在焉。簡單的寒暄過後，曹丕立刻迫不及待地問道：「賈將軍，我今日來此，是想有件事要問你。」

「但說不妨。」

「宛城之戰，究竟是怎麼回事？在下絕非是來報仇，只是想弄清楚。」

帳篷裡突然沒了聲音。王越一瞬間幾乎以為裡面沒人了，他把眼睛湊到縫隙處，看到帳篷裡燭光搖動，暗灰色的陶藥甕咕嘟嘟地冒著熱氣。賈詡佝僂著身軀背對自己，而曹丕則站在他面前，瞪大了眼睛，雙拳緊握。

「今日您不說出真相，我是不會離開這頂帳子的！」曹丕的聲調突然提高。

「二公子，當日各為其主罷了，又何必掀出舊賬呢？」

賈詡的語氣裡全是無奈，他似乎無法承受曹丕的鋒芒，向後退了退。曹丕不肯相讓，踏步逼前，從腰間抽出一把劍，竟是要逼迫這位曹營熾手可熱的重臣。

「您若不說，我就殺了您為我大哥報仇，再去向父親請罪！」

曹丕手執長劍，脖頸處青筋綻起，如怒龍騰淵，整個人為一股戾氣籠罩。王越在外頭窺視，不覺暗暗點頭。此子果然是王氏快劍的好苗子，多日不見，他比在許都時可更成熟了。

賈詡幾乎退無可退，突然爆發出一陣劇烈的咳嗽，咳得讓人懷疑肝都吐出來了。曹丕卻毫不同情，只是冷冷地盯著他。賈詡好不容易咳完了，沙啞著嗓子道：「容老夫喝些藥湯……」

「不說個明白，別想吃藥！」

曹丕用長劍一挑，那小藥甕被他挑到半空，劃過一條弧線，恰好朝著王越藏匿的位置砸來。那小甕已被燒得滾燙，若被砸中，就算隔著帳布也會被燙個好歹，可如果閃身躲避，說不定會露了行藏。王越心中猶豫了一下，打算屏息甯氣，向右邊小小地避讓半分。

可突然間，多年沙場歷練出的直覺告訴他，事情不對！

他心念電轉之間一咬牙，身形不動，硬是用左臂挨了藥甕一下，登時如萬針攢肉。與此同時，「唰」地一聲，一道鋒銳直直劈開了王越右邊的帳布。如果王越向右躲閃的話，那麼勢必會被這一劍活活劈中。

王越暗叫好險，身形疾退。那劍一劈未中，又追著王越刺了過來，迅如雷電，盡得王氏真傳。王越到底是一代宗師，稍微拉開點距離，立刻恢復了從容。他手中鐵劍微微一點那劍身，逼它偏離幾分，然後問道：「你的劍法是跟誰學的？」

聽到這個聲音，曹丕手中的長劍一頓，驚駭莫名，招法登時散亂起來。這聲音曹丕太熟悉了，它已經在每天的夢魘中迴盪了無數遍，幾乎是烙入記憶。是那個幾乎把自己置於死地的王越，一切夢魘的根源。

曹丕方才剛進帳篷與賈詡沒談幾句，賈詡就蘸著水在地上寫了幾個字，告訴他有人在外頭窺視。曹丕一邊假意與賈詡吵翻，一邊拔出劍來，挑起藥甕來個聲東擊西，趁偷窺者躲閃時一劍斃命。曹丕萬萬沒想到，在帳外偷聽的人，居然是他。

「啊啊！」曹丕目如赤火，挺劍又刺去，滿腔的仇恨霎時宣洩而出。別的場合，他都可以保持鎮定，唯獨見到王越時，他的理智之壩就會被怒洪衝垮，一泄千里。

可惜曹丕雖然劍意凜然，畢竟火候未到。王越雖然左臂不能運轉自如，但右臂足以輕鬆地奪回了先機。不過王越此時並不想著急殺他，只是一招招地纏鬥，面色逐漸陰沉下來。

因為他從曹丕的劍法裡，想起了一件事。

楊修說過，曹丕是從北邊回來的，舉發了徐他的真實身分。此時王越看到曹丕的劍法，立刻想到，這兩個人之間一定大有淵源。可是，這幾年徐他和史阿大部分時間在東山效力，又怎麼會和曹操的寶貝兒子扯上關係呢？

王越忽然想起來，蜚先生曾經說過，史、徐二人此前被兩個來到袁營的人討去做隨從，然後徐他失蹤，而那兩個人隨後在白馬之亂中也不見了，史阿還為了掩護他們而死。

關於那兩個人的身分，蜚先生沒有多談，只說是漢室來的使者。但綜合目前的情況來看，毫無疑問，曹丕應該就是其中一個。他肯定是改換了名字，在袁紹營裡認識了徐他、史阿，還學到了王氏劍法的精髓，然後回來揭穿了徐他的身分。

也就是說，漢室的那兩個使者，其中一個是曹操的兒子。

這可太奇怪了，漢室使者前往袁營，顯然是商討反曹之事，為什麼曹操的兒子會匿名跟隨？除非，那個漢室使者，根本就是曹氏與漢室聯手製造出的一個大騙局！是郭嘉為了扭轉整個戰局而下的一招假棋。

王越不知道漢室在這件事上涉入多深，他對漢室復興也沒特別的興趣。他只知道一件事，如果任由那個「漢室使者」在袁營活動，足以對袁紹的勝勢造成極大的危害。王越如今一門心思想借助袁紹之手，為自己弟弟復仇，自然不能坐視這種事發生。

楊修可沒想到，他無心的一句話，居然陰錯陽差之間讓王越幾乎接觸到了最隱祕的真相。

王越不想再多做耽擱，他身形輕晃，曹丕一下用力失衡，倒在地上。王越朗聲笑道：

「光有戾氣卻無控制，還要多加練習啊。」說罷他單腿一蹬，衝進帳內。

王越打算先殺掉賈詡，然後趕緊返回東山，把剛剛的新發現告訴蜚先生。曹丕大吃一驚，如果讓他把賈詡殺了，自己的打算就全落空了。他咬著牙起身撲過去，可哪裡來得及。王氏快劍只要半息便可帶走一條性命，哪裡還等他再回身進帳去救人。

可出乎曹丕意料的是，只聽帳內發出一聲慘呼，隨即王越倒退著躍了出來，胸前一片血肉模糊，無比狼狽。曹丕愣了一下，立刻遞劍前刺，「噗嗤」一聲，一下子恰好洞穿了王越的左腿。

王越還從來沒吃過這麼大的虧，他驚怒之下，出手再無留情，鐵劍重重拍在曹丕的小腹上，把他一下子拍飛。這時附近的衛兵也已經趕了過來，圍堵過來。王越大吼一聲，振劍狂掃，登時掃倒了三、四個，包圍圈出現了一個缺口。他趁機一躍，好似一隻大鳥般飛過眾人頭頂，很快消失了黑暗中。不多時，遠處的陰影中又傳來幾聲慘呼，想來是別處趕來阻截的士兵遭了毒手。

曹丕沒想到王越身受重傷，還如此悍勇。他強忍小腹劇痛從地上爬起來，朝帳子走去，想看看究竟發生了什麼。

這頂牛皮帳篷先被王越扯開一個小口，又被曹丕劈開一個大口，然後王越突入時又把它撕大了些，使它看上去好似賈詡乾癟的嘴裡又掉了一顆牙，滑稽的有些可笑。

曹丕從這個裂口鑽進去，第一眼就看到賈詡躺倒在地，在老人的右手，還緊握著一把匕首，匕首上沾著鮮血。

天下聞名的大俠王越，居然就是被這個老頭子用匕首給傷了？

曹丕有點難以置信，可事實擺在眼前。他俯身過去檢查，發現賈詡還活著，沒有外傷，只是似乎受了什麼劇烈刺激昏過去了。他喊了幾聲名字，老頭子眼皮轉了轉，終究沒有醒過來。

一大群面色驚惶的衛士衝進帳篷，把他們兩個團團圍住。曹公才遭遇過刺殺，現在曹家二公子居然又碰到一次，而且刺客還全身而退，賈將軍倒地不起——他們這些負責警衛的人，恐怕是要大禍臨頭了。

「先去找個醫師來。」曹丕淡淡地下達了命令，就手把劍插回劍鞘，也不等醫師前來，信步走出帳子。

一出去，他就看到附近營地裡的火把一個接一個地點燃，把周圍照得如白晝一般，整個營盤都被驚動了，大隊人馬在軍官的喝叱下踏著步點往返奔馳。可王越早已逃走，這些忙亂又有什麼用呢？曹丕仰起頭，嘆了口氣，這次被王越攪了局，看來短期內是不方便從賈詡口中問出真相了。

他回過頭去，看到一個醫師急匆匆鑽進帳篷，數十盞蠟燭點起來，立刻燈火通明，能看到裡頭人影忙亂。賈詡的側影平穩地躺在榻上，始終一動不動。

賈詡到底用的什麼手段擊退王越？他到底會不會武功？如果會的話，到底有多厲害？他是真的受創匪淺，還是故意裝出來避開曹丕的？他那一身病症到底是真是假？

一直到現在，曹丕才突然發現，自己對賈詡幾乎一無所知。那老頭子簡直就是一潭深不可測的黑水，也許深逾千仞——而他，甚至連潭口都沒找見。

這時一個溫和的聲音從背後響起：「二公子，你有何困惑，不妨說與我聽聽。」

許都。

伏壽坐在寢宮中，專心致志地縫著一件寬襟袍子。白皙的手指帶著銀針上下翻飛，金黃色的絲線靈巧地穿梭。這件羊毛翻邊的長袍看似普通，實則頗有來歷，那是寢殿大火那一天她從劉協的身上解下來又披在劉平身上的。她生命中的兩個男人，都把味道殘留在這件衣物中，成為她在這個冰冷城中唯一的慰藉。

這時宮外傳來腳步聲，伏壽手一顫，一下走神，銀針刺入指頭尖。伏壽微微蹙眉，想要把指頭含在嘴裡吮吸，可她中途停了下來，把指尖上那一簇小血珠抹在了衣袍的襯裡。

進宮的人是唐姬，她幾乎每天都會來，是極少數幾個能進入到寢宮的人。她手裡捧著幾株藥草，一進來就隨手擱在了旁邊的木桶裡。桶裡已經積存了不少植株，因為來不及處理開始變黃。

「還沒消息？」伏壽頭也不抬，繼續穿針引線。

唐姬搖搖頭，沒有說話。伏壽喟嘆一聲：「沒消息，也許就是最好的消息。」她略停頓了下：「我現在最怕的是，得到一個確定的消息……」唐姬知道伏壽的心思，把手搭在皇后的肩上，試圖去安慰她。她能感覺到，微微的顫抖從伏壽的肩上傳到手掌心。

自從白馬城出事以後，伏壽再也沒聽到過任何消息。無論是郭嘉的靖安曹還是楊修的隱祕勢力，都找不到劉平的蹤跡。伏壽開始是惶恐，然後擔憂得夜夜睡不著，現在反而變得平靜，像是一眼即將枯竭的泉水，水面再無半點漣漪。

唐姬對她的這種平靜很是擔心，她覺得哪怕嚎啕大哭都比這樣強。她決心要挑破這個傷口：「如果……嗯，我是說如果真的有不那麼好的消息傳過來，姊姊妳該怎麼辦？」

伏壽抬起頭，眼神飄到一旁的梳粧檯上，那裡擱著一把匕首：「如果是那樣，我會用那把刀殉國或者殉情——隨便他們用什麼詞去描述——我會去九泉之下告訴他們，我已經盡過力了。」

最後一句她說的異常疲憊，讓唐姬一陣心疼，不由得握住了她的手。伏壽拍拍她的頭，笑道：「如果真到了那一刻，妳及早出城，冷壽光會安排。妳也盡過力了，可以去尋找自己的幸福了。找個疼妳愛妳的人，平平安安過一輩子。」

「那個人已經不在了。」唐姬回答。

這兩個女人相對無言，若有若無的愁雲彌漫在清冷的寢宮內。這時候冷壽光從外頭匆匆走過來，低聲說了一句。伏壽面色一變。唐姬問她怎麼了，伏壽眼神閃過一絲厭惡：「孔融又來鬧著要覲見陛下。」

「這個人難道就不能有片刻消停嗎？這已經是這個月的第三次。」唐姬恨恨道。皇帝離宮的事屬於機密中的機密，對外都宣稱是臥病在床。文武百官都很知趣地不去打擾，只有孔融上躥下跳，不停地折騰。尤其是聚儒的日子愈來愈近了，他更是來勁。

「他現在在哪裡？」伏壽問。她一瞬間已經把憂鬱收起來，換回一副冷靜的神情。

「宮門外，徐幹已經去攔他了。」冷壽光道。

伏壽斷然道：「不行，徐幹這個人太弱，馬上去告訴荀令君。」冷壽光領命而出，伏壽看了眼唐姬，苦笑道：「現在倒成了漢室跟許都衛同仇敵愾了。」

徐幹不知道伏壽對自己的評價有那麼差，他也不知道皇帝不在宮內。他只是牢牢記住郭祭酒臨行前的指示：「無論如何，也不能讓孔融進入宮殿去覲見皇帝。」若換了別人，直接叫幾名衛兵攆走就是了。但此時在他眼前的是孔融，當世的大名士。徐幹不敢動粗，只得伸開雙臂，牢牢擋在禁中的大門。

「徐偉長！你難道要做個斷絕中外的奸臣嗎？」孔融瞪大了眼睛呵斥道，像是一隻義無反顧的猛虎，做勢要往裡闖。徐幹閃避著孔融的口水，解釋道：「在下有職責在身，軍令如此，不敢違抗。」

「軍令？誰的軍令？誰有資格下命令讓外臣不得覲見天子？」

孔融抓住他的語病窮追猛打，徐幹文采風流，可真要鬥起嘴來，卻完全不是孔融地對手。他只得狼狽地閉上嘴，維持著防線。

「我忝為少府，效忠漢室。只要天子出來說一句：孔融我不想見你。老夫立刻掛冠封印，絕不為難。可若是有人假傳聖旨，遮罩群臣，千秋之下，小心老夫史筆如刀！徐偉長，你是奸臣嗎？」

孔融的攻擊，比霹靂車的聲勢還要浩大，徐幹一會兒功夫就潰不成軍。他和滿寵最大的區別是，他還要臉，還要考慮自己在士林中的形象。換了滿寵，肯定是直接下令用大棍子把孔融砸出去了。孔融見徐幹氣勢已弱，伸出手把他推搡到一邊，邁腿就要往裡去。就在這時，一個溫潤的聲音從身後傳來：「文舉，禁中非詔莫入，帶鉤遊走更是大罪，莫非你都忘了？」

孔融停住腳步，回過頭去，冷笑道：「荀令君，他們總算把你請出來了。」

「我正在尚書台處理公務，聽到這裡喧嘩，特意來看看。」荀彧並沒說謊，他的手邊墨漬未乾，確實是趁著批閱公文的間隙出來的。徐幹見他來了，如釋重負。

「禁中非詔莫入，這我知道，可這得分什麼時候。天子已經許久不曾上朝，有些大事非得陛下出面不可。」

荀彧也不著惱，溫和地伸出手來：「若文舉你有何議論，不妨把表章給我，我轉交給陛下。」

「不行！」這次孔融表現得無比強硬：「你是處理庶務的。我這件事，卻是千秋大事，事關人心天理。」

「是什麼？」荀彧不動聲色。

孔融忽然換了一副悲戚的表情，他雙手高舉向天：「鄭公已逝，泰山崩頹啊。」這聽到荀彧耳中，不啻為一聲驚雷。饒是他心性鎮定，也不由得渾身一顫。

鄭玄死了？那個總執天下經學牛耳的神，居然過世了？荀彧覺得呼吸有些不暢，耳邊嗡嗡做響。原本孔融說要請鄭玄來主持聚儒之議，荀彧也頗為贊同，能為與這位當世聖人切磋學問而興奮不已。可沒想到，他居然沒到許都就去世了。

「怎麼回事？為何尚書台都沒消息？」荀彧勉強壓抑住激動的心情，扯住了孔融的袖子，把他扯到禁中外門旁。孔融很滿意這消息給荀彧帶來的震驚效果，他賣了個關子，多享受了一會兒荀彧的驚訝神色，這才說道：「我派了楊俊去高密迎接鄭老師。前日剛剛接到消息，楊俊說鄭老師離開高密，走到元城，身體突然不行了。」

荀彧沒懷疑這消息的真實性。鄭玄算起來今年已經七十四了，已是風燭殘年，又要走這麼遠的路，什麼事都有可能發生。

孔融的聲音悠悠傳來，淒悲痛切：「今年開春，鄭老師曾經做了一個夢。夢裡孔聖人對他說：起、起，今年歲在辰，來年歲在巳。鄭老師醒來以後，說今年干支庚辰，屬龍，明年辛巳，屬蛇。龍蛇交接，於學者不利。想不到……他竟是一語成讖……」

說到這裡，孔融竟在禁中前大哭起來，眼淚將白花花的髫鬚打濕。他在擔任北海國相的時候，力邀請鄭玄返回高密，並派人修葺庭院，照顧有加，兩人關係甚厚。這次鄭玄願意來許都，也是看孔融的面子。兩位老友還沒見面，就陰陽相隔，他如此失態地痛哭，沒人覺得有什麼不妥。

「文舉，人固有一死。鄭老師學問究天人之極，又著書等身，也是死而無憾了。」荀彧勸慰道。孔融收住眼淚，抓住荀彧的胳膊，痛聲道：「泰山其頹，天帝豈不知乎？哲人其萎，天子豈不聞乎？」

荀彧一時為之語塞。孔融這一下子，可給他出了個難題。鄭玄名氣太大了，如果天子不站出來說兩句，確實不好交代。孔融的要求合情合理，可偏偏這是荀彧無法做到的。他站在原地為難了一陣，說道：「文舉可以擬篇悼文，我轉給陛下，發詔致哀。」

「陛下連當面聽一句話的力氣都沒有嗎？以鄭公之名，連討一句天子親口撫慰都不得嗎？」孔融寸步不讓。

荀彧嘆了口氣：「陛下病重，如之奈何。」孔融盯著他的眼睛，嚴厲地問道：「是陛下真的病重，還是你們不打算讓他接觸群臣？」荀彧面色一沉：「文舉，注意你的言行！」

孔融道：「如今聚儒在即，已有許多儒生雲集許都。鄭公之逝，定會掀起軒然大波。如果天子連態度都不表一下，天下士人，恐怕都會寒心吶！」

荀彧何等心思，立刻捕捉到了孔融話裡有話。他一捋鬍鬚，微微垂頭：「依文舉之見，當如何。」

孔融毫不猶豫地說：「天子賜襚，以諸侯之禮葬之。在京城潛龍觀內設祭驅儺，許人拜祭十日，九卿輿梓。」

「潛龍觀？」

荀彧聽到這名字，先是一愣，隨即反應過來。這是孔融為了聚儒之議搞的新建築，就修在城內，距離宮城不算太遠。起名潛龍，是為了和白虎觀並稱，孔融一心想把它搞成《白虎觀通議》一樣千古留名。不過孔融沒用「青龍」，而用「潛龍」一詞，荀彧知道這是他嘲諷曹氏專權的小動作。

若能在潛龍觀公祭鄭玄，將為聚儒之議添上厚重的一筆。孔融如今非要覲見天子的舉動，說白了，不過是以進為退，向荀彧討可祭鄭的首肯罷了。

平心而論，這些要求很高調，但多是虛事，倒也不算過分。於是荀彧答道：「我會稟明陛下。不過如今前方戰事緊，所有的葬儀器具與花費，你得自己想辦法。」

曹軍在官渡的對峙，諸項用度都非常浩大。荀彧光是琢磨如何籌措糧草及時運上去，就已經焦頭爛額了，更別說撥出富裕物資來搞這種事情。孔融想搞這些事，可以，只要你自己掏錢。

孔融達到目的，不再鬧著要覲見。他眉開眼笑地對荀彧道：「對了，文若，還有個消息。各地儒生如今雲聚許都，就連荀諶那邊，都送來了三十幾位士子。你如果有空，不妨去見見。他們對荀令君的仰慕，可是不小呢。」

這件事荀彧早已通過許都衛知道了。那三十幾個人都是北方各地家族的子弟，前兩天突然跑到許都，口口聲聲說是來參加聚儒。荀彧讓徐幹查了一下，結果發現他們都是幽、並、青等州的，唯獨冀州籍的一個都沒有。

而孔融現在居然故意說他們是荀諶送來的，明擺著要扎一根刺在荀彧身上。試想一下，一群打著河北標籤的儒生在許都城裡亂逛，師承還是河北重臣荀諶——這放到有心人眼裡，對荀彧的聲望可不怎麼好。

但荀彧只是溫和一笑，對這個挑釁視若無睹：「最近我太忙了，還是讓陳長文代表我去吧。」

「陳群？那傢伙說話不太討人喜歡。」孔融搖搖頭。

「你可以教教他。」

荀彧扔下這一句話，轉身離開。他要操心的事情太多了，官渡那邊一封接一封的催糧文書發過來，他可沒那個西涼時間跟孔融鬥嘴。

等到荀彧離開以後，孔融恢復了一臉冷峻，仰臉看了看禁中的巍峨城門。這是寢殿大火以後新修的，青森森的高大磚牆像囚籠一樣把皇城團團圍住，顯出拒人千里的冷漠。

「既然陛下不能視事，那麼納貢總還可以吧？」孔融問徐幹。徐乾擦了擦額頭的汗，表示沒問題。孔融從懷裡拿出一個錦盒：河北士子此來許都，為陛下進獻了一些貢物。我既不能覲見，就煩請內臣轉交吧。」

徐幹知道如果自己不接，這個瘋老頭子一定會絮絮叨叨再說上一個時辰大道理。他接過盒子，打開檢查了一下，發現裡面只放著一本《莊子》，抄錄者的筆跡頗為清秀。徐幹自己就是鴻儒，《莊子》閉著眼睛都能背下來，他翻了翻內容，沒什麼可疑的。大概是那些窮鬼沒錢，只好手抄一本以示誠意吧。

「學問之重，甚於錢帛。」孔融看徐幹有些不屑，正色勸誡道。

徐幹連忙擺出受教的神情，把《莊子》交給冷壽光，請他轉給陛下，然後陪同孔融離開宮城。

很快這一本《莊子》從冷壽光轉到了伏壽手裡。伏壽好奇地接過去，信手翻了幾頁，覺得這筆跡有些眼熟。她忽然看到《內篇大宗師》這一段裡，有一句「泉涸，魚相與處於陸，相呴以濕，相濡以沫，不如相忘於江湖」，在「相濡以沫」四個字旁邊，劃了一道淡淡的墨線。

她捧著它，忽然哭了出來。

司馬懿最近的日子，過得頗為清閒。他跟隨曹丕回歸曹營以後，對他表示自己身分敏感不方便露面。

於是曹丕就把他藏在營中養傷，就連郭嘉都不知道。

司馬懿就這麼好整以暇地賴在榻上，每天除了吃就是睡。曹丕對他言聽計從，什麼事都問計於他，儼然把他當成了一個隱藏的智囊。曹操本來想讓曹丕趕緊回許都，司馬懿教曹丕說了一句「父親此地若敗，天下豈有兒容身之處。」成功地說服了曹操，讓他留了下來。

曹丕很享受這種擁有自己幕僚的感覺，而司馬懿也藉此悄悄了解戰場變化和劉平的行蹤。這一天，曹丕又來找司馬懿，兩隻眼睛發黑，明顯昨天一夜沒睡。

「昨天又夢魘了？」司馬懿半支起身子問。

曹丕搖搖頭道：「這次不是因為那個。仲達，你說楊修這個人，可信不可信？」

司馬懿沒有馬上作答。楊修這個人他是知道的，楊彪之子，漢室幕後的智囊，是劉平最大的依靠。他突然跑過來找曹丕，到底有什麼用意，最重要的是，對劉平的計畫有什麼影響，這都是司馬懿要考慮的。雖然司馬懿現在一提劉平就火冒三丈，但還是得幫他時時留心。

按道理，他應該去找楊修聯手，才符合漢室利益。但司馬懿在確定劉平的行蹤之前，沒有這個打算——楊修也許願意為漢室盡忠，而他司馬懿只是幫自己兄弟罷了。

「他跟你說了什麼？」司馬懿問。

「我之前去找賈詡探聽宛城的事，可被王越攪了局。現在賈詡裝死，我沒辦法逼問。楊修找到我，說他輔佐張繡的時候，無意中聽到過張繡與賈詡發生爭執，賈詡警告他不要對任何人提及宛城。建議我去找張繡問問。」

「張繡？」司馬懿拿指頭敲了敲床榻邊框，不由自主地露出笑意：「也對，他也是宛城之戰的親歷者，沒道理比賈詡知道的少。」

「可楊修無緣無故這麼做是什麼意思？討好我？」曹丕警惕心很強。

「這世界上沒有笨蛋，每個人做事都有他的目的。楊修年紀不大，在你父親府中的資歷又淺。與其跟那一群宿老爭雄，不如早早與你結交，為今後綢繆。」

曹丕不屑地撇了撇嘴：「誰稀罕他，我已經有仲達你了。」

司馬懿笑了笑，沒繼續這個話題：「其實楊修的建議很好，你去找張繡，是個不錯的選擇。」

「為何？難道不會動搖軍心嗎？」曹丕雖然年紀小，這些事還算看得透。張繡是降將，非常敏感，如果貿然去找他質問，導致對方心存驚惶乃至叛逃，對父親的事業將大為不利。他就是顧慮這點，才來與司馬懿商量。

司馬懿詭祕地笑了笑，聲音變低：「你的亡兄之殤，比之喪子之痛何如？」

曹丕呆愣在了原地。

「你父親的一言一行，天下矚目，有些事情不方便去做。而你不過是個十幾歲的少年，為兄復仇，誰也不能說什麼。」

經過司馬懿這麼一提點，曹丕恍然大悟。他咬咬牙，慨然道：「既然如此，我願犧牲自己，為父親承擔污名！我馬上去找他！」說完他匆匆離開帳子。

司馬懿重新闔上眼，好似養神一般。他的腦子，卻在飛速地轉動著。從離開鄴城開始，司馬懿總覺得似乎遺漏了一個重要的線索，卻怎麼也想不起來。剛才曹丕那一句話，讓他有了點觸動。他默默地在心中推演，將無數漂浮在半空的線頭捋順。突然一道閃光劃過，散亂的線索糾結到了一處……

「嗯……不好！」

司馬懿一下子坐直了身子，臉上罕有地閃過一絲驚慌。他終於知道那種不安是從何而來了。

他深知劉平的秉性，那個混蛋是個講究仁德的濫好人，既然不願給別人添麻煩，那就只能犧牲自己——他不會返回官渡或者許都，一定會隻身再探袁營，去完成未竟之事。

如果曹丕所言不錯，昨晚襲擊賈詡的是王越的話，那麼很有極大可能，袁營中會有人從曹丕的劍法裡，推測出劉平的真實意圖。那對劉平來說，將是一場滅頂之災。

屆時對劉平來說，想活命只有一個辦法。而那個辦法，會把這個迂腐的笨蛋推上最危險的風尖浪口。

「該死……」司馬懿一骨碌從榻上坐起來，右手狠狠抓住被子，脖頸急轉，朝著北方望去。他縱然有百般妙計，此時也是力無處使。

司馬懿磨動牙齒，臉色陰沉地拚命思索著。這時候曹丕掀簾踏了進來，一看到司馬懿要起身，趕緊過來要扶。司馬懿抬頭問他：「怎麼？沒找到張繡？」

曹丕搖搖頭：「他的部隊今日開拔了。」

「去了哪裡？」

曹丕撓撓頭：「他們走得特別突然，所以楊修臨走前給我留了個字條，至於去哪裡就不知道了。不過我看到他們原來的營裡豎起不少假人，看來抽調的兵力不小。」

司馬懿的雙目一亮，勉強支撐身體站到地上，看來事情還有轉機。

「仲達，你想到了什麼？」曹丕驚問。

司馬懿陰測測地說道：「賈詡既然能料到你去找他問話，自然也能算到你會去找張繡。」

「你是說，張繡這次調動，是賈詡為了避開我而故意搞出來的？」曹丕大怒。

「也不儘然。兩軍對峙，兵馬調動豈是兒戲。在這個節骨眼上，突然把張繡從這麼重要的位置撤走，恐怕我軍會有什麼大動作。」司馬懿說到這裡，聲音陡然提高：「所以我們先等一等，你這幾日查查張繡調去了哪裡，但別有動作。等到時機成熟，賈詡警惕心一去，咱們再偷偷去尋張繡不遲。」

「可那都是軍中機密，就算是我……」

「不是還有一個熱心的楊修嘛。」

曹丕恍然大悟，高高興興離開。司馬懿望著他的背影，咧開嘴笑得有些奇異。

「義和，你可得堅持住到我去。」他心想。

# 第十一章　關於儒家的一切

劉平在袁營已經待了三天。在這三天裡，他被軟禁在一處民房，好吃好喝招待，唯獨不許離開。在這期間，逢紀和郭圖試圖接近他，卻都被守衛攔了下來。以他們兩個的身分，居然都不得其門而入，可見袁紹下的命令有多麼嚴厲。

不過這個做法可以理解。漢室的地位太過敏感，如果不謹慎處理，袁紹會被全天下的人戳脊樑骨。

劉平也不著急，他之前的經歷太過波折，幾乎無時無刻不在奔波之中，需要靜下心來思考一下。如今無論是郭嘉、楊修還是司馬懿都不在身邊，他身居斗室孤立無援，只能乾綱獨斷——雖然威權只及一室，影響只及一人，卻是劉平自從捲入漩渦裡來最自由最獨立的時刻。

「哥哥，如果你還活著，會怎麼做呢？」劉平手持銅鏡，喃喃自語。銅鏡裡映出一張一模一樣的面孔，那張臉屬於一個死去的魂靈。這個死魂靈的肉體已死去很久，意志卻依舊彌漫在九州大地，影響著許多人的命運。

劉平凝視半晌，忽然搖搖頭，苦笑著放下鏡子。真正的劉協是一個冷酷無情的人，他選擇了和劉平不同的道。道不同，不相為謀，即便死者真的復生，也只會像司馬懿一樣把他的「偽善」痛罵一頓。說起來，司馬懿的秉性倒是和劉協極為相似，他們兩個如果聯手，一定會無往不利吧。

忽然他又想到了伏壽。

這個聰慧美麗的女子如今在許都頑強而孤獨地守衛著宮城，維持著漢室最後的祕密。在自己來到北方之前，伏壽偷偷告訴他，她在身上藏了一把匕首。如果劉平有什麼不測，她會選擇自盡，履行對漢室的最後一分責任。劉平明白伏壽的心意——她知道自己是個仁慈的人，不忍坐視別人犧牲，所以故意這麼說，讓他行動起來更為慎重，平安歸來。

一想到她，劉平不期然地浮現出她那帶著馨香的身體，那是多麼令人陶醉的體驗。劉平是個血氣方剛的年輕人，在伏壽的刻意引導下，他終於將哥哥「丈夫」這個身分的責任也一併承擔下來。在臨出發去官渡的前幾夜，他們彼此擁抱彼此嵌合，不知疲倦，彷彿唯有如此才能把壓力與擔憂暫時忘卻。劉平還記得，多少次在激情攀到高峰的一瞬間，他將伏壽拚死抱住，在她身體裡盡情宣洩。事後伏壽蜷躺在他懷裡，撫摸著自己平攤光滑的小腹，喃喃地說要為他生下一位皇子。

想到這裡，劉平低下頭，發現身體居然起了反應。「這都什麼時候了，還在想這些亂七八糟的事情。」劉平自嘲地敲了敲頭——大頭——把思緒拽回來。

對劉平來說，袁紹和曹操誰勝誰負，並不重要。如何在兩大巨頭碰撞之間為漢室謀取更大利益，才是最重要的問題。經過這段時間的奔走，劉平已經處於一個微妙的優勢地位。對袁紹陣營來說，劉平是一個漢室的繡衣使者，為了給漢室在戰後乞求一個更好的地位而來；對曹操陣營來說，劉平是一個身分特殊的細作，要裡應外合擾亂袁紹的戰略。

劉平若想獲取利益，就必須要超越兩個陣營所有的智謀之士，這是一件幾乎不可能完成的工作。所幸這兩邊的謀士們的關係不是一加一，而是一減一，劉平的勝機，即建立於此。

他正在凝神冥思，忽然聽到屋外傳來腳步聲。劉平睜開眼睛，看到一名全副武裝的親衛站在自己面前，面無表情：「大將軍要召見你。」

劉平點點頭，這和他估算的時間差不多。他起身換上長袍，跟隨親衛一路來到袁紹所駐的中軍。這裡已經事先有了準備，所有的衛兵都站得遠遠的，以中軍為圓心隔出一大圈空地。在柵欄之後，還隱伏著不少弓弩手，任何進入這一片空地的人，都會被立刻射殺。整個氣氛透著隱隱的不安，劉平感覺似乎出了大事。

親衛走到圈子邊緣，請劉平自己進去，看來他也無權靠近。劉平邁著穩定的步伐走進中軍帥帳，看到袁紹和蜚先生等在那裡，兩個人的神情都很陰沉。

「刺曹失敗了。」

蜚先生開門見山地說。他臉上的膿瘡似乎更大了些。劉平沒露出任何情緒波動。這個結果，是在他預料之中的。從時間上推斷，曹丕這時候應該已經順利回到曹營，有他在，徐他不會有任何機會。

劉平拱手道：「勝敗乃是兵家常事。」他抬頭看去，發現袁紹捏著酒杯，鐵青的臉像是一面掛滿了嚴霜的青銅大盾。

袁軍的全線部隊不計損失地強攻了足足一天；東山也動用了在曹營埋下的一大半棋子。如此高昂的投入，居然最終還是失敗了，這可不是一句「運氣不好」就能敷衍的。更討厭的是，他已經在漢室繡衣使者面前誇下海口，現在卻要承認失敗，丟了面子，這比軍隊損失更讓袁紹不高興。

蜚先生冷笑道：「使者說的不錯。不過若是每次失敗不總結教訓，下次只會重蹈覆轍。」他慢慢地挪動腳步，圍著劉平轉悠，赤紅色的獨眼射出瘮人的光彩。

劉平道：「哦？這麼說，你們已經知道敗因何在了？」

蜚先生湊近劉平，鼻子急速聳動，突然一指點了過來：

「敗因，就是你！」

面對著突如其來的指責，劉平沒有驚慌失措。逢紀的事給了他教訓，遇到意外情況，鎮之以靜，否則就是死路一條。所以他只是不解地望著蜚先生，等著他的下文。

「還記得我第一次見到你時，說你身上有郭嘉的味道嗎？」蜚先生說。

劉平沒回答這個問題，他滿是疑竇地望向坐在上位的袁紹，卻看到袁紹面無表情地晃動著杯子，不由得心中一咯噔。

他現在是「第一次」踏入袁營，郭圖和逢紀絕不敢告訴袁紹，他們在這之前就私自接觸過漢室使者。劉平在袁營中最大的依仗，就是用這個威脅兩人，為己所馭。而現在蜚先生膽敢公然談論這段隱祕，而袁紹卻沒露出任何意外之色。這只說明一件事，蜚先生放棄了與郭圖的聯合，轉而直接投效袁紹，把之前的事全交代了。

這一招很毒辣，也很合理。刺曹失敗以後，蜚先生一定承受著極大的壓力，如果不迅速做出決斷，恐怕會被拿來當替罪羊。

但他放出這麼一手棋，導致劉平失去了要脅郭圖和逢紀最有利的武器，他苦心孤詣營造出的勝勢，立刻被掃平了一大半。

看到劉平啞口無言的表情，蜚先生呵呵地笑了起來，似是十分快意：「郭嘉的味道——那可不是個比喻。郭嘉身體不好，常年服藥，所以他會帶有一種特別的藥味。我這鼻子，可以輕易分辨出來誰與他交往過密，騙不了我。」

劉平迅速解釋道：「我記得我當初給過解釋了。郭嘉與我確有約定，但並不代表我就要按照他的意願行事。錯非我與郭嘉虛與委蛇，又豈能順利來到袁營？」

蜚先生抬起手：「你這套說辭，本來是完美無缺的，連我都深信不疑。可惜智者千慮必有一失，這次刺曹失敗，終究還是讓你漏出了狐狸尾巴。」劉平沒說話，他目前還沒搞清楚蜚先生的用意，只好靜觀其變。

「刺曹之後，虎賁王越也潛入了曹營，他帶回來一些有趣的消息。」蜚先生的聲音變得尖利起來，「你的那位叫魏文的小朋友，似乎來頭不小啊，也許我們該稱呼他真正的名字——曹丕？」

蜚先生吐出最後兩個字的時候，臉距離劉平極近。劉平甚至能看得清他臉上那些可怕膿瘡上的暗色斑點。他們居然連這個都查到了……劉平心中閃過一絲驚慌，手指不自然地彎了一下，不知道到底哪裡出了紕漏。蜚先生注意到了他的手指動作，牙齒得意地磨了磨。他沒有上嘴唇，所以這個動作看起來格外猙獰。

王越死裡逃生以後，把自己的發現告訴了蜚先生。蜚先生掌握的消息比王越要多，很快就推測出了真相：導致徐他刺殺失敗的人，正是曹丕，而且他就是劉平帶入袁營的那個叫魏文的小男孩。

「我不知道你把曹家二公子帶在身邊是為什麼，但如果你真的有誠意跟我們合作的話，就應該是第一時間把他交出來。即使你不把他交出來，也應該在前幾天把這件事告訴我們。我可以提前改變部署，刺曹還有可能成功。」

蜚先生說到這裡，停頓了一下，對劉平進行宣判：「所以結論只有一個。我最初的猜測沒有錯，你來到這裡，根本就是事先與郭嘉商量好的，你是個死間。」劉平的面色，終於變了。

「你還有什麼要辯解的？」蜚先生嘲弄道。他只要一招手，就會有人衝進把這個傢伙斬殺。當郭嘉收到這個斬下的頭顱時，表情一定非常精彩。

劉平向後倒退了兩步，意識到之前的準備全用不上了。袁紹落在他身上的眼神非常險惡，還帶著一點點的如釋重負。這位大將軍最在意的，是刺曹失敗讓自己很丟臉，而蜚先生的指控，恰好可以讓劉平當成替罪羊，為這件事找一個不那麼丟臉的藉口。

蜚先生深諳袁紹的秉性，所以句句都扣著刺曹的責任。只要袁紹打定了主意，劉平是不是漢室使者，根本不重要。他再如何巧舌如簧地辯解，也是無濟於事。

面對這種前所未有的危局，劉平突然仰天大笑。

楊修講授帝王之術時曾說過，凡事有大成者，皆要具備一種品性。無論冷酷與仁慈，若少它為輔翼，難以成就大業。這種品性，就叫做決斷。

在瞬息萬變的戰場、在泰山壓頂的瞬間、在身臨深淵的一剎那，所有的道都失去意義，唯有決斷才能挽救。現在，正是這個時候。

劉平俯仰之間，已經有了決斷。唯有這一個辦法，可以拯救自己，以及漢室。

蜚先生扯住他的衣領，猙獰地笑道：「你故作大笑，實已心虛，用這顆頭顱去找郭奉孝哭訴吧。」

劉平收斂起笑容，整個人的氣質發生了奇異的變化。他抓起蜚先生揪住衣襟的手，輕輕一推，蜚先生倒退了好幾步，幾乎跌倒。一個病殘之體，怎麼能抵擋他的力量。蜚先生本想厲聲呵斥，可他突然感覺到一種強大的氣勢從劉平身上噴薄而出，讓他一下把話堵在嘴裡說不出來。

「袁紹，你可是漢家的大將軍？」劉平昂起頭來，高聲問道。

對這個明知故問的無禮問題，袁紹卻只是默默點了一下頭。一種奇妙的熟悉感正慢慢浮現在這位大將軍的腦海中，酒杯不知不覺被擱回到盤中。

劉平直視著他，淡淡地吐出七個字：

「那你可還認得朕？」

七個字如巨石滾過平原，讓大帳內陷入一片死寂。無論是袁紹還是蜚先生，一瞬間都懷疑自己的耳朵出了什麼問題。

朕？

全天下敢稱朕的人，只有兩個。一個是身敗名裂的袁術，還有一個則是大漢天子劉協。

蜚先生咽了咽口水。這個郭嘉派來的死間，居然是天子本人？這實在是太荒唐了！天子難道不該在許都的宮城裡老老實實地待著嗎？他正要出口訓斥，卻發現袁紹慢慢從座位上站起身來，目瞪口呆。這種反應，絕不是看到騙子的反應。

「是、是陛下？」

袁紹的聲音在微微發顫，甚至還帶著點驚慌。袁家四世三公，歷代都是漢室忠臣，儘管時代已經不同了，可這種代代相傳的敬畏仍是根深蒂固。

劉平沒有回答，只是倨傲地望著他們兩個，彷彿對這個問題不屑一顧。

說起來，袁紹與劉協的淵源著實不淺。當初在洛陽之時，袁紹策動八校尉圍攻十常侍，逼迫他們帶著少帝劉辯和時為陳留王的劉協出逃，結果途中在北芒被董卓所執。董卓很喜歡劉協，打算廢掉劉辯，就找袁紹來商量，想借重袁家的名望。而袁紹堅決反對劉協稱帝，橫刀長揖，憤而離京。

也就是說，袁紹和劉協一共只在光熹元年見過，那都是十一年前的事情了。此後一在河北一在長安，兩個人再也沒直面相對過。但此時在袁紹眼裡，劉平的相貌卻和那個倔強的陳留王合二為一，不分彼此。

蜚先生注意到袁紹的異狀，連忙湊過去低聲道：「主公，慎重。」袁紹這才如夢初醒，意識到自己有些失態了，連忙擺正了身子。

仔細想想，這件事太匪夷所思了。天子應該是被曹氏嚴密軟禁在許都的，怎麼可能突然跑到袁紹營中來。這人十有八九是個騙子，豈能被他一句話唬住？可袁紹看了一眼劉平，那種熟悉的感覺猶在，心中不免遲疑。他實在不知道該以何種態度來問劉平的話，思忖片刻，對蜚先生道：「快去把王杜、中逢叫過來。」

這兩個人是袁紹的使者，都曾經去過許都拜見過皇帝，讓他們來認一下成年天子的模樣，便迎刃而解。蜚先生獨眼一轉，說如今在營中還有一人可以推薦，悄聲說了幾句，袁紹頷首讓他去辦。

過不多時，王杜、中逢匆匆趕過來。他們進了中軍大帳，一看到站在中間的劉平，先是一愣，隨即納頭便拜。等到他們叩罷了頭起身，袁紹這才問道：「你們可看得清楚了？」兩個人連忙答道：「我等奉主公之命前往許都覲見，得窺天顏，確系天子無疑。」

雖然劉平身穿布袍，臉色比原來紅潤許多，但眉眼五官卻是做不得假。聽到這兩個人言之鑿鑿，袁紹的疑心登時去了大半。他正要起身跪拜，卻被蜚先生攔住了：「主公莫急，還有一人呢。」

話音剛落，第三個人正好邁入帳中。來的人非常瘦，八字眉，一臉怒相。劉平和他四目相對，一時兩個人都愣住了。劉平忍不住脫口而出：「鄧展？你還活著？」

跟之前的精悍相比，如今的鄧展看上去頗為蒼老，一身精氣流散一空，再沒了之前的銳氣。他看到劉平，渾濁的眼神亮了幾分，隨即又暗了下去。劉平和曹丕逃出白馬的時候，鄧展主動斷後，劉平以為他早就已經死了，沒想到居然還能生還。

「我本來是要死的，可是通道裡突然湧來洪水，將追兵衝開。我就著水勢浮上井口，被淳于將軍的部屬抓獲。」鄧展主動對劉平說道。淳于瓊一向護著鄧展，被他的部屬抓住，至少性命無虞，一直養到了現在。

劉平的心情卻沒因此而放鬆。王杜、申逢只見過劉協數面，他有自信讓他們看不出任何破綻；可是鄧展卻不一樣，他是漢室最危險的敵人，是唯一一個知悉天子機密的人。他只要一句話，就能把劉平推到萬劫不復的無底深淵。

可鄧展只是木然地看著他，無喜也無怒。蜚先生道：「鄧將軍曾是曹公麾下的勇士，見過天子數面。請問眼前之人，是不是天子？」

「是的。」鄧展回答，一句多餘的話都沒有。「你看清了嗎？」蜚先生有些不甘心。鄧展點點頭。

劉平這才大大地鬆了一口氣，他的脊背幾乎已被冷汗溼透了。亮出自己的天子身分，是劉平最終的手段。這個身分的公開，將會給劉平帶來前所未有的便利，也會給他帶來前所未有的困境，這就是一把雙面開刃的大戟。如果不是被蜚先生逼到絕境，劉平不會把最後這張底牌亮出來。

天子一出，從此劉平將再無退路。

「臣袁紹，叩見陛下。之前有失禮儀，衝撞聖駕，實是罪該萬死。」

袁紹離開座位，恭恭敬敬地執臣子禮，帳子內的其他人也連忙跟從，都俯身叩拜。鄧展遲疑了一下，也隨之跪倒。劉平望著他，忽然想起來，鄧展在覺察到自己的祕密以後，連曹不都沒告訴，自然也不會在這裡聲張。劉平不知他身上發生了什麼，居然讓這個忠誠的人對自己的主君三緘其口。

面對著叩拜了一地的大漢忠臣們，劉平心中微有快意，淡淡道：「諸卿平身。」

袁紹揮了揮袖子，王杜、申逢連忙起身告辭。他們雖不知為何天子會突然出現，但接下來的談話一定極為機密，不是他們這個等級可以與聞的。鄧展也要轉身離開，劉平忽然開口道：「鄧將軍，請留步。」

鄧展為掩護自己斷後，這件事蜚先生肯定是知道的，所以沒必要隱瞞兩個人之前認識的事實。劉平道：「你以後就在我身邊留用吧。」他現在需要一名手下，在整個袁營裡除了鄧展沒有更好的人選。

天子想問臣子要一個人，實在是輕而易舉之事。所以劉平自作主張地開口，沒人提出反對意見，只有蜚先生的眼珠在不停轉動，似乎在思考這一手背後的寓意。

鄧展鞠躬道：「微臣遵旨。」然後跟著王、申二人走出去。走到門口，他停下腳步，擺了一個站崗的姿態，儼然把自己當成是一名天子的禁衛。

等到帳內變回到三人，袁紹將劉平請回上座，拱手道：「陛下白龍魚服，不知有何旨意？」

袁紹小心地斟字酌句。這就是他為什麼先後數次拒絕「奉天子以令不臣」的提議，伺候皇帝的繁文縟節實在太麻煩了。縱然他權勢滔天，禮數上也不能有半點或缺，不然士子的口水會從四面八方飛過來。這實在是個諷刺，天子孤苦無人理睬，但若對天子不敬，卻會惹來萬人唾罵。

劉平看了一眼蜚先生：「誠如蜚先生所言，朕此來袁營，是郭嘉的主意。」

「這……」袁紹和蜚先生面面相覷。天子這麼開誠佈公，讓他們反而有些困惑。天子細作，是抓還是不抓？

蜚先生先開口道：「陛下，郭嘉此舉風險極大，意義卻又何在呢？」

對於這些盤問，劉平早已胸有成竹：「天下還有誰比一位落魄天子的話更加可信呢？」袁紹和蜚先生頓時恍然。漢室一直被曹氏欺壓，如今天子親身出來求援，換了誰都會對漢室誠意篤信不疑——天子都來了，你還不信嗎——然後再設計謀，無往而不利。

「他郭嘉再膽大包天，怎麼敢驅使天子做事？難道曹阿瞞不怕被世人唾罵嗎？」袁紹問。

劉平道：「天下都知道，河北兵馬雄壯，許都勝算十中無一。為了得勝，曹司空無所不用其極。只要能勝，縱然是驅使天子當細作，也沒什麼奇怪的。」他說到這裡，諷刺地說：「更何況我的身分是漢室的繡衣使者，縱然死了。曹操那邊宣稱天子暴斃，另立一個也就是了。」

袁紹面色一紅，想起當初劉協即位他極力反對，現在不免有些尷尬。

劉平做了個手勢，示意他寬心：「可惜，人算不如天算。郭嘉偏偏沒想到，逢紀動了殺我的心思，逼我等出逃，反而讓我趁機切斷了來自曹營的束縛——如今我孤身一身，可以做些自己的事情了。」

他拋出了一些含糊線索與暗示，卻不肯再細說。

靠著這些暗示，袁紹、蜚先生會自行聯想：曹丕實是曹營派來監視劉平的人，所以劉平開始的行事都是為曹氏利益。一直到白馬逃難之後，曹丕與劉平失散，後者斬斷了束縛，這才折返到袁營，打算真正為漢室謀求些利益——這一切看起來都順理成章，可以解釋一切疑點。

至於鄴城之亂，審配就算不會隱瞞，也會在敘述上文過飾非，所以劉平不擔心袁紹會聯想到那邊去。司馬懿的補白之法，真是屢試不爽。

袁紹果然長舒一口氣：「陛下龍運隆興，實乃社稷之幸。戰場兇險，紹請陛下儘快移蹕鄴城，靜候佳音。」

袁紹這個提議，在劉平的預料之中。袁氏掌握了天子以後，最穩妥的方式是擺在後方，裝點門面，這種手法與曹氏並無二致。可以說，從劉平亮出天子身分以後，他就再無自由可言。

除非……劉平笑著擺了擺手：「還不急於這一時。」

袁紹故作一愣：「陛下在官渡可還有什麼事？」

「還記得我之前提議的烏巢之策嗎？」劉平侃侃而談：「曹氏勢弱，不利久戰。郭嘉這才定下烏巢之計，打算畢其功於一役。我們只消將計就計，便可把曹操誘出巢穴，一舉殲之。」

袁紹瞇起眼睛思忖良久，方才說道：「陛下脫離了曹氏之眼，郭嘉自然會猜到您來微臣營中，和盤托出烏巢之計。阿瞞那麼狡猾，他既知我已洞悉此計，又怎麼會繼續冒險施行呢？」

劉平面色如常，手指卻隱晦而興奮地敲擊了一下大腿。他苦心孤詣營造出種種鋪墊，就是為了讓袁紹問出這句話來。而接下來的回答，將決定他、袁紹和曹操的命運。

「曹司空別無選擇，他必須前去襲擊烏巢。」劉平斬釘截鐵地說。

「哦？」袁紹眉毛一挑，蜚先生卻「啊」了一聲，已然想到答案。

劉平身體前傾，平靜地直視著袁紹的雙目，似笑非笑：「假若天子在烏巢出現，他又怎麼會不親自去接駕回宮呢？」

袁紹跪在地上，內心劇震。

他明白，皇帝說得一點錯都沒有。天子是曹操政治上最大的籌碼，生死攸關。曹操若知道天子在烏巢，一定會不惜一切代價把他弄回來。

這就好比你將金子鎖在櫃中，賊人索性死了心思，去偷別家；你若將金子置於牆頭，賊人縱然知道牆下有打手埋伏，也會懷著僥倖心理忍不住出手，碰碰運氣。

以皇帝做誘餌，在烏巢擊破曹操，儘快結束這場戰爭。這個構想太過大膽，可這個結局，對袁紹實在是太完美了，可謂名利雙手。他抬起頭，眼神已流露出興奮神色，唇邊的兩撇翹鬚悄然翹了起來。

蜚先生卻在這時截口道：「可又怎麼讓曹操知道陛下在烏巢呢？」

劉平大笑：「蜚先生，你一心與郭嘉為敵，怎麼不針鋒相對呢？郭嘉派我進入袁營為間，你們如法炮製，找一人進入曹營詐降勸誘，不就行了？」

「曹公多疑，郭嘉狡黠，能瞞住他們的人可不多——陛下莫非已有了人選？」蜚先生反問。

劉平拿起酒杯，五個指頭靈巧地托住杯底，如同已把袁紹大軍掌握在手中一樣。他緩緩開口：

「許攸許子遠，非此人不能當此重任。」

自從劉平公佈了自己的身分以後，待遇和從前天差地別。袁紹為天子準備了一處隱祕而舒適的院落，大量的瓜果酒肉金銀器具源源不斷地送過來，儼然一處天子行宮。

唯一的不便，是劉平再也不能隨意離開院落。袁紹專門調遣了淳于瓊的部隊負責衛戍工作，既防人進入，也防人出。對於這一點，劉平早已有了覺悟。

此時陪侍在天子旁邊的，除了蜚先生以外，還有許攸和淳于瓊兩個人。許攸和蜚先生是為了與天子商討烏巢之戰而來，不過淳于瓊是頂著宿衛的名義硬攙和進來的。

烏巢之戰的大略是以天子為餌，許攸為間，迫使曹操鋌而走險率主力奇襲烏巢，再聚而殲之。但兵力如何部署、言辭如何設計、時機如何把握，諸多細節都得落實。

「我不管你們怎麼調派，總之老夫是要守烏巢的！」淳于瓊興奮地揮舞著大手，大叫大嚷。

「戰端一開，烏巢就會變得極其兇險，四面兵鋒，老將軍何必去冒險呢？」劉平勸道。他話一出口，就發現蜚先生和許攸都用同情的目光看著他，不禁有些納悶。

他還沒問怎麼回事，淳于瓊雙目放光，幾乎要跳起來：「說得太好了！這些日子我都快無聊死了，正需要點混亂給自己刮刮閒毛！」

劉平這才明白另外兩個人眼神的含義。這個淳于瓊根本就是個戰爭狂人，他根本不在乎勝敗，他要的只是戰鬥本身，彷彿這樣才能找到自己的價值。劉平那麼勸說，只能起到相反地作用。劉平忽然想起來，鄧展當初在城外就是被他救過好幾次，才算死裡逃生。不知他為何對一個曹營偏將如此上心。

「好吧，那你就跟我待在烏巢城裡。」劉平點頭。他看了一眼其他兩人，他們也沒什麼意見。淳于瓊名義上歸屬潁川一派，實則是個特立獨行的臨淄人。看守烏巢這個角色，既難搶到戰功，風險還大，搞不好要跟數倍的敵人作戰，是個雞肋般的位置，既然淳于瓊主動請纓，大家也就樂見其成。

淳于瓊拿到了自己喜歡的位置，心滿意足地離開了院落，又是略作寒暄幾句以後，劉平對許攸嘆道：「朕這次舉薦許卿，是因為卿與曹操有舊。但細細一想，這一舉實是把你往火坑裡推。曹營謀士眾多，郭嘉狡黠，萬一識破，卿可就危險了。」

許攸摸了摸尖尖的下巴，朗聲道：「為漢室盡忠，乃是臣子本分。再者說，我身秉大義，郭嘉又豈是我的對手？」他的笑聲尖細，像一隻被踩住脖子的公雞。蜚先生的獨眼閃過一絲光芒，對這句話不屑一顧。

劉平拍腿贊道：「說得好！難怪袁將軍放著諸多謀臣不用，反而兩次急信把卿從鄴城召來，果然只有借重卿之高才才能抗衡郭嘉。」許攸聽到這句話，神情為之一滯，露出狐疑之色。劉平微不可察地使了個眼色，許攸立刻咧開嘴大笑起來：「陛下所言不錯。我看曹營那些策士，都是土雞瓦狗，不足為慮。」

蜚先生敏銳地從兩個人對話之間嗅到一絲古怪的味道，可他不清楚這異樣從何而來。不過蜚先生沒有過多糾結此事，他嘶啞著嗓子對許攸道：「您前往曹營的理由，在下也安排好了。」

「哦？說來聽聽。」許攸好奇地問。

許攸要扮演的角色，是從袁紹營中叛逃之人。他為何棄強從弱，必須得有一個站得住腳的理由，否則人必生疑。蜚先生從懷裡拿出一份書信，擱在許攸身前：「這是東山截獲的一封官渡送往許都的催糧文書。」

許攸打開看了一眼，嘖嘖嘆道：「都說曹阿瞞這幾年屯田有方，攢了不少家底，想不到官渡一戰米缸就快見底了。」

蜚先生道：「您拿著這封書信去見主公，獻上分兵襲許之計。而郭圖趁機進了讒言，說您與曹操有舊，此舉是明幫河北暗助曹氏。主公大怒，將您在鄴城的家人尋了個罪名收監，還要把您投入監牢。您走投無路，只得南下官渡投曹。」

許攸聽到這個安排，大笑起來：「好，好，這個設計好，果然是只有我河北幕府才有的特色。曹操聽了，一定不會起疑。」

郭圖是潁川一派，許攸卻是南陽巨頭，兩者互相陷害使壞，實在是袁營最平常不過的風景。蜚先生編造的這個理由，任誰都覺得理所當然。劉平甚至懷疑，郭圖可能真的有這麼個打算，只不過真戲假作而已。

劉平心裡又是一轉，不由得佩服起蜚先生來。這個理由不光是為了瞞過曹公，也暗暗含了一層牽制許攸之意——為了讓靖安曹篤信不疑，許攸在鄴城的妻兒會被假意收押。若許攸順利完成任務，妻兒原樣放回；若許攸有什麼二心，這假戲就會真作。這個許攸叛逃的理由，反而成了他無法叛逃的原因。

劉平看向許攸，他卻似乎沒看出這一層意思來，高高興興地揮舞著右手道：「既然曹公糧荒，那麼我此去曹營，正好以糧草入手，趁機攻心，讓他來烏巢就糧。」說到這裡，許攸的三角眼掃視了一圈，目光落到蜚先生身上，指頭一點：「不過你們可不要自作聰明，先把烏巢糧草運走。那裡積屯咱們全軍大半糧草，對曹軍可是個大大的刺激。你們轉移了糧草，剩個空殼，曹公說不定就不來了。」

許攸的話不太好聽，但蜚先生只能點頭稱是。許攸在袁營的地位，算起來比郭圖還要高上一線，不是一個東山能壓住的。

三人又討論了一些細節，忽然鄧展走進來，他現在算是天子禁衛，負責進出宿衛並通傳等事。鄧展面無表情地說道：「東山急報。」然後看向蜚先生。他是東山首腦，蜚先生罵了一句「真不是時候」，然後向天子與許攸致歉告退：「我去處理一下急務，馬上就回來。」說完他起身急匆匆地走出營帳。

這裡是天子行宮，規矩很多。蜚先生的事務再急，也不能在行宮內處理，必須離開院落幾步，做完事好後再返回來。等到蜚先生確認離開了院落，劉平看向許攸的眼神突然變了，他急速說道：「蜚先生隨時可能回來，我們沒有多少時間。」

許攸眼珠一轉：「你一說主公兩次急信催我，我就知道你和曹世侄是一夥的。」在鄴城時，曹丕冒充前線使者去見許攸，結果被真的使者撞破。劉平故意透露出這個細節，蜚先生茫然不知，許攸卻是一聽就懂。

「沒想到漢室真的和曹阿瞞聯手了，你們把鄴城可折騰得夠可以。」許攸感慨。他離開的時候，鄴城還沒從混亂中恢復過來。

「朕在鄴城本欲去拜訪先生，可惜未能成行。朕聽曹丕說您有投曹之意，所以這次舉薦您前往曹營為間，其實是順水推舟，滿足先生這個心願——曹公如今正是最艱苦的時候，你這一去，雪中送炭，勝過錦上添花啊，前途無量。」

劉平怕蜚先生回來就無法說話，所以省掉了試探和寒暄，直截了當進入正題。他知道許攸是個唯利是圖的人，索性乾脆挑明價碼，更省力氣，語氣上也變得咄咄逼人。許攸瞇起眼睛，他確實有假投變真投的意思，可劉平這麼開誠佈公地說話，他可有點不太習慣。

「這個時候投曹，對我來說，好處確實會是最大。」許攸點頭承認，可又疑道：「陛下如此積極推動此事，卻又要為漢室爭得什麼利益？」

「朕送你這個前程，只要你幫朕一件事。」

「哦？」

劉平伸出一根指頭：「我要你身上的一樣東西：許劭的《月旦評》。」

許攸一副「早預料到了」的神情：「若是要這樣東西，陛下您開的價碼，可不太夠呢。」

「在曹氏的前途不算嗎？」

「那是曹公的出價。從漢室我又能得到什麼好處？」

「三公之位。」

「嗤……」許攸不屑一顧，「桓帝那會兒，三公可還能賣了幾千萬錢，如今可不值錢了。」

劉平沒時間轉彎抹角，他促聲道：「許先生，你要知道。這《月旦評》無論是在袁紹手中還是曹操手中，無非是博得幾句褒獎。若是給朕，不出數年，你那三公之位便會是實至名歸。」

許攸一時間驚訝地說不出話來。這個承諾，幾乎相當於是宣戰曹氏、漢室重興的宣言。

「朕若龜縮在許都說這樣的話，或許只是大言；如今朕卻親身犯險，白龍魚服，置身此間。卿以為朕之決心如何？」

「這……這有些荒謬吧？」

面對天子展現出的驚人決心，許攸沉默了。天子的意思很明白，這筆《月旦評》的買賣，獻與袁曹，算是交易；交給漢室，卻是投資。前者穩妥，所得有限；後者風險頗大，收益卻可能是幾十倍。

許攸抬起頭來，他看到的是天子無比堅定的目光。從古至今，確實沒有一位君王像這位天子一樣孤身游走於中原，漢室看來真的是豁出去了。許攸再回想起那個看似荒謬的承諾，似乎變得不那麼虛無縹緲。如果眼前真的是中興之主，那許給他的三公之位可就值錢了，而他要付出的，不過是一本名冊而已……

「好，不過得等我順利到了曹營再說。」許攸終於下了決心。以小搏大，這值得冒險。

「子遠做事果然謹慎，呵呵。朕會告訴你轉交給誰，你甚至可以等塵埃落定以後，再給也不遲。」劉平別有深意地看了眼許攸，後者毫無羞愧。

這是劉平最順暢的一次談話，許攸這個人唯利是圖，反而最為方便。劉平看了眼門口，蜚先生似乎還沒回來，又開口道：「你在鄴城的妻兒，靖安曹的人會設法解救，你不必擔心。」

「那個啊，不必了。」許攸絲毫不以為意：「那個女人是我專門養來當人質的。袁紹以為我跟她生了個孩子，就能拿她們牽制住我。其實她們不過是幌子罷了。」

劉平先是驚訝，然後厭惡地看了他一眼：「那畢竟是你的骨肉，你不心疼嗎？」

「他日我做了三公，還不是要多少有多少？」許攸得意洋洋地抬起尖下巴。劉平在心裡不由得冷哼一聲，這人唯利是圖也就罷了，人品居然也惡劣到這地步。若不是有求於他，劉平真不想和這麼個人虛與委蛇。

「對了，曹丕在鄴城找你，是有什麼事情？」劉平問。

「嘿嘿，他們家的私事，想知道的話，要另外拿東西來換。」許攸分開二指，鼠鬚一捋。

這時屋外蜚先生匆匆返回，兩個人同時閉上嘴。他們又談了一陣，許攸先行告退，剩下劉平與蜚先生面向而坐。

「準備了這麼多，不知何時才能開始。」劉平打了個呵欠，顯得有些疲憊。

「請陛下不必心急，軍隊調遣、細作佈局、糧草分配等等諸多事情，都需要耗費時日。等許攸去到曹營鋪墊好，才好從容展開。」蜚先生躬身答道。

「那就辛苦你們了。」

「陛下，臣還有一事不明。」蜚先生忽然伏在地上。

「嗯？」劉平一愣。

「臣沒想到郭奉孝這麼大的手筆，連皇帝都敢拿出來用——這點我不如他。」蜚先生言辭懇切，然後獨眼一凜：「可臣不明白。他哪裡來的自信，能保證陛下您脫離曹營桎梏以後，仍不會對曹氏不利呢？」

這個問題當真犀利，劉平毫無準備，被他一下子問住了。這若是答得不好，之前辛苦經營的大勢就會煙消雲散。劉平裝作沉吟，眼角無意中掃過案几上的食盒，突然靈機一動，嘆了口氣道：「朕之鉗制，在身不在心，例同董承。」

董承被郭嘉下了延時之藥，死在袁紹境內。劉平這是在暗示，自己也被下了毒藥，如果不聽從郭嘉的指示，就會毒發身亡。

蜚先生微微動容，情緒有些激動：「果然和我猜測的一樣。這個人居然敢對天子下藥，當真是誅九族的大罪！那陛下你現在豈不是——」

「你可還記得那個叫史阿的人嗎？他身上有一丸華佗製的解毒藥丸，正好可化此毒。我如今已經沒事，可以心無旁騖地對付曹氏了。」

史阿確實有一味解毒藥丸，是蜚先生贈給他的。只不過這藥丸沒被劉平服下，而是史阿在白馬逃難時送給曹丕了。劉平知道蜚先生沒法查證此事，故意七實三虛說出來。果然，蜚先生一聽，立刻拍手荷荷笑道：「這原是我送給史阿的，想不到竟救了陛下，天數迴圈，果然奇妙得很。郭嘉小兒，又怎麼算得過天呢！」

「你與郭嘉之間，到底發生過什麼事？讓你如此怨憎？」劉平順著這個話題順口一問。

「既然是陛下相詢……」

聽到這個問題，蜚先生沉默了一下，開始緩緩解裹在頭上的青布。隨著一圈圈散發著傷痂臭味的青布條被扯下來，劉平驚訝地看到，蜚先生一直擋住的另外半張臉，卻意外地白皙精緻，能看得出是個俊俏男子，跟平時那半邊露在外面膿瘡橫生的臉比，簡直天壤之別。可惜的是在眼眶處留有一個黑洞，彷彿一扇精美屏風被人用燒火棍捅了個眼。

這樣一個才貌雙全的人，心氣一定極高；被毀容之後心性大變，也是可以理解的……

「我、我還以為……」劉平結結巴巴，有點後悔自己的唐突。

「陛下不必憐憫。臣這副模樣，全拜郭嘉所賜。是以臣以陋面見人，以時刻提醒警醒，毋忘此恨。」蜚先生的身體在青袍下微微發抖，聲音也比平時低沉許多。

「莫非是他配的毒藥？」

「不錯。我中的這種毒，叫做半壁全，是他得意的手筆之一，人中此毒後，一邊身子毒瘡頻發腫液肆流，另外一半卻愈發晶瑩細膩。無藥可救。」

「這是純粹是為了整人嘛……」

劉平心中暗驚。這「半壁全」擺明了打算讓人生不如死，進退兩難，挫其心志。這等手段，唯有郭嘉才會如此惡趣味。

「所以臣發過重誓，一日不殺郭嘉，便一日不除此袍。」蜚先生一邊說著，一邊把自己另外半邊臉重新裹起來。

劉平道：「如此說來，難道你也曾是華佗弟子不成？」

蜚先生呵呵慘笑一聲，後退了數步，輕輕擺頭：「我與他同是潁川出身，關係還不錯。那時候我們年輕，都喜歡四處遊學，相約一起去華佗那裡求學。結果他在華佗門下混得風生水起，與華佗的侄女華丹打得火熱，我卻是班裡最不起眼的一個，根本不為人重視。就在他意氣風發之時，我送了他一杯酒，在酒裡下了合歡散。我的本意，只是想讓他難堪。結果那天晚上，恰好他出去與華丹幽會，正趕上藥性爆發，他竟將華丹姦淫。等到郭嘉醒來，發現華丹已羞憤自盡，他只得連夜遁逃。」

「然後郭嘉對你展開了報復？」

「不錯。以他的才智，輕易就推測出是我幹的。我知道闖了大禍，也早早溜掉，卻被郭嘉追上了門。我們鬥了很久，我雖然逃得一條性命，但也中了他的半壁全，弄成現在這副不人不鬼的模樣。後來華佗聞訊狂怒不止，把其他弟子盡數閹掉，打發回家。他們中的大多數都被我招致麾下，與郭嘉為敵。」

「嗯……」劉平一時不知該如何評論才好。

蜚先生似乎洞悉了劉平的心思，獨目射出鋒芒：「陛下你一定在心裡想，分明是你這個傢伙嫉妒郭嘉的幸福，才故意陷害他。一個嫉賢妒能之人，有此報應天公地道，為何還如此怨天尤人？」

劉平被說破了心事，只得尷尬地笑了笑。

蜚先生聲調忽然提高：「你搞錯了！我剛才說的故事，不是這一切恩怨的因，而是果！不是我陷害華丹，郭嘉才對我進行報復；而是他先做了對不起我的事，我才會對他的一切進行復仇！」說到這裡，蜚先生惡狠狠地用唯一一隻眼睛瞪向南方，乾枯的手指怨毒地一勾：「他奪走了我的東西，我就要毀滅他的幸福！就這麼簡單！」

蜚先生像是一頭傷獸般嘶吼起來。劉平剛想追問這一段恩怨的源頭到底是什麼，蜚先生卻把情緒陡然一收，冷冷道：「等到官渡事了，我的復仇之戰完成，就會辭官隱退。屆時我自然會把這一切講給陛下聽，現在大戰在際，莫要讓這些閒事亂了陛下心思。」

說完蜚先生叩拜而出，留下劉平呆呆地留在原地。

在這個紛亂的戰場上，每個人都有自己的恩怨，自己的因果。這些密密麻麻的思緒交織成經緯，促成一個又一個謀略，一次又一次鬥爭。劉平想到自己要在如此複雜的大網裡尋找到自己的道並貫徹下去，一時間居然有些恍惚，質疑自己是否能做到這一點。這張密集的大網，讓他有些艱於呼吸。

這可比在河內射殺一隻母鹿難多了，劉平心想。經歷了這麼多的事情之後，這個淳樸開朗的河內青年已被淬煉成另外一個人——內質未變，心思愁緒卻多了不少。他如今所處的位置，正是一場大風暴的眼中，俯瞰著天下，同時被兩股力量撕扯著。他擁有多重身分，在每個人面前都要先想清楚自己是什麼身分，時刻記得什麼該說，什麼不該說。劉平微微閉上眼睛，覺得有些疲累。

可他一點睡意也無，心中煩悶，便起身拿起一壺西域出的美酒，信步走出院落。此時外面月色溶溶，一片清寂，幾簇丁香在牆角悄然開放，教人完全想像不到這裡臨近著屍山血海的戰場。

鄧展忠心耿耿地站在外頭值夜，看到天子出來了，他身子一僵。劉平微微有了一絲醉意，拍拍鄧展的肩膀：「你為何這麼做？」鄧展反問：「這麼說是真的了？」

這段對話沒頭沒腦，可劉平和鄧展都聽得懂。漢室最大的一個祕密，這個人是知道的，可這個人卻不打算說出去。劉平這時候一點也不緊張，反而有一種沒來由的輕鬆。面對這麼一個人，他可以卸下所有包袱，不再有任何顧慮，不必考慮自己扮演的是誰，充分享受做回自己的自由。

劉平蹲下身來，掏出兩個酒杯斟滿，塞到鄧展手裡一個。鄧展想要推辭，劉平卻非常強硬。鄧展沒辦法，只得接了過去。兩個人端著酒杯，互相碰了一下，各飲了一口，然後同時望天，發現今晚月色著實不錯。

劉平晃著酒壺，一杯杯地喝著，輕聲細語之間，把自己所有的事情都娓娓道來。鄧展在一旁聽得目瞪口呆，他雖猜到楊平與劉協之間的關係，可沒料到其中如此曲折。

「聽了這許多祕密，你都不想發表些議論？」劉平突然問，話中帶著三分醉意。

鄧展仰起頭來，長長吐出一口氣：「我的家裡人都被淳于瓊殺光了；曹公對我的知遇之恩，我先後死過兩次，也算是報答完了——你的祕密，我現在都不知該說給誰聽。」

「你明明是忠心之士，為何如今對曹家是這種態度？」

「二公子。」鄧展淡淡道：「是他讓我意識到，我們在上位者眼中永遠只是一枚泥俑。他們需要你，就會褒獎你，稱讚你；不需要你的時候，任你曾經多麼忠誠，他們也會毫不猶豫地把你從棋盤上掃落。」

劉平沉默了片刻，把鄧展的杯子再度斟滿，鄧展這次一飲而盡，然後把杯子還給劉平：「不喝了，我還在執勤。」

「過來幫我，如何？」劉平問。

「做漢室的棋子，和做曹家的棋子，有什麼不同？」鄧展半是嘲諷地撇了撇嘴。

「我不是要你做棋子，而是做朋友。」劉平認真地說。

鄧展搖搖頭，婉拒了這個邀請：「你們是要反曹公的。我雖不會阻止，但也不想參與。」他停頓片刻，又補充道：「如果有可能，我希望能遊遍中原大地，看看南蠻的密林、塞外的冰雪，聽說在東海之外還有瀛洲，西域盡頭還有大秦。我都想去看看。」

劉平忽然很羨慕鄧展，他果斷地斬斷了自己的因果之線，放下一切包袱，把自己變成一個自由之人。

「那你還留在官渡幹嘛？」

「至少我想看完這一戰的結局。等我以後到了那些地方，給當地人講述的時候，總不能沒有結尾。」鄧展特別認真地回答。

「你會的。」劉平道，笑得很開心。

如果有人要為有漢以來所有的宮殿亭閣做一篇大賦的話，必然是以未央宮為開篇，而結尾無論如何也該用的是這座新落成的潛龍觀。

潛龍觀位於許都城內正東方向，是一座純木製抬樑斜脊的二層建築，方圓五十餘丈。這座觀的做工頗有些粗糙，比如它的大樑是虛搭上去，全憑四周二十根礎柱支撐；它的夯基只有二丈，幾乎是平地而立。斗拱、簷端處也頗為粗糙，觀頂脊角更是只用瓦當相疊，無翹無伸。

在營造方家眼中，這潛龍觀只是個偷工減料的半成品。但許都的人都知道，它的落成，是一個奇蹟。在朝廷明確表示不予物資支持的前提下，孔融咬著牙硬是在數月之內將其蓋了起來。潛龍觀雖然用的木料不甚名貴，但外表都塗滿青漆，使之看上去如青雲團聚，飛龍若隱其中。

在更深遠的意義上來看，潛龍觀是亂世中的儒生們群策群力而成，為的是在許都聚儒大議，代表了儒家不屈不撓的精神。當諸侯們還在窮兵黷武的時候，儒的精神卻沒有消逝，這種一心向學的意志，讓每一個人心中都熱血沸騰。而這一天即將舉辦的儀式，讓這種意義更得到了昇華。

這一天，全新的潛龍觀掛滿了素絹，一代宿儒鄭玄的祭奠將在這裡舉行，同時這也是許都聚儒的肇始典禮。

從一大早開始，陸陸續續有兩百餘人穿著儒袍，來到潛龍觀。他們來自於九州各地，都是受到孔融的感召而來。徐幹站在潛龍觀前，一邊對進入的人微笑，一邊在心裡默默記著這些人的籍貫與來歷。自從董承之亂後，許都凡十人以上相聚，都需要去許都衛報備。這次祭鄭聚儒一共有兩百多人到場，雖然儒生們鬧不出什麼亂子，可徐幹還是親自到場盯著，免得孔融又搞出什麼亂子來。

這時候一群人走了過來。徐幹迎上去，詢問他們的來歷。為首的二人自稱一個叫柳毅，一個叫盧毓。前者來自河東柳家，後者是來自涿郡，還是盧植的兒子，來頭不小，身後的一群人也都是來自於幽並諸州——那可是袁紹的地盤。想到這裡，徐幹警惕地多看了一眼這兩個人。

「這潛龍觀三個字寫得真不錯，是出自鐘繇的手筆吧？」柳毅抬起頭，一群人對那塊匾額指指點點。徐幹冷笑，好一群鄉下人。

「可惜劉和不能來，不然這次聚儒，會更有熱鬧看。」盧毓扠著腰，大為感慨。

「這人是誰？」徐幹隨口問道。

「弘農劉家的子弟，那可是個神奇的傢伙，幾乎一個人就把鄴城攪得天翻地覆。」柳毅得意洋洋地炫耀道。

徐幹撇撇嘴，這種大話誰都會說。他隨口應和著，催促他們趕緊入觀，這是最後一批人了。看看再沒什麼人來了，徐幹帶著幾名隨員也走進潛龍觀，僕役在他們身後把大門　當一聲關了起來。

潛龍觀的正殿是一個寬大空曠的大堂，十餘根還沒漆完的柱子支撐著整個建築。在大堂的正中，擺放著鄭玄的靈位、貢品、蠟燭、其他喪葬奠儀以及一摞厚厚的手抄儒典。孔融和司徒趙溫兩個人站在鄭玄的靈位旁，垂首肅立，宛如兩尊泥塑。其他人按照《禹貢》和郡望的方位站成幾隊，一直在鬧哄哄的。

徐幹隨便挑了一根立柱靠著，看看手裡的名單：有六成是今文派的，三成是古文派的，還有一成立場不明。看來孔融是鐵了心思要把這次潛龍觀聚儒搞成今文派的盛筵。不知道荀尚書會不會親自到場，他如果來的話，古文派或許能稍稍振振聲勢。徐幹忽然惋惜地嘆了口氣，其他人都在前線建功立業，自己卻只能盯著這群沒用的儒生，看著他們爭論這些沒什麼意義的話題。他第一次覺得，滿寵去了汝南，似乎比自己還要幸運些。

隨著一聲渾厚的鼓聲響起，所有的儒生齊刷刷地看向孔融。孔融輕咳一聲，走到正當中，輕輕一抬手，大堂裡立刻變得非常安靜。孔融嚴肅地環顧四周，把手筆放下，大聲說道：「今日我們齊聚於此，是為了祭奠兩個人。」徐幹聽到這句話，突然覺得不對勁。

「兩個人？不是鄭玄一個嗎？還有哪位大儒死了？」

這時孔融從懷裡取出一塊牌位，上書「趙公諱彥之位」幾個字，他鄭重其事地把它放在鄭玄的旁邊，拜了三拜。下首的儒生一片譁然，指著這塊牌子議論紛紛。

「不好！」徐幹臉色一變。趙彥之死是怎麼回事他很清楚。可他知道，並不代表天下人知道。

這幾個月裡，孔融一直不遺餘力地把趙彥渲染成是一位烈士。袁紹的討曹檄文裡提到了他的名字，甚至趙彥的幾篇議敘之稿也被到處傳抄，四處都在傳說這是古文派對今文派的一次迫害。這個死去的人，隱然頗具聲勢。而現在孔融居然在鄭玄的祭奠裡，把趙彥的牌位拿出來，擺明了是要抽許都的臉。

這個老東西，居然玩出這麼一手。

可徐幹不敢大叫，這個肅穆的場合如果被他破壞，傳出去的不是他對趙彥如何，而是他在鄭玄葬禮上的失態。於是他只能眼睜睜地看著趙溫開始唱禮，孔融率領著儒生們向兩塊牌位鞠躬行禮。

「哼，書生意氣，隨你們折騰吧！」

徐幹重重地把身體往後一靠，卻發現柱子有點晃動。他有點奇怪，這可是新建築，柱子怎會蛀朽？他身體又動了動，發現柱子又挪動了幾分，一聲不祥的咯吱聲傳入耳中。徐幹抬起頭，這一驚非同小可。他看到，這柱子的頂端居然被鋸掉了一截，只用一個小木塊楔在天花板與柱子之間，非常不牢靠。

徐幹驚慌地朝旁邊看去，發現大堂裡的十幾根柱子全都這種構造。這些柱子，可是要支撐整個潛龍觀的重要基礎，如果突然斷裂或滑倒，後果不堪設想。孔融手裡就算資源再少，也不該用這種偷工減料的辦法。

在前面孔融還在長篇大論地發表著講話，儒生們沒人發現這個異常。徐幹覺得必須站出來說句話，可他猶豫了一下。在這麼嚴肅的場合，卻大聲叫嚷著房子要塌了，萬一傳出去，他徐幹的文名可就全毀了。儒經上搞不好會記上一筆，許都聚議，有狂徒徐幹呼嘯堂下，言大廈將傾，人皆笑之，千古之羞云云……

彷彿為了嘲笑他的猶豫，這時又一聲細微的咯吱聲響起。徐幹瞇起眼睛，四處搜尋，很快他發現出問題的柱子在大堂的西南角。這次更為嚴重，整個天花板似乎都微微向西南方向傾斜。

徐幹不能再遲疑了，他跳出來大喊道：「這潛龍觀不結實，爾等快快離開。」

「祭禮在行，不得妄動！」孔融厲聲道。

儒生們陡然聽到兩個不同的聲音，一時間不知怎麼回事。但他們中的大多數習慣性地聽從了孔融的命令，站在原地。只有進來最晚只能站在入口附近的柳毅、盧毓等人，開始朝著天花板掃視，面露異色。這時在大堂的西南角突然發出一聲木柱折斷的尖利聲，支柱再也無法支撐，轟然倒地。儒生們大叫著往附近躲開，隨即整個天花板的「嘩啦」一下塌了半個角下來，掀起一陣煙塵。有摻雜著黑、青兩色的液體從上面流淌下來，味道刺鼻，而且數量頗多，很快就覆蓋了將近半片地板。儒生們紛紛抬起腳，不想沾上這些東西。有人一不留神布鞋踏上去，發現黏糊糊的很難洗掉。

「是清漆和桐油！」徐幹立刻判斷了這些東西的來歷。潛龍觀的二層如今還在修葺，這些清漆和桐油大概就是工人們囤積在上頭的。結果這大堂坍塌了一角，水性向低，結果這些東西順著缺口流了下來。

「潛龍觀居然在這麼重要的場合出事了，我看你怎麼收場。」徐幹冷笑著看向孔融。孔融還在大聲疾呼：「麋鹿興於左而目不瞬，泰山崩於前而色不變，拿出你們的氣度來。」

就在這時，大堂內的十幾根柱子同時發出密集的橐橐聲，像是有無數蜘蛛在上面瘋狂地奔跑。徐幹面色大變，他顧不得別人，轉身就要往大門跑。其他儒生也意識到情況不妙，紛紛也朝後移動，一時間人影散亂，整個大堂一片混亂。

「開門啊！」柳毅和盧毓拚命砸著大門，這時候他們發現，門居然是從外面被鎖住的。愈來愈多的儒生湧到門口，卻無處宣洩，只得拚命大叫。還有些年紀大的被踩在腳下，發出呻吟聲。溫良恭儉讓的美德在這裡蕩然無存，人人都似是沉船上的老鼠。

可這一切都已經太晚了。樓上彷彿有只無形的大手用力按了一下，十幾根勉力支撐的柱子同時斷裂。原本橫挑的大樑一下子密佈裂紋，掙扎幾下便從中間斷折。結果大樑一折，整個潛龍觀的頂部徹底失去支撐，朝著大堂轟然砸了下來。對堂內的儒生來說，這次是名符其實的泰山壓頂。

巨大的煙塵在許都城的西南方爆起，在半空打了個旋，朝四周迅速擴散開來。只是短短的一瞬間，潛龍觀就化為了一團混雜著斷竹、碎木、裂石和大量人類肢體的廢墟，隨處可見被埋了一半的身軀或被巨木壓住的大腿，還有一些探出瓦礫的頭顱還大聲呼救著。唯一還算得上是完整的，只有那一塊寫著潛龍觀三字的匾額。

「火！火！」不知是誰淒厲地大叫起來。所有被埋的儒生都驚慌然發現，自己身邊的溫度突然開始升高，然後有兇狠的火苗從廢墟的縫隙裡鑽出來，瘋狂地開始吞噬周圍的一切。據後來的倖存者回憶，這大概是供奉牌位的素燭在混亂中掉在地下，引燃了清漆與桐油。

接下來發生的事情，簡直如同人間地獄一般。動彈不得的儒生們只能眼睜睜看著大火把自己慢慢吞噬，淒厲的叫喊和哭聲響成一片。竹子在火焰中劈啪作響，如同有誰在點數著一條又一條被祝融帶走的性命。整個潛龍觀的廢墟宛如一個巨大的火炬，熊熊燃燒起來。無數焦黑的手臂絕望地伸出縫隙擺動，又慢慢垂下不動。人肉焦糊的味道隨著黑煙彌漫到四周，就像是整個城市在舉辦什麼食人的饗宴。

任誰都沒有想到，這些四方聚攏過來的儒林精英，還沒撈著機會一展自己的才華，就像一群受驚的圍場野獸一樣被活活燒死。他們的身軀和他們的思想，就這麼付之一炬，化為灰燼。這距離名垂史冊的潛龍觀落成還不足一天……

整個許都都被這突如其來的事故震驚了。荀彧第一時間下令大開四門，責成許都衛、宿衛以及城門衛三部為導，週邊駐守部隊為輔，全力營救潛龍觀中被困的儒生們。文武百官也紛紛派出自己的家丁和僕役助陣，一時間許都成了一個亂哄哄的大蜂窩，每個人都試圖接近廢墟。

潛龍觀是全木製結構，因此燒得非常徹底，火勢極大。救火部隊只能先把周圍的建築拽倒，防止擴散，然後一桶桶的井水潑上去，可惜無濟於事。一直到了次日丑時，大火才不情願地慢慢熄滅。

死難者官職最高的是司徒趙溫，一共有二百一十三人，大部分都是外地趕來的儒生，真正活下來的，不足二十人，可謂淒慘至極。倖存者中包括徐幹、柳毅、盧毓等人。潛龍觀倒塌的時候，他們簇擁在大門口，受到的衝擊比較小，距離外面近。救活部隊趕到以後，冒險靠近把他們拽離了火場，算是逃過一劫。

不知算不算是奇蹟，孔融居然也在這場劫難中生還。坍塌發生的時候，他正站在供奉著鄭玄和趙彥靈位的壽龕旁邊，壽龕恰好與一塊倒下來的厚木板搭成了一個三角，這個可供一人容身的小小三角救了孔融的命。但孔融被嚴重燒傷，頭髮、鬍子什麼的燒了一個精光。他的兩個兒子趕來照顧他，但孔融躺在榻上不回應任何人的問話，只是呆呆地望著天空，一直在反復說著一句話：

「覆巢之下，豈有完卵。覆巢之下，豈有完卵。」

臉色鐵青的荀彧站在榻邊，聽著孔融一次又一次地喊著這句話，嘴角微微抽搐。這對荀令君來說，可是罕有的失態。

根據許都衛的調查，這起事故源自於一系列的意外。天花板支柱的敷衍了事、清漆和桐油的肆意亂堆、點燃的素燭，以及孔融為了體現聚儒的嚴肅性而下令緊鎖的大門。這些事情湊到了一起，導致了這一場大災難。有人惋惜，孔少府為這件事殫精竭慮，結果居然落得這麼個結果，實在是命運多舛；也有人幸災樂禍，說儒家講究天人感應，這一場飛來橫禍，說不定是天不佑德。

但荀彧知道，這件事並沒那麼簡單。從現場來看，孔融所站的位置是必死之地，距離他數步之外的趙溫就直接被砸死了。孔融能夠生還，純粹是個意外。

這樣一來，如果整個大火不是意外的話，就說明孔融根本就是有意殉死。想到這裡，荀彧的眼神裡投射出迷惑，孔融大費周章把天下儒生聚到許都，卻又一把火燒個精光，這道理實在解釋不通。

「文舉，你到底想幹什麼？」荀彧低聲說道，這句話只有他自己和昏迷中的孔融聽得到。

荀彧很快就知道了答案。

潛龍觀大火的傳播速度，比野火蔓延的還快。荀彧明明已經下達了禁口令，可不知為何還是走漏了出去，諸州郡在同一時間都得到了這個消息。傳播者除了極力描摹大火的淒慘之外，總是會帶上一個廣為流傳卻不知誰先發起的質疑：

「聚儒之議若成，今古之爭可弭，天下儒學可興。而今竟中道斷折，萬千淪為灰骸。曹氏之責，豈不昭然乎？」

這話裡明裡暗裡在暗示：這場大火的背後，是曹氏！他們唯恐許都聚儒成了氣候對古文派不利，進而影響到他們在朝廷的專權，所以派人在潛龍觀放了一把火，把反對自己的儒生活活燒光。

諸州諸郡都派了人前往許都，聞聽自己的子弟遇害，無不悲愴，紛紛設祭哀悼。在葬禮上，憤慨的賓客們悄悄議論著這些質疑，讓它們進一步發酵。

偶爾也會有人說，曹公不至於會做出這麼殘忍的事吧？也許真的只是個意外事故？這時旁邊就會有人提醒：曹公天性如此，他當年屠徐州、殺邊讓，還在鄄城放縱部下吃人肉，如今火燒潛龍觀又何足為奇。

「不是曹公燒的，難道是孔少府要燒死自己不成？」提醒者發出嗤笑。

一時之間，天下皆驚，謠諑四起。沒人相信，這是一個意外。

潛龍觀大火引起的震動，很快達到了一個巔峰：荊州劉表聲言要帶兵北上，以大儒的身分去許都親自為那二百餘名死難者討個公道，還要迎回鄭玄公和趙彥公的靈位。在袁、曹大戰時，劉表一直保持著中立，不偏向任何一方。而現在他居然因為一場大火而改變了想法，決意北上。中原的局勢，一下子變得撲朔迷離起來……

在南陽附近的一處清幽草廬裡面，二人對坐。年長之人問道：「二弟，有人說，劉表此舉，是卞莊刺虎，藉機漁利。你對此有何見解？」

對首是個二十歲左右的年輕人，他說：「劉州牧是一方諸侯，但他也是一位純粹的儒者。而一位儒者最重視的東西，是亂世之人無論如何也無法想像。這樣的人，現在已經不多了。」

年長者忙問劉表所圖為何。年輕人笑道：「劉州牧當年號稱『八俊』，乃是太學名流。亂世將始之時，劉州牧就誓言要保全儒學種子，所以他單騎入荊襄，默默地蓄儒圖存，以待天時。不然為何那麼多中原名流，都紛紛跑到荊州去？他在荊州開立學官，博求儒士，徵辟綦毋闓、宋忠等人在襄陽撰寫五經章句。世人對這種種用心視而不見，只當他是一方豪強，真是可嘆可惜。」

說到這裡，年輕人拿起案上的鵝毛扇，從容搧了幾下：「你別忘了，許都燒死的大半是今文一派的儒生——而劉州牧恰好是今文派的堅定支持者。」

「你是說，劉州牧這次出兵，是真心要為儒林討個說法？」年長者一驚。

年輕人道：「無論劉表是真心還是假意，他如今已經得到了一個足夠體面的藉口。拯救群儒，中興漢室，重振古文經典，名次孔孟董鄭之右。這種誘惑，對一位擁有雄兵良將的純儒來說，幾乎不可抵擋。」

「所以我說，孔融這一招，實在是決絕。」

「等一等……」年長者有點跟不上思路，他尷尬地擺了擺手，一臉茫然：「怎麼又扯到孔融身上去了？」

年輕人浮現出一絲清冷的笑意：「袁曹在官渡勝負未知，唯一能影響中原局勢的，唯有劉州牧一人。而若想要把他驅動起來，不施個苦肉計是不成的。」

「你是說……」年長者眼睛瞪得溜圓。

「孔少府一無兵將，二無地盤，他所能依仗的，只有自己的聲望。在我看來，聚儒許下之議，恐怕是他打算以自己和二百餘名儒生殉葬，來真正觸動劉州牧的一個局。」

「這，這怎麼可能……」

「正因為不可能，所以才不會有人懷疑。你看這幾個月來，孔融四處渲染趙彥之死，營造出曹氏亂儒的印象。一旦火起，只消稍微推波助瀾，天下人就會認為是曹氏的陰謀，再怎麼辯白也已無濟於事——我甚至懷疑，鄭玄之死，都未必那麼簡單。」

「那孔融自己豈不是也會燒死嗎？」

年輕人面露欽佩之色：「他根本就沒打算活下來。他的性命，是這場大火中最重的砝碼。一開始孔融就做好了準備，用自己的命向劉表死諫。」

說到這裡，他直起身來，望著草廬外的花花草草，把杯中的清水倒在花圃中：「原本大家都覺得，孔融只是個腐儒，除了會發發議論別無用處。許都聚儒不過是他沽名釣譽之舉。結果那些以中原為棋盤的對弈大手們誰也沒料到，百無一用的孔融，居然用了這樣一種決絕的方式化身為一個『變數』，影響到了整個天下的大局。」

「可他的目的，是什麼？」

「孔融是大儒，他對袁紹啊、曹操啊之類的傢伙，根本看不上眼。他拚出性命，就是希望為劉表創造一個契機，讓天子重新回到儒林掌握之中——輔佐明君平天下，這是儒者最高的夢想了。」

「你這都只是猜測吧！根本沒有證據。」年長者不甘心地站起身來，拂了拂袖子。

「證據？」年輕人眼中閃過一絲嘲諷的笑意：「證據根本不重要。重要的是接下來要發生的事。」

「接下來還有？」年長者覺得自己快要瘋了。

「我來問你，聽到劉表北上的消息。袁紹和曹操會如何想？」

「自然是袁喜曹憂。」

「錯！」年輕人一拍案几，露出得意表情：「他們誰也不會高興！對曹操而言，劉表在這時候背後插來一刀，情況惡劣到無以復加；而對袁紹來說，這也不是件令人愉快的事。他在官渡與曹操死鬥，劉表卻輕輕鬆鬆收割著空虛的荊北豫南，說不定還能拿下許都奪到天子。到那時候，他可真的是辛苦一場，卻為他人作嫁衣裳了。」

「鷸蚌相爭，漁翁得利。」年長者也明悟了。

年輕人把扇子遙遙指向北方：「不錯。無論他們之前在布什麼局，這一下子都被孔融這個大大的『意外』給破壞掉了。所以在劉表出兵的那一刻，無論袁紹還是曹操，他們都將別無選擇，只能速戰速決。我估計，官渡很快就會迎來一場倉促的大決戰。」

說完預測，年輕人把杯中水澆完以後，擱回到案几前，負手長長嘆息：「世人皆以為孔融是個狂士，可誰能了解他的真正執著。縱然他知道勝算不大，還是義無反顧地投身於此。潛龍觀的大火，不能挽漢室於將傾，但這鞠躬盡瘁、死而後已的用心，真是我輩的楷模。」

「哦？你看誰勝誰負？」

年輕人搖搖頭：「無論袁、曹，對這場意外的決戰準備都不會充分，誰勝誰負，就得看誰掌握的變數更多一些。這就不是遠在荊州的我們所能預料了。」

「這麼說你是看好劉州牧嘍？」

「不看好。汝南如今有滿寵鎮守，說明荀彧、郭嘉早有防備。天時究竟應在誰身上，還得看官渡的結果啊——」年輕人故意拖了個長腔：「——誰知道除了孔融以外，還有沒有另外一個變數呢？」

「你整天待在草廬裡不出來，這天下大勢說起來倒是一套套的嘛。」年長者揶揄道。

年輕人不以為然地擺了擺羽扇，做了個逐客的手勢：「行了，不說了，我要去睡午覺。明天你過來，我還有個三分之策跟你說說。」

# 第十二章　一個結束的開始

此時月光早已完全被烏雲遮蔽，一片屍布般的陰森霧靄籠罩在濕地之上，好似幽冥世界入口的薄紗門簾。張繡伸出手臂在眼前慢慢揮起，動作輕柔，好似要把這層門簾掀開來，看看冥府究竟是什麼樣子。

手臂在半空停住，張繡瞪大了眼睛，拚命想看清周圍的一切，可目力所及只有深沉如墨的夜色。在張繡的四周，影影綽綽不知有多少人馬，偶爾能聽見甲冑鏗鏘的撞擊聲和馬蹄聲，還是低聲的嘆息。他徒勞地眺望了一陣，回過頭不耐煩地問道：「弄好了嗎？」他身旁的楊修道：「弄好了。」

在張繡、楊修身旁的地面，兩名士兵剛剛點起了一堆小火，四面用木盾隔擋，這樣可以確保不會被人從遠處發現。張繡迅速蹲下身子，就著火光從懷裡拿出一份地圖，抿著嘴唇認真審視，還不時用手指比量一下。楊修不時輕聲說幾句話，在地圖上指指點點。微弱的火光把兩個人的表情映得忽明忽暗。

對於一支潛行的軍隊來說，在一個無月的夜半行軍是最危險的經歷。在一片不辨方向又無法舉火的黑暗中，他們隨時面臨著迷路的危險。

張繡此時身處的位置，是官渡與烏巢之間的一條小路。說是小路，其實只不過是星羅棋佈的濕地沼澤與密林山坳之間的一段模糊縫隙。早在數天之前，曹軍的細作已經開始在這條小路進行標記。可這個工作還未完成，張繡就接到了出擊的命令。標記從曹營一直延伸到這裡，即告中斷。接下來的路，只能靠他自己的直覺、經驗以及運氣。

張繡終於大概有了個判斷，他收起地圖，用腳踩滅火堆，下達了命令：「諸隊集合，準備開拔。」林子裡傳來雜亂的腳步聲，甚至還有幾聲坐騎的嘶鳴。這讓張繡有些緊張，如果附近有敵人的遊哨，恐怕現在已經暴露了。明明叫他們要叼草銜枚，可總有人執行不到位。

「這裡距離烏巢還有點距離，袁軍應該不會設斥候。」楊修寬慰張繡。

張繡嘆了口氣，這也是沒辦法的事，如今跟隨他來的不是西涼舊部，而是丹陽兵。這些人剛剛從許都趕到官渡不久，還都算是新兵，所以對他的命令反應有些遲緩，跟西涼騎兵令行禁止的風格差太多了。

對於自己被突然調離前線以及分派新軍這兩件事，張繡開始時充滿了警惕，認為這是曹公故意排擠自己的手段。但當他接到司空府的一份密令之後，心中徹底釋然了。這封來自於曹操本人手書的命令很簡單：他讓張繡率領這支部隊，沿一條指定的小路離開官渡，進襲烏巢，徹底燒毀袁軍輜重糧草，還要救出一個人。

這是一個極其大膽的舉措。袁曹對峙了這麼久，明眼人都看得出來，曹操已呈不支。這次偷襲烏巢的策略，將是曹氏的一次豪賭，勢必要找最可靠的人來執行這個任務。曹公沒選擇別人，居然選中了張繡，這是一種何其深厚的信賴。要知道，襲擊烏巢是一件極其艱難的任務，但也代表了不世奇功。

張繡對曹操突如其來的信任，顯得有些猶豫。這時楊修帶給張繡另外一個消息：這個決策，與前不久剛剛投靠過來的許攸有密切關係。張繡一聽到這個名字，徹底放心了。許攸曾經作為袁紹使者拜訪過張繡，他身為袁紹智囊之一，所提供的情報應該錯不了。

至於要救的人是誰，郭嘉說等他們抵達烏巢後就會知道。

於是張繡收拾心情，帶著極大的熱情投入到整軍中去。不過他還沒整完，出擊的命令就下來了。張繡只得帶著這支還未完全訓練好的軍隊，換上袁軍的旗號和衣裝悄然開拔。

「剛接到探子來報，烏巢城的守軍只有兩千人，守將是淳于瓊。」楊修與張繡並駕齊驅，悄聲說道。

「淳于瓊啊……西園八校尉的那個淳于瓊？」張繡一愣。

「沒錯，那是個恣意妄為的老傢伙，據說連袁紹都對他無可奈何。派他來守烏巢，恐怕是嫌他在前線添亂。」

「這對我們來說，算是好消息？」

「咱們夜襲烏巢，與其碰到個膽小怕事一有風吹草動就四門緊閉的庸將，不如拚一拚這種不守規矩的大將。」楊修說到這裡，發出輕笑：「曹公的賭性，可比我還要大一點。」

張繡表示贊同。他忽然發覺，賈詡離開以後，自己已經習慣於向楊修諮詢意見。雖然這傢伙居心叵測，但最近一段時間表現的很安靜，不再逼問他宛城之事，一心一意做一個軍中謀主份內的事——這讓張繡著實鬆了一口氣。

黑暗中張繡看不清楊修的表情，只隱約能聽到骰子在手裡轉動的聲音，像是螻蛄在草叢中鳴叫。他忽然注意到，楊修經常會把頭稍微偏轉一點，好像在觀察附近的什麼。張繡忍不住開口問他在看什麼，楊修簡單地回答道：「看路。」

在這兩個人的身後，大隊的騎兵和步兵正沉默地跟隨著。馬匹夜不能視物，所以每一名騎兵都有一名步兵牽著坐騎轡繩，引導前路。每一個人都在黑暗中埋頭趕路，沒人注意到有一騎一步與大部隊始終保持著一定距離，那兩個人居然還違抗軍令，悄聲交談著。

「我們要跟到什麼時候？」步兵嘟囔著，看面相他還是個孩子。

「等到時機出現。」騎兵在馬背上伏低了身體，一方面是方便說話，一方面則是因為他的腿受了傷，不易夾住馬背。

「為什麼我們不在官渡的時候揪住他來問呢？」步兵的聲音充滿了迷惑和不甘。

「二公子，你想想看，如果賈詡不說，張繡會那麼輕易地告訴我們嗎？」

步兵似乎被說服了，可他忽又抬起頭：「那現在他就一定會說嗎？」

「你覺得一個人在什麼情況下會吐露實情？」騎兵反問。

「心情好的時候？」步兵遲疑地回答。

「不，是他瀕臨絕境認為自己死定了的時候，所謂『人之將死，其言也善』，就是這個道理。」騎兵快速轉動脖頸，陰森森地朝著面前的濃霧咧嘴輕笑。

「你是說……」步兵一怔，似乎意識到了什麼，不由得握緊了腰間的劍柄。

騎士突然比了一個噤聲的手勢，讓步兵閉嘴。前面傳來雜亂的腳步聲，大部隊突然停了下來，似乎發生了什麼事。

「來，陛下，請滿飲此杯。」淳于瓊雙手捧起一個酒爵，恭恭敬敬給劉平敬上。劉平接過酒爵，略沾了沾唇，隨手放下。

這兩個人此時正跪坐在烏巢城的府衙內，堂前擺滿了珍饈美酒，粗大的蠟燭把裡面照的如白晝一般。

「當年老臣在西園做校尉的時候，還曾遠遠地見過陛下幾面，只是沒機會覲見。能像今晚這樣，君臣二人在烏巢開懷暢飲，實在讓老夫……呃，老臣很是開心啊。」淳于瓊豪放地哈哈大笑，把自己的杯子一飲而盡。

劉平勉強笑了一下，什麼都沒說。此時他換了一身杏黃色的蠶絲短袍，這是袁紹為了強調他的皇帝身分而特意趕製的——諷刺的是，這是他當皇帝以來穿得最名貴的一次。

按照他與袁紹之間的約定，他需要親身來到烏巢作為誘餌，把曹軍吸引過來。現在劉平已經身在烏巢，他的職責已完成大半，接下來劉平只需要再做一件事，就可以老老實實待在城中，靜等曹軍覆沒的捷報傳來。

這可不是劉平所期望的。不過目前時機未到，所以只能耐著性子聽淳于瓊囉嗦。淳于瓊沒注意到劉平的心緒，自顧絮絮叨叨說道：「說到這個西園八校尉啊，陛下你是不知道，當初靈帝陛下為了制衡何進的擅權，把小黃門蹇碩扶成上軍校尉，帶著袁紹、曹操、我還有其他幾個人偷偷在西園練兵。那時候大傢伙兒一腔熱情，都打算報效朝廷，幹得那叫一個熱火朝天——」說到這裡，淳于瓊身體探前，神祕兮兮地說：「——看看如今，兩個校尉大打出手，天子反而沒人搭理。這世上的事情，可真是很奇妙。」

劉平心中一動，這個傢伙似乎話裡有話。

「這麼說，你對此也有不滿？」劉平試探著問道。

「不滿？哈哈哈哈，陛下你錯了，我高興得很！」淳于瓊大笑起來：「我這個人，沒別的愛好，唯獨喜歡亂。世道愈亂，就合我胃口。陛下你知道為什麼嗎？」

他看劉平沒有猜測的意思，便撓了撓自己的大鼻子，自顧答道：「因為天道有常，所有的事情都能預測到，實在太無趣了；只有當天道紊亂，誰也不知何去何從的時候，才會誕生出無限的可能性。光是想，就讓人覺得激動。」

劉平啞口無言，居然有這樣的變態存在。他開始明白了，袁紹和蜚先生派淳于瓊來守烏巢，一方面是讓他來看住天子，另一方面，恐怕也是希望讓天子拴住他。把這麼一個無法預測的傢伙放入戰場，那才真的是個大大的變數。而在烏巢，只要他待在城裡就夠了。

彷彿為劉平的心思做註解，淳于瓊又繼續道：「用不了多久，烏巢就會變成兩強相爭之地。我主動請纓來守烏巢，就是為了置身這場大戰的中心漩渦，親眼見證，這是何等快意之事！」說完他又吞下一杯酒，臉上開始有酒意湧現。

劉平忍不住皺起眉頭叱道：「你身為西園八校尉之一，就沒想過皇恩，沒想過百姓？莫非天下大亂你才開心？」

淳于瓊打了個酒嗝，眼神開始有些朦朧：「忠義都是藉口，仁德無非矯飾。這天下本來就是由一群混蛋開創的。這玩意兒不用傳承，每個人都可以無師自通。這種世道，與其裝腔作勢，不如痛痛快快不違本心地做人。我不想變成那樣的人，只好喝得醉一點，多多胡鬧，儘量讓自己開心點了。」

淳于瓊把身子後仰，這在天子面前是很失禮的行為。劉平沒有糾正他，只是冷冷看著：「這麼說來，你根本是個懦夫。」

「懦夫？」淳于瓊歪著臉，努力揣摩著這個詞的含義，然後摸了摸自己的臉。

「不錯！無所適從，於是自暴自棄；捨大道而營小利，難道不是懦夫所為？相比之下，孔少府所作所為，可是強出太多了。」

聽到潛龍觀起火的消息，劉平立刻知道，這是孔融的反擊。這個老人無兵無將，還因為囉嗦而被人看不起，但他卻用自己僅有的力量做出了表率。這讓原來對他不屑一顧的劉平深感慚愧。

其實劉平應該與淳于瓊虛與委蛇，一杯一杯地把他灌醉，這樣自己才有可趁之機。可劉平聽到這人發出如此言論，實在是按捺不住火氣。淳于瓊有些惱怒地拍了下桌子，兩隻眼睛瞪圓，要把劉平一口吃下去。劉平不甘示弱地瞪著他，兩個人之間的衝突一觸即發。

末了淳于瓊鬆開拳頭，把身子慢慢靠回去，又斟滿一杯酒。這次他也不敬天子，自己一口喝光。

劉平也不知道自己為何變得心浮氣躁，大概是大戰將至、心中忐忑不安的緣故吧。

這時鄧展走過來：「陛下，時間到了。」劉平重重把酒杯放下，冷哼一聲，起身離開。淳于瓊一個人興致勃勃地自斟自飲，連頭都懶得抬。

「當初你在他麾下時，他就是這麼一副嘴臉嗎？」走在路上，劉平忍不住問鄧展。鄧展與淳于瓊當年的恩怨糾葛，他已聽說了。鄧展想了想，回答道：「那個人啊……從來沒人知道他在想什麼。他今天居然跟陛下您說了這麼多話，著實出乎我的意料。」

劉平愣了一下，旋即擺了擺頭。淳于瓊只是無關緊要的一個小角色，這時候犯不上為他傷神。

此時他們正走在烏巢城中，道路兩旁到處都堆放著糧草與輜重。烏巢與其說是座城池，倒不如說是一個大號的土圍子，除了四面夯土高牆以外，基本沒什麼防禦工事。從河北轉運過來的大量補給都雜亂地堆積在這裡，彼此之間也沒有挖防火壕溝。萬一真有人潛入城中投下火把，很容易便會燒成一片。

鄧展把劉平送到烏巢西側城牆的底端，停住了腳步。接下來劉平自己沿著鑿出來的臺階一步步攀上城牆頂端，來到一處向外凸出的拐角邊緣。這裡只插著一面角旗，有氣無力地聳搭在旗桿上，絲毫不為夜風所動。劉平走過去，扶住旗桿，身子朝外探去，極力讓身子溶入黑暗。

過了一陣，劉平聽到一個如同風吹沙礫的聲音傳入耳朵，這聲音他許久不曾聽到了：

「陛下，在下徐福。」

劉平習慣性地左右張望了一下，儘管他什麼都看不到。徐福的聲音似乎又從另外一個方向飄來：「您果然是在烏巢。」

「不錯。曹公的救兵是不是快到了？」

「是。」

「很好，接下來的事情，你要記好。」劉平的聲音愈來愈低……

劉平與徐福重新接上頭，這其實要歸功於蜚先生。

蜚先生認為曹操是個非常狡黠多疑的人，他不會輕信任何一條消息。許攸已經告訴他「天子在烏巢」，東山也刻意散佈了「天子在烏巢」的消息讓靖安曹聽到，但這還不足以讓曹操下定決心。他希望劉平通過漢室的管道假意向曹營求救。這樣一來，三條不同來源傳來同一段情報，由不得曹操不信。

為了不讓天子心懷忌憚，蜚先生還非常大度地允許劉平自由行動，給他充分的空間與徐福聯絡，周圍甚至幾十步內甚至都沒有哨兵。事實上，劉平無論說什麼，蜚先生都不在乎。他的目的，只是讓曹軍知道天子確實在烏巢，就夠了。

今夜是劉平與徐福的第二次聯絡，也是最後一次。徐福將親眼確認劉平的安危，然後回報給奇襲部隊，曹軍才會發起攻擊。對劉平來說，此時他終於掌握了一個優勢。蜚先生只知劉平會和郭嘉的使者接頭把自己身在烏巢的消息送出去，但他不知道，這個人是徐福——楊彪的忠僕，漢室的一把利劍。

劉平和徐福的談話結束得很快，劉平一個人走下城牆，神色如常。鄧展迎了上去：「如何？」劉平淡淡地指了指天：「人事已盡，接下來的事情，就交給老天爺了。」附近的草垛和圍牆附近幾條人影閃過。劉平知道，這都是東山派來監視自己的人。他佯做不知，向前走了兩步，看到一個熟悉的人從陰影裡走出來。

「王越？」

「自從籍田一別，陛下依然康健如斯吶。」王越不跪不拜，聲音如刀。

劉平臉色有些僵硬。他可沒想到蜚先生會把王越派到他身邊來。有這個傢伙在，自己的計畫可要有些麻煩了。楊修給劉平講過王越和楊家的關係，但也表示這個人特立獨行，很難駕馭。劉平這時看到王越，一時也判斷不出他是站在哪一邊的，便保持著沉默。

「蜚先生說今夜風寒露重，請陛下早點回宮中休息。」王越伸手做了個請的手勢。

劉平看了他一眼，邁開大步，朝著烏巢城中心的府衙走去。王越忽然發現鄧展也緊緊跟在劉平身後，細一端詳，不由得大為意外。

「你不是那個……」王越回憶了一下：「……跟王服比劍的曹家將軍嗎？」

「不錯。」鄧展對他可是沒什麼好臉色。

「想不到你也投到這邊來了——哼，我弟弟的死你既然也有份，可不能就這麼算了。」王越眼神閃過一絲寒芒，握緊劍柄。他可不管這人如今是天子護衛還是曹家叛臣，只要有份殺王服的，除了唐姬以外統統都要死。

鄧展卻是波瀾不驚：「要報仇，也要過了今晚再說。」他轉身跟上劉平的步伐，把背部毫無防備地亮出來，似乎對王越的威脅毫不在意。

「也好，曹氏的血賬，今晚要還的可不少呢。」王越舔了舔嘴唇，意猶未盡地嘖了嘖嘴，也跟了上去。

就在這時，烏巢週邊的夜色之中，突然響起一聲夜梟啼哭。三人同時停步，抬頭望去，表情不一。這夜梟的啼聲不大，但在這萬籟俱寂的夜裡，卻是格外清楚。

張繡握緊了韁繩，表情僵硬，只有胯下的馬匹能感覺到主人的雙腿在微微顫抖。在他的面前，是一支大約有三十餘人的袁軍小隊，為首的隊長正一臉狐疑地盯著張繡和他身後的軍隊。

他們剛一走出濕地，就迎頭撞上了這支袁軍小隊。好在奇襲部隊事先都換了袁軍的服飾，不至於立刻暴露，但這次意外遭遇還是讓包括張繡在內的士兵緊張萬分。以他們的戰力，消滅這三十多人不成問題。問題是，只要有一個人及時發出警告，整個襲擊計畫就會告吹。

張繡正在心裡盤算該如何蒙混過關，楊修忽然壓低嗓音說了一句：「交給我吧。」然後驅馬向前，朗聲道：「你們是哪部分的？」

隊長沒料到對方先發制人，先是一愣，隨即抱拳答道：「我們是高覽將軍麾下。」

「口令呢？」楊修嚴厲地問道。

隊長為難地摘了頭盔：「下官剛從黎陽出發，還未入營交接口令。」

楊修冷冷道：「沒有口令，我怎麼知道你們不是曹軍細作？」隊長一聽大急：「我等確實不是，這裡有高覽將軍的權杖。」說完他急忙從懷裡拿出一塊憑信，楊修接過去，卻不還給他：「高覽將軍防區不在這一帶，你們到這裡來做什麼？」

此時隊長哪裡還顧得上質疑張繡，手忙腳亂地解釋道：「因為軍情緊急，我們是連夜行軍，沒想到中途迷路了——絕不是曹軍的細作！真的！」

原來他們不是本地巡哨，而是迷路的遊軍。張繡大大地鬆了一口氣，讚賞地看了楊修一眼。這小子膽量不小，先聲奪人詐賭一搏，一下子就詐出了對方的底細。看來楊修和賈詡風格大不相同，前者只要看到一點機會，就會大著膽子去下注，比起風燭殘年的賈詡更有活力。

楊修又跟那個隊長交談了幾句，以「軍情未明」為名，強迫他們跟隨自己行動。那名隊長樂得有人認識方向把他帶出去，不虞有詐，就答應下來。於是，這三十幾人被編入了隊伍的前列，一起行動，至於高覽將軍的權杖，則被楊修拿在手裡，沒有歸還。

這支袁、曹混雜的部隊在沿途先後碰到兩次遊哨，楊修拿出權杖，順利蒙混過關。遊哨以為他們都是高覽麾下，隊長卻以為楊修是為了給他證實身分，大為感激。這支意外闖入的袁軍反成了奇襲部隊的護身符，一路平安無事地突破了袁軍的週邊巡哨圈，深入到腹地。

就這樣走了大約一個多時辰，張繡發現腳下的路變得平坦起來。恰好這時天上的雲層變得單薄了一些，有微弱的月光透射下來。張繡隱約看到遠處有一座高大的黑影，腳下的道路一直延伸過去。

那裡應該就是烏巢城了。

烏巢城的城頭星星點點，豎著許多火把，在黑暗中宛如燈塔一般。但火把根本不移動，說明守軍沒有任何警覺。張繡大為興奮，最困難的階段已經過去，接下來的就是混入城內幹掉毫無準備的守軍、焚盡糧草輜重而已了。

張繡剛要發出命令，楊修目光忽然一凜，把他要抬高的手又按了下去。張繡不明白他是什麼意思，楊修做了個安心的手勢，然後把權杖扔給隊長：「前面就是烏巢城了，你們可以進去歇息，我們就送到這裡了。」

「多謝多謝！」隊長滿是感激。

「對了，烏巢的守備非常森嚴，你們是外來的又不知口令，盤問起來會很麻煩。一會城頭有人問起，你們就索性說是趕來加強烏巢守備的，也省點唇舌，早點歇息。」

「好，好。」

隊長揣好權杖，興高采烈地呼喊自己的部下朝烏巢趕去。楊修讓張繡全軍尾隨其後，但保持一定距離，走到距離城邊四百步的地方，就不要靠近了。那是守軍在黑暗中目視的最遠距離。然後他和張繡尋了一處丘陵的頂端，朝烏巢望去。

張繡不明白楊修葫蘆裡賣的什麼藥，問他為何不趁著那個袁軍小隊進入城門的時候發起衝擊。楊修緊皺著眉頭，沒有回答，只是死死盯住城門。

他們看到，那支袁軍小隊走到城門口，仰頭喊了幾句話。突然之間，城頭亮起無數燈籠，無數弓弩手湧上城牆上，對著城下瘋狂地射起來。那支小隊猝不及防，幾乎在一瞬間就被全滅，三十多具屍體被射的猶如刺蝟一般。很快城頭的燈籠三舉三落，一波波騎兵衝出來，圍著城前的屍體轉悠，顯得有些迷惑。

「這，到底是怎麼回事？」張繡驚駭莫名。

楊修臉陰沉到了極點：「趁著燈火還在，張將軍你仔細看看。」張繡瞪大了眼睛，終於發覺哪裡不對了。這根本不是什麼城牆，而是由數十輛樓車並排組成。樓車的高度和城牆差不多，外面又披掛著漆成城磚顏色的大布。雖然這個佈置簡陋至極，但烏巢本來就是極小的城池，加上夜裡視野極差，偷襲者不抵近觀察只靠輪廓很難分辨這兩者的區別。

「快走！」楊修迅速起身。

張繡立刻意識到，敵人既然設了這麼個圈套，周圍必然埋有伏兵。若不趁現在敵人還沒反應過來，恐怕很快就會被合圍。

軍令被飛快地下達到每一個人，奇襲部隊立刻掉頭，朝著來時的路匆忙奔去。他們沒走出兩里路，就迎面撞見了一支袁軍部隊。這支部隊是以弓兵和盾兵為主，顯然是為了伏擊之用。他們估計是看到烏巢假城的燈光亮起，匆忙趕去設伏，卻沒料到被伏擊的部隊這麼快就掉頭衝了過來。

張繡只下達了一個命令。

「殺！」

張繡麾下的丹陽兵和青州兵軍紀渙散，可個人格鬥都是好手，最擅長的就是亂戰。在黑暗中士兵們無法分辨敵我，他們怒吼著揮動著手裡的武器，只能憑藉方向來殺敵——甭管什麼穿著，只要是跟我面對面的，就是敵人。這支伏兵以遠端武器為主，猝然在黑暗中遭遇到近身搏殺，一下子陷入了混亂之中。

來不及射箭的弓兵被長矛刺穿；盾兵想要舉盾掩住身體，卻發現周圍的同伴被衝散，盾陣的優勢蕩然無存，陰險的刀刃可以從側面輕易割開腰部；只有少數刀兵和戟兵還在勉強支撐，但一次斬擊卻會吸引數倍的回擊。

在這種兇猛而短促的打擊下，只是短短半炷香的功夫，這支袁軍便被打成了一盤散沙。張繡不敢戀戰，帶著隊伍穿過散亂的陣形，消失在黑暗中。

「我大概知道袁軍是什麼打算了。」楊修一邊抓緊韁繩一邊說。

「講。」張繡平時有些懦弱，可一到戰場上，那股虎將的氣勢便強烈地散發出來。

「這附近沒有山坳或大片樹林可以藏住大軍，所以袁軍應該是把伏兵化整為零，分成幾十隊，以假城為圓心進行均勻配置。一旦我們中計接近假城，他們就會從四面八方群起攻之，迅速結成包圍網。」

張繡「嗯」了一聲，心中慶倖不已。如果不是楊修覺察得早，他們將會被合圍在城下，承受著來自城頭和四周的無盡打擊，那將是死路一條。

「袁軍既然這麼分散，那趁他們還沒合圍時我們各個擊破，突圍不成問題。」

此後張繡先後又遭遇了兩次伏兵，所幸每次都先發制人，擊潰了對手，然後不斷改變方向，防止敵人追擊。他們在黑暗中歪打誤撞了許久，最終確認自己已經殺了出包圍，但同時也發現徹底迷路，不知身在何處。

幸運的是，這附近有一條很寬的河流，於是隊伍停下來稍事休息。張繡把坐騎撒開，讓牠自己在河邊找野草吃，然後找到楊修。楊修正在清理身上的血跡，那不是他的，而是屬於一名不幸的袁軍士兵。那名士兵試圖接近楊修，結果被一名用劍的步兵飛快地割開脖頸，噴出一腔熱血。楊修的臉上沾了不少血點子，看上去有些扭曲的瘋狂。

張繡走到他身邊：「你什麼時候發現的？」

楊修用溪水撲了一下臉，抖抖手，這才回答道：「咱們剛一踏上那條大路的時候……楊修道，眼神變得淩厲起來：「烏巢城屯糧極多，過往車馬一定頻繁，道路應該被壓得十分平整。而那條大路雖然平整，但一路上坑窪凹凸之處實在太多，像是匆忙急就而成的新路。」

張繡也非庸才，聽楊修這麼一分析，立刻豁然開朗。楊修繼續道：「無論是這條路，還是那座可笑的樓車假城，放在白天都是破綻百出。只有對夜晚行軍的人，這種偽裝才有迷惑性——這說明什麼？這是給咱們量身打造的陷阱！他們早就打算在此伏擊！」

「那不對啊。我們一直是按照地圖走的，袁紹怎麼能未卜先知，在一個錯誤的地方修路築城等我們來呢？」張繡還是有點不能接受。

楊修冷笑一聲，指著張繡的胸口道：「如果我說，這張地圖本身就是錯的呢？」

張繡啞然。他這張地圖，是靖安曹提供的，上面標記著官渡、烏巢、陽武等一些重要地點之間的距離關係。如果有人在上面做點手腳，就會失之毫釐，謬之千里。

「可是……為什麼？」

楊修道：「張將軍到現在還沒醒悟嗎？你是殺曹昂的降將，我是漢忠臣的兒子。咱們不過是吸住袁軍注意力的棄子，曹公真正的奇襲部隊，恐怕已經摸進真正的烏巢城啦。」說到這裡，他狠狠地把骰子扔在地上，第一次露出怨毒的神色。

之前郭嘉對楊修的各種小動作都很容忍，這讓楊修產生了錯覺，心中懈怠。沒想到郭嘉不出手則已，一出手就是想要把他和張繡一口氣全都除掉。當楊修注意到這點的時候，已經太晚了。

聽了楊修的話，張繡霍然起身，心中的震驚無以復加。難怪自己從前線被突然抽調回來，難怪配備的都是沒有經驗的新兵，難怪一定要夜晚出擊。原來這一切，只是讓自己去當棄子，就像他們把那一小隊袁軍當成棄子一樣。

張繡臉色有些發白：「那我們怎麼辦？」

楊修俯身把骰子從泥土裡撿起來，拍拍乾淨，露出一絲獰笑：「他郭奉孝也不是神仙，千算萬算，他也算不到會有一隊迷路的袁軍做了替罪羊，替咱們在樓車城下全軍覆沒，給了咱們留了轉圜的餘地。」

按照常理，蜚先生若在此設伏，定會把周圍清理乾淨，不讓意外攪局。這隊袁軍莫名其妙地一頭闖進來，說明他們軍中的溝通出了問題。也許是孔融的事情刺激到了袁紹，使得這個計畫不得不提前發動，以致出現意外。

「轉圜？怎麼轉圜？」張繡有些煩躁地跺了下腳。

楊修朝著身後隊伍的兩個身影投去一瞥：「這就是郭奉孝第二個算不到的地方了。」

幾十條木船在夜幕下的烏巢大澤飛快地前進著，船底無聲地割開水面，分出兩道浪花，像是鋒利匕首在裁著布。這些木船沒有船帆全靠劃槳，在水中走得飛快，每條船上都密密麻麻地站滿了士兵，吃水很深。在遠處，一個不起眼的火點正在岸邊緩慢地轉動，如同夜空中的北斗一樣醒目。

「主公，我軍已經接近烏巢。」許褚向身後的人抱拳。他全身披著重甲，像是一頭棕熊。

「張繡那邊有消息了嗎？」聲音醇厚，又帶著一點點疲憊。

「靖安曹已看到袁營舉火，伏擊應該已經開始。」

「唉，若非倉促，本不必如此犧牲……」聲音遺憾地嘆息了一聲，彈動手指：「就按計劃去做吧。」

許褚肅然道：「屬下明白。」

整個船隊在烏巢大澤縱橫交錯的水道裡小小轉了個彎，朝著岸邊飛馳而去。如果是大白天的話，那麼岸上的人就會看到，每一條船的船頭都站著一名烏巢水賊。他們不時發出指示，讓船隻避開過淺的水道或暗礁，以最高的效率接近目的地。

船隊很快就抵達了大澤的某一處岸邊，曹軍士兵爭先恐後地跳下船，在岸上迅速集結。在這些隊伍中，有許多張在大澤賊穴裡非常知名的面孔，有些人甚至還曾因為奮勇殺敵而被袁紹嘉獎過。這股曹軍從下船到整隊只用了半個時辰不到的時間，而且全程幾乎沒發出過聲音，只有凜凜的殺氣逐漸凝集。

他們登陸的岸邊，距離烏巢城的北門只有幾十步之遙。烏巢城背靠烏巢大澤，三面陸地都是嚴兵把守，只有靠著大澤的北面防守相對空虛。在這樣一個漆黑無月的夜晚，烏巢城北面甚至連火把都沒安放一把。所有人都覺得，曹軍在大澤損失慘重，已經被嚇破了膽，絕不敢穿越殺機四伏的烏巢水面。

這股曹軍在許褚的指揮下飛快地跑到城牆底下，拿出鉤索朝上一拋。十幾名腿腳俐落的虎衛攀住繩子朝上爬去，不一會兒就到了頂端。他們彎著腰把鉤索換成了繩梯，讓更多人爬上來。沒過一會兒，北門居然就被這些先鋒從裡面推開了。

「備火！」許褚發出命令，他身後的士兵們紛紛從身上解下一根纏著白布的粗大松枝，用火引點起火來。開始是十幾個火頭，然後擴散到幾十個、幾百個，烏巢城和烏巢大澤之間一下子被無數的火光充滿。

「殺！」許褚大喝一聲。

數千名士兵也隨之大喝，連天空的雲都為之顫抖了一下。曹軍的奇襲部隊像一把鋒利的戈，狠狠地啄向烏巢城的缺口。曹兵沿著城門衝了進去，然後散開到每一條街道。一直到這個時候，守軍才意識到城被突破了，他們驚慌地拿起武器，試圖去阻擋。可羸弱的運糧兵又怎麼可能是這些精銳的對手，散亂的抵抗幾乎沒有效果。

烏巢的街道很狹窄，兩側的空地幾乎都被輜重填滿。許褚和虎衛們組成了一個圓陣，把中間披掛甲冑的主公保護起來，快速推進。直撲向府衙。開戰前烏巢本為曹氏所有，所以城內佈置他們都非常熟稔。

府衙是天子的所在，是這次行動最為重要的目標，甚至比焚糧還關鍵。只有等到天子到手順利離開城池，攻佔烏巢城各處屯糧要點的士兵才會放下火把，開始焚燒。

烏巢城並不是特別大，他們很快就抵達府衙門前。這座府衙和其他城市的府衙不太一樣，它是一座背靠高牆的石製建築，分為三層，每一層的建築週邊還有拱形邊牆，與其說是個府衙，倒不如說是一個城中要塞。這是當年為了抵禦烏巢水賊而修造的，因為不太好拆，所以佔領者無論是曹操還是袁紹，都沒把它拆毀，留到了現在。

許褚沒有立刻衝進去。天子既然在烏巢出現，那麼他的周圍一定有袁軍護衛據險抵抗。在清剿乾淨之前，他可不想讓主公冒風險進入。他正考慮如何分派人手，忽然一名虎衛發出一聲叫喊，許褚疑惑地朝另外一個方向看去。他看到，在火把和燈籠的映照下，一縷青煙裊裊升起，很快青煙轉成了黑煙，愈加濃烈。

「這是誰擅自先動手了？」許褚眉頭一皺，大為不滿。

「是我。」

一個嘶啞而得意地聲音從府衙上方傳出來，在場的人同時抬起頭來。只見一個身裹青袍的怪人站在府衙的第三層高處，以手憑欄，用一隻獨眼居高臨下地瞪著他們，如同一隻掛在樹上的夜梟。原本只是遍佈血絲的眼球，今夜竟是格外血亮。

「蜚先生？」許褚仰頭大叫。

「用心良苦哇。」蜚先生高抬起雙手，語氣有些感慨：「你們跟烏巢賊們演了那麼久的對手戲，犧牲那麼多條性命，只是為了讓我相信大澤水路已是險途，不加防備。又把張繡棄掉，誘走我的重兵。用心良苦啊，用心良苦。」

「苦你姊姊！」許褚拿起一把手戟，猛然投過去。蜚先生閃身避過，他渾身膿腫，動作卻是不慢。手戟砸在石欄上，濺起幾塊碎石。

「你們是不是覺得，烏巢已是你們的天下，成功近在咫尺？」蜚先生的腔調裡帶著一種壓抑不住的狂熱。許褚決定不去理他，專心攻打府衙。這傢伙顯然只是恰好在烏巢城裡待著，結果被曹軍圍了個正著，走投無路之下，才在這裡裝腔作勢。等殺到三層把他揪下了，看這個癩蛤蟆還能囂張到哪裡去！

蜚先生停頓片刻，把身體稍微前傾，把視線投向許褚的身後。那個全身披掛甲冑的中年人被虎衛團團圍住，也仰望著府衙頂端。他腰間懸著一把華美長劍，蜚先生一眼就認出來那是名劍「倚天」。

「曹司空大人，難為你親自造訪烏巢。」蜚先生高聲叫道，口氣得意非凡：「讓我想想，用什麼東西招待您，才符合您的身分呢？」蜚先生歪著頭想了想，忽然咧開嘴：「比如說，濮陽？」

隨著他的話音一起，四周頓時有數十道黑煙扶搖直上，許褚面色大變。

六年之前，曹操與呂布在濮陽曾經有過一場大戰。濮陽大戶田氏假以投降為名，將曹操誘入城中。然後四方火起，把曹操困在城中。呂布帶人四處搜殺，幾乎逮住了他。最後曹操頂著熊熊大火從東門躍馬而出，這才僥倖生還。若以兇險而論，此戰猶在宛城之上。

如今蜚先生提起濮陽，顯然是要把他們困殺在烏巢，重現濮陽噩夢。

「我軍如今遍佈烏巢，你的主力遠在別處。想讓濮陽重現，根本是癡心妄想！」許褚大罵。蜚先生一撩青袍，哈哈大笑：「癡心妄想？」他一揮手，身後一支鳴鏑飛上夜空，很快從四個方向傳來四聲隆隆的聲音。

許褚等人雖不知道發生了什麼，卻知道一定不會是好事。

「別激動，那只是我事先吊在城門上的四塊斷龍石罷了。」蜚先生得意道。「斷龍石一落，城門便會被阻斷。如果這時候城內火勢大起，除了個別人可以從城頭吊下繩索逃走以外，大部分人只有死路一條。

肉眼可見的火光已經開始在城內顯現，隱隱傳來喧嘩。這些囤積在城內的糧草輜重事先被澆了油，非常易燃。曹軍可以佔領烏巢，但不可能清除所有東山埋伏在城內的人。只要一處火起，就會迅速蔓延全城。曹軍雖然目的是焚糧，但絕不是讓自己和糧草同歸於盡。

「你這個瘋子，你這麼幹，自己不也要死嗎？」許褚吼道。

蜚先生深沉地看了他一眼：「我就沒打算離開，我要親眼見到曹氏的覆亡，親眼見證郭嘉的事業坍塌……」他說到一半，喉嚨像是被一隻無形的手扼住了。那一隻血亮的獨眼瞳孔陡然縮小，映照出那中年人摘下頭盔以後露出的滄桑面孔。

說來奇怪，那腰懸倚天劍的中年人沉默地盯著蜚先生，就像是盯著畢生的仇敵。但蜚先生肯定自己之前從來沒見過他。

「你不是曹操！」蜚先生的聲音有些驚怒。「沒人說那是曹公，一切只是你一廂情願罷了。」隊伍裡另外一個聲音傳來。他摘下扣在頭上的斗笠，露出一張犀利而自信的臉。

「郭嘉！」蜚先生發出野獸般的吼聲，他沒想到，這個朝思夜想的宿敵居然離開官渡出現在自己面前，身體因為毫無心理準備而顫慄起來，獨眼紅得發亮。

郭嘉走到中年男子身邊，嘖嘖嘆道：「張遼將軍和曹公的身高差距那麼大，你也能看錯。看來仇恨不光會蒙蔽一個人的眼睛，也會扭曲一個人的智慧啊。」

「原來是張遼。」蜚先生看了他一眼，但還是不明白，為何這人對自己充滿了怨恨。

「我今日到此，不是以曹氏將軍的身分。」張遼緩緩開口，雙手緊握倚天高舉過頭，唇角在微微抖動，「而是以呂姬丈夫的名義，向你們復仇。」

蜚先生何等心思，只稍微轉了轉，便猜出個八九分。呂姬之死，顯然是被郭嘉栽贓到了東山頭上。這樣一來，本來是郭嘉希望在烏巢借重張遼的武力，卻變成了郭嘉給了張遼一個報仇的機會。以張遼對呂姬的感情，一定會拚出死力，而且還會對郭嘉充滿感激，無形中打破了楊修的拉攏。

真不愧是郭嘉式的人盡其用，蜚先生從鼻子裡冷哼一聲。不過他不打算對張遼解釋，解釋已經沒有任何意義，東山也不懼怕與任何人為敵。

更何況，他如今處於優勢。

「郭奉孝，你就裝吧！曹操雖然沒來，你不是一樣落入我的圈套！你終究還是輸給我了！你不是天下第一謀士嗎？現在題目劃出來了，用出你的計謀來解呀，來破局呀！」

相比起蜚先生的瘋狂，郭嘉冷靜得像一塊冰，他只是抬起一根指頭：「我不用做任何事，就可以打敗你。」

蜚先生把身體向前探，青袍一展，突然狂笑起來：「也好！如今烏巢四門已封，我看郭嘉你的大話能說到幾時！」

就像是為了給他的話增加說服力，烏巢城內又是十幾道煙柱升起來。火勢逐漸大了起來，映得半個城池都紅亮起來，府衙前的人隱隱能感覺到熱浪在遠處奔騰。

「殺了他們！」蜚先生大叫，枯枝般的手指一壓，數十條黑影從他身後躥出去，朝著郭嘉刺去。這些人的速度極快，皆是東山最精銳的殺手。許褚立刻擋在了郭嘉身前，虎衛們一湧而上，與東山殺手戰成一團。張遼高舉著倚天劍，衝在了最前面。

至於郭嘉，他平靜地負手而立，保持著仰望的姿態，一點也沒因為自投羅網而驚慌，四周的血腥殺戮對他來說沒有任何影響。

「我今日到此，不用做任何事情，」郭嘉的聲音在熱風裡飄蕩。遠處的火光，將他頎長的身軀在地上拉出一道長長的影子。

郭嘉說這句話的同時，在府衙內的劉平也緩緩站起身來，邁出了一步。該是天子出手的時候了。

「德祖，你這是什麼意思？」張繡一頭霧水地瞪著他：「郭奉孝第二個沒想到的是什麼？」

楊修狡黠地擺了擺手指：「張將軍，容我先給你變個戲法。」他叫來幾名士兵，耳語幾句。士兵們點點頭，轉身離開，沒過多一會兒，他們把兩名士兵揪過來綁住雙手，扔在地上。然後楊修下令讓所有人都退開幾十步之外，沒有命令不得靠近。

「這是……」張繡還是糊塗。

楊修點起一節松枝遞給張繡，張繡拿起火把一照兩個人，不由得雙目圓瞪，松枝啪地落在了地上。他可沒想到，一直藏在自己隊伍裡的，居然是這個人！

「二……二公子？」

張繡下意識要去扶，可手伸到一半，曹丕已經咬牙切齒地喊出聲來：「楊修！你出賣我！」楊修蹲下身子，笑眯眯地對曹丕道：「二公子，我可沒出賣你。你不是一直想問張將軍宛城的事嗎？如今正是時候。」

一聽到「宛城」二字，張繡又是一顫：「德祖你……」

在火光的躍動下，楊修的表情顯得陰晴不定，格外詭祕：「張將軍，曹公怕殺了你壞了他愛才的名聲，所以故意派你來送死；賈詡那麼聰明，會看不出這一點？可他提醒過你一句沒有？如今曹家二公子又開始追究宛城之事。張將軍，你如今可是窮途末路、四面楚歌啊。」

張繡的嘴唇不爭氣地顫抖起來。這些事情他早就隱約猜到，只是不願意去證實，如今被楊修一語點破，他的心理防線一下子垮了。張繡頹然地坐在地上，囁嚅道：「文和，文和他不會這麼做的，他一定還有後手救我……」

「後手？你仔細想想，從你投曹開始，賈詡可做過一件對你有利之事嗎？正相反，你身邊的人，一個接一個地被除掉──胡車兒是怎麼死的？」

面對楊修的質疑，張繡啞口無言。楊修低下身子，放慢語速，帶著那麼一絲誘導：「我知道賈詡讓將軍把宛城之事爛在肚子裡，可這是為什麼？到底是為了你好，還是為了他好？你想不通不要緊，可以說給我聽，我來幫你分析來龍去脈。若將軍你還是執迷不悟，閉口不談，可咱們可全都要冤死在這大澤之地了。」

說完楊修雙手一攤。張繡臉色煞白。當他意識到賈詡也可能出賣自己的時候，最後固執的信念終於崩塌了。

「可是……」張繡看了曹丕一眼，頗有顧忌。楊修道：「二公子好不容易從北邊回來，又親身涉險跟著咱們出來，不就為了弄個真相嗎？讓他跟我們一起聽聽也無妨嘛。」他拍了拍曹丕的頭，輕鬆地說：「……不然就這麼不明不白地死去，豈不是太可憐了。」

張繡像被雷劈了一下，全身僵直地看向楊修，彷彿不認識這個人。楊修狐狸般的面孔浮現出一絲猙獰：「反正沒人知道他尾隨你到此，若還放還回去，豈不是大大的禍害？你反正已經殺了一個曹家子弟，多一個又何妨？這時候，就該賭一賭了。」

張繡緊張地看了眼曹丕。出乎他意料的是，曹丕此時居然不是面露恐懼，而是死死地盯著他。這孩子對真相的執著，已經超越了生死。

現在張繡才明白，為何賈詡反復告誡他，要做一個單純的武人。他只是稍微多想了一點點，就被逼到了如今的局面。張繡抬起頭，天色漆黑如墨，自己這支棄軍置身於黑暗之中，茫然不知所措，就連身處何地都不知，與自己的境遇又是何其相似。

「好吧……」張繡長長地嘆了口氣，一瞬間像是老了許多歲。

張繡就這麼站在黑暗中，開始緩緩地講出宛城之夜的真相。其實，真相也並沒有那麼多，許多細節，許攸都已經為曹丕推測過了，如今只是從張繡口中證實罷了。

一個自稱魏蚊之人，請求賈詡和張繡為他完成一件事，趁曹公在宛城時發動一次叛亂。這起叛亂要偽裝得像是襲擊曹公，但真正的目標，卻指定是曹昂。在一開始，張繡覺得這想法十分荒謬，可當賈詡吐露出這個人的真實來歷時，張繡卻不得不陷入沉思，最終不得不答應下來。接下來的事情——正如天下所知的那樣——胡車兒親自帶兵圍攻，曹昂戰死，而曹操、曹丕卻在賈詡的刻意安排下僥倖逃脫。

「你就沒想過得罪曹操的下場？」楊修忍不住問。

「賈先生開始不是這麼說的，我們本來是打算投靠袁紹。他告訴我的是，宛城乃一石二鳥之計，既可以完成魏蚊的囑託，也可以在投靠袁紹時多一分功績。要不然我是不會答應的。」

「結果等到袁紹的使者許攸抵達，賈詡卻突然變了臉，把使者叱走，反過來勸將軍降曹？」楊修看到張繡鬱悶地點點頭，繼續道：「讓我猜猜，他對你說的是袁強曹弱，投袁公不過是錦上添花，無甚前途；曹公正在用人之際，非但不會計較，反而會大大重用，對不對？」

「始有大疑，方有大信。我那時已不能回頭，只能相信他。」張繡吐出一口氣來。

「賈詡真是好手段，誘以虛利，帶著你一步步走下來，等到你驚覺時會發現已身陷泥沼別無選擇——難怪人家說，郭嘉是螳螂，賈詡是蜘蛛。」楊修大為感慨，話題一轉：「可我有個疑問，魏蚊究竟許了賈詡什麼好處，讓他甘心做出這等大事來？他到底是誰？」

張繡的面頰肌肉抖動了一下，他表示自己也不知道。這些事情，賈詡不可能會告訴他。張繡知道的，只是一個名字罷了。楊修似笑非笑瞥了曹丕一眼：「其實要猜出他的身分，倒也不難。只要看看宛城之亂誰得利最大，幕後主使便昭然若揭。」

張繡一愣：「袁紹？」楊修無奈地搖搖頭：「張將軍，你仔細想想。宛城死者中最有價值的，是曹昂。而曹昂死後，曹家發生了什麼事？」本來臥在地上的曹丕開始掙扎，臉色愈發蒼白。楊修沒等張繡回答，自己掰著手指道：「曹昂乃是劉氏所生，親母早死，他被正室丁夫人撫養長大，不出意外的話，他將是曹公毫無爭議的繼承人。曹昂在宛城這一死，讓丁夫人悲痛萬分，與曹公決裂離異，不復相見——」

說到這裡，楊修伸出了三個指頭：「沒了曹昂，曹氏的繼承人只能是從卞夫人的三個兒子：丕、彰與植中做出選擇；沒了丁夫人，曹公只能把卞夫人扶正，所以……」他說到這裡，閉上了嘴，但灼灼的目光裡已經有了答案。

「你放屁！」曹丕大嚷起來，整個面部肌肉痙攣，讓他看起來格外猙獰。楊修蹲下身子，盯著他的臉：「我問你，魏蚊是什麼意思？」曹丕下意識地答道：「琅琊開陽附近山中生長著一種蠍子。」

「你母親又是哪裡人？」

「琅琊開陽……」曹丕的聲音逐漸低沉，可他突然又爆發出來：「這兩者只是巧合罷了！我母親不是那樣的人！」

楊修和藹地摸摸他的頭：「傻孩子，為了你，她可是什麼都肯犧牲。看，母愛是多麼偉大啊。」楊修深深地看了他一眼，居然有一種快意。他這話一出口，曹丕呆在了原地，胸膛起伏，一顆心臟幾乎要掙破胸腔。

「原來，竟是……卞夫人？」張繡的震驚一點也不比曹丕小。楊修冷笑道：「如果是她的話，我一點都不意外。那女人本來是徐州的一個舞姬，如此低賤的出身，居然能把曹公迷得神魂顛倒娶回家去，如今還擢為正室，手段實在是了得。」

「然後我們怎麼辦？」張繡問，他下意識地摸了摸腰間，意思是該不該動手殺人。

楊修伸開修長的指頭，優雅地擺動一下，然後蹲到了曹丕身前，抬起他的下巴：「知道真相以後，我忽然有點捨不得殺你了。我很想賭一賭看，把二公子你放回去，你會怎麼做？」

曹丕面色慘白，一言不發。楊修猶嫌不夠，言辭溫和地嘮叨著：「你去揭發宛城祕辛，張繡、賈詡固然完蛋，卞夫人也一樣下場堪憂；可如果不揭發呢？你不惜以身犯險追到烏巢，如今知道兇手卻不敢說，之前所作所為豈不成了笑話？是顧念兄弟之情，還是為親者所隱？大哥之仇和母親之命，你到底怎麼選？」

楊修的一句句話刺入曹丕的耳中，把他試圖隱藏的刺一根根地挑起來，血淋淋地亮在面前。戾氣在逐漸升騰，太多太大的衝擊湧入少年的心靈，讓他不知所措，不同的思緒在同一具軀體裡拚命地廝殺。曹丕的牙齒開始顫動起來，發出酸澀的格格聲。最終這場風暴達到了巔峰，曹丕猛然仰起頭來，半直著身子瘋狂地吼道：

「不要說了！」

這一聲吼連遠處的士兵都聽到聲音，紛紛投來好奇的目光。張繡有點緊張，起身要動手，楊修卻示意他稍安毋躁，然後退後了幾步，露出玩味欣賞的神情。

那一聲吼耗盡了曹丕全部的力氣，他身子晃動了一下，頭深深地垂了下去，雙肩在劇烈抖動。他身前的泥土，被大滴大滴的淚水所浸濕。就在張繡和楊修以為他行將精神崩潰之際，曹丕身旁傳來一個陰沉的聲音：

「二公子，就是現在！」

他身旁一直被人遺忘的黑影猛地跳起來，用頭撞向楊修。楊修猝不及防，只得矮身去閃，張繡一看不妙，踏前一步擋在楊修面前。黑影一頭頂撞在甲胄上，反彈回來，被張繡一拳打翻在地。

就因為這一下遲滯，曹丕趁機雙腕一掙，竟把繩索掙斷，雙腿飛速地奔向在河邊吃草的張繡坐騎。因為天色太黑，士兵們又留在幾十步開外的位置，一時間不及攔阻。曹丕翻身上馬，狠狠踹了一下馬肚子，馬匹嘶鳴一聲，朝著遠處跑去。

張繡要去追，卻被楊修攔住了：「來不及了，張將軍你看他逃去的方向。」

這時候張繡才注意到，曹丕逃去方向的遠方地平線，正隱隱透著紅光，連那一片天空都被映的彤紅。那裡才是真正的烏巢城，正熊熊燃燒著的烏巢城。它就像是一把巨大的火炬，逐漸照亮了整片大澤與原野。

「我們去追的話，可能會和曹軍的主力碰上。」

「可是他知道我們這麼多事情……」張繡急道。楊修望著曹丕逐漸遠去的背影，眉頭先是緊皺，然後舒展開來：「普通人聽到這些事，就算不瘋也要方寸大亂。而曹丕居然還有這麼強的求生欲望，說明他保持著清醒。而一個清醒的人，他會做什麼選擇，並不難猜。」

楊修的話並不能讓張繡釋懷，他憂心忡忡地走過去，看到自己剛剛打倒的人躺倒在地，身下還壓著一隻熄滅的松枝。張繡這才恍然大悟，剛才自己把火把掉在地上，居然被這小子偷偷用身體壓住，趁談話之際偷偷燒斷了曹丕手腕的繩索。

「這是誰？曹丕的跟班？」張繡問。他對這小子有點佩服，聰明不說，還忠心的很，捨棄自己也要救曹丕的命。

楊修端詳了一下這個躺倒在地的年輕人，說出了他的身分：「這是河內司馬家的二公子，司馬懿。」

「你居然認得我。」司馬懿氣定神閒地笑了笑。楊修道：「司馬家於漢室如此重要，你們家上上下下，我可是都關注過。」

兩個人四目相對，彼此都心照不宣。只有不知內情的張繡有些詫異，司馬家怎麼會和曹丕扯上關係？他一下子有些猶豫，不知此人該如何處置才好。這時楊修又問道：「你不在河內待著，跑來這裡做什麼？」

司馬懿道：「司馬家向曹公輸誠，我要陪伴二公子左右，這個理由你們喜歡嗎？」說到這裡，他轉動脖頸，朝著遠處的烏巢城看了一眼：「跟隨你們潛入烏巢，這是我的主意。我告訴過他，只有在人最絕望的時候，才會吐露真相。你看，我說的沒錯吧？」

張繡眉頭一皺，覺得自己似乎被耍了，不由得疑惑地看了楊修一眼。楊修對司馬懿的話有點惱火，他冷冷說道：「你把曹丕騙來這裡，根本不是為了方便他追查真相。你只是騙那個小孩子，想創造個機會進入戰場，去救天子罷了。」

「什麼？天子？」張繡發現自己有點跟不上了，怎麼又和天子扯上關係了？

對於楊修的質問，司馬懿對此不置可否，楊修又道：「如果我猜得不錯，曹丕剛才朝著真正的烏巢城跑，就是得自你的叮囑吧——天子，就在烏巢？你對他倒真不錯，寧肯犧牲自己性命，也要去想辦法示警。」

司馬懿高傲地看他一眼，閉上眼睛淡淡答道：「你推斷得倒不錯，就是反應太慢了。總是等到事情發生了，才想清楚是怎麼回事。」話音一落，楊修登時臉色陰沉下來：「你我皆是漢室忠臣，何必這麼說話。」

「你是為了劉協，而我是為了劉平而來。咱們倆不是一路人。」司馬懿輕蔑地看了他一眼。從一開始，司馬懿就對慫恿劉平去做各種事的楊修一點好感也無，而楊修對這個天子時時掛在嘴邊的好兄弟，也有一種本能的厭惡。

楊修眼神閃過一絲狠戾，他還從來沒被人這麼擠兌過，即使是郭嘉，也從沒如此嘲諷過他。而司馬懿還在繼續：「我看就算是漢室，在你眼裡也不是效忠的對象，它不過是你參與天下這一鋪大賭的賭本罷了——如今天子就在烏巢，你手裡這麼多兵，為何不趕緊去勤王？」

「我會去的，不過在那之前，我要做一件事情。」楊修從張繡身上拔出長劍，「唰」對準了司馬懿的脖頸。這傢伙的嘴實在太毒了，楊修可不想再聽到從他嘴裡出來的任何聲音。司馬懿被劍頂住脖頸，身子不自在地扭動幾下，仍在嘲諷道：「你我皆是漢室忠臣，你現在倒要動手了？」

「天子身邊只要一個輔弼之臣就夠了，我要清君側。」

楊修沉聲說道，手中用力。就在千鈞一髮之際，一枚石子破空飛來，楊修一下子握不住劍，被直接彈飛。

「誰！徐福？」楊修環顧四周的黑暗，厲聲喝道。飛石擊劍，只有徐福才有這種手段。張繡也驚恐地左右張望，這一連串事情讓他的腦筋完全不夠用了。

一聲長長的嘆息從附近傳來：「楊公子，既知司馬是天子親近之人，為何不肯留手？」楊修的五官有些扭曲，他不顧張繡還在旁邊，昂首發出一聲怒吼：「你是我楊家之人！為何要幫外人？」

「楊太尉一心酬注漢室復興之道，他可不願見你走入歧途。」

「如今我父親已經退隱，楊家我說了算，漢室由我來做主。你只是一個刺客、一條狗，郤越俎代庖來教訓我，是何道理？」楊修激動得手都在抖。就像他剛才把曹丕心中最深的刺挑出來一樣，徐福現在挑的，也是他心底最敏感的地方。

黑暗中半晌沒有聲音。楊修冷哼一聲，提劍又刺了下去，結果又被石子彈開。徐福的聲音再度傳來，這次腔調裡多了一絲感情波動：「楊公子，收手吧。楊太尉曾叮囑我，說若見到你走的路不對，要出言勸阻，免得楊家都被連累。」

「我走的路哪裡不對了？」

「司馬家乃是天子最重要的外援。你執意要殺司馬懿，不知有何解釋？」

楊修被說破了心事，冷笑道：「我的事，不用一條狗來教。我今天偏要殺他。有本事你十二個時辰一直盯著。看你的石頭多，還是我的劍快！」他把劍撿起來，重新對準司馬懿，狹長的雙眼掃視著黑幕，恨不得把徐福揪出來碎屍萬段。

「楊公子，你太讓我失望了。楊太尉的擔心，果然沒錯。」

徐福不提還好，一提楊太尉，楊修的情緒一下子爆發出來。他發了狂一般虛空亂劈，像是方士在驅鬼一樣：「楊太尉，楊太尉，你們全都天天唸叨楊太尉！一個個都以為自己是誰，呸！我呸！一群搞不清時代的老狗，還來教我！」

張繡看到楊修一改往日的淡定從容，像是一個賭輸了的賭徒一般紅著眼睛發洩，想過去勸一句。不料楊修猛一回頭，張繡看到這人的面孔已扭曲得像是個來自九泉的妖魔，不由得嚇得倒退了好幾步。好在夜色深沉，不然被士兵看到這一幕，還不知如何收場。

黑暗中，徐福的話仍在繼續：「我不是楊家的狗，我原本也是士林中人，只因年少輕狂闖下大禍，才被楊太尉庇護至今。如今既然楊公子已不需要我，我想也到了辭行的時候。」楊修聽到徐福居然提出離開，愣了一些，歉疚之情剛剛浮現，就被憤怒淹沒：「哼，趨炎附勢，想去抱郭嘉的大腿？」

「不，我會去荊州，遠離中原。脫下這身刺客的黑衣，做回到儒林士人。」徐福的聲音有一種被傷害的痕跡。

「哈！滾吧！楊家不需要你這忘恩負義的狗！還賴在這裡做什麼？」聲音又長長嘆息一聲：「保住司馬懿的性命，是我為你們楊家做的最後一件事。」

「我倒要看看，你怎麼保住他。」

楊修高聲發出命令，四周幾十名士兵帶著武器匆匆地圍了過來。

# 第十三章　如何殺死一隻螳螂

劉平站起身來，向外邁了一步。府衙裡的三個人，同時抬起了頭。鄧展是淡然，王越是疑惑，而淳于瓊喝的酩酊大醉，兩隻眼睛看起來有些渾濁。

「陛下去哪裡？」王越問。

「出去看看。」

「外面正在打仗，陛下還是安坐於此比較好。」王越抱著劍說道：「等到蜚先生一到，我們就從密道撤退。」

雖然天子是誘餌，但無論袁紹還是蜚先生都不會真的把一位天子置於死局之中。他們在烏巢府衙內早挖好了一條出城密道，只待曹軍進城，就從這裡脫離。

「蜚先生呢？」

「我剛才出去看過了。他那邊出了點狀況，不過問題不大。東山精銳都集結於此，殺不得公敵，總報得了私仇。」王越說著，把身子擋在皇帝面前。

劉平皺眉道：「我若是堅持要出去呢？」

王越輕蔑地扯動嘴角：「那就要赦臣不敬之罪了。」劉平身邊只有一個鄧展，他連王服都打不過，更別說王越了。兩個人抵近對視，劉平忽然發現，他的氣色跟從前相比沒那麼鋒芒畢露了，腳步略顯虛浮，似乎是受了傷，不過他掩飾得很好，不仔細看不出來。

「難道他受過傷？可誰又能傷到他？」劉平暗想。府衙外傳來激烈的打鬥聲，想來是蜚先生的東山精銳與曹公的親衛對上了。時間正在一分一秒地流逝，劉平的計畫，還沒開始就已經趨於夭折。

「聽著，朕必須要離開這裡。這對你沒有半分壞處。」劉平的語氣趨於強硬和焦慮。王越卻絲毫不為所動：「目前的狀況，對我來說就是最好。我不希望出現什麼變數，所以陛下你還是回去吧。」

「不行！」劉平激動地又朝前踏了一步：「你難道不是漢室忠臣嗎？」

「不是。」王越回答的很乾脆：「我對那個沒興趣。」

「你是虎賁！是拱衛天子的虎賁！守護漢室不是你的本分嗎？」劉平聲音又大了一些。王越有些不耐煩，他是做過虎賁，但那是很久之前的事情了。這個皇帝居然拿那麼久遠的人情來說事，未免有些可笑。他想把天子推回去，劉平卻突然含怒出手。

劉平在這個年紀的人裡，算是武藝比較好的，溫縣能打敗他的人都不多。可在王越眼裡，這和小孩子的撒嬌差不多。他只是輕輕扭轉手臂，就抓住了劉平的拳頭，然後一下折回去。劉平控制不住身體，往後倒退了幾步差點摔倒，幸虧被鄧展扶住。

「我是做過虎賁不假，但誰會記得那麼久遠的職責。」王越說，有些同情地看著這個窮途末路的皇帝。

「我記得。」一個蒼老而含混的聲音忽然從王越身後傳來，和聲音同時抵達的還有一柄長長的刀。王越反應極其迅速，可是受傷的身體卻慢了一拍，只聽撕拉一聲，那把刀割破了王越腰間的衣物，在他的身上留了一道長長的傷口。

王越跳開數步，看到淳于瓊站在那裡手握長刀，嘴角還沾著酒漬，眼神卻清明無比。別說是他，就連劉平和鄧展都被這意外的轉變所驚呆。淳于瓊持刀又撲了過來，不知是否喝得太多了，他的身形飄飄忽忽，即使是王越一時都無法適應，被他完全壓制。

「你要幹什麼？」王越大喝道，不知道這個袁家大將到底犯了什麼毛病。淳于瓊卻嘿嘿一笑，繼續搶攻。這個大鼻子酒鬼平時渾渾噩噩，這個時候卻顯露出不遜于王越的劍擊之術，而且全是不要命的狠辣打法。交手了三、四回合之後，淳于瓊的刀指向淳于瓊的小腹，而王越的劍也橫在了淳于瓊的脖頸上，兩個人的動作一下子都停住了。

「淳于……將軍？」劉平一下子不知該說什麼才好。鄧展也瞪大了眼睛，他也算是淳于瓊的老部下了，可也搞不懂他此時的舉動。

「陛下，你可知道靈帝陛下為何組建西園八校尉？」淳于瓊拿刀頂住王越，突然問了個古怪的問題。

劉平愣怔片刻，隨口答道：「不、不知道……」

大概是酗酒過多的關係，淳于瓊的聲音有點嘶啞：「那全都是為了陛下啊。」

「為了我？」劉平看起來更加迷惑了。

「何后的獨子劉辯是長子，可靈帝一直認為陛下您才是他真正的繼承人，這才成立了西園八校尉，指望他們剪除何皇后和何進外戚的羽翼，好扶陛下登基。靈帝臨終之時，特意召見八校尉的領袖上軍校尉蹇碩，要他與我們七名校尉一起效忠陛下。可惜蹇碩無能，其他校尉又是貌合心離，以致最終還是讓劉辯登基，咳，我們辜負了靈帝期望吶。」

劉平沒想到當年的西園八校尉與自己還有這一段淵源，他看到淳于瓊臉上閃過一絲羞慚。

「只可惜當年老夫人輕言微，只能隨波逐流，無能為力。一直到後來陛下陰錯陽差登基為帝，老夫才覺得放下一段包袱，決定痛痛快快過完此生，肆意妄為。至於漢室如何陛下如何，卻由不得我操心了。」淳于瓊用平靜的口氣敘說道，始終警惕地望著王越，讓後者不敢輕舉妄動。

「其實一直到剛才，老夫都不願跟陛下重提舊事——但如今陛下發出那一聲質問，卻讓老夫回想起久遠以前天子交付給我的職責。」淳于瓊的眼神忽然變得溫和起來：「這西園八校尉，本來就是靈帝為陛下所設親衛。我們最初的職責，就是要成為陛下手中的利劍。」

在他身上，劉平居然感覺到了與楊彪類似的氣息，那是一種強烈的忠直之氣。

「那你打算如何？」王越冷冷發問，他還是第一次被人逼到動彈不得，殺氣愈發凜冽。

淳于瓊歪了歪頭：「臣不知陛下為何要在這時離開，亦不知陛下有什麼打算。但旌麾所指，利刃所向，乃是西園校尉的本分。老袁老曹他們忙著互相爭鬥，就讓我來為陛下盡忠吧。」

「可是，你這麼做，袁紹該如何交代？」劉平遲疑道。

「哈哈哈。若老臣直覺不錯，陛下這一走，袁紹那邊沒什麼機會交代了——鄧展，代我照顧陛下。」淳于瓊沉聲道。

鄧展聽到這個要求，不由神情一滯。劉平知道這不是猶豫的時候，他示意鄧展拉開逃生通道的入口。這個通道位於席榻下方，是一個可容兩人並行的大洞，可直通城外。劉平一彎腰鑽了進去，然後招呼鄧展也趕緊下去。

鄧展半個身子已經跳進密道，又回過頭來，目光複雜地望著淳于瓊。這個人是他的上司、是他的仇人、是他的恩人，還是敵軍的一名將領，可現在鄧展卻無從定義他們兩人之間的關係。

「老夫已經老了，但你們還年輕，還有無限的可能。一個混亂的世界，才是老夫最喜歡看到的東西，好好幹吧。」淳于瓊呵呵說道，然後他目光突然一凜，手中大刀用力一戳，撲哧一聲刺入王越小腹。王越沒想到他居然想同歸於盡，又驚又怒，揮起劍來，砍入了淳于瓊的脖頸。

鄧展閉上眼睛，矮下身子把通道的蓋子闔好，不想看到那血淋淋的結局。

「上面發生了什麼？」劉平問。

「陛下，不要辜負了淳于瓊的忠義。」鄧展答非所問。劉平咬了咬嘴唇，終究沒有掀開蓋子回去看個究竟，他必須要習慣於這種犧牲。

這條通道是草草挖就，四周洞壁都還留著一段段鏟子痕跡，入口還算寬闊，愈往裡爬卻是愈窄。劉平和鄧展手腳並用，弓著腰在裡面爬行了不知多少時間，忽然發現前面的路沒有了。鄧展伸手去摸，摸到了一個藤牌。他用力去推藤牌，只聽嘩啦一聲，藤牌向外倒去，清新的夜風從外頭湧入密道。

「誰？」密道口有人喝道。蜚先生既然安排了密道，自然也會安排了把守密道入口之人。說時遲，那時快，鄧展飛撲出去，用手臂扼住守衛的脖子，用力一扭，守衛立刻軟綿綿地躺倒在地，氣絕身亡。

其他幾名守衛猝然受到襲擊，都驚慌地跳起來。鄧展先奪下一人的兵器，然後大砍大殺，轉瞬間又放倒了三人。劉平也從通道裡躍出來，撿起死者兵器與鄧展並肩作戰。鄧展用餘光看到一人轉身跑開，大叫劉平趕緊去截住他。劉平縱身去追，看到不遠處的林邊拴著五匹西涼駿馬。那人跑過去一刀斬斷拴馬的繩套，還用匕首狠狠地插刺馬臀，讓馬匹們驚慌失措。這個東山的守衛顯然接到過命令，如果情況不對，就趕緊把這五匹馬放跑。

劉平見勢不妙，加快腳步，一劍刺穿了這名守衛後心，可他卻來不及阻止那五匹驚馬四散而逃。只是一個瞬間，那些駿馬就嘶鳴著消失在黑暗中，只聽到逐漸遠去的蹄聲。

劉平無奈地直起腰來，環顧四周，發現這裡是在離烏巢城不遠的一處小山丘旁。從這裡回望烏巢城，劉平看到整個城市火光衝天，煙霧滾滾，從這麼遠的距離都覺得有些發嗆。「這麼大的火，恐怕曹操一定會死在裡頭吧。」劉平心想。

這時鄧展解決了其他守衛，跑了過來。他一聽說馬都跑光了，不由得一愣：「那陛下你的計畫……」

「一定還有別的辦法，實在不行，我跑著去。」劉平說著，語氣卻沒什麼自信。他這才知道，謀略這種事真的是需要天賦，一個小細節沒有算到，就可能導致滅頂之災。郭嘉、賈詡、蜚先生他們的工作，真不是一般人能做到的。

正在這時，劉平聽到遠處的黑暗中有馬蹄聲傳來。他以為是某一匹馬又折返回來了，大喜過望，瞪大了眼睛去找。結果他就著火光，看到遠遠的有一個人騎在馬上，正朝這邊奔來。那人影看著十分熟悉，劉平連忙高舉著雙手，衝著他大喊起來。

那騎士聽到呼喊，朝這邊望了一眼，然後撥轉馬頭，疾馳而來。鄧展看到身影逐漸逼近，眉頭一皺，閃身躲進了樹林的陰影裡。騎士很快跑到劉平身前，兩個人都面露喜色。

「二公子？」

「陛下？」

自從鄴城一別，這還是他們兩個第一次見面。劉平看到曹丕臉頰雪白，眼睛卻有些病態地泛紅，整個人的精神狀態很不對勁，彌漫著一種摻雜著焦慮和憤怒的複雜情緒。

「司馬公子猜得果然不錯，陛下你果然是在烏巢！」曹丕翻身下馬，語速快得驚人。

「仲達？他也來了？」劉平一喜。

曹丕神色一黯：「為了掩護我逃走，他落到了張繡和楊修的手裡。」他說完這句，卻發現劉平的神情如釋重負，微微有些惱怒。曹丕以為劉平是天性涼薄，卻不知他是知道楊修和司馬懿都是自己人，不會有性命之憂。

不過曹丕無暇顧及這些瑣事，他一扯衣襟，急火火地問劉平道：「你知道怎麼進城嗎？」

他原本以為烏巢大火是曹操奇襲的成果，可跑過來以後卻發現四門緊閉，城內喧騰，心中隱隱覺得不妙，擔心父親中了敵人圈套被關在城裡，就像當年在濮陽一樣。劉平沉吟片刻，一指那小山丘：「這裡有一條密道，可通城內府衙。我就是從那裡出來的。」

「城裡什麼情形？」

「不知道，我一直被關在府衙裡。不過聽動靜外面打的很厲害。」

曹丕把馬匹轠繩塞到劉平手裡，說陛下你快乘馬走吧我要去救我父親，然後朝那密道入口跑去。劉平一愣，說你一個人進去有什麼用？曹丕猛然停下腳步，回過頭來，語帶苦澀地回答：「我要代人贖罪。」

劉平完全沒聽懂他的話，曹丕也無意多做解釋，瘦小的身子一晃，在洞口消失。他離開以後，鄧展才從林中陰影走出來，平靜地看了眼密道，對劉平道：「陛下，你我就此別過吧。」

劉平點了點頭表示理解。他們只有一匹馬，為了確保速度，只能讓劉平一個人騎乘。更何況，心灰意冷的鄧展在官渡戰場上已別無所求，他不會反曹，也不會助曹，跟隨在自己身邊只會徒增煩惱。

「好好欣賞這場大戰的結局吧，希望那些異鄉之人會喜歡。」

劉平翻身上馬，衝鄧展一抱拳，雙腿一夾馬肚，飛快地衝入黑暗之中。等到天子離開以後，鄧展把幾具東山守衛的屍體拖入密林，用樹枝蓋住，然後走到密道入口，把藤牌蓋到上面再覆以泥土和野草，確保外人看不出破綻。他忙完這一切，向著熊熊燃燒的烏巢城叩了一個頭，這才悄然離開。

曹丕並不知道鄧展在這一頭替自己掩飾，他俯下身子正飛快地在密道裡爬行，嘴裡還不時發出低吼。整個人現在滾燙的如同一塊火炭。宛城的真相和楊修的挑撥讓他陷入極其痛苦的境地。他感覺只有把自己投入到極端的環境中，激發出更加強烈的情緒，才不會被這股矛盾的痛苦火焰所烤化。

他彎著腰，埋頭朝前衝去，突然腦袋砰的一聲撞到了什麼，身子停止了前進。在黑暗中曹丕什麼也看不到，只能伸手去摸。這一摸，讓他摸到了一塊冰涼的金屬，很窄，而且很薄，邊緣非常銳利，差點割傷了曹丕的手指——這是一把劍！而且剛剛殺過人，刃身上還殘留著粘膩的液體。

密道裡有人！而且這人還握著一把劍。他從府衙進入，和曹丕逆向對爬，黑暗中誰也看不到誰，結果兩人撞到了一起。

「哼……」對面傳來一聲被強行壓抑住的呻吟。曹丕本來火炭般滾燙的身體陡然變得冰涼，這聲音他太熟悉了，是曹丕夢魘的根源——王越。曹丕沒想到居然會在這個漆黑、狹窄的密道裡碰到他，一下子心慌意亂起來。這裡無法閃避，只消王越輕鬆遞出一劍，就可以取走他的性命。

「果然最終我還是死在他的手裡嗎？」曹丕閉上眼睛，瀕死的絕望像是冰涼的井水潑在篝火堆裡。可他等了一下，對面仍舊沒什麼動靜。曹丕睜開眼睛，感覺到地面似乎有什麼東西在流淌，伸手一探，手感和劍刃上的液體差不多，滑膩中還帶有腥味。

「難道王越受傷了？」曹丕心中一驚，誰能讓這個劍技無雙的大俠受傷？而王越受了這麼重的傷還要爬進密道追擊，他到底追的是誰？難道是天子？曹丕很快否定了自己的想法，劉平技擊水準很高，但絕不是王越的對手，弄傷王越的一定另有其人。

無論如何，王越顯然是受傷不能動彈了，爬到這裡已經是他最後的力量。曹丕想到這裡，眼中散出戾氣，眼下是個絕好的機會，可以讓自己終結夢魘。可他身體稍微往前探了一點點，立刻被那冰涼的劍刃頂住了咽喉。

「是誰？」王越微弱的聲音傳來。曹丕把心一橫，脫口而出：「曹丕！」他已經厭透了隱瞞身分，希望這件事能夠有一個直截了當的結束。他甚至隱隱希望，這麼做能讓自己不再承受宛城真相的痛苦。

這個答案出乎了王越的意料，他沉默良久，卻沒有對這個仇人的兒子動手，反而開口道：「跟我說說，史阿和徐他是怎麼死的。」王越的語氣，就像是師父吩咐自己的弟子一樣淡然和藹，沒有絲毫敵意。曹丕咬咬牙，簡單地把他們兩個的事說了一遍。王越嘆道：「遊俠興於非命，死於非命，他們也算是死得其所。」

曹丕沒有接茬，他感覺壓在自己脖頸的劍又增加了幾分力道，死亡的預感像一根死人冰涼的手指緩慢地劃過脊背，渾身不由自主地顫慄起來。

「於情於理，我該把你在這裡斬殺。可如今王氏快劍只剩你一個傳人，偏偏又在這個時候來到我面前。我不知道老天爺這是什麼意思，是讓我報仇，還是讓我交代後事？」王越的口氣裡也帶了一絲迷茫。貼在曹丕脖頸上的劍被悄然撤回數寸，可曹丕知道，那劍尖在黑暗中仍舊對著自己。

「你現在心很亂，貼著劍身我就能感覺到。」王越的聲音變得虛弱，但語調依然篤定，「到底是因為什麼？是因為懼怕死亡？擔心親人的安危？還是因為見到我，讓你的夢魘變得壯大？——還是說，你接觸到了什麼不該知道的祕密，變得無所適從？」

「別再說了！」曹丕低吼起來。

「呵呵，剛才說的那些事，我一樣不少，也全部都經歷過。每一把王氏的快劍，都是被無數負面情緒淬煉而成的。那些瘋狂和失落，那些仇恨和惶恐，都將匯成一往無前的戾氣，附著在你的劍上。」

「我寧可不要……」黑暗中的聲音異常疲憊，他畢竟只是個小孩子。

「你沒得選擇。從你學了王氏快劍那一刻開始，就註定要與這些情緒糾葛一輩子。你的親人會因此而痛苦，你的兄弟會因此被折磨，你的朋友會與你決裂背叛，你的敵人無時無刻不掀開你的傷口，你的夢魘將跟隨你直至死亡。」

「不！我不要！我寧可現在就去死！」曹丕瘋狂地大叫起來，他大哭著弓起身子朝前撲去，前方是王越的劍尖，可以幫他結束掉這一切噩夢。

黑暗的密道裡，響起「噗」的一聲，這是金屬刺入血肉的聲音。曹丕瞪大了眼睛，保持著撲擊的姿勢，兩片乾裂的嘴唇蠕動著卻發不出聲音。他發現自己撞到的不是劍尖，而是劍柄。王越不知何時將那把劍倒轉過來，把劍尖對準了自己。曹丕這一撞，恰好將其撞進了王越的身體裡。

這是曹丕曾經夢寐以求的一刻，但他卻毫無快意，反而有種不祥的預感。王越劇烈地咳嗽起來，可以想像他的嘴裡滿是湧出的鮮血，可他仍舊掙扎著發出聲音：「很好咳咳……戾氣十足，你已得到王氏快劍的真傳了，就這樣渡過你的餘生吧咳咳……」

王越的聲音低沉下去，很快密道裡陷入死寂。這位最著名的遊俠在臨終之時，把劍法的精髓傳授給了最後一位傳人，同時也讓他的夢魘之種悄然發芽——傳承和對曹氏的復仇在同一個人身上完成，他已經沒有什麼遺憾了。

嗚咽聲中，曹丕流著淚，雙臂抱著頭，驚恐地在密道裡蜷縮成一團，只有這個姿勢才能讓他有點安全感。曹丕就像是只受驚的幼貓，只能無助地喃喃自語道：「媽媽，媽媽，媽媽在哪裡，丕兒想你……」

劉平不知道曹丕在密道裡的遭遇，即使知道，他也無暇去關心。此時的天子正拚命驅趕著馬匹，心急火燎地朝著事先約好的地點跑去。劉平在溫縣已經參加過不知多少次夜獵，在這種夜晚分辨方向難不住他。大約跑了半個時辰，劉平看到了他一直期待的東西——在前方出現一座營帳，營門點起了三隻火把，二高一低，代表平安無事。

他一口氣跑到營地門口，門口的衛兵事先受過交代，略對了一下暗語，就放他進去了。劉平驅馬直接闖到最大的軍帳前，帳內匆匆跑出一個人來。他看到劉平先是一驚，繼而大喜，一把拽住坐騎韁繩：「你可來啦！」

「公則啊，朕向來是言出必踐的，希望你也是。」劉平在馬上居高臨下地說，目光如電。那人連連點頭，露出一張典型的郭圖式笑容。劉平跳下馬，一邊朝帳內走去，一邊問道：「你都準備好了？」郭圖緊緊跟在旁邊：「是，萬事俱備，只欠陛下龍威。」

劉平「嗯」了一聲，專心朝前走去。

他們在帳內沒有停留太久。劉平只是簡單地換了一身衣服，然後從郭圖那裡要回了那一張衣帶詔。這衣帶詔是劉平從白馬逃到袁營時交給郭圖的，後者一直沒有上繳。收拾停當以後，兩個人乘坐一輛馬車離開營地，朝著官渡的方向跑去。

一路上，郭圖緊張地望著馬車外頭的夜色，指甲不停地在窗框上刮擦。劉平看在眼裡，寬慰道：「別那麼緊張，今夜過後，元則你將揚眉吐氣啊。」

「託陛下吉言……」郭圖這才恢復了一點信心。

最近這一段時間，郭圖感覺自己的人生已經跌到了谷底。他本以為蜚先生是可信賴的心腹，結果人家瞅準機會，直接去攀附袁紹的大腿，導致他手中可掌握的力量元氣大傷；而漢子的意外出現，讓袁紹對他之前的私藏行為大為不滿，數次借題發揮申斥。更糟糕的是，鄴城大亂的消息也傳到大營，審配把大部分責任都推卸到了辛毗身上。結果，郭圖和整個潁川派都陷入風雨飄搖的地步。

早在蜚先生出現在袁紹身旁時，劉平就注意到了郭圖的這種窘境。他意識到，這是一個拉攏郭圖的絕好機會。郭圖的奮鬥目標，是讓潁川派把持大將軍幕府；再深一步說，他的終極目的，是讓自己和郭氏一族的威名徹底壓倒荀氏。為了這個目標，他什麼都願意做。

而現在走投無路的他，漢室是唯一的選擇。於是劉平利用在袁營的機會，只花了幾句話就把郭圖拉了過來，成為劉平計畫最關鍵的一步。孔子怎麼說的？君子喻於義，小人喻於利。劉平不在乎郭圖是否真的忠心漢室，他只要確保郭圖相信能從漢室手裡收穫最大好處，就足夠了。

馬車很快抵達了一處軍營。這裡距離官渡前線只有五里路，如果是白天的話，可以直接看到曹營的情況，所以戒備十分森嚴。馬車先後被三道崗哨盤問，這才開進來。郭圖先跳下車，急匆匆地衝進大帳。

大帳裡還點著十幾根蠟燭，張郃和高覽兩個人正惶恐不安地跪坐在那裡，對著一面牛皮地圖發呆。烏巢的動靜他們都注意到了，可袁紹那邊卻沒有任何命令傳過來，這是一件奇怪的事。他們隱隱猜到這大概是有什麼重大圖謀，可卻不敢輕舉妄動。這兩個人都是官渡前線的一線指揮官，他們的舉動將關係到整個戰爭的成敗。

所以當他們看到郭圖一腳踏進來的時候，都異常驚訝。

「請兩位將軍儘快起兵勤王。」郭圖一句客套話也沒說。

張郃與高覽對視一眼，都覺得有些滑稽，什麼時候輪到一個先鋒督軍在這裡指手畫腳了？何況還是個潁川人。郭圖沒指望他們乖乖聽話，隨即又補充了一句：

「這不是在下的建議，而是傳達上頭的命令。」

「上頭？有多上？從誰那裡傳達的？袁公嗎？」高覽嗤笑著伸出手：「調動兵馬的符節又在哪裡？」

郭圖道：「沒有那東西。」

「那你還囉嗦個屁呀！」張郃拍著案几喝叱道，他今天晚上一直情緒不太好。

「但我把發出這道命令的人帶來了。」郭圖不動聲色地說道，然後袖手一指。張郃與高覽同時朝帳門望去，同時大吃一驚。站在門口是一個二十歲出頭的年輕人，身穿上玄下赤的冕服，頭戴冕冠，眉宇之間有著肅殺之氣，儼然一副帝王之相。

「陛下？」張郃與高覽連忙跪下。劉平是天子這件事，在袁軍高層並沒刻意隱瞞，高級將領都知道他已得到確認，是一位如假包換的帝王。可是，他怎麼會跑到官渡前線呢，還是和郭圖在一起呢？

劉平威嚴地掃視了他們兩個一眼，語速緩慢而堅定地說：「要調兵的是朕，也需要符節權杖嗎？」兩人為難地對視一眼，漢室是怎麼回事，誰心裡都明白。但平日裡蔑視是一回事，當一位真正的天子出現在你面前，是另外一回事。

「陛下，將在外，君命有所不受。我等未接到幕府軍令，不敢擅動。」高覽比張郃多讀了幾本書，終於想到一個推託之辭。

「你們是要抗旨嘍？」劉平冷哼一聲，雙目刺了過去，他身上散發的淡淡帝威讓兩個將軍身子都一抖。劉平現在已完全融入到自己的角色中來。如果說在許都的他還只是守成之君的氣質，這幾個月在官渡的經歷，給他淬煉出一種開國帝王的淩厲之氣。

高覽沒來由地哆嗦了一下，連忙辯解道：「不是，陛下，夜戰茲事體大。總要等主……呃，袁將軍的命令，我等才好出擊……」

說一千，道一萬，他們畢竟是袁紹的私兵。漢室不過是外來之人，名義上大家要尊為共主，禮數不敢或缺，可真是觸及到利益，是不肯退讓分毫的。

「哼，你們也知道茲事體大。那我就來告訴你們，茲事已經大到什麼地步了！」劉平一拂袖子，邁步走到地圖前，隨手拿起一塊粉石，點在寫著「烏巢」兩個字的地圖位置。「這裡的大火，你們都看到了？」

兩名將軍點點頭。他們都知道袁軍搞了個假城誘曹軍奇襲，但對蜚先生的第二層計畫卻不清楚。所以當他們觀測到真正的烏巢城陷入大火的時候，都有些驚訝。

劉平對他們的反應有些奇怪，但也沒多想，繼續說道：

「如今曹軍比蜚先生多算了一步，主力已經在攻打烏巢城。」劉平一拍胸膛：「朕險些被圍在烏巢，幸虧將士奮勇，這才能身在此地！」

張郃和高覽聽明白了，兩個人微微露出笑意。原來是天子也參與了烏巢之局，差點被曹軍給堵到城裡，難怪怒氣衝衝，叫嚷著讓他們出兵。「我等立刻撥兵一支，去救援烏巢。」張部開口答應。天子到底是年輕氣盛，這是咽不下這口氣想找回面子呢。隨便撥點兵過去，讓他發洩一下，面子上能過去就行了。

劉平盯著張郃：「然後呢？然後曹操退回官渡，繼續曠日持久地對峙？」對天子這個問題，張郃愣了一下，沒想到怎麼回答。劉平舉起右臂，一拳砸在了標著官渡的地圖上：

「我要的是你們發起總攻，進攻官渡大營！」

他看了眼張郃與高覽，兩個人似乎都還沒反應過來。劉平又道：「你們為將這麼多年，豈不知道圍魏救趙之計。如今曹軍主力俱在烏巢，官渡空虛，就該趁現在這個天賜良機攻破曹軍大營，來個釜底抽薪。屆時就算曹操把烏巢燒個罄淨，也已徹底敗了！」

張郃眼睛一亮，天子所說在他聽來很有道理。他早就煩透了無休止的對峙，如今有個一勞永逸的機會出現，還可以立下不世大功。高覽見他意有所動，扯了扯袖子，搖搖頭。天子跟曹操交惡，這誰都知道，如今他想只憑一張嘴就想說動袁軍幾萬將士去給他洩憤，這買賣忒便宜了。

劉平見這兩個人跪在地上也不言語，似乎氣得不行，來回踱了兩步，復又回身，指著地圖大聲道：「如今戰機已現，等到你們派去請示袁紹再回來，天早大亮了！你們剛才也說了，將在外，君命有所不受。你們既然是前線主將，就該有自己的判斷。千古大功，你們就忍心從手中溜走？」

劉平的一步步緊逼讓張郃與高覽不知所措，立場逐漸後退。天子意旨本來不算什麼，可當它同時也是自己一直朝思暮想的事情，聽起來就無比具有說服力了。張、高二將一直期待著能踏破官渡大營，現在被劉平這麼一分剖，竟是個天大的好機遇。

「陛下所言，可謂真知灼見，只是袁公那邊……」高覽囁嚅道。

劉平大怒，踏到高覽面前喝道：「無膽懦夫！你們既然不敢，何必諸多藉口！給我五千兵馬，朕自己御駕親征！不求你們！」

什麼叫不求我們，不還是要借五千兵馬給你嘛……可這樣的想法二將都不敢說出口。這次輪到張郃扯住高覽衣角，小聲說了幾句，高覽連連點頭，對皇帝道：「並非微臣不願，只是軍紀如鐵，無令調兵乃是大忌，雖勝猶斬。事後袁公怪罪，該如何是好？」

「朕為你們做主，怕什麼！」

劉平知道這兩個人已經被說動了，拐彎抹角地想要保證，便從懷裡拋出一條東西給他們。張郃和高覽接過去一看，居然是衣帶詔。這衣帶詔上說的是接詔者有討曹之責，勉強也能當個全線出擊的理由。郭圖也不失時機地站出來說道：「我現在就快馬趕去中軍知會袁公，去請符節，再加上有陛下居中協調，想來也不算是擅自用兵了。」

有了這些保證，兩個將軍這才下了決心，跪倒在天子面前，說願為陛下討賊云云。劉平大袖一甩，說場面話等打贏了再說不遲，事不宜遲，馬上出兵。

張郃、高覽治軍還是相當有一套。雖然已是深夜，但軍令一下，麾下士兵們在半個時辰之內就完成了集結。與此同時，斥候們回報，官渡對面的曹營一片安靜，沒有任何異動。兩位將軍大喜，他們簡單地分配了一下任務，張東高西，分兩路攻打大營，再匯於中間。

劉平和郭圖目送著兩支隊伍開出軍營，朝官渡而去。郭圖由衷地讚嘆到：「想不到陛下真的把他們給調動出來了。」他開始最擔心的，是張、高二將不買劉平這塊天子招牌的賬。可劉平連吼帶喊，居然真把這些桀驁不馴的傢伙給震懾住了。

「不是我震懾了他們，而是我提出的計畫與他們想要的好處切合。否則就算我把喉嚨喊啞，也是沒用的。」劉平瞇著眼睛，望著這兩支袁紹最精銳的部隊投入黑暗。這只是郭嘉

「人欲五品」的一個小小應用。他一直在從郭嘉、司馬懿、楊修這些智者身上汲取經驗，化為己用。

「不知曹營那邊，會如何應對。」郭圖小聲感嘆道。

「你放心好了。曹操既然敢輕軍奇襲袁紹，大營正面一定會有防備。他們兩個這次一定會敗得很慘。」劉平嘿嘿一笑。郭圖聽了居然毫不驚慌，也心照不宣地笑了起來。

這正是劉平說服郭圖的關鍵所在：劉平利用皇帝身分去鼓動張、高二將去啃官渡那塊硬骨頭，屆時兩人擅自行動，又大敗而歸，袁紹必然大怒。冀州一系又折兩員大將，他郭圖便又有上位的機會了。

對劉平來說，官渡之戰的走向最好是兩敗俱傷。曹操在烏巢城內戰死之後，曹氏勢必大亂，他們必須要重新找一個足可以抵禦袁紹的效忠物件，許都漢室將是唯一的選擇；而袁紹這邊，也因為糧草被焚和一系列敗仗而變得元氣大傷，短時間難以南下，再加上郭圖得勢，劉平可以通過潁川派對河北內部施加影響，改善戰略環境。

唯有如此，漢室才能充分吸取曹氏的養分，在一個相對不那麼危險的環境下茁壯成長，直到有實力將散落天下的九鼎收歸帝統——這就是劉平為漢室規劃出的生存之路，同時也是死人最少的一條路。

「陛下，那我先走了。我得趕到袁公那裡。前線有了什麼狀況，我也好及時建言。」郭圖眼神裡閃過一絲得意，鑽進馬車裡，也匆忙離開了大營。

望著郭圖離開的背影。劉平忽然皺了皺眉頭，覺得有什麼重要的地方被自己遺漏了。他背著手來回轉了幾圈，一抬頭看到遠處營房旁堆放的糧草車，眼睛一下子亮了起來。

劉平想起來了。當他提到烏巢大火時，張、高兩位將軍只表現出驚訝，卻沒多少緊張情緒。那裡明明是袁軍最重要的屯糧地，怎麼他們卻如此淡定呢？

除非……劉平差點跳了起來，除非袁軍真正的屯糧處不在烏巢，而是另外一個地方，所以這些將軍才對火燒烏巢十分淡定，只把它當成一個沒多大實質損失的意外事件。

這是一個不錯的局中局，可是，它真的能騙過曹操嗎？劉平閉上眼睛，回憶起佈局以來的一點一滴。他忽然想到，在烏巢城的府衙裡，王越曾經提過說蜚先生遭遇了一點小麻煩，然後他說了一句古怪的話：「縱然殺不掉公敵，總報得了私仇。」劉平當時急著離開烏巢，沒有留意，現在回想起來，這句話意指頗有深意。

對蜚先生來說，公敵自然是曹操，私仇則是郭嘉。那王越這句話的意思豈不是說，被困在烏巢城的是郭嘉，不是曹操！一想到郭嘉那張自信而狡黠的面孔，劉平有了一個可怕的猜想。在劉平出發去官渡之前，郭嘉就跟他交過一個底，說他認為官渡之戰的關鍵將在烏巢。劉平把這件事告訴了蜚先生，得到了後者的重視。從曹軍在白馬、延津到烏巢澤的一系列戰鬥意圖可以看出，曹軍戰略確實是以烏巢為核心來構建的。這才有了今晚最終的烏巢之局。

但現在，曹操作為主角居然沒有出現在烏巢，這說明什麼？這說明這一切都是幌子，整個烏巢之戰就是一個大大的障眼法！難怪郭嘉不怕劉平在抵達袁營後耍什麼花樣或洩露什麼機密，他從一開始，就是想讓劉平把「烏巢」這個錯誤資訊傳遞給袁營——只有用這種方法，多疑的蜚先生才會篤信不疑。

劉平很確定，今晚所有人的注意力都放在烏巢，而此時此刻的曹操一定正朝著袁軍的第三個、也是真正的屯糧點進發。

想明白這一點後，劉平幾乎站不住腳，腦袋一陣發暈。郭嘉實在是太可怕了，他根本不需要縝密的佈局，只消種下一枚小小的種子在人心中，那種子就能按照他的想法成長。蜚先生、劉平和袁紹全軍上下都中了他的魔咒，為了烏巢的虛虛實實煩惱，郭嘉卻早已輕輕跳出這個窠臼，劍指真正的要害。

「事已至此，我還能做什麼？」

劉平沮喪地搖了搖頭，他與郭嘉的差距實在太大了，這不是靠努力就能彌補的鴻溝。他把目光再度投向營帳裡的牛皮地圖，那熟牛皮的紋路怎麼看都像郭嘉那只雞爪一樣的瘦手，整個官渡都在他的掌控之中。

等一等……劉平盯著地圖的紋路，呼吸一下子停住了，紛亂的思維突然彙聚到了一起，凝成了一條明亮的絲線。

在郭嘉這個近乎完美的計畫裡，劉平完成他的使命以後，應該在烏巢城或者更早的時候被靖安曹接回許都。可因為孔融在潛龍觀的一把大火，導致袁、曹兩軍的高層都有點慌了手腳。為了儘早解決袁紹回防劉表，郭嘉不得不在沒有徹底掌握劉平的情況下，發動整個計畫。整個官渡大戰場十幾萬人，唯有曾經與郭嘉推心置腹的劉平，才有可能猜到烏巢是個幌子。而當他不被郭嘉所掌握時，就成為了一個變數，一個可以左右這場戰爭的變數。

劉平的呼吸變得急促起來。他只要搞清楚第三處存糧地點——不，他甚至不需要知道存糧地點，只要找到袁軍高層，說服他們分一支軍隊去存糧地，就可以將曹操圍剿或困殺。這樣官渡之戰將會沿著劉平最理想的方向發展。

劉平想到這裡，急忙離開大帳，在營裡到處亂轉，想找一匹坐騎。

這種事不能找別人轉達，一兩句話說不清楚，必須要當面陳述，而且還要快。最好的選擇，就是追上正在返回主營的郭圖，讓他來想辦法出兵。

好在這次出兵沒動用騎兵，所以這大營裡還剩下不少馬匹。劉平也不管是誰的，隨便解開一匹，翻身上馬一抖韁繩，就要衝出去。幾名張、高留下來的親兵緊張地攔在前頭，說將軍有交代要好好照顧陛下，外頭打仗太過兇險。劉平心急如焚，哪管這些事，拿出天子威嚴怒喝一聲「滾開！」，幾名士兵都嚇得不敢動了。

劉平衝出軍營以後才想起來，自己並不認得去主營的路，只能一路靠辨認車轍痕跡前進。天色太黑，他只能邊走邊看。走出去數里，他忽然聽到身後遠處傳來低沉的隆隆聲，連忙回頭去看，卻見到官渡方向火光大盛，似乎有無數火把舉了起來，那隆隆聲多半是曹軍的霹靂車發出的巨石落地。

看來雙方已經開戰了，而且曹軍得利。霹靂車發射是需要預先調試的，曹軍能在袁軍偷襲下這麼快就用霹靂車反擊，說明早就做好了準備。劉平心中大定，看來一切都在朝著自己預設的方向發展，他驅趕胯下戰馬讓牠速度再快一些，儘快趕上郭圖。

郭圖留下的車轍印不算太模糊，劉平一路找一路走，逐漸遠離了官渡戰場。那震天的廝殺聲慢慢遠去，周圍一片靜謐，只聽得見馬蹄聲噠噠地踏在草地上。此時密佈在半空的雲彩悄然散去，幾縷月光投射下來，把如墨的黑暗沖稀了幾分。田野上像灑了一層銀粉，散發著暗白而不耀眼的光芒。無論是連綿的小丘還是稀疏的樹林，都盡收眼底。

劉平抖擻精神，飛馳疾走，他忽然看到腳下的路分成了岔路。一條通往西側，還有一條路通往東邊，不過這路似乎是新修建的，還坑坑窪窪的不怎麼平整。劉平張望了一下，看到西邊那條路的遠方，似乎有一個黑影在移動，看輪廓應該是一輛馬車。不用問，那一定是郭圖的馬車。

劉平大喜，撥轉馬頭正要追去，突然從東邊不知什麼地方傳來一聲叫喊。叫喊聲不算大，但在這寂靜的夜裡，卻傳得很遠。劉平一聽到這個聲音，渾身的血液霎時凝固住了。

那似乎是仲達的聲音。

他怎麼會在這裡？到底發生了什麼事？

就是這一愣神的功夫，西邊遠處的馬車影子又小了幾分，眼看就要消失在地平線上。劉平摸了摸耳朵，安慰自己剛才也許是聽錯了。仲達明明和楊修他們在一起，怎麼會跑到這裡來。還是去追郭圖更為要緊，趕不及攔截曹操的話，袁家搞不好會全線崩潰，事態將徹底脫離漢室的掌控。

劉平朝西邊走了幾步，忽然又勒住坐騎。

那一聲呼喊有些淒厲，像是孤狼在呼喚同伴。可能是仲達，也可能不是。但萬一真的是呢？他一定是遭遇了什麼危險，也許命在旦夕。如果不趕過去幫忙，他可能會受傷，甚至又可能會死！

面對眼前的歧路，劉平迷茫了。

曹丕蜷縮在密道裡，默默地流著淚，不願去想任何關於自己的事。現實對他來說，就如同這條密道裡長滿了荊棘，只要稍微一動就是撕心裂肺地疼，他索性一動不動，沉迷在母親的懷抱裡。

不知過了多久，曹丕感覺自己的肩頭被人拍了一下，聽到「咦」的一聲詫異。他茫然地抬起頭，發現一雙大手在自己身上摸了摸，然後拎起衣領在密道裡拖行起來。曹丕沒有掙扎，任由大手向前拖曳，忽然他眼前一亮，整個人從密道裡被提出來，重重擱在了烏巢府衙的正堂當中。

「淳于瓊的屍體就在旁邊，王越的屍體在密道裡。整個密道裡只剩下這個小孩。」一個彪形大漢說。

曹丕睜開眼睛，環視四周，看到一個大鼻子的屍身半靠在府衙廊柱旁，手裡還握著一把大刀。正堂裡站著十幾個人，個個身上如潑了血一般，神情狠戾。當中有一人身披青袍，渾身膿腫，看上去格外可怖，正是蜚先生。

「這不是魏文……不，我應該叫你曹二公子吧？」蜚先生的獨眼透著一絲詫異，還帶著點瘋狂的欣喜。

郭嘉帶來的這批武力相當可怕，裡面既有靖安曹的精銳，也有許褚的虎衛，尤其是還有張遼，這傢伙簡直是個瘋子，一邊大呼著「遼來也」一邊揮動著倚天，東山先後有十幾個人都是被他所斬殺。兩邊在府衙前打了不到三炷香的時間，東山便支撐不住了。

好在蜚先生本意也不是跟郭嘉硬拚。他見城內的其他曹軍也紛紛趕來支援，決定按照原定計劃從密道撤退，把郭嘉活活燒死在烏巢城內。他讓剩下的人死死擋住正門，然後帶著十幾個親信返回府衙正堂，打開密道。可他卻發現淳于瓊死在地上，天子、王越和鄧展全都不知所蹤。蜚先生唯恐發生什麼事，沒有立即進入密道，派人進去先行查探。這一查探不要緊，發現了王越的屍體，還有這麼一個不知怎麼鑽進來的小孩子。

在這個節骨眼上抓到了曹丕，讓蜚先生喜出望外。這時一名渾身鮮血的東山衛士匆匆跑進來報告說敵人殺進來了。「蜚先生，你快走吧，我們為您斷後。」護衛叫道。這密道有一個特殊的設計，只要按動機關，中間一段就會坍塌，無法使用。

蜚先生看了眼曹丕，心裡有了一個主意。他一抬手，嘶聲道：「別著急，咱們再等等。」現在逃走，固然可以困死郭嘉，但蜚先生心中仍留有遺憾。他希望郭嘉死，卻不希望他死得太痛快，死前一定要飽受折磨——只有看到那張從容面孔在算計落空時那一瞬間變得錯愕，才能讓蜚先生真正覺得快意。

可惜的是，即使在郭嘉被困在烏巢城內，他始終還保持著淡定，這讓蜚先生非常不爽。曹丕的意外出現，給了蜚先生一個新的靈感。這已經不再是謀略之爭，而是意氣之爭，但蜚先生認為自己隱忍了這麼多年，有權在最後時刻任性一回。

這時廳堂外傳來雜亂的腳步聲，然後入口的木門被「砰」地一聲踢開，長髮散亂的張遼鬼魅般地闖了進來。他一闖進來，廳堂內立刻變得殺氣密佈，讓人艱於呼吸。郭嘉那一味叫做「呂姬」的藥，把張遼徹底變成了一尊殺神。

「張遼，你可知道呂姬真正是怎麼死的？」

蜚先生大喊一聲。張遼聽到這名字，怔了一下，停下了手裡的動作。蜚先生身旁的大漢趁機衝了上去，與張遼戰到一處。張遼知道自己上當了，憤怒地發出一聲大叫，反被那大漢傷到了肩頭。

一直處於呆滯狀態的曹丕聽到呂姬的名字，似乎想起了什麼。他緩緩轉動腦袋，一下子想到了任紅昌。一想到任姊姊臨終前託付給他的事情，曹丕整個人一下子警醒過來——任姊的事還沒做完，他現在還不能崩潰。

這時候許褚、虎衛也陸續趕到，他們飛快地站到張遼兩側，保護他後退。廳堂裡一下子被塞得滿滿。兩邊人都怒目相對，氣氛幾乎比外面的火勢還要爆熱。最後出現的是郭嘉，他踱著步子，胳膊半屈在胸口，似乎一直在沉思什麼事情。

「郭嘉，你看看這是誰？」蜚先生勒住曹丕的脖子，面色猙獰地衝他喊道。

許褚和張遼一看到曹丕，極為震驚，不由得都把目光投向郭嘉。郭嘉緩緩抬起頭，看了一眼曹丕，終於露出一絲驚詫：「二公子，你為何會在這裡？」

曹丕嘴巴張合了幾下，卻沒發出聲音。蜚先生兇狠地又勒了勒，冷笑道：「別敘舊了。快說，曹操到底在哪裡？」

「曹公有更重要的事情去做。」郭嘉答道。

蜚先生聽出郭嘉似乎話裡有話，他的獨眼快要滴出血來，愈想愈心驚……更重要的事，在今夜的官渡戰場上，還有比奇襲糧倉更重要的事情嗎？

「你……」蜚先生一下子意識自己到底哪裡弄錯了：「你現身烏巢，只是為了拖住我！你早就知道真正的屯糧點在哪裡！」

「袁營有可能識破曹公的真相動向，只有你一人而已。可惜仇恨不光會蒙蔽一個人的眼睛，也會扭曲一個人的智慧。所以只要我一出現，你絕不會甘心遁走。沒了你，其他窩囊廢只會傻傻地望著烏巢城的大火發呆。」郭嘉笑了笑，再度抬起一個指頭：

「我一開始就說了，我在這裡不用做任何事情，就能打敗你。」

蜚先生這時才發現，他們兩個之間所謂的糾葛，在郭嘉眼裡只是可以服於大局的小手段罷了。他一心與郭嘉一較長短，到頭來卻發現郭嘉根本沒把這個當回事。

「我還沒輸！袁紹的勝敗，我才不關心呢！」蜚先生近乎崩潰地高喊道，同時把曹丕狠狠勒住，惡狠狠地說：「現在馬上讓其他人都退出廳堂！只有你留下！快！你不想你家主公連續喪失兩位長子吧？」

郭嘉充滿憐憫地看了眼蜚先生，忽然轉過臉來對許褚道：「仲康，曹家對挾持人質者的傳統是什麼？」許褚聽到這個問題，虎眼圓瞪，幾乎不相信自己的耳朵，他驚慌地喊道：「郭祭酒，你……」

「我問你，曹家對挾持人質者的傳統是什麼？」郭嘉又重複了一次。許褚低聲道：「凡有持質者，皆當並擊，勿顧質。」

這條軍令的意思是凡是見到挾持人質者，要連人質一起幹掉。這條原則是在濮陽之戰時確立的，當時夏侯惇被幾個叛變的士兵挾持，副官韓浩用霹靂手段解決事件，得到曹操讚賞，把這一手段作為行事原則頒佈全軍。

郭嘉面無表情道：「曹公可沒說曹氏子弟可以例外。」是言一出，舉廳皆驚。郭嘉這麼說，等於是宣佈放棄拯救曹丕，要連同他和蜚先生一齊殺死。

在蜚先生臂彎裡的曹丕眼神恢復了神彩，他忽然掙扎了幾下，聲嘶力竭地喊道：「郭祭酒，別管我，殺了他！」他一口咬在了蜚先生滿是膿瘡的胳膊上，一時間汁水四濺。蜚先生遭受劇痛，忍不住慘叫了一聲，揮動手臂，把曹丕一下甩開。

就在這一瞬間，張遼的身影猛地欺近，擋在了蜚先生和曹丕之間。蜚先生身旁大漢猝然出手，一下刺中了張遼的大腿。張遼不避不讓，瘋也似地回手用倚天一削，那大漢半邊脖子被生生斬斷，噴著鮮血倒在地上。與此同時，許褚迅速跟進，一把將曹丕拖了過來。

轉瞬之間，蜚先生失去了最後的籌碼。他瞪著一隻紅眼，把雙手伸開，對身後的衛士厲聲道：「快進密道去發動機關！」那些衛士不再猶豫，紛紛躍入密道。蜚先生一屁股坐在了密道蓋子上，把身上的青袍扯了下去，露出那張半是邪魔半是雅士的詭異身軀。邪魔的一半血筋畢綻，在膿瘡縱橫的皮膚上縱橫交錯；而雅士的一半的肌膚卻是愈發晶瑩，幾乎無一絲瑕疵在上頭。

「我已服用了驚墳鬼，你若殺了我的話，這整個廳堂的人都要死。」蜚先生高喊。

許褚和虎衛們不由得退了一步。驚墳鬼的威力，他們已經在曹營見識過了，為此還犧牲了十幾個弟兄。如果在這個狹窄的廳堂爆發，毒藥的效力恐怕會加倍。就算郭嘉有通天本事，也來不及一一救過來。

蜚先生見曹軍眾人都不敢靠近，嘿嘿笑了笑，盤坐在密道入口處，擺出一副束手待斃的姿態。過不多時，地底傳來一陣低沉的隆隆聲，應該是東山衛士啟動了機關，讓整條密道坍塌。放棄了逃生以後，蜚先生整個人都放鬆下來，他抬起頭來，聳了聳鼻子，似乎聞到什麼氣味，然後望向郭嘉，語氣自如：「郭奉孝，我承認你贏了。不過如今咱們都是窮途末路，勝負也沒了意義，不想趁這個機會聊聊天嗎？像當年一樣。」

郭嘉絲毫不為所動：「我跟你共同的話題，只有一個華丹，而你根本不配提起她！」一提到這個名字，郭嘉整個人的光芒黯然收斂，深沉的痛苦浮現在雙眉之間。

蜚先生對郭嘉的反應很是快意，繼續說道：「可當年我們三個明明關係很好，有什麼不能談的？」

「住嘴！」郭嘉斷然喝道：「每一個同學，都帶著一段華丹的美好記憶，所以我不殺他們。唯有你，關於她的回憶全是不堪的。只要你不在了，華丹就會活在沒有痛苦的世界裡。」

「不要自欺欺人了。她早就死了，是被你姦殺的，而你喝下的那杯酒正是我遞給你的。」

聽到蜚先生這麼說，郭嘉眼神裡射出危險的光芒。蜚先生卻不管不顧，愈說愈興奮，獨眼也瞪得渾圓：「我也喜歡華丹，可她偏偏喜歡的是你。既然如此，我成全你們兩個有何不好？那天晚上，我其實就在旁邊。我親眼看著你把華丹推倒在草地上，撕碎她的衣服，進入她的身體，像一頭最粗俗的野獸侵犯著她。華丹的腿可真白……」

「喀嚓」一聲。郭嘉不知何時從張遼手裡拿來了倚天劍，毫不留情地斬下了蜚先生的左臂。鮮血飛濺，灑了郭嘉一身。蜚先生卻似乎沒有了痛覺，反而更加興奮起來：「對呀，就像這樣，把我殺死吧！就像你殺死華丹一樣！」

「我沒有殺她！」郭嘉第一次有些失態，他揮起倚天劍要去砍第二下，卻被許褚攔住。如果郭嘉盛怒之下把蜚先生砍死，大家都逃不過這一劫。

「你們都出去！」郭嘉大喝道，瘦弱的胸膛起伏不定。

這確實是目前形勢下最好的選擇。許褚連忙回手做了個手勢，讓大部分人依次退出廳堂，只留下他和張遼守住門口。曹丕堅決拒絕離開，於是許褚只得把他放在自己身後，一旦有什麼事情，兩名虎衛可以迅速將他帶走。

郭嘉看人都退出去了，用倚天劍對準只剩一條右臂的蜚先生道：「回憶時間到此為止。」

蜚先生搖晃著腦袋，聳著鼻子，岔開了一個話題：「你身上的味道，和從前不太一樣了。莫非你吃的養神丸改了方子？」

「你的鼻子還是那麼靈敏。」郭嘉看著他，居然用平常的語氣答道：「有一位老同學做了改良，送到我手裡。」蜚先生嘿嘿一笑：「哼，你也敢吃，不怕那是毒藥？」

郭嘉微微抬起下巴：「我問心無愧，從來沒覺得對不起他們，怕什麼？更何況，這是一副貨真價實的養生良方，我服食了沒有問題……」說到一半，郭嘉忽然覺得頭有些發暈，他身子晃了晃，想用劍拄著地面，卻一下子沒支住，差點跌倒在地。郭嘉本來有些慘白的臉色陡然罩上一層鉛灰，似乎中了什麼奇毒。

蜚先生看到他那副模樣，開始呵呵地笑起來，笑得上氣不接下氣，任憑斷臂的鮮血潺潺流出。郭嘉勉強抬起頭：「這是什麼？如果是毒藥的話，我應該早就覺察了。」他的語氣不像是一個驚慌中毒者，倒像是一個好奇的藥師。

蜚先生笑了半天，直笑得自己咳出血來，才收聲答道：「你吃的那副改良藥方，我一聞就知道，是冷壽光給你的。如你所說，這是貨真價實的養生方。可是，它也是一個考驗。」

「哦？」郭嘉抬了抬眉毛。

蜚先生用右手摸在傷口處蘸了蘸血，然後放進嘴裡嘖嘖了兩聲：「我這些年來，為了對抗半璧全的藥性侵蝕，也讓他給我開了一副方子。這兩副方子都是救人的良藥，你專攻毒物，肯定沒興趣了解，卻不知它們若是合二為一，卻可化為劇毒。」

郭嘉露出恍然神情，不見憤怒，反倒有些讚嘆：「所以當我斬下你的手臂時，血濺一身，你血液中含有的藥性便和我體內的藥性相鬮，這才爆發出毒……冷壽光這人專修房中術，想不到還有這樣的巧思。」

「你還不明白嗎？這是冷壽光那個傢伙在試探你的心啊。」蜚先生就像是在與老友暢談，拍打著膝蓋：「天下吃養生方的，只有你一個；天下服食對抗半璧全藥方的，也只有我一個。若你對當年之事心有愧疚，此生不來與我尋仇，一心只服那藥方，則可延年益壽。若是不肯放過我，堅持要我死在你面前，毒發卻是避無可避。」

「冷壽光這傢伙，還是那麼天真，居然也用這麼拐彎抹角的辦法，勸我收手。」郭嘉此時再也無力支撐，晃晃悠悠地跌坐在地上：「可惜，他根本不明白，在華丹這件事上，咱們是沒有任何妥協餘地。」

這兩個人一個身負重傷，一個身中劇毒，都已是氣息虛浮無力，語調趨於平和，就好似是兩位多年不見的老友聊天一般。

「說到底，華丹只是一個果，你難道把因給忘了？」蜚先生的聲音提高了幾分。郭嘉斜眼一瞥，搖搖頭：「戲志才，少拿華丹來說事。我說過了，她的話題到此為止。我是永遠不會原諒你的。」

「別叫我這個名字！你以為我會原諒你嗎？你偷我的東西，難道現在還不肯還……」蜚先生的話很激動，聲音卻愈來愈低。郭嘉仰起頭來，指頭無力地彈動，似乎在思考怎麼回答這個問題。當他再轉頭看去，發現蜚先生保持著那樣的坐姿，失去了所有的生機。

郭嘉愣了一下，想伸手過去摸一摸，身子卻動彈不得。蜚先生的屍身在極短的時間內枯萎，原本分裂成兩半風格的身軀同時發生變化，可怖的膿瘡紛紛剝落，而白皙精緻的肌膚也慢慢失去光澤，最後兩邊都變成了灰白顏色，不再看出分別。

沒有異味，也沒有煙霧，蜚先生到底有沒有服過驚墳鬼，再沒人知道。

郭嘉感覺視線開始變得模糊，眼前蜚先生的屍體迅速失去色彩。大概是冷壽光的毒發作了吧，想不到華佗那麼多弟子，最終完成復仇的居然是唯一想原諒自己的冷壽光。郭嘉笑了笑，覺得這真有點諷刺，那傢伙學了一輩子養生之道，最有效的卻是一副毒藥。

他的身子慢慢變軟，朝地板上滑下去。

就在這時，郭嘉的身子被一隻手托住，下巴被兩個指頭捏開，一粒藥丸順著嘴滑入食道。郭嘉睜開眼睛，看到曹丕湊到自己身邊，一臉焦慮。

「二公子？你給我吃了什麼？」郭嘉虛弱地問道。

「解毒藥！」曹丕大聲說，生怕他聽不到。

郭嘉剛想說別白費力氣了，話還沒出口，面色突然一變，張嘴嘔出一口鮮亮無比的鮮血來。曹丕大驚，郭嘉又連連嘔出三四口，吐得整個衣襟上全是。曹丕以為郭嘉要死了，趕緊抱住他，帶著哭腔喊道：「郭祭酒，你可不能死啊！我父親還指望你來託付後事呢！任姊姊交給我的囑託還沒完成呢！」

不料郭嘉輕輕推了一下他，居然重新坐了起來。曹丕擦了把眼淚，驚訝地看到，郭嘉的臉色已經白到了極點，眼神卻不再渾濁，智慧的光芒重新出現在那一對漆黑的瞳孔中。

「你給我吃的……到底是什麼？」郭嘉問。

「是從史阿那裡得來的解毒藥丸，據說是華佗親手炮製的，可解百毒，叫做華丹。」曹丕說。

這是在白馬城的時候，史阿留給他的，曹丕一直貼身保管留到了現在。他剛才看到郭嘉中毒，情急之下想起來還有這東西，就給郭嘉灌了下去。

郭嘉一聽到這名字，開始輕輕地笑了起來，聲音愈來愈大，笑到後來，已是淚流滿面。曹丕不明就裡，以為丹藥有什麼問題，要去給郭嘉捶背。郭嘉卻擺了擺手，深深吸了一口氣：「這種丹藥，正是華丹她唯一親手調配出來的藥方啊。」

「啊？」

「華佗門下，要求弟子都要獨自煉製出一種丹藥來，才算合格。華丹她雖然是華佗的親侄女，可她不喜歡煉藥，平時喜歡偷懶，一直到最後關頭，才央求我幫她。我專修毒藥，她又不喜歡，只好連夜煉出這麼一個解毒的藥方。『華丹』這名字，還是我親口取的。」

郭嘉說到這裡，臉上浮起幸福與痛悔的神色：「想不到，陰錯陽差，居然最後是華丹救了我。她一直沒忘了我，也不怨恨我……」郭嘉仰起頭，看著上空，似乎想看到那虛無縹緲的魂魄，是否在什麼地方望著他。

曹丕聽他這麼一說，不由一喜：「這麼說，你性命無虞了？」

郭嘉苦笑：「冷壽光的毒，哪有那麼好解。我如今元氣大傷，雖然暫時可被華丹吊住性命，恐怕最多也只有幾年壽數。」

「那怎麼……會？」

「你不必擔心，在把河北袁氏剿滅之前，我都還撐得住。」郭嘉眼神閃過一抹厲色，他的眼淚已經擦乾，又恢復成了那個睿智而自信的天下第一策士。

曹丕把他攙扶起來，朝門口扶去，一邊走一邊隨口問道：「剛才那個戲志才死前一直在說的偷什麼東西，是什麼意思？」

聽到這個問題，郭嘉停下腳步，用一種奇怪的眼神望著曹丕，嚇得曹丕連連擺手：「郭祭酒別生氣，就當我沒問過。」郭嘉思忖片刻，搖了搖頭，讓曹丕把他攙到蜚先生的屍身對面，然後跪坐下去，喘息了一陣才說道：

「二公子，這件事我只對你說，不可外傳。」

曹丕連忙道：「你不說也行。」

「就讓這個祕密多讓一個人知道吧，就當是我最後還他一個心願。」郭嘉休息了一下，慢慢說道：「你剛才聽到了？我叫他戲志才。」

「嗯。」

「其實我的名字，才是戲志才。而他的名字，叫做郭嘉。」郭嘉平靜地說。

曹丕一聽，驚訝地張大了嘴，這可真是意外的轉折。

「我和他，都是潁川人，年輕的時候都有匡扶天下之志。但是潁川的晉身之階，都被荀姓郭姓鐘姓等大族把持。他郭嘉只是郭氏的一個遠支，已算是寒門；而我戲志才的出身更是低賤，都沒什麼出頭的機會。終於有一次，郭嘉的家族在一次爭亂中慘遭滅門，他唯恐自己被追殺，我就與他互換了身分。從此我是郭嘉，而他成了戲志才，一齊拜到了華佗門下，一來學習，二來避禍。」

「接下來在華佗門下的事情，你都知道了。我大出風頭，與華丹相親相愛，據說華佗還考慮讓我當他的繼承人。這一切，引起了他的不滿。他認為，我所得到的一切，都是因為拜郭姓這個身分所賜，他要討還回來，被我拒絕。結果他就對我和華丹做出那樣的事來……出事以後，我憤怒至極，發誓要追查出他的下落，狠狠報復。結果有一天，我終於知道他藏到了哪裡——」

說到這裡，郭嘉頗有深意地看了眼曹丕：「——他藏的地方，就是你父親的帳下。他是個富有才華的人，不知通過什麼途徑獲得了荀彧的賞識。然後被以『戲志才』之名推薦給了曹公。曹公沒有門第之見，對戲志才非常欣賞，引為知己，地位猶在今日的我之上。」

曹丕想起來了，他曾經聽母親說過，在郭嘉來之前，曹公有個很欣賞的謀士姓戲，可惜早卒。他死以後，荀彧才推薦了郭嘉過來。

郭嘉繼續道：「我為了幹掉他，精心佈局了很久——好在那時候曹公的勢力還不是很大，戲志才又沒什麼防備——最終我以自己的健康為代價，讓他中了我的半壁全，弄得不人不鬼。戲志才只得詐稱暴病身亡，不知所蹤。至於我，被他的做法啟發，先跑去了袁紹那裡混了一段時間資歷，然後拜訪荀彧，以『郭嘉』之名入仕曹公麾下，到了今日。」

曹丕聽完以後，半晌說不出話來。這位曹家第一策士，居然還有這麼一段黑歷史。如果父親聽說這個最為倚重的軍師祭酒，曾經謀殺過他最信賴的謀士，不知會做何感想。他現在總算明白，為什麼陳群總是絮絮叨叨地鄙視郭嘉，說他只是個寒門之後。原來「郭嘉」冒名頂替的那一支「郭氏」，早已死光，被大族除名了——也正因為如此，郭嘉的來歷才不會有人去懷疑、去查證。

曹丕發現，郭嘉似乎並不害怕他講給自己父親聽，這究竟是一種信任，還是一種自信？他不好下判斷。一想到郭嘉可以順暢自如地把心中的祕密講出來，曹丕一陣羨慕。

郭嘉靜靜地看著蜚先生的屍體，手指有節奏地敲擊著地板，像是在鼓盆而歌，又像是擊缶祭喪。他喃喃道：「郭奉孝，郭奉孝。在這個曹家人的心目中，我已經把名字還給你了。雖然只有一個人知道，你總算也可以瞑目了。」他停頓了一下，又補充道：「——不用謝我，這是華丹救活我的用意。」

說完這句話，郭嘉向曹丕伸出手：「扶我起來，咱們先離開烏巢城再說。」

「怎麼走？不是說四門都被封住了嗎？到處都是大火，現在連密道都沒有了。」曹丕這才想到這個現實問題。

郭嘉露出那種洞悉一切的輕笑，似乎什麼事都難不倒他：「烏巢城落到袁紹手裡才幾天，他們就挖出一條密道。之前這城池在曹公手裡數年光景，我們又怎麼會什麼都不做呢？戲志才以為我們鑽進他的圈套，孰不知這本來就是我們的主場。」

「郭祭酒的意思是……」曹丕抓住郭嘉的手臂。

「官渡之戰，差不多結束了。」

# 第十四章　一個開始的結束

又一塊石頭破空飛來，砸中一名士兵的額頭。他慘呼一聲，捂著腦袋躺倒在地。身邊的幾名同伴一下都遲疑地在距離司馬懿幾步的位置停下來。

「還愣著幹什麼？」楊修大怒：「他就一個人，石頭就那麼多！你們這麼多人一擁而上，一刀就解決了。」

士兵們卻沒有繼續向前，都看著張繡。這種有生命危險的事，只有他們的主官才有權讓他們去做。這時司馬懿在地上勉強抬起頭，滿是嘲諷地說道：「張將軍，你看人的眼光實在差勁。」

原本要開口下令的張繡聽到這句話，一下子呆在了那裡。他一手放在腰間，一手捋著鬍鬚，眼神在楊修和司馬懿之間遊移不定。

這一句話直接擊中了張繡最心虛的地方。曹操已經對他起了殺心，賈詡一直在利用他，那麼眼前這個自稱漢室的楊修。又憑什麼可以完全信任呢？他讓自己殺司馬懿，萬一這又是一個陰謀呢？張繡已經對自己的判斷失去了信心。

聽楊修和那個看不見的人的對談，好像這是一次漢室的內訌，那張繡就更不敢輕易參與了。他思考了半天，決定保持沉默。

楊修見張繡沒動靜，勃然大怒。他苦心拉攏了張繡這麼久，想不到卻被司馬懿一句話給破壞了，這讓楊修的怒意達到了巔峰。他提起長劍，轉動身體挪了幾步，朝著司馬懿刺去。

他判斷出了徐福的大致位置。從這個角度，徐福的石子彈不到劍刃，只能打到楊修的脊背。也就是說，除非徐福殺了楊修，否則不可能阻止他殺司馬懿。

又是一聲破空，石子的去勢卻略微偏了偏，砸中了楊修的右肩。楊修身形一晃，忍住劇痛一咬牙，劍已經刺了下去。司馬懿情急之下脖頸急轉，堪堪避過要害，但鋒利的劍尖卻把脖子側面抹出一道傷口，血流如注。

司馬懿疼得大叫了一聲，身子弓起來。楊修在激動中沒看清楚，以為已經得手，提起長劍呵呵大笑起來。周圍的士兵都鬆了一口氣，至少他們不必被逼著動手了。遠遠的，夜風中送來徐福一聲長長的嘆息。

張繡目睹了這一幕，臉上露出些許憂慮。楊修的表現不太正常，說好聽點是過於亢奮，說難聽點是快瘋了。事實上，張繡從來沒喜歡過這個一次又一次鋒芒畢露又喜歡豪賭的傢伙，他在西涼軍中見過許多賭徒，都是膽大妄為之輩，結局無一例外都很悲慘。

張繡正盤算著接下來該如何是好，突然耳朵動了一下。一個熟悉的聲音敲擊著耳膜：這是馬蹄的聲音，只有一騎，由遠及近，正高速朝這邊衝來。這個速度表明，騎手不是路過或者巡遊的斥候，而是有著明確的目的。

是曹公的信使，還是袁紹發現了我軍的行蹤？張繡不確定，但他立刻下達了警戒的命令。楊修也聽到了這個聲音，也轉頭望去。

此時雲彩已經散開，視野可以擴展到很遠。他們看到一個身穿上玄下赤、頭戴冕冠的人拚命抽打著坐騎，向著這邊飛奔。張繡和楊修同時倒吸一口氣，他們都沒想到，他居然會出現在這裡。

弓兵們看到有人接近，紛紛舉起手裡的弓箭瞄準；步兵也拿起長短戟，隨時準備投擲。張繡和楊修同時大叫：「住手！」聽到命令，士兵們放下武器，讓開一條路。劉平毫無阻礙地到了他們面前，翻身下馬。楊修迎了上去，劉平卻推開他，撲上去將司馬懿半抱起來。他伸手一摸，發現司馬懿的脖頸處一片血紅，肩膀一顫。

楊修走過去，把手按在劉平肩上。劉平猛然抬頭，眼裡爆出極重的殺機，讓楊修不寒而慄。

「是誰殺了他？」劉平厲聲問道。

「陛下，此事……」

「我問，是誰殺了他？」劉平的聲音好似重錘，每一下都砸得楊修面如土色。劉平忽然看到楊修手裡還沾著血跡的劍，不由得死死瞪著他，那目光像一支帶著倒刺的箭，要鉤出血肉來。

楊修強行讓自己鎮定下來：「陛下，此事說來複雜。」

「你為什麼要殺他？」劉平冷冷地問道。

「陛下過於信任外人，恐對漢室不利。」

「對漢室不利？」劉平怒極反笑：「你知不知道，仲達救過多少次我的命？」

「此人有鷹視狼顧之相，此乃謀國之亂臣。臣是為陛下計，才不得以出手……」楊修說到一半，劉平突然飛起一腳，結結實實踹在他的小腹上，一下摔出七、八步之遠。

「放屁！」

楊修從地上爬起來，嘴角帶著一絲血跡。他伸出大拇指擦了擦，一拂袍袖大聲道：「陛下你到底在想什麼？」

「是你到底在想什麼？」劉平冷冷道：「我原以為仲達碰到你是最安全的，可你居然做出這等下作之事情。」

楊修不甘示弱地一昂頭：「陛下既然委我做策士，就該信任我的判斷。當初陛下剛知道董承之事時，也是這麼氣憤，後來明白斷腕的道理，不也就想通了嗎？」

「這是我兄弟！」

「天子沒有兄弟，只有臣子。漢室復興，高於一切。我是在為您清君側！」

「這只是你的藉口！」

楊修眼神閃過怒意：「藉口？別以為只有你一個受委屈，你們劉家的事，多少人在為之奮鬥，多少人為之身死。伏壽犧牲了什麼？唐姬犧牲了什麼？孔融犧牲了什麼？我們楊家又犧牲了什麼？陛下你難道認為，這些全都是為了區區一個藉口嗎？」

劉平站起身來，冷冷道：「你們所有人的犧牲，朕都看在眼裡，從未忘記。但你今日殺仲達，與漢室復興有何關係？請正面回答朕！」

楊修突然啐了一口：「朕什麼朕？你當了太久皇帝，連自己是什麼身分都忘了嗎？」

這時張繡還站在旁邊，還有許多士兵圍著。楊修這麼說，竟是要揭破那個最大的祕密。劉平一怔，他不太相信楊修會做出這種事，但誰又能說得準呢？他之前也沒想到，那個教導自己如何做皇帝的楊先生，竟然會對司馬懿下手。

就在這時，劉平忽然感覺身旁傳來一聲輕哼，他低下頭去，看到司馬懿正抬起右手，呲牙咧嘴捂著脖頸旁的傷口。

「仲達，你沒死？」劉平喜出望外。

「差一點。」司馬懿沒好氣地回答：「為了你，我一年受了三次重傷，咱們絕交吧。」站在遠處的楊修看到司馬懿沒死，眼裡滿是失望：「陛下，你一次又一次地任性胡為，太令我失望了。你這種人，是永遠成不大事的。」

劉平心情大好，剛才恨不得殺掉楊修的怒氣，慢慢地消退下。他把司馬懿攙扶起來：「若連自家兄弟的安危都置若罔聞，這種皇帝我寧可不做——我不是我哥哥，我有我自己的道。一條路走到黑，堅忍不移，這不是楊先生您教導的嗎？」

「哼，信用近佞，罔顧忠直。你別的不會，漢室那些帝王的毛病可學了不少。」楊修冷笑著，他的眼神突然舉起劍，把自己的衣袍一角「撕拉」一聲割斷，衣角飄落在草地上。「噹啷」一聲，劍也被他拋下，那兩粒骰子不知何時又出現在手裡。

劉平沒料到他一下子居然這麼決絕，不由得愣住了。

「我楊修賭運欠佳，錯投了這麼一筆大注，輸了個血本全無，也到了該換家鋪子的時候了。你我君臣之誼，到此為止。」楊修面無表情地說完這一句，復又昂首高喊：「既然老頭子看不上我，從此漢室的事情，讓他自己去管好了。」

這是說給劉平聽，也是說給黑暗中的徐福聽。楊修的表情沒有悲傷，只有濃濃的失望和不甘，還有一種懷才不遇的憤懣。

楊修從懷裡拿出一卷東西，扔給劉平：「這是許攸送來的《月旦評》，本來我打算等陛下返回許都再一起參詳，但現在看來用不著了。」

劉平捧著名冊，神色有些尷尬。他想開口說點什麼，可楊修根本不給他這個機會，轉身就走。

「你去哪裡？」劉平問。

「司空幕府，那裡的人至少不糊塗。」楊修沉著臉，朝外走去，走到一半他停下腳步，緩緩回頭：「你放心好了，漢室的事情，我不會到處亂講。他日等我壓倒郭嘉，成為幕府第一策士，再來為陛下盡忠。保重。」

說罷楊修潦草地抱了抱拳，跨上自己的坐騎，揚長而去。望著他離開的背影，劉平不禁有些悵然，楊修是漢室在許都的主心骨，他這一走，以後還有誰可以對抗郭嘉呢？難道我真的做錯了？不，沒錯，他可是要殺仲達啊。我難道可以與殺害仲達的兇手合作嗎？如果我現在後悔的話，剛才何必選擇這條路呢？

這時候，一個風吹砂子的聲音在劉平耳邊響了起來：「陛下。」

「徐福？你一直都在？」劉平連忙朝四周張望，有點緊張。他不知道剛才事情的細節，還以為徐福身為楊家的刺客，來找他算帳的。

「是的，但我現在要走了。」徐福簡短地說：「如今司馬公子已經平安，我特向陛下辭行。」

「你要回許都了？」

「不，更南邊，也許是荊州。我本是士林出身，如今楊公的恩情已報完，楊公子又已決裂。也到了我去恢復自己身分的時候。」徐福的聲音中帶著幾許滄桑。

「哦，這很好啊，沒人願意一輩子都窩在陰影裡——那你還會叫這個名字嗎？」

徐福沉默了一下，然後回答：「這，這不是我的本名，我的本名叫做徐庶。就這樣了，再見。」

最後的聲音在風中消失了，四周恢復到一片寂靜。劉平不住感慨，楊修走了，徐福也走了，他的心裡覺得有些寂寥，但這都是他們自己的選擇，劉平無法阻止。

一談到選擇，劉平一下子反應過來了。剛才司馬懿的死對他衝擊太大，差點忘了還有曹操奇襲這件事。如今郭圖已經向西走出很遠，追肯定是追不上，看來調動袁軍前往堵截曹操的計畫，是肯定來不及了。

雖然這是自己選擇的結果，但劉平還是覺得大為遺憾，總覺得死去的劉協正冷冷地在半空看著他這個不肖的弟弟，看著他如何為了自己兄弟，捨棄了整個漢室的未來。

他環顧四周，忽然眼睛一亮。張繡這支部隊沒有中伏，還保留著完整的戰力。最重要的是，張繡襲擊曹操的經驗比較豐富，是一個可以說動的物件。劉平立刻跳起來，走到張繡面前。張繡不知劉平要做什麼，結結巴巴地半跪在地：「陛下……」

「馬上集結你的部隊，跟我走！」劉平焦急地說。

「去哪裡？」

張繡這個問題把劉平給問住了。袁紹真正的屯糧地在哪裡，曹操知道，袁紹知道，可劉平不知道。他原來的計畫是調動袁軍，不用考慮；現在要調動張繡的部隊，地理位置就成了個大問題。

「怎麼回事？」司馬懿已經從地上坐起來，拿了一塊手帕貼在傷口，不時吸著冷氣。

劉平把來龍去脈跟他一說，司馬懿斜撇了他一眼：「蠢貨，我寧可你沒來。」劉平只能苦笑著點頭。司馬懿把腿一盤，沒好氣地嚷道：

「地圖呢？」

劉平把從張繡手裡拿來地圖遞給司馬懿。司馬懿點了個小火，對著地圖看了一圈，指著其中一點道：「我猜，是在這裡。」

「為什麼？」

「袁紹大軍十多萬人，開銷浩大，所以屯糧之地必須交通便利，方便轉運，地勢不能太險；為了保密，地勢又不能太平坦，最好有山或凹地遮護；須近水以防火災；還須近林，以方便伐木起營。官渡以北，符合這些特徵的地方並不多，再排除掉烏巢和幾處已駐紮兵營的場所，剩下的——」司馬懿指頭一點地圖：「——就只有這裡了。」

他指頭按著的地方，叫陽武。這裡在烏巢西南，離官渡前線不算太遠，卻被一條橫向皺起的弓形丘陵所擋。從南向北走的話，必須要繞行掉頭，才能進入，算得上是個屯糧的好地方。

「真的嗎？」劉平對司馬懿的分析將信將疑。

「不確定，但你只能信我。」司馬懿一攤手，然後指了指天：「時間不多了。如果真是陽武，恐怕曹操已經快到了。」

「好吧！」劉平起身對張繡道：「張將軍，請你馬上集結部隊，跟我走。」

「可是……」

「你難道想就這麼回去曹營？」劉平沉聲道。

張繡啞口無言，他本來是當成棄子扔出來的，若是這麼囫圇個兒回去，就算他不記恨，曹公心裡也不踏實。他沒辦法，只得遵從劉平的意見——不是他多信服劉平，而是實在沒更多選擇。從張繡踏入許都的那一刻起，他的命運就已經註定了。

這支部隊再度出發，司馬懿被扶上他原來那匹馬，劉平不離左右。因為是步騎混編，他們的移動速度並不快。劉平沒告訴張繡到陽武是做什麼，怕嚇著他。

曹軍主力仍在官渡堅守，張繡和郭嘉又分別帶走一部分，曹公帶去奇襲的部隊不會很多。只要張繡稍微糾纏一下，等到附近袁軍圍上來，就可以成功了。

劉平一路心急如焚，不停催促著部隊加快行軍。可他沒有軍令在身，張繡又表現得很曖昧，出工不出力，隊伍始終走的不快。

約摸過了半個多時辰，隊伍面前出現一個高坡。從地圖上看，只要翻過去就可以看到陽武了。劉平急匆匆驅馬趕到坡頂，他登頂的一瞬間，身子一晃，臉色霎時變得慘白。

司馬懿強忍著身上的傷驅馬跟上去，一抬頭，卻看到一番壯麗景象。遠處的陽武被一大片火光所籠罩，翻滾的黑煙直上夜空，好似曹操東臨碣石時所看到的那片滄海一般，只不過海浪換成了火焰。站在這個位置，甚至可以聞到粟米被焚燒的香氣。少數袁軍士兵絕望地站在週邊，這樣的火勢已完全不可能救得了。

「在那裡！」

司馬懿一指，劉平循他的指頭看去，看到陽武旁邊的小路上有長長的一隊騎兵，約有數百，正朝著南方急速前進著。他們統一穿著灰袍，騎術嫺熟，速度飛快，在火光照耀下像是一道閃過的陰影。

「那是我的西涼精騎啊！」張繡站在劉平和司馬懿的身後驚呼。

難怪曹公要把張繡調走，原來不光是為了弄死他，還是為了他麾下那些西涼精銳。郭嘉的手段，可從來不會是一石一鳥。張繡失魂落魄地走下高坡，差點摔倒在地，從現在開始，他失去了一切。

在更遠的地方，烏巢的大火也在熊熊燃燒著。在暗夜的大地上，兩團火互相用人類所看不懂的舞蹈互相傾訴著。

同時因這團大火陷入絕望的不光有劉平、張繡，還有張郃、高覽。

他們襲擊官渡曹軍大營的行動，一開始頗為順利。先頭部隊襲擊了曹軍週邊陣線，很快打開通道，讓主力部隊衝了進去。就在張、高以為曹營是一隻袒露出軟腹的狼，卻沒料到牠居然是一隻渾身帶刺的豪豬。守軍明顯早有準備，霹靂車將滾油和燃燒的草球一批批地傾瀉到深入敵營的袁軍頭頂，隱藏在箭櫓中的弓弩手不要命地射出銳利的箭矢。當袁軍好不容易突破一道防線之後，卻還要面對的卻是綴滿了尖刺的溝塹。

袁軍試圖後退，卻發現來路的通道被坍塌的土牆堵死，在壕溝間移動的踏板也被翻掉。來自四面八方的打擊更加猛烈，整個曹營簡直就是一個死亡泥沼，袁軍愈是掙扎，就陷的愈深。曹軍守軍的數量並不多，可讓人感覺到處都是。即使在對峙期間最激烈的戰鬥，袁軍都沒有感受到如此的絕望。

「這到底是怎麼回事！」張郃扶了扶歪掉的頭盔，大聲對高覽說。對面的曹軍像是換了一個指揮者，無比靈活，也無比陰險，和之前他們的對手完全不同。

「不知道，但我覺得是不是該撤了。」高覽說。他的披風都被火箭燒了一半，看上去很是狼狽。

曹軍既然早有準備，奇襲就成了強攻。偏偏張、高二將有了私心，故意讓其他部隊晚動手一陣，現在導致他們兩個的嫡系幾乎陷入滅頂之災，袁軍在其他陣線上卻無從配合。

張郃還沒答話，他的一名親衛驚慌地大喊：「將軍！火光！」

「我知道！到處都是！」張郃不耐煩地嚷道。

「不是，是陽武方向！」

「什麼？！」

張郃和高覽大驚，連忙登上一座被佔領的箭櫓，冒著被狙擊的危險回望。他們看到了和劉平一樣的景色——當然，沒那麼清晰，但在這麼遠的地方都能看到火光，本身就已說明了火勢的規模。

陽武是袁軍真正的屯糧地，可現在卻被曹操給端了。張郃和高覽可以預想到接下來的進展。十幾萬腹中空空的大軍被迫撤退，在敵人的追殺下四處就食。

「撤！」兩名將軍僅僅只是對視一眼，就達成了共識。

撤退也不是一件容易的事，那個可怕的指揮者極有韌勁，而且預見力驚人，他總能提前一步算到袁軍的動向。袁軍每走一步，都會被他們最不願意見到的軍械打擊。

張郃和高覽發揮出了全部經驗和智慧，才勉強把自己傷亡慘重的嫡系部隊帶出來。若不是曹軍數量過少，他們的損失還會增大。

僥倖生還的兩名將軍把隊伍拉回了營地。此時整個大營已經開始亂了起來，所有人都注意到了陽武的大火，知道那裡屯糧的人很絕望，不知道那裡屯糧的人更絕望——因為他們看到了烏巢也燃起大火。張郃和高覽回到營帳，還沒來得及換下破損的甲冑就開始彈壓騷動。

他們在諸營忙碌了許久，一邊維持秩序，一邊調動部隊，提防曹軍偷襲。正在這時，親兵卻匆忙叫他們返回帳內，因為袁紹派來了一個使者。

這名使者是來自於主營，傳達的是袁紹的一份口敘。口敘很短，先是質問這兩個人為何擅自行動，然後叱罵他們為何折損如何嚴重，最後宣佈撤掉他們兩個人的兵權，立刻前往主營去領罪。

張郃和高覽驚恐地對望了一下，高覽站起來問使者：「郭圖難道沒跟主公提起嗎？」按照約定，郭圖應該會對袁紹說明前線的情況，為他們二人擔保。可使者的回答讓他們兩個如墜冰窟：

「這正是郭大人向主公提議的。」

他們沒想到，郭圖壓根沒打算配合，而是挖了一個坑等他們跳。劉平也沒想到，郭圖壓根沒打算藉這件事打壓張、高二人，而是想把他們徹底置於死地。

「走！回主營去跟郭圖那個雜碎當面對質！」張郃嗷嗷叫道，他可著實是氣壞了。可高覽拉住他，苦笑道：「主公不會聽的。」

「把皇帝也叫來對質啊！主公怎麼不會聽？」

「你跟了他這麼多年還不知道？若是陽武不起火也就算了，陽武火起，我軍敗局已定，主公不找個替罪羊出來，他面子怎麼會過得去？」

張郃的憤怒一下子停滯住了。他和高覽確實是擅自行動，也確實戰敗而歸。這場大戰的替罪羊不扣到他們兩個頭上，簡直不可思議。

「那怎麼辦？」

「只有一個辦法了，就看你敢不敢。」高覽悠悠道。

「什麼？」

「再去一次曹營？」

「還去？這次更打不動啊。」

「誰讓你去打了？咱們可以去投……」

張郃眼睛一瞪，「唰」地抽出刀來，高覽往後一跳，連聲問你要幹嘛。張郃一刀捅進旁邊使者的胸口：「既然要投曹，總得表表誠意。」

在剛剛平息的官渡戰場上，出現了一副奇景。剛才還一臉凶煞叫囂著要踏平曹營的兩個將軍，此時卻像兩個做了壞事的小孩子，帶著少數幾個親兵慢慢走到營前，雙雙跪下，手都綁到了背後。

曹營的大門很快打開，全副武裝的重鎧步兵列隊而出，把他們兩個人團團圍住。

「我等特來降曹公。」高覽抬頭，對剛剛還是敵人的士兵們說道。

「曹公不在。」士兵很冷淡。

「那主持大局是誰？」

「咳咳，是我……」

一個疲憊而虛弱的聲音傳來，然後張郃和高覽驚訝地看到，一個風燭殘年的老頭子坐在一輛木輪車上，咯吱胳肢地推過來。才十月季節，老頭子卻裹著一身厚厚的貂袍，好似一片蕭瑟的落葉。

「賈詡？」張郃和高覽連忙跪倒。原來守曹營的，居然是這個老而不死的傢伙。

「唉，兩位將軍不好好睡覺，逼著老夫陪著熬夜，這身體是撐不住了。」賈詡說。

「不會不會，我等之前多有失禮，特來向將軍請罪。」

高覽大駭，生怕賈詡真病死了，這筆賬要算到他們頭上。他太驚慌了，都沒注意到左右曹軍士兵古怪的眼神，彷彿在看一個笑話似的。

「老夫太累了，不能陪你們說話。這樣吧，你們兩位要想說話，就跟著這幾位走，去跟對面說一聲，免得別人掛念。」

賈詡一指身後，那裡整整齊齊站著四、五百人的步兵，中間還有一輛活動的高車。賈詡的意思很明顯，光是張郃和高覽兩個人過來不行，你得跟袁紹營裡所有人表明態度。所謂「物盡其用。」

張郃和高覽看著賈詡耷拉下去的眼皮和乾枯的手背，覺得自己又被拽下了一個深深的泥潭。

很快這輛高車在重鎧步兵的保護下，緩緩離開曹營，接近袁營。張郃和高覽站在最高處，大聲呼籲袁軍投曹。而他們的話，則被中氣十足的幾十條大漢重複地喊出來，傳到了前線袁營的每一個角落。

袁軍全體正在因為烏巢和陽武兩場大火而惶恐不安，張、高二人的喊話，成了壓在蛟龍身上的最後一絲水草。

普通士兵不了解整個局勢，他們看到張、高這麼高級的將領都投降，就會想當然地認為整個局勢已然崩盤。有些人朝曹營逃去，有些人則朝著河北老家奔跑，每一個人都失去了方向，那些軍官的呼喊再也沒有任何用處。一處出現崩潰，迅速傳染到十個營盤，隨即整個堤壩也開始坍塌。雄壯一時的河北大軍，竟一下子分崩離析，像一尊泥俑從高處直直倒下來，摔成萬千土塊。

劉平在佈局時，只算到了袁軍會被守軍打得頭破血流倉皇回營，可實在沒想到竟會有如此劇烈的變化。這一切，因為有賈詡的存在而發生了改變。

張、高二人站在高車上，望著下面的亂象，無不感慨。即使是官渡的曹軍傾巢出動，也不如他們兩個這一嗓子喊出來的效果好。他們兩個投降只是臨時起意，而賈詡卻立刻想到了最狠辣的應對，輕輕一推，就把袁軍大營推了一個粉身碎骨，同時也斬斷了他們兩個人的回頭路。

這個老東西，還是趕緊病死吧。兩個人心目中不約而同地想。

賈詡沒聽到這句詛咒，他正坐在小車上，從曹營最高處的一個箭櫓俯瞰著整個官渡戰局。在他眼前，曹軍分成十幾個箭頭迅速出擊，狠狠地插入袁紹大營，讓混亂的局勢進一步演變成了潰敗，勝負已成定局。

可賈詡既沒面露欣喜，也沒豪氣萬丈，他只是安靜地坐在車上，緊緊裹著貂袍，似乎跟這場改變中原的對弈一點關係也無。如果湊得近一些，就會發現，他渾濁的兩個眼珠看的並不是眼前的亂營，而是更遠處的陽武大火，那邊好像有什麼東西吸引著他的注意力。

這時一名士兵爬上箭櫓，對賈詡道：「賈將軍，曹司空回營了。」

聽到這個消息，賈詡面無表情地點點頭，喉嚨裡含混地滾出兩個字。大概是他嗓子裡恰好有痰，周圍的人誰也沒聽清楚，不知這位老人說的是「可喜」，還是「可惜」。

然後他顫巍巍地站起來，從懷裡取出一枚竹片。這竹片頗有些年頭，上面還寫著一排字跡：「光和四年夏七月己卯日辰時王美人娩於栢館皇子一臣宇謹錄。」在「子」字和「一」字之間，似乎被刮掉了什麼痕跡。賈詡信手一揚，竹片飛出箭櫓，落到營前燃燒著火油的溝塹中去，化為灰燼。

在賈詡凝望的陽武附近的高坡上，當今天子正四肢攤平躺在草坪上，擺出了一個舒服的姿勢，默默地望著大火熊熊地燃燒。

他的計畫，永遠不可能實現了。曹公看來做了充分準備，所有騎兵皆著灰袍，一散開就是漫山遍野，在這樣的夜裡很難抓到或殺死他。要截住曹公，只有在他進入陽武時才有機會。而這個時機，被劉平親手放過去了。

現在這個時候，恐怕曹公已經順利回到營地，開始喝酒慶祝勝利了吧。劉平心想。

「後悔了？」司馬懿坐在劉平身邊，隨手抓起一根草叼在嘴裡，突然又大皺眉頭，吐了出去。

「這裡的草，可比河內苦多了。」劉平道。

「哼，為了一個人，居然放棄了逆轉中原的機會。也就有你這樣的笨蛋，才幹得出來。」

「說不遺憾是假的，不過我不後悔，畢竟把你救下來了。也許在哥哥的心目中，漢室的分量至高無上，可在我心裡，它和一個人的性命在秤衡上並無輕重之別——這是我選擇的道。」劉平一語雙關。

「迂腐！白癡！我要是劉協，就半夜過來把你掐死。」

「若是你處在我的位置，會如何抉擇？向西，還是向東？」

「我那麼聰明，根本不會落入那種窘境。」司馬懿滿不在乎地說。

劉平呵呵笑了起來，把手臂枕在腦袋底下，心情突然沒來由地一陣輕鬆。他眼前的夜空被濃煙遮擋住了一半，呈現出奇特的景象。一半星斗璀璨，一半卻混沌至極。

「有時候我在想啊，這個世界上，大概分成了兩種人。一種人的命運，是去堅守某樣東西；另外一種人的命運，卻是去改變它。我和我哥哥，還有伏壽、唐瑛、趙彥、徐他、任姊姊他們，都是第一種人；而你和曹丕、郭嘉，可能還要算上半個楊修，應該是第二種人。大家的使命不同，選擇的道也就不盡相同——只是不知道究竟哪一條路會更難一些。今天我沒守護漢室，卻守住了你的性命，在未來也許你會改變什麼也未可知。可惜這些答案，要等到後世的史書才能看清楚了。」

「你是在鼓勵我篡位嗎？」司馬懿眯起眼睛，語帶威脅。

「唉，你要有這心思就好了。我這個皇帝讓給你來做。」

「哪裡有那麼多皇帝好當啊。」司馬懿收起目光，懶散地拍了拍膝蓋：「別說就算有機會，我也懶得當，把機會留給兒子或者孫子好了。」

「總之，你欠我一條命。因為你，漢室的復興恐怕要延遲好多年了。」

司馬懿不滿地咧了咧嘴：「好吧好吧，我答應幫你就是。不過那也得等到我爬到高位一言九鼎的時候，你等得了嗎？」

「就這麼定了。我若還活著，你拚命往上爬來幫我。如果我中途死了……」劉平停頓了一下：「那你就去替我當吧。」

「別瞎說。曹操都五十多了，你年紀才多大？還有的是時間鬥呢。許攸的名冊，不是已經在你手裡了嘛？再加上我的智慧，什麼困難克服不了？」

劉平伸出手來，默契地與司馬懿擊了一下掌，然後闔上疲憊的雙眼。

離開許都之後的一幕幕在他腦海裡閃過，就像是做了一個長長的夢。這一個夢，就像是他在溫縣生活時做的那些夢一樣，無論多麼驚險恐怖，最終總會醒來，醒來時，總能找到司馬懿當聽眾。

# 尾聲

滿寵站在殘缺不全的汝南城牆上眺望著遠方，遠處的兵馬正在徐徐退去，碩大的「劉」字大旗分外醒目。李通走過來，他頭上纏著一圈白布，顯然在之前的戰鬥中受了傷。他滿是敬畏地看了滿寵一眼，沒敢說話，默默站在他身旁。也朝遠處望去。

他不喜歡滿寵，但不得不承認這個滿臉麻子的傢伙是個守城的天才。在滿寵的主持下，汝南小城在劉表大軍的圍攻下始終屹立不倒，足足堅持了二十多天，李通開始本以為滿寵是在許都失勢被左遷到汝南，現在才驚嘆荀彧和郭嘉驚人的預見。

「劉表也很堅決嘛，一聽到官渡之戰我軍大勝，立刻毫不猶豫地扭頭就走。」李通忍不住感慨道。

「那不是劉表的旗子。」滿寵說。

「嗯？」

「那是劉備的。他自稱是漢室宗親，所以把旗邊都描了一圈赤色代表火德。」

「哼，這個鄉巴佬倒是會鑽營。他不是袁紹派來的嗎？這一會兒功夫，就已經成了劉表的座上賓啦。」

李通不滿朝地上啐了一口。劉備和他麾下那兩個兄弟帶著一群山賊，打著袁紹旗號一直在汝南附近襲擾，卻不敢跟曹軍正面對抗。一直到劉表大軍殺到，他們才興高采烈地高舉大旗，宣佈以漢室宗親身分討伐曹賊。

「可只有這樣的人，才會被時勢所喜愛。」滿寵臉上浮起些許感慨，他轉了下頭，看向許都方向：「至於那些不合時宜的傢伙，早晚是要被吞噬的。」

「伯寧你說的話，我怎麼聽不懂呢？」李通有點糊塗。

滿寵指了指遠去的「劉」字大纛，淡淡道：「沒什麼，只是覺得這傢伙以後會變成一個大麻煩。」

李通哈哈大笑起來，他沒想到滿寵這個不苟言笑的人，居然也會說笑話。他後來把這個笑話講給別人聽的時候，卻無論如何也想不起來，滿寵所的是劉表還是劉備，或者那個「劉」字另有所指。

（全書完）

高寶書版集團
gobooks.com.tw

DN 225
三國機密㊦

作　　者　馬伯庸
主　　編　楊雅筑
責任編輯　陳正益
助理編輯　陳柔含
封面設計　Kepler Design
內頁排版　趙小芳
企　　劃　何嘉雯

發 行 人　朱凱蕾
出　　版　英屬維京群島商高寶國際有限公司台灣分公司
　　　　　Global Group Holdings, Ltd.
地　　址　台北市內湖區洲子街88號3樓
網　　址　gobooks.com.tw
電　　話　(02) 27992788
電　　郵　readers@gobooks.com.tw（讀者服務部）
　　　　　pr@gobooks.com.tw（公關諮詢部）
傳　　真　出版部　(02) 27990909　行銷部 (02) 27993088
郵政劃撥　19394552
戶　　名　英屬維京群島商高寶國際有限公司台灣分公司
發　　行　英屬維京群島商高寶國際有限公司台灣分公司
初版日期　2018年 7 月



國家圖書館出版品預行編目(CIP)資料

三國機密㊦／馬伯庸著　-- 初版. -- 臺北市：
高寶國際出版：高寶國際發行, 2018.07
　面；　公分. --（戲非戲；DN225）

ISBN 978-986-361-548-4（上冊：平裝）

857.7　　　　107008062